エコクリティシズムの波を超えて

― 人新世の地球を生きる ―

CROSSING THE WAVES OF ECOCRITICISM:

LIVING DURING THE ANTHROPOCENE

塩田　弘・松永 京子
浅井 千晶・伊藤 詔子
大野 美砂・上岡 克己・藤江 啓子 編

音羽書房鶴見書店

エコクリティシズムの波を超えて

——人新世の地球を生きる

Scott Slovic, near Arcata, California, in October 201

目次

CROSSING THE WAVES OF ECOCRITICISM:
LIVING DURING THE ANTHROPOCENE

CONTENTS

はじめに

地球は新たな地質年代「人新世 (anthropocene)」に突入した。この学説が世に広まるきっかけとなったのは、二〇〇〇年、メキシコのクエルナバカで開催された学会におけるパウル・クルッツェン (Paul Crutzen) の発言である。ノーベル化学賞受賞者としても知られるドイツの大気化学者クルッツェンは、人類が地球の生態系や気候に大きな影響を与えることによって、一万一七〇〇年前に始まった完新世はすでに終焉を迎えており、私たちはいまや「人新世」に生きているのだと述べた (Revkin)。

その後、約一六年の間に、「人新世」という概念は、化学、生物学、生態学といった科学領域だけでなく、社会学、歴史学、文学といった様々な分野の研究者たちによっても言及され、議論されるようになった。そして、その名称は、いまや機関誌や雑誌のタイトルにまで使われるようになっている。地質学者たちの間においても、「人新世」を正式な年代区分として認めようとする動きは強まりを見せている。二〇一六年一二月現在、正式な地質時代としては認定されていないものの、アンドリュー・C・レヴキン (Andrew C. Revkin) の言葉が示しているように、「一六年という時間の濾過と議論を経て、人新世は、不穏で、重大で、予測不可能で、絶望的かつ希望に満ちた期間——その長さや展望がいまだ未知の期間——を示す共通の記号として最適なものとなった」のである。

「人新世」の始まりをいつとするかという点においては、意見はまだ一致していない。クルッツェンのように産業革命が始まった一八世紀後半とする意見もあれば、米国の古気候学者ウィリアム・ラディマン (William Ruddiman) の主張のように、農耕が始まった約五〇〇〇年から約八〇〇〇年前とする声もある (Robin 331-32)。あるいは、更新世がしばしば「人間文明」の年代とされてきたことから、「更新世は人新世である」と見なす科学者もいる (Robin 331)。「人新世」の始まりについて活発な議論がなされるなか、「人新世」の特徴を示しているとして、学問領域を横断して関心を集めているのが、人口が急増し、地球規模の変化が急激に起こり始めた一九五〇年代以降、すなわち「大加速（The Great Acceleration）」の時代である。歴史家J・R・マクネイル（J. R. McNeill）は、人口・都市化、化石燃料・核エネルギーの使用、汚染が激増した一九五〇年代を「人新世」の兆候と見なし、人類学者のジョセフ・マスコ（Joseph Masco）は、放射性降下物が地層に初めて見られるようになった一九四五年を「人新世」の始まりとした（McNeill; Robin 334–35）。英国レスター大学の地質学者ヤン・ザラシセウィッチ（Jan Zalasiewicz）を筆頭とし、二〇〇九年に結成された「人新世ワーキンググループ」（Anthropocene Working Group）メンバーの多くもまた、ニューメキシコ州アラモゴードで世界初の核実験が行われた一九四五年七月一六日を、「人新世」の幕開けとして主張している（Zalasiewicz et al. 197–201）。

「人新世」の始まりについてはいまだ合意に達してはいないものの、人類が地球規模の痕跡を残していることについて研究分野を横断してコンセンサスが得られはじめていることは、特筆に値する。「人新世」という概念を使用することが、人類にとっての〈最悪の事態〉を回避することにつながると考える研究者も少なくない。このことを最も端的に示しているのが、『ナショナル・ジオグラフィック』に掲載されたクルッツェンの以下の言葉であろう。「私が願っているのは」「『人新世』という言葉が、世界への警告となることです」（*National Geographic*. March, 2011）。

もちろん、こういった問題に対する学者たちによる取り組みは、二〇〇〇年以降に始まったことではない。特に、エコクリティシズムと呼ばれる文学批評ジャンルは、「人新世」という言葉が広く使われる以前から、人間が地球環境に及ぼす影響に対して懸念を示してきた分野でもある。本書の序文でスコット・スロヴィック（Scott Slovic）が指摘しているように、自然をモチーフとする文学作品は古代から存在し、一九世紀にはすでにエコクリティシズムの原型は形成されていた。また、エコクリティシズムは、人間と環境の関係を見直す試みであると同時に、地球環境を破壊してきた人間活動や思想に対して「警告」を促す文学批評の一形態ともいえる。

本書もまた、このエコクリティシズムの潮流に合流することを目的とするものである。人類が未来に残す形で地球環境を変えていると言われる時代において、文学はどのような役割を担ってきたのだろうか。文学は何を伝えようとし、あるいは、どのように生き延びてきたのだろうか。そして、「人新世」という言葉が深刻な「警告」として受け止められているいま、文学はどのように読まれ、解釈・再解釈されうるのだろうか。本書は、こういった問題意識を共有するエコクリティシズム研究学会会員による二七本の論文を所載している。これら二七本の論文は、一九世紀から現代にわたるアメリカ、イギリス、カナダ、あるいは日本の文学作品や環境活動家による仕事をとりあげ、人間と環境の関わりを文化的・歴史的・社会的視座から多角的に読み解いたものである。

本書は、テーマごとに分かれた四部から成り、序章と終章がそれらを挟む形で構成されている。まず序章には、エコクリティシズムの最前線を走り続けるスロヴィックの論文「第四の波のかなた――エコクリティシズムの新たなる歴史編纂的比喩を求めて」が置かれており、エコクリティシズムのルーツと変遷を辿りながら、エコクリティシズムの歴史的編纂を表現する際に用いられてきた「波」のメタファーの有効性と問題点を論じている。エコクリティシズムの歴史を分かりやすく読者に紹介するとともに、新たな時代におけるエコクリティシズムの可能性、あるいは予測不可能性を追求する、本書の足がかりともなる論考である。

第Ⅰ部「エコクリティシズムの源泉――風景の解体と喪失」は、アメリカの〈キャノン〉とされてきた作家らが、野生の消滅、国土の変容、人の移動、都市化を含めた環境の劇的な変化をどのように表象してきたのかを探り、文学作品における環境意識の芽生えを捉えようとするものである。辻祥子による第一章「作家オーデュボンの先駆性――辺境の他者表象から探る」は、版画や「自然保護運動の先駆的役割」を果たしたことで知られるジョン・ジェイムズ・オーデュボン (John James Audubon) の、これまであまり注目されてこなかった文筆活動に光を当てている。辻論は自然が破壊されつつあった一九世紀、自然環境に価値を見出したオーデュボンの作品が、ヘンリー・デイヴィッド・ソロー

(Henry David Thoreau) をはじめとする超絶主義・ロマン主義作家、さらにはソロー以降のネイチャーライターに深い印象を与え、アメリカ文学全般の特徴の一つを形作っていることを明らかにしつつ、オーデュボンの人種意識を論じている。

第二章と第三章は、鯨を中心とした自然観について論じられることの多いハーマン・メルヴィル (Herman Melville) の、『白鯨』(*Moby-Dick*) 以外の作品に目を向けた論考となっている。大島由紀子は、第二章「メルヴィルの複眼的自然観――野生消滅への嘆きから自然の猛威の受容へ」のなかで、メルヴィル作品において従来分析されることのほとんどなかった鯨以外の動物――バッファローや鮫――の描写を考察し、「自然の脅威を笑って受容」するメルヴィルのあり方に複眼的な自然観を読み解いている。自然をあるがままの形で受け入れようとするメルヴィルの姿勢は、藤江啓子による第三章「メルヴィルの『雑草と野草――一本か二本のバラと共に』を読む――自然の蘇生と自然を通しての人間の蘇生」においても、議論の中心に置かれている。藤江論は、これまで論じられることのなかったメルヴィルの遺稿『雑草と野草――一本か二本のバラと共に』(*Weeds and Wildings Chiefly: With a Rose or Two*) に着目し、自然による蘇生や再生の力、あるいは自然の力によって救済される人間の姿を描いた本作品が、「ありのままの自然」に救済を求めようとするメルヴィルの晩年、ひいては自然環境を破壊する人間の活動や文明を諫めようとするメルヴィルの思想を反映していると論証する。

メルヴィルが野生の消滅を嘆き、自然の蘇生力をたたえた一九世紀は、戦争や産業革命による人間活動が、風景や自然環境を大きく変えていく時代でもあった。大野美砂の第四章「「ナショナルな風景」の解体――ホーソーンの「主として戦争問題について」」は、これまでナサニエル・ホーソーン (Nathaniel Hawthorne) の政治性に焦点を当てられることの多かった戦争紀行文「主として戦争問題について」("Chiefly about War-Matters") を、戦争の風景をどう捉え描くことができるのかという問題から読み直す。大野論は、戦争へとつながるナショナリスティックなナラティブに抵抗するための風景としてホーソーンが提示したのは、文学的想像力と「場所の感覚」を通して作られる「自己の風景」であることを明らかにした。一方、真野剛は、第五章「産業革命による個の発見と喪失——ソローと漱石の鉄道表象」のなかで、一九世紀の技術革新時代に生きたソローと夏目漱石の作品における鉄道表象論を展開する。変わりゆく時代をソローと漱石がどのように捉えていたのかを日米における「近代的個の形成」という観点から検証している。

戦争や産業革命によって変容する世界は、人間と自然が調和して共存する田園への憧憬、すなわち〈パストラル〉に対する希求やノスタルジアと無縁ではない。浜本隆三の第六章「マーク・トウェインの自伝と〈ミシシッピ・パストラリズム〉」は、二〇一〇年に出版されベストセラーとなった『マーク・トウェイン　完全なる自伝』(*Autobiography of Mark Twain*) に表象されたミシシッピ河畔の牧歌的風景を考察する。浜本論は、本自伝の制作途中でマーク・トウェイン (Mark Twain) が執筆手段を「ペン書き」から「口述筆記」へと変更した理由を、幼いころに過ごしたクオールズ農園での経験のなかに見出している。

このように、一八世紀から一九世紀にかけての「風景の解体と喪失」がもたらしたアメリカ古典文学における環境意識の芽生えは、「エコクリティシズムの源泉」ともいえるものであるが、この時期すでに、序章でスロヴィックが定義したエコクリティシズム〈第四波〉にみられるような「ポストヒューマン」や「ポストネイチャー」といった概念が芽生え始めていたことも指摘しておかねばなるまい。伊藤詔子による第七章「ポーとポストヒューマンな言説の戦場——「使い果たされた男——先のブガブー族とキカプー族との激戦の話」」は、人間と生物の境界が曖昧化し融合するポストネイチャー、人間と機械の融合体ともいえるポストヒューマンなど、近年のエコクリティシズムが関心を寄せる環境的視点が、すでに一九世紀アメリカンルネサンス作家の世界観に胚胎していたことを明らかにする。伊藤論は、エコクリティックによるこれまでのエドガー・アラン・ポー (Edgar Allan Poe) 論や、ポーとポストヒューマンの研究史を概観し、一八三〇年代のポー作品がすでにポストヒューマンの表象を提示していることを、短編「使い果たされた男」の

「インディアン」と白人の戦闘譚に読み解く。

第Ⅱ部「エコクリティシズムの現代的展開――語り始めた周縁」は、現代の環境問題における多様なテーマと視座を提示することで、エコクリティシズムの多角的なアプローチの可能性を示すことを目的としている。それぞれバックグラウンドの異なる作家による作品を論じながら、一九世紀アメリカンルネサンス以降のエコクリティシズムの展開を探る論考が続く。まず、浅井千晶による第八章「レイチェル・カーソンの『潮風の下で』――ヘンリー・ウィリアムソンの影響を探る」は、『沈黙の春』(*Silent Spring*)で知られるレイチェル・カーソン(Rachel Carson)の『潮風の下で』(*Under the Sea-Wind*)が、イギリスの自然作家ヘンリー・ウィリアムソン(Henry Williamson)の博物誌に連なる作品であることを詳らかにし、両作家の作品における生き物の描写を比較検討しつつ、カーソンが海に対する科学的理解をいかに『潮風の下で』のなかで文学化したのかを考察している。塩田弘の第九章「地図制作者が描く幸福――ソローとリック・バスの挑戦と実践」は、リック・バス(Rick Bass)のネイチャーライティングと一九世紀の作家ソローのつながりに着眼点を置く。特に、バスが『石油ノート』(*Oil Notes*)で用いた「幸福の地図を描く」という表現に関心を向け、「ホーム」を構築する上で重要な意味を持つ「地図」という概念を、後に発表されたバスの『私が西部に来た理由』(*Why I Came West*)に探ると同時に、その起源を地図製作者であったソローの『ウォールデン』(*Walden*)に見出す。

カーソンとバスがネイチャーライティングによって環境的想像力を模索する一方で、混血日系アメリカ人作家として知られるルース・L・オゼキ(Ruth L. Ozeki)は、現代の環境問題とメディアの関係性を小説という形で描き出した。岸野英美による第一〇章「ルース・オゼキの『イヤー・オブ・ミート』におけるメディア」は、アメリカの食肉産業の実態を暴露するオゼキのデビュー小説『イヤー・オブ・ミート』(*My Year of Meats*)が、フィクション/ノンフィクション、男性性/女性性、異性愛/同性愛といった二項対立的構造をいかに脱構築しているのかを示し、現代社会における「ドキュメンタリーメディア」の持つ意味と可能性を考える。

第一一章と第一二章は、アメリカ合衆国本土からアラスカ・カナダへと舞台を移動し、アラスカ先住民族やケープ・ブレトン島に居住する人々と環境の関係を、〈語り〉をキーワードに読み解いていく。林千恵子の第一一章「アラスカ先住民族の病――疫病の記憶と後世への影響」は、アサバスカン族の血を引くジャン・ハーパー＝ヘインズ（Jan Harper-Haines）らの作品に言及しながら、言語的・文化的に多様なアラスカ先住民族によるサバイバル物語の伝統のなかでアルコール依存問題が共通していることを指摘し、その原因が「過去の疫病の記憶」と深く関連していることを明らかにする。林論は、疫病の大流行が先住民社会に大きな衝撃を与えながらも、この事実が語られてこなかったことの意義、また、何が語られ、何が語られなかったのかを検証することの必要性を説いている。荒木陽子による第一二章「アリステア・マクラウドと環境に関する一考察――故郷はいつもそこにあるのか」は、カナダ国内外でベストセラーとなったアリステア・マクラウド（Alistair MacLeod）の小説『彼方なる歌に耳を澄ませよ』（*No Great Mischief*）が、アトランティック・カナダ文学に求められていた「ノスタルジック」で「ロマンティック」な物語を、戦略的に提示していることを論証する。「同族集団、故郷、さらには環境との強いつながりが、それら自体を破壊する危険性を示唆している」と述べられ、資源採取といったケープ・ブレトン島の伝統的な仕事が、最終的に故郷の喪失をもたらしているという逆説的構造が露呈されている。

第Ⅲ部「ＳＦとポストヒューマン――境界のかなたへ」は、現代社会が直面する問題を、未来の地球や環境を想像するＳＦがどのように描いてきたのかを、一九世紀から二一世紀までのアメリカ、イギリス、日本の作品に探る。現代サイエンス・フィクションを論じる際に欠かせないポストヒューマンという概念が、二一世紀における人間とエコロジーの複雑で親密な関係を理解するのに有効であるだけでなく、科学の近代化が発展した一九世紀に生み出された作品解釈においても有効であることを示すセクションとなっている。この部の導入として第一三章には、デビッド・ファーネルの論考「ＳＦにおけるエコロジー的テーマの歴史の概観」が置かれている。ファーネル論は、ＳＦをエコクリティシズム研究における最も重要な文学ジャンルの一つとみなし、メアリー・シェリー (Mary Shelley) の『フランケンシュタイン』(*Frankenstein*) やH・G・ウェルズ (H. G. Wells) の『宇宙戦争』(*The War of the Worlds*) など早期の作品から、レイ・ブラッドベリ (Ray Bradbury) の『火星年代記』(*The Martian Chronicles*) やオクティヴィア・バトラー (Octavia Butler) の『リリスのひな鳥』(*Lilith's Brood*) を含めた二〇世紀中期から後期にかけての作品、さらには新世紀のパオロ・バチガルピ (Paolo Bacigalupi) の小説に至るまで、SFがエコロジーをめぐる現在の問題や懸念をどのように反映しているのかを例証している。

メアリー・シェリーやエドガー・アラン・ポーなどの一九世紀作家同様、ナサニエル・ホーソーンの作品もまた、現代テクノロジーやSFとの関連から論じられはじめている。中村善雄による第一四章「ナサニエル・ホーソーンはポストヒューマンの夢を見るか」は、「痣」("The Birth-mark")、「ラパチーニの娘」("Rappaccini's Daughter")、「美の芸術家」("The Artist of the Beautiful") のホーソーン三大短編小説が、人間、生物、機械の境界を錯乱していることを検証し、「機械とは何なのか」、「人間・生物とは何なのか」という定義を読者に問うポストヒューマン的文脈からホーソーン作品を読み直す大胆な試みを提示している。日臺晴子の第一五章「ポストヒューマンな笑劇《ファルス》として読む『真面目が肝心』」は、生物学や生化学の発展によって、生物、物質、そして人間の境界がより曖昧であることが明らかになってきた一九世紀末に、ポストヒューマンの特徴を持つ登場人物を描いた英文学の作品として、オスカー・ワイルド (Oscar Wilde) の『真面目が肝心』(*The Importance of Being Earnest*) を分析する。日臺論は、ヘーゲルの影響を受けた弁証法的思想やファルスという喜劇形式が、ワイルドの作品における「啓蒙主義的主体の解体」や「人間以外の存在や無機質との境界の侵犯」の手がかりとなっていると指摘する。

二〇世紀アメリカ文学を代表するカート・ヴォネガット (Kurt Vonnegut) は、政治風刺家であると同時に、SF作品やディストピア小説を書いたことでも名の知られた作家である。中山悟視による第一六章「カート・ヴォネガットのエコロジカル・ディストピア――『スラップスティック』におけるテクノロジーと自然」は、これまで批評や評価の対象となることの少なかったヴォネガットの小説『スラップスティック』(*Slapstick*)に見られる、ヴォネガットの環境意識に照射した論考である。ヴォネガットによる「エコロジカル・ディストピア」作品の転換点として『スラップスティック』を再評価し、SF的想像力によって生み出されるポスト・アポカリプスの世界が、一九七〇年代のアメリカ社会にも芽生え始めていたエコロジーへの関心や懸念を反映していたことを提示している。ヴォネガットや多くの現代SF作家にインスピレーションを与えてきた作家の一人が、第六章でも検討されたマーク・トウェインである。マイケル・ゴーマンによる第一七章「ポスト加速時代に生きるハックとジム――パオロ・バチガルピ小説におけるトウェインの痕跡」は、トウェインの小説、特に『ハックルベリー・フィンの冒険』(*Adventures of Huckleberry Finn*)に見られる社会批判が、二〇一二年に出版された現代SF作家パオロ・バチガルピの小説『沈んだ都市』(*The Drowned Cities*)にも反映されていることを検証する。ゴーマン論は、トウェインの風刺を継承したバチガルピの描く未来の地球像が、いかに二一世紀現在の差し迫った環境・政治・社会経済的懸念によって形作られているのかを浮かび上がらせている。

バチガルピ作品が「混合人間生物」を登場人物の一人としたように、上田早夕里の『オーシャンクロニクル』シリーズもまた、「人間と人間でないものの共生」を描いた日本SF作品である。原田和恵による第一八章「ポストヒューマンの世界――上田早夕里『オーシャンクロニクル』シリーズにおけるクイア家族」は、「非・人間中心主義の生態系の共生」を描く上田作品が、生殖を中心とする異性愛の規範、特に少子化対策や出生率向上を推進する日本社会の風潮への批判となっていることを論証している。原田論が二一世紀日本SF作品のセクシュアリティに着目する一方で、芳賀浩一の第一九章「日野啓三の文学における環境批評――ティモシー・モートンとブライアン・イーノを手掛かりに」は、これまで環境という側面から批評されることの少なかった八〇年代の日野啓三作品の根底に、ティモシー・モートン(Timothy Morton)の物質思考の存在論に代表される現代の物質的環境批評の思想があることを炙り出す。そのきっかけとして芳賀論は、モートンと日野が関心を寄せた音楽家ブライアン・イーノ (Brian Eno) による「アンビエント・ミュージック」との関連から、日野作品がイーノの環境音楽に通底する「形がない」存在の世界をどのように表現しているのかを分析している。

先に呼べたように、「人新世」と呼ばれる新たな地質年代を示す分岐点ともなり得るのが、一九四五年に始まった〈核の時代〉である。一九四五年以降の文学・映像作品には、原爆や核戦争をめぐる多種多様なアポカリプスの形が描かれてきたが、終末論的シナリオだけではなく、原爆や核産業によって変化を余儀なくされてきた土地、風景、社会、そして身体に目を向け、どのように核時代を生きるべきかを模索してきた作家たちも登場する。

広島と長崎に原爆が投下された一九四五年以降、特に一九四〇年代後半から一九五〇年代前半のアメリカでは、マッカーシーを中心とした「赤狩り」によって表現の自由が制限されていた。松永京子の第二〇章「ラングストン・ヒューズの反核思想——冷戦時代を生き抜くシンプルの物語」は、一九四五年から一九五〇年代にかけてラングストン・ヒューズ (Langston Hughes) が執筆したシンプルの物語に、「赤狩り」や核の脅威が色濃く反映されていることに注目する。反核思想を持つ作家ヒューズが、冷戦期を生き抜くために、日本への原爆投下や核汚染の問題を黒人に対する人種差別の問題に接続し、ユーモアや皮肉の修辞的手法を用いていたことが検証されている。水野敦子による第二一章「ルドルフォ・アナーヤの四季の語りと核」は、一九七〇年代以降、アメリカの帝国主義的言説に対抗する北米先住民やチカーノによる核言説が形成されていったアメリカ南西部を射程に入れた論考である。世界初の核実験が行われたアメリカ南西部を舞台に、チカーノの物語や神話が、いかに核開発、核実験、ウラニウム採掘を可能にしてきた植民地主義の破壊的力に対峙しているのかを、ルドルフォ・アナーヤ (Rudolfo Anaya) の四季四部作に読み取る。

一九八〇年代、核戦争後をファンタジーの世界に描いたバーナード・マラマッド (Bernard Malamud) もまた、二〇世紀の科学技術がもたらした恐怖に対して「警告」を促した作家の一人である。三重野佳子は第二二章「核戦争後の創世記――バーナード・マラマッド『コーンの孤島』と喋る動物たち」のなかで、核戦争後の世界を想像することでマラマッドが何を未来に伝えようとしているのかを、一九八二年に出版された『コーンの孤島』(*God's Grace*) に探る。三重野論は、言葉を喋る動物が登場する本作品に、神の創造による創世記と人間の創造による創世記の二つが重層的に描かれていることを分析している。

一九四五年以降、日本において〈原爆文学〉と呼ばれる文学ジャンルの研究と批評が発展したように、アメリカにおいても様々な被爆・被曝をめぐる言説が生み出された。本書では、二〇一〇年に出版された日系アメリカ人被爆者を主人公とするジュリエット・S・コーノ (Juliet S. Kono) の小説『暗愁』(*Anshu*) を議論の対象とした二本の論考を収録している。深井美智子よる第二三章「火とともに生きる――ジュリエット・コーノの『暗愁』」は、人類の生活に欠かせない「火」の多様性に着目し、第二次世界大戦末期にハワイから日本へ渡り被爆した主人公ヒミコとの関わりを考察する。「心と身体、社会、自然環境は常に連続性をもってつながっている」とする「エコソマティックパラダイム」に言及しながら、原爆によるケロイドを自己の一部として受容することが、主人公の自己再生へのきっかけとなっていると指摘する。一方、牧野理英の第二四章「ジュリエット・コーノ『暗愁』における有罪性――エスニック文学の新しいナラティブをめぐって」は、本小説におけるトランスナショナルな設定に着眼し、日本で被爆者になりながらも、あくまでもアメリカ人として生きる主人公の選択に、これまでのアメリカ・エスニック文学に見られてきたプロテストというナラティブを逸脱する様子を見出す。さらに、コーノの示唆する「暗愁」という言葉に、主人公が被爆者になる以前から孕んでいた「有罪性」や、先住民作家ジェラルド・ヴィゼナー (Gerald Vizenor) の「サバイバンス」の概念、すなわち「迫害の言説を回避し、平衡感覚」を持ちながら生き続けるあり方を読み取っている。

カナダ先住民劇作家のマリー・クレメンツ (Marie Clements) による戯曲『燃えゆく世界の未来図』(*Burning Vision*) もまた、トランスナショナルな被爆・被曝の問題を描き出した二一世紀作品である。一谷智子の第二五章「燃えゆく世界の未来図――マリー・クレメンツの劇作にみるグローバルな環境的想像力」は、クレメンツの『燃えゆく世界の未来図』における「核」家族の表象を分析しながら、ウラン採掘、原爆の製造・投下、核汚染といった核をめぐる被害が、国、地域、人種、民族、さらにはヒューマンやノンヒューマンの境界を超えて繋がっていることを検証する。また、ウルズラ・ハイザ (Ursula K. Heise) による「エコ・コスモポリタニズム」の概念を援用しながら、ローカルな環境危機とグローバルな環境的想像力を結びつけた戯曲として本作品を評価している。

スロヴィックによるエコクリティシズムの展望からはじまる本書は、一人の米文学者の家族の肖像を辿ることで見えてくる、一九世紀末から二〇世紀初頭にかけての壮大な環太平洋的自然保護運動の繋がりを示す章で幕を閉じる。巽孝之による終章「聖樹伝説――ヨセミテの杜、熊野の杜」は、一八九〇年代初頭、カリフォルニア州ヨセミテ国立公園に生えていたワウォナ・トンネル・ツリーの下に立つ筆者の祖父の写真を端緒に、フロンティアの消滅と同時にジョン・ミューア (John Muir) による自然保護運動の興隆を迎えたアメリカ西部の歴史と、博物学者・民俗学者として知られる南方熊楠が、二〇世紀初頭の神社合祀反対運動に伴う自然保護運動に乗り出した歴史を紐解く。本論に示されるヨセミテ国立公園と和歌山神社林、ミューアの自然保護運動と熊楠の神社合祀反対運動の類推は、同時代に海を越えて広がっていた環太平洋的環境思想を、現在を生きる筆者に辿り寄せるものである。

以上に示した各章の紹介からも明らかなように、本書には英語圏（特に北米文学）の作家や文学作品を扱った論文が多く掲載されている。これは、エコクリティシズムと呼ばれる文学批評が欧米を中心として始まったことや、本書を執筆したエコクリティシズム研究学会の会員の多くが、英米文学研究者であることも関連しているだろう。だが、このことは決してエコクリティシズムの限界を示すものではない。というのも、本書の考察は、従来の批評では明らかにならなかった英語圏作家の側面を描出し、さらに日本作家、カナダ作家、オーストラリア作家と深く結ばれながら、舞台は国境や時代を超えて展開しているからだ。本書に登場する作家や環境活動家たちは、人間と環境の多様な関わり合いを通じて、彼ら・彼女らが直面する問題が、特定の地域や時代の問題であるだけではなく、現代の私たちや未来の地球とも分かち難い関係にあることを教えてくれるだろう。本書が、出版地である日本で、様々な地域の文学における環境意識をより深く追求するためのきっかけとなれば幸いである。

最後に本書のタイトルについて少し触れておきたい。「エコクリティシズムの波を超えて」というフレーズは、波の先に「エコクリティシズムではない何か」があることも示唆しており、エコクリティシズムの可能性を示そうとする本書の試みとは矛盾していると思われる方もいるかもしれない。しかし、エコクリティシズムという一つの文学批評の形態が、科学と文学の境界、人間と環境の境界、種の境界、場所の境界、時間の境界さえも越えながら、幾つもの「波」を生み出してきたと考えるならば、波を超えるという行為は必ずしも終わりを意味するものではないだろう。あるいは、エコクリティシズムの「波」は、他の幾多もの「波」の打ち寄せる海へと広がることで、これまで思いもよらなかった新たな未来の地球を想像する力を与えてくれるのかもしれない。いずれにせよ、エコクリティシズムの未来も、地球の未来も、いまだ不透明なままである。本書が、これを手に取った読者と何らかの形でつながり、エコクリティシズムの未来や地球の未来を考える新たな「波」を起こしたとすれば、これ以上悦ばしいことはない。

二〇一七年三月

松永　京子

参考文献

Braje, Todd J. "Evaluating the Anthropocene: Is There Something Useful about a Geological Epoch of Humans?" *Antiquity* 90.350 (2016): 504-13.

Crutzen, Paul J. and Eugene F. Stoermer. "The 'Anthropocene'." *Global Change Newsletter* 41: 17–18.

Dalby, Simon. "Re-evaluating the Anthropocene." *Antiquity* 90.350 (2016): 514–15.

Kolbert, Elizabeth. "Enter the Anthropocene—Age of Man." *National Geographic Magazine*. March 2011. Web. 23 Nov. 2016.

McNeill, J.R. and Peter Engelke. *The Great Acceleration: An Environmental History of the Anthropocene since 1945*. Cambridge, MA: Belknap P of Harvard UP, 2014.

Revkin, Andrew C. "An Anthropocene Journey." *The New York Times*. 8 Nov. 2016. Web. 23 Nov. 2016.

Robin, Libby. "Histories for Changing Times: Entering the Anthropocene?" *Australian Historical Studies* 44 (2013): 329–40.

Zalasiewicz, Jan. et al. "When did the Anthropocene Begin? A Mid-twentieth Century Boundary Level is Stratigraphically Optimal." *Quaternary International* 383 (2015): 196–203.

序章　第四の波のかなた
——エコクリティシズムの新たなる歴史編纂的比喩を求めて

スコット・スロヴィック
伊藤詔子 訳

一　エコクリティシズムの根源は何か

エコクリティシズムを端的に定義するなら、テキスト分析を通して人間と自然の関係性を探求することであるが、エコクリティシズムという批評の深い根源は、文学研究の分野をはるか遠く遡って辿ることができる。この仕事をして三〇年以上を経ても、なお私はエコクリティシズムの原《ウァ》テキスト、すなわち絶対的源泉をピンポイントで指し示すことができないでいる。しかし死海文書またはウパニシャッドに関する古代釈義は、もしこれらの文書の中の自然に関するモチーフに言及することにでもなれば、ヒキガエルや小石の営みに、そしてまた人体に発見される産業廃棄物の痕跡に具現化される物語や、南アフリカでのフラヌールの都会体験談の文章表現、そして表面上は詩でもなければ非・人間的環境に波長を合わせているというのでもない言葉から成る環境詩学、といった二一世紀の論考の数々の、先駆けと見なされるものがあるであろうという実感を持っている。

エコクリティシズムの古代のルーツ、そしてより近年の一八六四年から一九六四年の間の当分野の出現、（後者はレオ・マークスの西洋文化におけるパストラリズムの画期的研究である一九六四年の『楽園と機械文明』が登場した年である）に光を当てたデイヴィッド・メイゼル（David Mazel）の『初期エコクリティシズムの世紀』（*A Century of Early Ecocriticism*, 2001）はプロト・エコクリティシズムから現代までの軌跡を辿ってきた。しかし、この学問領域は概して一九七〇年四月二二日の第一回アースデー以降の、一九七〇年代に学問領域を超えて沸き起こった、環境への自覚のうねりの産物であると考えられている。ウィリアム・リュカート (William Rueckert) が一九七八年に発表した『アイオワ・レビュー』(*The Iowa Review*, 1978) の中の「エコクリティシズムの実験」("experiment in ecocriticism") は、自意識的なエコクリティシズム運動の始まりとして最も明確な歴史的指標ではあるが、ネイチャーライティング、エコフェミニスト文学研究、および学際的ウィルダネス問題のほとんどの学者たちは、一九八〇年代後半まで自分たちのことを「エコクリティック」であると考えたことはなかった。その頃シェリル・グロットフェルティ (Cheryll Glotfelty) が、今や有名な、彼女の共同体構築のための書簡を仲間の院生やウォーレス・ステグナー (Wallace Stegner) のような著名な文学者に配布した。そして一九九〇年代半ばになってグロットフェルティとハロルド・フロム (Harold Fromm) が『エコクリティシズム読本――文学的エコロジーのランドマーク』(*The Ecocriticism Reader: Landmarks in Literary Ecology*, 1996) の編纂を開始し、一九九六年にジョージア大学出版局から世に出るに至った。

二　波のメタファーの採用とその歴史

今エコクリティシズムの歴史を駆け足で復習しているが、その理由は、本論で私が関心を寄せているものはエコクリティシズムに関する歴史の詳細――学者の氏名、出版の日付、アイディアの進化――に留まらず、エコクリティックや仲間の環境人文学の学者たちによって使用されている言語、並びにこの分野の発展を特徴付ける史料編纂学的［原文 historiographic］メタファーがそこに含まれているからだ。驚く人もいるかもしれないが、エコクリティシズムに関する史料編纂学の中で用いられている支配的メタファーの幾つかは、エコクリティシズムの自意識的な学問的運動としての、まさに開始の時点に予見された。「エコクリティシズム」という語は、リュカートが一九七八年の論文の中で作り出した用語ではあるが、グロットフェルティとフロムが一九九六年に彼らの選集を発刊するまで、実際にはこの学問領域全体を表現するものとしては採用されていなかった。その本のグロットフェルティによる波及力のあるまえがきは、エコクリティシズムの潜在的重要性を、一九七〇年代および一九八〇年代に北米で突出してきた文学研究に対する、フェミニスト的アプローチおよび多文化的アプローチになぞらえている。彼女は、フェミニスト批評の「発展段階」に関して、具体的な詳細に踏み込んで次のように書いている。

> フェミニスト批評の三つの発展段階から成るエレイン・ショウォルター (Elaine Showalter) モデルは、これと似たエコクリティシズムの三つの位相を言い表すのに有用なスキームを提供する。フェミニスト批評の第一段階である「女性像」段階は表現に関わる。（中略）ショウォルターのフェミニスト批評第二段階は（中略）女性文学の伝統確立の段階である。（中略）ショウォルターが識別しているフェミニスト批評第三段階は理論の位相である。(xxii–xxiv)

グロットフェルティはフェミニスト批評の歴史について、ショウォルター・モデルを記述するのに「段階」という用語を使用しているが、ほとんどの学者たちは「波」という語をフェミニスト史料編纂学と関連付けるようになってきた。一九世紀および二〇世紀初頭に起こったフェミニズムの第一波は、男女間の法的不平等性の打倒に重きを置き、女性選挙権に焦点を強く絞ったものであり、第二波は、特に一九六〇年代から一九八〇年代にかけて、ジェンダーの規範及び社会における女性の地位に関する問題に光を当てた。現在のフェミニズム第三波は、第二波フェミニズムの狙いの多くを前進させ継続しているが、北米では、教育、企業、及び政治面での支配的地位への女性の進出や、フェミニストの理念に対するこれまでの散漫なアプローチを修正する、新たな「マテリアル・フェミニスト」的焦点を目立たせるものが出現した。ステーシー・アライモとスーザン・ヘックマン (Stacy Alaimo and Susan Hekman) が二〇〇八年に出した論集『マテリアル・フェミニズム』(*Material Feminism*) の中で明らかになるように、男性の身体と女性の身体の物質的な差異を認識することによって女性の本質を示すことの危険性は、一九八〇年代および九〇年代には物質的アプローチをとることを挫くものであったが、新たな世紀となって、社会及び物理的世界で具現化された生を、人々がどのように生きるのかということにおける、真の差異を学者たちが研究し始めたことで、危険性は減少した。特にこの論集とアライモの次の本である『身体的自然』(*Bodily Natures*, 2010) における取り組みは、異なる身体が環境中の汚染物質に対してどのように反応するかについて、肉体横断的真実を強く思い知らせ、物質的アプローチの重要性を補強している。

グロットフェルティによる『エコクリティシズム読本』での、フェミニズムおよびフェミニスト批評の歴史的発展の端的な概説は、興味深いことに、フェミニスト思想の詳細事項を心理学のような学術分野の発展を記述する際に、より通例的に使用される用語遣い（「段階」）と融合させている。心理学は、伝記的発展を学問領域史に対するメタファーとして頻繁に使用しているという理由で注目される。『心を名づけること――心理学はいかに表現を見出すか』(*Naming the Mind: How Psychology Found its Language*, 1977) の著者であるカート・ダンジガー (Kurt Danziger) は、ヨーロッパ人間科学史学会二〇〇一年八月の開会の辞で次のように書いている。

> 心理学史に心理学的対象物の伝記という観点からアプローチすることは、学問領域とその歴史の間の関係性に対する重要な意味を持つ。伝統的に学問領域の実践者らは、歴史的視点をあまりに多用しすぎて二つの本質的に偽った印象、すなわち、心理学という分野は或る種の統一体を表し、浮き沈みがあったにもかかわらず歴史は進展の物語である、という印象を生じさせている。（中略）仮に心理学史を心理学的対象物の歴史という観点から取り扱ったなら、当分野についてそのような対象物の集合によって含意されるだけの統一性はないのである。

学問領域の進展を、あたかも全体としての専門分野が個々の有機体であるかのように記述することによって、乳児期から幼年期へ発達し、ついには成熟して新しい分野や応用の分化を遂げるとすることは、ダンジガーが示唆しているように二つの特定の帰結を伴うことから、他の学問領域にとって教訓的な実例となるのではないだろうか。我々がフェミニスト政治学（又はフェミニスト学）を語ろうが、心理学を語ろうが、エコクリティシズムを語ろうが、伝記的メタファーの採用（例えば、仮説的な発言「エコクリティシズムは、一九七〇年代後半リュカートがその用語を作り出したのと共に誕生し、（中略）当分野は成熟し、二一世紀の最初の一〇年が終わるころには、物質的アプローチの出現と共に学際色豊かになった云々」）は、多様な学者共同体の真っ只中で、存在しそうもない統一性と満場一致の感覚を抱かせ、更に変化を進展と混同し、暗黙のうちに初期思想家の洗練された思想を無視するものである。

同様の懸念がフェミニスト史学における波というメタファーに関する歴史的釈義に持ち上がっている。一部の学者は、複合的で多様な複数の思想を支配的な「波」の中へ単純化しすぎることで、運動または学問領域の真のニュアンスがかき消されてしまうことを指摘する。周知度の低いアイディア、または当分野の歴史を書き記した者たちに歓迎されそうもなかったアイディアは、全く存在しなかったかの如く傍らに姿を消す。エミリー・ホーフリンガー (Emily Hoeflinger) は、二〇〇八年の論文「波を語る——フェミニスト・モーメントの構造とウェーブ・エコノミーの潜在的可能性」("Talking Waves: Structure of Feminist Moments and the Potential of a Wave Economy") で次のように述べている。

本当のところ、修辞的構造としての波のシステムは、フェミニストの過去および現在を読み解く場合に、二者択一、盲点、および不正確な定義を確立するきらいがあり、「第二」または「第三」の波という共通観念の中へ容易に因数分解できてしまうほどには突出はしていない歴史が、失われるという危険をはらんでいる。また一方、エコノミーと同じほどの修辞的仕掛けではない波系は、一つのフェミニスト・モーメントから次のフェミニスト・モーメントへ一抱えの情報を伝えており、したがってこの構造を失うか又は拒絶することはフェミニストの集合的歴史（もしくはより適切な用語なら「兵器庫」であろうか）への脅威を突き付けるように見える、という見方もまた真実である。

社会的運動の諸理念を、積極的変容へ向けた牽引を実現するのに必要な道具であると我々が考えるなら、また遠大な効果を実現するためには多数の声や戦略を含み入れるということの重要性を我々が理解するなら、これらの道具／アイディアのできうる限り多くを保持するようにし、どちらかというと不明瞭な概念や、語彙の潜在的影響力を軽視しないようにすることが肝要であるように思える。多種多様な事象や参加者を温存することに照準を合わせるとするエコノミーというホーフリンガーの観念は、支配的な潮流を認識することに加えて、ささやかであまり人気のない「モーメント」の保持に優先権を与えている。それらの取り組み全てが積み重なると、運動の社会的ゴールの実現に向けて有利に働く「兵器庫」となる。

他のフェミニスト学者、例えば二〇一一年刊『女性およびジェンダー研究を再考する』(*Rethinking Women's and Gender Studies*) の「波」("Waves") の章を執筆したアストリッド・ヘンリー (Astrid Henry) などは、歴史の歪みというものは、論争中の考えを、議論の余地なく満場一致で受け容れようとするとき起こると論評している。少数意見が敬意をもって保持されなければ学問領域の実際の豊かさは消える。歴史の書き手たちが、それまでの時代を歪めるという史料編纂的傾向もある。二〇一二年のインタビューでヘンリーは「私が思うに、広い歴史スパンが、その中で進行中の多くの物、競合し合う考え、政治的戦略の不一致、等々を有していようがいまいが、我々が入り組んだ事柄を一括りにしようとするときには、「波」のような用語やメタファーが助けとなる」とコメントしている。社会的運動が新しさを猛烈に追い求めるなかで、少数派哲学や、それまでの世代を投げ捨ててゆくことに特に用心深くなろうというのは頷ける。史料編纂学は、その心底では、アイディアや行為の真実を捉えようと模索し、様々に入り組むニュアンスと大まかな外観の明快さを組み合わせてゆく。効率が必要なことも、細部の完全な保持を妨げる。言い換えるなら、全ての歴史は必然的に、その歴史を生きた共同体の真実に比べれば、それほど錯綜的であったり多面的ではないかたちで書かれる。しかしながら、歴史モデルを批評する場合、また我々の学問分野の歴史や我々が属する他の共同体の歴史を書く場合、重要なことは我々が自分たちの歴史的言語の限界を認識することである。この種の自己批評は、サラ・ベビン (Sarah Bebhinn) の二〇〇六年の作品「対立する世代――フェミニスト・ウェーブ・メタファーに取り組む」("Generations in Conflict—Grappling with the Feminist Wave Metaphor") にありありと表れている。

この点が、私に波というメタファーを信奉し難くさせるところである。他のフェミニストが、年齢を基準に排除されるグループへ自身を振り分けることを、私がわざわざ選択しようとするだろうか。答えは単純、私はそうはしない。経過的期間を記述するには、人々の群よりむしろ波というメタファーを使用する方がはるかに有用であると私は思っている。その場合、我々はみな第三波フェミニズムの中に一緒に仕事をしながらいることになる。（中略）ならばなぜ我々は波同士を差別化する必要があるのか。我々はみな一緒に仕事することさえできないのか。これに対する私の返答は、できる、我々はみな一緒に仕事するべきであり、我々の多くはそうしている、である。世代的に言って私は第三波に属しはするものの、私は自身をインターウェーブ (inter-wave) だと考えている。

この学者は実のところ、彼女の学問領域の直近の波だけでなく複数の波に同時に属していることを認知している。ほとんどの学者たちの間には、現在の波へのバイアスがある。私は後述のように、エコクリティシズムの波を要約したときにこれを数多くの場面で目撃している。同僚らは得てして後で私のところにやって来て、彼らが直近の波に「属している」という安堵を、あるいは彼らの学識がより早期の波に立ち戻っているのが自明であるとの落胆を表明する。おそらくこれは、学者たちが流行遅れになることへの怯えから来ており、特に新しくて独創的な考え方を学術的な仕事の究極ゴールとして讃える文化ではそうである。ベビンの「インターウェーブ」であることについての、心を和ませる発言は、実際にほとんどの学者たちの語彙および概念装置が、本当は幾層にも重なる歴史的連結をなしているということを言い表している。

フェミニストの学者たちが、彼ら自身の学問領域で支配的な波メタファーについて長く疑念を抱いてきたという事実にもかかわらず、エコクリティシズムを含む他の分野はこれを踏襲して、自分たちの歴史的発展を波という用語で記述してきた。もっともよく知られた例が、ローレンス・ビュエル（Lawrence Buell）の『環境批評の未来』の第一章にある。

環境批評の明確な地図を描くことは不可能である。（中略）それでもエコクリティシズム第一波から第二波、つまり今日目立って明らかになってきた修正主義に至る生成を跡付けるような、いくつかの傾向を特定することはできる。しかし初期エコクリティシズムが引き起こした流れはほぼ着実に引き継がれており、第二波の修正主義のほとんどは先駆者に反論するものであるとともに、そこに立脚するものでもある。その意味では「パリンプセスト」のほうが波よりはよりふさわしい比喩といえるだろう。(17)

ビュエルによるこれらの広い「トレンドライン」の識別において目につくのは、彼が「第一波」および「第二波」と名付けた潮流内の特異性の欠如、そしてまた「パリンプセスト」なら当分野の歴史的発展をより正確に言い表したかもしれないという認識をほのめかしており、性急な波メタファー批判も示している。確かに、テキストが繰り返し重ね書きされてきたパリンプセストでさえ、エコクリティシズムのような学問領域の異なる歴史的位相／モデル同士の重なり合いや交わりを精密には捉えはしない。しかし少なくともパリンプセストは、継承される個々の過程毎にそれぞれの新たな位相が、どういう訳か以前の（複数の）位相を無効にして取って代わるという偽った示唆は与えず、位相同士の実際の同時性を含意しているのである。

ビュエルは二〇〇五年にエコクリティシズムに波というメタファーを添えて自身の本を発刊し、それからほどなくしてジョニ・アダムソン（Joni Adamson）と私がエコクリティシズムと民族性という特殊な主題に目を向けた、二〇〇九年出版の『アメリカ合衆国の多民族文学』（*Multiethnic Literatures of the United States*）のまえがきを執筆した際に、波という用語を再使用した。ここで後戻りして第一波エコクリティシズムから第四波エコクリティシズムまでの本質的な面を概説させていただくことにし、私の二〇一〇年の論文「エコクリティシズム第三の波――学問領域の現位相に関する北米の考察」(“The Third Wave of Ecocriticism: North American Reflections on the Current Phase of the Discipline”) の守備範囲を簡単に振り返りたい。当分野の全ての波を記述するにあたり、私はそれぞれの波の終わりの日付を添えることを回避することに腐心した――というのも波というメタファーは私にすれば、波には決して終わりがないという点でたちまち破綻するので、それらが最初に学問的実践の顕著な特徴として出現した後も、何年も経てなお健在で意味を持ち続けている実践や考えを行使しているものとして記述している。ここでともかく、二〇一〇年の論文に記述した三つの波を、より最近(『ＩＳＬＥ―文学および環境における学際的研究』二〇一二年秋季、一九巻四号) の編者ノートに記した第四の波と共に駆け足で復唱する。

第一の波――一九八〇年ころ始まった、エコクリティシズムという語がまだ一般的ではなかった当初の波。ネイチャーライティングを重視し、非・人間的自然(ウィルダネス) と、米英の文学を分析の中心とした。この中では下位区分の運動として、論争的エコフェミニズムが政治的な方向性を持っていた。

第二の波――一九九〇年代半ばころ起こった波で、エコクリティシズムが(ポップカルチャーを含む多様なジャンル「緑の文化研究」に) 拡大し、急速に多文化作家、作品に研究が及び、世界中のローカルな環境文学に興味が増大し、環境正義エコクリティシズムが台頭した。『環境正義読本』(*The Environmental Justice Reader: Politics, Poetics, and Pedagogy*) の二〇〇二年の出版とともに、田園と野生の場所に加えて都会と郊外が視野に入ってくる。

第三の波――雑誌 *MELUS* (*Multiethnic Literatures of the United States*) 二〇〇九年夏季号序文で、ジョニ・アダムソンと私は一国文化を超えるエスニック文化を横断する傾向に焦点を当てた。しかし私は後でグローバルな場所の感覚の緊張関係、エコ・コスモポリタニズムの出現を指摘し、ウルズラ・ハイザ (Ursula Heise) の『場所の感覚と惑星の感覚』(*Sense of Place and Sense of Planet*) と、トム・リンチ (Tom Lynch) の『ゼロフィーリア』(*Xerophilia*) で示された「避難所的」(nested) バイオリージョナリズムなどの傾向――またこれに付随するマテリアル・エコフェミニズム、クイア批評、生きもの批評、エコクリティカル・アクティヴィズムなども加えていった。

第四の波――二〇〇八年アライモとヘックマンの論集『マテリアル・フェミニズム』の中の、「身体を超えるフェミニズムと自然の倫理的空間」(“Trans-Corporeal Feminisms and the Ethical Space of Nature”)という論文は、いかに人間の身体が物理世界に埋め込まれ、文学テキストが、身体と地球を貫く物質的かつ倫理的な物理的現象を内包しているかを論じた。*ISLE* 編者ノートで私は、「環境的事物、場所、過程、諸力、経験における基本的マテリアリズム」にエコクリティクが関心を増大させていることを指摘した。そしてすぐ二〇一四年アーヴィーノ (Serenella Iovino) とオッペルマン (Serpil Oppermann) 編『マテリアル・エコクリティシズム』(*Material Ecocriticism*) が出版された。

エコクリティシズムという分野を、学部生から政府の役人に及ぶ新しい聴衆に解説するために招聘されることがよくある者として、私は、この分野が過去三〇年に経てきた変化を記そうとする際に、波というメタファーが有用な省略表現法となることを見いだした。また一方で、短い時間スパン（一九八〇年～一九九五年、一九九五年～二〇〇〇年、二〇〇〇年～二〇〇八年、二〇〇八年～二〇一二年）の間のエコクリティシズムの微かな変化や分岐を綿密に調べて、エコクリティシズムを微視的に歴史化しようとする傾向があったという思いがする。私はこれらの習性を、この分野の解説者としての自身の中に発見し、また私の同僚にもこの傾向が垣間見られた。すなわち二〇〇六年のウルズラ・K・ハイザの「ヒッチハイカーのエコクリティシズムガイド」(“A Hitchhiker's Guide to Ecocriticism”)、二〇〇九年のロレッタ・ジョンソン (Loretta Johnson) の「図書館緑化――エコクリティシズムの基礎と未来」(“Greening the Library: The Fundamentals and Future of Ecocriticism”)、二〇一〇年のアンドレア・キャンベル (Andrea Campbell) の「世界全体の未来の彼方を読む――エコクリティシズムの未来への私の希望」(“Reading Beyond a Universal Future: My Hopes for the Future of Ecocriticism”)と、グレタ・ガード (Greta Gaard) の「エコフェミニズムへの新しい方向――よりフェミニスト的エコクリティシズムに向かって」("New Directions for Ecofeminism: Toward a More Feminist Ecocriticism") のような論文の中で、彼らはエコクリティシズムの範囲および発展を図表化しようとしている。エコクリティシズムに関わる実践の複数の波、または部分集合の詳細分析の代替形は、ケン・ヒルトナー (Ken Hiltner) の二〇一五年の論集『エコクリティシズム——基本読本』(*Ecocriticism: The Essential Reader*) に実証されるアプローチになり、この論集は「第一波エコクリティシズム」および「第二波エコクリティシズム」と題された二つの大きな節に分けられていて、「第一波」を一九九六年の『エコクリティシズム読本』発刊までのもの全て、「第二波」を一九九六年以降に出てきたもの全て、としていることを別にすれば、選択されているテキストを分別するための特別な論理的根拠は何も持ち合わせていない。ヒルトナーは、第二波エコクリティシズムの特異な着眼点は、より最近の波が環境正義や環境スケールというような話題を網羅しており、そして第二波は「環境問題に間違いなく理論的姿勢から」(一三二) アプローチしている、と彼の観察の中で起こっていることを厳密に断言するところまで来ている。しかし二〇一五年の巻から目立って欠如しているのは何かというと、学者たちが数年間に亘って、エコクリティシズムをより広い学際的な「環境人文学」というルーブリックの内に考えてきた、ということの認知である。一九九五年から二〇〇二年はネヴァダ大学リノ校が人文科学系環境研究センターの中心であったとはいえ、「環境人文学」という語句および概念の拡散使用は、二〇一〇年前後には浸透し、学会設立がめだってきて、二〇一二年にはトム・ヴァン・ドーレン (Thom van Dhooren) とデボラ・バード・ローズ (Deborah Bird Rose) という編集者による、オーストラリア環境人文学学会誌 (*Australian journal Environmental Humanities*) の創刊を見るに至った。

三　波のメタファーの見直しにむけて

「環境哲学、環境歴史学、エコクリティシズム、文化地理学、文化人類学、および政治的生態学を跨ぐ結合」を認知し、そこからの恩恵を享受するのに欠かせない現在の環境人文学（この分野はＵＣＬＡの環境人文学のためのホームページにある「環境人文学とは何か」という表明の中で説明されている）に照らせば、特に二一世紀に入って二〇年近く経ち、エコクリティシズムに関する史料編纂学について、当学問領域はフェミニズムからほとんど偶発的に継承した波のメタファーを考察し直すべきだという思いがする。そのような再考察のゴールは、同じように限定的で歪曲的なメタファーを性急に採用することではなく、エコクリティシズム内での時間的な変化、および当分野の姉妹学問領域との交わりをどのように我々が特徴付けるかに関する、何かしらの自意識的熟考を引き起こすことである。

私は、二〇一三年秋、ローレンス・ビュエル、グレッグ・ガラード、ジョージ・ハンドリー（George Handley）、ウルズラ・ハイザのような先導的人物やアリソン・カルース（Allison Carruth）、ジェシー・オーク・テイラー（Jesse Oak Taylor）を含む新進気鋭の同僚らと交流する機会が持てる、ワシントン大学の「環境人文学の未来」（"The Future of the Environmental Humanities"）と題されたシンポジウムに向けた準備の中で、エコクリティシズムの、〈波〉に代わる史料編纂的メタファーを構想し始めた。シンポジウムに先立ち、私はアイダホ大学の同僚（アンナ・バンクス（Anna Banks）、エリン・ジェームス（Erin James）、ジェニファー・ラディーノ（Jennifer Ladino）と会談し、また他にもアイダホ州モスコーの我々の月例エコクリティシズム読書会の参加者らと会談した。私は読書会メンバーらに「どんなメタファーなら、波のメタファーが働きかけるよりも広大な時間的および学問領域的視方の内にエコクリティシズムを置けるようになるか」と問うた。ワシントン州立大学でズーポエティクス（Zoopoetics）の博士論文を最近完成させたばかりのアーロン・モー（Aaron Moe）が、テキスト研究から哲学に及ぶ範囲の分野でのアイディアおよび語彙の、比較可能性を際立たせることになるとして、「フラクタル」（自己相似性）という案を提示してくれた。ヨガ哲学と実践に造詣の深いアンナ・バンクスは、「スパンダ」という用語を挙げ、スパンダとは宇宙の始原振動を暗に示し、スパンダは全てのエコクリティシズム的ジェスチャーが、存在の最も奥底のリズムと切望を反響させることを思い出させる働きをする、ということであった——但し、おそらくそのようなアイディアはあまりに拡張的で現実味がない。トゥールーズ大学からの客員教授であるウェンディ・ハーディング（Wendy Harding）は、エコクリティックたち（おそらく彼女は厳密には私のことを言っている）は、非常に多くの時間を費やし遠く離れた場所へ旅行しては、聴衆が環境を意識するよう鼓舞する傾向があるからと、冗談交じりに「エアポート・ターミナル」をメタファーとして提案した——但し、この語句がエコクリティシズムを、「相反する実践のコンコース」とするビュエルの記述（『未来』11）に呼応するからというのも理由である。彼女は更にエコクリティシズムをトニ・モリソン（Toni Morrison）の近年の小説『ホーム』（*Home*, 2012）の着想を連想させる「部屋の多い屋敷」であるとする案を提示した。これらの斬新かつ多彩な用語は、波でしかエコクリティシズム内のパターンを表現しきれないとする観念をくつがえし、当該分野の他分野との関係性を探ることには成功したが、どれも私が探している学問領域超越性（meta-disciplinarity）および学問領域横断性（trans-disciplinarity）の感覚、および通時的発展という考えを完全に捉えきってはいない。

私は、気づくと、思想家が彼らの属する歴史上の（複数の）時代および新しい時代への移行過程をどのように理解するのかという基本的な考えを、沈思黙考していた。この中心的研究の一つはトマス・クーン（Thomas Kuhn）の一九六二年の書『科学革命の構造』（*The Structure of Scientific Revolutions*, 1962）である。クーンは「危機への対応」（"The Response to a Crisis"）の章に次のように書き記している。

そこで危機が、革新的な理論の出現にとって必須の前提条件であると仮定して、次に科学者たちが危機の存在にどう反応するかを問う。（中略）科学者たちを先導してそれまで受け容れられていた理論を拒絶させる裁定の行為は、当該理論と世界との比較以外の、もっと多くのものに基づくのが常である。一方のパラダイムを拒絶する決定は常にもう一方を受け容れる決定と同時であり、この決定につながる裁定は両方のパラダイムと自然との、また互いとの比較を伴う。（77）

二〇一〇年には、簡単に言うと理論派エコクリティックと反理論派エコクリティックを戦わせた「エストックーロビッシュ事件」（Estok-Robisch Affair）のような小競り合いがあったが、大体においてエコクリティシズムに関わる変化は革命的というよりむしろ進化的に起こってきた。我々が微視歴史化を止め、（私が以上で実践したように）当分野の短期的シフトを逐一別々のエポックとして記述することを止めたなら、我々はこの分野についてパラダイム的に考えることができるのではないだろうか。これは、エコクリティシズムの「大局的に視た」歴史的スパンがどのように見えるだろうかということである。それが以下である。

1 プロト・エコクリティシズム（デイヴィッド・メイゼルの『初期エコクリティシズムの世紀』にある通りだが、但し北米のみならず世界全体の文学における自然をテーマとした研究を網羅し、更にメイゼルのプロジェクトの起始点である一八六四年以前のそのような取り組みの歴史を認知する）——**ネイチャーライティング研究**。

2 一九七〇年（アースデー）以降の環境保護に関する運動から二〇〇〇年代初期までを通じた期間中のエコクリティシズムのモード——**環境危機への反応**。

3 環境歴史学から保全生物学に及ぶ多数の姉妹学問領域とエコクリティシズムの共存、及び融合の感覚を育むこと——**一九九〇年代および二〇〇〇年代の学際的「環境人文学」の発展。危機が強まる——気候変動の時代の認知**。

私は、自然現象に言及している聖典の古代釈義研究が、環境倫理や場所の感覚についての考えを反映しているのではないかということを、そしてまたそのような研究は、エコクリティシズム的想像力の最も初期の表象と見なせるのではないかと示唆することから本論を始めた。しかしながら、メイゼルが考えジョー・モラン (Joe Moran) が自身の書『学際性』(二〇一〇年第二版) (*Interdisciplinarity*) に概説しているように、エコクリティシズムの夜明けは、一九世紀半ばの近代文学批評の出現と相まって起こったと見なすのが、おそらくより合理的であろう。そうならば、我々がエコクリティシズムと考えるもののスパン全体は、新しい地質学的エポックとして、パウル・クルッツェン (Paul Crutzen) が提示したよりはるか以前に、ジョージ・パーキンス・マーシュ (George Perkins Marsh) の一八六四年の書『人間と自然——すなわち人間の行為によって変えられた自然地理』(*Man and Nature: or, Physical Geography as Modified by Human Action*) の中で前触れ的に明言されている、「人新世」(Anthropocene) と今や称される時代の間に起こったと主張できるのではないだろうか。

私が上述したばかりのエコクリティシズムの巨視的な歴史的概説は、私にとって、エネルギーと推進力を拡げたり捕捉したりする着実な過程——個々の学者が特定のテキストを詳しく読んだり説明したりすることから、これらのテキストを文化的生態学的文脈（および危機）の内に位置付けることに、また同系学問領域に持ち上がる文学テキストやアイディアの間での会話を評価することに及ぶ過程、を示唆する。波またはパリンプセスト——あるいはスパンダとか部屋の多い屋敷とか——ではなく、私が見定める自分の心に描いているものは、巨大な知的排水系または分水界であって、それはエコクリティシズムそれ自体の内の初期および最近の様々な発展を、他の河川系すなわち実例的に示すと知的思考や芸術的思考、それに活動家思考という小川と並べて網羅するものであり、それらはやがて互いに合流しより広大で非常に早い流れとなって、ついには他の思考系と収斂し、そして最終的にこの惑星の我々の場所を理解しようとする全ての人間的努力を網羅する「環境研究」という大海原へ流れ込む。幾つかの水源が支流として現われ、主要河川水路との合流点に向かって、最終的には河川の「口」に向かって流れ、そこで海に注いでいる河川系の線図を見てほしい。これこそ、我々が参加者として現在属している環境人文学の中の、知的環境のように見えるのではないだろうか。

なるほど私は自分が暮らしているのが、アイダホという全ての水がロクサ川、セルウェイ川、クリアウォーター川、サーモン川、そしてスネーク川に集まる地、またはそれらの様々な支流がついには力強いコロンビア川へ流れ込み、太平洋へ向かって流れ出てゆく地であるからか、当たり前のように川が頭に浮かぶ。私が二〇一三年のシアトルでのシンポジウムでの話題としてこのエッセイを提示したとき、セッションの座長を務めるビュエル教授が質問とコメントを求めると、部屋は一気に会話で溢れかえった。一部の聴衆は川というメタファーに飛びつき、また他の聴衆は私には思いつかなかった代替案をしきりに提案したがった。一人の男性は、エコクリティシズムおよび隣接の分野を、縦糸と横糸が別々の分野を結び合わせ世界に属したいという、そしてこの帰属を理解したいという、人間の願望の美しくて本質的につながった敷物へと一体化させる、言語とアイディアのタペストリーに見立てた。私は、水の流れや生の実態のそのような運動を言い表す体系に魅力を感じているにもかかわらず、このタペストリーの着想も好ましいと感じてしまう。そして私は様々な他の史料編纂的メタファーの、部分的適合性を評価することに納得せざるをえない。

ここでの私の目的は、以上に示唆したように、エコクリティシズムがどこからきてどこへ行こうとしているのかを言い表すための、究極的メタファーを提案することではなく、むしろ全ての史料編纂的メタファーの人為性と不確実性を浮き彫りにすることである。我々は環境人文学という学問の今現在の波と共に前へ流れてゆきながら、念頭に置くべきは、この流れもまたいずれは水中に没する岩礁（急進的な新しい発想、潜在的なコラボレーション、社会的又は物質的危機）にぶつかって、持ち上げられ、少し離れた海岸線まで運ばれて砕け、その水は次から次へと果てしなく続く波間へ振り撒かれるということである。私は時々「エコクリティシズムの波に船酔いしている」自分を発見するというのに、もう一人の私は、波に代わる史料編纂的メタファーを探求して、しばしば私は再び波へといざなわれる。私はおそらく以前よりも少し慎重さと自覚を備えて、新しい波に向かい合うことになるだろう。

引用文献

Adamson, Joni, Mei Mei Evens, and Rachel Stein, eds. *The Environmental Justice Reader: Politics, Poetics, and Pedagogy*. Tucson: U of Arizona P, 2002.

Adamson, Joni, and Scott Slovic. “Guest Editors’ Introduction: The Shoulders We Stand On.” *MELUS* 34.2 (Summer 2009): 5–24.

Alaimo, Stacy. *Bodily Natures: Science, Environment, and the Material Self*. Bloomington: Indiana UP, 2010.

Alaimo, Stacy, and Susan Hekman, eds. *Material Feminisms*. Bloomington:Indiana UP, 2008.

Bebhinn, Sarah. “Generations in Conflict—Grappling with the Feminist Wave Metaphor.” *MatriFocus: Cross-Quarterly for the Goddess Woman* (2006). Web.

Buell, Lawrence. “The Emergence of Environmental Criticism.” *The Future of Environmental Criticism*. Malden: Blackwell, 2005. 邦訳 伊藤詔子、塩田弘、三浦笙子、横田由理、吉田美津訳『環境批評の未来』、音羽書房鶴見書店、2007.

Campbell, Andrea. “Reading Beyond a Universal Nature: My Hopes for the Future of Ecocriticism.” *Schuylkill Graduate Journal* 8.1 (2010): 7–10.

Cohen, Michael P. “Blues in the Green: Ecocriticism under Critique.” *Environmental History* 9.1 (January 2004): 9–36.

Danziger, Kurt. *Naming the Mind: How Psychology Found Its Language*. Los Angeles: Sage Publications, 1997.

——. Revised Opening Address. European Society for the History of Human Sciences Meeting. Amsterdam, Netherlands. August 2001. Web. http://www.kurtdanziger.com/Paper%207.htm

Gaard, Greta. “New Directions for Ecofeminism: Toward a More Feminist Ecocriticism.” *ISLE: Interdisciplinary Studies in Literature and Environment* 17.4 (Autumn 2010): 643–65.

Glotfelty, Cheryll. Introduction. *The Ecocriticism Reader: Landmarks in Literary Ecology*. Ed. Cheryll Glotfelty and Harold Fromm. Athens: U of Georgia P, 1996.

Heise, Ursula K. “A Hitchhiker’s Guide to Ecocriticism.” *PMLA* 121.2 (March 2006): 502–16.

——. *Sense of Place and Sense of Planet*. New York: Oxford UP, 2008.

Hiltner, Ken, ed. *Ecocriticism: The Essential Reader*. London and New York: Routledge, 2015.

Hoeflinger, Emily. “Talking Waves: Structures of Feminist Moments and the Potential of a Wave Economy.” *Thirdspace: a journal of*

feminist theory & culture 8.1 (Summer 2008). Web.
"Interview with Astrid Henry, author of 'Waves' chapter." *Rethinking Women's and Gender Studies* (posted January 20, 2012). Web.
Iovino, Serenella, and Serpil Oppermann. *Material Ecocriticism*. Bloomington: Indiana UP, 2014.
Johnson, Loretta. "Greening the Library: The Fundamentals and Future of Ecocriticism." *Choice* (December 2009): 7–13.
Lynch, Tom. *Xerophilia: Ecocritical Explorations of Southwestern Literature*. Lubbock: Texas Tech UP, 2008.
Marsh, George Perkins. *Man and Nature; or, Physical Geography as Modified by Human Action*. 1864. Seattle: U of Washington P, 2003.
Mazel, David. *A Century of Early Ecocriticism*. Athens: U of Georgia P, 2001.
Moran, Joe. *Interdisciplinarity*. Second Edition. London and New York: Routledge, 2010.
Orr, Catherine M., Ann Braithwaite, and Diane Lichtenstein, eds. *Rethinking Women's and Gender Studies*. London: Routledge, 2011.
Phillips, Dana. *The Truth of Ecology: Nature, Culture, and Literature in America*. New York: Oxford UP, 2003.
Slovic, Scott. Editor's Note. *ISLE: Interdisciplinary Studies in Literature and Environment* 19.4 (Fall 2012): 619–21.
——. "The Third Wave of Ecocriticism: North American Reflections on the Current Phase of the Discipline." *Ecozon@* 1.1 (April 2010). www.ecozona.edu.

＊本稿原文は、"Seasick Among the Waves of Ecocriticism: An Inquiry into Alternative Historiographic Metaphors." *Environmental Humanities: Voices from the Anthropocene*. Ed. Serpil Oppermann and Iovino Serenella. (Rowman & Littlefield, International, 2016) であり、翻訳版権は、Rowman & Littlefield International 社から、タトル・モリ・エイジェンシーを通して二〇一六年六月一四日に訳者伊藤が取得した。

第Ⅰ部　エコクリティシズムの源泉——風景の解体と喪失

作家オーデュボンの先駆性
――辺境の他者表象から探る

辻　祥子

はじめに

ジョン・ジェイムズ・オーデュボン（John James Audubon, 1785–1851）が一九世紀前半のアメリカで、美しい野鳥の彩色版画を多数製作し、自然保護活動の先駆的役割を果たしたことは広く知られている。一八〇三年、当時フランスで一八歳になっていた彼は、ナポレオンによる徴兵から逃れるため、単身渡米する。その後、実業家を目指す一方で野鳥の研究に興味を持ち、南はフロリダ半島から、北はイエローストーンまで足を踏み入れ、そこに生息するあらゆる鳥を調査している。やがて彼は、原初の自然が開拓によって急速に失われつつあるのを目の当たりにし、それを記録に残すことの重要性に気づく。そこで彼は、鳥の絵を書き溜めて出版することを計画する。彼は一八二〇年代初頭から準備を始め、一八二七年には『アメリカの鳥類』（*The Birds of America*）という図版集の予約販売を開始している。さらに、一八三一年から九年に渡って、『鳥類の生態』（*Ornithological Biography*）と題した全五巻からなる画集を、世に出すのである。二〇世紀になって、アメリカで本格的な自然保護運動が始まる中、一九〇五年に設立された自然保護団体が、彼のこうした功績に敬意を表し、オーデュボン協会と名乗っている（西郷 三一三）。

しかし、ここで注目したいのは、オーデュボンの文筆活動である。彼は一八二〇―二一年にミシシッピ川、一八四三年にミズーリ川を蒸気船で旅し、辺境の地で目にした様々な動植物、そしてインディアンについて克明に日記に記している。また『鳥類の生態』では、それぞれの鳥にたいして彼が抱いた感動や愛着が伝わるような説明文を絵に添え、さらにフロンティアでの彼自身の体験談（Sanders 13）や中西部の川沿いで集めた逸話（Sanders 15）を「エピソード」という括りで一緒に収録している。その数は六〇に及ぶ（Sanders 13）。「エピソード」の中には沼地に潜伏していた逃亡奴隷の話もある。

オーデュボンの著作は、アメリカン・ネイチャーライティングの黎明期における出色の作品として評価され、一九九〇年出版のノートン版のアンソロジーにも収められている。オーデュボンは、アメリカの自然にかんする博物誌的情報に文学的な脚色を交えて伝えるネイチャーライターとして、彼より少し先輩のアレグザンダー・ウィルソンや同世代のトマス・ナトールらとともに先駆的役割を果たしている。まずウィルソンが『アメリカの鳥類学』（*American Ornithology*, 1808–14）全九巻を書き、それをオーデュボンが自分の仕事の達成度を計る指標にした。またナトールは、オーデュボンが『鳥類の生態』のシリーズを始めた翌年に、『合衆国およびカナダの鳥類に関する手引き』（*Manual of the Ornithology of the United States and Canada*, 1832）を出版している（Sanders 16）。さらにオーデュボンは、『ウォールデン』（*Walden*, 1854）をはじめ多くの作品を残したヘンリー・デイヴィッド・ソローやそれ以降のネイチャーライターに影響を与えている。また自然環境を人間社会と同じくらい重視する彼らの価値観は、当時ソロー以外の超絶主義・ロマン主義作家にも受け継がれ、アメリカ文学全般の特徴になっていく。それに加えて興味を引くのは、インディアンや黒人を劣等人種として扱うことが当たり前の時代に、オーデュボンがその否定的イメージを壊し、彼らに可能なかぎり近づいて真実の姿を伝えようとしているところである。白人と非白人のイメージを逆転させる試みは、のちのハーマン・メルヴィルの作品にも通じる。もちろん、オーデュボンにも非白人にたいする理解に限界はあるのだが、白人の優越を微塵も疑わなかった当時のアメリカ知識人や辺境人たちのスタンスとは一線を画している。現在、画家や自然保護運動家のイメージが強いオーデュボンだが、本稿では彼の著作のこうした先駆的特徴の数々を明らかにしてみたい。

一　オーデュボンと自然

まずオーデュボンの自然観から見る。トーマス・J・ライアンによると、アメリカの飽くなき進歩・発展に疑念を抱き、広大な原生自然を保護しようという意識が知識人の間で芽生え始めるのは一八三〇年代である (55)。オーデュボンはその意識をいち早く持ったうちの一人であるが、その立場は一貫していない。『鳥類の生態』に収められた「オハイオ川」というタイトルの「エピソード」を例に見ておく。彼は一八一〇年代にオハイオ川を旅したときに見た壮大で美しい風景を一八三〇年代初頭に回顧し、「ヨーロッパからあふれた人間が押し寄せ、この広大な領土の隅々にまで人間文明を植え付けては、森林の破壊を助長する。それがここ二〇年間に起こったことだと思うと信じがたい」と嘆く。そして、失われつつある原初の自然を記録しておくことの重要性を力説する。しかしその一方で、西部開拓を「勇敢な人々」による「大事業」（西郷訳 四七）とみなし、敬意を表している。また、彼は「生きているアライグマを観察するほうが、死んだものからはいだ毛皮よりも好きだし、狩りをして追いかけるほうが、死んだものの肉を食べるよりもずっと楽しい」（西郷訳 六九）と言う。つまり、毛皮や食肉めあてに野生動物を乱獲する猟師とは違い、自分の関心は、あくまで生きた自然にあることを強調している。その一方で、西部の奥地で生き延びるのに肉を食べずにはいられなかったし、鳥の体の細部まで観察して精緻なスケッチを残すには、対象の動きを止める必要があったため、動物の殺害は避けられなかった (Forkner xxi, Streshinsky 25)。したがって彼の日記には、多種多様な動物や鳥をどこでどれだけ殺したという記述が頻繁に見られる。以上のことからわかるように、オーデュボンは自然擁護を訴えつつ、文明人としての立場も捨てていない。ライアンはこうした価値観の揺れを欠点とみなし、彼が「個人的な関心に縛られすぎて」(66) いると批判している。しかしながら、オーデュボンの著作集を編纂したスコット・R・サンダースは、彼の文章にさらに複雑な心の葛藤を読み取り、それをひとつの魅力として評価している。オーデュボンが一八二六年に書いた日記の一節を見よう。

絵が完成、イルカを四頭捕まえる。これはなんと美しい生き物だろう。だんだん命が絶えていく姿からずっと目が離せなかった。徐々に変わっていく身体の色は、色彩豊かな二〇もの色のバラエティなのだ。輝く黄金色から白銀へ、ウルトラマリン、ローズ、緑、ブロンズ、ローヤル・パープルなどの色味を帯びながら変わっていく、この熱く焼けた甲板の上で震えつつ、死を迎えながら。かたわらに立ってその姿を見ていたら、彼らが本来属するべきところへ、元気な生命力みなぎるもとどおりの姿でもどしてやりたいと感じた。たった数分前には擬餌で彼らをおびき寄せ釣り針でとらえ、ゾクゾクするような喜びを覚えたというのに。（西郷訳 一七—一八）

サンダースはこれに関して、「オーデュボンのお互いに相反する四つの人格が非常にデリケートなバランスを保ちながら、彼という人間を成り立たせている」と分析している。サンダースは続ける。

それは獲物に勝って喜びのあまり有頂天になる猟師であり、色彩のたわむれを楽しむ画家であり、生態を観察する科学者であり、また美しいものの死を嘆く自然愛好家でもある。一つ一つの人格を捉えるならば、彼よりも優れた猟師や科学者は同時代にいたことだろうし、現在ならもっと熱心な自然保護運動家やもっとうまい画家がいくらでもいるだろう。しかし、ひとりの人間の中でこれら四つの人格が融合し、激しく交錯すること、これがオーデュボンの非凡さの所以であり、彼の文章に込められた内なるドラマを引き起こすものなのだ。(7)

オーデュボンの魅力をこれだけ的確に論じた批評はないだろう。

このように複雑な自然観を持つオーデュボンだが、彼は大自然を舞台にした文学作品に親しみを感じており、当時人気を博していたジェイムズ・フェニモア・クーパーやワシントン・アーヴィングによる猟師を主役にした物語から強い影響を受けている (Sanders 14)。またオーデュボンは、自然を観念的なものとして捉え、そこから創作のインスピレーションを得るロマン主義文学にも心惹かれていた。彼は大好きなイギリス詩人、ロバート・バーンズの詩を友人が朗読してくれるのを聞きながら、目の前の鳥の姿をスケッチするとき、「この上ない喜びと気分の高揚を感じる」（西郷訳 八八）と「スケッチ」の中で告白している。

冒頭で述べたように、オーデュボンの著作自体はネイチャーライティング、さらにはアメリカ文学全般の歴史において先駆的役割を果たしている。科学的な知識を詩的に表現する文体は、前述のウィルソンやナトールといったネイチャーライターの著作にも見られるのだが、オーデュボンの作品には彼独特の感性とユーモアが認められる。これもサンダースの解説（12–13）を参考に具体的に見ておくと、『鳥類の生態』の説明文では随所に、鳥たちにも人間と同じように様々な感情があることを表している。たとえばシチメンチョウの場合、雌が卵を産んでも、雄は「夫婦生活の楽しみをもっと長びかせたくて」それを全部割ろうとする。あるいは雌の産卵を期に、雄が急に求愛行動をやめて無気力になってしまい、その分雌が「あらゆる手を使って燃え尽きかけた雄の愛情をもう一度燃え上らせようとする」（*Audubon* 194）。人間の夫婦を髣髴とさせる書き方だ。また鳥の行動を人間の仕草を引き合いに出して説明することもある。アオカケスの場合、「まるで歩合制で働く大勢の鍛冶屋のように、横並びになってトウモロコシの粒をついばみ、ハンマー音を響かせている」（290）という具合だ。

シチメンチョウ
（オーデュボン『アメリカの鳥類』より）

さらにオーデュボンのソローへの影響を考えてみる。伊藤詔子によると、ソローは鳥を「地上の境界線に棲み、我々と未開の地域を媒介する」美と芸術の源として評価するのだが、鳥の同定にかんしてはオーデュボンの『アメリカの鳥類』を参照し、その際「ナチュラリストとアーティストの融合に関心を持った」（四〇）。つまり、オーデュボンの鳥の絵は、ネイチャーライティングの道を模索しつつあったソローの創作意欲をかきたてたといえる。ソローの心を動かしたのはそれだけではない。C・ジョン・バークは、ソロー学会の公式サイトに発表したエッセイ「オーデュボンのメインの森」("Audubon's Maine Woods," 2015) の中で、以下のように言及している。「オーデュボンはソローより一四年も前にカターディン山に登り、二五年も前にアレガー・アンド・ピノブスコット川を旅している。(中略) 彼らは、同じくらいの期間メインで過ごし、その経験に啓発された、自然の鋭い観察者である。」このようにオーデュボンは、ソローに先んじて同じ自然環境の中に身を置いた経験を持っている。その上、彼は自分が観察した自然を先に紹介したように独特の感性で綴っている。したがってソローがオーデュボンの書いたものを読んで「ゾクゾクする歓び (a thrill of delight)」を覚えたと、彼の最初期のエッセイの一つである「マサチューセッツの自然史」("Natural History of Massachusetts," 1842) の中で言及しているのも納得がいく。ジョン・R・ノットは、このソローの言葉に注目し、「オーデュボンはソローに、自然史を読むと心が活性化する効果があるという見事な一例を示した」(49) と評価している。オーデュボンは著作においても間違いなくソローに影響を与えているのである。[1]

自然誌を綴る伝統においてオーデュボンの後に続いた人物としては、ソローの他に植物学者のジョン・ミューア、自然愛好家のジョン・バローズ、環境思想家のアルド・レオポルド、そして生物学者のレイチェル・カーソンなどがいる。これらの作家の共通の特徴として、「自然と向き合ったとき、遠くから冷めた目で観察し事実を追求するのではなく、自然の営みの一部となって意味を探求する」姿勢が挙げられる (Sanders 16)。こうしてみるとオーデュボンは、ネイチャーライティングの歴史に初期から関わり、その後も直接的にせよ間接的にせよ、貢献しているといえる。

オーデュボンは一九世紀半ばのニューイングランドに初めて花咲いた本格的なアメリカ文学の作家たち、すなわちソローに加えて、ラルフ・ウォルドー・エマソン、ウォルター・ホイットマン、メルヴィルとも共通点を持っている。サンダースによると、人間と自然の出会いに心を奪われ、自然環境を人類の文明に匹敵するほど重要なものと認め、それを徹底的に観察し、疑問をただし、理解することが「アメリカ文学の特質の一つとしてその萌芽期から今日に至るまで綿々と貫かれてきた」(17) 姿勢であり、オーデュボンはその姿勢を共有しているともいえるのである。

二　オーデュボンとインディアン

次に、オーデュボンのインディアン描写における斬新な視点をみていきたい。アンテベラム期のアメリカ知識人の中には、荒野の自然＝ウィルダネスとインディアンを同じ次元で考え、ウィルダネスの破壊にともなうインディアンの衰退、滅亡にも心を痛める者がいた。マーク・デイヴィッド・スペンスは、その問題に対する関心が、ジョージ・キャトリンから、アーヴィング、オーデュボン、ソローへと引き継がれていると論じている (9–23)。キャトリンは、一八三二年にミズーリ川を遡る旅を行い、とくにインディアンの集落を足繁く訪問して、彼らの姿を絵と文章で表現した。アーヴィングは『ボネヴィル船長の冒険』(*The Adventures of Captain Bonneville*, 1837) において、文明化を阻止してインディアンに最後の避難所を与えるべきだと主張している。ソローも「インディアン・ノートブックス」("Indian Notebooks," 1847–61) や日記において、インディアンこそが自然の守り手であるとして、アーヴィングと同様、彼らの保護を訴えた。しかしながら、ここでスペンスは、アーヴィングよりもオーデュボンの作品のほうが重要だと言っている。スペンスによると「学者たちは、オーデュボンが野生の生物を保存しようとした努力については多くのことを書いてきたが、彼がインディアン社会の消滅について心配していたことには、ほとんど注意を払ってこなかった」(Spence 18)。

そこでここからは、オーデュボンのインディアン描写を詳しく見て、彼の人種にかんするスタンスを探りたい。オーデュボンは一八三三年七月二一日の日記に次のように記している。

> 世間ではよくインディアンはラム酒の飲みすぎで死ぬのだ、と言われている。しかし、そうではないと思う。この世に生まれて以来、インディアンが食料や衣服を得る糧として頼りにしてきた野生の哺乳類や鳥は、白人が彼らの土地に侵入しそれらをことごとく殺しつくしてしまうまでは、あれほど豊かであった。それがまったく手に入らなくなり、飢えと絶望が襲ってくれば、死にもするだろう。（西郷訳 二八三）

このように、オーデュボンは白人による自然破壊とともに生命の危機にさらされるインディアンの身を案じている。オーデュボンはまた「エピソード」の中で、当時の否定的なインディアン観に揺さぶりをかけようとしている。すでに述べたように「エピソード」には、彼自身の体験談に加え、旅先で集めた逸話も含まれるが、後者の場合も彼は「主人公を自分に据えかえて」(Sanders 15) 一人称で語っている。そうすることでその話を自分のものにし、独自の脚色や創作を自由に加えることができる。[2] したがって、インディアンに対するオーデュボンのスタンスは、そういった逸話からも読み取れる。たとえば、次の一節を見よう。

> ある夜、ビジョン・クリーク川からそう遠くない場所で大きな耳慣れない音が聞こえ、それがインディアンの「ときの声」にあまりにもよく似ていたので、私たちは大慌てでオールをこぎ、できるだけ急いでしかも音をたてないよう、反対側の岸まで船を動かした。例の音はどんどん大きくなり、「人殺し」という声がきこえたような気もした。最近、不満が鬱積したインディアンが略奪行為を行った噂を聞いたばかりなので、しばらくはひどく恐ろしい心持ちだった。しかし、やがて気持ちが落ち着き、確かめてみると、あの奇怪な音の正体は熱心なメソジスト派の信者たちだった。恒例の修養合宿に加わるためにそれぞれの生活の場から、人里離れたブナの林の奥にまでやってきたらしい。（西郷訳 四六、傍線筆者）

このようにインディアンの襲撃におびえる白人の間では、恐ろしい声が聞こえたら即、それをインディアンと結びつけるような短絡的な思考回路ができている。ところが、今回の声の主は白人キリスト教徒であったというオチがついている。白人が恐れる「野蛮人」の声と、その「野蛮人」に対して精力的に布教・啓蒙活動を行っていたメソジストの声がそっくりであったとは、おおいなる皮肉である。だとすれば、それを「エピソード」として紹介しているオーデュボンには、白人の偏見に満ちた思考を暗に批判する意図があったのではないか。一方で、「不満が鬱積したインディアン」という表現を通して、彼らがただ闇雲に白人を狙うのではなく、根底に白人の度重なる侵入という理由があることを示唆している。

また別の「エピソード」で、語り手が大平原を横断中、インディアンの青年と交流する場面では、獰猛なインディアン像が覆される。

（語り手が）てっきりインディアンのキャンプだと思い込んで近づいた小屋は、白人のちいさなログ・キャビンだった。泊めてもらえないかと頼んで中に入るとインディアンの青年が先客としている。インディアンの習慣には慣れていたし、彼らが見知らぬ文明人に全然気を使わないことも承知だったので、フランス語で話しかけてみた。彼は熊と闘って怪我をしていた。（西郷訳 五三）

この一節から、語り手がインディアンに偏見を持たず近づいているのがわかる。その夜、家主の白人女性とその息子が共謀して語り手を襲い、時計を奪おうとするのだが、インディアンの青年は、だいぶ前から語り手に危険が迫っていることを合図で教えてくれていた。その合図というのが、猛烈に肩を叩いてきたり、恐ろしい顔つきをしたり、「脂まみれのさやからナイフを抜き、普通の人が髭剃りのレーザーの切れ味をみるように刃に指を当てて調べる」そぶりを見せたり、というものだったため、語り手は一瞬、インディアンのほうに恐怖心を抱くのだが、それは誤解であった（西郷訳 五五）。結局、白人の襲撃を受けている最中に、二人の旅行者が入ってきたため、語り手は何とか難を逃れる。そのとき、「インディアンは喜んで踊りまわり、どうせ痛みで眠れそうにないから、寝ずの番をすると申し出た」（西郷訳 五七）。この一連の出来事からわかるように、インディアンは人間味あふれる善良な若者であって、白人こそが邪悪な詐欺師であった。オーデュボンが元の逸話をどの程度脚色しているのかは不明だが、いずれにせよインディアン＝悪、白人＝善という固定観念を崩すものである。

さらにオーデュボンの日記、「ミシシッピ・リヴァー・ジャーナル」（"Mississippi River Journal," 1820–21）と「ミズーリ・リヴァー・ジャーナル」（"Missouri River Journal," 1843）を見ておきたい。これは、家族のみを読者として想定している個人的なものであることから、オーデュボンのインディアン観がより率直に反映されている。と同時に、彼が将来公に文章を発表することを意識し、それに備えて事象や考察を書きとめ、保存・蓄積したものでもある（Forkner xxxv–vi）。この二つの日記の執筆時期は二〇年以上離れており、その間インディアンを取り巻く状況は目に見えて悪化しているが（xviii, xxxvi）、失われつつある自然だけでなく、それとともに窮地に追いやられる彼らを記録に残そうとする、オーデュボンのネイチャーライターとしての使命感はむしろ強まっていることがわかる。

オーデュボンが「ミシシッピ・ジャーナル」を書いた二〇年代は、インディアンの多くがまだ健全な生活をしていた。この時期のオーデュボンは、自分もインディアンだったらよいのにと願っていたし、事実、インディアンと間違われたこともあったという（Forkner xviii）。彼は一八二〇年一一月一七日の日記で次のように記している。

私はカヌーに乗った二人のインディアンを見た。彼らはフランス語を話し、熊の罠をしかけ、非常に清潔にしている。彼らはヴェニソンのハムを作り、銃を持ち、とても自立し、自由で俗世間のことなど関心がないように見えたので、私は彼らをじっと見つめ、彼らの精神を賞賛し、その環境を羨ましくなった。（*Selected Journals* 45）[3]

また、同年一二月一〇日の日記でも同じように肯定的な内容を綴っている。

インディアンに会うときはいつも我々の創造主の偉大さを感じる。というのも、神の手から作られた裸の男性が、なおこの世の悲しみから無縁であることがわかるからだ。(67)

つまり、当時のロマン主義作家と同様、インディアンの純粋無垢な性質を称揚しているのだ。また、見捨てられた開拓村の住人の格好がみすぼらしいのと比べて、インディアンのほうが「もっと上品で、暮らし向きが豊かで、何千倍も幸せだ」(48)とまで評価している。

ところがオーデュボンが「ミズーリ・リヴァー・ジャーナル」を書いた四〇年代は、開拓による自然破壊がさらに進み、ジャクソン政権によるインディアン強制移住政策の悪影響も顕著となり、インディアンを取り巻く環境は格段に厳しくなっていた。彼らは貧困に陥り、時に天然痘の流行に襲われ(284)、不衛生な暮らしを余儀なくされる「ダニに塗れた汚い輩」(236)となり、「哀れな物乞い」(246)に成り下がるのである。大切なのはオーデュボンが、そういったインディアンを遠巻きに見ているだけでなく、彼らの生活空間に時に足を踏み入れることで、その実態を把握し、彼らと交流をはかっていることだ。たとえばオーデュボンは、他の仲間やガイドともに「メディスン・ロッジ」という儀式用の特殊な小屋の中にまで入り込んで「調査(survey)」し、「偉大なメディスンマンしか使い方のわからない」様々な魔術道具を見つけている(260)。インディアンの世界で儀式を執り行う者を「メディスンマン」と呼ぶことは、ガイドから教わったのかもしれない。やがて一行は、肌のしなびた盲目のインディアンが、そこにじっと横たわっているのに気づく。ガイドから彼の死が近いことを知ると、オーデュボンたちはみな彼と握手し、彼もしっかりとその手を握り返して明らかに満足した様子だったという。また、別の部族の少女が、「トオモロコシとその他の材料をまぜたペミカン(インディアンの保存食)を一杯にいれた木製のボウルを持ってきた。私はそれを一口食べて、とてもおいしいと感じた」(261)という。これは、ちょうどオーデュボンが犬やワニの肉、バッファローの内臓や脳みそなど文明人の食生活の範疇にないものを食すことで、自然の懐深く入っていった (200, 309) のと同様、インディアンの食事を口にすることで、それを心から味わうことで、彼らにより近づこうとしているのだ。さらに、「我々はインディアンたちの肌の色に少なからぬ違いを見つけた」(261) という。つまり部族間の肌の色の違いに気付くほど、彼らのことをよく観察し理解しているということである。

一方で、オーデュボンが先住民に物理的心理的に接近するにも限界はあり、彼自身が文明人として彼らを下に見ているときもある。インディアンの戦士と友好の握手をする場面で「彼らの手の感触はとても嫌だった (dis-gusting)」(264) と言う。取引のために船に乗り込んできたインディアンがやかましくて眠れないと嘆き、中でも「女性たちはモラルが最も低かった」(264) と呆れている。さらに、インディアンたちが浅はかな人間として書かれている「エピソード」もある。彼らは狩りに出ている間に自分たちの村が疫病に侵されたと知るのだが、トオモロコシの世話があるからと、白人たちが止めるのも聞かず大挙して戻っていく。その結果、彼らも疫病の犠牲になってしまったというのだ。そのようなインディアンにたいしてオーデュボンは、「インディアンはインディアンだ」(281)、すなわち、所詮彼らは劣等人種で賢明な判断ができないのだ、という少々軽蔑の混じった表現を使っているのだ。

これまで見てきたように、「エピソード」において、オーデュボンはインディアンにたいするステレオタイプ的見方を覆そうとしている。また日記では二〇年代までは大自然に暮らすインディアンの純粋無垢で気高いところをロマンティックに謳いあげるだけだが、四〇年代のはじめには、本格化する西部開拓によって困窮するインディアンの生活にできるだけ密着して、真実を書きとめようとするネイチャーライターとしての気概をみせていく。場合によってはインディアンを同胞と認めない文明人のプライドが見え隠れすることもあるが、それはこれまで紹介したオーデュボン作品の斬新さ、先駆性を打ち消すものではない。

三　オーデュボンと逃亡奴隷

次は、オーデュボンが「エピソード」の一つに逃亡奴隷をとりあげ、黒人のステレオタイプ的イメージを壊し、白人の語り手との信頼関係や心の交流を描いていることに注目してみたい。「この話から受けた印象を私は決して忘れることがない」(406) という書き出しから判断して、これもオーデュボンがどこかで聞いた逸話をアレンジしたものと考えられる。帰宅途中、森を歩いていた語り手は突然、「動くな、さもないと命はないぞ」という声とともに姿を現した「背が高くがっしりとした体格の黒人」(407) に驚くが、彼がこちらに向けている銃が錆びついていて容易に発砲できるものではないことを冷静に観察した結果、「私は恐怖を感じなくなり、すぐに極端な行動を起こす必要があるとは判断しなかった」(407) という。それ以降語り手は、黒人を一人の人間として扱っている。その黒人は、語り手の家はそこからまだ遠いことを指摘し、「もし私を信頼して、私のキャンプまでついてきてくださるなら、朝まであなたは安全ですし、あなたが狩りで捕った鳥たちも、もしお望みとあらば、私が大通りまで運びましょう」(408) と願い出る。そのときの語り手の反応に注目したい。

> 黒人の大きな知的な目、堂々とした態度、声の調子が、私に危険を冒して行動することを誘った。そして、私は少なくとも彼と対等だと感じたので、自分の犬を付き添わせるなら、あなたに従おう (I would *follow* him) と答えた。
>
> （408 イタリック＝原作者）

語り手は、知能が劣り理性のコントロールが効かないといった偏見に満ちた黒人観を見事に覆している。また、本来黒人が白人に従うところだが、ここではその立場を逆転させている（そのことをオーデュボン自身、イタリックで強調している）。黒人のほうも、語り手の警戒心を和らげる目的で、自分が所持している銃を使えないようにし、肉切り包丁も預けると申し出るのだが（408）、語り手は、肉切り包丁は護身用に持っておけという。こうして彼は黒人と、確かな信頼関係で結ばれるのだ。語り手はその後、献身的に旅のサポートをする黒人の「心の善良さと肉体的な強さ」を実感する。さらに、「彼が森の知識において、完璧なインディアンだとわかった。というのも彼は、私が旅を一緒にした『赤い肌』の人と同様、正確に道案内をし続けたからだ」（408）とあるように、森を知り尽くした先住民の姿にこの黒人を重ね、敬意を表している。

結局語り手は、黒人奴隷の家族の待つ「不健康な」[4]湿地帯の隠れ家に案内され、一緒に食事までしている。その際目の前のシカ肉をとりわけてもらい、「今までの人生の中でもっとも心のこもった食事をいただいた」（409）というのである。これはオーデュボン自身がインディアンに近づくために彼らの食事を口にしたのと似ている。

黒人奴隷は、そこであらためて自分たちの身の上話を打ち明ける。かつて彼らは慈悲深い主人のもとで平和に暮らしていたが、別の複数の主人に転売されることによって一家離散となる。その悲しみに耐えられず、まず自分が逃亡し、それから家族をそれぞれの主人のもとから密かに連れ出し、一家で隠れて暮らすようになったという。

> 逃亡奴隷は、彼らの秘密を私に教えたあと、目に涙をためて席を立ちあがった。「お願いです、ご主人さま。私たち夫婦と子どもたちを助けてください」。彼らは声をそろえて泣き始めた。（中略）そのような話を、心を動かさずに誰が聞けようか。彼らに、私は心からの支援を約束した。（411）

このように、当時の感傷小説に似た展開で、読者の共感も促している。

一方で、たしかに語り手が黒人に警戒心を抱くこともある。例えば、先ほどみたように、最初に「私があなたに従おう」と言いながら、「自分の犬を付き添わせる」（408）のを条件にするのは、黒人と一対一になることを避けている証拠だ。以下の場面にも注目しよう。

私の犬は、黒人の匂いを何度も嗅いだ。私がいつもの声の調子で話すのを聞くと、まもなく彼［犬］は、私たちから離れ、私が笛で呼ばない限りは付近をうろつきまわっていた。我々が進むにつれて私は彼［黒人］が私を日没の方向に導いており、それは私の家路とは逆方向であることに気付いた。私はこのことを彼［黒人］に言うと、彼はもっとも単純にこう答えた。「私たちの安全のためです。」(408)　［　］内引用者

語り手は、「付き添わせる」はずの犬が離れたことでいつになく不安な状態にいる。そこで家路と逆方向に導こうとする黒人を一瞬疑うのだ。ところで、ここで「彼」("he")の指すものが、断りなく犬から黒人に代わっているのはなぜなのか。語り手の潜在意識の中で黒人が犬、すなわち動物と同じレベルに置かれていることを示唆しているのではないか。信頼関係の危機はもう一度訪れる。「突然、黒人が大きな叫び声を挙げた。フクロウのそれに似てなくもない。それで私はあまりにびっくりしたので、再度銃を構えた」(408)という。結局、それは黒人の妻や子どもに帰宅を知らせる合図だとわかるのだが、ここに白人の理解の限界が暗示されている。黒人の妻子を喜ばす言語化されていない愛の声が、白人の語り手には恐怖に感じられたのである。かつてプランテーションの黒人は、白人にわからないように、音楽や身振りやダンスを使ってコミュニケーションを取ったわけだが(Gilroy 75)、黒人の野生動物の鳴き声に近い叫び声も同じ類であるといえよう。

その後、語り手は、偶然彼らの元の奴隷主を知っていたことから、その主人を説得し、一家がまた彼のもとで一緒に暮らせるよう取り計らってやる。そこで黒人奴隷は「他の奴隷と同じくらい幸せになった」(411)と表現している部分にも注目したい。これは、せいぜいその程度の幸せしか手にしていないという皮肉に聞こえる。その一方で、これを一つのハッピーエンドとみなしてしまう白人の語り手、あるいはオーデュボン自身の認識の限界も示唆している。これは奴隷が逃亡に成功して自由になった話ではない。もとのさやに収まっただけの話なのである。

オーデュボンの伝記的背景を参照すると(Streshinsky 10–13, 82–83)、彼の人種観が複雑であるのが理解できる。彼は

父親がフランス領サンドマングで奴隷を使ったプランテーションを経営していたとき、白人の妾に生ませた子どもである。したがって彼自身は白人だが、父親が別の妾に生ませた混血の異母姉妹がたくさんいて、ハイチ革命前夜にその姉妹の中でもっとも色の白かった妹一人とともに、フランス本国の父親の正妻のもとに引き取られている。逸話の中で、偏見にとらわれることなく黒人を信じようとする態度を描いたのは、オーデュボンのこういった経歴が影響しているかもしれない。しかしながらオーデュボン自身、一八一四年に九人の黒人を購入している。当時彼はケンタッキー州で雑貨・食料品店を営んでいたが、その後数年間は彼らに家事や店の力仕事をさせている。その事情もあり、「エピソード」の中で奴隷制そのものを疑問視するまでには至らなかったのだろう。

以上見てきたように、オーデュボンは、辺境の他者である野生動物、インディアン、黒人との距離を縮め、その本質に迫った先駆的ネイチャーライターであり、またソローをはじめ同時期の多くのアメリカ作家とともに、自然環境に人間社会と同等の価値を見出している。白人と非白人のステレオタイプを逆転させるという手法は、メルヴィルの「ベニト・セレノ」("Benito Cereno," 1855) にも見られ、非白人に信を置くか否かで白人の度量が試されるという設定は、おなじくメルヴィルの長編『信用詐欺師』(*Confidence Man*, 1857) にも使われている。両作品とも、実話をもとに脚色されたもので、オーデュボンからの影響の有無は不明だが、オーデュボンの他者表象が当時としては斬新であったことは確かだろう。オーデュボンの作家としての側面は、今後ますます研究され、その魅力が明らかにされるべきである。

注

1 ソロー自身は「単に自然を瞑想したり賞賛したり保護を訴える」だけではなく、アメリカ的自我を自然の中に見出したり、自然と文明の二元論的対立を克服するといった、より哲学的なテーマを追究していく（伊藤 三八—三九）。

2 オーデュボンは著作の中で必ずしも事実を正確には伝えておらず、リン・バーバーなどは彼のことを、「人を欺く男（dishonest

man）だった」(88) と断言している。

3　これ以降、オーデュボンのテキストは *Selected Journals and Other Writings* を使用し、ページ数の数字のみを記す。

4　ソローは、逃亡奴隷が逃げ込む沼を、自然の自由な空間として評価している（伊藤 四二―四三）のだが、オーデュボンは、その沼を「不健康」(409) と断じ、そこにいるよりも元の慈悲深い奴隷主に保護されたほうがよいと判断しているところに思想的な限界がある。

引用文献

Audubon, John James. *Audubon: Writings and Drawings*. New York: The Library of America, 1999.

——. *Audubon Reader: The Best Writings of John James Audubon*. Ed. Scott Russell Sanders. Bloomington: Indiana UP, 1986. 『オーデュボンの自然誌』西郷容子訳、宝島社、一九九四年。

——. *Selected Journals and Other Writings*. Ed. Ben Forkner. New York: Penguin Books, 1996.

Barber, Lynn. *The Heyday of Natural History, 1820–1870*. New York: Doubleday, 1980.

Burk, C. John. "Audubon's Main Woods." *The Thoreau Society*. Web. 29. Aug. 2016.

Forkner, Ben. "Introduction." *Selected Journals and Other Writings*. Ed. Ben Forkner. New York: Penguin Books, 1996. xi–xxxvii.

Gilroy, Paul. *The Black Atlantic: Modernity and Double Consciousness*. Cambridge: Harvard UP, 1993.

Knott, John R. "Henry David Thoreau and Wildness." *Imagining Wild America*. Ann Arbor: U of Michigan P, 2002. 49–82.

Lyon, Thomas J. *This Incomparable Land: A Guide to American Nature Writing*. Minneapolis: Milkweed, 2001.

Sanders, Scott Russell. "Introduction." *Audubon Reader*. Ed. Scott Russell Sanders. Bloomington. Indian UP, 1986. 1–17.

Spence, Mark David. *Dispossessing the Wilderness: Indian Removal and the Making of the National Parks*. New York: Oxford UP, 1999.

Streshinsky, Shirley. *Audubon: Life and Art in the American Wilderness*. Athens: U of Georgia P, 1998.

Thoreau, Henry David. "Natural History of Massachusetts." *American Transcendentalism Web*. Web. 29. Aug. 2016.

伊藤詔子「アメリカン・ネイチャーライティングの起源を求めて」『アメリカ文学の〈自然〉を読む』所収、スコット・スロヴィック／野田研一編著、ミネルヴァ書房、一九九六年。三五―五一頁。

西郷容子「訳者あとがき」『オーデュボンの自然誌』所収、スコット・R・サンダース編、宝島社、一九九四年。三一三―一六頁。

2

メルヴィルの複眼的自然観
——野生消滅への嘆きから自然の猛威の受容へ

大島　由起子

はじめに

ハーマン・メルヴィル (Herman Melville) の自然観については、一九七〇年代に多くの論文が書かれた。[1] また、ムーアは、メルヴィルは崇高美やピクチャレスクをもじることによって、貧しさと結びつく風景をアイロニカルに描写したと、論じている。その後、メルヴィル研究の流れは、キャロライン・L・カーチャーの黒人表象を扱った批評書『約束の地を覆う暗影』(*Shadow Over the Promised Land*, 1980) を嚆矢として、人種、階級、ジェンダーに関するものに移ったが、最近になって自然観への関心が戻ってきている。

ヘスター・ブラムはメルヴィル研究において海洋に関する研究、オーシャン・スタディーズが重要であると唱える。ブラムは、メルヴィルを自由で国境をあまり意識しない「惑星的」な作家と評して、その主因を海に求めている (24)。ブラムは、「惑星的なあり方における海洋的感覚というものは、(現象に対する意味の) 流動性と (それゆえに個々人における意味の) 特殊化を許し、時空についての変幻自在な (多方面の) 理解を許すのである」(35) と述べ、本来、海は名前を刻まれることを拒み、人間の所有や名誉とは縁が薄いと言う。ブラムが指摘するとおり、メルヴィルは、彼の海洋的な感覚ゆえに時代通念とは大きく異なった価値観を持ったのであろう。メルヴィルの自然観を論じるにあたっては、傑作『白鯨』(*Moby-Dick*, 1851) の存在ゆえに、鯨が大きく取り上げられてきた。本稿では、従来とは少し異なった視点として、バッファローや鮫といった鯨以外の動物に関連づけて、メルヴィルの複眼的な自然観を論じる。

本稿第一節では、メルヴィルの自然観を決定づけた、若き日の海洋体験と、彼が感じた自然の脅威を概観する。第二節では、野生の消滅とその原因を作った人間について考察する。メルヴィルは、晩年の詩集『ジョン・マーたち水夫と海の詩』(*John Marr and Other Sailors with Some Sea-Pieces*, 1888) の表題作「ジョン・マー」("John Marr") で、海を知る孤立した元水夫マーを主人公に据えて、開拓民と対峙させている。メルヴィルは、白人が北米中西部から先住民とバッファローを消したことを嘆き、批判しているのである。従ってこの作品は、開拓の象徴であった〈明白な天命《マニフェストデスティニー》〉を反駁するものとして読むことができる。[2] 第三節では、メルヴィルが晩年には海の脅威を含め、自然界の営みを丸ごと受容する作品を書いたことを示す。例として、晩年の詩「モルディブの鮫」("The Maldive Shark") を検討する。この詩にユーモアを読んだ批評はないが、[3] 本稿では、自然の脅威を笑って受容していると解釈する。メルヴィルの複眼的視点はよく知られているが、その視点が鮫にも及び、この作品は脅威であるはずの鮫を滑稽に描いている。

なお本稿では、断りが無い限り、詩はメルヴィル晩年の詩集『ジョン・マーたち水夫と海の詩』所収の作品である。いつ書かれたかは不明である。出版社が見つからずに出版を諦めた一八六〇年に書いていた海の詩作品を含むかもしれない。しかしながら、メルヴィルが晩年の詩集に収めたからには、いずれの作品もメルヴィルの老境を表わすと解釈して良いと考える。

一　メルヴィルの海洋体験

メルヴィルは旅の重要性を説く人でもあった。一八五〇年代後半に行った講演「旅――悦び、痛み、得るところ」("Traveling: Its Pleasures, Pains, and Profits," 1987) では、人は偏見を断ち切って「博愛心の対象を人類全体にまで拡げ」[4]よ、と説く。旅は認識を変える契機となり得るが、メルヴィルは、認識の衝撃を受けて、およそ元の自分には戻れないような旅を奨励する。ある意味で怖い旅である。

メルヴィルは、海を知るがゆえに広い視座を持っている。世界を経巡る捕鯨船に乗りこみ、巨鯨と戦い、嵐のときには板子一枚先は地獄という場に身を晒した。世界の海で最大難所たるホーン岬をはじめとして大自然の猛威をくぐるなど、命を瞬時に跡形もなく奪いうる自然界を、身をもって知ったのである。

メルヴィルは、空間もさることながら、独特の時間感覚も備えている。ガラパゴス群島という、人類登場以前ともいうべき世界にも、捕鯨船員として立ち寄った。そのときには、人類がこの世に現われる前の世界に降り立った気がして、太古の昔から時が止まったような妙な気分に浸ったことであろう。奇しくもメルヴィルと同じく二二歳で、チャールズ・ダーウィンもこの群島を訪れた。今福龍太は、視覚や感覚の直接性を重視して、ガラパゴスという異界での想像力の働き方についてこう洞察している。


ダーウィンの西洋的な目が見ていたのは、まさに圧倒的な異世界であり、ある意味で人類の創成以前の古代的、始原的な地勢だったといえるだろう。私にとっての刺戟と機知は、まさにそうした人間以前の異次元世界とも見える島宇宙との遭遇が、あえて人間の「種」的な道程を最終的にもたらし、近代的な人間の「個」という意識を更新することになる。（一五七）

今福がこう述べるように、メルヴィルにとって近代とは、圧倒的な前近代との比較の上に現われるものである。異界を知るメルヴィルにとっては、人間がこの世を統べていることすら必ずしも所与のことではない。

二　「ジョン・マー」——野生の消滅

メルヴィルの自然に対する見方は、広い時空間の視座ゆえに、当時のアメリカ合衆国的な視点とは異なる。その認識は彼がアメリカの中西部を描くときにも現れる。詩集『ジョン・マー』所収の表題作にして散文と韻文の混交作品「ジョン・マー」は、蒸気船と汽車の時代への過渡期の、中西部における野生の消滅を描いている。この作品は反〈明白な天命〉ともいうべき側面を帯びている。

主人公マーは、長年船に乗っていたが、怪我をして内陸のイリノイに暮らすようになる。長年水夫であった彼には大平原は海原に見える。マーは、世界の海を経巡って培ったコスモポリタン的な考えを持つゆえに、彼の周りにいる土地所有や開墾ばかりを考える開拓民に拒まれる。

三人称の語り手は、西漸運動を寿ぐ一般アメリカ人とは異なる価値観を持っている。彼は大平原を陸の海たる無限空間とみなし、開拓民が切り刻んで有限世界にしてしまった暴力を嘆く。語り手は、また新たなる移住者が熱にでも浮かされたようにイリノイに押し寄せる様子を、「熱に浮かされたように押し寄せてきた (a fever, bane of new set-tlers)」(*Poems* 195) と表すが、bane には「害毒、破滅、死（をもたらすもの）、苦悩」といった否定的な意味しかない。何に破滅をもたらすかといえば、バッファローと先住民に対してである。語り手は、かつて広がっていたはずの気宇広大な景を想像して、先住民と野牛のいた頃の豊穣を惜しみ、変わり果てたその土地を次のように述べている。

> 一帯の先住民はかなりいなくなっていたが、残存者も、白人の正規軍との間に最近起こった、故郷奪回と自然権を求めて戦った戦争でほぼ絶滅し、わずかな生き残りは、ミシシッピー河からさほど遠くない荒野に追われていた。なお、そこは荒野だったが、今では州に昇格している。かつて、果てない戦線のように並んで草を食んでいた幾多のバッファローが、太古からの大草原に流れるように押し寄せていた。しかし、農民とはおよそ異なった集団だが、実は農民の先駆けでもあった狩人たちが到来すると、バッファローは退き、数も減った。人も動物もこうして大脱出すると、緑したたり花咲いていた平原は、シベリアのオビ砂漠みたいに殺伐とした。(197)

このように、まず狩人がこの地に入り込み、次に開拓農民が大挙して移住して開拓し、動物（当時の白人の価値観では先住民も含める）は姿を消す。白人は戦争で先住民を殺す。語り手にとって、バッファローと先住民が駆逐された大草原は、凍りつく（ぞっとするとも訳しうる）シベリアのオビ砂漠のように寂寥としている。ここでは、穀倉地帯を、凍りつく砂漠だとか、干上がった海だとか、と表している。メルヴィルは、文明が入り込むことで土地が初めて活きるとした、白人の自然に関する通念を転覆しているのである。アメリカ合衆国では、すでに第三代ジェファソン大統領は西海岸まで国土を拡張させる展望を持っていたし、一九世紀になると、アメリカ人は、ハドソン川画派の唱える愛国的崇高美を掲げていった（Novak 101–200, 大島「メルヴィルの反アメリカン・ピクチャレスク」）。そしてアメリカ人は、宗教と結託した〈明白な天命〉を掲げて西へと開拓を続け、環境を激変させた。

メルヴィルの場合、風景の変貌を嘆くといっても、それが土地への環境意識という形で現われるのではない。先の引用部のように、「ジョン・マー」は、中西部からバッファローと共に先住民が消えて風景が一変するのを目の当たりにして、人と土地との間の深い関係が消えることを嘆くのである。

批評家ローレンス・ビュエルが、どの大型動物も環境イコンになりうると述べたことに依拠して、三浦笙子はこう洞察した。「環境イコンは人間が持つ支配欲に対して自然が持つ神秘的な抵抗力の表象でもある。ゆえに人間はそのような大型動物を怖れ、斃すことに執着する。［フォークナーの『熊』の］オールド・ベンが倒された後の森は切り倒され、同時に人々も堕落し、英知と誇りを失ってしまう。人々が信じていた大自然の力が消えてしまったからである」（三八）。このことはフォークナーの南部の森に限ったことではなく、普遍的なことである。わが日本の東北地方の森についても同様である。「みちのくは底知れぬ国大熊《おやじ》生く」という佐藤鬼房の俳句があるように、大熊が棲息する森が広がっていてこそ、人は自然を「底知れぬ」ものと感じうる。

ビュエルに依拠するならば、北米ではバッファローなる「環境イコン」が奪われた以上は、人の誇りも失われるはずである。しかし、「ジョン・マー」では、そして現実にも、当時「人間」視されていなかった先住民の誇りが失われただけである。アメリカ人は、バッファローなる「環境イコン」を、奪われたのではなく、奪った主体である。アメリカ連邦政府が、暮らしのほぼ全てをバッファローでまかなっていた平原先住民を弱体化させるべく、バッファロー大量殺戮を奨励した。白人は、バッファローの駆け巡る土地を残すつもりはなく、大平原の隅から隅まで畑と牧場で覆い尽くすことに邁進した。そこには「環境イコン」を求める心もなければ、土地との深き精神的結びつきを求める心もない。開拓民が土地から引き出す喜びがあるとすれば、それは風景を刷新する自分たちの力の強さに由来する。メルヴィルのように、バッファローと先住民に象徴される野生の消滅を嘆き、批判する白人作家は珍しい。

三　「モルディブの鮫」——受容

メルヴィルは、自然は得体が知れず、人間に無関心でさえあると知っている。それゆえに自然の脅威を怖れはしたが、最終的には、自然を丸ごと受容するに至ったのである。このことをよく理解するために、普段あまり引用されないところから見ていきたい。本章では、迂遠ながら、講演原稿「ローマの彫像」(“Statutes in Rome,” 1987) にメルヴィルの動物観の一端を確認したのちに、詩作品「モルディブの鮫」に注目したい。

メルヴィルにとって、自然はとにかく得体が知れない。その認識は、晩年まで変わらなかったといえよう。『ジョン・マー』に描かれる自然は、概ね、人の苦しみに無関心、あるいは嗜虐的である。たとえば、「アメリカヨタカ」(“The Haglets”) は、[h] 音を重ねて「海は腹が空いたからと船を狩る (The hungry seas they hound the hull)」(*Poems* 288) と畳み掛けるように詠い、海を捕食的に描く。[5] 詩「玉石」(“Pebbles”) 第五連も同様で、海は、次のように、あからさまに幾多の難破を喜ぶ。

われは無情の、かの無情の〈海〉なりき。
静穏に微笑みしとき、最も非情――
幾多の難破を隠し持ち、鎮められるのではなく喜びいる。(*Poems* 247)

詩「氷山」("The Berg") では、海は人間を気にもかけない。「アザラシたちは滑りやすそうな所で眠り／崖縁でまどろめど 高みから滑り落ちはせぬ／不注意ゆえに血迷って／船があたふた沈みし時ですら」(*Poems* 241) とあり、沈没の瞬間に、氷山が震えるだけで、氷山も、そこに憩うアザラシも、飛ぶ鳥も、難破など意にも介さない。この詩は、悠久の時が流れる静止画の中で、沈む船のみが無意味に動いて自滅していく印象を与える。戦艦が巨大氷山に衝突して沈んでも、自然にとっては人間が抱く意味は無いと示すことによって、戦争の愚かしさも描いているのであろう。

遡れば、『白鯨』でも同様である。イシュメールが〈汐吹き亭〉に足を踏み入れると、一枚の油絵が海の脅威を突きつける。その絵では、捕鯨船がホーン岬を回っている。嵐で猛り狂った一頭の鯨が船を跳び越そうとして、あわやマストに串刺しになりかけている。鯨が串刺しになれば船もろともに沈む。第五八章「魚卵」でも海は邪悪で狡知である。

海は藍青で麗しく見えても、その下には、恐るべき、しかし美しき生き物たちが、滑る様に泳いでいる。「悪魔のごとく非情だというのに、たとえば鮫の種族は何と清楚な体形をしているのであろう。海こそは徹頭徹尾、隅から隅まで人食いの習族の舞台に他ならず、そこに暮らす物どもは全て食い合っているのだ。世界始まって以来、食い合い、争い、尽きることはない」(*Moby-Dick* 274) と。

海にはクラーケンも潜む。『白鯨』が完成した一八五一年一一月に、メルヴィルは、次はクラーケンを描かずにはいられないと述べる。クラーケンは、ダイオウイカのことだが、当時はノルウェーやアイスランド沖で船を引きずり込む巨大珍獣として恐れられていた。クラーケンは、『ジョン・マー』の巻頭詩「アイオリスの竪琴――サーフ亭にて」

("The Aeolian Harp: At the Surf Inn") にも出てくる。難破で死んだ水夫も気の毒だが、横倒しになって目立たずに漂う難破船に衝突して沈む他船も痛ましい。難破船を怪物クラーケンに喩え、意図的に待ち伏せしつつ動き回っているように描いている。難破船は、「ひとつ所に定まらぬ罠／見えぬ珊瑚礁より危なくて／だんまりのうちに攻撃をしかけんと／じっくり待ち伏せ漂って」いて、「来る日も来る日も浪に洗われ／巨大怪物クラーケンのまどろむごとし」(*Poems* 227, 226) である。

食べること、食べられることのイメージが、『タイピー』と『白鯨』を支配する。鯨は元来人食いではないが、白鯨はエイハブの脚を、音を立てて食った。だからエイハブは一層憎しみを募らせるのである。鯨の脅威は、メルヴィルが『白鯨』で採り上げた、一八二〇年のアメリカの捕鯨船エセックス号の海難事件によって強められている。物言わぬ鯨ながら、雄の巨大抹香が、捕鯨船に仲間を殺されて兇暴になったのであろう、捕鯨船に体当たりをして沈没させた。しかも、漂流後に水夫はくじを引いて仲間を殺して食べて生き延びた。食人は捕鯨船水夫に起こり得ることになったのである。[6] メルヴィルにも、動物や人間に食べられるかもしれないという恐怖があったであろう。人間という種の絶対性など剥奪される脅威を感じたはずである。そうした、およそキリスト教離れした自然観に基づいて、第一作『タイピー』で、人は地上で最もたちの悪い生物であり、最大級の猛獣だと、次のように書いたのである。――「殺戮兵器を発明する悪魔のごとき巧みさ、戦争での復讐心、戦争が引き起こす悲惨と荒廃は、それだけで白人文明人を地上随一の残忍な獣 (the most ferocious animal) として際立たせるに足る」(*Typee* 125)。

しかし一方、メルヴィルは巨大動物とその脅威のみを注視するのではない。目立たない小さな動物に目をやって、愛しむところもある。そのことは、地中海や中東への旅から帰国して、一八五七年に行った講演「ローマの彫像」の再現原稿に見ることができる。そこでメルヴィルは、アポロ像やラオコーン群像といった有名な彫像について語るが、それだけではない。ヴァチカン美術館には動物の間があり、犬や馬などの動物を象った古代ローマ時代の彫刻が並ぶ。メルヴィルは、英雄を乗せて躍動する馬でもなければ猛獣でもなく、田園的な佇まいで寛ぐ小さき動物たちに惹かれるのである。その小さな動物像が見る者を安堵させるからだと言う。

古代ローマ人が、このような美しき姿を沢山、長きにわたって愛でていたのだ。そう思えば、動物像からは、なるほど、古代ローマ人は征服する民ではあったが、何も暴力に終始していたわけではなかったことが分かる。人は、本質的には、生来、親切の炎を宿しているものだが、ここの動物たちは、古代ローマ人が親切心をなくすことはなかったと思わせてくれる。（中略）まだキリストの教えを知る前の時代とはいえ、彼らはキリスト教精神の種を有していたと見るべきである。(404)

人は古代ローマ人に征服の民としての獰猛さばかりを見がちだが、動物像は古代ローマ人がキリスト教精神の真髄たる優しさや同情心を兼ね備えていたことを証すと、メルヴィルは見ており、彼らの優しさにも眼を向けるように促している。人は、生来、親切の炎を宿していると述べているように、メルヴィルは古代ローマ人に対して性善説に立っている。メルヴィルの宗教観は、難解極まりないとされるし、一面的に論じるのは危険でもあろうが、優しさを尊重する人間がキリスト教徒だと言うように、いたって素朴な相貌も帯びているのである。このことは、直前に書いた最後の小説『信用詐欺師』(*The Confidence-Man*, 1857) との関連でも重要であろうから、もっと注目されてよい。

メルヴィルの複眼的視点はよく知られている。「エンカンタダス、魔の群島」("The Encantadas, or Enchanted Isles," 1854) では、ガラパゴスの亀には暗い色をした甲羅（表）と、薄黄色の腹面（裏）とがあることにかこつけて、物事には表裏両面があると、「こうして見た後に、こうして見たわけだから、陸亀は暗い面を持ってないなどと断言してはならない。明るい面を楽しみ、できるならばいつまでも亀を引っくり返したままにしておくとよい。だが、正直であれ。暗さを否定してはだめだ」(130) と語る。忘れたり否定したりするのではなく体験に忠実であれと戒めている。目撃者の責務について述べているといってもよい。こうしたメルヴィルであるから、自然観ひとつとっても、複眼を唱えてやまないのであろう。

海洋動物について、今度は鮫に対しての複眼ぶりを見ておく。鮫はむろん、メルヴィル文学においても獰猛さを象徴する。捕鯨で仕留めた鯨を母船に横付けすると、鮫が群がってくる。『白鯨』第六六章「鮫の虐殺」では、水夫が鮫の頭を突いて退治する。甲板に上げられた鮫は、水夫の手を食い千切ろうとしたり、鮫同士で互いのはみ出した臓腑にかじりついたりして、身体をしならせて自らの臓物まで噛む。鮫は、骨の髄まで獰猛であり、捕食的な自然界を代表しているようである。

一方、メルヴィルは、インド洋の珊瑚礁にいる鮫を描いた詩「モルディブの鮫」("The Maldives Shark")も書いている。詩の主役は小さな魚のコバンザメである。コバンザメが頭脳で、ぎこちない「ばか」な鮫が筋肉（と歯）という役割分担で、両者が共生しているのである。コバンザメ《パイロット・フィッシュ》は、鮫を餌食の元へと導き《パイロット》、危険が迫れば、鮫の口の中という「遺体安置所」へ、いそいそ避難する。読者としては、そのトリックスターぶりを楽しめばよいであろう。筆者はこの詩を次のように訳す。

鮫って奴は、
モルディブ海にいなさる粘液質の青白き、おばか (sot) さ、
だって、スリムな蒼白きコバンザメ《パイロット・フィッシュ》殿は
いそいそお世話をやいてはさ、
木挽き穴みたいな大口や、納骨堂の胃袋にも
たじろがず、
恐ろしき脇腹にへばり付いちゃ
ゴルゴンのお顔の前をするりとお通りさ、

ときには鋸歯にお泊まりだ
危ないとみりゃ
上下三列のばっちり白光りしてる地獄の門にご退散。
運命の女神の顎《あぎと》に隠れるってわけ！
コバンザメ《パイロット・フィッシュ》殿は、ご親切にも、鮫を餌食までご案内《パイロット》、
だのにご自分は召し上がらぬ——
そんなコバンザメ殿は、ぼんやり女 (dotard) の、恐ろしき肉を貪る蒼白き魔女の
眼球にして脳髄なり。(*Poems* 236)

このように、メルヴィルは、小さなコバンザメにちゃっかりと利用されている、主と副が逆転したお馬鹿さんの鮫として、両者の共生を描いてみせる。そこには、有名な詩「玉石」の最後に出てくるローズマリーの癒しのように枠ではないが、自然を受容するという同じ姿勢がある。メルヴィルの老境には余裕が生まれていたと見るべきであろう。

おわりに

メルヴィルの自然観を論ずるにあたっては、傑作『白鯨』ゆえに鯨が大きく取り上げられてきたが、本稿では、バッファローや鮫や小動物に関連づけて彼の自然観を再考し、新たな視点として、自然を受容する自然観までを捉えた。本稿第一節では、メルヴィルは海洋体験を機に視野を広げ、その広さゆえに、一般アメリカ人とは異なる自然観を持つようになったことを示した。第二節では、「ジョン・マー」を反〈明白な天命〉の作品として読んだ。メルヴィルは、一面の穀物畑という中西部の風景から白人がバッファローと先住民を消して野生を消滅させたことを批判している。海

を知る男マーが、〈明白な天命〉の担い手であり、野生を消滅させた開拓民と対峙する。第三章では、海の脅威を代表する鯨、クラーケン、鮫に関する叙述から、メルヴィルの自然観を考察した。自然とは、得体が知れず、人間に特別な意味を与えることもなく無関心でさえある。それゆえに自然は脅威であるというのが、メルヴィルの自然認識であり、その認識は晩年まで変わらなかったといえよう。一方で晩年には、小さな寛ぐ動物への関心も加わり、自然と和解し、自然を受容する作品もある。その好例として、共生の組み合わせの妙を描く詩「モルディブの鮫」を採り上げた。メルヴィルの手にかかると、鮫は頭脳が弱く、小さな共生相手に利用される「ばか」なのである。そこにはメルヴィルの精神的余裕のある老境が窺える。

メルヴィルは自然の脅威をも所与のもののひとつの相として笑って受容するに至ったのであるが、人間が環境イコンや素朴な暮らしをしている先住の民を消滅させることを批判したのであった。

注

1 Applebaum, McMillan, Moore 参照。

2 本稿第二節の論考は、筆者の既出論文（「『ジョン・マー』に見る転覆のメカニズム」）を元にして野生の消滅について再考したものである。

3 この雌鮫の口は歯のある膣であるとする解釈があり (Stein 54)、これもユーモアととることもできる。なお一方、この詩が描く共生関係は、善悪のパラダイムを表すという真面目な解釈もある (Rollyson and Paddock 103–104)。

4 *Piazza Tales* 421–23. 以下、*Piazza Tales* からの引用は、本文中では頁数のみ記す。

5 メルヴィルは、晩年の詩集『ティモレオン』(*Timoleon*, 1891) 所収の「シラ」(“Syra”) でも、「猫のように人を玩ぶ海」は、本質的に生殺与奪の力を持つ嗜虐的なものという前提で描いている (*Poems* 309)。

6 オーエン・チェイスは、『捕鯨船エセックス号の驚くべき悲惨な難破の物語』(*Narrative of the Most Extraordinary and Distressing*

Shipwreck of the Whale-Ship Essex,1821) で、エセックス号の生き残り水夫にその後起こった惨事について書いた。この本をメルヴィルは海難事故現場近くで読んだ。漂流するエセックス号の残存者は、最も近いツアモツ諸島を避けて風と海流に逆らって数千キロも離れた南米へ向かった。ツアモツ諸島には食人種がいるという噂だったからであった。食人種による食人を恐れ、結果として仲間を食べたという意味で、悲劇は倍加された。

引用文献

Applebaum, Noha. *Nature's Cunning Alphabet: Multiplicity and Perceptual Ambiguity in Hawthorne and Melville*. Ann Arbor: UMI, 1978.

Blum, Hester. "Melville and Oceanic Studies." *The New Cambridge Companion to Herman Melville*. Ed. Robert S. Levine. New York: Cambridge UP, 2014. 22–36.

Chase, Owen. *Narrative of the Most Extraordinary and Distressing Shipwreck of the Whale-Ship* Essex. New York: Harcourt Brace, 1999.

Karcher, Carolyn L. *Shadow Over the Promised Land: Slavery, Race, and Violence in Melville's America*. Baton Rouge: Louisiana State UP, 1980.

McMillan, Grant Edgar. *Nature's Dark Side: Herman Melville and the Problem of Evil*. Ann Arbor: UMI, 1978.

Melville, Herman. "The Encantadas, or Enchanted Isles." *The Piazza Tales, and Other Prose Pieces, 1838–1860. The Writings of Herman Melville*. Vol. 9. Ed. Harrison Hayford, Hershel Parker, and G. Thomas Tanselle. Evanston: Northwestern UP and the Newberry Library, 1987.

——. *Moby-Dick: or, the Whale. The Writings of Herman Melville*. Vol. 6. Evanston: Northwestern UP and the Newberry Library, 1978.

——. *Published Poems: Battle-Pieces, John Marr, Timoleon. The Writings of Herman Melville*. Vol. 11. Ed. Robert C. Ryan, Harrison Hayford, Alma MacDougall Reising, and G. Thomas Tanselle. Evanston: Northwestern UP and the Newberry Library, 2009.

——. *Typee: A Peep at Polynesian Life. The Writings of Herman. Melville*. Vol. 1. Ed. Harrison Hayford, Hershel Parker, and G. Thomas Tanselle. Evanston: Northwestern UP and the Newberry Library, 1968.

Moore, Richard Sinclair. *That Cunning Alphabet: Melville's Aesthetics of Nature*. Amsterdam: Rodopi, 1982.

Novak, Barbara. *Nature and Culture: American Landscape and Painting 1825–1875*. New York: Oxford UP, 1980.

Rollyson, Carl and Lisa Paddock. *Herman Melville A to Z: The Essential Reference to His Life and Work*. New York: Facts on File, 2001.

Stein, William Bysshe. *The Poetry of Melville's Late Years: Time, History, Myth, and Religion*. New York: State U of New York P, 1970.

今福龍太『群島―世界論』岩波書店、二〇〇八年。

大島由起子「『ジョン・マー』に見る転覆のメカニズム―"flower of life"と先住民を巡って」二〇〇六年、『福岡大学人文論叢』第三八巻第二号、四八九―五〇八頁。

――「メルヴィルの反アメリカン・ピクチャレスク―『リップ・ヴァン・ウィンクルのライラック』論」、『アメリカ文学と絵画―文学におけるピクトリアリズム』所収、早瀬博範編、溪水社、二〇〇〇年、三―二四頁。

三浦笙子「『モービィ・ディック』におけるエコディストピア―棺、鯨、麻の黙示録」『エコトピアと環境正義の文学―広島からユッカマウンテンへ』所収、スコット・スロヴィック、伊藤詔子、吉田美津、横田由理編、晃洋書房、二〇〇八年、三七―四八頁。

3

メルヴィルの『雑草と野草――一本か二本のバラと共に』を読む
――自然の蘇生と自然を通しての人間の蘇生

藤江　啓子

はじめに

ハーマン・メルヴィル (Herman Melville, 1819–1891) の『雑草と野草――一本か二本のバラと共に』(*Weeds and Wildings Chiefly: With a Rose or Two*) は遺稿であり、メルヴィルの死後コンスタブル版で一九二四年に出版されている。作品には「ウィンフレッドへ」(“To Winnefred”) と題する序文が付せられる。ウィンフレッドとは妻リジー (Lizzie) を指し、この作品はリジーに捧げられたものと解されている。序文では、野原のクローバー、とりわけ赤いクローバーを妻に捧げることが述べられる。四四年前に結婚した頃に、幸せの兆しがあるとされる四つ葉のクローバーを見つけたことが印象的に記され、序文が書かれた年を知る手がかりともなる。メルヴィルは一八四七年二八才で結婚しているので、序文が書かれたのは一八九一年で、彼が没した年であることがわかる。メルヴィルは七二才であった。「提供者に近づく終極の季節」(6) からも作者に人生の最期が近づいたことがわかる。部屋の暖かさのために野原から採ってきた赤いバラから雪片がころがり落ちる様子を、リジーは「幸せの涙」(6) であると言う。老齢に達した夫婦の境地であろうか。

作品全体には晩年に書かれた詩が多いが、一八五〇年から一八六三年の間、クローバーに囲まれて過ごしたアローヘッドで書かれた詩も数篇あるとされる。作品は文字通り自然を扱ったものであり、第三部の「リップ・ヴァン・ウィンクルのライラック」(“Rip Van Winkle’s Lilac”) を除いてすべて韻文である。ルイス・マンフォード (Lewis Mumford) は「自然との和平と調和は晩年になってついにメルヴィルに訪れた」(351) と述べ、ウィリアム・スタイン (William Stein)

はイギリスの自然詩人ウィリアム・ワーズワース (William Wordsworth) との類似性を見出し、「蛭取りの凡庸の日誌」(151) のようだと述べる。時として厳しい自然を描いたメルヴィルであるが、晩年、四季の巡りや野生の自然に関心をもち、自然と人間の調和を描き、以前に書いた数篇の自然詩と共に出版を試みたと思われる。そこには自然の蘇生力や自然を通しての人間の蘇生や救済が描かれる。

今日地球は地質学的に人新世 (Anthropocene) の時代に入ったと議論されている。人間活動が地球環境に及ぼす影響で地球は新しい地質年代に入ったとするものである。プラスチックや放射性降下物、化石燃料の使用、森林伐採、種の絶滅など地球環境問題が顕在化し、現代文明への問い直しが行われているともいえる。人新世の始まりは、産業革命が始まった一八世紀、核兵器が開発された二〇世紀、農耕の開始時期など様々な説があるとされるが、産業革命を始まりと捉えるのが一般的のようである。そうするとメルヴィルはすでに新しい地球を生きていたことになる。メルヴィルは、そのような地球環境を意識し、人間の自然環境への文明的で破壊的な活動を戒めた。例えば、『白鯨』(*Moby-Dick*, 1851) において鯨やバファローの人間の捕獲による消滅を危惧し、「乙女たちの地獄」("The Tartarus of Maids," 1855) においては、製紙工場における汚染や衛生などを問題視した。『雑草と野草』では、自然独自の体系を尊重し、自然自身の蘇生力を認め、自然が人間に与える蘇生力を讃えた。

一　四季の巡り

第一部「その年」("The Year") には、ある一年の四季を巡る詩が集められている。春夏秋冬の巡りによる自然の変化、そして自然の再生・蘇生をうたう。同時に四季とともに生きる人間の若返りや蘇生への期待をうたう。最初の詩「ぐずぐずする者」("The Loiterer") では、春の訪れを待ち望む老人の心境が語られる。「彼女はぐずぐずするが、やって来ると信じている、／(中略)／彼女は人気者、放蕩し、若い、そして私たちは、長く居座り、老年だ、／もっとも彼女は私たちを元気づけることが出来るが、私たちは彼女を勇気づけることができるだろうか？」(8) と詩は始まる。「ぐずぐずする者」とは若い女性に擬人化された春である。老齢に達した詩人が、若い女性に喩えられた春を待ちわびるものである。これは、作品冒頭に引用される「若さは人間の適切で、永遠で、真の状態だ」というナサニエル・ホーソーン(Nathaniel Hawthorne) の小説『ドリバー・ロマンス』(*The Dolliver Romance*, 1876) からの一節 (463) と呼応することがわかる。若い女性に喩えられる春は、ついに鳥の鳴き声や太陽の光といった自然と共に到来し、「ご老人たち、私に会えて嬉しくはないですか！」(8) と言っているようであった。

「小さな仲間たち」("The Little Good Fellows") では、春になると躊躇することなく人間のもとへやってくるロビンのことがうたわれる。「私たち」とはロビンで、赤い胸を持つ。ここでは擬人化され赤いベストを着ている。赤い色は人間を元気づけてくれ、愛欲・再生のエネルギーを感じさせる。ロビンは森のなかで「友のいない人が死んでいるのを見るとき」「蕾と葉で覆い」(10) 埋葬する。そしてまた婚礼を祝福する。人間の死と生（結婚による再生）を見守り、人間の死から生という蘇生に働きかけるロビンは「小さな仲間たち」である。ロビンと人間の関係は「草」と「湿地の石」の関係に喩えられる。そしてロビンは冬を追い払い春の訪れをもたらす。「農家の畜舎に長い間雪によって閉じ込められた、／乙女たちと男たちよ、／私たちは老いた冬を洞穴へ追い戻す。／私たちの赤いベストを見よ！　それでは元気をだせ――／婚礼の贈り物に気づいて、／春ごとにあなた方の果樹園を花盛りにし、／そしてコックロビンが花婿の翼の上で曲線を描く時！」(10) と、人生のサイクルと季節のサイクルの調和、そしてロビンを通しての人間と自然の調和と相互依存がうたわれる。キリスト教の言い伝えでは、十字架上のキリストの額から茨を抜き取ったために、ロビンの胸は赤く染まったという。キリストの受難 (passion) と愛欲 (passion) という相容れぬ価値を横断し、人間に働きかけるロビンは、自然のエイジェントであると言える。メルヴィルは『白鯨』においてモウビー・ディックは「エイジェント」(164) であるという。本作品におけるロビンもまたエイジェントとしての役割を果たす。

続く「クローバー」(“Clover”) の季節は六月と記される。「朝明けの赤い輝き」(10) ゆえにより赤くなるクローバーとロビンの胸は、「小さな仲間たち」同様、愛欲や再生のエネルギーを感じさせる。同時に朝明けはキリスト教では神の栄光や救世主イエス・キリストを表す。神の栄光に浴し、かつ愛欲のエネルギーを併せ持つロビンはここでも価値横断する。「旧式」(“The Old Fashion”) で登場する「ヴィア」(“Ver”) はラテン語で「春」の意味である。いつもの（旧式の）春なのに永遠の新しさがあることがうたわれ、自然の蘇生力が読みとれる。「ヴィアはなんと若々しいことか／毎年変わらず永遠、／そして彼女のボボリンクは歌う／そして鳥たちは相変わらず／若く陽気だ」(11) と、ここでも「若さ」が重要なテーマとなっている。ロバート・ゲイル (Robert Gale) は、「春と生命の蘇生の永遠に真実な精神」(479) と解説する。

「蝶小詩」(“Butterfly Ditty”) で「夏」となる。「夏が海のようにやってくる、／波から波へ、なんと明るいことか、／夏の天国を私たちは急ぎ、／光を少しずつ飲もう。／庭園から庭園へ、／そのような特権を私たちは持っている、／私たちは徘徊し、飲み浮かれる。／ただ次のことを憂慮しながら――／人間、エデンの悪い若者は、／至福を享受できない」(11)。ここでも「私たち」とは蝶であり、蝶の視点から人間界を見るという、視点の逆転による人間中心主義からの脱却がある。蝶という自然界の生物は庭園において、夏の光を飲み、浮かれて怠惰に過ごすことが出来る。しかし、人間はそのように過ごすことが出来ないことを蝶が憂慮する。蝶という自然界の生物は人間の善悪の基準を克服するが、人間は堕落の呪いを克服することが出来ないのである。

「ルリツグミ」(“The Blue-Bird”) において、三月というまだ寒い時に飛来したために寒さで死んだルリツグミが、六月にヒエンソウに姿を変えて蘇生する様子が描かれる。「爽やかな空気のなかでハチに日向ぼっこをさせる／向うのヒエンソウの青い鐘の下／もっとも最近そこに埋葬されたけれど／ルリツグミはもはや土のなかにはいない。／（中略）／

だが、ほら、きれいな天空の色が／六月にヒエンソウの持参金になる、／同じ大空の下――その鳥は花に姿を変えた！」(12) とうたわれる。ルリツグミの青色とヒエンソウの青色が大空の青の下、同じ青さを呈し、鳥とヒエンソウが同一のものであることを示す。そこには美しく、超越的で、神話的な魂の生まれ変わりがあると同時に、ルリツグミの「天上の色合いを土が和らげるだろう」(12) に示されるように、鳥の死骸が腐り、それが肥料となって花が咲くという物質的な自然自身の蘇生力の働きがある。

「平和のトロフィー」(“Trophies of Peace”) では、一八四〇年のイリノイを舞台に、秋のトウモロコシの収穫が戦争の戦利品にたとえられる。“file” はトウモロコシの「列」と「軍隊の列」、“spears” はトウモロコシの「穂先」と「槍」、“host” は「多数」と「軍勢」、“streamer” は「羽毛」と「長旗」の意味によって語呂合わせになっている。なによりも “field” は「野原」であり「戦場」でもある。「年代記は野原（戦場）の名声を広めない」(13) と詩は地口で終わる。戦争の神マルスはばかにされ、豊穣の女神ケレスのトロフィー、すなわち「黄金の穀物」としてのトウモロコシの収穫が、「平和のトロフィー」として讃えられる。戦争によってもたらされる人の死は克服できないが、刈り取られたトウモロコシの「房の付いた死の踊り」は、再び種がまかれ、秋には収穫がもたらされることによって「果てしない収穫」(13) となる。ここでも死から生への自然の蘇生力が讃えられている。

「シマリス」(“The Chipmunk”) でも「秋の中心！／ふさわしい天気、／シャーベットのよう／冷たく甘い」(14) と秋を季節として、シマリスがすこしの物音にも驚いて逃げる様子が描かれる。「赤ん坊もそうだった。／（中略）／私たちの暖炉から逃げ去った！」(14) と子供の喪失が重ね合わせられている。メルヴィル自身の息子マルコムの死を悼んでの詩であるとの見解が強い。いずれにしても、夏が過ぎ、冬へ向かう秋という季節の寂しさが、子供を亡くした悲しみと合致している。

「野エゾキク（アスター）」(“Field Asters”) も秋を描く。「青い共有地の星（スター）のように／同じ名前を持つここのアスターは覗く、野生のものは秋ごとに見られる――／すべての人から見られるが、少数の人の目をひくだけだ」(14) と地口ではじまる。"Aster" は、ギリシャ語に語源を持ち、星の意味である。青い花を咲かせ、「青い共有地」である空の青さと呼応する。「青い共有地」を海ととれば、野エゾギクは「海の星」(*Stella Maris*)、すなわち聖母マリアとも解釈できる。さらに、野生の特質として、人々から軽んじられ、少数の人の目をひくだけであると述べられる。しかし、実際はアスターが人間を見つめており、それらの視線は人間にとって不可思議であり、人間には理解できないだけである。「なるほど見られはする。だが、誰がそれらの励ましを理解出来るのか、／あるいはそれらが何を意味するのか／アスターの視線が／私たち占星術師を不可思議に眺める時に」(14) とうたわれ、人間中心主義が批判される。野エゾギクは存在の連鎖において、星と解釈すれば、人間よりも上位に位置するが、野生植物としては人間よりも下位となる。この詩において存在の連鎖、すなわち宇宙のヒエラルキー的秩序は崩れ、人間の位置も曖昧となる。自然には独自の体系があり、人間が一つの尺度で測ることは出来ないのである。

「いつも私たちと一緒！」("Always with Us!") の季節は晩秋もしくは冬である。ロビンは南に向いて去っていくが、春には新しい「ベスト」を着て「不在ゆえに一層大喜びで迎えられるだろう」(15) という。これは「小さな仲間たち」で春に赤いベストを着て戻ってくるロビンの描写と照応する。新たな春を迎える自然の蘇生である。一方、カラスはどこへも行かず、いつも一緒にいるので、疎まれる。カーカーと死を暗示する不吉な鳴き声で四季を問わずカラスは鳴く。また、カラスは「カウル」を纏うと描写される。カウルとは修道士が纏うフード付きの外衣であり、キリスト教が皮肉られている。キリスト教は復活や救済へ導かず、現実の自然が蘇生や再生をもたらすのである。

以上のように、「その年」は春に始まり、冬に終わる。それは新たな春の始まりを期待する円環構造を持ち、自然の蘇生を意味する。同時に、死ぬ運命にありながら、自然とともに生きる人間の若返りや蘇生への期待も示している。ネイチャーライティングの古典的代表作、ヘンリー・デイヴィッド・ソロー (Henry David Thoreau) の『ウォールデン』

(*Walden*, 1854) が春に回帰するのと同様である。『ウォールデン』では、「春」を告げる鳥として、ロビン (344) やルリツグミ (342) が登場する。この作品でも、春になると帰ってくる渡り鳥ロビンや、花に姿を変えるルリツグミの姿に自然の再生のエネルギーを見ることが出来る。そして春は擬人化され、女性であり、妻リジーであると言える。

二　野生の賞賛

「雑草と野草」("Weeds and Wildings") は、文字通り雑草と野草、すなわち野生の価値を認め讃えるものである。「ウィンフレッドへ」では妻リジーに捧げる野の花、クローバーを、「花屋は花の部類には入れない」が「すべての人が知っており、近づくことができる」(5) とし、その野生の魅力を語る。メルヴィルが住んだ農家も今は「都会の野蛮人」により取り去られ、「怠惰に落ち着いて幾度も自然の腐朽に静かに満足していた」(6) と、田園生活と野生の消滅を嘆きかつ受け入れる。

第二部「これやあれ、その他のもの」("This, That, and the Other") は「時の密告」("Time's Betrayal") と題する詩に始まる。この詩は春に楓の木を傷つけて樹液を取り出し、シロップにすることについてうたう。樹液は木の生命を司るもので、「木の成長を助け」、「長い生命を保証する」(19)。樹液を得るために若い楓の木を傷つける者は「暗殺者」であり、その行為は「犯罪」「悪事」(19) であるという。しかし、そうすることによって、秋には紅葉の変化が早く、美しく見られるとする。「生命を与えるのは詩人」(19) と結語するものの、樹液という野生の自然の持つ生命力、蘇生力への着目は注目に値する。『白鯨』第一〇二章「アーササイディース群島の木陰」においても生きた樹液の働きが注目され、「森はアイシィ・グレンの苔のように緑をなし、木々は生きた樹液を感じとりながら高くそびえる。その下の勤勉な大地は機織り機のようで、豪華な絨毯をひろげ、地を這う蔓が縦糸と横糸となり、生きた花々が模様となっていた」

(449) と描写される。こうした大地の働きは「物質の工場」での「緑の生命のたえざる機織り」と譬喩され、それを司るのは「機織りの神」(450) であるという。自然の生命力や蘇生力が神の創造に取って代わるのである。同時に「時の密告」における作詩と共に機織りという人間文化と自然との相互作用が特筆に値する。

第一部に含まれる「羊飼いが羊の群れの先頭に立つ時」("When Forth the Shepherd Leads the Flock") も春という季節を謳歌すると同時に、野生を賞賛する。この詩はタイトルが示すように、キリスト教やエドマンド・スペンサー (Edmund Spenser) 作『羊飼いの暦』(*The Shepherd's Calendar*, 1579) を代表とするパストラル詩との関連で捉えられる。聖書によると、「羊飼い」は牧師あるいはキリスト、羊の群れは教会の信徒である。「羊飼いが羊の群れの先頭に立つ時、／白い子羊と薄汚れた雌羊／そして庭ではディブルで苗を埋め込む時、／その時世界は新しく始まる」(9) と、詩は、神による天地創造ではなく、苗植えの季節である春を世界の始まりとする。「キンポウゲがあたりの牧場を／輝かす時、黄金時代が町にはもどらぬとしても、／牧草地にもどる。／(中略)／そしてタンポポが踊り跳ねる時／その時恋を知らぬものが一緒に踊る――／野生植物は雑草と共に！」(9) と続く。キンポウゲやタンポポは春の花であり、野生植物や雑草が春に生き生きとしている様子が描かれている。

ところが、第四連では、牧羊神パーンの死後、人間に利益をもたらさない、商品価値のない野生植物が消滅したことが、「野生の特徴を持つものは悲しいかな！／牧羊神パーンが埋葬されて以来／生き物には災いが襲いかかる――／人間には無益な生き物の上に！」(9) と嘆かれる。そして、農夫や花屋は、人間には無益な雑草であるスズメノエンドウを嫌うと詩は続く。「農夫たちが探し出し、／そうだ、そして駆逐させるだろう、／干草には無いのがよい――／牧草のなかのスズメノエンドウ！／花屋は鼻先であしらい、／子供以外はほとんどだれも欲しがらない」(9)。ここでスズメノエンドウが聖書では有毒な雑草（マタイ　一三：二四―三〇）であることが特筆に値する。人間には無益な生き物や雑草は悪であるという、資本主義に基づく功利主義や人間中心主義的価値判断への批判がなされているのである。さらに、子供の無垢が賞賛されている。「それらを愛せ、救え／取り戻し、織り交ぜよ、／決してため息をついてはいない——ああ！と」(9) と詩は結ばれる。商品価値のない雑草や野草を愛しとり戻せとうたわれ、キリスト教はタイトルと共にパロディ化される。「道端の雑草」(“A Way-Side Weed”) において、「素敵な屋敷からの御者」が、鞭で刈り取り、バカにする道端の雑草は、アキノキリンソウである。それは「神聖」で「一〇月の神」の「笏」(13) であると、再び雑草の価値が認められる。第二部の「碑文」(“Inscription”) は、アローヘッドの丘にあったハードハックが新しい持ち主によって切り倒された場所近くにある一個の玉石に寄せて書かれたものである。「一本の雑草がここに生えていた。役に立たず、／雑草は車輪を回転させたり、動かしたりしない、／(中略)／それでも天はそれが日向でなまけて／過ごすのを許した」(20) と、雑草が役に立たないという理由で除去されたことを悼む。雑草にも生きる価値があり、人間にとって有用性がないからといって除去すべきではないのである。

「碑文」は、「リップ・ヴァン・ウィンクルのライラック」におけるライラックと怠惰で役立たずのリップについての詩行「人が人に有用性を見出せない時、／恵み深い自然が見出してくれる——天に祝福あれ！」(34) と通底するものである。キャッツキル山中での長い眠りからまだ十分に覚めない様子でリップが家へ帰ってくると、以前にあった柳の木はなく、そのかわりにライラックが芳しい香りを発しながら咲いている。リップと妻が切り倒そうとしたが無駄であった「老いた」「泣いていた」(29) 柳は自然に倒れ、そこに春になると「若さに忠実な」「ライラック」が「笑った」(29) という。「円熟した朽木の焦げ茶色の塚」や「家の低く老朽した庇」の上の「老いた柳の黄色い葉」(29–30) が、堆肥となり、ライラックが芽を出したのである。野生の自然の再生・蘇生力が働いたといえる。「腐朽はしばしば庭師だ」(31) という画家の言葉の意味である。キャッツキル山脈やライラックは自然の蘇生力を持ち、リップの復活は「ピクチャレスクな復活」(32) とされ、リップは自然の一部となる。

同時代の詩人、ウォルト・ホイットマン (Walt Whitman) は、『草の葉』(*Leaves of Grass*, 1855) の中の「この腐植土」

(“This Compost”) において、「そんな腐敗のなかからこれほどに甘美なものを育てる」(391) と大地のエコロジカルな化学作用に驚嘆した。メルヴィルもまた、腐葉土や腐植土へ着目し、野生の自然のエコロジカルな蘇生力に敬意を表したのである。同時に、そのような自然と共に生きる、人間文明にとって有用性のない怠惰で役立たずの人間リップを讃えたのである。人新世に入ったと言われる地球において、ホイットマンやメルヴィルの腐植土への着目は、自然独自の体系を尊重し、人間の自然環境への文明的で破壊的な活動を戒めるものである。そして、野生の自然の蘇生力を讃えるものである。

T・S・エリオット (Eliot, T. S.) は、『荒地』(*The Waste Land*, 1922) において、第一次世界大戦後の不安と荒廃を描いた。人々の心の荒廃が客観的相関物としてロンドンの風景として提示されるが、それは産業文明による人間の活動により荒廃した不毛の土地そのものの描写でもある。「四月は最も残酷な月、ライラックを死の土地から育てる」(51) と始まる、「死者の埋葬」(“The Burial of the Dead”) はエコクリティシズムのアンチテーゼとして読める。

第二部の最後の三つの詩は、続く一連のバラをうたう詩、「一本か二本のバラ」(“A Rose or Two”) との関連で捉えられる。いずれもバラという花の女王に雑草や野草がひけをとらないことを強調し、野生の価値を認め讃えるものである。「化身」(“The Avatar”) では、「バラの神はかつて降りてきて／バラの形をとったか？　いや、本当は／野生の雑草、野バラの柔和な形と／控え目な姿をとった」(21) と述べられる。「展示中のアメリカアロエ」(“The American Aloe on Exhibition”) では一世紀に一度しか花が咲かないアメリカアロエについて、「滅び去ったバラは私を雑草とみなした」(22) と述べられ、バラの高圧的な態度が戒められている。ここで「私」とはアメリカアロエのことである。「地表づるがクローバーの正当な認知を花々の女王にとりなす」(“A Ground-Vine Intercedes with the Queen of Flowers for the Merited Recognition of Clover”) では、「地表をはうがさつもの」の地表づるが、「花々の女王」であるバラに、野の花クローバーとの間をとりなすというものである。そこには「植物は皆親戚」(23) という植物の平等主義・民主主義を唱える意識が働き、存在の連鎖が否定される。

三　バラの蘇生・バラを通しての人間の蘇生

「一本か二本のバラ」においても、バラの蘇生、そしてバラを通しての人間の蘇生が描かれる。第一部、「落ちた時」(“As They Fell”) は文字通り “fall”「堕落」と関係する。キリスト教において、バラは聖母マリアやキリストと関連づけられ、天上の花とされる。しかし、ここでは、官能的、快楽主義的な性愛をも表すバラが描かれる。バラもまたキリスト教と愛欲という対極的価値を横断し、倒錯する。そうしたバラを通して人間は若さや幸せ、ひいては救済や楽園回復が得られることをメルヴィルは一連の詩によってうたっている。ジョン・ブライアント (John Bryant) は “As They Fell” というタイトルについて考察している。メルヴィルは、ここに収める詩の順番を決めるのに苦慮し、詩のファイルを投げ上げ、「落ちるがままに」(As They Fell) 順を並べたとブライアントは言う。そしてリジーは「落ちるがままに」それらの詩を読んだ (65) と解釈する。さらに、ブライアントは、ルシファーやアダムとイヴ、人間の堕落に言及する。メルヴィルのバラ詩は堕落した人間が陥る欲望についての詩であり、「アダムとイヴ、男と女、ハーマンとリジーが、欲望に落ちた時の瞑想録」(65) であると述べる。すなわち、バラはキリスト教の花でありながら、愛欲の象徴でもあり、キリストやマリアを瞑想しながら、欲望を満たすことを願うというものである。

なるほど、「待ち伏せ」(“The Ambuscade”) では、白い尼僧服の下に愛欲のバラが待ち伏せる。「白く落ち着いた純潔の上品な衣服」を修道女は着ているが、「愛を育み、ついに時が／今は霜に覆われるアモルの燃えるバラを／露わにする」(37) とうたわれる。また、それは五月の雪の下から愛が芽生える比喩で表わされる。「地下で」(“Under the Ground”) では、庭師の少年が、主人の婚礼の時のためにバラの花をじめじめした地下の納骨堂に埋葬し、保存するという。一度埋葬されたバラが取り出され、結婚式に使われるという、死から生への再生がイメージされる。「地下の湿った納骨堂」(37) に魅力を見出すこの詩は、腐植土への着目に類似するものであり、腐敗のなかでバラが蘇るという。バラの蘇生と人間の蘇生（結婚）が関連づけられる。

「愛情を込めて」("Amoroso") では、バラにロザモンドという名で呼びかける。結婚の愛が雪の冷たさのなかで熱く燃える描写である。「雪のなかでの求愛」は「極地の楽園」(38) と呼ばれる。さらに、ロビンやクローバーに見る、再生のエネルギーを感じさせる赤い色が、赤い星、アルクトゥルス（牛飼い座）に表現されている。「新バラ十字団」("The New Rosicrucians") では、「原罪なんてないのだ」(38) と原罪が否定される。「もし、悲しみが訪れたら、もう一度からませよう／十字架のまわりにバラのつたを」(38) とうたわれる。ロバート・マイルダー (Robert Milder) は「バラと十字架は相反する象徴で、それぞれこの世の快楽と精神界の奮闘を表す」(231) と評する。人間の悲しみは精神的な克服と共に、快楽の象徴としてのバラが癒してくれるのである。

「バラ油の瓶」("The Vial of Attar") では、恋人レスビアを亡くした男性の悲しみと比べ、バラを恋人とする「私」は、バラが死に「雪の墓」に埋葬されても、バラ油がなぐさめてくれるという。しかしそれでも「バラの花に及ぶものはない」(39) と結語する。抽出されたバラ油は永遠不滅の救済力を持つものの、やはりバラの花が一番美しい時、すなわち肉体をそなえた女性の魅力を讃えるものと解釈できる。「炉辺のバラ」("Hearth-Roses") では、詩人は愛（ラブ）に呼びかける。「人生が閉じる時、／私たち炉辺のバラと競い、／私たちの灰は良い匂いがするように」(39)。愛は妻リジーである。「バラ油の瓶」でうたわれる死んだ恋人は火葬場で焼かれ、「冷たい灰」(39) となって壺に入れられる。それに対し、老齢の詩人は砂糖楓やバラが暖炉で燃える時のように、死んだ時の灰が良い香りがすることを祈る。砂糖楓の樹液への着目は「時の密告」にも見られたが、それは木の持つ生命力や蘇生力への着目である。バラはリジーとの愛を讃えるものであり、砂糖楓やバラが、燃えても良い香りがすることにより、再生の可能性を持つように、詩人とリジーもその愛において蘇生することを願う。

「バラ窓」("Rose Window")においても、キリスト教的蘇生は否定される。教会での牧師の説教は雅歌におけるシャロンのバラ、すなわち、イエス・キリストについてであり、「復活と生の姿」(40)をキリストに思い描くと説く。ところが、語り手である「私」は蜂蜜酒を飲み、眠気を催す。夢のなかで、バラが死者の上にまかれ、経帷子は明るく灯され、赤い格子縞となる。目が覚めると、教会のバラ窓から、埃っぽい教会の黒ずんだ汚れの上に光が束となって斜めに差し込んでいるのであった。死者を変貌させ、蘇らせるのは、キリストではなく、バラであった。シャロンのバラ、イエス・キリストが官能的なバラに変容したといえよう。クラーク・デイヴィス(Clark Davis)も指摘するように、「自然の力と官能的妥当性」(179)に救いが求められている。また、眠気をもよおすような牧師の説教、教会の「黒ずんだ汚れ」「埃っぽい長椅子」(40)に既成キリスト教会の衰退とメルヴィルの既成教会批判が読み取れる。

「ロザリオ」("Rosary Beads")には三つの詩が収められるが、これらの詩もキリスト教のシンボルを用いながら、キリスト教を否定する。ロザリオとはキリスト教(カトリック教会)において聖母マリアへの祈りを繰り返し唱える際に用いる数珠状の祈りの道具である。ここではキリスト教的意味合いに対するパロディで、いわゆるカルペ・ディエムやカルペ・ローサムの詩が収められる。人間が限りある肉体存在であり、残酷な時の経過によって老齢や死がもたらされることを憂慮し、とりわけ男女の愛において今を楽しめというものである。

「一　受け入れられた時間」("The Accepted Time")は、「バラを崇めよ／バラの礼拝堂が崩れるまで、／バラの香炉が揺れなくなるまで／ぐずぐずするな。／「今日だ！」バラ牧師は叫ぶ」(40)とうたわれる。今という時間だけが、バラを崇めるのに受け入れられた時間であるとする、文字通りカルペ・ローサムの詩であることがわかる。「二　値踏みできないほど高価な」("Without Price")では「バラを持て。花を買うのに／金は不必要」(41)と、バラは金では買えないほど価値のあるものであるとうたわれる。「肉は赤いバラとなり、／パンは白いバラとなる」(41)においては、キリスト教の聖体の秘蹟を思わせる一方、「飲んで食べよう、明日は死ぬのだから」（イザヤ　二二：一三）を文字通り想起させるカルペ・ディエムの詩であると解釈できる。「三　一粒一粒」（"Grain by Grain"）は、「一粒一粒砂漠が庭園の地に／吹きだまる。／バラのまわりにしっかりと柵をめぐらせよ、／絶えず這うように忍び入る／砂に気をつけよ」(41) とバラ庭園が砂におびやかされる様子が描写される。砂によっておびやかされるバラ庭園は、愛や快楽が、老齢や死に至る残酷ともいえる時によって絶えず危険にさらされていることを象徴する。カルペ・ローサムであり、メメント・モリ（死を忘れることなかれ）の詩でもある。一粒一粒侵入する砂は、刻一刻を刻む砂時計をも連想させる。そして砂は人間が肉体すなわち物質存在であることを認識させるものである。

堕落とバラを通しての楽園回復の主題が最もよく表れているのが「花々の女主人への献身」（"The Devotion of the Flowers to Their Lady"）である。「女主人」は花々の女主人であるバラのことであるが、聖母マリアやイヴとも関連づけられる。「私たち」とは「百合」であり、「パンジー」であり、女主人であるバラの「侍女」であるとされる。季節は春である。「エデンの園生まれ」(41) である「私たち」は楽園から追放され、「老齢、衰弱、そして悲しみ」(41) を経験しなければならない身を嘆き、「シュシャンで私たちは思い焦がれる／神の庭へのひそかな欲望に／思い焦がれる」(42) と、異教の地オリエントのシュシャン（イラン）で楽園回復を願う。女主人バラは、追放の身でありながら、輝かしく、「楽園の保証人」として次にように描かれる。「ああ、遠い家系の娘よ、／追放されたが、追放において祝福され／それに対して、ある期間が指定される。／花よ、楽園の保証人、目に見える誓約、／バラ、害虫にもかかわらず、それを証明する」(42)。

バラは堕落によって引き起こされる悲しみを克服し、楽園を回復する可能性を示す。ブライアントもこの詩について「禁欲、耐乏、羞恥を通してではなく、（中略）美とバラを通しての楽園回復」(65) であるとする。バラ自身の蘇生、すなわちバラの花の美しい開花であり、バラを通しての人間の蘇生である。バラには害虫がつきやすいとされるが、ここで、「害虫」にファルスのイメージを払拭することは困難である。追放されたバラはイヴとの連想において捉えられ、イヴの性的汚れにもかかわらず、楽園が保証されるという。また「イトスギの見える所」での「喜びの華やかな歓楽」(42)は、死の恐怖を官能的なバラが和らげてくれることを意味する。因みに、イトスギはしばしば喪の象徴とされる。バラは妻リジーでもあり、リジーとリジーとの性愛を讃えるものでもある。

第二部「バラ農夫」("The Rose Farmer")も、同じくオリエントの地、シリアのダマスカスを舞台とする。ダマスカスはバラが美しいことで有名である。バラ農場の管理にバラの花かバラ油を売るかどちらが利益になるか語り手は考えるが、市場のある花を売ることを選ぶ。伏線として、性的イメージが読み取れる。「情熱的な頭をもたげている」(47)と描写されるバラに官能性を読み取ることは容易である。語り手と作者メルヴィルの間に距離があるとしても、「主題の花で十分」(48)と結論する語り手に、ありのままの自然に救いを見出す作者メルヴィルの姿が読み取れる。

「結び」("L'envoi")において、「ノアの年で若い／なぜ六十才で老いるのか」(49)と述べる。ノアは五百才で子供をもうけたことで知られる。メルヴィルが肉体の若さ／蘇生を望んだことは確かである。「灰色のウィッグをつけた少年は核心は若い。／ほら、どんなダマスカスのおとめが、／バラよ、パルパルの岸へ誘うことよ！／(中略)／灰色の髭をした老人はバラのもとに遅れてやってくる」(49)と作品は結ばれる。バラが若さや女性を表象し、シリアというオリエントの地で賛美されている。老齢に達したメルヴィルを心身ともに蘇らせ、救うものは、自然それもオリエントの自然であった。

引用文献

Bryant, John. "Melville's Rose Poems: As They Fell." *Arizona Quarterly* 52.4 (1996): 49–84.
Davis, Clark. *After the Whale: Melville in the Wake of Moby-Dick*. Tuscaloosa: U of Alabama P, 1995.

Eliot, T. S. *The Waste Land. Selected Poems*. London: Faber, 1975.

Gale, Robert L. *A Herman Melville Encyclopedia*. Conneticut: Greenwood, 1995.

Hawthorne, Nathaniel. *The Dolliver Romance. The Centenary Edition of the Works of Nathaniel Hawthorne*, XIII. Ed. William Charvat et. al. Columbus: Ohio State UP, 1977.

Howard, Leon. *Herman Melville: A Biography*. Berkeley: U of California P, 1951.

Melville, Herman. *Moby-Dick, or the Whale. The Northwestern-Newberry Edition*. Ed. Harrison Hayford, Hershel Parker, and G. Thomas Tanselle. Evanston and Chicago: Northwestern UP and the Newberry Library, 1988.

——. *Weeds and Wildings Chiefly: With a Rose or Two, by Herman Melville: Reading Text and Genetic Text*. Ed. with introduction by Robert Ryan. Evanston: Northwestern UP, 1967.

Milder, Robert. *Exiled Royalties: Melville and the Life We Imagine*. New York: Oxford UP, 2006.

Mumford, Lewis. *Herman Melville*. New York: Harcourt, 1929.

Robertson-Lorant, Laurie. *Melville: A Biography*. New York: Clarkson Potter, 1996.

Stein, William Bysshe. *The Poetry of Melville's Late Years: Time, History, Myth, and Religion*. Albany: State U of New York P, 1970.

Thoreau, Henry David. *Walden. The Writings of Henry David Thoreau*, II. Boston: Houghton Mifflin, 1968.

Whitman, Walt. *Leaves of Grass. The Complete Poems*. Ed. Francis Murphy. New York: Penguin, 1986.

4

「ナショナルな風景」の解体
──ホーソーンの「主として戦争問題について」をめぐって

大野　美砂

はじめに

「主として戦争問題について」(“Chiefly about War-Matters”)は、ナサニエル・ホーソーン(Nathaniel Hawthorne)が南北戦争中の一八六二年七月に「ひとりの平和主義者(A Peaceable Man)」というペンネームで『アトランティック・マンスリー』誌に発表した戦争紀行文である。それは、ホーソーン自身が一八六二年三月から約一か月、マサチューセッツ州コンコードの自宅を離れ、ワシントンとその近郊の町を旅行した体験をもとに書いたエッセイで、戦場や北軍の軍事施設を訪れ、リンカーン大統領と面会し、逃亡奴隷の一団や捕虜となった南軍兵士に会ったときの印象を記録している。

南北戦争開始後一年近くが経った一八六二年三月には、激しい戦争で前例のない数の死者が出ていて、北部の多くの人は、北部が南部に負け、首都が侵攻されるのではないかと思っていた。若者が大量に死亡した戦争を描くのにヒロイズムの言葉が使われ、戦争批判は反逆的だと言われた(Fuller 655)。ホーソーンは紀行文の冒頭で、南北戦争という危機的状況の中で作品を書くことができないという苦悩を記している。

この戦争の不穏な影響が及んでこないような密閉され隔離されたところ、遠く隔たって生活や思索のできる場所は、墓の中でもなければこの世にないだろう。もちろん、国中の至るところを揺り動かしている騒動はかなり前から私の家の戸を叩き、まったく悪意のない習慣からロマンスの中での作像に豊富な実人生の様相を与えようと努めていた空想的な思考を、私

はいやいやながら中止せざるを得なくなっていた。(403)[1]

ホーソーンは次第に「内戦の恐ろしい時期に、一般の人々の心配や悲しみから自分だけを隔離して、役にも立たない考え事に浸っているのは叛逆罪に等しいことになる」(403) と考えるようになり、「自分自身の眼でもっと近くで事態を見ようと」(404) 実際に戦地訪問の旅に出る決心をする。その旅の見聞に基づいて書かれたのが、「主として戦争問題について」である。

このエッセイは長い間、ホーソーンの作品の中で最も読まれないもの、あるいは読むに値しないものと考えられてきた。[2] しかし一九九〇年代頃から、ホーソーンと政治的な問題の関係に批評家の関心が向けられる中で、作品を奴隷制度やナショナリズムについての議論の中に入れるときの重要な資料として、しばしば言及されるテクストになり、エッセイにおけるホーソーンの戦争や奴隷制度に対する曖昧な態度が批判されることになった。[3] 近年では、そのようなホーソーンの態度を、南北戦争中の両極化する党派的なイデオロギーに反対する倫理的スタンスだったと考え、「主として戦争問題について」におけるホーソーンの曖昧さを肯定的に評価する論考も出ている。[4]

「主として戦争問題について」に関する従来の研究の大部分は、作品中の戦争や奴隷制度に関する記述の解釈に違いがあるにせよ、ホーソーンの政治性に焦点を当てるものであり、それ以外の側面を分析する論考は非常に少ない。一方、ホーソーンはこのエッセイで、ニューイングランドの自宅を出発した直後から、戦時の風景をどう描くのかという問題に直面し、旅行中に見た風景を意図的に記録している。風景を主題に分析することで、作品の新たな側面を解明することができるのではないか。本論では、戦争の風景をどう捉えるのかについて書かれた作品として、「主として戦争問題について」を考察してみたい。

一　ロイツェの壁画

ホーソーンはワシントン滞在中に連邦議会議事堂を訪れ、後に議事堂の階段を飾ることになる壁画『帝国は西に進路をとる』(*Westward the Course of Empire Takes Its Way*) の実物大の下絵を描いている画家エマニュエル・ロイツェ (Emanuel Leutze) に会う。ロイツェが制作していたその壁画は、聖家族のエジプト脱出の形式を使いながら、移民の女性とその子どもがアフリカ系アメリカ人に導かれて山岳地帯を越えていく西部の風景を捉えたものである。将来のアメリカを構成するはずの多様な人たちが一団となって約束の地である西部に向かう風景は、アメリカの領土拡張を讃え、戦争という混乱の時代のアメリカに統一と希望を与え、国家のアイデンティティを維持する役割を果たす。

ロイツェのこの壁画は、アンジェラ・ミラーが「ナショナルな風景」(the national landscape) と呼ぶものを構築している。ミラーは一九世紀半ばのアメリカの絵画や文学を分析し、ナショナリズムが高まっていったその時代に、場所に関する個人的で多様な経験ではなくイデオロギー的要求によってつくられた、国家的な意味をもつ風景が形成されたことを指摘する。「ナショナルな風景」は、地域や社会、国家の共同のアイデンティティを形成する手段として機能するもので、そこでは自然の風景がアメリカ的理想を一般化して表現する場になり、個別の特徴は無視され、場所がイデオロギー的要請に沿うように作り直された (Miller 207–09)。ロイツェの壁画では、特定の西部の場所の個別性やひとりひとりの人間の場所との関係は重視されず、国家的な希望を強調するために自然が対象化されている。

ホーソーンはロイツェを「連邦議会議事堂の仕事にまさにうってつけの人物」(408) と評し、制作中の壁画には、「その作品はまったく独創的でアメリカ的であり、どのような芸術も文学もこれまで扱ったことのない特徴をもって、ロッキー山脈地区の自然の風景から新しい種類の芸術美をつくり出すもの」(409) になるだろうと賞賛の言葉を与える。しかし同時に「彼の描いている絵に対して私の色褪せた判然としない言葉を重ねることは、この立派な画家に対して親切な行為にはならないだろう」(409) と、自分とロイツェの芸術は違うという認識を示す。さらにホーソーンは、ロイツェが「気持ちも手もしっかりさせて、揺れ動かぬ筆で」(410) 作り上げる世界の脆弱さを指摘し、彼の壁画が提示する安定し統一され、希望に満ちた国家のイメージを否定する。

> 彼がそのようにも静かに下絵を精密に描きあげていくのを見ているのは楽しいことであった。だが、その間にも他方では、別の人たちが疑ったり心配したり、背信の気持ちをもったりしながら、この国はこれから先少しの間しか存在しないだろうとか、残存するものが団結するとしても、その政治の中心はワシントンの遥か北方または西方になるだろうと囁き合っていた。(409–10)

Emanuel Leutze, *Westward the Course of Empire Takes Its Way* (1862)
Courtesy of Smithsonian American Art Museum

ホーソーンは、連邦議会議事堂中央にある建造物の「砂石の壁一面に大きな裂け目が拡がっていて、鉄のドームの大きな重みのために凄まじい音をたてて砕け落ちそう」(410) になっていることにも注意を向け、それが国家の「不吉な前兆」(410) を示していると考える。ホーソーンはロイツェの芸術を賞賛しながらも、国家分裂の脅威を示唆し、その潜在的不安定さを露呈させることによって、ロイツェが構築する「ナショナルな風景」を解体するのである。

ロイツェに会った後、ホーソーンはホワイトハウスでリンカーン大統領と面会する。ホーソーンによるリンカーンの描写も、ロイツェの壁画が作る「ナショナルな風景」の世界を解体する役割を果たしている。エドワード・ウェスプは、ホーソーンがリンカーンを西部出身者として描いていることに注目し、素朴でまったく英雄的でない西部の人としてのリンカーンの描写は、ロイツェが連邦議会議事堂の壁画で行う西部を「美化し、理想化する」行為の逆であると論

じている (418–22)。ホーソーンはまずリンカーンを、連邦を導く大統領というよりも、「明らかに西部の人、生まれはケンタッキーである」(412) と、彼の地域性を強調する。国家の最高の地位にいる彼が、欠点のない聖人ではなく、素朴だが無骨で雑駁な人物として描かれる。その顔付きは、「何か親しみのこもった真面目な目つきと、飾り気のない賢明さの表れている表情」(413) で補われているものの、「合衆国の至るところで見かける人々のそれに劣らず粗野なもの」(413) であり、「ブラシをかけたことのないような、色のさめたフロックコートとズボンを身に着け、あまりにも誠実に着古したために、その衣服が着ている人の体の線や角張っているところにすっかり慣れ親しんで、その人のもう一つの皮膚のようになっている」(412) という。足には「擦り切れたスリッパ」(412) を履き、髪は「その日の朝、枕で乱れた後、ブラシも櫛も使っていない」(412) ように見える。ホーソーンはアメリカの政治権力の中心にいるリンカーンを、戦争を導く偉大な大統領として神格化するのではなく、「毎日どこかの村で会う」(412) 普通のアメリカ人として提示し、さらに大統領としての資質にも疑念を表明する。

> 何百万という多くの人の中から、その真の資質に根拠づけられる何か理解できる過程で選ばれ求められたというのではなく、彼を選んだ人々にとっても未知の人物であり、いったいどのような天賦の才能が彼をそのような大きな責任を担うのに相応しくしたのかということについて知られることもなく、いかにしてその痩身を元首の椅子に腰掛けさせる道を見出してきたのかについては、様々な人の世の浮き沈みの中にあっても最も不思議な、それでいて最も当を得たことになっている。(412)

ホーソーンがロイツェの壁画へのコメントの直後に続けるリンカーンの描写は、ロイツェが描いた「ナショナルな風景」が表すアメリカを否定する。ロイツェの壁画は、国家的な希望を表現するが、ホーソーンが描くリンカーンは、国家の不安定な現実と脆弱さを露呈させる。[5]

二　アレクサンドリアの宿屋の風景

ホワイトハウスでリンカーンに会った後、ホーソーンはワシントン近郊を旅行する中で、アレクサンドリアのマーシャル・ハウスという宿屋を訪れる。マーシャル・ハウスは南北戦争開始直後の一八六一年五月二四日に、リンカーンの友人でもあった北軍のエルマー・E・エルズワース大佐（Elmer E. Ellsworth）と宿屋のオーナーだったジェームズ・W・ジャクソン（James W. Jackson）が撃ち合いをした場所である。熱烈に南部の連邦脱退を訴えていたジャクソンは一八六一年四月に南部連合の大きな旗を入手し、人々の喝采の中それをマーシャル・ハウスに掲げた。翌月アレクサンドリア占領の任務を命じられたエルズワース大佐は、アレクサンドリアに入り、マーシャル・ハウスから南部連合の旗が翻っていることに気づき、宿屋に入って旗を引き下ろし、切り裂いた。それを見たジャクソンはエルズワースを撃ち、さらにエルズワースの部下の一人がジャクソンを殺害した。[6]

その後マーシャル・ハウスは、画家や写真家、そこを訪れる観光客が「ナショナルな風景」を見出す場となった。マーシャル・ハウスの事件では、愛国心の象徴である旗をめぐって対決したエルズワースとジャクソンは北部と南部それぞれで殉教者に祭り上げられ、反対側では憎悪の対象となった。エルズワースの遺体はワシントンの軍の墓地に引き取られ、大統領一家を含む何千という人が弔問に訪れた。一方ジャクソンの遺体はしばらくマーシャル・ハウスに置かれ、南部中の人が南部の最初の犠牲者として彼の死を悼んだ。事件直後から、二人に関係する物品や事件について書かれた資料と共に、宿屋やその周辺の写真や絵が売り出され、宿屋を訪れる観光客は建物や家具の断片を記念に持ち帰った（Jones 6–8）。マーシャル・ハウス周辺の場所は、北部と南部それぞれの大義によって意味をもつ場面に変えられ、その周辺の風景はそれぞれに共通の感情を形成するのに利用された。

ホーソーンは「主として戦争問題について」で、マーシャル・ハウス周辺に「ナショナルな風景」を見出そうとする行為を批判している。彼は、宿屋を訪れて周辺の風景の一部を思い出に持ち帰ろうとする観光客を「記念品あさりの見物人」(417) と呼び、彼らの行動を非難する。彼らが「自分のポケット・ナイフで宿屋周辺の木造の細工物などをすっかり切り取って」(417) しまったために、「殺害の場所が実際に存在しているのか否かは極めて微妙な問題になっている」(417) という。さらにホーソーンは、エルズワースとジャクソンが死亡してすぐにお互いの関係を修復したと想像することで、二人を敵対していた関係から脱却させる。

> アレクサンドリアで我々はエルズワース大佐が殺された宿屋を訪れた。そして彼が倒れた場所とその階段の下を見た。そこからジャクソンが致命的な一弾を発して、彼自身もまたすぐその場で殺されたのだ。それゆえ、暗殺者とその犠牲者とは霊界の入口で顔を合わせたに違いなく、他界へそう多くも歩み出さぬうちに相互によりよく理解し合ったのかもしれない。エルズワース大佐は寛大な心をもっているので、そのような行為にいつまでも恨みを抱くことはなかっただろう。その行為は激しい怒りのうちに遂行され、こそこそ逃げ廻るような敵によって為されたのではないのだ。(417)

ホーソーンはアレクサンドリアでマーシャル・ハウスという「ナショナルな風景」が構築された場所を訪れ、ナショナリズムを高めるために風景を利用する行為を否定し、戦争において敵対する関係の修復を模索するのである。

三　フォート・エルズワースの荒廃した風景

次にホーソーンはアレクサンドリアのフォート・エルズワースに行き、かつて美しく豊かな森林だった一帯が戦争によって荒廃してしまったのを見る。そこでは長い時間をかけて育った樹木が戦争のために無残に切り落とされ、場所を破壊する行為の結果、周囲は醜くなっている。

審美的な視点から考えても、戦争はヴァージニアの非常に豊かだったと思われる広大な森林地帯の風景を荒廃させたことで、将来にわたっていつまでも続く大きな悪影響を残している。すべての野営地の周辺や、道路に沿った至るところで、それまでは明らかに材質の堅い樹々の森林だった場所の草木がなくなっているのを見た。充分に生育した樹木が無残な切株になっていて、それらは本職の樵の手できれいに倒されたのではなく、銃剣か他の粗末な道具を使って、不慣れな者の手で叩き切られ、乱伐され、不揃いに切断されていた。今後五〇年かかっても、このような荒廃は修復されないだろう。(419)

ホーソーンはこのようなフォート・エルズワースの風景を前に、「現在は草のない側面を見せて非常に醜いものになっている数多くの砦」(418) が、将来は「緑草で蔽われた歴史的記念物」となり、我々に「詩が根ざしていくために適切な土壌」(418) を提供してくれることを望む。この地帯に植物が豊かに群生し、詩が生まれるのは今後一世紀くらい後になるだろうが、その間に「我々が自分たちの土地に歴史的な多くの連想をつなぐ」(418) ことができれば、「立派な施設などを一時の激しい衝動や実行不可能な理論などの犠牲にしてしまうという点で、我々の子孫は彼らの父祖たちよりも浪費的でなくなるだろう」(419) という。

ここでホーソーンは、個人が詩という文学を通して戦争が行われた土地に歴史や感情を吹き込み、「場所の感覚」を築いていくことが、戦争を繰り返さないための策であると主張している。アンジェラ・ミラーは、「ナショナルな風景」の対極にあり、ナショナリズムや社会の共同のアイデンティティに吸収されることを拒否する場として、彼女が「自己の風景」(landscape of self) と呼ぶ抵抗の風景を提起している。そこでは、個人が特定の場所との相補的関係の中で想像力を通して自然を捉え、「場所の感覚」を育んでいく。一九世紀アメリカには、イデオロギーによって構築され国家的な意味を与えられた「ナショナルな風景」と、それに対する抵抗として機能した「自己の風景」の二つの種類の風景があり、ソローやポー、マーティン・ジョンソン・ヘイドなどのほんの一部の作家や画家が人間と自然の相互依存関係という点から場所を捉え、そこに抵抗的な性質を見つけた (Miller 220–21)。ホーソーンは、戦争で荒廃した場所で一人一人が詩をつくり、「ナショナルな風景」が構築された場所を文学的想像力で捉え直し、ミラーが「自己の風景」と呼んだような抵抗の風景を見出していくことを求めている。

四　ホーソーンの「中立地帯」と抵抗の風景

二〇世紀半ばにリチャード・チェイスが『アメリカ小説とその伝統』において、日常的な人間の経験を写実的に描こうとするノヴェルとは違って、社会的現実を描くという義務から解放されて、自由に状況を設定し、創作することができるのがロマンスであり、ロマンス性こそがヨーロッパ文学にはないアメリカ文学の特徴であると主張して以来、多くの批評家がアメリカ文学に特有のジャンルとしてのロマンスの特質を論じてきた。[7] そして、アメリカのロマンスの伝統というときに、ほとんど必ず言及されるのがホーソーンのロマンス論だった。ホーソーンは一八五〇年代に出版した四つの長編の序文で、自らのロマンスの創作方法を紹介している。その中でも最も頻繁に引用されるのが、『緋文字』(*The Scarlet Letter*, 1850) の序文「税関」("The Custom-House") の中の「中立地帯」(a neutral territory) を説明した以下の一節である。ホーソーンのロマンスの舞台となる「中立地帯」は、日常の場面が「摩訶不思議な光」の助けを借りたロマンス作家によって「現実的なもの」と「想像的なもの」が混ざり合った空間に変容させられたものであり、ノヴェルとは違うロマンスというジャンルの特質を表すとして注目された。

月光が住み慣れた部屋のカーペットのうえに白い光を降りそそぎ、その織り模様をひとつ残らずはっきりと浮かび上がらせるとき——あらゆるものを細部にいたるまではっきり見せながら、朝や昼とは見え方は大違いなのだが——月光はロマンス作家が彼のうたかたの客人たちと知り合いになるための最良の仲立ちである。ここに熟知の、ささやかな家庭の眺めがあるとしよう。個性ある椅子、裁縫箱、一冊か二冊の本、火の消えたランプがのっている居間のテーブル、ソファー、本棚、壁を飾る絵――これらすべての物が、こんなにもはっきりと見えながら、摩訶不思議な光によって非物質化され、その実態を失い、観念的な物質となる。（中略）かくして、見慣れた部屋の床は、現実の世界とおとぎの国とのどこか中間に位する中立地帯となり、そこでは現実的なものと想像的なものがまざりあい、お互いに相手の性質で染まっているのかもしれない。こういうところでは幽霊が入ってきても、我々を脅かすことはあるまい。あたりを見まわして、いまやこの世を去った、愛しい者の姿が、はるか遠くから帰ってきたのか、それとも、実は我が家の炉端から離れたことなど一度もなかったのか、そのへんのところを我々に訝らせるような様子で、この魔法の月光を浴びて静かに座っているのを見出しても、その場の情景とあまりにもなじんでいるので、意外な感じを受けることはないだろう。(35–36)

成田雅彦は、ノヴェルとロマンスの区別とか、チェイスの理論を基盤にしてなされたアメリカに特有のジャンルとしてのロマンス論は、必ずしもホーソーン文学の特質を明らかにするものではなく、「ホーソーンのロマンスには、アメリカ小説のジャンル論として一括りに論じられるだけでは済まない、もっと豊かな水脈がある」（四）と主張する。成田が「もっと豊かな水脈」の一つとして挙げるのが、ホーソーンのロマンスの現実を描写する表層的な言語表現の背後にある重層的な性質であり、ホーソーンがそこに真実を見ていることである。「中立地帯」では、表層の下に存在する「いまやこの世を去った、愛しい者の姿」のような過去のことや、「幽霊」のようなアメリカ史が封じ込めてきた他者などが浮かび上がり、それを映し出すのがホーソーンのロマンスなのである（成田 八―一〇）。

ホーソーンがコンコードで住んでいた旧牧師館の裏には、アメリカ独立戦争でアメリカ植民地軍と英国兵が最初の戦闘を行ったノース・ブリッジあり、夏には多くの観光客が訪れる。そこは、多くのアメリカ人が国家の歴史を記念して「ナショナルな風景」を構築した場所である。短編集『旧牧師館の苔』(*Mosses from an Old Manse*, 1846) の序文「旧牧師館」("The Old Manse") には、ホーソーンがノース・ブリッジ周辺の戦場となった場所を「中立地帯」にして、アメリカの「公式の」ナラティヴが語ってこなかった小さな物語や歴史、他者たちの存在を見出していくプロセスが描かれている。

ホーソーンは旧牧師館の裏で、国家が歴史的な出来事を記念するために建てた立派な花崗岩のモニュメントよりも、死亡した二人の無名の英国兵を弔った「上部と下部に苔が生えた小さめの墓石」(9) に目を向け、彼らのような無名兵士が経験した「ボストンからの夜間の苦しい行進」や「コンコード川を挟んで行われた小銃の一斉攻撃」(9) を想像する。さらにホーソーンは、詩人のジェイムズ・R・ロウェルから聞いた、この場所にまつわる伝説を思い出す。それは、当時旧牧師館で働いていた一人の若者が戦闘の当日、銃声を聞いて戦闘の場に向かい、「これといった確かな目的も考えもなく、だからといって冷酷さからでもなく、むしろ繊細で感受性のある性格を反映して、ただ衝動的な不安に駆られて」(10)、瀕死の状態でその場に倒れていた英国兵の頭部に激しく致命的な一撃を加えたという話である。ホーソーンは、そのアメリカの若者がその後どのような人生を辿り、「その時に付着した血痕がいかに彼の魂を悩ましたか」(10) を考え、ホーソーンにとってこの若者の行為は、「コンコードの戦いに関わるいかなる歴史の証言よりも鮮烈に私の心に焼きついて離れない」(10) ものとなる。コンコードの戦場となった場所に対してホーソーンは、愛国的なイメージを喚起するのではなく、死んだ無名の兵士に敬意を払い、若者が戦時の行為について持つであろう罪の意識について思いを巡らす。

ホーソーンはまた、白人が入植する前、ノース・ブリッジ周辺にインディアンの村があったことを思う。「インディアンたちが遺したものを発見することにかけては不思議な能力を秘めていたソロー」(11) に勧められて土地を探索したホーソーンは、「何世紀も前に地に落ちたまま誰の手にも触れることがなかったヤジリ」や「戦いや労働、狩猟に用いられた道具類」(10–11) といったインディアンが使ったものを発見し、「彩色を施した酋長や家来、家事をする妻、木の枝でブランコ遊びをする子どもたちの姿を彷彿させるような昔の風景を蘇らせる」(11)。ホーソーンはロウェルやソローといった文学者とともに、多くのアメリカ人が「ナショナルな風景」を見出す場所を文学的想像力を使いながら捉え直し、そこを「中立地帯」にして、「正史」が忘却してきた他者たちを呼び起こし、国家の「公式な」記録から取り残されてきた小さな物語があることを示す。ホーソーンがノース・ブリッジ周辺に構築する風景は、ナショナリズムや戦争を起こすイデオロギーに対する抵抗の風景となる。

おわりに

南北戦争中に「役にも立たない考え事に浸っているのは叛逆罪に等しいことになる」(403) と考えたホーソーンは、実際に戦地を訪れる旅に出て、目の前で起きている戦争の風景をどう描くのかという問題と格闘する。その結果ホーソーンは、一人一人が文学的想像力を通して時間をかけて場所との関係を築き、ナショナリスティックなナラティヴに抵抗する風景を形成していくことが、将来の世代が戦争を繰り返すのを防ぐ方法だと認識する。「主として戦争問題について」は、「役に立たない考え事」だとロマンスの創作を断念したホーソーンが、結局そこに戦争や暴力を惹き起こすイデオロギーに抵抗する力を見つけるまでの道程を辿ったエッセイなのである。ホーソーンは一八六〇年代に、「主として戦争問題について」などの戦争紀行文とともに、独立戦争前後のコンコードを舞台にした未完のロマンス『セプティミアス・フェルトン』(*Septimius Felton*, 1872) を執筆している。このロマンスを完成させないうちにこの世を去るが、ホーソーンは南北戦争中の最晩年に、戦争の風景をロマンスにするという課題に挑み続けていたように思われる。

＊本稿は、拙論「『ナショナルな風景』の解体――ホーソーンの『主として戦争問題について』をめぐって」『エコクリティシズム・レヴュー』第九号（二〇一六年八月）を大幅に加筆修正したものである。

注

1 ホーソーンの作品からの引用はすべてオハイオ州立大学版を使用し、論文中ではいずれの作品についても括弧内にページ数のみを記す。翻訳は、「主として戦争問題について」の翻訳に関しては林信行訳（「ホーソーンの戦時紀行文」『ホーソーンとメルヴィル』所収、林信行編著、成美堂、一九九四年、七―五二頁）、『緋文字』に関しては八木敏雄訳（『緋文字』八木敏雄訳、岩波文庫、一九九二年）、「旧牧師館」は齊藤昇訳（『わが旧牧師館への小径』齊藤昇訳・解説、平凡社、二〇〇五年）を参考にした。

2 ジェームズ・ベンスは一九八九年に、この作品に挿入された脚注について再考を促す画期的な論文を発表するが、その冒頭で「『主として戦争問題について』はホーソーンの生存中に出版された作品の中で、最も知られておらず、最も評価されていないものの一つである」(200) と述べている。

3 南北戦争や奴隷制度に対するホーソーンの不完全な認識を示す作品として「主として戦争問題について」に注目する批評の代表的なものに、ベントリーやイェリン、リスの研究がある。

4 「主として戦争問題について」に見られるホーソーンの曖昧さを肯定的に評価する論文として、ターニニック参照。

5 「主として戦争問題について」におけるリンカーンの描写に関する本節の議論は、晩年の作品に焦点を当ててホーソーンの戦争に対する態度を論じた拙論の内容と一部重複している。大野（四〇六）参照。

6 マーシャル・ハウスの事件の詳細については、ジョーンズ参照。

7 アメリカのロマンスをめぐる歴史については、成田（四―七）参照。

引用文献

Bense, James. "Nathaniel Hawthorne's Intension in 'Chiefly about War Matters.'" *American Literature* 61.2 (1989): 200–14.

Bentley, Nancy. "Slaves and Fauns: Hawthorne and the Uses of Primitivism." *ELH* 57.4 (1990): 901–37.

Chase, Richard. *The American Novel and Its Tradition*. Baltimore: Johns Hopkins UP, 1957.

Fuller, Randall. "Hawthorne and War." *New England Quarterly* 80.4 (2007): 655–86.

Hawthorne, Nathaniel. "Chiefly about War-Matters." *Miscellaneous Prose and Verse*. Ed. Thomas Woodson, et al. Columbus: Ohio State UP, 1994. 403–42. Vol. 23. of *The Centenary Edition of the Works of Nathaniel Hawthorne*.

——. "The Old Manse." *Mosses from an Old Manse*. Ed. William Charvat, et al. Columbus: Ohio State UP, 1974. 3–35. Vol. 10. of *The Centenary Edition of the Works of Nathaniel Hawthorne*.

——. *The Scarlet Letter*. Ed. William Charvat, et al. Columbus: Ohio State UP, 1962. Vol. 1. of *The Centenary Edition of the Works of Nathaniel Hawthorne*.

Jones, W. Burns. "The Marshall House Incident." *Northern Virginia Heritage* 10.1 (1988): 3–8.

Miller, Angela. "Everywhere and Nowhere: The Making of the National Landscape." *American Literary History* 4.2 (1992): 207–29.

Riss, Arthur. "The Art of Discrimination." *ELH* 71.1 (2004): 251–87.

Trninic, Marina. "A Call to Humanity: Hawthorne's 'Chiefly about War-Matters.'" *Nathaniel Hawthorne Review* 37.1 (2011): 109–32.

Wesp, Edward. "Beyond the Romance: The Aesthetics of Hawthorne's 'Chiefly about War Matters.'" *Texas Studies in Literature and Language* 52.4 (2010): 408–32.

Yellin, Jean Fagan. "Hawthorne and the Slavery Question." *A Historical Guide to Nathaniel Hawthorne*. Ed. Larry J. Reynolds. New York: Oxford UP, 2001. 135–64.

大野美砂「ホーソーンの戦争批判——晩年の作品を中心に」成田他、四〇三—二〇頁。

成田雅彦「ホーソーンとロマンスの遺産——『若いグッドマン・ブラウン』に見る現実の風景」成田他、三—二五頁。

成田雅彦、西谷拓哉、高尾直知編著『ホーソーンの文学的遺産』開文社、二〇一六年。

5

産業革命による個の発見と喪失
――ソローと漱石の鉄道表象

真野　剛

はじめに

イギリスの経済学者アーノルド・トインビーによって定義がなされた産業革命は、まさに人類の歴史において大きな変革をもたらすものであった。一八世紀半ばから一九世紀にかけてイギリスで生じたこの産業構造の大変革は、紡績機の改良による繊維業の発展から始まり、製鉄技術の革新、蒸気機関の出現ならびに輸送手段への転用へと進展していった。産業革命の波は国境を越えてベルギー、ドイツ、フランスといったヨーロッパ各国へと流れ、一九世紀にはついに大海を越えアメリカへと及んだ。アメリカ南部はモラルの問題を棚上げにしつつ黒人奴隷を用いたプランテーション経営を盛んに展開し、北部はハーマン・メルヴィル (Herman Melville) の「独身男たちの楽園と乙女たちの地獄」("The Paradise of Bachelors and the Tartarus of Maids," 1855) で描かれたような、いわゆる女工哀史のような状況を生み出しつつ工業化を推し進めた。このようにして広まった産業革命は第二段階へと進展し、イギリス発祥の産業革命と区別する形で第二次産業革命と呼ばれ、綿花という軽工業中心であったものから、鉄鋼などの重工業中心のものへと発展を遂げた。原動力においても熱量の高い石炭を燃焼させて動力を生み出す蒸気機関から、石油をシリンダー内で圧縮して燃焼させる内燃機関や電気を用いた新たな技術へと展開した。

こうした流れを受けて人々の生活様式は急速に進展していったわけだが、特に輸送機関の発達にともなう移動の時間的かつ空間的発達という面において、前者の産業革命のもたらした影響がいかに大きなものだったのかは言うまでもない。その顕著な結果として、一八六九年の大陸横断鉄道をあげることができよう。東側のネブラスカ州オマハからはユニオン・パシフィック鉄道が、西側のカリフォルニア州サクラメントからはセントラル・パシフィック鉄道が、それぞれ鉄道建設を進めて文字通りようやく大陸を一つに結ぶことに成功した。その完成は経済面のみならず政治的かつ軍事的にも大きな利益をもたらすこととなった。小野清之が、アメリカン・ルネッサンスで描かれる鉄道表象に関して、鉄道の物質的な影響のみならず精神的影響についても論述していることから分かるように、技術革新の時代、アメリカの古典文学の中で産業革命あるいはその影響がどの作家にも深く窺えるのは当然のことであった。本稿では、共に技術革新の時代に生きながらもエコロジー思想を持った作家、ヘンリー・デイヴィッド・ソロー (Henry David Thoreau) と夏目漱石が、産業革命という変革の流れをいかに捉えたのか、文化的な特性に基づくそれぞれの近代的個の形成とともに考察していきたい。

一　ソローが目にした産業革命の実像

鉄道の起源を言葉通り「軌条」という意味に置くのなら、一九世紀初頭にまで遡ることになる。アメリカにおける初期の鉄道および蒸気鉄道の導入については、加山昭の『アメリカ鉄道創世記』で詳細に述べられている。トーマス・ニューコメンの発明した定置式の蒸気機関を、一七六五年にジェームス・ワットは改良型のものとして刷新し、六九年に特許を取得すると、度重なる実験や試作機の製作を経てより高効率なものへと発展させた。やがてその技術は新しい動力源として考えられ、一八〇四年、リチャード・トレビシックの手によって移動式の機関車へと転用された。時を同じくしてアメリカではジョン・スティーヴンスの蒸気船やオリヴァー・エヴァンスの水陸両用車など、既存の輸送航路であった水路を舞台の中心として移動式の蒸気機関が発明された。このようにして始まった移動手段への蒸気機関の転用はやがて水面から陸地へと移っていくわけだが、アメリカ初の蒸気機関車が商用として登場するのはまだ少し先のことであった。確かに鉄の線路の有効性は多くみられたが、その動力源となっていたのは馬やラバ、もしくはインクラインと呼ばれるケーブル式の機構であった。一八二六年に開通したアメリカ最初の鉄道とされるグラニット鉄道さえも、それは例外ではなかった。[1]

それではソローの著書『ウォールデン』(*Walden*, 1854) の中で、「鉄の馬」(一七七) と並行して「火の馬」(一七八) と隠喩された、いわゆる蒸気機関を動力とする鉄道が出現したのはいつ頃であっただろうか。アメリカ鉄道史初期ともいえる一九世紀初頭には動物やインクライン方式の鉄道が用いられる一方で、数々の蒸気機関車の実験がなされていた。ところが設備の耐久性や資金面の問題でなかなか蒸気機関が運用されることはなかった (加山 一九一九〇)。動物による牽引やインクラインに加えて、重力を利用したシステム、定置式蒸気機関の時代を経て、移動式蒸気機関に普及の兆しが現れるのは一八三〇年頃のことである。トム・サム号と馬車の風刺画はそうした時代の変化を語るに相応しい一枚であろう。鉄道の主動力として馬力などが全盛であった一八三〇年、ピーター・クーパーはボルティモア・アンド・オハイオ鉄道に蒸気機関車を導入するよう説得するため、トム・サム号という試作機を作り出す。ある時、試用運転中であったトム・サム号は[2]馬車の御者から競争を挑まれ勝負することとなった。最終的には送風機用ベルトの不調という技術的トラブルにみまわれて馬車が勝利したのだが、トラブル発生まではトム・サム号の方が馬車を上回っており、この一件は蒸気機関の有用性を見事に証明してみせることとなった。それによりボルティモア・アンド・オハイオ鉄道は蒸気機関車の実用化へと動き出すのであるが、この絵ほど動力としての生き物が、機械に置き換わる瞬間を強く印象付け

H. D. スティットによるトム・サム号と鉄道馬車の風刺画

るものは他にないだろう（加山 八三―八四）。

レオ・マークスの偉業が明らかにしているように、アメリカン・パストラルにおいて鉄道以上に急速に変化するアメリカを象徴した機械は他にはなかった。マークスは『楽園と機械文明――テクノロジーと田園の理想』(*The Machine in the Garden: Technology and the Pastoral Ideal in America*, 1964) でパストラルを求める衝動とともに突入してくる機械との葛藤および調和について論じたわけであるが、一九八七年の「アメリカのパストラル理論」("Pastoralism in America") では、パストラルはいずれ時代錯誤のものとなり、政治的イデオロギーの基盤にはなりえないという前作での誤った見解を修正するとともに、政治性の面からあらためてパストラルを捉えなおした。また翌年のスーザン・ダンリーとの共編著に収められた「風景の中の鉄道――アメリカの美術にみるテーマの図像学的解釈」("The Railroad-in-the-Landscape: An Iconological Reading of a Theme in American Art," 1988) では、絵画の中で描かれる鉄道のイメージについて言及しながら美術論を展開した。この論文は鉄道表象論として重要なものである。またハドソン・リバー派の画家トマス・コールやジャスファー・クロプシー、その影響を受けたジョージ・イネスなどの作品が示すように、鉄道は新しいアメリカの風景を創り出した。同時に鉄道は、様々なイメージをもって人々の前に出現した。南北戦争最中では「統一」を意識づけるために「鉄の絆」、また第二次対英戦争の時には戦勝国としての国威発揚から「進歩」や「躍進」、その他にも「人体の血管」や「家族」、救済を示す「十字架」、人や物の流動を示す「川」など実に多くのメタファーが用いられた。その中でも最も親しまれたのが、新聞記者が生み出した「鉄の馬」という表現であった（小野 一七）。

ソローは『ウォールデン』の中で鉄道（汽車）を「国中を疾走し、主人を休息させたいときに停る」（一七八）火の馬であると喩えその活力について語っているが、特に時間的な正確性において、規則正しく往来する鉄道とそれが人々に与えた影響を奇蹟とさえ呼ぶ。鉄道の汽笛は農民たちに時間の概念を意識させ、時計を合わせることで仕事がうまくまわっているというわけである。だが一方で、家畜の大量移動を可能にさせたことで牧羊犬の役割を奪ってしまったと語る。犬たちにとってそれは「家畜の集団的脱走」（一八五）であり、仕事を奪われた犬たちの先行きに対してソローは憐憫の情を抱くのである。同時にそれは牧歌的な既存の風景を一変させるものであり、いわばパストラリズムの喪失でもあった。また自らの住居から南へわずか五〇〇メートルの場所を通る鉄道は、ソロー自身にとっても騒々しい存在であり、過ぎ去った途端に静寂な世界が再び訪れるとともに生活のリズムを取り戻す。鉄道は牧歌的生活の静寂を奪い去る存在でありながら、同時に燕のための土手も創るし藪苺も育ててくれる。いわばこの破壊と創造と呼べなくもない行為に対して、ソローの中にあるのは、鉄道は自分にとって一体何なのかという疑問である。また、アーネスト・グリセットが描いた風景画『カンザス・パシフィック鉄道におけるバッファロー虐殺』(*Slaughter of Buffalo on the Kansas Pacific Railroad*, 1877) が描写しているように、鉄道が狩猟に一役買っていたという事実もある。『アメリカの美術の中の鉄道——表象と記述的変化』(*The Railroad in American Art: Representation of Technological Change*, 1988) の序文において、ダンリーは、「インディアンが生活のためにバッファローを狩っていた一方で、鉄道はプロのハンターや狩猟嗜好家に儲けや遊びのための殺戮を助長させ、彼らは線路の傍らにバッファローの死骸を放置していた」(26) と語り、鉄道による狩猟が生きるためのものではなく、娯楽の残酷さを備えたものであったことを指摘する。

ジェイムズ・アラン・マクファーソンは、蒸気機関車に対して資本家たちが示した営利目的の反応と文芸作家らが示した芸術的趣向としての反応に加えて、アメリカ社会でヴァナキュラーを構築する人々が抱いた「自由」と「移動」のイメージの存在を語る (5–6)。またヒューートン・A・ベイカー・ジュニアは、そうした様々な反応や、とりわけヴァナキュラーの中心であったアフリカ系黒人たちが鉄道の乗り継ぎ駅のいたるところで演奏していたブルースについて、「ブルースのめざましい功績は、技術革新や、人口のせわしない移動、果てしない辺境のエネルギーを翻訳したり表現したりしたことにある」（一九）と評価している。こうした鉄道に対する期待については成田雅彦も、一九世紀のアメリカにおいて鉄道が、白人のみならず、地下鉄道のように黒人たちにとってもまた自由を夢想させる存在であり、大衆と文人たちが抱いた鉄道観は大きく異なるものであったと述べており、大衆が技術革新の時代に歓喜したのに対して、ソローは『ウォールデン』で鉄道への危惧を抱き、ナサニエル・ホーソーン (Nathaniel Hawthorne) は『七破風の屋敷』(*The House of the Seven Gables*, 1843) でただ幻想でしかない自由を与えるものとして鉄道を描き出したのだと語る（九三―九八）。また中村善雄は、同じくホーソーンの「天国行き鉄道」("The Celestial Railroad," 1843) を取り上げて、当時の楽観的鉄道信望に対する風刺作品という一般的な見解に同調しながらも、画一的ではないホーソーンの鉄道に対する分析から考えると、同作品に実は別の鉄道イメージが存在するかもしれないと指摘する（三六一）。黒人奴隷を逃避させる手助けを担った地下鉄道の存在と結び付け、先行研究で明らかにされた黒人賛歌との類似性に同意した上で同作品をスレイヴ・ナラティブとして位置づけることも可能だとし、「この作品にはピューリタン的想像力は言うに及ばず、アフリカン・アメリカン的想像力を喚起する、白と黒のナラティヴが織り込まれている」（三七四）と語る。ソローも、「市民としての反抗」("Resistance to Civil Government," 1849) や「ジョン・ブラウン大尉を弁護して」("A Plea for Captain John Brown," 1859) など、多くの論文で黒人奴隷解放運動への姿勢を明らかにしているわけだが、『ウォールデン』で語られる鉄道が自由への架け橋というイメージを内包していたとしても不思議ではない。

二　漱石が目にした産業革命の実像

ソローがウォールデン湖畔において機械との遭遇を経験したのと同様に、日本においても産業化による機械の出現は、当初は驚異とともに大いなる好奇心をもって受容された。一八六七年の大政奉還、翌年の戊辰戦争を経て明治政府が樹立されると、日本は近代化へと怒涛の歩みを始める。マシュー・ペリーの来航などにより西欧における鉄道の存在は幕府内では既知ものとなっていたが、国内で本格的に敷設計画が立てられたのは明治維新後のことであった。二〇〇年に渡る鎖国で世界から隔離されてきた当時の日本人にとって、欧州から入ってくるあらゆるものが怪奇な物であり、蒸気で走る黒々とした大きな鉄道は、言うなれば高度な文明の脅威そのものとして大衆の目に映ったに違いない。同時にそれは彼らが乗り越えていくべき近代そのものであり、大きな挑戦として登場したのである。

文豪、夏目漱石はまさに産業化の波を生き抜いた作家であり、その作品にはたびたび鉄道についての描写が見られる。作家としての名声を確かなものとすることとなった『坊ちゃん』（一九〇六年）には、次のような一節がある。「停車場はすぐに知れた。切符も訳なく買った。乗り込んでみるとマッチ箱のような汽車だ。ごろごろと五分ばかり動いたと思ったら、もう降りなければならない。道理で切符が安いと思った。たった三銭である」（三二）。この言葉から分かるように、漱石が松山で目にした鉄道は、アメリカン・パストラルの中を疾走する鉄道や近代化の象徴となった鉄道のような猛々しいイメージとは大きくかけ離れたものであった。鉄道史において、車両のデザインがある程度確立された後の時代のものであるため形こそ異なるものの、トム・サム号のようなイメージに近いと言えよう。

明治二八年（一八九五年）、夏目漱石は旧友の正岡子規の故郷であった松山の地で、尋常中学校（旧制：松山中学、後の松山東高等学校）の英語教師として赴任する。わずか一年ではあったが、その時の経験をもとにして描かれたのが『坊ちゃん』であり、松山の地で生活した漱石が初めて伊予鉄道に乗車した時の感想を主人公「坊ちゃん」の言葉を通じて述べたのがこの一節である。明治二十年（一八八七年）に「伊予鉄道株式会社」として設立された同社は、四国の松山という本州から海を隔てた地方都市であるにもかかわらず、古い歴史を持つ。日本国内においては、明治五年（一八七二年）に新橋―横浜間で開通した鉄道が最古のものである。国際標準（一四三五ミリメートル）よりも狭い狭軌（一〇六七ミリメートル）規格のものが採用され、車両は鉄道本国イギリスからの輸入、機関士もイギリス人が務めあげた。その後鉄道事業は会社という形で熟成されることになり、明治一四年（一八八一年）に国内初の鉄道会社として日本鉄道（政府の資本援助を受けた半官半民）が、さらに明治一八年（一八八五年）には阪堺鉄道が設立された。これに次ぐようにして日本で三番目に設立されたのが伊予鉄道であった。車両はドイツのミュンヘンを本拠地とするクラウス社製のもので、伊予鉄道は軽量小型が特徴の日本初の軽便鉄道であった。そのため、東京で既に運用が開始されていたイギリス製車両を用いた鉄道に比べて実に小さなものであった。[3] 松山が早期に近代化の歩みを始めた背景には、現代において地域経済の中核をなすこの会社が、国内最古の鉄道会社とわずか数年しか違わない時期に、鉄道事業を展開したことがある。

一方、漱石が同じく一九〇六年に発表した『草枕』では、鉄道の役割と位置づけが大きく異なる。松山から次に移り住んだ熊本を舞台として日露戦争を背景に画家と出戻りであった温泉宿の若女将、那美との出会いを描いた本作品では、物語最後の局面で死の世界へと誘う存在として鉄道が描かれる。語り手である画家の主人公は、那美とともに満州の戦線へと赴く彼女の従兄弟、久一を駅まで見送りにいく。舟を降り、停車場へと辿りつくと風景は一変する。

伊予鉄道本社前展示のクラウス社製１号車のレプリカ（著者撮影）

> 愈《いよいよ》現実世界へ引きずり出された。汽車の見える所を現実世界と云う。汽車程二十世紀の文明を代表するものはあるまい。何百と云う人間を同じ箱へ詰めて轟と通る。情け容赦はない。詰め込まれた人間は皆同程度の速力で、同一の停車場へとまってそうして、同様に蒸気の恩沢に浴さねばならぬ。（一七四―七五）

久一とおなじく汽車に乗っていた那美の別れた夫、野武士をも乗せた鉄道は、「轟と音がして、白く光る鉄路の上を、文明の長蛇が蜿蜒《のたくっ》て来る。文明の長蛇は口から黒い煙を吐く」（一七七）と描写される。満州行の鉄道は確かに文明の象徴であるが、同時にそれは人を飲み込む蛇でもある。あたかもそれは旧約聖書の創世記にてイブを唆し、神の怒りによって間接的にアダムたちに死の定めをもたらせた蛇のごとく、死へといざなう存在である。文芸上の「真」を語るに「かの Turner の晩年の作を見よ。彼が画きし海は燦爛として絵具箱を覆したる海の如し」（『文学論（上）』三四二）とまで評し、『草枕』の序盤で語り手が「美」を語るに「ターナーが汽車を写すまでは汽車の美を解せず」（『草枕』三七）とした美しき鉄道は、やがて情け容赦のない長蛇となり、近代化を急ぐ日本を戦争へと突き走らせる不気味で地獄的な生きものとして認識されているのである。

このようにして二人の作家は、文明化の大波、その象徴たる鉄道と対峙し、その存在がいかに人々の生活を一変させるほど強大なものであったのか、巧妙な修辞をもってして迎え撃ったのである。それは驚愕、称賛、陶酔、恐怖、悲観といった感情が交錯したものであった。

三　「個」の目覚め

ソローは『ウォールデン』の「住んだ場所とその目的」の章において、目覚めることを強く呼びかける。ここで語られる目覚めとは外的要因に起因するものではなく、己の内面から湧き出てくるものである。ソローにとって一日の始まりである朝は目覚めの瞬間であり、バラモン教の経典ヴェーダを引用しつつ日々の始点の重要性を強く語るのである。「目覚めているということは生きているということだ。私はいまだに、完全に目覚めているという人に出会ったことがない。どうすればそのような人に出会うことができるのであろうか?」（一三八）とあるように、真の目覚めの意味とともにいかにそのような聖人たる人間に会うことが困難であるかを述べる。ソローが説く真の目覚めとは、「機械の助けを借りるのではなく、曙の光をたえず待ち望む心による」（一三八）ものであり、「自らが魂を最高潮にまで高揚させる瞑想の時を持つこと」（一三八）によってこそ人の人生は価値あるものとなる。

さらに、人々の目覚めは鉄道敷設にも通ずるものがあり、人間と鉄道の関係性について、「われわれが鉄道に乗るのではなくて、鉄道がわれわれの上に乗るのだ」（『ウォールデン』一四二）と言い放つ。レールの下に置かれる枕木一本一本が人間であり、それにより鉄道はスムースに動いている。「枕木」(sleeper) の意味を掛け合わせたこの修辞は、人間が鉄道に乗るのではなくて実際には鉄道が人間の上に敷かれているのだと語る。犠牲的な意味合いのみならず、いつか「再び起きあがれる」という想起の可能性を指し示すものでもある。小野は、ソローの鉄道により失われていく世界と人々への精神的な危害という危惧に加えて、自然は治癒力を備えているとする彼の自然観にも着目する。そうした捉え方はラルフ・ウォルドー・エマソン (Ralph Waldo Emerson) とよく類似しているが、エマソン以上に具体的であるのだと述べる（四八）。文明の利便性や快適性は人間を堕落へと導くものであるが、自然にはそれを救済する力がある。そうしたソローの哲学は「『進化論』の弱肉強食・適者生存の理論の嵐の試練をくぐり抜けた後、再びドライサーやフォークナーに受け継がれ、蘇ることになるのである」（四八）と結論付ける。

ソローの、機械が人間を動かすのではなく人間が機械を動かすのだという逆転の発想の勧めは、「市民としての反抗」において、より明確なものとなって表現される。政府（機械）にとって不正とは避けることのできないものであったとしても、そのままにしておけばやがてすり減っていくが、もしその不正が他人に対して不正行為を働くように嗾ける類のものであるならば、法律を犯してでも抗うべきだと呼びかける。つまり、まともな政府ならば必要とするが、奴隷制度の上に成り立っているような政府であるならば自らが体現した不服従の信念を以て、アナーキズムの基に反乱・抵抗せよというものであった。すなわち地下鉄道への参加や奴隷制への批判は、「個」が失われてしまうことへの強い反感でもあった。

こうした国家選択の自由を主張する言動については、漱石の考えとも通底している。漱石が明治三三年（一九〇〇年）に行った二年間にもおよぶロンドン留学は当初から苦悩との闘いであったが[4]、同時にそれは新たな人生の礎を築くものであり、自身の文学観を決定づけるものでもあった。大正三年（一九一四年）一一月に行った講演「私の個人主義」の中で漱石は、イギリスが世界で類を見ないほどに自由を尊び、自由を愛し、同時に秩序の調った国家であると評価し、イギリスにおける自由とは自分のみならず他人に対しても認められる自由であり、子供の時分から育まれる義務を伴ったものであると述べている（一二七）。単なる自由ではなく、義務を伴った自由こそが真の自由であり、日本人もそうした意味において自由であるべきだと説く。

私は貴方がたが自由にあらんことを切望するものであります。同時に貴方がたが義務というものを納得せられん事を願って已まないのであります。こういう意味において、私は個人主義だと公言して憚らないつもりです。（一二九）

個人主義の本質を説いた漱石は、かつて討論の場で、人間は常に国家のことを考えるわけではなく、逆に国家に危機がおよぶと自ずとその安否を考えるし、そうでないときは個人主義にはしるのが当然であると主張したことを語る。漱石にとって国家主義と個人主義とは互いに相反するものではなく、「この二つの主義はいつでも矛盾して、何時でも撲殺し合うなどというような厄介な物では万々ない」（一三六）と言うように、状況下によっていずれにも寄るべきものであった。それについて亀井俊介は、「私の個人主義」の中で語られた漱石の言葉はあくまで過去の回想によるものであるとの事実から、在英中のリアルタイムの心情とは異なっていたことを指摘する。日記で記された大学の聴講を取りやめたという記録、またそこで使われる「自己本位」という言葉が意味するものについて亀井は、「『自己本位』というのは、これからの漱石の生き方の土台になった理念であり情念であるのですが、英国でこれにたどりついた時の彼の状況は情けなかった。徹底的に孤独なんです」（八七）と語る。漱石はイギリスに来たものの、特に心通わせることのできる友人はおらず、やがて下宿に閉じ籠もるようになった。『文学論』の序論にて自身が述べているように、漱石にとってロンドン留学は「尤も不愉快な二年」（二四）であり、「英国紳士の間にあつて狼群に伍する一匹のむく犬の如く、あはれなる生活」（二四）を営んだ。その結果、周囲からは極度の神経衰弱に陥ったものと見做された。このように苦しみに耐えた二年間ではあったものの、その生涯とともに語られる「自己本位」の確立は、確かにロンドン留学によるものであった。漱石は、この新たな考えは留学中に浮かんだ疑問——すなわち英文学の本場でイギリス人批評家と異国人である自分の考えに差異が出た時の尻込み——から生まれたものであると説明しているのだが、この時に初めて日本人には育っていなかった「個」の存在、国家に対抗しうる「個」という概念を意識したのである。

『草枕』での鉄道の役割とは、死への誘いであった。それでは乗客である個々の役割とは何であろうか。周囲が単なる輸送手段として利用行為を能動的に表すのに対して、語り手は、「人は汽車へ乗ると云う。余は積み込まれると云う。人は汽車で行くと云う。余は運搬されると云う」（一七五）として、もはや人間は鉄道の荷物であり、否応なしに送り届けられる運搬物でもあるかのように見る。載せられた人は動物園の檻の中の虎がごとく鉄柵によって大人しくしているが、それは個人と個性の抑圧である。

> 汽車程個性を軽蔑したものはない。文明はあらゆる限りの手段をつくして、個性を発達せしめたる後、あらゆる限りの方法によってこの個性を踏み付けようとする。一人前何坪何合かの地面を与えて、この地面のうちでは寝るとも起きるとも勝手にせよと云うのが現今の文明である。（一七五）

「個」は文明によって制御され、蹂躙され、はたまた抑圧される。それは鉄道という無慈悲の箱である。このようにしてまるで檻の中に閉じ込められた大衆の反感は、やがて革命を引き起こす。語り手は、「余は汽車の猛烈に、見境なく、すべての人を貨物同様に心得て走る様を見るたびに、客車のうちに閉じ籠められたる個人と、個人の個性に寸毫の注意をだに払わざるこの鉄車と比較して、（中略）。おさき真闇に盲動する汽車はあぶない標本の一つである」（一七五—七六）と述べ、「個」と「個人の個性」が単なる荷物として一まとまりに扱われている目の前の光景に強く反発する。

おわりに

日米の両文学を研究した大橋健三郎は、当初、両国の文学作品にこれといった共通点が見いだされないことに苦悩し、焦慮に駆られていたが、やがて一つの結論へとたどり着く。

> あるとき、両者に通底する近代の衝撃を象るパターンとそれを示すキイ・ワードとも言うべきものを見出して、興奮を感じたことがあった。そのパターンとは西洋近代知（自然科学と産業主義、そして科学技術の発展を急速に促しつつあった近代合理主義）と、その知が生み出した人工に相対する自然に根ざした情（心情）との乖離・背反ということであり、それを示すキイ・ワードとは、「頭」と「心」という言葉だった。（九）

また、ソローと漱石を比較研究した稲本正は、両者の生涯の軌跡を照らし合わせると驚くほど合致していると述べる。稲本が用いた「自然か都会か」という二者択一の図式にあてはめたアルゴリズムの図表はやや短絡的なものであるように感じるが、ソローも漱石も共に社会の中で個や主体性の在り方を考え続けていたということに関しては、異論の余地はない。稲本は、両者共に近代文明の開化期に生まれ、文明を見据える一方で、ネイチャーや自然《ジネン》に対してどのように接すればよいのかを追い求めたのだと語る（三二四）。ソローは、機械文明の到来によって「個」が失われる危険性を危惧し、人間が機械（鉄道）に乗せられているのではなく、我々が機械（鉄道）を乗せているのだと力説した。漱石は、ロンドン留学の経験から、「自己本位」の目覚めに加えて「個人主義」の思想を確立した。漱石が会得した自己本位や個人主義という考えは、己の権利のみを追求する我儘とは異なり、「僕は左を向く、君は右を向いても差支ないくらいの自由は、自分でも把持し、他人にも附与しなくてはなるまいかと考えられ」（「私の個人主義」一二九）るものであった。さらには、そのような過程を経て、晩年には我に捉われない「則天去私」の境地に到達したのである。

アメリカ文学との対比から志賀直哉の「自我」の問題を分析した平石貴樹は、日本人の自我には宗教的伝統や家父長制が浸透しており、そうした日本人から見た西洋の自我を次のように分析している。

自我とは本来家族を中心とする環境の中にぼんやり育成されるもので、西洋の近代的自我は、その中で個我の部分を特権化・中心化しながら、集団的ひろがりを抑圧・捨象した結果としてもたらされたものにすぎない、と考えることもできる。（三〇八）

主観的・客観的あるいは意識・無意識を問わず、日本人と西洋人では「自分」の捉え方が異なるのは何も珍しいことではないだろう。一方で、確かに「家父長制」は伝統的な日本の家族制度の根幹をなすものではあったが、アメリカ南部のプランテーションにおいても同様の特徴が見られた。「旧南部の経済は、プランテーション・システムに具現化され、貴族的家父長制という神話に支えられた搾取の生活様式であった」（ベイカー 四六）。専制君主的に統一された生産力を持った反面、表面的な「家父長制」によって歴然と「個」の抑圧が行われていたとも言えよう。ただし、南部の「家父長制」や農園主をあたかも父親とするような解釈は、所詮見せかけのものであり、南部において「農場主はいつも資本主義に激しく敵対しているように装った」（ベイカー 四七）のである。

一九世紀の産業革命がもたらしたのは、機械文明であり、オートメーション化によって制御される近代化であった。鉄道の台頭は、ソローが説いた人間らしい生き方や人間の本質的な生活、あるいはそうした流れを断ち切るものであったかもしれない。多角的に見ると鉄道とは一体どういう存在だったのであろうか。人々の生活を一変させるものであったのに加えて、同時にそれは自由という希望であり、戦争を助長する存在でもあった。また、「集団」と「個」の関係性について一石を投じるものでもあった。アメリカでは既に「個」の概念は存在していたが、それが国家によって蹂躙されることにソローは激しく反発した。皮肉にもアメリカという国家が奴隷制という暗黒の歴史を露にしてきたがゆえに、「個」の蹂躙に対して敏感な思想が出現した。一方で、日本では集団生活こそが正義とされてきたために、「個」の概念は重視されていなかった（あるいは蔑ろにされていた）のだが、漱石は英国留学を通していち早くその重要性に気づいた。奇しくも都合よく「家父長制」という図式が構成される中で、「個」の価値が否定されていた時代にソローと漱石は生きた。誰よりも「個」を重んじた二人の作家は、利便性と引き換えに「個」が失われてしまうという状況に悲観し、社会に対してその是非を問うたのである。

注

1 イギリスにおける蒸気機関の発展と異なり、技術的な不足と運用コストの問題もあって、アメリカでは蒸気機関の普及はなかなか進まなかった。

2 制作したのは鉄工場を営むピーター・クーパーで、重量およそ一トン最高時速二九キロ。その目的は蒸気の力を示すこと、短いカーブでも走行できることを実証するために実験用に作られた。

3 伊予鉄道株式会社、『伊予鉄道（株）ウェブサイト』、ウェブ。二〇一五年一〇月九日。

4 『漱石書簡集』（三好行雄編、岩波書店、一九九〇年）に収められたロンドン留学中に妻の鏡子に宛てた手紙には、生活の不便さや不愉快さが随所に書かれている。

引用文献

Baker, Jr., Houston A. *Blues, Ideology, and Afro-American Literature*. Chicago: U of Chicago, 1984.『ブルースの文学——奴隷の経済学とヴァナキュラー』松本昇他訳、法政大学出版局、二〇一五年。
Danly, Susan. "Introduction." Danly and Marx 1-50.
Danly, Susan, and Leo Marx, eds. *The Railroad in American Art: Representation of Technological Change*. Cambridge, MA: MIT, 1988.

Marx, Leo. *The Machine in the Garden: Technology and the Pastoral Ideal in America*. New York: Oxford UP, 1964.

——. "Pastoralism in America." Ideology and Classic American Literature. Ed. Sacvan Bercovitch and Myra Jehlen. New York: Cambridge UP, 1986. 36–69.

——. "The Railroad-in-the-Landscape: An Iconological Reading of a Theme in American Art." Danly and Marx 183–208.

McPherson, James Alan. "Some Observations on the Railroad and American Culture." *Railroad: Trains and Train People in American Culture*. Ed. McPherson and Miller Williams. New York: Random House, 1976. 3–17.

Thoreau, Henry David. "Resistance to Civil Government." 1849. 「市民の反抗」一八四九年、『市民の反抗』所収、飯田実訳、岩波書店、一九九七年、七—五五頁。

——. *Walden: or, the Life in the Wood*. 1854. 『ウォールデン』一八五四年、佐渡谷重信訳、講談社、一九九一年。

稲本正『ソローと漱石の森』日本放送出版協会、一九九九年。

大橋健三郎『夏目漱石——近代という迷宮』小沢書店、一九九五年。

小野清之『アメリカ鉄道物語——アメリカ文学再読の旅』研究社、一九九九年。

亀井俊介『英文学者　夏目漱石』松柏社、二〇一一年。

加山昭『アメリカ鉄道創世記』山海堂、一九九八年。

中村善雄「ホーソーンの鉄道表象——『天国行き鉄道』を巡るピューリタン的／アフロ・アメリカン的想像力」『ホーソーンの文学的遺産』所収、成田雅彦他編、開文社、二〇一六年、三五七—七七頁。

夏目漱石『草枕』一九〇六年、新潮社、一九五〇年。

——「現代日本の開花」一九一一年、『漱石文明論集』所収、七—三八頁。

——『漱石文明論集』三好行雄編、岩波書店、二〇〇〇年。

——『文学論（上）』一九〇七年、岩波書店、二〇〇七年。

——『坊ちゃん』一九〇六年、岩波書店、一九八九年。

——「私の個人主義」一九一四年、『漱石文明論集』所収、九七—一三八頁。

成田雅彦「侵入する鉄道」『〈移動〉のアメリカ文化学』所収、山里勝己編、ミネルヴァ書房、二〇一一年、八七—一一〇頁。

平石貴樹「志賀直哉と『自我』の問題」『抵抗することば——暴力と文学的想像力』所収、藤平育子監修、南雲堂、二〇一四年、三〇五—二六頁。

6

マーク・トウェインの自伝と〈ミシシッピ・パストラリズム〉

浜本　隆三

はじめに

マーク・トウェイン(Mark Twain, 1835–1910)の没後一〇〇年にあたる、二〇一〇年の末に発売された『マーク・トウェイン完全なる自伝』(*Autobiography of Mark Twain*)第一巻（以下『完全なる自伝』）は、未刊行の原稿を含めたトウェインの自伝の「完全版」という前評判も手伝って、『ニューヨーク・タイムズ』紙のベスト・セラーズ・リストにおいて、初登場で第二位の座に輝き話題となった。結局、この自伝の売り上げは一年あまりで八〇万部に達した。すでに米文学史では古典に位置づけられている一九世紀の作家の自伝が、なぜ二一世紀のアメリカでベストセラーになったのか。理由はさまざまだが、自伝の大半が口述筆記されたという事実を踏まえると、現代の読者がこの執筆手段に親和性を覚えていたことは間違いない。[1]

トウェインはもともと、ペン書きで自伝の執筆を始めた。だが、筆は思うように進まなかった。一八七〇年から一九〇五年までの三五年間で執筆できたのは、わずか二〇〇頁ほど。全三巻で二四〇〇頁を越える『完全なる自伝』のごく一部である。しかし、口述筆記を開始するやいなや、三年間で二〇〇〇頁余りもの原稿を書いた。『完全なる自伝』は、口述筆記という執筆手段を採用したことで後世に遺されたわけである。

なぜ、トウェインは執筆手段を転じたのか。筆者はその節目を、トウェインが幼いころ、夏の余暇を過ごした叔父ジョン・クオールズ(John A. Quarles)の農園での経験が述懐された部分に見出す。本論では、農園での記憶がトウェインの過去に対する認識にどのような影響を与えたのか明らかにする。まずは、クオールズ農場があったミシシッピ河畔の牧歌的風景が、アメリカ史上でどのように理想化されていたか、確認することからはじめたい。

一　〈ミシシッピ・パストラリズム〉の構図

人と自然が調和して暮らす田園への憧憬は、古代よりパストラルと呼ばれる文芸様式によって定式化されてきた。その礎を築いたのは、紀元前一世紀の詩人ウェルギリウス (Vergilius, B.C.70–B.C.19) で、かれは詩集『牧歌』(*Eclogues* [B.C.42–B.C.38]) において人間と自然と動植物とが共に暮らす世界を想い描いた。この文明と自然との理想的な中庸としてのパストラルは、ミシシッピ河畔にも見出される。

ミシシッピ河畔は、トウェインが幼少期の記憶をたどり始めるよりも前から、アメリカにおいて特異な文化的位置におかれていた。アメリカの西部拡張の歴史は、トマス・ジェファソン (Thomas Jefferson) によるミシシッピ河以西のルイジアナ購入にたどられるが、この地域の文化的異質性が東海岸において認知されるのは、一八二五年頃から五〇年にかけてのことである。

同地に関心をもった先駆者としては、たとえば『ミズーリ河の毛皮商たち』(*Fur Traders Descending the Missouri*, 1845) や『陽気な筏師たち』(*The Jolly Flatboatmen*, 1846) を描いた画家ジョージ・ケイレブ・ビンガム (George Caleb Bingham, 1811–79) の名が挙がる。一八四〇年代から五〇年代には、ジョン・バンヴァード (John Banvard, 1815–91)、ヘンリー・ルイス (Hnery Lewis, 1819–1904) ら、パノラマ作家たちもこぞってミシシッピ河畔の風景をキャンバスに描き込み、人気を博した。とりわけ、セント・ポールからニューオーリンズまでの河旅を描いたことで知られるバンヴァードのムービング・パノラマ (“Moving Panorama”) は、「小さな町々や大小の農園、木こりたちのログ・ハウス」(23)

などの丘の暮らしぶりだけでなく、「竜骨船、物売りが乗る小舟、河に浮かぶブリキ職人小屋や酒場、ならず者たちの巣窟、そして極めつけは、大ぶりのぶ格好の筏風の平底船」(24) などが行き交う川面で暮らす人々の素朴な風俗を描き、これに弁士が講釈をつけることで、「地域色」(32) の豊かな河畔の風景を伝えた、とカーティス・ダール (Curtis Dahl) は指摘している。

ミシシッピのパストラルな表象に対する志向を、仮に〈ミシシッピ・パストラリズム〉と呼ぶことにするが、この人気の背景には、経済的・文化的に発展する東部の、物質主義・進歩主義とは無縁な脱世俗的生活への憧れがあった。この傾向は、アメリカ文学に描かれるパストラルに対する「アメリカ人の反応」を考察したレオ・マークス (Leo Marx) も指摘するところである。ナサニエル・ホーソーン (Nathaniel Hawthorne, 1804–64)、ハーマン・メルヴィル (Herman Melville, 1819–91)、マーク・トウェイン、ヘンリー・ジェイムズ (Henry James, 1843–1916)、ウィリアム・フォークナー (William Faulkner, 1897–1962)、アーネスト・ヘミングウェイ (Ernest Hemingway, 1899–1961) らが描く主人公に、読者が共感する理由についてマークスは、かれらが抱く「組織社会に増大しつつある権力や複雑さに直面して、支配的な文化との関わりを絶ち、いわば自然に『近しい』領域において、より単純で満足のいくような生活様式を見いだしたいという欲望」(一二七) にあると論じる。そして、「アメリカ文学に現れたパストラリズムは、隔絶した脱俗的生活をめぐるヴィジョンを提示しているが、それは文化人が心に抱いているヴィジョンなのである」(一二九) と分析する。すなわちパストラリズムは、簡素な牧歌的生活それ自体を指すのではなく、「脱俗的生活」を志向する「ヴィジョン」によって成立しうる、というのである。

この「ヴィジョン」は、地理的「隔絶」に限られるわけではない。ポール・アルパース (Paul Alpers) は、パストラルが「黄金時代、無垢、ノスタルジア」(28) とともに想起されうると指摘する。この示唆を踏まえると、「隔絶」は時間軸にも及ぶことになる。たしかに時間軸を超えた無垢への回帰は、一八三〇年から四〇年頃を舞台にした「ハック・

トム」作品の時代設定にも現れている。クオールズ農場の記憶の糸をたどるトウェインの原動力も、昔日への憧憬を探ることの点にあるだろう。

二　自伝執筆と口述筆記

ミシシッピ河畔のパストラルが理想化される素地を確認したところで、話をトウェインへと転じ、かれの時間軸に自伝執筆の契機となる「隔絶」の源流を探りたい。トウェインは一八六七年、友人のジョン・ヘイ (John Hey) にすすめられて自伝の執筆に取り掛かる。トウェインはヘイから、「四〇歳になると人間は人生の丘の頂上に着いていて、(中略) その人生は語る価値があり、かならず聞いて面白いものになるだろう」(トウェイン 四四二) と耳にして、三年後の一八七〇年、「テネシーの土地」を執筆する。一八七七年には、生まれ育ったミズーリ州フロリダについて、「ミズーリ州フロリダでの幼少期」と題した短い回想記をつづった。以後、トウェインは何度も執筆と挫折を繰り返す。

トウェインが自伝執筆に本腰を入れ始めるのは、一九〇四年、イタリアのフィレンツェ滞在中でのことだった。妻オリヴィア (Olivia Clemens) の秘書イザベラ・ライアン (Isabel Lyon) に口述筆記を頼み、「ジョン・ヘイ」、「『赤外套外遊記』覚え書」など四篇を執筆する。以後、一九〇六年より本格的に口述筆記を開始して、これがトウェインの自伝執筆のスタイルとなる。結果、一九〇九年までの四年間に書いた原稿は、積み上げると資料箱が三メートルの高さに達するほど口述筆記は成功した。[2] しかし、結局、生前に自伝は完成しなかった。

それにしてもトウェインは、これほどの素材を用意しておきながら、なぜ自伝を書き上げることが出来なかったのであろうか。『マーク・トウェイン事典』(*The Mark Twain Encyclopedia*, 1993) ではその理由として、原稿があまりにも膨大であった点、口述筆記により時系列に混乱が生じた点、文才のあったトウェインは口述筆記した原稿の出版をためらった点、これらを指摘する（54–56）。

　だが根本的には、あふれかえる素材をどのような自己表象の下に再構成したらよいのか、トウェイン自身も答えを見出せなかった点に要因があるだろう。トウェインは、旅行記作家、小説家、講演家、事業家と多彩な「顔」をもち、また、マーク・トウェインとサミュエル・クレメンズ（Samuel Langhorne Clemens）の対立もアポリアであった。『完全なる自伝』に収められた膨大な遺稿は、トウェインの自己理解が、もしくは、アイデンティティの認識が、トウェイン自身にとっても自明ではなかったことを物語っているのである。

　トウェインは当初から自伝の完成をあきらめていたわけではなかった。むしろ、初期に執筆された原稿約二〇〇ページ分には、理想とする自己表象の構築を試みるトウェインの試行錯誤がうかがえる。[3] ところが、この試みを断念し、口述筆記という手段を採用したとたん、執筆作業はおおいにはかどった。一見すれば、記憶を記録する口述筆記は、自伝執筆の途上にある作業のように思える。しかし、「記憶の記録」と「自伝の執筆」とは、実のところ作業の性質がまったく異なる。

　そもそも自伝の執筆とは、無意識の状態にある記憶を言語化し、言語化された過去を物語として編む作業である。E・H・カー（Edward Hallett Carr）も指摘するように、史実は主観的文脈において歴史となる。これは自伝についてもいえることで、ダートマス大学の自伝研究者ルイス・レンザ（Louis A. Renza）はジェームス・コックス（James M. Cox）の言及を引きつつ、「つまり、自伝は経験的事実を創作物へとつくり変える。これは『創作散文』と定義しうる」（268–69）と論じている。

　また、自伝の執筆は、個人的な記憶を公にする作業でもある。アメリカの自伝の特質について、自伝研究の先駆者ロバート・セイヤー（Robert F. Sayre）は、「アメリカ人の書き手たちは、概して自らの人生を国民的生活や国家という概念へと結びつけてきた」（149–50）と分析する。すなわち、アメリカの自伝には、個人の経験を「ナショナル・ナラティブ」

へと接続する傾向があるという。この傾向の一端は、トウェインの『完全なる自伝』の初期の原稿にも認められる。したがって、自伝とは構築された理想の自己表象であり、その書き手には、過去を自由に再構成する主体性が認められる。他方、口述筆記は、よみがえる記憶をおもいつくままに語る執筆手段でもある。よみがえる記憶を記述するという構図は、たとえば、マルセル・プルースト（Marcel Proust, 1871–1922）の『失われた時を求めて』（*A la recherché du temps perdu*, 1913–27）を思い出させるだろう。

ヴァルター・ベンヤミン（Walter Benjamin）は、『失われた時を求めて』について、「構成しえないものを総合した結果」の「自伝的作品」と書いているが（四一四）、これは『完全なる自伝』にも通じる指摘である。その叙述方法についてベンヤミンは、「生をあったがままに叙述したのではなく、生を体験した者がそれを追想するとおりに叙述」したものと分析する。そして、『失われた時を求めて』の執筆で「主役を演じ」ているのは、「想起」、想い起す、という行為であり、それをベンヤミンは「意思によらない想起」、「無意志的記憶」、さらに「自発的想起」と呼んだ（四一五）。

以上を踏まえて『完全なる自伝』を紐解くと、トウェインもペン書きする自伝執筆と口述筆記との違いを認識していた点に気づかされる。かれはペン書きする一般的な自伝執筆の方法について、「この八年から十年、自伝執筆のあれやこれやの試みを、ペンを執っては数度やってきた。しかし結果は不満に終わった。過度に文学的なのである。ペンを手にしての語りは困難な芸術である」（四四二）と書く。そして、「ペンを手にした語りの流れは、ひとつの運河である。ゆっくりと、滑らかに、端正に、眠たげに流れ、欠点だらけである」（四四三）と難じる。

他方、口述筆記についてトウェインは、その「語り」の特質を小川の流れに喩える。

> 語りとは、丘々やよく茂った森林地を下る小川のように流れてゆくべきものである。その出会うすべての大石、その通路に突き出た草茂る砂利のすべての突起がその流れを変える。（中略）語りとは一分たりとも真っ直ぐにはすすまないが、たえ

ず流れることをやめぬ水（中略）。たえず進むことをやめず、たえず少なくともひとつの法則に従い、その法則、法則がないという語りの法則につねに忠実である。（四四二）

この「語り」の法則は、ベンヤミンの言う「意思によらない想起」と通じる。口述筆記の場合、「物語る」主体は記憶の側にあり、語り手はただ従属する側に徹するのである。したがって、ペン書きする「自伝執筆」の方法は、「記憶の記録」を行う口述筆記の対極にある作業であったと理解できる。

では、なぜトウェインは「自伝の執筆」から「記憶の記録」へと執筆の方向性を転じたのか。『完全なる自伝』の場合、この逆転の基軸は、口述筆記を開始する直前、すなわちペン書きされた最後の原稿に見出されるはずである。そこには、冒頭で述べた通り、パストラルな風景の述懐があった。トウェインが幼い頃に夏を過ごしたクオールズ農場での思い出が記されているのである。

三　クオールズ農場の記憶

クオールズ農場とはトウェインの伯父ジョン・クオールズが所有していた農園で、ミズーリ州フロリダから四マイルほど離れた田舎にあった。敷地内には果樹園やたばこ畑、それに燻製小屋などがあり、外れには納屋やトウモロコシ小屋、家畜小屋が点在している。付近には小川が流れ、幼いトウェインはしばしば水遊びに興じた。

トウェインはミズーリ州フロリダからハンニバルへ引っ越してからも、一一歳か一二歳になるまで、毎年、二か月から三か月間はこの農場で過ごした。『ハックルベリー・フィンの冒険』(*Adventures of Huckleberry Finn*, 1885) や『トム・ソーヤの探偵』(*Tom Sawyer Detective*, 1896) には、この農場がモデルになっている場面がある。したがって、クオールズ農場はトウェインの「トム・ハック」物語群の原点であるばかりか、アメリカでもっとも子供たちに馴染み深い牧歌的風景の原型が形づくられた場所といえるだろう。

トウェインが書き残したクオールズ農場での思い出は、八〇〇頁ほどある『完全なる自伝』の第一巻において、わずか十数ページに満たないながら、奇妙な存在感を放っている。というのも、この箇所では「私」("I")を主語においた文章が数ページにわたって連続しているのである。そのすべてを引用することはできないが、一部を抜粋すると、つぎのような具合である。

深い森のおごそかな黄昏時の神秘、大地のさまざまな香り、野生の花のかすかな芳香、雨が洗った木の葉の光沢。風が木々を揺するときバラバラ音を立てて落ちる水滴、遥か森の啄木鳥の遠い槌音、帷子のくぐもった太鼓音、草の中を走る驚いた野生動物の瞬間の一瞥。私はそのすべてを呼び戻し、あの時と同じほどリアルで喜ばしいものにすることができる。（四二九）

この調子で、「私」("I")が導く文章が連続する。とくに、「私は思い出せる」もしくは「私はそれを思い出せる」、「私の眼には〜が見える」や「私には〜が聞こえる」、「私は〜を思い出す」または「私には〜が感じられる」というフレーズは四五回も繰り返され、「私は〜を知っている」は一三回も連続している。いずれの文章にも、気取った様子はなく、つぎつぎと沸き起こる記憶を、必死にペンで書き留めている印象を受ける。意識から忘却の彼方へと消え去る前に、よみがえる風景をなんとか書き残そうと、必死でペンを走らせているかのようである。トウェインはクオールズ農場の述懐を経て口述筆記を開始した。よみがえる記憶を記録するためには、ペン書きではなく、口述筆記が最適だと判断したからに違いない。

連続する「私」が思い出すパストラルの記憶は八一にものぼる。それぞれ整理すると、視覚、嗅覚、聴覚、味覚と、五感に関わる記憶に分類できる。まず、視覚的記憶がよみがえる。「木の葉の光沢」、「草の中を走る驚いた野生動物の一瞬の一瞥」、「空に動くことなく浮かぶ大きなタカ」、「翼を思いきり拡げ、端々の羽根の縁から透けて見える天空の青」、「秋の装いをした森」、「真紅の樫」、「黄金に染められたヒッコリー」、「楓や真っ赤な火を燃やす漆の木」と森の風景がつぎつぎとよみがえる。これを端緒に、記憶は五感をくすぐる。「大地のさまざまな香り」、「野生の花々のかすかな芳香」、と嗅覚の記憶が呼び覚まされる。「風が木々を揺らすときバラバラ音を立てて落ちる水滴」、歩みを進めると足元で「落ち葉のかさかさと鳴る音」、「遥かな森の啄木鳥の遠い槌音」、「雉子のくぐもった太鼓音」、と聴覚の記憶も呼び覚ます（二一六―一八）。

さらに記憶は森や畑がもたらす恵みへといたる。「若木の間に垂れた野生の葡萄の青い房」、「野生の黒苺」、「ポポー、ハシバミの実、柿」、「ヒッコリーの実や栗」、と味覚に埋もれた記憶が掘り起こされる。「ズルしてくすねた砂糖の味」や「盗んだスイカの味」はひときわ格別だった。「冬場の地下貯蔵庫での、樽の中の凍った林檎の表情、かじった時のその固さ、結氷が歯にあたえる疼き、にもかかわらず美味だったこともしっている。（中略）冬の晩の暖炉で焼かれてジュージューなっている林檎の様子も、それに砂糖をかけて、クリームに浸して熱いまま食べる快さも私はしっている」（二一六―一八）。豊かな森の恵みの思い出は、パストラルの記憶が秘める幸福の高みを象徴している。だがこの至福が際立つのは、妻オリヴィアや娘スージーに先立たれたトウェインを取り巻く、いわゆる晩年のペシミズムの悲嘆が深みを増すがゆえのことである。

さらにトウェインは、この時期、一九〇一年に「暗きに座す人へ」（"To the Person Sitting in Darkness," 1901）、一九〇三年に「犬の話」（"A Dog's Tale," 1903）、二年後に『レオポルド王の独白』（*King Leopold's Soliloquy*, 1905）、口述筆記を本格的に開始する一九〇六年には『人間とはなにか？』（*What Is Man?* 1906）を立て続けに発表し、この間（一九〇二～〇八年にかけて）、『不思議な少年』（"No. 44, The Mysterious Stranger," 1916）を執筆して、帝国主義批判、欧米文明批判、人間批判を展開する。つぎつぎと下される辛辣な社会批評を省みると、トウェインの現実に対する悲観的な認識がかれの〈ミシシッピ・パストラリズム〉を際立たせていたものと理解できる。森の恵みが豊かであればあるほど、同時代のアメリカに対するトウェインの絶望感はさらに鋭利に縁どられるのである。

おわりに

パストラルの思い出は、視覚的記憶を端緒に、嗅覚、聴覚、味覚に秘められた記憶を連鎖的に呼び覚ました。この連想を結ぶのはミシシッピに広がる自然の有機的連環であって、そこにトウェインの意思は介在していない。記憶の糸をたどる主体性は、「森林地を下る小川」の「流れ」にあり、これにトウェインはただ身を任せている。ちょうどベンヤミンが「自発的想起」と呼ぶ、語り手と記憶との間で逆転した主従関係に通じる。クオールズ農場の風景を基軸として、記憶をつかさどる主体性は逆転しているのである。

ここであらためて、パストラリズムが提示する「脱俗的生活をめぐるヴィジョン」という構図を思い出せば、世紀転換期アメリカの抱える絶望を縁どる主体が「森林地を下る小川」の「自発的」流れであったことに驚かされる。さらに、牧歌の述懐が口述筆記の端緒になった経緯を思い出すと、残された膨大な遺稿は、「森林地を下る小川」の下流域に広がる大河であったと理解できる。

こう考えると、『完全なる自伝』がベストセラーとして現代のアメリカによみがえった意義は深い。ミシシッピのパストラルから流れ出た記憶の大河に、八〇万もの読者が魅了されたのである。だがその大河は、二一世紀においても、地理的・時間的「隔絶」の果てに流れている。すると、『完全なる自伝』の爆発的な人気は、現代のアメリカが抱える闇の深みを反照しているとはいえまいか。

ちょうど『ハックルベリー・フィンの冒険』のハックとジムが乗る気ままな筏を河岸から眺めるように、ミシシッピの理想郷は常に「ヴィジョン」の先にある。表象の彼方、大河の源流にたどり着くことはできないのである。

＊本論は報告論文「トウェインの『自伝』にみる記憶に刻まれた風景」（『エコクリティシズム・レヴュー』第八号（二〇一五年一一月）五一―五六頁）を加筆・修正したものである。また、本研究は科学研究費補助金（研究課題番号：26770113）の助成を受けたものである。

注

1　同書の執筆形式の、現代の読者における受容については、Amazon.com に投稿されたコメントの分析を通して研究発表等で明らかにした。二〇一三年一二月末までに投稿された三六〇件のコメントのうち、とくに同書を Amazon の電子媒体形式「kindle」で手にした読者からは、口述された日付ごとの区分を電子書籍で読むと、現代の「ブログ」を読んでいる感覚になる、というコメントが多数、寄せられていた。

2　一九〇六年九月までに一三四篇、〇七年に七〇篇、〇八年に三四篇、〇九年に一四篇が記された。一九〇六年初期の速記者はジョセフィン・ホビー (Josephine Hobbey)。この間に自伝の約半分が口述筆記され、以前のものと合わせて分量は二四〇〇頁にのぼった。

3『完全なる自伝』の初期の原稿でトウェインは、アメリカ史上の英雄グラント将軍との個人的な思い出について述懐を重ねている。グラント将軍との記憶を語り直すことで、アメリカ史の「主流」へとすり寄るトウェインの姿勢がうかがえる。

引用文献

Alpers, Paul. *What Is Pastoral?* Chicago: U of Chicago P, 1996.
Carr, E. H. *What Is History?* Cambridge: U of Cambridge P, 1961.　『歴史とは何か』清水幾太郎訳、岩波新書、一九六二年。

Dahl, Curtis. "Mark Twain and the Moving Panoramas." *American Quarterly*, 13.1 (1961): 20–32.

LeMaster, J. R. and James D. Wilson. *The Mark Twain Encyclopedia*. New York: Garland, 1993.

Marx, Leo. "Pastoralism in America." *Ideology and Classic American Literature*. Ed. Sacvan Bercovitch, et al. New York: Cambridge UP, 1986. 36–69. 「アメリカン・パストラルの思想」結城正美訳『緑の文学批評』所収、伊藤詔子他編訳、松柏社、一九九八年、二一五—四一頁。

Miller, Angela. "The Mechanism of the Market and the Invention of Western Regionalism: The Example of George Caleb Bingham." *American Iconology*. Ed. David C. Miller. New Haven: Yale UP, 1993. 112–34.

Renza, Louis A. "The Veto of the Imagination: A Theory of Autobiography." *Autobiography: Essays Theoretical and Critical*. Ed. James Olney. Princeton: Princeton UP, 1980. 268–95.

Sayre, Robert F. "Autobiography and the Making of America." *Autobiography: Essays Theoretical and Critical*. Ed. James Olney. Princeton: Princeton UP, 1980. 146–68.

Twain, Mark. *Autobiography of Mark Twain*. Ed. Harriet E. Smith, et al. Vol. 1. Berkeley: U of California P, 2010. 『マーク・トウェイン完全なる自伝』第一巻、和栗了他訳、柏書房、二〇一三年。

——. *Chapters from My Autobiography*. Ed. Shelley Fisher Fishkin. New York: Oxford UP, 1996.

ベンヤミン、ヴァルター『ベンヤミン・コレクション2』浅井健二郎編訳、ちくま学芸文庫、一九九六年。

ポーとポストヒューマンな言説の戦場
――「使い果たされた男――先のブガブー族とキカプー族との激戦の話」

伊藤　詔子

はじめに

「黒猫」のプルートーのような不思議な猫は、一体どこから来たのだろうか。ルー・リードに霊感を与え不滅の名盤「The Raven《ザ　レイヴン》」を創らせた大鴉のような、人の運命を決する生きものは、一体本当は何者なのか。エドガー・アラン・ポー（Edgar Allan Poe）は、「モルグ街の殺人」をはじめ生きものを主人公とする多くの短編傑作を書いたが、その自然表象はなぜか二〇世紀のエコクリティシズムではまったく等閑視された。エコクリティシズム第一波が確立された一九九〇年代、ローレンス・ビュエルの『環境的想像力――ソロー、ネイチャーライティング、アメリカ文化の形成』とシェリル・グロットフェルティら編『エコクリティシズム・リーダー』の名著にも、またその後エコクリティシズム第二波を形成したジョニ・アダムソンら編『環境正義エコクリティシズム・リーダー』にも、ポーへの言及はなかった。ビュエルの三作目『環境批評の未来』においてはさらに幅広く日系アメリカ作家カレン・テイ・ヤマシタやデレック・ウォルコットなどカリブ作家、アンナ・ツィンのようなインドネシア作家についても論じられ、エコクリティシズムは世界文学を論じる批評に成長したが、こうした中でもポーはなぜかこの批評の死角となってきた。

しかしスコット・スロヴィック（Scott Slovic）の定義したエコクリティシズム〈第三の波〉に至って、特定の場所の感覚に対し「エコ・コスモポリタニズム」や「没場所性（nonlocality）」の感覚、土地喪失やグローバルな汚染の拡大がより切実なテーマとなり、〈第四の波〉では、人間と生きものの平等性や近接性と生命についての「ファンダメンタルな物質性」(Slovic 234) が主要な関心事となり、エコクリティシズムが新しい唯物論的様相をおびてきた。これらの動きは、ルネサンス以降五〇〇年の、人間の精神性と卓越性を存在の頂点に捉え基本的に霊肉二元論に立つヒューマニズムに対し、身体と精神の一体性を生きもの全体に拡大し、人間の自然支配を批判し、ヒューマニズムの限界を突破しようとする、ポストヒューマニズムとも同調するものである。ジェイムス・バークレイ (James Berkley) の「ポストヒューマン・ミメーシスと仮面がはがれた機械」によると「八〇年代には仮説であったサイバースペースやサイボーグが、九〇年代に実現するに及び、人間の主体性についてのポストヒューマン的見解が文化全域に浸透した」(356–57)。このころエコクリティシズムにも、ポストヒューマニズムの新しい動きが始まった。

そしてついにこの段階で、ポーがエコクリティシズムの視野に入り批評対象として浮上し、まずは最初に述べたポーの自然表象の不思議が、主としてゴシック・ネイチャーとして論じられた。しかしポーの特異な自然表象は単に表象論にはとどまらずポー作品全体に拡大していった。一方ポー研究において二〇〇〇年以降最も注目されてきた作品の一つは、従来ジャクソニアン・デモクラシーへの軽い時事的風刺ものとしか見られてこなかった「使い果たされた男——先のブガブー族とキカプー族との激戦の物語」("The Man That Was Used Up: A Tale of the Late Bugaboo and Kickapoo Campaign," 1839) である。主人公は、ダナ・ハラウェイ (Donna Haraway) の定義したサイボーグ「人間と機械《サイバネティック》の融合有機体《オーガニズム》」を世界最初に体現した存在であり、人間のアイデンティティと身体性の関係を考察する際重要な問題を孕む作品として、注目を集めてきた。本論ではポー作品が一八三〇年代すでに、死のかなたまで生きる不可思議なキャラクターを生み出し、自然観や宇宙観にもポストネイチャー、ポストヒューマンの先駆的な様相を描いたことを考察し、「使い果たされた男」のサイボーグ的ヴィジョンの具象化に作動している言説に焦点を当てたい。最初にポーとエコクリティシズム、ポーとポストヒューマンの研究史を、概略辿っておくこととする。

一　エコクリティシズムによるポー論の到来

英語で書かれたエコクリティシズムによるポー論の到来は、『文学環境学際研究』（以後 *ISLE*）誌上サイモン・エストック（Simon Estok）の二〇〇九年の論文、「開かれた両義性の空間で理論化する——エコクリティシズムとエコフォービア」をもって嚆矢とする。アメリカ作家の特性とされた自然の恵みへの礼賛ではなく、自然の脅威と恐怖を描く作家もいることに注目し、エストックはそれをエコフォービアと名付けエコクリティシズムの考察範囲とすべきとした。続いてトム・ヒラード（Tom Hillard）は、*ISLE* に「大鴉」（"The Raven," 1845）二五行目をタイトルに掲げる「ゴシック・ネイチャー——暗闇を深々と窺いみれば」によって〈エコフォービアの詩人ポー〉を論じ、「大鴉」における独特の自然表象をゴシック・ネイチャーという用語で分析し、ポーのみならずコールリッジやソローにまでゴシック・ネイチャーを適用し、詩分野全体にゴシック・ネイチャーの議論を拡大する有効性を示した。さらにゴシックというジャンルに内在する自然への強い恐怖に満ちた関心を総称して、エコ・ゴシック（ecogothic）という用語が、アンドリュー・スミス（Andrew Smith）とウィリアム・ヒューズ（William Hughes）によって『世界のエコ・ゴシック』（*Ecogothic*, 2013）で提示された。環境文学とゴシックの共通モチーフである環境的終末、荒野、ポスト・アポカリプス等とエコクリティシズムの関係を論じ、ゴシックの中のエコクリティシズム的要素を探求する。この本は『フランケンシュタイン』（*Frankenstein: or The Modern Prometheus*, 1818）から現代までのゴシック小説を幅広く論じているが、ポーと『最後の人間』も含むメアリー・シェリー（Mary Shelley）との深い関係に鑑みれば、エコ・ゴシックはポー作品全体に深い示唆を与えるものである。[1]

続いて伊藤「ポーのキメラ《幻獣》とゴシック・ネイチャー」（二〇一三）は、ポー作品に頻出するキメラの意義を論じて、ポーの生きもの表象は、総体として動物が人間から厳然と分かたれ、すべての秩序がそこから構築されていたヒューマニズムの時代に、生きものが人間の領域に深く侵入し、人間も又生きものとしての生態を示し、人間と動物の境界が不分明になり融合するポストネイチャーの世界の提示であること、創造された自然であるポストネイチャーの新奇な美と恐怖、秩序転覆がもたらす畏怖の念が、ポーの特質であることを論じた。

さらに二〇一二年には季刊誌『アメリカ文学――エコクリティシズム特集号』で、マシュー・テイラー（Matthew Taylor）「自然への怖れの本質――エドガー・アラン・ポーとポストヒューマン・エコロジー」で、議論は一気にポーとポストヒューマンの問題に焦点化されていった。テイラーはすでに「ポーの（形而上的）物理学――ポストヒューマン前史」において、ポー作品では人間と自然の世界を分かつ境界は浸食されて主体と客体の差異を拒むような状況が描かれている（Taylor, "Edgar" 210-16）とし、「ライジィーア」や「アッシャー館の崩壊」の宇宙観にポストヒューマニズムが見て取れるとしている。また宇宙対話譚のジャンルに見られるポストヒューマニズムを「ポーの小説に描かれる個別の身体の死の怖れは、より普遍的な人間の自己の崩壊の徴しとして起こり、やがて肯定的なポストヒューマンというオルタナティヴとなる」（Taylor, "The Nature" 369）としている。テイラーは、ポストヒューマニズムの思想の担い手として多くの思想家と科学者を挙げ、ハラウェイやミシェル・セレス（Michel Serres）やブルーノ・ラトゥール（Bruno Latour）らが主張する、自己と世界の境界を取り除いた両者のハイブリッドな関係性が、ポーにもみられるとする。

二　ポーとポストヒューマニズムの諸理論

ミネソタ大学から出版されたポストヒューマニティの研究書シリーズはすでに三六冊を数え、膨大な領域となっている。二〇〇〇年にはネイル・バッドミントン（Neil Badmington）による『ポストヒューマニズム・リーダー』が、その思想的柱を示した。また基本書と目されているキャサリン・ヘイルズ（Katherine Hayles）の『いかにしてわれわれはポストヒューマンになったか』は、第一章を、ポストヒューマンの文学批評用語としての初出であった、一九七七年イーハブ・ハッサン (Ihab Hassan) の「行為者としてのプロメテウス――ポストモダン文化にむけて」からの引用で始めている。ハッサンは「ヒューマニズムは終焉していき、ポストヒューマニズムと呼ばざるを得ないものに変容している」とポストモダニズムに関連して使い、ヒューマニズムのグランド・ナラティヴが文学批評でも潰えていったことを指摘したのである (Hayles 32–4)。文学とテクノロジーの関係を「ヴァーチャルな身体とシニフィエの明滅」から「ＡＩ［人工知能］のナラティヴ」など全一二章で考察したヘイルズは、従来人間と対立的に捉えられていたテクノロジーを、情緒や神経も含む人間の一部と捉え、その意味では人間は機械でありコンピュータと交換可能であるとし、ポストヒューマンとしての人間の遍在性を説いた。

一方ハッサンのポストヒューマニズム提示と同じ年、エコロジー思想の分野でも、「自然はもう失われた。自然という概念ももうない」とし、環境保護はこの発想を前提とすべきだと宣言したビル・マッキベン (Bill McKibben) の『自然の終焉』が出た。マッキベンは、当初自然本質論者の強い抵抗に出会い、この本は極論であるとされた。しかし徐々に受容され、すでに今日アメリカでは、自然博物館とともにポストネイチャー博物館《postnature museum》が整い可視化され、クローンやロボットなど失われた無垢なる自然に変わるポストネイチャーが組織的に展示されている。[2] 二〇一〇年にはついに、ポール・ワップナー (Paul Wapner) の『自然の終焉を生きて――アメリカ環境主義の未来』が、人工生殖や人工知能、遺伝子操作や工場で生産する一〇〇％人工の植物や、遺伝子操作されたアンドロイドなど、現代人はポストネイチャーの中に生きており、古い自然を回顧するのではなくポストネイチャーの中で保護を考えるべきだとした。

すでにポーのテクノロジーと人間の融合というテーマからは、二〇〇二年にクラウス・ベネッシュ (Klaus Benesch) の名著『ロマンティック・サイボーグ』(*Romantic Cyborgs*) の第三章「機械は歴史を作るか――ポーと言説のテクノロジー化」で、ポーが歴史上初めてテクノロジーと人間の融合体というサイボーグの原理を「メルツェルの将棋指し」

("Maelzel's Chess-player," 1836) で明白に提示し、続いて「使い果たされた男」で、「ＡＢＣ・スミス特別昇進准将」という、ポストヒューマンな主体の具体像を生み出したことが詳考されている。ポストヒューマニズムの一九世紀起源説は、ベネッシュによってより具体的にアメリカン・ルネサンス作家全般にわたって論じてあるが、ポーは最もラディカルな実践者と位置づけられている。さらに論集『二一世紀のエコクリティシズム』では、テイラーやティモシー・モートン (Timothy Morton) とともに、ポール・アウトカ (Paul Outka) の『フランケンシュタイン』論が、ポストヒューマンの概念の発生と定義を一九世紀にさかのぼっている。アウトカは「人間の本質は精神でなく身体であり、地上的なものを超脱する存在というよりは、話すことを覚えた大地の一部」(31) とし、身体と霊の一元的把握がシェリーやポーだけでなく、エマソン、ホイットマン、ソローらにもあると分析している。[3]

ポーとテクノロジーとの親密な関係は、「大渦への降下」のノルウェイの漁師や、「陥穽と振り子」の語り手が、いずれも身体をテクノロジーと一体化させて生き残りを果たすことや、ダゲレオという新しい表象技術へのポーの憧憬と称賛などにも窺える。そして一方では、エリソンという黄泉の国への導師が、庭園四連作の仕上げ「アルンハイムの領土」("The Domain of Arnheim," 1847) で、ミメーシスに代わる「第二の自然」("the secondary nature") 創造理論を打ち出すことになった。ポーが賞賛を重ねたダゲレオ技術もまた、絵画に対し「第二の自然」と呼ばれ、それは「全能の神の意匠という観念を一段引きおろし――つまり人間的技巧の感覚と矛盾せず調和するものにして、神と人間の中間的なものを生み出す、人間と神の中間に在る天使のなせる業」(MIII: 1276) による創造とする。[4] このマニエリスム的自然観は、現代のことばでいえばポストネイチャー論といえる。

人間と機械の融合体サイボーグと、「自然の再創造」発想との結合において、ポーと最もかかわりが深い理論は、ハラウェイの「サイボーグ宣言」("Manifesto for Cyborgs: Science, Technology, and Socialist Feminism in the 1980s") を含む『猿と女とサイボーグ――自然の再発明』であろう。ハラウェイは人間と動物、人間と機械、物質と物質ならざる者、三分野の二項対立の解体を宣言し、〈自然文化《naturecultures》〉という言葉を、次作『伴侶種宣言』(*Companion Species Manifesto*)で生み出した。ティモシー・モートンのロマン派研究の解体的エコロジー理論の三部作などによって、ロマン派のプロトエコロジーの伝統に加えて、最近のエコクリティシズムが注目する「人新世」(Anthropocene)にある地球へのまなざしと自覚は、すでに一九世紀アメリカンルネサンス作家の世界観や宇宙観に胚胎していたともいえるだろう。かくしてポーとエコクリティシズムは、ゴシックネイチャーから、ベネッシュ、テイラーに至るポストヒューマン・エコロジーまで、多面的に展開する領域となった。以下でエコクリティシズムが、ポー文学の何を明らかにしたか述べたい。

三　「アッシャー館の崩壊」と宇宙対話譚四連作のエコ・キャタストロフィ

ポーの環境についての感受性がいかにポストヒューマンなものか、ヒューマンな理解を越えたものか「アッシャー館の崩壊」("The Fall of the House of Usher," 1839) に具体的に窺えることを改めて確認したい。アッシャーにとっては、明確な主体性の確立した自我の外部に客体として環境が感受されているのではなく、語り手が館の石や壁にもあると説明し、アッシャーが捉われている「感覚力 (sentience)」、生態学用語となった「大気 (atomosphere)」の可視的な様相こそ、主体と客体の壁が崩れ一体化しているポストヒューマンな環境への感覚であった。これら一七世紀に創られた英語の物理学的語義をポーは復活させ、館の崩壊は意志あるものの如く館の周りに集結した宇宙の四大元素、水、風、土、火の攪乱による嵐によって引き起こされ、アッシャーには「感覚力の何よりの証拠は、館の前の沼地の水、壁という壁を取り巻く大気が徐々にだが確実に濃度が増してくることに、はっきりと見て取れる」(MII: 408) として可視的に感覚されている。館の崩壊はエコ・キャタストロフィに陥った地球の崩壊であり、ことごとく環境劣化の現象として描かれていることは拙稿「ポーと新たなサブライムの意匠」でも論じたところである。そしてマボットによるとポーの

「感覚力」のソースとして一八世紀の化学者でケンブリッジ大学教授、リチャード・ワトソン (Richard Watson) の「植物の感覚力は、すべての事物の有機的関係性の主要な証拠である」(MII: 419) という文章が挙げられている。この「すべての物体の有機的関係性」("Organic relatedness of *all matter*") こそ、エルンスト・ヘッケルが一八六六年に造語した "Őekologie" から英語となった "ecology" の原理であった。

「使い果たされた男」の直後、一八三九年九月号の『バートンズ・ジェントルマン』誌に出版された「アッシャー館の崩壊」のポストヒューマンな終末感覚は、従来宗教的アポカリプスと関連して解釈されてきたが、宗教性はポーの環境感受性に包摂された一要素にすぎない。アッシャーとマデラインは、一八三九年以降壊滅した地球から飛び立って、身体と霊が一体化した形での人間の運命、文字通り死後の (posthumous)、ポストヒューマンとなって、存在の運命をたどる、宇宙対話譚四連作の三組の天使に変容したといえる。「アッシャー館の崩壊」という名作は、「エイロスとチャーミオンの会話」("The Conversation of Eiros and Charmion,"1839)、「モノスとユーナの対話」("The Colloquy of Monos and Una," 1841)、「催眠術の啓示」("Mesmeric Revelation,"1844)、「言葉の力」("The Power of Words,"1845) へと発展していったのである。モノスとユーナが対話する一節「そのうちに煤煙を吐く巨大な都市があまた興り、溶鉱炉からの熱い息で緑葉は枯れて、自然の美しい顔は嫌悪すべき病にかかったように歪んだ。(中略) 私は文明の高度の発達の代償が広範囲な破滅を齎すことを地球の歴史から学んでいた」(MII: 610) は、文学史上最も早い地球のエコ・キャタストロフィの予言と崩壊の描出とみなすことができる。

宇宙対話譚四連作は『ユリイカ』(*Eureka* 1848) の宇宙論へと続くが、四作が別々に発表されながらいかに作家内的連続性を持っているかについては、拙著『アルンハイムへの道』で図示した宇宙への旅のチャートの通りである (伊藤 二三三)。精神と自然の秩序の崩壊の結果と捉えられる「アッシャー館の崩壊」でのエコ・キャタストロフィ後、地球の生を終え飛び立った天使たちは、人間の死後の運命をたどる際、既存の宗教性ではなく一種物理的な墓場内の身体解体作用の永遠に続くプロセスと、時間と空間感覚の一体化を経て宇宙図の九天にある一者への飛翔を続ける。ヘイルズによるとポストヒューマンにとってジェンダーは過去の記憶であり、ハラウェイも「我々はサイボーグとしてジェンダーなき社会に生きる」（二八八—八九）とする。ポーの天使もまた、ジェンダーもなく身体もなく精神もないいわば意識の残像であるが、霊とは捉えられていない。「一年たった。存在の意識は次第に漠然となり、単なる場所の感覚がとってかわった。実在の観念は場所の観念に没入し始めた。かつて肉体であったものを取り巻いていた狭い空間は、肉体そのものになりつつあった。（中略）幾星霜が過ぎ塵は塵に帰った。（中略）無でありながら不滅であるすべてにとって、墓はやはり住処であり、腐食の時間はその連れだったのだ」(MII: 617)。テイラーの指摘のようにモノス (monos) もユーナ (una) もラテン語の一を示し、それは『ユリイカ』の原初の一者 (Oneness) にも通じて、この対話連作の関心が「究極的な分解不可能な物体 ("the ultimate, or unparticled matter")」(MIII:1033) とする〈物質の運命〉に終始一貫する点も注目される。

四　言説の戦場としての「使い果たされた男」

二〇一三年のステファヌ・ヘルブレヒター (Stefan Herbrechter)『ポストヒューマニズム——批評的分析』は、「今日人間《ヒューマン》であることは何を意味するのか？　この質問は人類そのものと同じくらい古いが、その答えは益々不明になってきている。（中略）しかしポストヒューマンの亡霊は、今や広く人間が直面している避けられない人間の次の進化のステージとして喚起されている」(vii) と始めている。この書き出しは、まさに正体不明のジョン・ＡＢＣ・スミス特別昇任准将 (Brevet Brigadier General) を巡って展開する「使い果たされた男」に、本論を逢着させる。

大きな軍功を立て、瀕死の重傷を負うも帰還し、名誉進級を果たし英雄となった勇敢この上ない軍人、ＡＢＣ・スミス准将の、「驚嘆すべき、見事で麗しき」(MII: 378) ヒーロー像について、語り手は「立派この上ないが、どこか四角い感じ」(MII: 380) の曖昧さにつきまとわれて、准将のアイデンティティの謎を解明しようと話は展開する。アイデンティティの謎は、名前が示すポカホンタス美談伝説のキャプテン・ジョン・スミスの稀有な存在と、ＡＢＣといった教科書めいた平凡極まりなさからくる実在と非在の結合の上に、名誉昇任准将という仮称的な称号によって、作品背景の一八三七年の激烈な対インディアン戦争の歴史を同時に喚起させることからも来る。副題の部族名は、ブガブー（悪魔）族という架空の名とキカプーの実在の部族名の結合で、この作品が徹底して虚構と現実を融合させる言説の場であることを作品冒頭で示している。

作品中 man は三〇回繰り返され、そのたびにこの人間（スミス准将）とは何者なのかの語り手の疑念を深める。回答の "He is the Man" が、様々な登場人物によって七回繰り返される毎に、牧師の説教では「彼は聖書の言う女から生まれし男」、女性たちの声では「人間」、「立派な男性」、「軍人」と意味が変容し最後は「彼は使い果たされた（殺された）しかし生きた人間である ("was the man—was the man that was used up")」(MII: 389) でテキストが終わる。まさに人間とは何かのアイデンティティの探求を巡る作品であり、マボットはタイトルの関係代名詞が who でなく that である点に注意を促す。これこそ「使い果たされた男」が人間と物との融合体であることの暗示に他ならず、まさにスミスは、物から人間に組みあげていったポストヒューマン、サイボーグという不気味な新種の存在なのである。

レオン・ジャクソンは書誌にあげた論文名が示すように、「トマホーク批評家」と噂されたポーには、ネイティヴ・アメリカンに対する共感があったと指摘した最初の批評家であった。その後多くの論文が書かれ、ジェラルド・ケネディは、一八三九年四月双方に多くの死者と負傷兵を出したインディアン戦争と、ジャクソン大統領のリムーバブル政策の推進に決定的に「貢献した」激戦そのものを揶揄する政治性があると指摘し、この戦役の刻一刻の新聞記事から、出版に至る執筆の日を詳細に特定し、歴史的事象へのポーの素早い反応と、フィラデルフィアにおけるインディアン文化への高い関心、ポーのそれへの共感を洗い出す迫力の論文を書いた。またロバート・ボウカによる、准将の身体を冷笑しながら組み立てる黒人ポンペイと、インディアンに囲まれてしか存立しえない白人の脆弱さを揶揄したとするレイシズムの指摘や、デーヴィッド・ブレイクの「ポーと捕囚の終焉」では、当時流行したキャプティヴィティ・ナラティヴを作品に読み込む秀逸な批評も出た。ブレイクはスミスが、インディアンの捕囚から生還した勇者であるとする。これらの批評により、この作品に作動したポーの風刺の極度に隠微で複雑な構造が明らかとなってきている。さらに二〇一六年高野泰志は「ポーの見たサイボーグの夢」の中で、テクノロジーによる身体の補綴術、再生医療という視点から「人工器官による身体補完は常に悪夢として立ち現れる。（中略）『使い果たされた男』は悪夢の起源を初めて捉えた作品であるといえるだろう」（三四）と結論している。高野が序におく『ロボコップ』（一九八七）は、最新の集注版ポー選集 (*Annotated Poe*, 2016) でもイラストとなり、「ロボコップは犯罪者と戦う使い果たされた男のポストモダン版である」と注釈されている (94)。准将を賞賛するストーリー内のポーの女性たちのように、映画は白人英雄としてのスミス准将像を継承していることになる。ベトナム戦争後世界に兵士を送り続けるアメリカが、多くの死者や負傷兵を出しロボット兵士を夢見るという意味でも、この作品は今日的にアメリカ的であり、宇宙戦争ものの多くのＳＦ映画にも続いていったといえるだろう。

発表はポーの奇跡の年である一八三九年、数々の傑作掲載メディアとなった『バートンズ・ジェントルマン』七月号に出た時局もので、第二次セミヨール・インディアン戦争をモデルとし、主人公のジョン・ＡＢＣ・スミスのモデルは、従来、ポーが度々揶揄したジャクソン大統領（一八二九〜一八三七）のインディアン・リムーバブルのラディカルな政策を進めた大統領の副官ヴァン・ビューレン、あるいはウエスト・ポイントで同窓のスコット軍曹だと考えられてきた。そして揶揄の対象は、白人の四肢を生きたまま切断する残虐非道のインディアン部族、あるいはインディアンへの容赦ないアメリカ軍の戦争技術（人罠やバネ銃）であると、広範囲にわたって種々錯綜した指摘がなされてきた。風刺の的は決して単純ではないが、何よりもスミスのアイデンティティの奇抜さと正体不明にこそこの作品の重要性はあったのだ。クライマックスは以下の喜劇的シーンである。ある日語り手がスミスを訪ねると目の前には奇妙なふろしき包みがあった。

> 目の前の奇妙な包みは奇妙な格好で床の上に体を起こした。だが見えたのは片足だけだった。「ポンペイ、その脚を取ってくれ」するとポンペイは靴下を履いて身づくろいのすんだ見事なコルク性の脚を一本、あっという間にねじ込むと、それは目の前にすらりと立った。「血なまぐさい闘いだった」包みは独白のように言葉を続けた。(MII: 387–88)

こうして奇妙な包みは、「腕をねじ込み」「胸と肩を嵌め」「剥ぎ取られた頭皮」を覆うド・ロウム制作の「見事な鬘」を被り「ライフルの台尻で突き込んだ歯」の代わりに見事な入歯を嵌め「ウィリアムズ博士の作った義眼を嵌め」「舌を嵌め」(MII:387–88) て立派な軍人になっていった。演劇に造詣の深いポーならではのこの素早い〈変装〉は、物である奇妙な包みが人間になっていく間の、長いスミスの語りに伴われている。

この語りには、四種の言説の葛藤と実践がある。第一は白人が帰還したのちに語る戦闘のキャプティヴィティ・ナラティヴであり、第二は人体欠損を補綴するフィラデルフィアのテクノロジー賞賛ナラティヴである。第三は威張り散らすが全く無力な白人と黒人ポンペイの、人種を巡る逆転のストーリーであり、最後は死体から人体の部品を取り出して人工人間を組み立てる『フランケンシュタイン』の怪物誕生物語を想起させる、ポストヒューマン創造の文脈である。この四種の文脈、文学ジャンル上の、進歩の時代の技術信仰の、人種力学上のヒューマンからポストヒューマンを生み出す認識論上の文脈こそ、スミス准将を形成しているものである。作品は謎の解明の中で、人間と機械の融合体という、メルツェルのチェス人形を発展させた奇想に到達するが、この間ポーが駆使するのは段階的な推論と、事実と虚構を織り交ぜる言語上の、また目前に展開するテクノロジーへの驚嘆でもあった。激しい戦闘で傷痍軍人の多いフィラデルフィアは、義肢、義足、鬘、義歯、義眼など全米随一の再生医療テクノロジーと科学の町であり、腕のいい職人も多数いて、マボットの注によるとポーは実在の職人名をすべて動員している。だが用意周到に右足を残すことで、スミスの在りえない生き残りの蓋然性をわずかに高める慎重さもある。一方で、現在の再生医療でも最も困難とされている声の再生技術のみは、虚構の出典を使うことでハイパーボールの技法となっていて、スミスの「最も顕彰すべき」肝心な「朗々たる声」(MIII:380) だけは完全にフィクションの産物なのである。子猫の名前に使うタビタという女性とかわすひそひそ話には、「テレグラフ (telegraph)」(一八三七年発明された電信技術) を使うなど、最新の通信テクノロジーにも目配りされている。スミスなるサイボーグは、まさにポーの最先端の言語テクノロジーの、サイボーグ的ヴィジョンが生み出したポストヒューマンだったのであり、テキストはまさにその言説の戦場であった。

こうした中で本論にとって重要なのは、ポーのポストヒューマンの視点と物語の可能性の追求である。ベネッシュが鋭意明らかにしたように「メルツエルの将棋指し」で機械が人間にリンクされることで、あり得ないほど機能を拡張するという発想は、この作品でついに死と生を接合し、ポー年来のテーマである死の中の生、死を征服しようとする主人公を生み出した。「使い果たされた男」でポーは、死者と生を最新テクノロジーで繋ぎ、生と死の不気味な境界の上に、ポストヒューマン・ストーリーを形成したのである。

＊本論は科研費による研究「トランスアトランティック・エコロジー」(15H03189) 研究成果の一部である。また本論は、拙著『ディズマル・スワンプのアメリカン・ルネサンス――ポーとダークキャノン』(音羽書房鶴見書店、二〇一七年三月) の第一二章を、ポーとポストヒューマンな言説の戦場のテーマで再考し、要約・改稿したものであることをお断りする。

注

1　ポーへの『フランケンシュタイン』の影響については、拙論「E・A・ポーとメアリー・シェリー」を参照されたい。

2　ポストナチュラル・ヒストリーセンターのホームページには以下の文言がある。"The Center for PostNatural History is dedicated to the advancement of knowledge relating to the complex interplay between culture, nature and biotechnology." http://www.atlasobscura.com/places/ center-for-postnaturalhistory August 1st, 2015.

3　『二一世紀のエコクリティシズム』については、各章を要約紹介した『エコクリティシズム・レヴュー』第七号（SES-J、二〇一四年、九二―一六二）を参照されたい。

4　ポーのテキストの引用はすべて拙訳により、引用文献にあるマボット編テキスト、またはハリソン編テキストにより、引用の後にそれぞれM巻数：頁、または、H巻数：頁をカッコ内に記した。なお作品タイトルも既訳を見直して訳した。

引用文献

Badmington, Neil. *Posthumanism: Readers in Cultural Criticism*. New York: Palgrave Macmillan, 2000.

Benesch, Klaus. *Romantic Cyborgs: Authorship and Technology in the American Renaissance*. Amherst, MA: U of Massachusetts P, 2003.

Berkley, James. "Post-Human Mimesis and the Debunked Machine: Reading Environmental Appropriation in Poe's 'Maelzel's Chess-Player' and 'The Man That Was Used-Up.'" *Comparative Literature Studies* 41.3 (2004): 356–376.

Beuka, Robert A. "The Jacksonian Man of Parts: Dismemberment, Manhood, and Race in 'The Man That Was Used Up.'" *Edgar Allan Poe Review* 3.1 (2002): 29–44.

Blake, David Haven. "'The Man That Was Used Up': Edgar Allan Poe and the Ends of Captivity." *Nineteenth-Century Literature* 57.3 (2002): 323–349.

Buell, Lawrence. *The Environmental Imagination: Thoreau, Nature Writing, and the Formation of American Culture*. Cambridge: Belknap, 1995.

——. *The Future of Environmental Criticism*. Oxford: Wiley-Blackwell, 2005.

Estok, Simon C. "Theorizing in a Space of Ambivalent Openness: Ecocriticism and Ecophobia." *ISLE* 16.2 (2009): 203–25.

Haraway, Donna. *Simians, Cyborgs, and Women: The Reinvention of Nature*. New York: Routledge, 1991. 『猿と女とサイボーグ――自然の再発明』高橋さきの訳、青土社、二〇〇〇年。

——. *The Companion Species Manifesto: Dogs, People, and Significant Otherness*. Chicago: Prickly Paradigm, 2003. 『伴侶種宣言：犬と人の「重要な他者性」』永野文香訳、以文社、二〇一三年。

Hassan, Ihab. "Prometheus as Performer: Toward a Posthumanist Culture?" *The Georgia Review* 31.4 (1977): 830–850.

Hayles, Katherine. *How We Became Posthuman: Virtual Bodies in Cybernetics, Literature, and Informatics*. Chicago: U of Chicago P, 1999.

Herbrechter, Stefan. *Posthumanism: A Critical Analysis*. London: Bloomsbury, 2013.

Hillard, Tom. "Gothic Nature: Deep into That Darkness Peering." *ISLE* 16.4 (2009): 685–95.

Jackson, Leon. "'Behold Our Literary Mohawk, Poe' Literary Natinalism and the 'Indianation' of Antebellum American Culture." *ESQ* 48 (2002): 97–133.

Kennedy, J. Gerald. "Unwinnable Wars, Unspeakable Wounds: Locating 'The Man That Was Used-Up.'" *Poe Studies/Dark Romanticism* 39–40. 1–2 (2006): 77–89.

McKibben, Bill. *The End of Nature*. New York: Anchor, 1977.

Outka, Paul. "Posthuman/Postnatural: Ecocriticism and the Sublime in Mary Shelley's Frankenstein." *Environmental Criticism for the Twenty-First Century*. Ed. Stephanie LeMenager, Teresa Shewry, and Ken Hiltner. New York: Routledge, 2012. 31–48.

Poe, Edgar Allan. *The Annotated Poe*. Ed. Kevin Hayes. Cambridge: Belknap, 2015.

——. *Collected Works of Edgar Allan Poe*. Ed. Thomas Ollive Mabbott. Vol. II. Cambridge: Belknap, 1978. Vol. III. *Tales and Sketches*. Cambridge: Belknap, 1978.

——. *Eureka*. 1838. *Complete Works of Edgar Allan Poe*. Ed. James A. Harrison. Vol. III. New York: AMS, 1965. 1–242.

Pollin, Burton R., ed. *The Imaginary Voyages: Pym, Hans Pfaall, Julius Rodman*. *Collected Writings of Edgar Allan Poe*. Vol. I. Boston: Twayne, 1981.

Slovic, Scott. "Editor's Note." *ISLE* 19.2 (2012): 233–35.

Smith, Andrew and William Hughes, eds. *EcoGothic*. Manchester: Manchester UP, 2013.

Taylor, Matthew A. "Edgar Allan Poe's (Meta)physics: A Pre-History of the Post-Human." *Nineteenth-Century Literature* 62.2 (2007): 193–221.

——. "The Nature of Fear: Edgar Allan Poe and Posthuman Ecology." *American Literature* 84.2 (2012): 353-380.
Wapner, Paul. *Living Through the End of Nature: The Future of American Environmentalism.* Cambridge, MA: MIT, 2010.
伊藤詔子『アルンハイムへの道——エドガー・アラン・ポーの世界』桐原書店、一九九六年。
——「E・A・ポーとメアリー・シェリー」『アメリカ作家とヨーロッパ』所収、坪井清彦編、英宝社、一九九六年、二一一—三八頁。
——「ポーの新たなサブライムの意匠」『視覚のアメリカン・ルネサンス』所収、入子文子他編、世界思想社、二〇〇六年、一〇一—一二四頁。
——「ポーのキメラとゴシック・ネイチャー」『カウンター・ナラティヴから語るアメリカ文学』所収、伊藤詔子監修、新田玲子編、音羽書房鶴見書店、二〇一三年、七三—九〇頁。
高野泰志「ポーの見たサイボーグの夢」『身体と情動——アフェクトで読むアメリカンルネサンス』所収、竹内勝徳他編、彩流社、二〇一六年、一七—三七頁。

第Ⅱ部　エコクリティシズムの現代的展開――語り始めた周縁

8

レイチェル・カーソンの『潮風の下で』
——ヘンリー・ウィリアムソンの影響を探る

浅井　千晶

はじめに

「海を本当に知っている人など、いるだろうか」という詩のような書き出しで始まる「海のなか」("Undersea," 1937)が、全国的な媒体に掲載されたレイチェル・カーソン(Rachel Carson)の最初の作品である。[1] この短い作品はもともと「水の世界」("The World of Water")と題してカーソンが当時勤めていた米国漁業局の小冊子の序文として書かれたもので、政府広報に使用するには文学的すぎるという理由で、『アトランティック・マンスリー』誌への投稿を上司に勧められたのであった。「海のなか」は、太古の昔から永遠に続く海の生物たちの生態学と、小さな微生物さえも包みこんで永遠にくりかえす生命の営みという、カーソンの作品を貫く重要なテーマを紹介している。

周知のように、レイチェル・カーソンは『沈黙の春』(*Silent Spring*, 1962)で化学物質による環境汚染の脅威を刻銘に描き、その後の環境運動に影響を与えた科学者である。カーソンは放射性物質による土壌汚染、海洋汚染も鋭く指摘しており、環境への意識における先駆性は高く評価されるべきものだろう。一方、カーソンは、『潮風の下で』(*Under the Sea-Wind*, 1941)、『われらをめぐる海』(*The Sea Around Us*, 1951)、『海辺』(*The Edge of the Sea*, 1955)と海に関する三作のネイチャーライティングを著し、海洋世界を覆っていた秘密のヴェールをあげた「海の桂冠詩人」(Ballard xviii)とも評される。

作家としてのカーソンは、『われらをめぐる海』が全米図書賞やジョン・バローズ賞を受賞し、『潮風の下で』と『海辺』も含めて一九五〇年代にアメリカ国内で広く読まれたにもかかわらず、ホートンミフリン社の編集者であったポール・ブルックス (Paul Brooks) による伝記『レイチェル・カーソン』(*Rachel Carson: The Writer at Work*, 1972) を除けば、一九八〇年代まで研究対象になることは少なかった。しかし、一九九〇年代以降の環境批評の隆盛とともに作品が再吟味され、現在ではカーソンの作品の文学性も高く評価されている。なかでも、最初の作品『潮風の下で』は、ローレンス・ビュエル (Lawrence Buell) が『環境批評の未来——環境危機と文学的想像力』(*The Future of Environmental Criticism: Environmental Crisis and Literary Imagination*, 2005) において指摘するように、「伝統的なスタイル」(三四) をもつネイチャーライティングである。

『潮風の下で』がイギリスの作家ヘンリー・ウィリアムソン (Henry Williamson) の博物誌《ナチュラル・ヒストリー》に連なる作品の影響を受けていることはこれまでにも指摘されてきた。ヘンリー・ウィリアムソンは一八九五年、ロンドンの下層中産階級の家庭に生まれた。一九一三年にグラマー・スクールを卒業後は保険事務所で働いたが、一九一四年に第一次世界大戦が勃発すると兵士として大陸に渡り、前線に出た。除隊後は、一九二一年に最初の長編小説『美しき時代』(*The Beautiful Years*) を刊行したのを始め、生涯に五〇をこえる著作を残した多作な作家である。一九二一年三月にイングランド南西部のデヴォン州北部に移住したウィリアムソンは、その後生涯のほとんどをこの地方で生活し、『かわうそタルカ』(*Tarka the Otter*, 1927) や『鮭サラー』(*Salar the Salmon*, 1935) のようなデヴォン州を主な舞台とする作品を発表した。ウィリアムソンの代表作となった『かわうそタルカ』は、野生のカワウソの生息地として有名なデヴォン州北部の双河地帯、トー河とトリッジ河の流域に生まれた一匹の雄カワウソ、タルカの誕生から死までの約二年間をたどる物語である。物語にはデヴォンの四季の移り変わりが綿密に描写されており、『かわうそタルカ』は一匹のカワウソの生と死の物語であると同時に、野生のカワウソを中心とする自然の綿密な観察記録でもある。[2]

本稿では、生き物の描写に注目しながら、ウィリアムソンの『かわうそタルカ』や『鮭サラー』とカーソンの『潮風の下で』を比較して二人の作品の接点を見いだし、カーソンが『潮風の下で』において、どのように海に対する科学的理解を文学作品に結実させたのかを検討する。

一　ヘンリー・ウィリアムソンとイギリスのネイチャーライティング

現在の英語圏のネイチャーライティングは、一八世紀後半から一九世紀にかけてイギリスで発展した博物誌《ナチュラル・ヒストリー》に起源を辿ることができるだろう。イギリス国教会の聖職者であったギルバート・ホワイト (Gilbert White) による『セルボーンの博物誌』(*The Natural History and Antiquities of Selborne*, 1789) は、南イングランドにあるセルボーン村の動植物について詳しく記した書簡集である。ジェイムズ・C・マキューシック (James C. McKusick) が論じるように、この書簡集は、セルボーン地区の動植物の分類学的記述をおこなっただけでなく、それぞれの種の生息地、分布、習性、季節的な変化や移動を詳細に説明した。ホワイトは逸話風の表現を好み、属と種を表す公式のラテン語の学名に補足して、土地固有のことばや方言を頻繁に用いている（『グリーンライティング』四一）。『セルボーンの博物誌』は、科学的な考察と抒情的散文が組み合わされている点で、ネイチャーライティングの先駆けとなっている。ネイチャーライティングにつながるもう一つの有名な博物誌は、チャールズ・ダーウィン (Charles Darwin) の『ビーグル号航海記』(*Voyage of the Beagle*, 1839) だろう。ダーウィンは英国海軍の世界一周の探検船ビーグル号に乗り、ガラパゴス諸島をはじめとするさまざまな地に降り立って、その地の動植物の見本を収集すると同時に、それら動植物や現地の風習について個人的な観察記録を残した。ヘンリー・ウィリアムソンの『かわうそタルカ』と『鮭サラー』は、このような博物誌の伝統を受け継ぐ、作者の綿密な観察に基づくネイチャーライティングである。

動物の個体の生涯を語り、その生物の生態を記述するためには、正確な知識が必要である。ウィリアムソンはカワウソの物語を書くために、カワウソの生活にかんする文書を読むだけではなく、みずから時間をかけて観察した。ウィリアムソンの義理の娘であるアン・ウィリアムソン (Anne Williamson) は、『ヘンリー・ウィリアムソン――タルカと最後のロマン主義者』(*Henry Williamson: Tarka and the Last Romantic*, 1995) のなかで、彼が「正確な情報を得るために」トー河とトリッジ河の流域で行われる地元のカワウソ狩りに何度も参加したと記している (94)。主人公のカワウソには「タルカ」という固有名があるが、この名前は太古からカワウソの呼称として使われてきたものであり、「タルカ」は特定のカワウソであると同時にカワウソ全体を指すとも解釈することが可能である。

> 三匹の子供のなかで最も大きく年長なのは雄で、生まれたときは鼻から小さな尾の付け根まで五インチ足らずだった。(中略) 彼はタルカと呼ばれた。それははるか昔、荒野周辺の環状列石に居住していた人びとがカワウソに与えた名前で、小さな水の放浪者、あるいは水のごとき放浪者という意味である。(海保訳 二六)

タルカは「水の放浪者」という意味をもつ名にふさわしく、双河流域を中心に双河の河口からブリストル海峡沿岸まで相当な範囲を移動する。二年間という短い生涯に、タルカはさまざまな動物に遭遇し、巨大な猟犬デッドロックの率いる犬の群れに何度も狩りたてられる。自然の中で生きるカワウソにとっては人間も猟犬も警戒すべき敵であり、『かわうそタルカ』の最後の三章は、猟犬隊によるカワウソ狩りと、猟犬の一匹を死への道連れにする主人公タルカの死闘を描いている。

『かわうそタルカ』の八年後に刊行された『鮭サラー』は、サラーと名づけられた雄のサケの生と死を描いている。『鮭サラー』の主人公であるサラーは五歳になる堂々たる雄サケで、海からトー河を遡り、生まれ故郷へ帰るべく、トー河の支流に入っていく。サラーは河を遡る途中で多くの困難に遭遇しながら、なんとか危地を脱し、雌サケの産んだ卵に魚精を注いで子孫を残した後、水中で命を終える。『鮭サラー』も、『かわうそタルカ』と同様、個別のサケの一生を語りながら種としてのサケの生態を描き、双河地帯のトー河とトリッジ河流域のさまざまな生物の生活を描き出している。

ウィリアムソンは『鮭サラー』の執筆時にはトー河支流のブレイ川沿いに建つシャローフォード屋敷を借りていたが、ブレイ川で魚を観察することに多くの時間を費やした。『かわうそタルカ』のときと同様に、ウィリアムソンの調査はほとんどみずからの観察によるもので、「どんな天気でも一度に何時間も川で過ごしていた」(Souder 62)。また彼は、アメリカの出版社の招待でカナダの漁場でサケ漁船に乗る機会を得て、サケに関する知識と情報を蓄積していったことを、ヘンリー・ウィリアムソン協会がまとめた「ジョージャムと北デヴォンにおけるヘンリー・ウィリアムソンの生活」(“Henry Williamson's Life in Georgeham and North Devon”) が伝えている (12–13)。

動物文学としての『かわうそタルカ』と『鮭サラー』の特徴の一つは、タルカやサラーの物語が人間の視点からではなく、それぞれカワウソとサケの視点から描かれていることである。リンダ・リア (Linda Lear) は、『潮風の下で』となる作品の最初の構想はいくつかの海の生物の日々の暮らしの物語風の記述であり、それはカーソンが心から傾倒し、ひろく読まれていたウィリアムソンの『鮭サラー』の手法によく似たものだったと指摘している（一三五）。また、キャロル・ガートナー (Carol Gartner) は、カーソンの「『潮風の下で』におけるサバのスコムバーのような動物の用い方は、ウィリアムソンの『かわうそタルカ』における動物の扱いに似ている」(130) と述べている。カーソン自身、『潮風の下で』を読んでウィリアムソンの作品を連想したという作家仲間の友人に、「私の作品はだれよりも彼の影響を受けているのです。あなたが私の本をお読みになって、彼の作品を連想されたということはなによりの褒め言葉です」（リア 一八九）と返信している。さらにカーソンは、後年、ウィリアムソンの作品、とりわけ『かわうそタルカ』や『鮭サラー』から直接的な影響を受けたことを、親友のドロシー・フリーマン (Dorothy Freeman) への手紙で明かしている。

ある重要な時期において、私自身の文体と思考がヘンリー・ウィリアムソンに深く影響されたことは確かです。彼の『かわうそタルカ』と『鮭サラー』は第一級のネイチャーライティングだと確信しています。(*Always* 11)

では、『潮風の下で』にはウィリアムソンのどのような影響がみられるのだろうか。

次節では、『潮風の下で』と『かわうそタルカ』から、カーソンがウィリアムソンの描写を意識していたと推測されるウナギの旅立ちの場面を抜粋し、ウィリアムソンがカーソンに与えた文学的影響を考察する。

二　『潮風の下で』と『かわうそタルカ』——ウナギの旅をめぐって

科学者でありネイチャーライターでもあるカーソンは、生涯を通して、科学的客観性に忠実であり、自然の奥深い神秘に魅せられていた。カーソンのジョンズ・ホプキンズ大学での修士論文題目は「ナマズの胎生期及び仔魚期における前腎の発達」であり、海水の塩分濃度の変化がウナギの行動に与える影響に関する実験も行っていた。カーソンが謎多いこの生物に魅了されていたことは、『潮風の下で』の第三部をアンギラと名づけたヨーロッパウナギを主人公に描いたことからも明らかであるが、『潮風の下で』以前に、「チェサピーク湾のウナギはサルガッソー海をめざす」("Chesapeake Eels Seek the Sargasso Sea," 1938)という記事を『ボルティモア・サン』誌に寄稿している。この記事でカーソンは、ウナギが外洋のはるか遠くにあるサルガッソー海にどうやってたどり着くのかについてはいろいろな説があり、それぞれ一理あるとしながら、「ウナギはメキシコ湾流を見つけ、潮の流れに逆らっておよぐのであり、鋭い嗅覚で温かい海水中に腐ったホンダワラのにおいを嗅ぎとるのだ」(『失われた森』四六)というヘンリー・ウィリアムソンの説だけを紹介している。

ここで、ウィリアムソンの『かわうそタルカ』においてウナギが海へ泳ぎだす場面と『潮風の下で』においてウナギのアンギラが海へと泳ぎだす場面を比較してみよう。ウィリアムソンは自然観察の正確さに定評があり、四季の自然の移り変わりが物語に精緻に書きこまれている。秋が深まり、雌のウナギがいっせいに海を目指す場面の記述は、秋の彩りをあますところなく伝えている。

黄色はトネリコ、ニレ、ヤナギ、淡黄褐色はカシ、錆びた褐色はクリ、深紅はイバラなど、河の流れはさまざまな色彩をした今年最初の落葉を運び去った。ブナは雨や雹にあっても黄褐色の姿を保っていたが、風にはしだいに屈服しはじめた。ショウドウツバメとスゲヨシキリはなじみの生息地を見捨てたが、カワセミとアオサギは残っている。葦は歌のない毎日に溜息をもらし、キショウブは枯れるにつれて丸くなり、もろい頭部は雨のために折れた。

ウナギが海にくだりはじめた。彼らは雌で池や湖水、堀や溝や排水溝、さらには古代以来双河の水源のあるダートムーアの丘の流れなどから旅してくる。（中略）彼らは大西洋のかなたの産卵場を目指して、暖かいメキシコ湾流にさからって進み、ようやく巨大なよどみに到着する。（海保訳 八九―九〇）

このウナギの物語は、海での産卵と先祖代々の場所への復路の旅へと続いていく。旅の途上で、ウナギはサケとマスの卵と稚魚をむさぼり食い、カワウソはウナギをむさぼり食うことも語られ、自然界の容赦なき食物連鎖が浮き彫りにされる。ウィリアムソンは『鮭サラー』の中でも、サルガッソー海を出発し、「暖かいメキシコ湾流のなかを漂い、およそ三年かかって大西洋を横断し」（田中訳 一三二）てイギリスにたどりつき、満ち潮に乗って入江に入るウナギの姿を描いている。次に、『潮風の下で』の第三部の冒頭、一年も終わりに近い秋にウナギが海に旅立つ様子は、以下のように描かれる。

いま、一匹の魚がこのサンカノゴイの池から海に出るまで三〇〇キロも泳いでいこうとしている。はじめの五〇キロは丘陵地帯を流れる細い川は、やがて海沿いの平野の一〇〇キロほどを蛇行しながらゆっくり流れ、そして終わりの一五〇キロは何百万年も前に海が入りこんできて海水のまざった浅い入江を通り、やがて潮の干満のある河口で旅を終えるのだ。（中略）ウナギのアンギラは池からあふれ出てほとばしる水の匂いをかぎつけた。ウナギのするどい感覚はいつもと違う水の味や匂いを感じとった。そこには枯れ葉や雨にぬれ、まもなく散っていく秋の葉、森のコケ、地衣類、根を支える腐葉土などのほろにがい味や匂いがたっぷりふくまれていた。水はウナギの上を通りすぎて海への道を急いでいった。

（上遠訳　一八四―八五）

ここでは、ウナギが池から海へ泳いでいく経路が詳しく示され、ウナギが感じる晩秋の「水の味や匂い」が記述されている。そして、ウィリアムソンの『かわうそタルカ』に描かれたウナギと同様、この味と匂いこそがウナギのアンギラを海へと向かわせるのだ。

ウィリアムソンの『かわうそタルカ』とカーソンの『潮風の下で』から抜粋したこの二つの場面には共通点が二つある。一つは、ときには美しく、ときには苛酷な自然環境が、季節感豊かに記述されていることである。もう一つは、特定の生き物の生態がリアルに描かれていることである。カーソンは野生生物の視点から描かれたウィリアムソンの『かわうそタルカ』に共感し、『かわうそタルカ』の再刊への書評で、「彼［ウィリアムソン］は、カワウソの生活に入りこみ、カワウソの眼でものを見ることによってその日常の動態を克明に追跡し、描写している」（ブルックス　上二七）と評した。ウィリアムソンの描く場所は主に河川、カーソンの描く場所は主に海洋であり、中心となる生物は異なるが、この評価は、カーソンが『潮風の下で』を執筆したときの彼女の目標に反映されていると言えるだろう。

三　命名と擬人化の問題

前節で述べたように、『かわうそタルカ』や『潮風の下で』では、特定の生き物の視点からその生物の生活が描かれている。しかし、『かわうそタルカ』においても『潮風の下で』においても、ビアトリクス・ポター (Beatrix Potter) のピーターラビット・シリーズやラドヤード・キップリング (Rudyard Kipling) の動物物語のように、動物が人間のような感情をもち、言葉を話したり行動したりすることはほとんどない。『かわうそタルカ』や『潮風の下で』が博物誌の系譜にある作品である所以だが、一方、読者の興味を持続させる一つの手立てとして、中心となる生物には個別に名前が与えられている。

『潮風の下で』では、三部構成の各部に「主要な登場人物」が存在し、名づけられ、個々の生が語られる。この作品の序文でカーソンは、「海とそこに棲む生物が、過去一〇年間私に対してそうであったように、この本の読者に対しても生気あふれる実在としてせまるように書かれた」(3) と述べている。カーソンは広大な海の全体像を提示し海の生物をあますところなく描くために、『潮風の下で』を海辺、大海原、深海の三つの部分に分け、それぞれの部で、特定の生物について実際の生活に即して語った。海辺を描いた第一部は、カロライナの浜辺と北極圏のツンドラを舞台に、渡り鳥ミユビシギの物語を中心にしている。陸とはまったく異なる外洋の世界を舞台にした第二部は、サバの一代記を描いている。第三部は、先述したように、ウナギのアンギラを中心に語られる。

『潮風の下で』において、海辺、大海原、深海へと読者を誘う海の生き物たちは、ミユビシギのブラックフット、サバのスコムバー、ウナギのアンギラのように固有の名前が与えられている。これらの名は恣意的に与えられたものではなく、「動物の名前を選ぶ際は、可能なかぎり属名を使用するという方針をとった。その名前があまりやヤこしい場合は、その生物の外見をあらわすなにかで代用した。また、ある種の北極の動物については、イヌイットが使っている呼び名を用いた」とカーソンは序文で説明する (5)。この例でスコムバーとアンギラは、それぞれサバとウナギの分類学名、ミユビシギのブラックフットはこの鳥の成鳥は黒く光沢のある脚が特徴であることに由来する名前である。『かわうそタルカ』の主人公であるタルカ (Tarka) は、第一節で述べたように、水の放浪者という意味で、古代からカワウソに多く使われている名である。タルカ以外のカワウソは、年老いた雌カワウソが灰色の鼻面という意味のグレイマズル (Graymuzzle)、若い雌カワウソが尾の先端が白いホワイトティップ (White-tip) と名づけられ、個々のカワウソの身体的特徴をあらわす名が多い。また、『鮭サラー』の主人公である雄サケの「サラー」は、大西洋サケの学名「Salmo Salar」に由来する (Souder 61)。ただし、『かわうそタルカ』にしても『鮭サラー』にしても、すべての生物に学名や古代からの呼称、あるいは身体的特徴を表す名がつけられているわけではない。たとえば、タルカを何度も狩りたてる猟犬の頭デッドロック (Deadlock) は、アン・ウィリアムソンの『ヘンリー・ウィリアムソン――タルカと最後のロマン主義者』によると、実在の猟犬の名はドリーミー (Dreamy) であったが、「猟犬の頭にふさわしい邪悪な性質」(95) を示すために、デッドロックという名が与えられた。

このように、物語の中心的な生き物に対してあくまでも客観的な名を与えようとするカーソンに比べると、ウィリアムソンは学名や身体的特徴に由来する名だけではなく、象徴的意味合いをもつ名をつける場合もある。言い換えれば、ウィリアムソンは作品のなかで動物を微妙に擬人化しているのである。

他方、カーソンは、海とその生命を鮮明に描き、海の生物がすんでいる自然環境をより忠実に再現することによって、擬人化という不自然さから逃れられると考えていた。拙論「レイチェル・カーソンと海の文学」で論じたように、カーソンは自然の正確な観察記録を目指したが、読者が海の生物を感覚的につかむためには想像力を働かせる必要があることも認識しており、読者が海の生物の世界を想像しやすいように工夫を凝らした。しかしカーソンは、それを科学的に正確なものと区別するように留意し、説明する必要も感じており、『潮風の下で』の序文でこう述べた。

魚が敵を「恐れる」ということを言ったが、それは魚が私たち人間と同じように恐怖感を体験していると考えるからではなく、魚があたかも怯えたかのような行動をとるという意味である。魚の場合、反応は基本的に肉体的なものである。私たち人間にとっては心理的なものである。しかし、私たちが魚の行動を理解しようとするならば、人間の心理的状態を適切にあらわすような言葉を使って、記述しなければならないのである。(xvii)

カーソンは魚（サバ）の生物学的特徴、構造、行動の正確さについて科学者として妥協することはなかったが、魚の行動を人間の行為に喩えることで、科学の知識のかぎられた読者の想像力に訴えようとしたのである。

四　自然科学とセンス・オブ・ワンダーの結実

カーソンが誕生した二〇世紀初頭のアメリカでは、自然学習運動が広がり、アナ・B・コムストック (Anna Botsford Comstock) の『自然学習の手引き』(*Handbook of Nature Study*, 1911) には小学生が自然を愛するようになるための方法が書かれている。ロバート・ムジル (Robert K. Musil) が詳述しているように、コムストックによれば、自然学習は、子どもに想像力、真理に対する感受性、それを表現する能力を芽生えさせることを目的とした (45)。うまくいけば自然学習によって、自然を学ぶだけでなく、自然への愛とその保護の精神を育むとコムストックは考えていた。長老教会派の牧師の娘で教師の経験があったカーソンの母マリアはこの思想に共鳴し、自然学習に熱心であり、後にカーソンが回想しているように、自宅のあるスプリングデールの野鳥や植物を三人の子どもたちと楽しんだ。母とともに自然界への愛と敬意を育んだカーソンは、成長して科学者になり、海に関する三作品と環境への意識の変革を促す『沈黙の春』を執筆した。カーソンが『ウーマンズ・コンパニオン』誌に執筆し、後に『センス・オブ・ワンダー』(*The Sense of*

Wonder, 1965) として出版された「子どもたちに不思議さへの目を開かせよう」("Help Your Child to Wonder," 1956) で語ったように、文字通り、カーソンにとって、子ども時代に「であう事実のひとつひとつが、やがて知識や知恵を生みだす種子だとしたら、さまざまな情緒やゆたかな感受性は、この種子をはぐくむ肥沃な土壌」(上遠訳 二三) となったのである。

カーソンが執筆を始めた二〇世紀前半のアメリカでは、一般的には、科学と個人の感覚は相容れないものだと認識されていた。マリル・ハズレット (Maril Hazlett) が論じるように、科学は心ではなく頭のものであり、客観的で非個人的であるべきで、科学にとって「神秘 (mystery)」は存在せず、「説明できないもの (inexplicable)」が存在するだけであると考えるべきだった (150–51)。しかしカーソンは、科学的客観性に忠実であったと同時に、自然の神秘にも魅せられていた。「『サラー』の最初の数頁は八〇〇頁もある海洋学者にとっての聖書『海洋の深淵』(*The Depths of the Ocean*) よりも十分に、奇妙な海洋世界の感覚を私に与える」(Souder 75) というウィリアムソンの作品に対するカーソンの賞賛の言葉からも、彼女が知識だけでなく感覚を重要視していたことが読みとれる。とはいえカーソンも、科学的客観性と感覚や感情が共存すると最初から考えていたわけではなく、著作のなかで科学的な正確さと詩的なリズムや叙情性の均衡をとる方法を模索していた。

カーソンは『われらをめぐる海』でジョン・バローズ賞を受賞した。この賞は自然や環境をテーマとするノンフィクション分野のすぐれた本に与えられるものである。カーソンはその授賞式で「自然を描く意図」という講演を行い、そのなかで英米にはソロー、バローズ、ジェフリーズ、ハドソンなどのすぐれたネイチャーライティングの伝統が存在することを認めている。しかし、彼らの伝統に甘んじて模倣者となることを戒め、「思想や知識の領域の開拓者」(『失われた森』二三八) となることを提唱した。またカーソンは、現代世界を理解する手段としての自然科学の重要性と生命の世界の驚異を、一般読者に伝える大切さも主張している。

現代ほど、自然界について語り、分析する者が必要とされる時代は、これまでなかったにちがいありません。（中略）私たちをとりまく森羅万象の驚異や現実に、しっかりと興味を集中できればできるほど、自らの破滅をもたらすような行いは少なくなる、というのはもっともな考えだと思えますし、実際、私はそう信じています。驚き感動する心と謙虚さは有益であり、破壊を求める欲望とは共存しません。（古草訳 一三八―三九）

このなかでカーソンが強調する「森羅万象の驚異や現実」に「驚き感動する心と謙虚さ」は、上岡克己が「レイチェル・カーソンと環境保護運動」で指摘するように、まさに『センス・オブ・ワンダー』の核心部分をついている（三二―三三）。さらにこの講演から、「生きとし生けるものについての神秘、そして大陸や海の誕生と死は、どれも重要な現実」（一四二）であるとカーソンが考えていたことがわかる点も注目すべきである。

ここまで見てきたように、カーソンが生涯愛着を寄せる作品となった『潮風の下で』は英米のネイチャーライティングの伝統を継承している。一方、二〇世紀半ばを生きる科学者として、カーソンは、生命の世界の驚異を一般読者に伝えることがネイチャーライターに課せられた責任だと考えており、海洋生物学者として漁業局に勤務するなかで得た知識を反映した『潮風の下で』はその具現の一つである。科学者として客観性を保ちながら森羅万象の驚異を記述し、生物を生き生きと語るために、ヘンリー・ウィリアムソンのネイチャーライティング、『かわうそタルカ』や『鮭サラー』にみられするどい観察力と、個々の生物に共感を示しつつけっして感傷的にはならない生き物の描写がおおいに役立ったのである。

注

1 "Undersea" の原文の冒頭は "Who has known the ocean? Neither you nor I, . . ." であり、「海」を「風」に置き換えれば、イギリスの女性詩人クリスティーナ・ロセッティ (Christina Rossetti) による有名な童謡詩の一節、"Who has seen the wind? Neither you nor I." に類似している。

2 『かわうそタルカ』は児童文学のパフィン現代古典シリーズにも一般向けのペンギン現代古典シリーズにも収録されていることから分かるように、少年少女から大人まで現在なお広く読者に親しまれている、イギリスのネイチャーライティングの古典の一つである。

引用文献

Ballard, Robert D. "Introduction: The Afterglow of *the Sea Around Us*." *The Sea Around Us*. New York: Oxford, 2003. xviii–xlv.

Brooks, Paul. *Rachel Carson: The Writer at Work*. San Francisco: Sierra Club, 1989. 上遠恵子訳『レイチェル・カーソン』、新潮文庫(上下巻)、二〇〇七年。

Buell, Lawrence. *The Future of Environmental Criticism: Environmental Crisis and Literary Imagination*. Oxford: Blackwell, 2005. 伊藤詔子他訳『環境批評の未来——環境危機と文学的想像力』、音羽書房鶴見書店、二〇〇七年。

Carson, Rachel. *Always, Rachel: The Letters of Rachel Carson and Dorothy Freeman, 1952–64*. Ed. Martha Freeman. Boston: Beacon, 1995.

——. *Lost Woods: The Discovered Writing of Rachel Carson*. Ed. Linda Lear. Boston: Beacon, 1998. 古草秀子訳『失われた森——レイチェル・カーソン遺稿集』リンダ・リア編、集英社文庫、二〇〇九年。

——. *The Sense of Wonder*. New York: Harper Collins, 1998. 上遠恵子訳『センス・オブ・ワンダー』、佑学社、一九九一年。

——. *Under the Sea-Wind*. London: Penguin, 2007. 上遠恵子訳『潮風の下で』、岩波現代文庫、二〇一二年。

Gartner, Carol B. *Rachel Carson*. New York: Frederick Ungar, 1983.

Hazlett, Maril. "Science and the Spirit: Struggles of the Early Rachel Carson." *Rachel Carson: Legacy and Challenge*. Ed. Lisa H. Sideris & Kathleen Dean Moore. Albany: SUNY, 2008. 149–67.

Lear, Linda. *Rachel Carson: Witness for Nature*. New York: Henry Holt, 1997. 上遠恵子訳『レイチェル——レイチェル・カーソン「沈

黙の春』の生涯』、東京書籍、二〇〇二年。

Musil, Robert K. *Rachel Carson and Her Sisters: Extraordinary Women Who Have Shaped America's Environment*. New Brunswick: Rutgers UP, 2014.

Souder, William. *On a Farther Shore: The Life and Legacy of Rachel Carson*. New York: Crown, 2012.

Williamson, Anne. "Henry Williamson's Life in Georgeham and North Devon." *Henry Williamson: Author of Tarka the Otter*. UK: Henry Williamson Society, 2001. 3–14.

——. *Henry Williamson: Tarka and the Last Romantic*. Phoenix Mill: Alan Sutton, 1995.

Williamson, Henry. *Salar the Salmon*. Dorset: Little Toller, 2010.　田中清太郎訳『鮭サラー——その生と死』至誠堂、一九八一年。

——. *Tarka the Otter*. London: Penguin, 2009.　海保真夫訳『かわうそタルカ』、文藝春秋、一九九六年。

浅井千晶「レイチェル・カーソンの海の文学——文学と科学の結晶」『レイチェル・カーソン』所収。上岡克己・上遠恵子・原強編、ミネルヴァ書房、二〇〇七年、四九—六一頁。

上岡克己「レイチェル・カーソンと環境保護運動」『国際社会文化研究』第一二巻、高知大学人文学部国際社会コミュニケーション学科、二〇一一年、二七—四四頁。

マキューシック、ジェイムズ・C『グリーンライティング——ロマン主義とエコロジー』川津雅江／小口一郎／直原典子訳、音羽書房鶴見書店、二〇〇九年。

地図制作者が描く幸福
――ソローとリック・バスの挑戦と実践

塩田　弘

はじめに

精力的に多くの作品を発表する現代のネイチャーライター、リック・バス (Rick Bass, 1958–) の初期の作品『石油ノート』(*Oil Notes*, 1989) では、幸福を見つけ出すという意味で、「幸福の地図を描く」("Map Your Happiness") という表現が用いられる (126)。この表現は、学生時代から親交があるスコット・スロヴィック (Scott Slovic) と対談したインタビュー記事でも取り上げられた。その真意について尋ねられたバスであったが、インタビュー中には明確に説明することはできず、『石油ノート』の一九年後に出版した『私が西部に来た理由』(*Why I Came West*, 2008) において、スロヴィックとのインタビューに呼応するかのように「地図」という言葉を象徴的に繰り返して説明を加える。ここでは「地図」が「つなぐ」存在として重要な意味を強調する他に、それが「ホーム」を構築する上で重要な存在として位置づけるのである。

このようなネイチャーライターとしてのバスの作品とその実践には、先駆者としてヘンリー・デイヴィッド・ソロー (Henry David Thoreau) の影響がある。本論では、バスの作品『私が西部に来た理由』にいたる「地図」が持つ意味の深化について辿り、それが地図制作者でもあったソローの『ウォールデン』(*Walden*, 1854) での実践を受け継いだものであることと、バスが追求する「幸福」の意味について考察する。

一　幸福の地図を描くこと

バスが作家として取り組むテーマは多岐にわたるが、その背景は、彼の人生における三つの時期の体験に基づく。最初は、テキサス州南部の自然の中で育った少年時代で、家族とともに過ごした自然体験を題材とした『鹿狩り場』(*The Deer Pasture*, 1985) をはじめ、その豊かな自然の中で様々な生きものに囲まれて育った体験は、バスのネイチャーライターとしての出発点となっている。高校卒業後にテキサス州を離れたバスは、大学で地質学を学び、大学卒業後は、ミシシッピ州ジャクソンで石油資源調査の専門家として、地下の地図を探り石油のありかを探す仕事に従事して二〇代の大半を過ごす。その当時の日常の様子を書いた回顧録の一冊が『石油ノート』である。そして一九八七年以降は、カナダとの国境に近いモンタナ州の僻地に移住し、電気も水道も無い小屋に家族で犬と共に暮らし、環境保護の活動に取り組む。その体験を書いた回顧録が『私が西部へ来た理由』である。モンタナ移住後は現地の野生動物の保護活動に真剣に取り組み、その地に六〇年ぶりに野生のオオカミが現れたことをきっかけに環境保護の立場から野生動物の生態と人間との関係についての調査を開始し、その様子は『帰ってきたオオカミ』(*The Ninemile Wolves*, 1992) に詳細に描いている。その他に、犬を通じて日常の生きがいと世界との一体感を書いた作品『コルター――私が飼っていた最良の犬の本当の話』(*Colter: The True Story of the Best Dog I Ever Had*, 2001) や、アフリカの野生動物保護についての著作『ナンビアのクロサイ――アフリカの砂漠で生き残りを探して』(*The Black Rhinos of Namibia*, 2012) などの数多くのノンフィクションの作品を出版している。また、小説も多く手がけており、特に短編小説の名手と評価されている。[1]

多岐に及ぶバスの本の中で、その核心とも思われるものが、前述のインタビューの中に示唆されている。

スロヴィック：あなたは多くの作品で、幸福が何を意味するかについての考えを探求しているように私には思えます。『石油ノート』のある箇所で、「世間の人たちは幸福の地図を描くことができないことが分かった」と述べています。それには、どのような意味があるのか説明してくれませんか。逆説的に、あなたは作家として、幸福の地図を描くことについて定義をして説明をしようとしているのではないでしょうか。

バス：そうですね。そうすることが、できるかもしれない。

スロヴィック：あなたの作品の大部分は、幸福が何を意味するのかを探求する試みといっても良いのではないでしょうか。

バス：うまく答えることはできないけど、もしそうならば私は無意識なのか、あるいはあえて意識していないのでしょう。むしろ、人生の詳細についてコントロールできるのか出来ないのかの能力が係わってくるもので、コントロールできないことには折り合いを付けることもできるでしょう。(Slovic "A Paint Brush" 27)

このインタビューは、一九九三年に行われており、バスにとって当時は作家としてのキャリアが浅い時期であった。「幸福の地図を描く」という表現について明確に説明することが出来なかった理由は、バス自身が述べるように、その表現は意図的に発せられたものではなく、石油探索の専門家として地下の地図を探っていた当時の記憶から無意識のうちに表現されたものだからであろう。

『石油ノート』で「幸福の地図を描く」という表現が使われる状況は、当時の日常生活の中から生まれた。当時のバスは精力的に仕事に打ち込み、現代文明の「原動力」である石油探しの仕事に意義を感じていて、毎日地下の地図の作成に勤しんでいた様子が書かれている (26)。そして、「毎日、毎週、そして人生の長年にわたって地図を見続けて、そこから多くの油井を掘ってきた。それはあたかもポラロイド写真の像が浮かび上がってくるのを見ているようだ」(117) と述べている。そのように仕事に打ち込んで毎日を過ごしている、ごく平凡なある朝、朝食をとり、コーヒーを飲み終え、ラジオから流れる音楽を聴きながら「今朝ほど幸福に感じたことはない。なぜだか分からないし、それを定義することもできない」(126) と述べる。そして、「二八才に近づいて、世間の人たちは幸福の地図を描くことができないことが分かった。幸福だと気付くだけだ。幸福をパイプで呼び込むように取り出そう」(126) と述べ、「そうさ。出来るのだったら、前へ踏み出して、その地図を描こう」(126) という表現でページを締めくくる。日常の仕事の延長として、幸福を追求するための自然な行為としてバスは「幸せの地図を描く」と表現するのである。

二　ソローの地図を展開する

バスの作品はソローの『ウォールデン』の経験と、想像力、そしてスタイルを現代に引き継ぐ存在だと指摘される (Johnson 73-74)。様々なソローの実践がバスに影響を及ぼしている中で、ソローの地図製作の影響は大きなものである。ソローは地図製作に熱心であり「ソローが測量技師 (surveyor)／地形図製作技師 (topographer) であったことは、ソロー文学の本質を形成している」(伊藤 八五) とも指摘されている。ソローは多くの著作の中で地図を作成する様子について自ら述べており、ソローの地図集成 (*A Thoreau Gazetteer*, 1970) が出版されたことによって、測量技師としてのソローの全体像も明らかになっている。現在では、ソローが製作した地図の多くがホームページにも掲載され、容易に目にすることが可能である ("Mapping Thoreau's Country")。バスが地図にこだわり、創作活動に取り入れようとする態度には、このようなソローの影響があると考えられる。

『ウォールデン』には、ソローは自らを「吹雪や暴風雨の調査官」であり、また、街道や森の小道やあらゆる間道の「測量士」(飯田訳、上　三七) とも述べているが、ウォールデン湖畔に二年二ヶ月定住し、ウォールデン湖をより深く理解するための地図製作を慎重に繰り返していた様子を詳細に説明する。その際に、「注目すべき事実に気がついた」として次のように述べる。

私は十ロッドを一インチに縮尺して、この湖の地図をつくり、全部で百回以上にわたる測深の結果を記入したとき、偶然、次のような注目すべき事実に気がついた。最大水深を示す数字が明らかに地図の中心部にあることを知った私は、地図上で定規を縦にあて、ついでに横にあててみると、おどろいたことに、最大の縦線と最大の横線とがまさに最深部において交差したのである。湖底の中心部はほとんど平坦であり、湖の輪郭はきわめて不規則で、最大の縦線と横線は入江の奥まで測ることによって得られたものであるにもかかわらず、である。私はひとりつぶやいた。これは湖や潮溜まりだけでなく、海の最深部を探り当てるのにも役立つのではあるまいか？（飯田訳、下二一三—一四）

ソローは、測量によって地表を計測するだけでなく、さらに深層にある見えない部分を探ろうとした。『ウォールデン』の「湖」（"The Ponds"）の章では、湖をのぞき込んで「自己の本性の深さ」（二八）をも測ろうとするのである。このようなソローの方法論を展開し、バスは地底の石油を探る態度になぞらえて「幸福の地図を描く」という表現を用いたのではないだろうか。

ソローは風景を表面的なものとして見るのではなく、空間と時間、そこでの経験を経て、風景が心の地図になることが指摘される (Ryden 229)。また、ソローの一八五一年九月七日のジャーナルには次のような記述がある。

海外での発見は特殊で独特なものであるが、ホームでの発見は普遍的で意味深いものである。より遠くに赴けばより表面に近づく。よりホームに近づけばより深くに達する。(472)

このように自分の住む場所「ホーム」を深く理解しようとする感覚は、ネイチャーライティングやエコクリティシズムで重要な「場所の感覚」に共通する。「場所の感覚」とは、その場所の自然環境や歴史や文化を複合体として深く理解することを示唆する。バスがモンタナに移住して二一年の歳月を経て出版した『私が西部に来た理由』では、愛着のある「場所」を「ホーム」(1) とよび、土地への特別な愛情を表現する。そこには、ソローに共通する、空間・時間・経験を総合した場所への深い愛着が込められるのである。

　一方、ソローのエッセイ「ウォーキング」（"Walking"）等の作品について、それが「経験則に準じた地図化ではなく、地図作成法そのものをそっくり精神領域に移し替えることだった」（ジャイルズ　二八）とも指摘されている。この点について、ジャイルズは、物理的近接性を示す「接触領域」から地理的遠隔性を示す「視差領域」への移行であるとも説明する（一八）。確かに、ソローの死後に出版された代表的な作品、例えば『メインの森』(*The Maine Woods*, 1864) や『コッド岬』(*Cape Cod*, 1865) も、定住にこだわったものではなく、旅行者の視点から場所について論じている。バスのモンタナでの実践は、このようなソローの後期の作品に沿ったものではなく、自分の住む場所にこだわって土地と密接な関係を結んだ『ウォールデン』の実践を引き継ぐものである。

　そもそも、ソローは「ウォーキング」において、「精神領域」や「視差領域」の次元だけで西部について記述した訳ではない。「ウォーキング」では、「私はヨーロッパにではなく、オレゴンに向かって歩かなければならない。我が国民が移動しつつあるのもそちらの方角だ」（飯田訳　一二七）と述べているが、これは帝国主義的な領土拡大や覇権主義に歩調を合わせたものでもない。ソローの西部への言及は「私の磁石の針」が「かならず西と南南西の間に落ち着く」（一二六）として、その理由を「原生自然地帯《ウィルダネス》」に引きつけられているからだと説明し、「「自然界」には微妙な磁力が存在していて、われわれが無意識のうちにそれに身をゆだねれば、おのずから正しい方向に導かれる、というのが私の信念である」（一二五）と述べる。ソローは、彼の内なる方位磁針が西部の「原生自然地帯《ウィルダネス》」が発する磁力に反応すると感じ、地図制作者らしい感性でアメリカ西部の大自然へのあこがれを論じるのである。

　このようなソローのアメリカ西部への思いは、バスに受け継がれる。バスは『私が西部に来た理由』の冒頭で、土地には「ある種の引きつける力」(1) があることを断言する。そして、その場所の地下に堆積する地層や天上の星が引きつける力やバス自身の幼少期からの体質や体験など、あらゆるものが複合してその場所に引きつけられたことを示唆し、そこで定住することの意味を強調する(1)。それはソローのウォールデンでの実践を、モンタナの地で実践する覚悟として読むことが可能であろう。そこでバスは、場所を支配するための装置としての地図ではなく、あらゆるものを通じて場所と人間をつなげようとする、新たな地図の構築をめざすのである。

三　『私が西部に来た理由』における「ホーム」と「地図」

バスは『私が西部へ来た理由』において、「その場所で妻と恋に落ちた」などこれまでに述べてきたモンタナに移住することに決めた表面的な理由を否定して、「そういうことではなく、私が二一年間住み続けた場所を私は今ではホームと呼んでいるが、そこに引きつけられたことが本当に直接的なものだった」(1)と説明する。ここで「場所」ではなく、あえて「ホーム」と述べる背後には、同時代のネイチャーライターで、バスと同じようにアメリカの西部に移住し、ソローの思想を実践するゲーリー・スナイダー(Gary Snyder)に共通する。

スナイダーは一九七〇年、シエラ・ネヴァダ山麓に自力で家を建てて移り住み、以降、その土地に根をおろした生活を実践し、一つの場所に住み続け生態系との関係において自己を再教育する「再定住」("Reinhabitation")を実践する。スナイダーの場所の思想と実践について書いた『野生の実践』(*The Practice of the Wild*, 1990)には、「自然とは訪れるための場所ではない。それは我々にとってのホームなのだ」(7)と述べ、「場所の霊を知ることは、自分がその一部であり、そして全体は部分からなり、その一つ一つが全体であるのを認識することである。まずは、自分がいる場所から始めよう」(38)と述べる。

さらに、スナイダーは「ホーム」という言葉にこだわり、「場所の中心はホームであり、ホームの中心は炉や炉辺である」(26)と述べる。ここで「ホーム」が指し示す場所は「家」に限定されたものではなく、あくまで場所の中心の意味であることを強調し、「ある人々の集団がホームと呼ぶ地域の大きさは、その土地のタイプによって違ってくる」(27) とスナイダーは述べている。このように、「ホーム」とは単に「住む場所」を意味するのではなく、長年住み続け、特別な愛情をその場所に対して持ち続けることによって生じる場所との絆であり、スナイダーは「場所とは我々の一部なのだ」(27) とも述べるのである。

このような作家と地域との関連について、スロヴィックは「現代環境作家」("Environmental Writers") という言葉を用いて、その役割を次のように説明する。

> 多くのアメリカの現代環境作家は近年、自分たちのことを単に「ネイチャーライター」(人間以外の自然を意味するネイチャー) としてだけではなく、むしろ「コミュニティーライター」として見なすようになり、人間と人間以外の自然の両者を包括する最も広い意味で、彼らは自分たちの作品がその関係性を探求し、再編成するものだと考えている。(*Going Away to Think* 63)

自分の住む地域を拠点に執筆活動を行う現代環境作家の多くは、狭い意味での環境だけではなく、より包括的意味を含んだコミュニティー作家として自らを見なす。そのような作家のひとりであるバスは、地域にこだわる作品を多く書いている。その地域のことを知り、地域と一体となるための手がかりとして、バスは「地図」の重要性を繰り返し取り上げ、次のように説明する。

> 言語の持つ力は、地図が持つ力と似ている。地図をテーブルの上に拡げたら、想像力を研ぎ澄まし、刺激して、そしてとりわけ想像力をかき立てる。それはまさしく、夢の力、または洞察力に他ならない。言語もまた、土地の持つ抽象的な磁場と、物理的に実在する石や枝や羽や森といった自然の世界をつなぐものである。(*Why I Came West* 115–16)

このように、バスは創作活動を、土地と人間とをつなげる地図制作に共通する作業だと考える。地図が場所と人間をつなぐガイドブックの役割を果たすのと同じように、バスの作品は言葉によって人間と場所と、そこにある自然の世界をつなごうとするのである。

このような地図の考え方は、一般的な地図に対する世間的な見方とは異なる。例えば、スピヴァク（Gayatri Chakravorty Spivak）の『ある学問の死——惑星的思考と新しい比較文学』（*Death of a Discipline*, 2003）には、「比較文学と地域研究は、協働することによって、地球上の南の諸国民文学を育むだけでなく、地図が作成されたあかつきには消滅するべくプログラムされている、世界各地に無数に存在する土地固有の言語による著述を促進することもできるはずである」（二六）と説明する。ここでの「地図」は「土地固有の言語による著述」に対して対極的な存在であり、「地図」は土地を支配する概念と直接的な関連がある。このように地図が政治的に利用されてきた痕跡は、国境や州境が土地固有の特徴を全く無視して地図上で直線的に分断されている様子に象徴的に残されている。一方、バスにとっての「地図」は、土地を支配するためのものでも分断するためのものではない。人間が場所に馴染んで一体となるための橋渡しであり、場所そのものを体現するものでもある。

四　より深い地図と幸福の場所

『私が西部に来た理由』には、全体にわたって「地図」という言葉が意図的に繰り返される。人間を幸福に導く存在として地図があり、自然界のあらゆるものをつなぐ存在として地図を位置づける。そこには、わずか一頁ほどの範囲に六度にわたり「地図」という言葉が繰り返される箇所がある（194–95）。その書き出しは次のようなものである。

そしてアースダイバーが埋もれている風景を見つけ出そうとしたように、私たちは人々が何を欲しているのかの地図を構築し始める。それはキャンプ場であれ、辺境の地であれ、町の中であっても。(194)

「アースダイバー」とはネイティブ・アメリカンの創世神話に登場する水鳥（カイツブリ、一説にはアビ）のことであり、北米大陸各地のおよそ三〇〇種類の創世神話にみられる重要な存在である。この「アースダイバー」とは、世界に陸地がなかった太古の昔に、水中に潜って陸地を作る材料を探し出し、水底からつかんできた土によって陸地が作られたというものである。[2] 単に地表の地図を描くのではなく、土地の変遷やそこに住む人間の意識を含めた、より深い次元での地図を描き直すことがコミュニティーライターであるバスが目指すものであり、自らの活動をネイティブ・アメリカンの創世神話のアースダイバーになぞらえて、土地と人間との関係を再定位する。表面的な次元ではなく、地中の奥深くでしっかりと根付いて人間が場所に生きることを求めている。

一方、『ウォールデン』の「むすび」にも、地下の地層について言及しながら「われわれの内なる生命」を探る箇所がある。ソローは土地の地下について想像力をめぐらせ、「われわれは住んでいる地球の薄い皮膜の一部分を知っているのに過ぎないのである」（二九〇）と述べ、土の中で「一七年間生きるというセミ」（二九〇）について言及し、人間が知り得ない足下の世界について思いを巡らせる。それは、バスが地下の地層の成り立ちを想像し、自らを「アースダイバー」にたとえる様子に共通するものである。

『私が西部に来た理由』の「むすび」には、『ウォールデン』で比喩として用いられる「朝」のイメージを多用しながら、この場所での生活に満足している様子を記している。『ウォールデン』では「時間が経過するだけでは決して明けることのない朝の特徴」（二九四）とソローは述べたが、バスは場所と「深く適応」することで希望に満ちた朝を迎えている様子を、控えめながら次のように述べている。

私は、強い信念を持ち、元気を取り戻し、自信にあふれ、幸福を感じ、この場所とここで過ごす季節により深く適応していると、そう感じながら毎朝目を覚ましているとは限らないが、やはり、そんな風に感じながら目を覚ます朝もある。そのような朝には、裏付けのない希望と、すべてがうまくいくという思いに、降ってわいたようにとりつかれるのである。(223)

住み続ける場所とそこでの生活にしっかりと適応し、そこをホームとして特別な存在としてつながりを感じる時にバスは幸福を感じる。そして「コミュニティーライター」として人間と土地とをつなぐ存在としての作家活動を続けることに生きがいを感じるのである。ここで再び『ウォールデン』の「むすび」から文章を引用し、両者の類似について喚起したい。

もしひとが、みずからの夢の方向に自信を持って進み、頭に思い描いたとおりの人生を生きようとつとめるならば、ふだんは予想もしなかったほどの成功を収めることができる、ということだ。そのひとは、あるものは捨ててかえりみなくなり、目に見えない境界線を乗り越えるようになるだろう。新しい、普遍的でより自由な法則が、自分のまわりと内部とにしっかりとうち立てられるだろう。あるいは古い法則が拡大され、もっと自由な意味で自分にとって有利に解釈されるようになり、いわばより高次の存在からの認可を得て生きることができるだろう。(二七六―七七)

ソローが「目に見えない境界線」を越えて「新しい、普遍的でより自由な法則」を打ち立てる、と表現した「高次の存在」を、バスは新たな地図の構築をめざして、自らが住む場所である「ホーム」の足下から探求する。バスはソローの実践と自らの実践を重ね合わせながら、「ホーム」とよぶ場所に隠された「幸福」のありかを探るのである。

おわりに

ソローとその後継者であるバスは、愛着を持って暮らした土地の深層にも目を向けて、深い次元でその場所に根付いて生きようという挑戦と実践を重ねる。一般的に、地図制作は、政治的な要素と結びつくことが多いが、二人が共通して心に携える地図は、単なる土地の表面図ではない。それは「人新世」(Anthropocene) とも称される現代の地質年代から、その地下奥深くの地層に隠された場所の記憶をも包含する重層的で立体的な地図であり、その場所に住み続ける人間の居場所と幸福のありかをも示す開かれたものでもある。このような新しい地図を構築し、人々に示していくことこそ、コミュニティーライターの役割も合わせ持つ現代環境作家の役割なのであろう。自分の住む場所にこだわり、その場所を拠点として「幸福の地図を描くこと」がバスの創作活動の大きな柱であることは間違いない。

注

1　バスの短編「準備、ほぼ完了」を翻訳した柴田元幸は、バスは日本では「ナチュラリスト」としての側面のみが紹介されているが、小説家としてのバスを「自由奔放な小説を書く野蛮な作家」と紹介して「相当に魅力的である」と評価する（二九二）。

2　中沢新一は、著書『アースダイバー』において、ネイティブ・アメリカンのアースダイバーの神話についても説明している。本書では、考古学の発掘記録と現代の地図を重ね合わせ、無意識の領域を含んだ地図を作成し、東京の地下に埋没する場所の記憶を読み解いている。

引用文献

Bass, Rick. *The Black Rhinos of Namibia*. Boston: Houghton Mifflin Harcourt, 2012.

——. *Colter: The True Story of the Best Dog I Ever Had.* Boston: Houghton Mifflin Harcourt, 2000.

——. *The Deer Pasture.* College Station: Texas A&M UP, 1985.

——. *The Ninemile Wolves.* Livingston: Clark City P, 1992.

——. *Oil Notes.* Boston: Houghton Mifflin, 1989.

——. *Why I Came West.* Boston: Mariner, 2008.

Blakemore, Peter. "Reading Home." Ed. Richard J. Schneider. *Thoreau's Sense of Place: Essays in American Environmental Writing.* Iowa City: U. of Iowa P, 2000. 115–32.

Johnson, Jonathan. "Tracking the Animal Man from Walden to Yaak: Emersonian Notions of Self, Nature, and Writing in Thoreau's *Walden* and Rick Bass's *Winter.*" O. Alan Weltzien. *The Literary Art and Activism of Rick Bass.* Salt Lake City: U of Utah P, 2001. 73–90.

"Mapping Thoreau's Country." Web. 5 Apr. 2016.

Ryden, Kent C. *Mapping the Invisible Landscape: Folklore, Writing, and the Sense of Place.* Iowa City: U of Iowa P, 1993.

Slovic, Scott. "A Paint Brush in One Hand and a Bucket of Water in the Other: Nature Writing and the Politics of Wilderness: An Interview with Rick Bass." Ed. O. Alan Weltzien. *The Literary Art and Activism of Rick Bass.* Salt Lake City: U of Utah P, 2001. 24–45.

——. *Going Away to Think: Engagement, Retreat, and Ecocritical Responsibility.* Reno: U of Nevada P, 2008.

Snyder, Gary. *The Practice of the Wild.* Berkeley: North Point P, 1990.

Stowell, Robert F. *A Thoreau Gazetteer.* New Jersey: Princeton UP, 1970.

Thoreau, Henry David. *Cape Cod.* Ed. Joseph J. Moldenhauer. New Jersey: Princeton UP, 1988.

——. *The Journal of Henry D. Thoreau.* Eds. Bradford Torrey and Francis Allen. New York: Dover, 1962.

——. *The Maine Woods.* Ed. Joseph J. Moldenhauer. New Jersey: Princeton UP, 1972.

——. *Walden.* Ed. J. Lyndon Shanley. New Jersey: Princeton UP, 1971.　飯田実訳『森の生活』岩波書店、一九九五年。

——. "Walking." *The Natural History Essays.* Salt Lake City: Peregrine Smith, 1980. 93–136.　飯田実訳『市民の反抗——他五篇』岩波書店、一九九七年。

伊藤詔子「地図と反地図」日本ソロー学会編『新たな夜明け——『ウォールデン』出版一五〇年記念論集』金星堂、二〇〇四年、八五—九九頁。

柴田元幸訳編『いずれは死ぬ身』河出書房新社、二〇〇九年。

ジャイルズ、ポール「アメリカ文学を裏返す――環大西洋の海景と全地球的想像力」田ノ口正悟・渡邉真理子訳、竹内勝徳、高橋勤編著『環大西洋の想像力―越境するアメリカン・ルネサンス文学』、彩流社、二〇一三年、一六―四六頁。

スピヴァク、G・C『ある学問の死――惑星的思考と新しい比較文学』上村忠男訳、みすず書房、二〇〇四年。

中沢新一『アースダイバー』講談社、二〇〇五年。

10

ルース・オゼキの『イヤー・オブ・ミート』とメディア

岸野　英美

はじめに

かつてマーシャル・マクルーハン (Marshall McLuhan) は著書『メディア論』(*Understanding Media: the Extensions of Man*) において、メディアの本質を探求した。有名な「メディアはメッセージ」という言葉については、彼はメディアを人間の開発する全ての技術とみなし、メディアとは人間の身体と感覚が拡張したものであると捉える（七―八）。これを自覚していない人間は知らず知らずのうちに自分たちが生み出したメディアに吸収され、変容していくという危険性が示唆されているのだ。

日系作家ルース・オゼキ[1] (Ruth L. Ozeki, 1956–) の長編小説の一つ『イヤー・オブ・ミート』(*My Year of Meats*, 1998) では、マクルーハンの「メディアはメッセージ」に呼応するかの如く「肉はメッセージ」（一八）と語られる。本作品はタイトルが示す通り、主人公のジェーン・タカギ＝リトルが肉、主に牛肉に関わった一年間の物語である。ジェーンは、ある日、アメリカで人気のドキュメンタリー番組『マイ・アメリカン・ワイフ！』のプロデューサーに抜擢されたという知らせを受け、番組取材でアメリカ各地を訪問する。取材を進めていくうちにアメリカの食肉産業の実態を目の当たりにしたジェーンは、食肉産業と視聴率を重視するメディアのあり方に疑問を持ち、自分の番組を通して食肉産業の問題を伝えるため、奮闘していく。

本作品については、これまで、多様なアイデンティティを持つ女性たちの繋がりに着目した論考や、環境正義のアプローチでアメリカの多文化社会における環境問題を分析した論考が中心であった。[2] しかし、本作品におけるメディア、特に主人公ジェーンが関わるドキュメンタリー番組についての議論は決して多いとは言えない。本稿では、フィクションとノンフィクション、制作者と視聴者、異性愛と同性愛を中心とした二項対立的構図の攪乱を考察し、『イヤー・オブ・ミート』に描かれるドキュメンタリーメディアの意味と可能性を探っていきたい。

一　フィクションとノンフィクション

オゼキはメディアと深く関わっている。スミスカレッジで学んだ後、日本政府による文部省国費外国人留学生奨学金を獲得し、奈良女子大学大学院で日本の古典文学や能に触れる。その後、関西の大学で教鞭をとりながら、NHKのドキュメンタリー番組や民放の情報番組制作のアルバイトを始め、約六年の間日本に滞在する。一九八五年にニューヨークへと戻ったオゼキは、日本のテレビ番組制作のアルバイトの経験を生かして本格的にテレビや映画の制作に携わっていく。そのキャリアは『アンドロイド・バスターズ』(*Robot Holocaust*) や『ミュータント・ハント』(*Mutant Hunt*) 等のSF映画の美術監督から始まり、自身が監督を務める『呼応の身体』(*Body of Correspondence*) によるニューヴィジョン賞 (New Vision Award) 受賞や自伝的映画の『分骨』(*Halving the Bones*) によるサンダンス映画祭やサンフランシスコ国際映画祭での高評価獲得に結実する。

ここまでテレビや映画制作に従事し、好評を博したオゼキならば、例えば遺伝子組み換えの枯れないとうもろこしが実はスナック菓子や冷凍食品、甘味料として私たち人間の身体を蝕んでいる可能性が示唆されたアーロン・ウルフ (Aaron Woolf) の『キング・コーン』(*King Corn*) や、かつて枯れ葉剤を製造し、近年では農薬や『イヤー・オブ・ミート』でも取り上げられる合成ホルモンDES（ジエチルスチルベストロール）や、遺伝子組み換え作物等を製造販売する巨大アグリバイオ企業であるモンサント社について辛辣に語られるマリー＝モニク・ロバン（Marie-Monique Robin）による『モンサントの不自然な食べ物』（*Le Monde Selon Monsanto*）のようなドキュメンタリー映画を作ることは可能であっただろう。しかし、オゼキはインタビューの中で「文化がメディアによってどのように伝わるか書きたいと思った」（北村 二五〇）と述べているように、食肉をめぐる問題を映像ではなく小説で描くことを選んだ。

メディアに携わったことのある者の多くは、メディアを通して真実を視聴者に届けることの困難さを十分に認識しているであろう。マクルーハンもテレビや多様なテレビ番組について、真実を伝えることが困難であり、決して完璧とは言えない画像によって視聴者の感覚が刺激され、画像に吸い込まれていくと述べているし（八）、環境メディア論を専門とする関谷直也も環境問題に対して、メディアの果たす役割を、伝える側は環境問題や気候変動の事実を視聴者に限られた時間で簡潔にわかりやすく伝えるため、伝える側の解釈を通して断片化し、視聴者に伝える役目を果たしていると指摘する（ii）。オゼキ自身もテレビは真実を伝えるというより、テレビ自体が真実を作り上げていると恣意的なテレビ番組制作のあり方を批判する（北村 二五〇）。

しかし、オゼキが食肉の問題を小説で伝えたのは、メディアを通して真実を伝えることに懐疑的であっただけでなく、次のように相反する二つの要素の対立に対して疑問に思っていたためである。

> 常に二項対立的な構図に対して不信感を抱いている――喜劇と悲劇、ドキュメンタリーとドラマ、事実と創作 ――故に自分が超越的で様々なジャンルを織り交ぜて小説を書くことは筋が通っているのだ。（"A Conversation with Ruth Ozeki" 9）

今村楯夫が現実と虚構の境界侵犯をオゼキは効果的にいくつかの作品に取り入れていると指摘するように（五六八）、また中村圭美がハラウェイやバトラーが議論した人工と自然、肉体と精神、セックスとジェンダーの問題をオゼキが『イヤー・オブ・ミート』の中で浮き彫りにしていると指摘するように（一六三―六七）、二項対立の図式を解体することは、既にオゼキの作品の特徴の一つとして捉えられてきた。しかしオゼキは今村や中村が取り上げる二つの要素だけでなく、制作者と視聴者、肉食と菜食、そして異性愛と同性愛といった二つの要素を含め攪乱させる。これによってオゼキは物語をより複雑にし、虚構の中の真実を探り、アメリカが抱える様々な社会問題とその真相に迫ろうとしているのである。

二　制作者と視聴者

『イヤー・オブ・ミート』は一九九一年一月から始まるという設定であるが、なぜオゼキはこの時期を選んだのだろう。作品の第一章でオゼキは次のようにジェーンに語らせている。

外では、その冬、いやひょっとしたら今世紀最大の吹雪が吹き荒れていた――テレビをつけるたびに、なにもかもがかつてないほど悪い方向に向かっていることを知らされると、そのうちすべてがどうでもよくなってしまう。まさにそういう年だった。一九九一年一月。今世紀最後の十年間の、最初の年の最初の月。まさにその月、ブッシュ大統領が第二次世界大戦以降もっと強大な空爆攻撃と陸上戦でもって砂漠の砂（湾岸戦争の作戦のコードネーム）に乗り出した。（一七）

『現代アメリカデータ総覧一九九四』（一九九五）によると、一九九〇年代前半に、アメリカはテレビの視聴者、世帯のテレビ台数ともにピークを迎える（五六七）。同時にこの年の一月にアメリカではブッシュ政権の下でアメリカを中心とした多国籍軍がイラクへの攻撃を開始し、湾岸戦争が勃発した。周知の通り、アメリカの湾岸戦争への介入の口実となったのが「ナイラ証言」(Nayirah testimony) である。それは当時一五歳のナイラという少女が、一九九〇年一〇月に起きたイラクのクェート侵攻で、イラク軍が保育器に入った新生児を取り出し殺したという虚偽の証言をしたという事件である。長らくTVや映画製作に関わっていたオゼキがこのナイラ証言事件を知らないはずがない。作品ではこの事件について詳しく触れられていないものの、アメリカ人のテレビ依存が全盛期となる中で、この悍ましい出来事から始まった一連の湾岸戦争に関する報道をオゼキが批判的に捉えていることがわかる。

さらに一九九一年の牛肉とオレンジの輸入自由化も本作品の背景にある。作品の中で、ジェーンがやっとの思いで制作できることとなった『マイ・アメリカン・ワイフ！』の番組スポンサーは、実在するアメリカ食肉輸出連合会(USMEF)を彷彿とさせる牛肉輸出連合会、すなわちビーフ・エックス(BEEF-EX)である。また番組制作は日本の企業、対象とする視聴者は日本人の主婦である。ここには安全なアメリカ産牛肉の肯定的な印象を日本人主婦に植え付け、アメリカの牛肉の売り上げを伸ばすことに繋げるねらいがあった。日本人ディレクターのカトウ・ジョーイチの「健康的なアメリカの主婦をひきあげなければならない」(二二)、「一番大事なのは、いかにもアメリカらしい豊かさをつたえること」(二六)という言葉通り、ジェーンはアメリカ各地を巡り「ドキュメンタリー風」(二二、傍点は筆者)の作品を制作していく。制作者側は日本人女性が好みそうな、アメリカの中流家庭を象徴する肉料理を作る白人の主婦と、それを美味しそうに食べる家族という理想のアメリカ家族像を演出する。一方で、『マイ・アメリカン・ワイフ！』の番組制作に関わる日本人の一人ジョーイチの妻アキコは、この番組の視聴者である。アキコは牛肉の売り上げを重視するジョーイチに番組を見た後必ずアンケートに答え、テレビで紹介された料理を同じように作るよう命じられる。始めの頃、従順なアキコは熱心にこの番組を見て、喜んでジョーイチの期待に応えようとする(三八―三九)。しかし次第にアキコは出来過ぎた番組に不信感を抱いていく。アキコはいかにも日本人が好みそうなアメリカ家庭が全く魅力的なものではないことに気づく。そしてジョーイチに、出演するアメリカ人について「みんなうわべだけ取り繕っているみたい」(六九)と正直に話す。この場面を通してオゼキはいかに視聴者が制作者の意図に沿い、反応しているか描いている。そして制作者側がスポンサーのねらいに基づいて番組を制作し、視聴者を惑わせているかを語る。以上のようにオゼキは制作者と視聴者の対立的構図を意識し、解体しようとしているのだが、一方で男女の対比や抑圧と被抑圧の関係性を明確にしようとする。

三　肉食と菜食、あるいは男性性と女性性

この番組のキャッチフレーズは前述した「肉はメッセージ」である。肉とはもちろんアメリカ産牛肉を指すが、オゼキは文字通りいくつかのメッセージを肉に付与し、山積する現代の問題を内在させる。例えば、合成ホルモンＤＥＳによって汚染された牛肉の問題や衛生管理がずさんな加工工場の実態、合成ホルモンＤＥＳが原因とみられるジェーンの子宮の異常と不妊症との関連性など「肉」を通して様々な問題が結びついていく。しかし、オゼキの描く肉は家父長制や暴力の問題をも包含していることに注目したい。

『マイ・アメリカン・ワイフ！』は、アメリカの中流階級の家庭で主婦が家族と自分たちが暮らす町を紹介し、キッチンでアメリカ産牛肉を使って料理を作るという流れになっている。これは、日本人の主婦をターゲットにした番組で、例えば、メロドラマの代名詞である「『風と共に去りぬ』を彷彿とさせる光景」（一〇五）や、日本では珍しいケイジャン風ベイビー・バックリブ作りを盛り込んで、視聴者を虜にし、視聴率と牛肉の売り上げを上げていく。番組制作に関わり始めた頃、ジェーンはこの日本人女性視聴者の憧れの番組を制作することに対して「使命感に燃え」（四八）、視聴者らに制作者によって偽造された、あるいは伏せられた真実を「〈より確かな真実〉」（四八）として伝えようと躍起になる。

この古き良きアメリカの田園風景をアキコは日本人主婦の一人として無機質で殺伐とした東京で視聴する。『マイ・アメリカン・ワイフ！』制作に関わるジョーイチと妻アキコの関係は決して良いものではない。アメリカびいきで白人女性が大好きなジョーイチは『マイ・アメリカン・ワイフ！』で映し出される世界、つまり白人中産階級で子どもがい

る妻が家族のために真っ赤な牛肉で料理を作り、みんなで食すという暖かな理想の家庭を二人の間で再現するようアキコに求める。しかし、やせ細ったアキコは決して健康的な体とは言えず、結婚して三年が経っても子どもを産むことができない。さらにアキコは精神的ストレスから摂食障害となり、ついには生理が来なくなってしまう。思い通りにいかないジョーイチは苛立ち、アキコに対して精神的かつ肉体的暴力を何度も振るう。このような状況から、ジョーイチとアキコの住まいは、アキコにとって厳しい主人に支配される。逃げ場のない小さな檻となっていく。抑圧者であるジョーイチは被抑圧者であるアキコを支配するために、小さな檻の中で『マイ・アメリカン・ワイフ!』を強制的に見せ、肯定的な回答を得ようとする。毎回同じことを繰り返すことで、ジョーイチはアキコを洗脳しようとする。当然、このようなジョーイチにアキコは苦しめられていく。

このようなジョーイチとアキコの関係性は、キャロル・アダムズ (Carol Adams) が『肉食という性の政治学』(*The Sexual Politics of Meat: A Feminist-Vegetarian Critical Theory*) において、動物を屠殺しその肉を食すことが女性や弱者を支配する構図、すなわち肉は家父長制（男性性）を象徴し菜食は女性性と深く関わるとする (61) 理論に通じる。ジョーイチとアキコの関係はもはや修復不可能であり、抑圧／被抑圧者の構図が絶えず付きまとうこととなる。

さらに作品の中では、実際にルイジアナ州で起きた『服部君事件』の一連の報道についても言及される。奇妙な格好をしていた服部少年が犯人ピアーズによって銃で射殺されるという事実の他に、ピアーズと肉の関係が述べられる。

> ピアーズが肉屋だったから銃の引き金を引いたのだと言うつもりはないが、そういう職業ならそのような行動に出たのも驚くにあたらない、と私は思っていた、銃、人種、肉、明白な運命。それらすべてが衝突しあい、暴力的で非人間的な行為となって噴出したのだ。（中略）ピアーズはクー・クラックス・クランのメンバーだったという。（一四一―一四二）

オゼキはピアーズと肉の繋がりを長い間アメリカに深く根付いている暴力や人種、白人至上主義の問題へと結びつけていく。ここでもアダムズの肉食＝男性性がはっきりと示されている。このように、オゼキは二項対立的構図を解体しようとする一方で、新たな対立構図を確立しようとしていると捉えることができる。しかし、この対立構造は不幸をもたらすだけで、やがてアキコは夫の元を離れていく。

四　異性愛と同性愛

ジェーンの番組に登場する菜食主義のレズビアンカップル、アフリカ系のダイアンとヨーロッパ系のララは、女性たちの繋がりを象徴するという点においては、アダムズの言う菜食＝女性性に結びついていくが、アダムズの述べる菜食主義とは異なり、二項対立的構図の解体を目指したものとなっている。

ある時、ジェーンはマサチューセッツに住む二人のもとを訪ねる。『マイ・アメリカン・ワイフ！』に二人を出演させるためである。二人の間には子どももはいない。しかし二人は精子バンクから自分たちの容姿に近い精子を選び、子どもを作ることに成功する。食肉の実態を暴こうとするジェーンは、ダイアンとララから合成ホルモンDESの環境ホルモンへの影響を知り、知識を深めていく。そして番組で二人にこの事実を語らせることで、アメリカの食肉の危険性を視聴者に訴えようとする。

また、日本で番組の視聴者であるアキコは自分たちの信念を貫き逞しく生きていく二人の姿をテレビ越しで見て、身体的・精神的暴力を振るうジョーイチの元を去る決意を徐々に固めていく。二人の生き方に共感し、士気を鼓舞されたアキコは、食欲を取り戻し、貧弱だった身体から血色が良く肉付きの良い身体へと変化する。少し前はジョーイチの暴力による恐怖から睡眠不足となり、目のくまがくっきりとついていたが、次第に消えていく。ジョーイチに殴られた目の上のキズをアキコは、あえて見ないようにしているが、自分の体を見ること自体、それほど怖くなっていく（一八四―八五)。そうしてアキコはレズビアンの二人に会いにアメリカへ向かう。ジョーイチについては「あの男はもういらない」(二八五)と吐き捨てるように言い、これまで囲まれていた小さな檻から抜け出すことに成功する。

クィア・エコフェミニズム理論の発展と重要性を訴えるグレタ・ガード (Greta Gaard) は、著書「クイア・エコフェミニズムに向けて」("Toward a Queer Ecofeminism") において、文化=男性/自然=女性の対立構図を作り上げたもの、やがてその構図の単純化と固定化が問題視されるようになったエコフェミニズムにクィアを絡ませて議論する。ガードはこの議論でクィアと女性と非白人と自然の関連性を指摘し、全ての解放を目指す (39)。人間の生殖機能に影響をもたらす環境ホルモンに警鐘を鳴らし、人種的、性的にマイノリティの立場にあるダイアンとララの二人をオゼキが描くことは、男性への強い嫌悪と女性同士の深い絆への羨望から同性愛者へ移行した可能性のあるアキコを二人が受け入れることを含めて、ガードの述べるクィア・エコフェミニズム論に繋がっていく。そして異性愛者と同性愛者、抑圧する男と抑圧される女、白人と非白人、人間と自然の二項対立構図を打壊させることに向かう。オゼキはガード同様、女性たちの繋がりを強固にし、多様な人間と自然が共存する世界を希求するのだ。また、レズビアンカップルとの出会いとそのきっかけとなった『マイ・アメリカン・ワイフ!』は、ドキュメンタリー制作者ジェーンの意識を変えただけでなく、番組を視聴するアキコの心身をも動かした。オゼキは、ドキュメンタリー番組でジェーンが事実を伝えることを通して、周縁化された全ての女性に希望を与えようとしていると言える。

五　オゼキのメディアに対する意識

以上のように、オゼキは『イヤー・オブ・ミート』において様々な二項対立構図の解体を作品に織り交ぜながら、自らも積極的に作成に関わったメディアを批判しつつ、メディアが持つ可能性を示唆する。

オゼキは現在までに三つの長編小説を執筆している。彼女の作品の特徴は、全作品において日々深刻化する環境問題、特に汚染の問題をグローバルな視点で取り上げることにある。本稿で取り上げた『イヤー・オブ・ミート』では合成ホルモン剤ＤＥＳによる牛肉汚染の人体への影響について言及し、二〇〇三年に発表された『オール・オーバー・クリエーション』(*All Over Creation*) では遺伝子組み換え技術や農薬による農作物への影響と汚染の問題を提示した。そして二〇一三年の『あるときの物語』(*A Tale for the Time Being*) では、オゼキは東北大震災によって東北からカナダ沿岸に移動した放射能汚染の可能性の高い漂着物や動植物に目を向けている。

そしてオゼキの作品で必ず登場するのがメディアである。『イヤー・オブ・ミート』ではドキュメンタリーメディアに加えて通信手段としてファックスが盛り込まれているし、『オール・オーバー・クリエーション』ではＥメールが、『あるときの物語』では単なる通信手段としてではなく情報収集の重要な手段としてＥメールやインターネットが頻繁に登場する。特に『あるときの物語』においては東日本大震災におけるメディア報道の問題が描かれている。『イヤー・オブ・ミート』で設定された一九九一年がテレビの全盛期ならば、東北大震災の起きた二〇一一年はインターネットの全盛期を迎える時期と言える。私たちはインターネットを通して必要な時にいつでもどこでも情報が手に入るようになったが、オゼキは『あるときの物語』を通して、情報過多の時代に視聴者は真実を見極める力がより必要になったと読者に訴える。

時代の流れとともにオゼキのメディアへの意識は少しずつ変化している。しかし一貫して、オゼキは作品の中でメディアを描きながら真実というメッセージを読者に届けようとしているのである。

＊本稿はＪＳＰＳ科学研究費（科研番号：16K16797）の助成を受けた研究成果の一部である。

注

1 オゼキは二〇一〇年に念願だった曹洞宗の禅僧侶となる。現在はカナダ西部の野生に満ちた島コルテス島で夫オリバー（環境芸術家）と共に暮らし、執筆活動を続ける一方で、バンクーバーやサンフランシスコ、ニューヨーク等の禅センターで積極的に禅の啓発活動を行っている。日系アメリカ人と禅仏教の関わりについては、ポリー・ヤング＝アイセンドラス (Polly Young-Eisendrath) 著 "The Transformation of Human Suffering: A Perspective from Psychotherapy and Buddism" (*Psychoanalytic Inquiry* 28 (2008): 541–49) を、アメリカにおける日本の禅の展開については、G・ヴィクター・ソウゲン・ホリ (G. Victor Sogen Hori) 著 "Japanese Zen in America: Americanizing the Face in the Mirror" (*The Faces of Buddhism in America* (1998): 49–78) を参照されたし。

2 ハラウェイの議論については、ジュリー・ザ (Julie Sze) 著 "Boundaries and Border Wars: DES, Technology, and Environmental Justice" (*American Quarterly* 58:3 (2006): 791–814.)、または中村圭美著「肉とサイボーグ『イヤー・オブ・ミート』をめぐって」（『立教アメリカンスタディーズ』第二四巻、二〇〇二年、一六三―八一）を、女性たちの連携についての議論はシャミーン・ブラック (Shameem Black) 著 "Fertile Cosmofeminism" (*Meridians: Feminism, Race, Transnationalism* 5:1, (2004): 226–56.) を、環境正義を結びつけた分析はシェリル・フィッシュ (Cheryl J. Fish) 著 "The Toxic Body Politic: Ethnicity, Gender, and Corrective Eco-Justice in Ruth Ozeki's My Year of Meats and Jusith Helfand and Daniel Gold's Blue Vinyl" (*MELUS*, 34:2, (2009): 43–62)、または松永京子著「汚染の言説から多様性の言説へ――ルース・L・オゼキの小説と環境正義」（『エコトピアと環境正義の文学―日本より展望する広島からユッカマウンテンへ――』晃洋書房、二〇〇八年、一二三―三七）を参照されたし。

引用文献

Adams, Carol. *The Sexual Politics of Meat: A Feminist-Vegetarian Critical Theory*. Continuum, 1990. 鶴田静訳『肉食という性の政治学――フェミニズム―ベジタリアニズム批評』新宿書房、一九九四年。

Gaard, Greta. "Toward a Queer Ecofeminism." *New Perspectives on Environmetal Justice*. Ed. Rachel Stein. New Jersey: Rutgers UP, 2004, 21–44.

McLuhan, Herbert Marshall. *Understanding Media: the Extensions of Man*. McGraw-Hill, 1964. 栗原裕・河本仲聖訳『メディア論――人間の拡張の諸相』みすず書房、一九八七年。

Ozeki, L. Ruth. *All Over Creation*. New York: Viking, 2003.

——. "A Conversation with Ruth Ozeki." *My Year of Meats*. New York: Penguin, 1998. 6-14.

——. *A Tale for the Time Being*. Edinbugh: Canongate, 2013.　田中文訳『あるときの物語上・下』早川書房、二〇一四年。

——. *My Year of Meats*. New York: Penguin, 1998.　佐竹史子訳『イヤー・オブ・ミート』アーティストハウス、一九九九年。

今村楯夫、「境界侵犯への挑戦——日系アメリカ人作家 Ruth L. Ozeki に聞く」、『英語青年』一四五巻　第九号　一九九九年、五六六—七〇。

北村美由姫、「「真実」はどこにあるのか——ルース・L・オゼキ・インタビュー」、『ユリイカ』一一、青土社、一九九九年、二五〇—五三。

関谷直也、瀬川至朗編著『メディアは環境問題をどう伝えてきたか——公害・地球温暖化・生物多様性』ミネルヴァ書房、二〇一五年。

鳥居泰彦監訳、『現代アメリカデータ総覧一九九四』（合衆国商務省センサス局編）、原書房、一九九五年。

アラスカ先住民族の病
——疫病の記憶と後世への影響

林　千恵子

はじめに——現代の先住民族のサバイバル

地球規模の環境問題解決への糸口として、自然環境との「共生」を実践してきた先住民族の思想や生活様式が、注目を集めるようになって久しい。たとえば、アラスカやカナダの北米先住民族の間では、自然環境の恵みに依拠して暮らすための知恵と技術が、世代間で語り継がれてきた。それを現代社会に活かすことが様々な分野で提唱されている。カナダ北西部海岸インディアンの長老から学ぶ民族植物学者ナンシー・ターナー (Nancy J. Turner) は次のように述べる。異文化の者には曖昧に聞こえる彼らの口承物語は、現地に暮らす人々にははるかに深い意味をもっている。不可欠な文化的知識や情報を伝えるだけではなく、「他人や環境との関係について教訓や倫理的アプローチ」を示すものであり、「文化の中で認可を受けた規則や議定書、すなわち、ある社会が、特定地域の環境の中で、はるか昔の世代から存続することを助けた規則や議定書を、共有できる一つの方法」(3) だと言う。また、アラスカ及びカナダの先住民族ハイダの言語に詳しい詩人ロバート・ブリングハースト (Robert Bringhurst) は、口承文化は物語の語り以上の意味をもっており「口承文化を再燃させることは、話す生き物たちのコミュニティーを再接合させる意味をもつ」(21) と説いている。

このように、アラスカやカナダの先住民族の伝統的思想や文化が、現代社会に多くのことを教え、脚光を浴びる一方で、それとは対照的な、先住民社会の負の側面に、昨今世界中の注目が集まった。カナダ東部のオンタリオ州アタワピスカトは人口二〇〇〇人の先住民コミュニティーだが、二〇一五年秋から約半年間で一〇〇人以上が自殺をはかり、非常事態が宣言されたのである。同様に、中部マニトバ州のコミュニティーでも相次ぐ自殺によって非常事態が宣言された。アタワピスカトの場合、自殺未遂者の年齢層は一一歳から七一歳までと幅があり「原因は一つではない」(*The Guardian Weekly* 22–28 Apr. 2016:4) ことがうかがえる。実は、国境を接する米国アラスカ州では、これに似た状態が三〇年以上続いているといっても過言ではない。アラスカ先住民男性の自殺率は、二〇一四年には全米平均の約四倍（アラスカ州健康・社会福祉局データによる）に達しており、一九八〇年以降ほとんど改善していないのである。

北米先住民族社会のうち、たとえばアラスカ先住民社会では、一体何が起こってきた／起こっているのだろうか。知る手がかりは、彼らの物語にある。世代間で語り継がれた家族や家系の物語は、近年、英語を母語とする作家の台頭や、出版作品の増加によって、異文化の者でも「読む」ことが可能になっている。

もちろん、アラスカ先住民族といっても、言語的、文化的に極めて多様な民族集団であり、[1] 一括りにはできず、物語も多様である。しかし、興味深いことに、英語に翻訳、あるいは英語で綴られた家族の物語 (family story) に限ってみると、しばしば共通する特徴があることが分かってきた。すなわち、サバイバル物語の伝統――過酷な環境の中で、人が様々な喪失の経験等を生き抜く過程を語る伝統――が見られるのである（林 二二）。そして、現代のサバイバル物語の最大の焦点が、アルコール依存問題である。

アルコール依存と家族の闘い、依存が引き起こすあらゆる問題を乗り越える過程が、現代のアラスカ・ネイティヴの物語にとって重要なテーマとなっている。それにしても、居住地域も、文化も異なるはずの先住民族に、同じようなことが起こっているのはなぜなのだろうか。

本稿では、まずジャン・ハーパー＝ヘインズ (Jan Harper-Haines) 等の作品から、現代アラスカ先住民族のサバイバル物語の典型的な内容を明らかにする。その上で、アルコール依存の原因について、ハロルド・ナポレオン (Harold Napoleon) の論をもとに、過去の疫病の記憶という観点から探っていく。それによって、疫病の大流行が社会に与える衝撃の大きさと、災厄について語ることの意味を明らかにしたいと思う。

一 『コールド・リヴァー・スピリット』

ハーパー＝ヘインズは一九四三年生まれで、内陸地域の先住民族アサバスカンの流れをくむ女性作家である。フランス系オランダ人をルーツにもつ父親は「インディアンの母をもつことはとても幸運なことだ」(15) と著者に教え、母フローラ・ジェーン (Flora Jane) も、著者がまだ幼い頃から、自分の家族の話を語り聞かせる。母が彼女に託した一族三世代の物語は『コールド・リヴァー・スピリット―アラスカのユーコン川出身のアサバスカン系アイルランド人一家で受け継がれたもの』(*Cold River Spirits: The Legacy of an Athabascan-Irish Family from Alaska's Yukon River*, 2000)[2] に結実した。

物語は、祖母ルイーズ (Louise) の物語から始まる。ルイーズは八人兄弟の一人として生まれるが、そのうち四人の兄弟は飢えによる病気の悪化で死亡している。ルイーズの父は、子だくさんで貧しい先住民族の生活を嫌い、ルイーズの姉で一四歳のルーシー (Lucy) を裕福な雑貨店の「白人」オーナーと結婚させようとする。相手の男性は四五歳であった。当時、アサバスカンの少年と恋仲だったルーシーは、オーナーへの発砲事件を起こした後、シアトルへと駆け落ちする。

妹のルイーズも年頃になると姉と似た道をたどる。一四歳になる頃、金鉱を発見したという「白人」男性を父親が家に連れてきて、彼女と結婚させようとする。彼女は当時アイルランド系アサバスカンの青年サム・ハーパー (Sam Harper) と付き合っていた。カリフォルニアで教育を受けた、その知的な青年に魅かれていた彼女は、結婚話を前にして彼と犬ぞりで逃亡する。二人で森で暮らすうちに、ルイーズは一五歳で長女を出産し、その後次々に子供が生まれ、父親の言葉通り、若い二人は常に困窮する。サムには「夫、父親、大黒柱としての責任があまりに重くのしかかるようになり」(54)、酒や他の女性に走るようになる。しかし、離婚するのであれば、子供全員をサムが連れて行くという条件を提示されてそれもできない。西洋式教育を受けたサムと、先住民族の伝統的価値観を重視するルイーズの間で価値観の隔たりも次第に鮮明になる。

一九一八年にはスペイン風邪（インフルエンザ）がアラスカで猛威をふるい、一家は医療設備のある都会に移り住む決断をする。目的地ネナナは二マイル先だったが、タナナ川を横断しなくてはならない。家族が病に倒れる前にネナナに着くために、サムは四頭立ての犬ぞりに子供四人を乗せ、臨月間近のルイーズをハンドルにくくりつけて、冬の凍りついた川の上を行くことになる。慎重な前進の甲斐もなく、一家は目的地手前で逆巻く川に飲み込まれる。どうにか救助されるものの、たどり着いた町で今度はインフルエンザにかかってしまう。

ただ一人罹患しなかったフローラ・ジェーンは、家族介抱を一手に担って苦しむが、偶然現れた男性フランシス(Francis)——天然痘で家族全員を失ったという男性——が食事と介抱を引き受けて一家は回復し、ルイーズも無事に出産する。しかし、その後子供はさらに増え「サムとルイーズはますます絶望的になっていった」(81)。それでも、プライドのあるサムには、先住民に提供される無償住宅に住む選択肢も、子供を養子に出すことも受け入れられない。サムは結局、一〇歳から四歳までの子供四人を、お金の負担のないオレゴン州の全寮制学校に送り込む。ところが、一〇年後にはその学校も大恐慌で閉鎖され、自宅にもどった四人を含めて一二人の家族が狭い家にひしめく。そうこうするうち、サムはトラックの下敷きになって四七歳の若さで死亡し、ルイーズは一〇人の子供を抱え、あらゆる仕事をこなすことを余儀なくされる。

家政婦、料理人、仕立て屋、助産婦、複数の先住民言語も解せるため法廷通訳もこなしたが、ルイーズにはこの他に父親譲りの特殊な能力も備わっている。「他人には見えないものが見えるときもあった。死者の存在を感じることもできた」(110)。そのためメディスン・マンの後継者になるように頼まれるが、家族を支えて働き続けることを選ぶ。

しかし、夫の死後に始めた飲酒が、一家の生活を脅かしていく。ルイーズは、食欲がなくなり、料理も放棄するようになる。ネグレクト状態の中で、子供たちは自分の空腹をみたしながら、教育や技術を身に付けようと懸命に努力する。教育だけが「母が苦しんできた貧困や苦労から抜け出せる唯一の道だった」(117)。その結果、長女フローラ・ジェーンはアラスカ大学で先住民初の卒業生となり、ルイーズは自立する子供たちに支えられるようになっていく。

ルイーズや一族を襲う苦難は、子だくさんゆえの貧困をはじめ、先住民族にはありふれたものである。学校や職場では「白人」から激しい暴行やレイプを受け、家庭では夫の暴力から逃れられない。たとえば、発砲事件を起こして駆け落ちしたルーシーは、結局恋人の飲酒と暴力が激しくなったために相手と別れ、スウェーデン人男性と結婚して一女をもうける。この娘キャサリン(Catherine)は、往年のルーシーを彷彿とさせる美貌の女性に成長するが、一四歳のときにアルバイト先の洋裁店オーナーにレイプされて妊娠する。激怒する母親に殴られ、罪の意識の中で娘は自殺、娘の父親は相手の男性に復讐のため発砲して服役する。

このような困難を、特に女性たちが果敢に生き抜く様子は、現代アラスカ先住民文学のサバイバル物語の典型例と言ってよい。というのも、このテクストを、アサバスカンの代表的作家ヴェルマ・ウォリス(Velma Wallis)の自伝『自立――ユーコン川のあるグイッチンの成長物語』(*Raising Ourselves: A Gwich'in Coming of Age Story from the Yukon River*, 2002)に照らしてみると、その内容は驚くほど似ていることが分かる。

小さな家で身を寄せ合う大家族の暮らし、困窮、父親の早逝、母親のアルコール依存、それに伴う育児放棄、子供たちの自立のための葛藤と、ウォリスの自伝でも、家族がたどる道筋はほぼ同じである。ハーパー家の場合、努力と教育によって貧しさを克服し、社会的成功を収めた点が異なるが、別の見方をすれば、成功者も含めて同じような道をたどるということであり、それだけ先住民の問題は普遍的かつ固定化してしまっているということになる。

二　アルコール依存の原因を追って

先住民族が直面する問題のほとんどすべてに、アルコール依存が関係していることは疑いない。貧困や目の前の問題から逃れるための酒への耽溺が、さらに貧困を助長する。この悪循環だけが問題ではない。深刻なのは、アルコール依存が暴力や死に帰結している点にある。たとえば、二〇〇四年から二〇〇八年の調査では、アラスカ先住民族の自殺件数の四三％にアルコールが関係していたことが判明している。また、故意によらない傷害事件での死亡率は、アラスカ先住民族は全米平均の約二・六倍（二〇一〇年）と高い。殺人事件による死亡率になると全米平均の約三倍（二〇一〇年）に達するが、その多くにアルコールの関与が指摘されている (*Healthy Alaskans 2010* 21, 25, 29)。

破壊的行為に結びつくほど、なぜ飲酒が行き過ぎてしまうのだろうか。その原因については、遺伝的要因（遺伝的にアルコール依存に陥りやすい体質ではないかということ）や、飲酒量の問題（一度の飲み会におけるアルコール摂取量が先住民族は多いこと）、家庭的要因（家庭内暴力やネグレクトが子供の飲酒を早めてしまうこと）、文化的要因（伝統文化が急速に変容し、家庭やコミュニティーの役割が変化したこと）などが、アルコール問題に関する研究の中で指摘されてきた (Segal 277, Beauvais 255–57)。

研究と並行して、具体的な対策――酒類販売の禁止地域の設定、販売と持ち込みや所有の禁止など――様々な方法が試みられている。しかし、複数の要因が複雑に絡み合っているだけに抜本的解決にはいたっていない。アルコールの病は、すでにアラスカの風土病と化し、先住民族には逃れようがないのだろうか。アルコールやそれが誘発する問題から逃れるには、先住民コミュニティーを離れるしかないのだろうか。

「逃れようがない」と認めてしまう前に、もう一つだけ別のテクスト――コリン・チザム (Colin Chisholm) の『ユピックの目を通して――ある養子が探る家族の風景』(*Through Yup'ik Eyes: An Adopted Son Explores the Landscape of Family,*

2000) を参照して考えてみたい。ユピック・エスキモーの血を引く義母についてチザムが語った物語である。チザムの義母は先住民社会と関係をもたず、その文化的影響も受けずに合衆国本土で暮らしていた。しかし、それでもアルコール依存気味であった。著者は「何が彼女を酒に駆り立てたのか」(122) をテクストの中で探っていくのである。

物語の概要は次のようなものである。著者チザムは母ドリス (Doris) と父ジョン (John) の養子として育てられる。ドリスは三人の養子と実子二人の五人の子供を育て上げ、五七歳でガンで他界する。母の死によって改めて母を知らなかったことを著者は痛感し、彼女の日記を読み、母が幼少期を過ごしたアラスカに、親戚を訪ね、一族の足跡をたどる。アラスカの人々との交流という現在の時間と、コリンと母が過ごした過去の時間と、母の家系の人々が生きた遠い昔という三層の時間が描かれ、異なる時代に起こった出来事が互いに結びついていることが明らかになっていく。

ドリスは一九二九年にアラスカの村コトリクで、フィンランド人の父とユピック・エスキモーの母ドラ (Dora) のもとに生まれた。父チャールズ (Charles) は誠実な人柄の雑貨店のオーナーであった。一家の困窮を助けてくれたことから、ドラは四〇歳年上の彼と結婚するが、結核のため二五歳の若さで他界する。後には四歳の息子カール (Carl) と二歳のドリスが残される。チャールズは子供を結核から守り、「「きちんとした」西洋の教育」(22) を受けさせるためにアメリカ本土に彼らを送り、後から自分も合流して一緒に暮らすことを決意する。しかし、子供たちを送りだした後、チャールズは「謎の死」(22) を遂げて帰らぬ人となる。この結果、ドリスは一族からもアラスカからも一生涯切り離されることになる。

シアトルに近いバッション・アイランドのスウェーデン人家庭に引き取られたドリスは、豊かな自然環境と自由を享受して成長する。自分がエスキモーであることを隠して、西洋式考えの中で育つうちに「毎年ドリスとカールはエスキモーの外見を失っていった」(163)。そしてドリスは美しく成長し、大学卒業後には看護師のキャリアを各地で積み、その後エンジニアのジョンと結婚し、ジョンの会社を精力的に支えながら五人の子供を育て上げていく。「母は惜しみなく施しをし、社会から落ちこぼれた人や傷ついた人を家に招き、見返りもほとんど求めなかった」(61)。優しく、有能な母ではあったが、そんな母にも理解しがたい点があった。それは何かを隠しているように思えること、そしてアルコールに依存気味であることだった。

アルコール依存は、父親の不在中に激しさを増した。依存の原因について、物語が進む中で、著者チザム自身の責任も明らかになっていく。母親への苛立ちが「死ねばいいのに」(177) のように激しい言葉で暴発し、母が傷ついていたことがうかがえる。そのことが示唆される一方で、著者はアルコール問題の二つの原因をアラスカ訪問で理解する。すなわち、一つの原因は遺伝的要素（酒が体質に合わず、血中で酒が毒のように働いてしまうこと）、そしてもう一つは、愛する家族から幼い時期に切り離されてしまったことにあると言う。母ドリスは、属すべき文化・社会・家庭を幼くして失い、新しい文化にも完全には同化できず、行き場がなかったことを示唆する。

ドリスの例は、先住民コミュニティーの外側で育ったとしても、そこからの断絶に苦しんでアルコール依存がおきる可能性を物語っている。それにしても、アサバスカンでもユピックでも一様に同じアルコールの病に直面するのはなぜなのだろうか。

三　抑圧された疫病の記憶

アルコール問題の源流を遡り、根源的な要因にたどり着いたのが、アラスカ先住民社会のリーダーであったナポレオンである。ナポレオンは、直接会った数多くの先住民の人生を研究し、長老の話に耳を傾ける中で「アルコール依存の主原因は肉体ではなく心の問題だという結論」(2) にいたる。そして、「ユウヤラーク――人間の生き方」("Yuuyaraq: The Way of the Human Being," 1996) の中で、アラスカ先住民族共通の過去の記憶――大量死の記憶とそれによって起こった

PTSD（心的外傷後ストレス障害）という観点から問題を解明してみせた。彼の論を理解するために、一九〇〇年のアラスカにおける疫病発生の経過をロバート・ウルフ(Robert Wolfe)とロバート・フォーチュイン(Robert Fortuine)の研究をもとにたどっておこう。

天然痘による先住民社会の壊滅的被害が合衆国本土では知られているが、アラスカ先住民族は、打ち寄せる波に洗われるように、様々な伝染病に繰り返し見舞われてきた。記録上では一八〇〇年代初頭の呼吸器疾患を皮切りに、天然痘、腸チフス、髄膜炎、ジフテリア、百日咳、結核などが何度も襲い、大幅な人口減少と社会の衰退を招いてきた。なかでも、先住民族間で「グレート・シックネス(The Great Sickness)」「グレート・デス(Great Death)」の名で呼ばれる一九〇〇年の疫病は、先住民史に決定的な意味をもつものとなった。その特徴は、インフルエンザと麻疹が同時に、あるいは間髪を入れずに流行したことにあった。

インフルエンザと麻疹の二つのウィルスは、一九〇〇年春、主にゴールドラッシュの人の波とともに拡散した。セント・ローレンス島を例にとると、六月一一日にギャンベルで、まず麻疹の発症が確認される。カリブーなどの毛皮取引を行うエスキモーの商人がシベリア沿岸からもちこんだとみられるが、感染は急速に広がり、島民のほぼ全員が罹患する。ただし、死亡は乳幼児二名のみであった。

ところがこの二週間後、ゴールドラッシュの人々を乗せた船の到着とともにインフルエンザ・ウィルスが侵入し、ほとんどの人が感染する。麻疹で体力が低下していた島民は、様々な病気を併発する。初めは肺炎や気管支炎など呼吸器の病気を発症して、一週間で二六名が死亡。翌週には腸炎が、八月半ばには結核が続発した。村の医師は病人への食事の提供と薬の投与を続けたが、一ヶ月余りで四四名が死亡している(Wolfe 105–08, Fortuine 217)。

医療支援がありながら、致死率が高かった原因には、高い感染率と重い症状を目の当たりにして、住民がパニックになり社会が混乱したこと、病気になったとしても静かに寝ている習慣がなかったこと、西洋医療に対して住民が懐疑的で、即効性がなければ治療を中断するなど習慣の違いも指摘されている (Wolfe 116, Fortuine 222)。

それでも町の状況は良い方で、周縁の村の状況は凄惨であったという。たとえば夏のサーモン漁のための村ドッグ・フィッシュでは、二七名の住人のうち生存者は八名で、その全員が病気であることを米国税関監視船が確認した。遺体は埋葬されずに放置され、浅い墓は犬が掘り返し、あちこちで人間の遺体がかじられているのが発見されたという (Wolfe 108)。

伝染病の社会への影響は、人口が激減したという意味にとどまらない。ナポレオンは、「それは愛する人が死んだということだけではなく、自分たちの世界が崩壊したのを見たのだ」(12) と述べる。新たな伝染病を前に、先住民族の古くからの知恵や技術はまったく歯が立たなかった。人々の精神的支えであったメディスン・マンにはなす術もなく、ポート・クラレンスやテラーの町をはじめ、各地で悪霊をなだめるために、メディスン・マンを射殺する事件が頻発した。[3]

恐怖とパニックの中で、生存者はどうしたのだろうか。彼らにできたのは、手を差し伸べてくれた宣教師や学校教師に従うことだけだった。自民族の伝統的な考えや儀式は放棄し、キリスト教に帰依し、新たな精神的指導者となった宣教師や教師に盲従していった。たとえば、ユピック語を話したことをとがめて、学校の教師や宣教師が子供の口を石鹸で洗ったと聞いても、親は抗議さえしなかった (Napoleon 13)。

そして、生存者たちは沈黙してしまった。グレート・シックネスの歴史も、そこで感じたことも胸の内に秘めるようになったという。「彼らは経験した恐怖を意識の中で再生させることができず、誰ともそれを話さなかった」(12)。ユピックには、ナラングァーク (nallunguaq) ――あたかもそれが起きなかったようにふるまうという習慣――があるといわれるが、まさにその習慣通りに、何も起こらなかったかのように、過去の事実も、生き残った罪悪感もすべて胸の内に仕舞い込んだのだった。「生存者たちは、自分たちの子供に、古い文化についてほとんど何も教えなかった」(14)。あたかも彼らは自分たちの文化を恥じているようであった。

このように黙り込んでしまうことで、何が起きるかはよく知られている。辛い経験や、その結果生じた恥の感情や罪悪感を抑圧することで、ＰＴＳＤを発症するのである。ＰＴＳＤになると、眠っていても記憶に苛まれて安らぎは得られず、病気になった自分を恥じてしまう。そこから逃避する手段として、アルコールや薬物に走るようになる。ＰＴＳＤに苛まれる生存者や、自分の殻に閉じこもった人々が現代のユピックの祖先になり、子供たちを育てていった。ユピックの子供は、親のように「受け身で、静かで、感情を示さず、物事を内に秘め、多くの質問をしない」(19)ことを学んでいく。親たちは「親切心や寛大さ、分かち合うことを教えるものの、家族や村の問題や不快なことには向き合って話し合おうとはしなかった」(20)。話をする場合は「無害な」(20)ものだけを教えていく、これが子孫にも受け継がれる人格の一部となっていったとナポレオンは指摘する。

　黙り込み、気持ちを抑えてしまう姿は、チザムの母ドリスの姿と重なりあう。自分たちの文化を捨てることを求められ、あるいは代々の伝統について問うこともできず、知りたいという思いは抑え込むしかなかった、その姿は現代の先住民族の姿そのものである。

　テクストの中で、幼少のドリスはアラスカからカリフォルニアに向かう船上で、付き添い役の看護師から次のように言われる。「これからは英語を話すことが大事なの。いつだって英語で話すように精一杯努力しないとだめよ。(略)単語が思い出せなかったり、何て言ったらいいか分からない時は私に聞いたらいいわ。でもそれができないときは、黙っていいるのが一番よ。分かった?」(Chisholm 70, 傍点筆者)。ナポレオンの論に照らして考えると、自分の言語を封印し、エスキモーであることを隠し、感情を抑圧して沈黙してきたことが彼女の人格形成に影響し、アルコール依存を促したことがうかがえる。

四　ナポレオンの論の妥当性

ナポレオンの論は、自らの「苦しみと収監」(35) の経験から生まれたことで知られている。大学卒業後から、アラスカ先住民族の生活レベルの向上と権利や自治獲得のために懸命に働いてきた彼は、「ユピックの歴史の中で最も困難な時代の最も有能な指導者」(Davidson 19) であったが、自らもアルコールの災禍に見舞われた。飲酒で記憶を失っている間に、おそらく鈍器で最愛の息子を殺害してしまったのである (19)。子供を叩いたことさえない人物が起こした悲劇であった。服役中に自分の心の内を見つめ、多くの受刑者たちとの話から共通項を探り当て、導き出した一つの答えがこの論であった。

メイナード・ギルゲン (Maynard E. Gilgen) がニュージーランドのマオリの歴史や問題との共通点を指摘しているように (51–52)、ナポレオンの論は、地域や民族を問わず、伝統文化が短期間で崩壊した際に訪れる現象や影響を指摘しており、説得力をもって響く。しかし、それでも彼の論を即座に受容するのではなく問うてみるべきだろう。主張の根幹部分、すなわちグレート・シックネスについて、誰も語らなかったというのは本当だろうか。

もちろん、アラスカ・ネイティヴすべてのグループについて、それを確認することは実質的に不可能である。それでも、たとえばアサバスカンの場合を考えると、死者について明確に話すことは慣習として避けられていたことが分かる。ハーパー＝ヘインズは「亡くなった人の名前を声に出して言うことは決してしなかった。その魂を呼び出さないようにするためである」(17) と述べている。疫病による大量死の記憶についても、語ることが避けられていたことは推測できる。

しかし、ナポレオンが属するユピックの社会では、実は一九〇〇年の疫病大流行について語られてきた可能性がある。というのも、少し遡った時期の大規模な死の記憶は実際に継承されてきたからである。たとえば、セント・ローレンス島では、一八七八年から一八八〇年に飢饉とおそらく疫病によって、人口の三分の二に相当する一〇〇〇人の死者を出したという。島に上陸して村の惨状を目撃した欧米人（たとえば、米国税関監視船の船長、商船や捕鯨船の船員など）が残した記録によれば、商船がアルコールを持ち込み、島民がそれに耽溺して秋の猟を怠った結果、強風と不漁が続く厳しい冬に、飢餓と疫病にいたったこと等が指摘されている（Crowell & Oozevaseuk 38–47）。

これについて、ユピックはどのように語り伝えていたのだろうか。二〇〇一年に記録されたエステル・オーゼヴァスーク（Estelle Oozevaseuk）による語りの一部を引用してみたい。

ずっと昔、ククレクの人々、私たちの先祖は
とても激しく怒らせるようなことをしました。
とても残酷な行為をしたのです――彼らが行ったのです。

（中略）

たくさんのセイウチが、氷の塊の上に
いるときはいつも、男たちは塊で切りとったのでした
食用の表皮を。セイウチが生きたままでも、一つの肉の大きさを切り取ったのです。
生きた動物に対してとても残酷な行為でした。
このような悪行、
残酷なことが影響をもたらしました。（Crowell & Oozevaseuk 51）

食料が豊富にある時に、動物への思いやりを忘れ、生きている状態の動物に村人が残酷な行為をした。その結果、飢饉が起こる。しかし、悪行を認めた人々は、最終的には罪を赦免され、眠ったまま安らかに亡くなっていくという内容である。アーロン・クロウェル（Aron L. Crowell）が指摘するように「なぜこのような悲劇が起こりうるかの説明」（51，傍

点筆者）がここではなされている。欧米人による記録では、直接体験したことや起こった出来事、その直接的原因が説明されるが、それとは対照的に、ユピックの語りでは「悲劇の根源的な原因」(51) に焦点があることがうかがえる。

もちろん、この事例だけで一般化はできないものの、民族固有のコスモロジーや精神世界の言葉で語るユピックの物語は、欧米社会の人々が見るようには状況を見ておらず、現代の我々が求めるような事実を語らなかったことは推察できる。そのために、一九〇〇年のグレート・シックネスについても「この経験に対する彼らの反応について、口承の記録も書かれた記録もまったく残っていない」(Napoleon 10) という結論にならざるをえなかったことも推察できる。

おわりに

前節で引用したユピックの語りからは、人は自民族の伝統的な物語の枠組みを通して、現実を見ることを改めて思い知らされる。自分たちにとって重大な歴史的事実について、祖先が何を語り、何を語ってこなかったのかを検証しながら、語られてきた部分を相対化して見直すことの必要性も感じさせられる。

現在、脚光を浴びるアラスカやカナダ先住民族の「無害な」物語、すなわち先住民族が子や孫に語り継いだ肯定的な響きの物語は、私たちに新たな世界を見せてくれる。しかし、その一方で、語るべき物語を語らなかったことが、彼らを蝕んだことは明らかである。詩人ブリングハーストは人間と物語の関係を絶妙に、次のように表現する。物語は他の生き物に付いて成長する「地衣類」(17) である。物語は、それを語る人間に付着して成長する。私たちは物語を住まわせながら、そこから「指導《ガイダンス》」(17) を得て生きるという。「世界を理解する基本的な方法」(17) であるはずの物語を語らなければ、自分自身が迷い、やがて生きられなくなることを、先住民族の痛切な経験は私たちに教えているように思われる。

＊本稿は、拙論「アラスカ先住民族の病――アルコール依存と一九〇〇年のグレート・シックネス」『エコクリティシズム・レヴュー』第九号（二〇一六年）に加筆修正を施したものである。

注

1　言語と文化の類似性から、少なくとも六グループに大別され、アサバスカンだけでも一二の言語が存在してきた。Steve J. Langdon, *The Native People of Alaska: Traditional Living in a Northern Land*. Anchorage: Greatland Graphics, 2002 等参照。

2　二〇一二年には、副題を *Whispers from a Family's Forgotten Past* として出版されているが、内容はまったく同じである。本稿では初版のタイトルに従った。

3　病気になるのは悪霊が体に侵入したために起こると考えられていた。スピリットの世界と人間の仲介者の責任を負い、病気治療ができるのはメディスン・マンだった。Fortuine 218 及び Napoleon 8 参照。

引用文献

Alaska Department of Health and Social Services. *Healthy Alaskans 2010: Leading Health Indicators Progress Report*. Juneau, AK: Department of Health and Social Services, 2013.

Beauvais, Fred. "American Indians and Alcohol." *Alcohol Health and Research World* 22.4 (1998): 253–59.

Bringhurst, Robert. "The Tree of Meaning and the Work of Ecological Linguistics." *Canadian Journal of Environmental Education* 7.2 (2002): 9–22.

Chisholm, Colin. *Through Yup'ik Eyes: An Adopted Son Explores the Landscape of Family*. Portland: Alaska Northwest Books, 2000.

Crowell, Aron L. and Estelle Oozevaseuk. "The St. Lawrence Island Famine and Epidemic, 1878–80." *Living with Stories: Telling, Re-telling, and Remembering*. Ed. William Schneider. Logan: Utah State UP, 2008. 36–67.

Davidson, Art. *Endangered Peoples*. San Francisco: Sierra Club Books, 1993.

Fortuine, Robert. *Chills and Fever: Health and Disease in the Early History of Alaska*. Fairbanks: U of Alaska P, 1992.

Gilgen, Maynard E. "A Response to Harold Napoleon's Paper 'Yuuyaraq: The Way of the Human Being.'" Madsen 51–55.

Harper-Haines, Jan. *Cold River Spirits: The Legacy of an Athabascan-Irish Family from Alaska's Yukon River*. Kenmore: Epicenter Press, 2000.

Madsen, Eric, ed. *Yuuyaraq: The Way of the Human Being*. Fairbanks: Alaska Native Knowledge Network, 1996.

Mathieu-Léger, Laurence, and Ashifa Kassam. "Canada's First Nations in Suicide Crisis." *Guardian Weekly* 22–28 Apr. 2016: 4.

Napoleon, Harold. "Yuuyaraq: The Way of the Human Being." Madsen 1–36.

Segal, Bernard. "Drinking and Drinking-Related Problems among Alaska Natives." *Alcohol Health and Research World* 22.4 (1998): 276–80.

Turner, Nancy J. *The Earth's Blanket*. Vancouver: Douglas & McIntyre Ltd., 2005.

Wallis, Velma. *Raising Ourselves: A Gwich'in Coming of Age Story from the Yukon River*. Kenmore: Epicenter Press, 2002.

Wolfe, Robert J. "Alaska's Great Sickness, 1900: An Epidemic of Measles and Influenza in a Virgin Soil Population." *Proceedings of the American Philosophical Society* 126.2 (1982): 91–121.

林千恵子「サバイバル物語が示唆するもの——アラスカ・ネイティヴ文学の現在」『多民族研究』創刊号、二〇〇七年、一一六—三二頁。

12

アリステア・マクラウドと環境に関する一考察
――故郷はいつもそこにあるのか

荒木　陽子

はじめに――カナダ文学とエコクリティシズム

カルガリー大学准教授のパミラ・バンティング（Pamela Banting）は、カナダのノーザン・ブリティッシュ・コロンビア大学をベースとする学術誌『ジャーナル・オブ・エコクリティシズム』（*Journal of Ecocriticism*）の編集委員であり、二〇一五年に出版された『オックスフォード版カナダ文学ハンドブック』（*Oxford Handbook of Canadian Literature*）でカナダにおけるエコクリティシズムを解説した環境批評家である。作家でもあるバンティングは、カナダにおける文学と環境の関係について、「莫大な土地を持つ国家において、自然への関心が国の口承文芸ならびに文学の歴史全体を貫いている」(6) と述べている。四〇年以上の歴史を持つカナダ文学研究誌『カナダ文学研究』（*Studies in Canadian Literature*）は、二〇一四年にバンティングをゲスト編集者として迎え、特集号「カナダ文学的エコロジー」を刊行した。同誌がその「蜂群崩壊症候群」と題されたイントロダクションにおいて、バンティングの前掲の発言を許したことは、現在、カナダ文学批評において、エコクリティシズムの重要性が広く認められていることを示す。

本稿が焦点を当てようとしているアトランティック・カナダの文学研究者の間で、環境への関心が非常に高いことは、筆者が参加した二〇一五年七月に開催された第九回トマス・ラッドール記念アトランティック・カナダ文学シンポジウム（於・ノヴァ・スコシア州アカディア大学）でも環境に関する発表が散見されたことから明らかである。同地域では伝統的に農林水産業、石炭や鉄鉱石を中心とする鉱業とそこに派生した製鉄業、そして一九世紀後半以降現在に至るまでつづく豊かな自然を呼び物とする観光業など、地域住民の生活の環境依存度が高い。従って環境への関心の高さは不思議ではない。

ただ、この地域を代表する現代作家、アリステア・マクラウド (Alistair MacLeod, 1936–2014) の作品群に関しては、これまでエコクリティカルな視点からあまり研究されていない。そこで本稿は、カナダ国内外でベストセラーとなり、国際 IMPAC ダブリン文学賞をはじめとする数々の文学賞を受賞した長編小説『彼方なる歌に耳を澄ませよ』(*No Great Mischief*, 1999) に着目したい。ニューブランズウィック大学教授でカナダ沿海諸州の文学の研究者であるデイヴィッド・クリールマン (David Creelman) は、その著書『セッティング・イン・ジ・イースト』(*Setting in the East: Maritime Realist Fiction*, 2003) において、マクラウドについて、「鉱山労働者、漁師、農業従事者という生き方自体に価値を見出している」(130) と評している。ここでは特に、マクラウドの作品中に数多くみられる、職を求め故郷を去ったケープ・ブレトン出身のスコットランド系鉱山労働者の美化に注目し、その環境的意義を問うてゆきたい。また、議論に先立ち、本稿中の同小説からの引用は中野恵津子訳（新潮社、二〇〇五）を用いることを先に述べておく。

一　ケープ・ブレトン島とアリステア・マクラウド

まずは多くのマクラウド作品の舞台となっているノヴァ・スコシア州北部、ケープ・ブレトン島に関して簡単に解説したい。アトランティック・カナダとは、ニューブランズウィック州、ノヴァ・スコシア州、プリンス・エドワード・アイランド州からなる沿海諸州 (the Maritimes) にニューファンドランド・アンド・ラブラドール州を加えた地域を指す。このうちノヴァ・スコシア州の北部に位置し、州南部の半島部と人口道路カンソー・コーズウェイでつながれているのがケープ・ブレトン島である。島の西岸はプリンス・エドワード島に臨み、東岸が次に臨む陸地は遠く離れたニューファンドランド島であるといえば、比較的イメージしやすいかもしれない。

アトランティック・カナダでは、植民地時代から存在する外国資本の問題、一八六七年のカナダ連邦結成にはじまる中央カナダへの資本の移動、隣国アメリカ合衆国の同業者との競争、そして資源の枯渇などの背景が複合的に絡み合い、一九世紀後半以降経済的に衰退が続き、断続的に人口が流出している。一方、ケープ・ブレトン島の産業は、例外的に一八世紀の開発開始以来、一九三〇年代の大恐慌にいたるまで波はあれど比較的好況が続いた。それは、英米資本からの強い影響を受けながらも、島南東部の炭田と良港を配するシドニーを中心に、シドニー炭田で採掘される石炭、ならびに二〇世紀以降はニューファンドランド島から運び込まれる鉄鉱石を利用した鉄鋼業が盛んであったからである。

しかし、第二次世界大戦後、特に一九六〇年代後半以降は、ケープ・ブレトン島も他のコミュニティ同様に衰退の道をたどる。エネルギー転換、他地域の新炭鉱の開発に伴う石炭価格の下落や競争力の低下に加えて、かつてカナダ最大の雇用者であったドミニオン・スチール・アンド・コール・コーポレーション (DOSCO) が、一九六五年の時点で既存の鉱脈中の資源残存量を残り一五年と見積もり、新規の設備投資をやめるのである。特に一九六七年は、地域の転換点として重要な年である。というのは、連邦結成一〇〇周年のこの年、オイルショックに伴う石炭需要の高まりにより予想を超えて生きながらえたものの、二一世紀に至りついに完了した旧産業の「看取り」と、観光業等新しい産業の模索のために、国営ケープ・ブレトン・ディヴェロップメント・コーポレーション (DEVCO)、州営シドニー・スティール・コーポレーション (SYSCO) が設立され、ドミニオン関連企業を将来的閉鎖を前提に公有化する。そして、地域の産業は前述の炭鉱員博物館設置により、公的に「歴史化」された。[1] 後に短編集に所載されるマクラウド最初の故郷をめぐる短編小説「ボート」("The Boat") の『マサチューセッツ・レビュー』(*Massachusetts Review*) 掲載や『彼方なる歌に耳を澄ませよ』の回想の中心が、翌一九六八年であることは、単なる偶然ではないだろう。

ケープ・ブレトン島の風景もまた、その歴史を物語る。島北部の台地はスコットランド系移民が持ち込み、今も残るゲール語、ケルト文化を喚起するべく、ケープ・ブレトン・ハイランズと名付けられた国立公園が大半を占める。一方で、南部にはその自然を工業的に搾取した結果として残されたケープ・ブレトン炭鉱員博物館を中心とするシドニー周辺の産業遺産群や、「北米最悪の有害廃棄物サイト」(Peritz and Akkad) の異名をとるムッガー川河口部のタイダル・エスチュアリーに、コークス炉からの廃棄物が堆積してできた、タール・ポンズ (Tar Ponds) 跡などが散在している。なお、このタール・ポンズは浄化計画の開始から二〇年以上を経た二〇一三年についに浄化作業が一段落した。二〇〇六年には、モントリオール生まれケープ・ブレトン育ちの作家、ジョナサン・キャンベル (Jonathan Campbell, 1961–) がタール・ポンズや周辺の産業廃棄物や廃工場を遊び場にする、一九七〇年代の少年たちの生活を描くコミカルなディストピア冒険小説『ターケイディア』(*Tarcadia*) を出版しているが、残念ながら邦訳はされていない。

マクラウドもまた、大恐慌のさなかケープ・ブレトン生まれの親が職を求めて移住したサスカチュワン州で生まれた。しかし、一〇歳で島西岸のインバーネスに戻り、そこを故郷とみなした。そのため、彼は大学教員としてオンタリオ州南西部のアメリカ国境の町にあるウィンザー大学に職を得たのちも、可能な限り一九世紀前半に曽祖父の建てた家に住み続けた。

寡作で知られたマクラウドは、主要な著作としては本稿が取り上げる長編小説の他に、後に一冊にまとめられることになる二冊の短編集を一九七六年と一九八六年に出版したが、その作品の殆どが二〇世紀のノヴァ・スコシア州ケープ・ブレトン島を舞台に展開されている。そして、そこには地域の産業の衰退、彼の家族の多く――出稼ぎ先のヴァージニア・シティで就労中にり患した鉛中毒に苦しんだ彼の父やマクラウド自身を含む――が従事した鉱工業の衰退に伴い、地域を後にしたスコットランド系住民が、故郷を思う姿が頻繁に登場する (MacLeod "Interview," 6)。これから検討する『彼方なる歌に耳を澄ませよ』も、元鉱山技師と、かつてはともに鉱山で働きながらも、語りの現在では矯正歯科医を勤める弟の帰郷を中心に展開する。

二　理想化される「伝統的」生き方

「長いあいだ、あたしたちはこのあたりから離れたことがなかった。あたしたち、ゲール語を話す仲間で、島の外へ出たことがないという人がいっぱいいたの」

「そのあと、男たちが島を出はじめたの。最初は冬のあいだだけ森に出稼ぎに。本土のノヴァ・スコシアに行って、しばらくするとニューブランズウィックのミラミシーにも行くようになって、次にはメイン州にまで行ってね。そのまま帰ってこない人もいた。それから、家族も行くようになって。あたしの姉は、うちの主人の兄と結婚したの。姉妹と兄弟ね。あたし、姉の花嫁の付き添い《ブライズメイド》をやったのよ。姉夫婦はサンフランシスコに行ってしまって、二度と会うこともなかった」

「もっとあとになると、たくさんの男たちが岩山の鉱山へ行きだしたの。カナダじゅう、アメリカじゅうにね。南米とかアフリカとか、いろんなところへも」（三一三）

『彼方なる歌に耳を澄ませよ』の終盤、語り手アレグザンダー・マクドナルド（Alexander MacDonald）は、晩年を過した老人ホームで祖母が人口流出の歴史を語る姿を、先の長くない兄キャラム・マクドナルド（Calum MacDonald）のアパートから帰る車の中で回想する。最初にケープ・ブレトン島に移住した祖先にちなみ、ゲール語でクロウン・キャラム・ルーア（「赤毛のキャラムの一族」の意）と呼ばれる彼の拡大家族は、小説中、人口流出が続く同島に存在したであろう多くの家族のひとつのモデルとして機能する。語りの現在である二〇世紀末、彼の直系の家族はすべて故郷を去り、三人の兄も双子の妹もカナダ国内外に離散している。そして、一九六〇年代末に、一族と共にオンタリオ州北部にあるエリオット・レイクのウラニウム鉱で労働した語り手は、カナダ経済の中心であるオンタリオ州南西部で、中産階級的な生活を送る中年となっている。歯科医の語り手は、形は異なっても手袋をはめ（二一二）、ドリルを握るさまに、かつて削岩ドリルを握った自分を結びつける（三一九）。一方で、先に引用した回想中、祖母が「会えばすぐわかるわ」

（三一八）と、中年になった語り手を孫として認めないのは、単に高齢のためではなく、アレグザンダーが、彼女がゲール語でギラ・ベク・ルーア（「小さな赤毛の男の子」の意）と呼ぶ孫とは、かけ離れた人物になってしまったことを示す。

物語の主人公はこの語り手ではなく、彼の一三歳年上の長兄、キャラムである。二〇世紀最後の年に五五歳になるという語り手が、キャラムと彼を取り巻く一族の歴史を回想し、語る行為自体が、この小説となっている。キャラムは、かつては一族からなる開坑専門の技術者集団を引き連れて、北米のみならず世界各地の鉱山で活躍する優秀な技師であった。しかし、現在においては、血縁者が発端となり犯した殺人による長期服役を経て、アルコール中毒患者となり、トロントの安アパートで人生最後の約半年間（九月から三月）をすごしている。つまり、この小説のなかで彼の衰退は、故郷のそれと重ねられている。アレグザンダーは、端的に表現すれば、キャラムの人生を語ることで、一六歳で灯台守であった両親と弟の一人を冬の水難事故で失って以来、祖父母すらも捨てた「不安定な『普通の生活』」（四七）、ジャニス・キュリック・キーファー（Janice Kulyk Keefer）が簡潔に表現するところの「ノヴァ・スコシア土着の伝統的生活形態」（73）を頑なに守り続けたがゆえに、身を持ち崩してしまったキャラムと、彼が体現する価値観の名誉回復を目指していると言えよう。

矯正歯科医のアレグザンダーが失い、貴び、神格化しようとするキャラムにより体現される「伝統的」生活形態や価値観とはなにか。それは第一に、土地や水、すなわち環境と直接的につながり「肉体」をつかって労働する、「魚と石炭の価格」と、それを生産するものの「給料袋」によって左右される人間の生き方である（Keefer 73）。そして、第二に、すでに「町の人間」（七六）になっていた祖父母たちによってもかたくなに守られ、物語中の回想でも繰り返される、「どんなときにも身内の面倒をみるのを忘れるな」（二二、五〇）、「血は水より濃し」（一三〇、二三四、三〇四、三一三）という言葉が表すところの、同族集団のつながりである。

まず、第一の自然とともにある生き方の理想化からみていこう。一九四五年前後に生まれた語り手は、第九、及び一一章において、兄の酒の調達中、三歳で町に住む祖父母に引き取られたために、本当のところは「ほとんど知らない、実際に知らなかった」（七七）はずの、両親を失った後に三人の兄たちが送った半漁半農の自給自足生活を美化していく。一九四〇年代の後半、一六歳のキャラムを筆頭とする三人の年子の兄たちは、祖父母が現金収入を得るために後にした海岸部の電気、水道、トイレもない古屋に移り住み、一度は祖父母が隣人に譲った家畜や道具を再び貰い受けた。そして、荷馬車、後には廃材から組み立てた車に乗り、壊れた食器を使い、農業、漁業、そして必要によって林のトウヒを切り、彼らがその生活の中で取り戻したゲール語でロッホラン・アッヒ・ナム・ボッホト（「貧者のランプ」）とよぶ月を頼りに狩りをおこないながら、自給自足に近い生活を送っていた。三人の若干の賃金労働と様々な形態の労働を組み合わせた生活は、減少傾向にあったものの、二〇世紀半ばのアトランティック・カナダに比較的多く存在していたことは、前掲のヴェルトメイヤーの資料からも明らかである。

語り手が懐かしむ、この前時代的生活においては、人間と動物、文明と自然の境界があいまいであったことは、次のような記述からわかる。

家の周りに群がる動物たち、隙あらば家に入ってくる動物たち。ドアを開けっ放しにしておくと、子羊や子牛や雌鶏が台所に入ってきた。馬は家の中でどんなことが起きているのかを見たいというように、窓ガラスに鼻を押しつけた。網戸の隙間やほころびから、あるいは開いたドアから、ハエやスズメバチが入ってきた。二階の寝室には子連れの猫たちがいた。そしてキャラム・ルーア時代からの犬たちはそこらじゅうにいて、テーブルの下に敷き物のように寝そべったり、人間が気に入りそうなものは何でも追いかけたりしていた。（八八）

そして、彼らは遅くとも一九五〇年代半ば頃には、アレグザンダーが貴ぶもう一つの労働形態である鉱山労働に従事し、キャラムを中心に同族でグループを組み、各地を転々とする生活を送るようになった。二〇世紀半ばを生きるケープ・ブレトンの男性にとって、それが当然の選択であったということを示すべく、彼らが鉱山労働を生業として選ぶ過程は全く描かれていない。ここでも地中で岩盤と出水を相手に戦う彼らは、依然として土と水と密接な生活を送っている。そして、語り手は彼らが資源の輸出を手掛ける大企業の業務請負人であったことに言及するものの、彼らを記憶の中の世界に閉じ込めるために、彼らが現代のグローバル資本主義経済に巻き込まれつつあったことをあえて強調しない。

さらに語り手は、兄たちが「少年時代から成人になる前後まで過ごした故郷の風景」を職場で休憩中によく話していたことを回想する（二〇〇）。当時の会話の中に、いわば記憶の中の記憶として登場するのが、更に時代をさかのぼり彼らが両親と共に住んでいた離島の家である。この家が風化により自然に戻ろうとするさまは、語り手が兄たちの家を思い出した時と同様に、兄の目を通して牧歌的に描かれている。一九六〇年代半ば、鉱山技師だった兄たちは、その島の岩肌に亡くなった両親と弟のイニシャルと生没日を掘り込むために、オンタリオ州北部のティミンズから急にピックアップトラックで戻る。すると、灯台は無人自動式となり、かつての母屋は海辺の古屋同様にウサギが出入りし、母が庭の脇に植えたルバーブは巨大化し、仕事で出向いた「ペルーで見た熱帯植物」を思わせる様相に転じていた（二四七）。しかし、キャラムは次の引用に示す通り、人工物が大きく姿を変える中で、どんな嵐の後も復活した泉は、そこに変わらぬ姿であったことを伝える。

> それから、岩から水の沸いている泉へも行ったよ。泉はまだあったけど、積もった落ち葉に隠れてた。落ち葉をどけて、みんなで腹ばいになって、湧き水を飲んだ。覚えていたとおりの甘い水でな、岩からあふれ出て、そこを覆い尽くさんばかりに生えている野バラの茂みや蔓草や腐った植物の中に入りこんでいた。（二四七）

小説最後の翌三月、死期を悟ったキャラムは、少なくとも三〇〇キロは離れた国境の街に住む語り手をトロントに呼び出し、そこから一〇〇〇キロ以上離れた故郷に車で向かう。高波に洗われる人口道路に至り、弟と運転を交代し、波を読んで渡りケープ・ブレトン島に上陸するキャラムは、あたかも英雄のように描かれている。しかし、彼はまもなくかつて住んだ家を見届けることなく車中で亡くなる。そのため、小説中の語りの現在において、これらの家がどのような状態なのかは、記述されていない。ただ、彼らの記憶の中に存在する、ゲール語を話し歌う家族が住んだこの土地こそが、小説の最終章で語り手が、運転制御装置付きの高級車でキャラムと共に、帰ろうとする故郷なのである。

語り手の回想において、歴史への言及は、語り手が回想する祖父、さらに後になってから祖父を思い出しながら行われる妹との会話の中に繰り返しあらわれる。兄弟の故郷への最後の旅は、そこに登場する傷ついた兵士を戦地から故郷に運び届けるハイランダーの姿、さらには後述するエリオット・レイクの現場で死んだ語り手のいとこを弔うために帰郷した親戚たちのレンタカーの列に重ねられている（一〇五、一四四―四五、二七五）。冷たくなったキャラムの手にはめられたケルトの指輪をさわりながら、語り手は次のようにセンチメンタルにその語りを終える。

　ここにいるのは、私が三歳のとき肩車してくれた男だ。島から肩車をして氷の上を渡ったけれど、ふたたび私を連れて島に帰ることはできなかった。
　島には、誰にも顧みられることのない真水の湧く泉があり、甘く新鮮な恵みが夜の白い闇にあふれ出ている。（三三二）

ここに小説最後の数行を引用したのは、このひどく感傷的なクライマックスに、ひとつの疑問を投げ掛けたいからである。そこに今も泉はあるのであろうか。それとも、泉は記憶の中のみに存在し、キャラムや彼の体現した価値観とともに、消えてしまう運命にあるのだろうか。物語の細部は、その答えが後者である可能性を示唆している。

三　内部からの矛盾により自己崩壊する「伝統的」生き方の危険性

前述のとおり、アレグザンダーが貴ぶもうひとつの価値観は、同族集団のつながりである。特に、キャラムがこの血縁者を大切にする伝統に忠実に従い、会ったこともないアメリカ人のはとこの世話をしたために殺人者となり、結果的に一族が離散することになるプロット展開は注目に値する。『彼方なる歌に耳を澄ませよ』は、中心プロットにより過去を美化する。しかし、その細部は、同族集団、故郷、さらには環境との強いつながりが、それらを自体を破壊する危険性を示唆しているのである。

この物語には、同世代の赤毛のアレグザンダー・マクドナルドが、語り手を含み三名登場する。そして、キャラムが最初に家族を率いてカナダに移住した祖先と名前を共有することで、歴史との縦のつながりを表象する一方で、彼らは一つの世代における同族集団の横のつながりを表象する。地域産業の衰退のあおりを受け、貧しい両親のもとで成長した語り手の父方のいとこアレグザンダーは、高校を卒業後、キャラムのグループに加わり、一九六八年の夏、エリオット・レイクのウラニウム鉱開坑現場で事故死する。そして、「運よく」両親を失うことにより（八三）、「町の人間」になった（七五）――つまり現金収入のある――祖父母に育てられた語り手は、親世代からの貧困の連鎖を免れ、大学を卒業するものの、直後に死んだいとこの代役として、グループに加わることになる。

一方、キャラムは大叔母の懇願で、一度も会ったことのないはとこのアレグザンダーをベトナム戦争への徴兵から救うべくグループに迎える。しかし、皮肉なことに、キャラムが死んだアレグザンダーの身分証明書を使ってまで潜り込ませた、このアメリカ人が犯した窃盗が引き金となり起こった喧嘩が原因で、一家は離散することになる。キャラムが対立するケベック州北部出身者の同僚グループのリーダーを殺し、服役したからである。対照的に、元凶のアメリカ人のアレグザンダーは、死んだアレグザンダーの両親が息子のために買い、後に語り手がもらい受けたタータン・シャツを着て、見事に故郷米国に帰国する。彼の優秀なクオーターバックとしての過去は、この事件の伏線となっている（二八四）。

この事件の悲劇性を高め、キャラムとその一族の離散を神話化するために、物語には内部の矛盾、リーダーの判断ミス、さらには過剰な忠誠心によってグループが崩壊するエピソードが散りばめられている。マクドナルド一族の内部の矛盾は、物語で言及される様々な歴史上のエピソードを通じて、より大きな歴史へとつなげられる。ハイランダーの氏族間の不和をイングランド軍が利用することで起こるグレンコーの悲劇（一六九二）はその一例である。しかし、その最たる例は、味方のハイランダーに対して、「彼が倒れても、大した損失ではない」という本心を友人への手紙に書き残した、イギリス軍の将軍ジェームス・ウルフ（James Wolfe）のエピソードであろう。そしてウルフは、フレンチ・インディアン戦争中のアブラハム平原の戦い（一七五九）において、カローデンの戦い（一七四六）では敵として戦ったハイランダーの部隊を、最も危険な最前線に配置したのである（一二八、二七五―七六）。ウルフが部下に対する本心を吐露したこの言葉が、翻訳によりタイトル（直訳すれば『大した損失ではない』）から消えてしまったのは残念である。

ウルフの言葉が、物語の中に描かれた、失われつつあるクロウン・キャラム・ムーアと彼らが体現した生き方、ひいては二〇世紀半ばに英語系カナダの歴史家たちが提唱したローレンシアン理論により、「無論そこでは何も起こらない」（Underhill 64）と切り捨てられ、カナダの周縁に押しやられた感のある、アトランティック・カナダへの、カナダの指導者層からの言葉としても響いているからである。無論批判されることも多いこの種のカナダ国家発展理論の支持者は、オンタリオ州、ケベック州のセントローレンス水系の大都市圏の経済的発展を最重要視した。従って、彼らから見れば、アトランティック・カナダを含む「地方」は、安価な資源や人材の供給者に過ぎないのである。

さらにリーダーの判断ミスや過剰な忠誠心が招く悲劇は、民話中で王様に忠実に従い、漁師の網へと突進するニシンの群れ、あまりにも飼い主に忠実だったために、語り手の両親の死後に赴任した新しい灯台守に撃ち殺されてしまった、一八世紀に彼らの祖先を追ってやってきた犬の子孫などのエピソードを通して、神話的世界や自然界に同化されていくのである。特に、一族の自然界への同化は、物語に繰り返し描かれる自然界に存在するV字の形状（空を飛ぶカナダ雁の群れ、キャラムの馬のクリスティが見送り、スコットランドから最初に来た犬が追いかけた船が水面に描く跡など）によって強調される。その結果、リーダーであるキャラムを追従する一族の姿は、あたかも彼らが本能に従って生きる動物であるかのように浮かびあがる（三〇二）。

ただ読者は、クロウン・キャラム・ルーアの一種の神話化の背景で、彼らが水産業や鉱業に代表される資源採取というケープ・ブレトンの「伝統的」な仕事を忠実に続け、結果的に故郷を失ったことを見落としてはいけない。つまり、内部から崩壊するこのクロウンは、その追及が崩壊へと続く内部矛盾を孕んだケープ・ブレトンの伝統的労働形態、ひいては資源採取産業全体のメタファーとなっているのである。そもそも、アトランティック・カナダの漁業や鉱工業が衰退し、彼らが故郷を去り、世界各地に職を求めねばならなくなった理由のひとつは、資源の枯渇が一因だ。そして、二〇世紀後半のクロウン・キャラム・ムーアの姿は、過剰な資源開発の結果、故郷を失いつつある現在のカナダ人の姿とも重なる。たとえ巨大資本の末端労働者としてでも、当時「ニッケルと亜鉛の生産量では世界一」（二八五）で、新たなウラニウム鉱脈を発見していた産業を後押しするかたちで、彼らは貴ぶ「故郷」を崩壊にむかわせていた。

語り手がこの伝統的ライフスタイルの加害者性に気が付いていることは明らかである。彼は、はとこが「ずいぶん荒れた土地だね」「月の写真みたいだ」（二五八）と表現した、エリオット・レイクの掘削現場周辺の風景――「雑な抜き方をされた虫歯」のようにブルドーザーで木が周辺の苔もろとも根こそぎ引き抜かれ横たわり、いたるところにある岩石が事故車やムースと空間を共有する荒涼とした道路（一五六）、そしてのちに殺人現場（二九七―九九）となる、ブルドーザーで廃車が端に「押しのけられたまま散乱」している「ひっくり返った巨石や根こそぎにされた切り株に囲まれた」駐車場（一七二）――が持つ暴力性を回想する。マクラウドが語り手の妹の夫を、二〇一六年五月のフォート・マクマレーの森林火災で一躍注目を浴びた、アルバータ州の石油エンジニアとして設定しているのは、偶然ではないであろう。メディアは自然発火とされるこの火災の一因として地球温暖化をあげているが (Tasker)、皮肉にも同地で採掘されるオイルサンドは、それを助長することになる。つまり、このライフスタイルはサステイナブルではないのである。

語り手は回想を行っている二〇世紀末のカナダの環境の変化も認識している。彼が大気汚染を意識するトロントでは、見上げる太陽は、「スモッグの上空にあり」(一九三)、『貧者のランプ』は、オンタリオ南部の都市部ではほとんど見えない。その下には多くの貧者がとめどなくうごきまわっているにもかかわらずだ。そして星は、繁栄のもたらした大気汚染の上にあり、はっきり見えることはめったにない」(二二一)。大都市だけではない。彼らの故郷、ケープ・ブレトンでも、海辺の崖にある祖先の墓が、浸食により年々海に近づいていることが繰り返し小説中に述べられている(一九、八九)。ただ、語り手は物語の中でそれを神話化しようとしている一族の行為の結果として、明言することは避けている。

語り手のアレグザンダー・マクドナルドは、最後まで手を汚すことなく大枚を稼ぎ出す彼自身や、カルガリーに豪邸を構える妹の夫の対極にキャラムをおく。そして、キャラムの土や水に直接ふれる生き方への敬意を示そうとする。そして、その姿勢への敬意を、物語のタイムキーパーを、文明の利器である時計ではなく、太陽と月、さらにはオンタリオ南西部―トロント間のロードサイドの企業化された農場で働く出稼ぎ農業従事者たちにゆだねることで示す。本作品は実のところ九月のある土曜の午後と半年後の三月の一日(ある夜~翌日の夜)、合計しても二日程度という非常に短いタイムスパンに展開しているが、ここにあげた装置は、キャラムに残された時間が少ないことを示唆するかのごとく、時間の経過を陽の高さや角度、そしてその時々の労働の種類によって丁寧に刻む。大概家族からなる男性集団で、異郷の土に密着して働き、つつましい生活を送りながら故郷に残った家族に仕送りする移動労働者が、同じく異郷で出稼ぎ鉱山労働者として働いていたクロウン・キャラム・ルーアや、東欧出身の語り手の妻を含む、その他の故郷を追われた民族グループの姿と重ねられている点は、言うまでもないだろう。ただ、キャラムら同様、農夫たちも意識することなく、グローバル展開する企業型農業の末端の担い手として、土壌の疲弊に関与しているが、その点にはまったくふれられていない。

むすびにかえて

アリステア・マクラウドは、語り手、アレグザンダー・マクドナルドに、ケープ・ブレトン出身のスコットランド系カナダ人、クロウン・キャラム・ルーアの生き方が環境へ与えるインパクトを物語のメインプロットの中で直接言及させない。彼は語り手に彼らのかつての「自然と共にあるように見える」生活ならびに労働形態を賛美させ、彼らをグローバル化する資本主義経済に巻き込まれた犠牲者としてロマンティックに回想させる。その一方で、彼は同じ語り手によって、内部矛盾が組織を自滅させるエピソードを物語に組み込ませることによって、批判的まなざしを完全に消去することを避ける。この手法により、マクラウドは、表面的には語り手がこの小説をベストセラーに押し上げたカナダの都市部の読者たちとともに、「自分たちの生活とは違うものすべてに心を奪われていた」子ども時代のまま（八八）、自らの家族の物語をノスタルジックかつエキゾチックな物語として消費しているかのような印象を与えることに成功する。

マクラウドは三〇年以上に及ぶ作家としてのキャリアを通して、筆致としてのリアリズムを保ち続けた。しかし、内容面に関しては、デイヴィッド・クリールマンが指摘する通り、作風が変化したことがわかる。一九六〇年代に始まる彼の初期の短編小説に強くみられた、地域の生活の厳しさや、アンビバレンスを描き出すハード・リアリズムは、ロマンス小説が主流であった当時のこの地域の文学のなかでは画期的であった。しかし、マクラウドも次第に過去や伝統的な価値観に安らぎを見出すロマンティシズム的傾向を強める。そしてクリールマンは、『彼方なる歌に耳を澄ませよ』

は、一九五〇年代までのカナダ沿海諸州の文学作品にしばしば見られた、失われつつあるものに対する「過剰な」ノスタルジーへと回帰する傾向にあると結論づけている (135–42)。

ただ、筆者は、マクラウドはリアリストとしての視線を失ったわけでも、単に地域の文学的伝統に回帰しているわけでもないと考える。むしろ、マクラウドは、ダニエル・フラー (Danielle Fuller) が指摘するところの、市場がアトランティック・カナダの文学に求める、都市部で失われつつあるオーセンティックな生活や過去への望郷への需要に対して、戦略的にロマンティックな物語を提供し、商業的な成功をおさめつつも、本稿が明らかにした通り、リアリストとしてマクドナルド一族の伝統的な生き方に対して、アンビバレントな態度を保ち続けるという偉業を成し遂げたのではないだろうか。

＊本稿の執筆に必要な研究の一部は、平成二八～三〇年度科学研究費助成事業（若手研究B、課題番号16K16788）により可能になった。関係各所に感謝を申し上げたい。

注

1　地域の産業についての詳細は、マーガレット・コンラッド (Margaret R. Conrad) とジェームズ・ヒラー (James K. Hiller) の歴史書や、デイヴィッド・フランク (David Frank)、ヘンリー・ヴェルトメイヤー (Henry Veltmeyer) らの論文を参照されたい。

引用文献

Banting, Pamela. "Colony Collapse Disorder: Settler Dreams, the Climate Crisis, and Canadian Literary Ecologies." *Studies in Canadian Literature* 39.1 (2014): 1–20.

——. "Ecocriticism in Canada." *Oxford Handbook of Canadian Literature*. Ed. Cynthia Sugars. Toronto: Oxford UP, 2015. 727–57.

Campbell, Jonathan. *Tarcadia*. Kentville: Gaspereau, 2004.

Conrad, Margaret R. and James K. Hiller. *Atlantic Canada: A Concise History*. Toronto: Oxford UP, 2006.

Creelman, David. *Setting in the East: Maritime Realist Fiction*. Montreal and Kingston: McGill-Queen's UP, 2003.

Fuller, Danielle. "The Crest of the Wave: Reading the Success Story of Bestsellers." *Studies in Canadian Literature* 33.2 (2008): 40–59.

Frank, David. "Class Conflict in the Coal Industry, Cape Breton, 1992." *Canadian Working-Class History*. Eds. Laurel Sefton MacDowell and Ian Radforth. Toronto: Canadian Scholars, 1992. 459–80.

Guilford, Irene, ed. *Alistair MacLeod: Essays on His Works*. Toronto: Guernica, 2001.

Kulyk-Keefer, Janice. "Loved Labour Lost: Alistair MacLeod's Elegiac Ethos." Guilford 72–83.

MacLeod, Alistair. "An Interview with Alistair MacLeod by Shelagh Rogers." Guilford 11–35.

——. *Island: The Collected Stories of Alistair MacLeod*. Toronto: McClelland and Stewart, 2000.　中野恵津子訳『灰色の輝ける贈り物』新潮社、二〇〇二年、および『冬の犬』新潮社、二〇〇四年。

——. *No Great Mischief*. Toronto: McClelland and Stewart, 1999.　中野恵津子訳『彼方なる歌に耳を澄ませよ』新潮社、二〇〇五年。

Mason, Jody. "A Family of Migrant Workers: Region and the Rise of Neoliberalism in the Fiction of Alistair MacLeod." *Studies in Canadian Literature* 38.1(2013): 151–69.

Peritz, Ingrid, and Omar El Akkad. "N.S. Tar Ponds to be Buried." *Globe and Mail* 29 Jan 2007. Web. 14 March 2016.

Tasker, John Paul. "'Of Course' Fort McMurray Fire Linked to Climate Change, Elizabeth May Says." *CBC News*. 4 May 2016. Web. 15 May 2016.

Underhill, Frank. *The Image of Confederation*. Toronto: Canadian Broadcasting Corporation, 1964.

Veltmeyer, Henry. "The Capitalist Underdevelopment of Atlantic Canada." *Underdevelopment and Social Movements in Atlantic Canada*. Ed. Robert J. Brym and James R. Sacouman. Toronto: New Hogtown P, 1979. 17–35.

第Ⅲ部　ＳＦとポストヒューマン――境界のかなたへ

13

SFにおけるエコロジー的テーマの歴史の概観

デビッド・ファーネル
原田　和恵　訳

はじめに

オーケストラの音楽がかかる中、果てしなく広がる宇宙に、冷たく光る星の数々、そして沈黙。この平和な時は、宇宙船の激しい撃合いにより、打ち消される。一隻の宇宙船が背後から巨大な宇宙船に追われている。船中のまるで無菌処理を施されたような真っ白な廊下は、地球環境とは全くかけ離れた、人間のようなロボットやロボットのような人間で溢れている。

一九七七年に公開された『スター・ウォーズ』(*Star Wars*) のこの映像は、世界中の人々の集合的無意識に深く刻み込まれた。そして、サイエンス・フィクション（SF）と聞くと、最初にこの映画を思い浮かべる人は多いだろう。たくさんの映画の中で、この映画と同じような迫力のある映像がSFと思われるため、SFはまじめにエコクリティシズム研究として取り上げられないでいる。

いくら人気があるとは言え、『スター・ウォーズ』がSFの典型であるとは言い難い。というのも、何人かの作家達は、この映画をSFとみなさず、魔術的であり、科学を重要視していない失敗作のファンタジーとして考えてしまうからである。宇宙船や宇宙人が出てくるため、安易にSFの枠に入れてしまうが、SFというジャンルにふさわしくないと彼らは言う。『スター・ウォーズ』のようなスペース・オペラ（宇宙活劇）は、作家たちによって無視されるような決まりきった自然のとらえ方でさえ、実は自然界について大いに語るべきことを含んでいることが多い。SFは、エコクリティシズム学者が研究に値する多くのものを見出すことができるのである。今日の疎外され、急速に変わっている世界において、人間が起こした結果に直面し、理解するのには、私達は科学的な見解から見ることが必要だと言える。ゆえに、ＳＦはエコクリティシズム研究において最も重要な文学ジャンルだと言っても過言ではない。

ＳＦは、はっきりとした始まりを持たずに爆発的に成長を遂げたので、ＳＦ文学の主要な作品の一部にさえ言及するのは不可能であり、やっかいなものでもある。それ故、この章では、いくつかの注目に値する例について考察するが、それをさらに掘り下げるのは関心を寄せる他の研究者に委ねることにする。

ＳＦは非常に曖昧な境界を持った幅広いジャンルである。ジョン・クルート (John Clute) は、このような幅広いジャンルを「ファンタスティカ (fantastika)」と呼び、「ＳＦ、ファンタジー、幻想ホラー、その他、様々なサブジャンル」も含むと述べている。また、ジョン・リーダー (John Rieder) は、基本的にＳＦを歴史的な定義で示しているが、簡素化された定義を否定して、ジャンルの境界線を引く難しさや不可能性を表している。一見簡単そうに見えるが、ダルコ・スーヴィン (Darko Suvin) の提唱する「認識的異化作用《コグニティヴ・エストレインジメント》の文学」(12) というＳＦの定義は、原点にふさわしいかもしれない。ブライアン・ステーブルフォード (Brian Stableford) は、「『サイエンス』と『フィクション』という其々の言葉の現在使われている意味を定義しない限り、『ＳＦ』というものをうまく定義できないというのは、理に適っているだろう」と指摘している。

この章の目的として、ステーブルフォードの発言は、よい手引きとなるであろう。簡単で基本的なＳＦの前史の見解は別として、ここで検証していく作品の中で科学を取り扱っているものは、明らかにフィクションである。

ＳＦは、遥か昔に書かれた神話や伝説に遡る幻想的な物語の伝統を元にして、そこから次第に発展を遂げた。知られている限りでは、一番昔に書かれた物語は『ギルガメッシュ』（Gilgamesh, 紀元前二〇〇〇年頃）のサーガである。例えば、この物語は世界規模の大洪水、不老不死への探求や人間と怪物の戦い等のＳＦの要素を含んでいると言ってよい。

ＳＦの原型と呼ぶことができる多くの伝説や幻想的な物語がある中で、現代ＳＦの概念に通じるものを、トマス・モア (Thomas Moore) の『ユートピア』(*Utopia*, 1516) に見出すことから始めよう。最初の理想郷の思想は文学の中に古くからあり、先史にまで遡ることができる。『ユートピア』はそれらからは程遠いが、初めて「ユートピア」という言葉を使い、また理想郷の世界への旅というＳＦの主要なテーマを用いた作品である。

地形は、モアの作品やその他多くのユートピア小説で大きな要素を成している。ユートピアの共通点は、物理的な隔離である。例えば、他国から距離が離れているとか、山、海、空（飛行する島や神の天界）や宇宙などの物理的な障壁がある場合である。モアの作品は、人工的に造られ隔離された、「海によって取り囲まれた」(62) ユートピア国である。ユートパス王の支配下で、市民や兵士たちは運河を掘り、「陸のまわりに海を巡らせて」(62)、半島を孤島に作り変えた。もう一つ、架空のユートピア社会にとって重要な要素は、肥沃な土地とその他の自然資源の存在である。環境上の利点なしでは、フィクションでも、現実世界でも、『銃・病原菌・鉄』(*Guns, Germs, and Steel*) の作家のジャレド・ダイアモンド (Jared Diamond) が言うように、繁栄を築くことは非常に難しいに違いない (405–06)。『ユートピア』でも、農地改革論の重要性 (63) や人口増加の抑制 (76–77) の問題についても考察している。

一　初期のＳＦ

サイエンス・フィクションという言葉は、二〇世紀になるまで使われなかったが、ブライアン・オールディス (Brian Aldiss) や他の多くの作家は、一八一八年に書かれたメアリー・シェリー (Mary Shelly) の『フランケンシュタイン』(*Frankenstein*) が最初の本当のＳＦ小説であると言う (Kelly and Kessel 8)。生命体のいない宇宙船の廊下の話ではなく、環境に対して深刻に向き合っている話である。大体いつもロマンス文学やゴシック文学がそうであるように、この小説では、スイスのアルプス山脈、激しい雷雨や北極海の氷山等の地形が脅威となって迫ってくる。この作品をＳＦの正典にしているのは、「自然」の破棄というエコクリティシズムの視点において最も興味深いテーマである。それは、この小説の題名となった科学者が死を乗り越えることに成功することである。フランケンシュタインは、自然から切り離した「人間」、新しい生命体を創るという作品で、今日では「フランケンシュタイン」という言葉は遺伝子改変の生物に使われる。

一九世紀末の、Ｈ・Ｇ・ウェルズ (H. G. Wells) の『宇宙戦争』(*The War of Worlds*, 1898) は、侵略してきた火星人による生物戦争の話で、火星人は地球を火星のように変えようとする。火星人は、「赤い草」という、侵略的で環境破壊を促す異星の微生物を地球にばら撒いた (145)。小説前半では、語り手は強大な植民地国家の人間は、思い上がるべきではないと言う。もし傲慢だったら、より古い、より技術的に進化した社会に出くわした時に、タスマニアの人々のように絶滅してしまうだろう。ウェルズの作品は、植民地化による病気が壊滅的な役割をしたことを反映している。現在私達は、ヨーロッパからの侵略者がどれだけ恐ろしい病気を運び、植民地支配下の人々を絶滅させてしまったかということを周知しているが、時々入植者も新しい病気を患っていることを忘れがちである。しかし、ハイテクで人口密度の高い所では、病気を効果的に処置することもできる。ウェルズの小説では、火星人は不運にも、植民化しようとした人々よりも先に、地球の病気によって壊滅している (192)。

『宇宙戦争』で描かれているように、エコロジーと人類の病気は複雑な相互作用を続けている。人間が荒野を侵害し、動物の家畜化を拡大するにつれて、エボラ熱、鳥インフルエンザのような人獣共通感染症が発生してしまう。地球温暖化もまた、熱帯から温帯に、虫の範囲の拡大、デング熱、マラリアやジカ熱のような感染症をもたらしている。

Ｈ・Ｐ・ラヴクラフト (H. P. Lovecraft) の「宇宙的恐怖（コズミック・ホラー）」は、本来ＳＦ的で、自らの出身地であるニューイングランドやその他の自然の地形や繊細な描写を頻繁に取り入れている。彼の一九二七年の短編「宇宙からの色」("The Colour Out of Space")は、体のない生命体が偶然に農場を「汚染」するという話で、不気味にも放射能中毒を予兆するかのように、恐ろしい環境変化による破壊を描写している。この短編は、汚染された「焼け野」が貯水池として水没したところで話が終わり、この水を飲んでいる人々は中毒で苦しむであろうという懸念を、語り手を通して述べている(339–40)。

一九三六年にラヴクラフトは、エコロジーのテーマを特色とする二つの中編の作品を出版している。『狂気の山脈にて』(*At the Mountains of Madness*)は、南極探検が最悪の事態を迎えてしまう話である。科学者が極寒の南極の環境で生存のために闘う様子を描写しているのに加えて、何十億年もの地球の歴史やプレートテクトニクスや地球気候変動等、当時の最新科学理論を取り入れている。同年、『インスマウスの影』(*The Shadow over Innsmouth*)も出版しているが、「闇の深海」(642)や、私達の力よりも潜在的にはるかに強い力の可能性を描いている。ラヴクラフトが表現する深海の社会は、人間にとっては脅威でありながら、確実にエコトピア的である。また、「不思議さと荘厳さ」(642)で溢れている。この作品は、人間が海をおざなりに扱ったら、海の力が直に人類を絶滅させるに違いない(609)と警告している。

二　二〇世紀中期から後期

宇宙人の世界は地球の代わりとして他の惑星が使われることが多い。惑星の単一の気候は、一つの地球の生物群系《バイオーム》を焦点化、誇張化したものである。ウェルズの『宇宙戦争』に戻ると、通常火星は資源、特に水が枯渇した荒廃した世界として描写される。レイ・ブラッドベリ(Ray Bradbury)の『火星年代記』(*The Martian Chronicles*, 1950)は、先行した探検隊が火星に持ち込んだ水疱瘡によって最後まで生き残った火星人が全滅していたことを後から来た探検隊が発見する。コロンブス以前のアメリカ先住民に対する現代アメリカ人の視点と同じように、アメリカ人の考古学者は、絶滅してしまった火星人をユートピア的思想で以下のように述べる。

かれらは自然と適合して暮らすことを知っていました。人間と動物とのちがいを、それほどには強調しようとしなかった。それこそ、ダーウィンが現れて以後、わたしたちの犯したあやまちなのです。わたしたちは、にこにこして、ダーウィンや、ハクスレーや、フロイトを歓迎しました。（中略）火星人は、動物の生活の秘密を発見したのです。動物は生に疑問を持ったりしません。ただ生きています。生きている理由が生そのものです。生を楽しみ、生を味わうのです。」

（小笠原訳一四〇―四二）

このようなエコトピア的な見解は、人間が信仰と自然を分離して、機能不全に陥ったアメリカ文化の批判だと言えるだろう。

当時のSFは、エコクリティシズムという言葉をまだ持っていない時代であったが、すでにエコクリティカルなものの見方を持っていて、アメリカ文化とは正反対の世界観を表現することが多い。コードワーナー・スミス (Cordwainer Smith) の「人びとが降った日」(“When the People Fell,” 1959) では、金星の環境は管理すべきであると描いている。あらすじは、（この時代には典型的な）湿地の金星は、おとなしいが、かなり知性の高い「うるさい生物」という生命体によって占領されており、植民地化するのは不可能だという。もしこの金星の生物が被害を受けると、人工を急増させ広範囲の土地を汚染してしまう。だが、グーンホゴという地球からやってきた人口過密の中国系国家は、単に数と自国民の苦痛を無視することを武器として侵略する。「うるさい生物」は数で取って代わり、彼らを拘束地に集めて餓死させて全滅させる。また、スミスは、荒野は人間が使うことによってしか価値がなく、占領されるべき土地だと思っている。だからこそ、エコクリティシズム研究に価値がある作品だと思われる。

フランク・ハーバート (Frank Herbert) の『デューン』(*Dune*) シリーズは、『デューン　砂の惑星』(*Dune*, 1965) から始まり、一九六九年から八五年にかけての五つの続編があるが、人間と環境との相互的な関係を主要なテーマとして描いている。「砂の惑星」というあだ名のある惑星アラキスは、生命体が一種類だけの生物圏である。この惑星には、珍しい生産物があり、それは「スパイス」と呼ばれ、宇宙船の飛行士が超光速で操縦できるというドラッグがある。そのため、アラキスは重要視されている。政治的な陰謀や戦争が起こる中で、この惑星のエコロジーやもっと多様なエコシステムへ地球化《テラフォーミング》するという長期的な計画は、小説内で大事な部分である。スパイスが重要なため、政治的な陰謀と『デューン』のエコロジーは直接繋がっている。さらに、スパイスは砂虫のライフサイクルの副産物だと分かり、この惑星のエコロジーの大きな変化は、砂漠を徘徊する巨大な砂虫の絶滅をもたらしてしまう。地球環境よりはるかに簡素化されているものの、一見単純そうな砂漠の生物圏は、複雑性を持っていることが判明する。『デューン』は、環境がどれだけ壊れやすいか、一つの変化が如何に膨大な変化をもたらすかを教えてくれる入門書と言ってもいいだろう。惑星デューンを変化させることは、超光速で移動することが不可能になり、全銀河系の帝国がいずれ倒壊するだろう。

小説全体を通して、エコロジーに言及はされているが、表向きは惑星学者によって書かれたという「デューンのエコロジー」("The Ecology of Dune")という題の巻末の補遺では、さらに深く論及されている。

生物というものは、閉じた系が持つ生物存続余力を向上させる。生物とは――すべての生物とは――生物に奉仕するものにほかならない。生物にとって必要な栄養分は、生物多様性が増大するにつれて、その多様な生物により、いっそう豊富にもたらされる。それによって環境全体も活況を呈し、多彩な相互作用と相互作用内の相互作用でみちあふれるようになる。（酒井訳 二九二―九三）

これは、すべての生命体は相互連結し、他の生命体に依存しながらも、「生命と非生命の区別をすることは厳密には不可能である――」(24) というティモシー・モートン (Timothy Morton) の「メッシュ」（網の目）という概念で述べられている。つまり、すべてはつながっていて、多様性は不可欠である。

アーシュラ・K・ル・グィン (Ursula K. Le Guin) は、アメリカの最も多作で最も重要な現存する作家の一人である。フェミニスト、無政府主義者、環境テーマを探るファンタジーやSFの作家として最もよく知られている。一九七四年の小説『所有せざる人々』(*The Dispossessed*) の舞台は、二重惑星アナレスとウラスに設定されている。ウラスは、豊かで多様な生物圏であるが、私達の世界の国家が反映された政治的争いを中心とした世界である。アナレスは、ウラスの荒涼とした空気の薄い巨大な月で、人の生命をサポートするのにかろうじて必要なだけの環境を持っている。何世紀も前に、ウラスにオドーと称する哲学者の教義に従う無政府主義運動が起こったが、ウラス政府による贈賄や、アナレスへの追放によって、最終的に運動は鎮圧された。

アナレス人と環境の相互関係は小説の重要な部分である。トマス・モアの描くような伝統的なユートピアは、肥沃な土地や豊かな自然資源、温和な気候を描いており、それゆえに、ユートピアは繁栄した。アナレスは、正反対である。アナレス人は、常に集団的生存のために格闘している。これが、まさしくアナレス人の力の源である。というのは、生存闘争のため、所有、貪欲、派閥争い等すべては二の次だからである。主人公の科学者シェヴェックは、ウラスでのパーティーでアナレスの惑星のことを聞かれ、こう答える。

いいえ、すてきじゃありません。あそこは醜悪な世界です。こことはちがいます。(中略) あなたがたウラス人は充分に持っておられる。空気は充分、雨も充分、草も、海も、食物も、音楽も、工場も、機械も、衣類も、歴史もだ。あなたがたは豊かで、恵まれた暮らしをしておられる。われわれは貧しく、窮乏している。あなたがたは持てる者、われわれは持たざる者だ。ここではあらゆるものは美しい。顔を除いては。アナレスでは美しいものはなにもありません。なにもないが顔だけは別です。顔というのは男たち女たちのことです。われわれはなにも持っていないが仲間がいます。ここの宝石は、あそこでは瞳です。(佐藤訳 三三三―三四)

お互いの仲間がいて、オドー主義による集団的生存闘争に備えており、アナレス人はお互いを物として扱えないほど人に価値をおき、階層制や物質的な富を貯めることを否定している。

小説の終盤で、シェヴェックは、地球大使、あるいは恒星間団体（ウラスーアレナスの連携設立を始めた）の代表のケングと会う。ケングは、シェヴェックに故郷である地球を廃墟と呼ぶ。

……廃墟です。人類によって破壊された惑星です。われわれが繁殖し、むさぼり食い、戦いに明け暮れた末に、あそこにはなに一つなくなって、われわれは死にました。われわれは食欲も暴力も抑制しなかった。順応しなかったのですね。われとわが身を滅ぼしたのです。（佐藤訳 五〇三―〇四）

『所有せざる人々』は、ユートピアについての思索である。最低限の環境に設定された困難を分かち合うユートピアが可能であるだけでなく、裕福で楽で典型的なユートピアよりいっそう達成しやすいかどうかを問いかける。同時に、環境の豊かさは、恩恵を受ける人々が当然のことだと思ったら、とても簡単にディストピアの悪夢へと変わってしまうだろう。一度失われたら、恒星間社会の技術の力を用いても豊かな環境は取り戻せないだろう。

冷戦期のさなかの一九八〇年代では、オクティヴィア・バトラー（Octavia Butler）は地球環境が居住者によって破壊された様子を描いている。『リリスのひな鳥』（*Lilith's Brood*）（『夜明け』*Dawn*, 1987,『大人への儀式』*Adulthood Rites*, 1988,『イマーゴ』*Imago*, 1989 の三部作）は、核戦争直後を描いている。わずかな生存者は、通りすがりのオアンカリという地球外生命体に救出される。オアンカリは、人間に多大な共感を持って接するにも関わらず、許可を得ずに遺伝子を「盗んだり」、「治したり」することを通して、体の完全性を侵害する。地球外生命体にとってはこの行為は愛情や思いやりなのだが、人間にはレイプのようにしかとれない。これは、人間を、銀河系全体の生物のキメラであるオアンカリの作ったメタ種の一部として取り込むという彼らの追求である。

また、核戦争は、公害や気候変動による破壊に影を落とす環境の最大の脅威の一つであるが、バトラーの三部作の地球外生命体は更に先を行く。生きている宇宙船は、もう一つのオアンカリの生命体であり、自己認識し、完璧なエコトピアの平静をもたらしている。しかし、この宇宙船も惑星で生まれ、年を取っているに違いない。成人する過程で、成長している世界を破滅させなければいけない。地球は人類自身ではなく、人類の救世主により終焉を迎える。オアンカリは、遺伝的にプログラム化された階層制の本能のせいで、人間は救い難いほど自滅する宿命を背負っていると見ており、最終的に、火星を地球化《テラフォーミング》できるように、改変されていない僅かな人間を、食糧とともに、火星に残すことを許した。ル・グィンのアナレスのように、オアンカリは、自己破滅を乗り越えるのに十分に効果的な方法を通して、人間が火星に住める環境を生み出す苦難に直面している間に、人間が生命体の価値に気付くことを望んでいる。この三部作やその他の小説で、バトラーは人間自身が自分達の世界を脅かす存在であることを表現した。つまり、人間自身がバイオハザードであるということだ。

三　新世紀

キム・スタンリー・ロビンソン (Kim Stanley Robinson) は、フレデリック・ジェイムソン (Frederic Jameson) が「一九九〇年代の偉大な政治小説」(『時間の種子』(*Seeds of Time*) 六五) と評するように、『レッド・マーズ』(*Red Mars*, 1993)、『グリーン・マーズ』(*Green Mars*, 1994)、『ブルー・マーズ』(*Blue Mars*, 1996) の火星三部作で有名である。この三部作では、移住、テラフォーメーションや火星独立戦争を描いている。脅かされてはいるがより穏やかな地球の環境は、その過程で、政治制度、文化、科学、様々な人間の需要と欲望は過酷な火星環境に影響されている。三部作の間に、地球の気候変動が重大な転換点を迎え、地球化《テラフォーミング》の専門技術により火星は地球をできる限り助けようとする。

ＳＦを読まない人によるＳＦ批評の一つは、地球を離れる物語を本質的に反環境保護主義者であるという。ロビンソンはこれを否定し、次のように言う。

> 特に火星がある種の抜け道――火星上にもっといい地球を作れるから、地球を地獄のようにしてもいい――と提案していると思われるのを心配したが、それは、私の考えとは全く正反対で、それより全体のあらすじでは反対のことを言わなければならなかった。火星は抜け道としては機能せず、地球の今の状態が良くないのなら、人間の場所として存在してはいけないと思う。(qtd. in Kilgore 234)

ロビンソンの火星三部作は、地球から逃げる荒野のフロンティアのファンタジーとは程遠く、地球上で私達がもたらした環境被害を止め、覆すという選択を行っており、しかもそれが可能であり、望ましくもあると提案しているのである。ロビンソンは、温暖化の危機を明確にし、悲観主義では温暖化被害を緩和できないというメッセージを送り出そうとしている。実際ＳＦ的概念のユートピアだけが論理的な選択肢だという。

> 多分、大気中の二酸化炭素の量を百万に付き四五〇より少なく上限を定めることができないが、百万に付き五六〇は可能である。その時点で私達は、もうかなり違う惑星、あまりにも有害なため、人間の存在が大いに脅かされ、生命維持装置のあるひどく有害な生物圏に住むことになるだろう。ユートピア、或いは、大災害の実例となる。ユートピアは、小規模な文学的なジャンルの問題から必要不可欠な生き残り戦略となる。("Remarks" 15)

私達はひどい危機に直面しているが、ロビンソンは小説やエッセイ、講演等で、危機は現実で、もしそうやると決めたなら、闘う対策を講じるために意識を高めるよう最善を尽くしている。

マーガレット・アトウッド (Margaret Atwood) の三部作『オリクスとクレイク』(*Oryx and Crake*, 2003)、『洪水の年』

(*The Year of the Flood*, 2009)、『マッドアダム』(*MaddAddam*, 2013) は、傲慢な自由資本主義によって崩壊した地球の未来の話である。人間が開発し過ぎた環境が崩壊寸前であり、自然界の植物や動物は遺伝子改変されたキメラ種によって取って代わったので、バイオエンジニアの天才のクレイクは、あらゆる人間を殺し、わずかな人だけ残るように改変されたウィルスにより世界規模の絶滅をもたらす。この世界の終わりの後の世界は、遺伝子改変された危険な動物がいる風変わりなエデンの園である。最も変わった新居住者は、クレイクによって設計された人類の潜在的な危険を取り除いた人類の代理、クレーカーである。彼らは、草食で、技術、宗教、書き言葉なしの環境に完璧に調和したため、人口過剰となった一つの例である。ゆえに、危険な獣がいるにも関わらず、クレーカーは完璧に適応した生物圏の一員となり、この世界は一つのエコトピアとなったのである。

バトラーの『リリスのひな鳥』のように、アトウッドの小説は、人類を、地球を感染させている病気の根源として描く。この病気の治療方法は、完全に人間を排除して、あまり危険ではないもっとよい他の生物と入れ替えることである。『人類終焉後の世界』、『人類が消えた世界』のようなドキュメンタリー作品は、読者の人気を博する傾向を示すものであるが、アトウッドの作品は、より深く悲観的なものである。マーク・ジェンドリーシック (Mark Jendrysik) によると、「エコロジーの災害に直面するにあたって、このような作品は人が存在しない世界を考え、自然が持つ治癒力に安堵感を示している。(中略) 人類がもたらす悪影響から解放された地球では、新しいエデンの園が発展している。」(35)

同様に悲観的な作家は、パオロ・バチガルピ (Paolo Bacigalupi) である。二〇〇九年の話題作、『ねじまき少女』(*Windup Girl*) 以来、自由市場によって混乱を招いた環境破壊の問題を扱う小説や短編集を書き続けている。『ねじまき少女』は、巨大な防潮堤とポンプによって海面上昇から守られた未来のバンコクを舞台にしている。そこではライバル社の遺伝子組み換え作物を駄目にするため、遺伝子改変による病気のウィルスを定期的に作っている。それは、自然植物が全滅し、人間に感染するような種から種へと変化するウィルスである。この世界では人は飢餓寸前で、企業スパイは残された遺伝子プールが行き詰まったため、新しい作物を作る目的で災害前の作物の種子を見つけるのに死に物狂いになっている。主人公の一人であるエミコは、知的で従順な美しい人造人間で、「新人類」と言われるねじまき少女である。チェシャ猫という新しい種の猫が野生に逃げ、馴染みのあったイエネコが死滅してしまった。同様に、エミコは人間に取って代わる運命にあるようだが、一つだけ人間と違うのは、生殖能力がないということだ。

遺伝子改変された生物と環境との関係を描くのに、悪夢のような屈服は避けられないことだとして、不遜な遺伝子工学者は、以下のように説明している。

「みんな死ぬのさ」博士は手を振って否定する。「だが、きみたちはいま、過去にしがみついているせいで死んでるんだ。わたしたちはいまごろ、全員ねじまきになっているべきだったんだ。初期ヴァージョンの人間を瘤病から守るよりも、瘤病に耐性を持つ人間を作るほうが簡単なんだから。ひと世代後には、人間は新しい環境にすっかり適応できていたはずだったんだ。（中略）わたしたちの環境はもう変わっているんだ。食物連鎖の頂点に立ちつづけたければ、進化するしかない。拒めば、恐竜やイエネコがたどった道をたどることになる。進化するか、滅びるかだ。（中略）きみたちがやらせてくれれば、わたしたちはきみたちの神になって、私たちを招いているエデンで暮らせる体にしてやれるんだぞ。」

（田中・金子訳 下 一三八―一三九）

アトウッドやバチガルピの展望は、ひどく変化してしまった環境に順応するために、人間が人間でなくなるという恐ろしいメタファーでもある。また、ロビンソンの作品と同様に、悲観的な未来の描写は、今行動することで何が避けられるかを警句してくれるのである。

終わりに

ＳＦはエコロジー問題について希望のある展望も描くが、それよりは、現在の状況に基づいた懸念を反映したものが多い。ＳＦは、現実の環境問題からかけ離れたジャンルではなく、現在直面しているエコロジー問題への希望や不安を探り、また問題に対し知識を広げ、最善策を検討する最も重要なジャンルの一つであると言える。

しかし、ＳＦは重大な問題を非現実的に描写しているという批評は全くの見当違いではないだろう。しばしば文学批評家は小説内の科学を検証するほど、科学には詳しくなく、時には誤解を招いてしまう。アトウッドのクレーカーやバチガルピのエミコは、『スター・ウォーズ』のハイパースペースやライトセーバーやフォースとほぼ同じくらい非現実的なのであるが、彼、彼女らが登場するＳＦ小説は現実味があるため、科学をよく知らない読者にとっては、急変した環境に適応するのに人間達は何とかすると信じたくなるだろう。幸か不幸か、そうではない。火星移住は現実的な解決策ではないというロビンソンと同じく、科学技術の方法をもってしても、温暖化を乗り切ることは難しい。それならば、二酸化炭素を生み出す化石燃料エネルギー源を、無公害の再生可能なエネルギーへと完全に代用することを早急にしなければ、成功する可能性は低いだろう。また、それがもっとも明瞭で簡単かつ安価な方法であろう。

科学的な正確さはさておき、地球温暖化時代のＳＦは、まだ今のところ損害は少ないが、すぐに行動しなければ、私達の住んでいる美しい世界が取り返しのつかない被害を受けることを、読者に気付かせ、思い出させようとしている。

引用文献

Atwood, Margaret. *MaddAddam*. New York: Anchor, 2014.

——. *Oryx and Crake*. New York: Anchor, 2003.

——. *The Year of the Flood*. New York: Anchor, 2010.

Bacigalupi, Paolo. *The Windup Girl*. San Francisco: Night Shade, 2009.　田中一江・金子浩訳『ねじまき少女』上・下、早川書房、二〇一一年。

Bradbury, Ray. *The Martian Chronicles*. New York: William Morrow, 2013. Kindle edition.　小笠原豊樹訳『火星年代記〔新版〕』、早川書房、二〇一〇年。

Butler, Octavia E. *Lilith's Brood: Dawn, Adulthood Rites, Imago*. New York: Warner, 2000.

Clute, Joh. and David Langford. "Fantastika." *The Encyclopedia of Science Fiction*. Ed. John Clute, David Langford, Peter Nicholls and Graham Sleight. London: Gollancz, updated 27 April 2016. Web. Accessed 16 May 2016.

Diamond, Jared. *Guns, Germs, and Steel*. London: Vintage, 1998.

Herbert, Frank. *Dune*. New York: Ace, 2005.　酒井昭伸訳『デューン 砂の惑星〔新訳版〕』上・中・下、早川書房、二〇一六年。

Howarth, William. "Some Principles of Ecocriticism." *The Ecocriticism Reader: Landmarks in Literary Ecology*. Ed. Cheryll Glotfelty and Harold Fromm. Athens, Georgia: U of Georgia P, 1996. 69–91.

Jameson, Frederic. *The Seeds of Time*. New York: Columbia UP, 1994.

Jendrysik, Mark S. "Back to the Garden: New Visions of Posthuman Futures." *Utopian Studies*, 22.1 (2011): 34–51.

Kelly, James Patrick and John Kessel, eds. *The Secret History of Science Fiction*. San Francisco: Tachyon Publications, 2009.

Kilgore, De Witt Douglass. *Astrofuturism: Science, Race, and Visions of Utopia in Space*. Philadelphia: U of Pennsylvania P, 2003.

Le Guin, Ursula. *The Dispossessed*. New York: HarperCollins, 2003.　佐藤高子訳『所有せざる人々』、早川書房、一九八六年。

Lovecraft, Howard Philips. "The Colour Out of Space." *The New Annotated H.P. Lovecraft*. Ed. Leslie S. Klinger. New York: W.W. Norton, 2014. 310–42.

——. *At the Mountains of Madness*. *The New Annotated H.P. Lovecraft*. Ed. Leslie S. Klinger. New York: W.W. Norton, 2014. 457–572.

——. *The Shadow over Innsmouth*. *The New Annotated H.P. Lovecraft*. Ed. Leslie S. Klinger. New York: W.W. Norton, 2014. 573–642.

Lucas, George, dir. *Star Wars Episode IV: A New Hope*. Twentieth Century Fox, 1977. Film.

More, Thomas. *Utopia*. New York: Barnes and Noble, 2005.

Morton, Timothy. "The Mesh." *Environmental Criticism for the Twenty-First Century*. Ed. Stephanie LeMenager, Teresa Shewry, Ken Hiltner. New York: Routledge, 2011.

Rieder, John. "On Defining SF, or Not: Genre Theory, SF, and History." *Strange Horizons*. Updated 26 August 2013. Web. Accessed 15 January 2016.

Robinson, Kim Stanley. *Blue Mars*. New York: Bantam, 1997.

——. *Green Mars*. New York: Bantam, 1995.

——. *Red Mars*. New York: Bantam, 1993.

——. "Remarks on Utopia in the Age of Climate Change." *Changing the Climate: Utopia, Dystopia and Catastrophe*. Ed. Andrew Milner, Simon Sellars and Verity Burgmann. Melbourne: Arena, 2011. 8–21.

Sanders, N.K., ed. *The Epic of Gilgamesh*. Assyrian International News Agency Books Online. Web. Accessed 17 February 2016.

Shelley, Mary Wollstonecraft. *Frankenstein, or the Modern Prometheus*. Amazon Digital Services, 2012. Kindle Edition.

Smith, Cordwainer. "When the People Fell." *The Rediscovery of Man: The Complete Short Fiction of Cordwainer Smith*. Framington, Massachusetts: NEFSA, 1993. 119–28.

Stableford, Brian. "Proto SF." *The Encyclopedia of Science Fiction*. Ed. John Clute, David Langford, Peter Nicholls and Graham Sleight. London: Gollancz, updated 22 January 2016. Web. Accessed 16 May 2016.

Suvin, Darko. *Metamorphoses of Science Fiction: On the Poetics and History of a Literary Genre*. New Haven: Yale UP, 1979.

Wells, H. G. *The War of the Worlds*. New York: Atria, 2012. Kindle Edition.　雨沢泰訳『宇宙戦争』、偕成社、二〇〇五年。

14

ナサニエル・ホーソーンはポストヒューマンの夢を見るか

中村　善雄

一　ホーソーン作品とSFの親和性

二〇一二年一〇月にES細胞の倫理的弱点を克服する人工多能性幹細胞（iPS細胞）の作製に成功したことで、京都大学の山中伸弥教授がノーベル医学生理学賞を受賞したことは記憶に新しい。この受賞の陰で、一時再生医療の主役と考えられたES細胞はその座から陥落した。しかし過去を少し振り返ると、一九九七年二月に発表されたクローン羊ドリーの誕生、翌一九九八年のヒトES細胞の樹立成功のニュースは、生命科学の新たな幕開けを告げる出来事であった。このエポックメイキングな発表を契機に、生命倫理に関する諸問題を検討する必要性が生じ、アメリカでは二〇〇一年にジョージ・W・ブッシュ大統領政権下において「大統領生命倫理評議会」が設置された。哲学者、法学者、医師ら総勢一七名によって構成された評議会は、生物学者で倫理学者でもある座長レオン・カス (Leon Kass) 主導の下、生命倫理に関する様々な問題を検討し、二〇〇三年に一つの報告書を出版した。それが『治療を超えて――バイオテクノロジーと幸福の追求』(*Beyond Therapy: Biotechnology and the Pursuit of Happiness*) である。その報告書が文学研究者にとって興味深いのは、人間のクローン問題を検討する「最初のテクスト」(18) として、カスがナサニエル・ホーソーン (Nathaniel Hawthorne) の短編「痣」("Birth-mark," 1843) を取り上げたことである。多くの生命倫理学者は時間の無駄と考えたが (Waters 166)、科学技術によるパーフェクト・ヒューマン創造の失敗を描く短編をあえて持ち出したのは、一般的関心を喚起すると共に、行き過ぎるバイオテクノロジーへの警鐘という保守主義的文脈に評議会の議論を主導する目的があったのであろう。

一方で、現代のバイオテクノロジー問題を議論する口火として「痣」が俎上に載せられたことは、「痣」が現代科学の問題と通底するテーマを内包していることを物語っている。この視点は作品執筆時の時代性や作者ホーソーンの作品意図を無視する危険性を孕んではいるが、同時にこの小説に現代的意義を見出す契機ともなり得る。また科学技術がSF的世界の実現と比較されるまでに進展している現代——例えば二〇四五年に人工知能が人間の能力を超えるというレイ・カーツワイル (Ray Kurzweil) が予測する技術的特異点がまことしやかに語られる——において、SF的世界を射程に入れることはホーソーン文学の現代性の解明に寄与するであろう。実際、数は多くないが、「痣」を初めとしたホーソーン文学のSF性については言及されている。マーク・ローズは「歴史的観点からみて、メアリー・シェリー (Mary Shelley) やナサニエル・ホーソーン、エドガー・アラン・ポー (Edgar Allan Poe) をサイエンス・フィクションの作家と呼ぶことは誤解を招くかも知れない」(Rose 5) と前置きしながらも、「彼らは遺伝学的アイデアの系譜の中で明らかに重要」(5) な作家であると指摘している。「アメリカSFの父」と称されるSF作家にして、世界初のSF専門誌『アメージング・ストーリーズ』(*Amazing Stories*) の創刊者であったヒューゴー・ガーンズバック (Hugo Gernsback) は一九二六年の創刊号にて、サイエンス・フィクションの前身である「サイエンティフィクション (Scientifiction)」を「科学的な事実と予言的なビジョンが混じり合った魅力的なロマンス」(120) と定義づけた。C・R・レセタリッツは、この「サイエンティフィクション」の定義を踏まえ、ホーソーンの短編「ハイデガー博士の実験」("Dr. Heidegger's Experiment," 1837)、「ラパチーニの娘」("Rappaccini's Daughter," 1844) と「痣」は、ゴシック・ロマンスでもあり、予言的かつ道徳的アレゴリーでもあり、「サイエンティフィクション」でもあると語っている (Resetarits 178)。クラウス・ベネッシュ (Klaus Benesch) は、『ロマンティック・サイボーグ』という刺激的な書名から推察できるように、「痣」や短編「美の芸術家」("The Artist of the Beautiful," 1846) や「ドラウンの木像」("Drowne's Wooden Image," 1846) を現代科学やＳＦの視点から論じている。ＳＦ研究協会（ＳＦＲＡ）や国際幻想芸術学会（ＩＡＦＡ）の意見を参考にして、アーサー・Ｂ・エヴァンズらが編集した『ウェスリヤン版サイエンス・フィクション選集』では、「ラパチーニの娘」を『フランケンシュタイン』を継承する作品として挙げ、この短編を選集の最初に収録している (Evans xiii)。日本に眼を向けると、八木敏雄が『アメリカン・ゴシックの水脈』の中で、科学と魔術が混沌とする時代を背景に、当時の疑似科学である同毒療法を踏まえながら、「ラパチーニの娘」のＳＦ性について触れている。

このように今日のテクノロジーやＳＦ的文脈にホーソーンの短編を位置づけ、彼の作品を（プロト・）サイエンス・フィクションとして読む研究者は存在している。本稿では、さらにポストヒューマン的な視点を交えながら、彼の短編を読み直し、ホーソーン文学の現代的意義について再検討してみたい。

二　「痣」における人工美女創造の夢

クラウス・ベネッシュは「痣」の小説構想のなかでサイボーグ的イメージが重要であると指摘し、その最たる例に「ヒューマン・マシーン」(51) と称される、科学者エイルマーの助手アミナダブを挙げている (Benesch 74)。[1]「人間と機械の混合体《キメラ》」(34) というダナ・ハラウェイ (Donna Haraway) の言葉を持ち出す必要が無いほど、「ヒューマン」と「マシーン」という組み合わせは、文字通りサイボーグのイメージを誘発している。科学的知識を持たないが、エイルマーの指図を受けて、「機械的な途方もない迅速さ」(43) でもって実験を進めるアミナダブは「魂のない機械」(Benesch 75) と言える。[2] この助手がまた「土塊の人間」(“man of clay”)(51) と称されている点も着目に値する。「土塊の人間」はユダヤ教伝承のなかの、粘土を捏ねて人形の姿に形作り、命を得るとされるゴーレム (golem) を容易に想起させよう。ＯＥＤの例を出すまでもなく、ゴーレムは広義の意味で人型の「オートマトン（自動人形）やロボット」を表し、この言葉は人間と機械の融合である「ヒューマン・マシーン」のイメージと重なりあう。アミナダブを表象する二重の隠喩は、オカルティズムに基づく神話的な人間創造と機械による人間創造のイメージを接合し、それによって彼がサイボーグ的存在であることを強調しているのである。

エイルマーの妻ジョージアナもサイボーグ的文脈で語ることが可能であり、アミナダブが人間／機械の境界の産物であったように、彼女もまた境界を巡る所産であることからそのイメージは喚起される。近代科学の精神を最初に体現したフランシス・ベーコン (Francis Bacon) は、自然を女性のイメージで捉え、自然の秘密を暴くには拷問にかけ、尋問し解剖する必要があるとし、それは男性の力によってなされるべきと説いた (Nhanenge 178)。つまり、自然を女性としてジェンダー化し、自然の秘密を知る科学に男性というジェンダーを付与した男性中心主義的な考え方である。エイルマーもこの考え方を踏まえ、ジョージアナの痣を自然の偶発性・不完全性と捉え、その自然を男性＝科学によって克服し、不完全さを統一性というマスキュリンな範列に服属させようと試みている。エイルマーの行為は女性の身体の書き換え行為と共に、自然の書き換え行為とも言える。ハラウェイによれば、サイボーグは自然／文明、有機体／機械、男／女といった西欧二元論の「境界闘争」(34) による産物であるが、これに倣えば、自然と人工の二項対立を解体しようとするエイルマーの試みは、サイボーグ的想像力に囚われたものに他ならない。

ジョージアナのサイボーグ性は理想的な女性身体を生み出す人工美女創造の系譜からも論じることができる。その発端は周知の通り、ピュグマリオンの物語にまで遡る（小澤 二〇一一）。キュプロス王ピュグマリオンが理想の女性として彫った彫刻ガラテイアに恋焦がれ、それを不憫に感じた女神アフロディーテによってその彫像に生命を与えられたのがピュグマリオン神話である。その後、この神話のモチーフは人型の人工物創造を巡る様々な文学作品に転用された。自動人形の美女オリンピアが登場するドイツ・ロマン派作家Ｅ・Ｔ・Ａ・ホフマン (E. T. A. Hoffmann) の『砂男』(*Der Sandmann*, 1816)、人造の怪物フランケンシュタインの創造とその伴侶となる花嫁創造の可能性を孕んだメアリー・シエリーの『フランケンシュタイン』(*Frankenstein*, 1818)、ハダリーという名の、アンドロイドを初めて生み出したヴィリエ・ド・リラダン (Villiers de l'Isle-Adam) の『未来のイヴ』(*L'Ève future*, 1886) など、人工的な人間を創造する物語の根本にはピュグマリオン神話が根付いている。「痣」においても、ジョージアナを欠点の無い完全な美女に変える実験に対して、エイルマーが「ピュグマリオンでさえ私ほど狂喜しなかっただろう」(41) と、自身を人工美女創造の原点と重ね合わせており、この短編もこの系譜に列する。

神話の世界における人工美女創造と共に、ポストヒューマンの文脈でもジョージアナは注視されている。レオン・カスがジョージアナの痣の除去をバイオテクノロジーの内包する危険例として取り上げただけでない。ブレント・ウォーターズは、ポストヒューマン創造の目的は、人間の完全性を目指すものに他ならず、具体的には、薬理学やバイオテクノロジーや生物工学の進展による人間の能力向上や寿命の延長としている。そして「痣」がポストヒューマンの計画を検討する上で明らかに有用であると指摘し、薬によって「人間の不完全さを示す唯一の印」(56) を抹消し、「完璧になった女性」(56) を創造することでポストヒューマンの実現を、その直後の「完璧になった女性」の死によって、その試みの危険性を説いている (Waters 165–66)。またヴィクトリア・パティアは、ホーソーンのエイルマーやラパチーニは新たな種や新たな人間誕生の予言を内在化させた人間の完全性に関する理論に取り組む科学者であるとしている (Pâtea 102)。さらに、「痣」の冒頭部分の、「科学する者が創造力の秘密を手に入れ、新たな世界を自ら作り出すのではないか」(36)、「人間が自然を絶対的に支配する」(36) のではないかと信じる者がいる時代設定は、まさにポストヒューマン創造が絵空事でなくなった今日的状況と共振し、ジョージアナの痣除去にも現代的な意味を読み込むことができるであろう。

三 「ラパチーニの娘」におけるバイオテクノロジー的身体改造

ジョージアナの場合が痣という可視化される身体的不完全さを科学の力で修復する試みであるのに対し、「ラパチーニの娘」のベアトリスには正常／自然な身体を不可視的に異質な形へと置換する試みが施され、二人の身体に及ぼす技術的改変は類似的でもあり、同時に対照的でもある。

また「ラパチーニの娘」の場合は、女主人公を取り巻く環境自体が科学者によって異質なものに変換されている。父ラパチーニ博士によって生み出された庭園の花々は、ベアトリスにとって「人間の姿をした姉妹」(97) であり、彼女と花とは一種の血縁関係にあるが、ベアトリスが世話する花は「人工的な外観」(110) を有し、「もはや神の創造物ではなく、人間の堕落した空想から生み出された奇形な申し子」(110) と表され、「コントロールされた遺伝子的実験」(Resetarits 192) の結果と言える。神の創造的空間であるエデンに対し、人間の頭脳によって誕生したこの人工的な花が集う庭は「現代世界のエデン」(96) と称されており、その世界の主は神ではなく、人間であるという想像を生み出す。しかしながら、現代のエデンの完成には最初の被創造者であるベアトリスの伴侶が必要で、その候補がジョバンニであり、彼が庭園の住人となることで、「現代世界のエデン」は完成する。けれども、ここで注意すべきは誰がアダムで、誰がイヴに相当するかという問題である。ハワード・ブルース・フランクリンは、「現代世界のエデン」では最初の住人であるベアトリスがニュー・アダムで、その伴侶となる可能性のあるジョバンニをイヴと見なし、新しいエデンの園は「エデンの園」を反転させた世界であると指摘している (Franklin 20)。つまり、「現代世界のエデン」では男と女の並行的置換並びに神と人間の垂直的置換が企てられ、男／女、神／人間の非対称的対立が転覆されることで、従来の二項対立的図式と異なる世界が現出しているのである。

この転覆的空間に住まうベアトリスも同種療法の言説に倣いながら、毒を養分として育つことで、毒に耐性をもつ

「毒娘」(118)、あるいは「怪物」(125)と称され、身体の基本的規範が人工的に逸脱させられている。ブライドッチによると、「怪物」とは「間にある、混じり合う、曖昧である」という意味を含む古代ギリシャ語を語源とし、恐ろしいものと同時に素晴らしきもの、逸脱的な／異常なものと共に崇拝／熱愛するものでもあると語っている(Braidotti 77)。この定義は、自らの身体から毒を放つ「毒娘」であると共に美しき処女、毒に超人的な耐性をもつ女と共にジョバンニに欲望される女性であるベアトリスのアンビヴァレントな相貌と見事なまでに合致している。「怪物」ベアトリスは「間にある」存在、つまり境界線上に存する脱構築的存在として位置付けられ、それゆえにレセタリッツが言うように、キメラとして「サイボーグ的」(Resetarits 190)存在であるとも言える。

ハラウェイによれば、サイボーグとは「私生児的」(四五)でもあり、「脱性差時代の世界の産物《ポスト・ジェンダー・ワールド》」(三五)でもあると定義される。これらはベアトリスに奇しくも当て嵌まる。ベアトリスの「姉妹」である植物のひとつは、「ラパチーニの科学の、彼の知性の子」(123)と表され、本来の自然界には存在しない、彼の科学的技法による人工的産物である。ベアトリスも自らを「父の現世的な子」(123)と称し、ラパチーニ博士との父子関係を明らかにする一方で、母の存在や母との記憶など母子関係について語ることはない。逆に作品ではベアトリスが母の乳ではなく、毒草を糧に養育されたことが強調されている。母の不在と父の子供であることの強調、その父によって「毒娘」「怪物」へと変貌させられたことを重ね合わせると、ベアトリスはむしろ父＝男＝科学者によって生み出された人工的所産であるとの幻想が浮かび上がってくる。小澤京子は、バグリオーニ教授も引き合いに出したアレクサンダー大王殺害のために送り込まれたインドの「毒娘」と共に、ベアトリスを母から生まれず、また自身も出産することの適わない「父による代理的出産」によって生み出された娘の系譜に位置づけている（二〇二二）。これを踏まえれば、比喩的に母の出産を経由しない、父のみを親とするベアトリスは「私生児的」産物であるとの可能性が喚起される。

一方で、「脱性差時代の世界の産物《ポスト・ジェンダー・ワールド》」(35)という観点も、ベアトリスの性質と合致し得る。ベアトリスは外見的には美女であるが、毒を感染させ死に追いやる毒娘であるため、恋人ジョバンニとの接吻や身体的接触はおろか接近し続けることも能わず、彼との間にヘテロセクシャルな関係を構築することが出来ない。ゆえに彼女には処女イメージが付き纏うが、それは彼女が世話をする雑多な毒草の生殖に纏わる描写とは対照的である。

> それらは、多くの種類の木が混じり合い、言わば様々な異種なる植物の間で姦通が行われ、その結果生み出されたものはもはや神の創造物ではなく、人間の堕落した空想から生み出された奇形な申し子であり（中略）、おそらく実験の産物なのだろうが、一、二の場合では、ひとつひとつ見れば奇麗な植物を交配して、この庭に生えている物すべてを特徴づけているあのいかがわしく不吉な性格を持つ合成物に作り上げるのに成功していた。(110)

引用文中の毒草は「圧倒的な擬人法」（八木 二〇〇四）でもって表現されており、植物とその「姉妹」たるベアトリスとの親和性が強調されている。他方で両者間のセクシュアリティの相違が顕在化している。「神の創造物」でなく、人間の「実験の産物」である「異種なる植物」同士の交配によって作られた「合成物」は「姦淫」(110) と称され、モラルを逸した性的交渉の過剰さをイメージさせる。「現代世界のエデン」にはベアトリスにみるように男女の生殖行為が抑圧された状況と、常軌を逸するほどの過度な性的営みが行われている状態、つまり生殖行為の欠如／過剰の、極端な形のセクシュアリティに支配され、一種のジェンダー・トラブルが惹起されている。その空間で、ベアトリスが最後に解毒剤を飲むことは、彼女が「怪物」から「普通の女性たち」(127) の一人になり、抹消された女性性を回復することを意味する。しかし、毒を養分とするベアトリスの身体からの毒の排除は、その生命の源自体を否定することに他ならない。裏返せば、ベアトリスは毒の充満する「現代世界のエデン」でのみ生存可能であり、毒の存在しない世界で、男性とのヘテロセクシャルな関係を築くことが出来ないのである。そこにハラウェイが主張する「脱性差時代の世界《ポスト・ジェンダー・ワールド》の産物」としてのサイボーグと、ヘテロセクシャルな関係構築が許されず、脱ジェンダー化した「怪物」としてしか生きることの出来ないベアトリスとの共通点を見出すことが可能であろう。

ベアトリスは女性性の奪回を願ったがゆえに死を迎えたが、ハラウェイのサイボーグ理論から「サイボーグ女神」(Cyborg Goddesses) の概念を導き出したリーマン・ジェイアスンルーは、ベアトリスをフィクション上のサイボーグ女性たちの原型に位置付け、彼女たちはラパチーニ博士がベアトリスに望んだまさにそのものであり、毒の息を吐くベアトリスであると語っている (Giresunlu 175)。ベアトリスは死すとも、彼女の後継者たちはＳＦ世界のなかで自らのジェンダー・アイデンティティを自問することなく生存し、愛に殉教したベアトリスを反面教師としながらも、同時に「女神」に位置付けているのである。

四　「美の芸術家」における感情を有するオートマトン

「ラパチーニの娘」では、エンハンスメント技術を髣髴とさせる手段によって機械的あるいは人工的に人間・生物が改変されるモチーフを見て取ることができるが、逆に機械が、機械の準拠枠から逸脱するケースを「美の芸術家」における蝶のオートマトンに見出すことが出来る。まず、オートマトンが生まれる歴史的背景を簡単に述べると、自然を模倣し、神の創造した世界を自らの手で再現したいという人間の原初的な願望に行きつく。そこから宇宙をひとつの大きな自動機械とみなし、自然界に存在する個々の事物も正しく組み合わせることで、世界を再構成できるというロバート・ボイル (Robert Boyle) が主張した「時計じかけの宇宙」というモデルが生み出された。この「時計じかけの宇宙」を工学的に再現したものが、プラネタリウム、天球儀、太陽系儀（鷲津 五四）といった機械的装置である。一方、宇宙のなかの人間・生物を同様に機械仕掛けと見なし、地上の生物の模倣を試みた結果、生み出された産物の一つがオートマトンである。オートマトンは今日では主としてコンピュータ用語として使用されるが、元来は西洋の自動機械あるいは自動人形を意味する。このオートマトンは一八世紀後半から一九世紀初頭にかけて隆盛を極め、その間にフランスの技術者ジャック・ド・ヴォーカンソン (Jacques de Vaucanson) の、排泄機能までも備えていたと伝えられるアヒルのオートマトンや、ハンガリー人のヴォルフガング・フォン・ケンペレン (Wolfgang von Kempelen) の「トルコ人」と名付けられたチェスをする自動人形、スイスの時計職人ピエール・ジャケ・ドロー (Pierre Jaquet-Droz) の、自動で文字を描く「物書き」や自動演奏する「音楽家」といったオートマトンが発明された。アメリカン・ルネサンスの作家もこの自動人形に興味を抱き、各々作品を発表した。エドガー・アラン・ポーの短編「メルツェルのチェス棋士」("Maelzel's Chess-Player," 1836) に出てくるオートマトンは、ケンペレンのチェスをする自動人形を主題とし、ポーはこのオートマトンが一八二〇年代にアメリカ各地で見世物として興行されたときの様子を記し、同時にそのからくりを解き明かしている。ハーマン・メルヴィル (Herman Melville) の「鐘楼」("The Bell-Tower," 1855) では、主人公の機械師バンナドンナによってバベルの塔に匹敵する鐘楼の建造が試みられ、そこに設置される巨大な鐘を打ち鳴らし、時を知らせるために「人間の奴隷」(234) となるべき一二体の乙女のオートマトンが登場する。これらのオートマトンはいずれも人間の身体的動作を模倣したものであり、ルネ・デカルト (René Descartes) の言う、精神と身体に二分し、その身体を機械仕掛けと考える動物機械説に則った自動人形である。

一方、短編「美の芸術家」においてホーソーンの生み出した蝶のオートマトンはそれらとは次元が異なる。それは自然の蝶の外見や外的動作を完璧なまでに機械的に模倣したオートマトンであるが、特筆すべきは次のような性質を持ち合わせていることである。

> 「さっき言ったように、それ〔蝶のオートマトン〕は精神のエキスを吸収しているのです—磁力とでも、あなたが好きなように何とでも呼べばいい。疑惑と嘲笑の雰囲気のなかでは、このこの上ない感受性は、自分自身の生命を染み込ませた人間

の魂と同じように、責苦を蒙るのです。これはすでに美しさを失ってしまいました。もう少しすれば、その機械作用も取り返しがつかないほどに、損なわれるでしょう」(473–74)

このオートマトンは「精神のエキスを吸収」し、「人間の魂と同じように、責苦を蒙る」「この上ない感受性」を持ち、明らかに従来のオートマンとは異なる性格を有している。別の個所では、製作者オーウェン自身が夢想した「新しい種類の生命と動き」(465–66) を具現化した自動機械であるとも表されている。

このような「感受性」を有した「新しい種類」のオートマトンをどのように理解すべきであろう。生命現象を説明する立場として、伝統的に機械論と生気論という二つの考え方が存在する。前者は精神をも含めた全てを機械によって再現できるという考え方であり、後者は生命の営みには生気という非物質的存在が介在し、それは機械によっては再現できないという考え方である。鷲津浩子が指摘しているが、主人公であるオートマトン製作者オーウェンはその製作にあたって、「美という精神に形を与え、それを動かす」(452) ことを目指し、「精神の物体化」(八〇) を試みている。オーウェンの企ては美、精神、生命までも含めた非物質的存在の機械による再現であり、機械論の極致といえる。ポーやメルヴィルの生み出したオートマトンがあくまで身体を機械で代用する段階に留まるのに対し、[3]ホーソーンが創造／想像した精神・生命をも機械によって写し取る蝶のオートマトンはデカルトの身体／精神の二元論を超越し、身体と精神のいずれも機械工学的技術によって具現化する試みに繋がる。今日の脳科学、遺伝子工学、ナノテクノロジー、ロボット工学、再生医学、組織生体工学などの最先端の科学技術をもってしても現段階では実現不可能な産物である。これを踏まえて、クラウス・ベネッシュは、特にホーソーンのオートマトンを現代の科学技術との広範な関係性を有したサイボーグの現代版であると指摘している (92–93)。同時代人であるポーやメルヴィルのオートマトンが心身二元論を超越することがなかったのに対し、ホーソーンのオートマトンはデカルト的二元論の再癒着を促す可能性を内包する点において、より現代的と言える。このように、ホーソーンは「痣」や「ラパチーニの娘」において人間が機械化・人工化される登場人物を生み出す一方で、逆に機械が有機的存在となる姿を描き出しており、人間・生物と機械との間を交差するこの対照的な眼差しから、一体機械とは何なのか、人間・生物とは何なのか、その定義を切実に読者に問いかけることとなる。

ホーソーンがこうした境界撹乱的なイメージを抱くのは彼の文学的スタンスが寄与していると考えられる。ホーソーンは周知のとおり、『緋文字』(*The Scarlet Letter*, 1850) の序文に当たる「税関」("The Custom-House") において、見慣れた事物が月光に照射されることで、「現実世界」(36) と「おとぎの国」(36)、「現実的なもの」(36) と「想像的なもの」(36) とが生じ、それらが重なり合う境界地帯を「中間領域」("a neutral territory" 36) と定義し、その「中間領域」がロマンスにとって格好の舞台となると述べた。『ウェスリヤン版サイエンス・フィクション選集』に収録された「ラパチーニの娘」の解説では、ホーソーンの中間領域の概念が、科学を隠喩的に利用することを可能にし、想像の世界の有り得ない出来事を現実の有り得るものとして説明することに寄与していると指摘している (Evans 1–2)。同時に、その中間領域を文学的主題とする「境界の理論家 ("theorist of thresholds")」(Limon 122) たるホーソーンであるならば、人間／機械、自然／科学といった境界を問題視することはむしろ当然であろう。「現実的なもの」と「想像的なもの」が接触するホーソーンのロマンスの領域は、「人間と機械の混合体」あるいは「自然と科学の混合体」といった境界線上に立ち現れるサイボーグ的存在を生み出すための格好の文学的土壌を提供している。

また元来、ゴシックの手法は「語る／信じる」ことの出来ないものを過去に位置づけることで語る方法としてロマン主義の時代において魅力的であった (Limon 124)。サイエンス・フィクションも「語る／信じる」ことの出来ないものを未来に据えることで、現代の読者に同様の魅力を有している。レセタリッツは、ゴシックのジャンルに属する「超自然的」(supernatural) な出来事は、サイエンス・フィクションの「超科学的」(superscience) な出来事に変換され得ると述べている(179)。それを敷衍すれば、ゴシック・ロマンス小説とサイエンス・フィクションは、各々「超自然」と「超科学」という名のもとに「語る／信じる」ことの出来ないものを「語る」ことで共通しており、ホーソーンのゴシック・ロマンス小説とサイエンス・フィクションを重ね合わせたとき、そこにはホーソーン作品と現代・近未来の問題を接合させ、そこから新たな解釈の地平を生み出す可能性が垣間見える。加えて、「語る／信じる」ことの出来ないものが「超科学」の名の下に語られたSF的世界の住人たちがその虚構的世界を脱し、ポストヒューマンの名を冠して現実世界に舞い降りる現実味が増す中で、ホーソーンの生み出した空想の産物もある種のリアルさをもって語られる必要があるだろう。

＊本稿は「ホーソーンはサイエンス・フィクションの夢を見るか」(『エコクリティシズム・レヴュー』第九号所収、二〇一六年、エコクリティシズム研究学会)に加筆修正を施したものであり、科学研究費補助金・基盤研究(C)「一九世紀アメリカ文学にみる隠喩としてのトランスヒューマニズムに関する学際的研究」(研究課題番号26370348)による研究成果の一部である。

注

1　ホーソーンの短編「痣」、「ラパチーニの娘」、「美の芸術家」の日本語訳にあたっては、国重純二訳『ナサニエル・ホーソーン短編全集Ⅲ』(南雲堂、二〇一五年)を参照した。なお、ホーソーンのいずれの作品も頁数のみ括弧内に記す。

2　レセタリッツはエイルマーを「ブレイン」(brain)、アミナダブを「ブローン」(brawn)と表し(188)、両者の間に分業制が敷かれ、「肉体」たるアミナダブは「頭脳」たるエイルマーの指示を忠実に遂行する一種の機械であることと主張している。

3　ポーの短編「使い果たされた男」("The Man That Was Used Up," 1839)にはオートマトンは登場しないが、戦争によって身体を使い切り、欠損した四肢の大部分を機械によって代替している名誉陸軍少将ジョン・A・B・C・スミスが主人公として登場する。文字通り、機械人間と化したスミスは、周囲の人間によって何度も「彼こそが男／人間(the man)」(408)と表され、男らしく勇敢に戦う軍人の姿が強調されているが、同時に「人間」の身体が機械によって代替可能であるというメッセージを内包しており、人間機械論を文字通り具現化している。

引用文献

Benesch, Klaus. *Romantic Cyborgs: Authorship and Technology in the American Renaissance*. Amherst: U of Massachusetts P, 2002.

Braidotti, Rosi. *Nomadic Subjects: Embodiment and Sexual Difference in Contemporary Feminist Theory*. New York: Columbia UP, 1994.

Evans, Arthur B, et al. *The Wesleyan Anthology of Science Fiction*. Middletown: Wesleyan UP, 2010.

Franklin, Howard Bruce. *Future Perfect: American Science Fiction of the Nineteenth Century: An Anthology*. New Brunswick: Rutgers UP, 1995.

Gernsback, Hugo. "A New Sort of Magazine." *Amazing Stories*. 1.1 (1926): 3.

Giresunlu, Leman. "Cyborg Goddesses: The Mainframe Revisited." *Cyberculture and New Media*. Amsterdam: Rodopi, 2009.

Hawthorne, Nathaniel. "The Artist of the Beautiful." *The Centenary Edition of the Works of Nathaniel Hawthorne*. Vol. 10. Columbus: Ohio State UP, 1974. 447–75.

——. "The Birth-mark." *Mosses from an Old Manse. The Centenary Edition of the Works of Nathaniel Hawthorne*. Vol. 10. Columbus: Ohio State UP, 1974. 36–56.

——. "Rappaccini's Daughter." *Mosses from an Old Manse. The Centenary Edition of the Works of Nathaniel Hawthorne*. Vol. 10. Columbus: Ohio State UP, 1974. 91–128.

——. *The Scarlet Letter. The Centenary Edition of the Works of Nathaniel Hawthorne*. Vol.1. Columbus: Ohio State UP, 1962.

Limon, John. *The Place of Fiction in the Time of Science: A Disciplinary History of American Writing*. Cambridge: Cambridge UP, 1990.

Melville, Herman. "The Bell-Tower." *Great Short Works of Herman Melville*. New York: Harper Collins, 2009. 223–37.

Nhanenge, Jytte. *Ecofeminism: Towards Integrating the Concerns of Women, Poor People, and Nature into Development*. Lanham: UP of America, 2011.

Pâtea, Viorica. *Critical Essays on the Myth of the American Adam*. Ed. Viorica Pâtea and María Eugenia Díaz. Salamanca: Ediciones Universidad de Salamanca, 2001.

Poe, Edgar Allan. "The Man That Was Used Up." *The Complete Tales and Poems of Edgar Allan Poe*. New York: Vintage, 1975. 405–12.

——. "The Maelzel's Chess-Player." *The Complete Tales and Poems of Edgar Allan Poe*. New York: Vintage, 1975. 421–39.

President's Council on Bioethics (US), and Leon Kass. *Beyond Therapy: Biotechnology and the Pursuit of Happiness*. New York: Harper Collins, 2003.

Rose, Mark. *Alien Encounters: Anatomy of Science Fiction*. Cambridge: Harvard UP, 1981.

Resetarits, C. R. "Experiments in Sex, Science, Gender, and Genre: Hawthorne's 'Dr. Heidegger's Experiment,' 'The Birthmark,' and 'Rappaccini's Daughter.'" *Literary Imagination*. 14.2 (2012): 178–93.

Rosenberg, Liz. "'The Best That Earth Could Offer': 'The Birth-mark,' A Newlywed's Story." *Studies in Short Fiction*. 30. 2 (1993):145–51.

Waters, Brent. "The Future of the Human Species." *Ethics & Medicine*. 25.3(2009): 165–76.

小澤京子「人造美女の系譜学——ポストヒューマン的テクノロジーのジェンダー化をめぐる文化的想像力」『現代思想』第四三巻第一八号、青土社、二〇一五年。

巽孝之・荻野アンナ編『人造美女は可能か?』慶應義塾大学出版会、二〇〇六年。

中村善雄「ホーソーンはサイエンス・フィクションの夢をみるか」『エコクリティシズム・レヴュー』第九号、エコクリティシズム研究学会、二〇一六年、三八—四六頁。

ハラウェイ、ダナ他『サイボーグ・フェミニズム　増補版』巽孝之・小谷真理編訳、水声社、二〇〇一年。

八木敏雄『アメリカン・ゴシックの水脈』研究社出版、一九九二年。

鷲津浩子『時の娘たち』南雲堂、二〇〇五年。

15

ポストヒューマン・ファルスとして読む『真面目が肝心』

日臺　晴子

はじめに

現代生物学やサイバネティックス等の最先端の科学技術の影響下にある人間の生を「ポストヒューマニズム」という概念で論じるようなって久しい。文学批評に目を移すと、ダナ・ハラウェイ (Donna Haraway) が一九八五年に発表した「サイボーグ宣言」("Manifesto for Cyborgs: Science, Technology, and Socialist Feminism in the 1980s") 以降、キャサリン・ヘイルズ (Katherine Hayles) の『私たちはいかにしてポストヒューマンになったか』(*How We Became Posthuman: Virtual Bodies in Cybernetics, Literature, and Informatics*, 1999) 等を経て、ポストヒューマニズムは現代SFを論じる際に最も重要な概念の一つになっている。しかし、ポストヒューマンの概念は、近年は現代SFに留まらず、進化論や近代生物学の発展によってもたらされた知見が従来の人間像に対して及ぼした衝撃が生々しいものだったであろう一九世紀に書かれた文学作品にも適用され始めている。例えばマシュー・テイラー (Matthew Taylor) は『我等なき宇宙』(*Universes without Us*, 2013) の中で、人間と人間以外のものの間、主体と客体の間の境界の減衰を、エドガー・アラン・ポー (Edgar Allan Poe) をはじめとして、一九世紀から二〇世紀半ばまでの作家の作品の中に見出し、ポストヒューマニズムとして論じている (11)。また、ポール・アウトカ (Paul Outka) は、ポストヒューマンは必然的にサイボーグであるとする想定に対して、「[人間の] 物質的なアイデンティティ、自我、身体、大地、物質の間の本来的な結びつき」(32) をポストヒューマン的と捉え、ポストヒューマニズムの射程を一九世紀アメリカ文学にまで拡張する。イギリス文学では、ジェフ・ウォレス(Jeff Wallace)が『D・H・ロレンス、科学、ポストヒューマン』(*D. H. Lawrence, Science and the Posthuman*, 2005)において、人間、生物、機械の間の関係性をめぐる議論を伴うポストヒューマンの時代と、進化論後の唯物主義が物議を醸した時代との間には重要なつながりがあるという見解のもと、D・H・ロレンス(David Herbert Lawrence)の当時の科学との複雑な接触の仕方を理解する一つの方法を、ポストヒューマンに関する近年の考察の中に見出している(6)。

古くはプロタゴラス(Protagoras)が「人間は万物の尺度である」と唱えて以来、ヒューマニズムが標榜してきた人間像および啓蒙主義が示した理性的な主体に対して、進化論は反駁することが困難な反証を突きつけた。一九世紀後半の人文系知識人の戸惑いは、我々の想像を遥かに超えていたと思われる。オスカー・ワイルド(Oscar Wilde)もまた、そのような知識人の一人であった。ワイルドがオックスフォード大学で学んだ時期は、チャールズ・ダーウィン(Charles Darwin)が『種の起源』(*On the Origin of Species*)を一八五九年に出版してから一五年が経過していたが、当時のオックスフォード大学のカリキュラムは進化論に敏感に反応しており、「言語学と哲学の両方で、ワイルドは哲学的観念論と進化論的科学との調和の可能性について学んだ。(中略)一八七〇年代、人間の進化の理論は、科学、社会学そして人文学の学問分野における論議の中心であった」(Smith II and Helfand 8–9)。そして、ワイルド自身、そのような知的環境の中、人間の主体および主体を支える意識をどのように理解すべきか悩んでいた。

本稿では、ポストヒューマンという概念を、生物や物質と人間の主体との関係を考える理論的構成概念として捉え、ワイルドの『真面目が肝心』(*The Importance of Being Earnest*, 1895)の分析に適用してみたい。また、ワイルド作品の基礎を作ったオックスフォード大学時代のノートに残された知的葛藤の記録、ヘーゲル(Georg Wilhelm Friedrich Hegel)の影響を受けた弁証法的思考およびファルスという喜劇形式等を手がかりに、啓蒙主義的主体の解体が、人間以外の存在や無機物との境界の侵犯を伴って行われ、ポストヒューマン的表象に結びついていることを明らかにしたい。

二　境界の思考

ワイルドとほぼ同時代を生きたフリードリヒ・エンゲルス (Friedrich Engels) は、政治・社会思想家でありながら、数学、化学、物理学、天文学、生物学など広く科学の分野に見られる目覚しい発展の諸成果に深い関心を示した。没後出版された『自然の弁証法』(*Dialectics of Nature*, 1925) は、エンゲルスによる当時の科学的成果の観念的体系化の集大成である。科学の分野を対象とした網羅的考察を、謂わば門外漢のエンゲルスがなすこととなった大きな理由は、科学的諸成果がヘーゲルの弁証法の実証と彼には見えたからだった（秋間　一六七）。例えば、従来の形而上学は、進化論が露わにした自然観には対応できないとして、次のように述べている。

> 動かすことのできない固定した境界線 (hard and fast lines) というものは、進化論とは両立できない。（中略）すべての区別が中間段階において合流し、すべての対立物が中間項を通って互いに移行しあう、自然観のそのような段階にとっては、古い形而上学的思考方法ではもう十分ではない。この段階と同様に、動かすことのできない固定した境界線 (hard and fast lines) と縁がなく、無条件的で万能の〈あれか、これか！〉と縁がない弁証法的思考方法、もろもろの固定した形而上学的区別を互いに移行させあい、〈あれか、これか！〉とならんで同様に〈あれも、これも！〉をも正当な場所においては認め、もろもろの対立物の仲立ちをする弁証法的思考方法、これがさきの段階に最高度に適合した唯一の思考方法なのである。
> （エンゲルス　一〇〇）

弁証法的思考が、進化論が明かす自然の状態を最もよく説明するものとエンゲルスが信じるのも無理はない。というのも、進化論は「有機体での生成プロセスを主題」としており、生成による変化が強引ながらも弁証法的思考の輪郭を描き、元来弁証法が持つ境界的な思考過程を辿るからである（河村　七六―七七）。進化論の出現によって、人間を含む生物や自然の存在を観念的に説明しようと試みる際に、種と種、個と個の間の境界線が霞んできたがゆえに、却ってそのもの自体を問う場合、見えない境界線を引いてその存在を思考する。それが弁証法的身振りと重なるのである。

エンゲルス同様、ヘーゲルの弁証法的思考に影響を受けていたワイルドも、主に進化論や生理学が明らかにする生物の新たな事実に知的好奇心を寄せていた。『オスカー・ワイルドのオックスフォード・ノートブックス——形成過程の知性の描写』(*Oscar Wilde's Oxford Notebooks: A Portrait of Mind in the Making*, 1989)（以下『ノートブックス』）には、オックスフォード時代のワイルドが、授業の内外で彼の注意を引いた事柄や、著書からの抜粋などを書き留めたものが転記されており、その興味の方向性は多岐に渡っている。特に科学的発見や知見に関する引用や、ワイルド自身のコメントの多さに驚かされる。[1]

特に人間とそれ以外の存在との違い、人間に固有に見られる精神や心理をどのように捉えるべきか、といった問題をワイルドは『ノートブックス』の中で繰り返し取り上げているが、それらはとりもなおさずAという存在とBという存在の間に引かれる境界に関する考察である。動物と植物の境界の曖昧さについては、フランスの生理学者、クロード・ベルナール (Claude Bernard) による実験で、水中のイーストが動物のように呼吸することを観察した例を引いて、「呼吸は長い間、動物と植物の間にある境界線と思われてきたが、イーストの実験はその境界線を壊した」(111) とコメントしている。更に、人間も特権的で崇高な存在としてではなく、進化の流れの中に位置づけられることを示したトマス・ヘンリー・ハックスリー (Thomas Henry Huxley) の次のような文章が書き留められてもいる。「比較解剖学は我々に、人間は身体的には、最も高等な哺乳類から、動物と植物の間の薄い境界線にある生きた原形質のほとんど形のない点のようなものまで続く長い連鎖のただの終極であることを示し、比較心理学や心理の解剖学もまた同様である」(163–64)。ワイルドの境界の思考は、有機物と無機物の間にも及び、科学の法則を歴史学に応用した歴史学者、ヘンリー・バックル (Henry Buckle) の以下の説明を抜粋している。「有機物と無機物の区別は経験的に確かめられた事実の上に成り立っている。その事実とは、まず分子的作用、細胞の成長と構造、そして珪素に対する炭素の優位などの更なる複雑化である」(164)。注目すべきは、抜粋部分の直後に書かれたワイルド自身のコメントである。ワイルドは「しかしこれらは、我々が無機物と呼ぶものの本来の可能性の故に、より高度な統合や発展へのただの階段なのである」(164)と記して、有機物と無機物の統合の可能性についての弁証法的考察を試みている。

また、人間を他の生物と区別する根拠とされてきた「心」や「精神」や「意識」に関しても、科学的還元主義による神経学的、生化学的な説明がその境界を曖昧にしつつあった一九世紀末にあって、ワイルドの戸惑う様子が『ノートブックス』から伺える。ワイルドが読んでいたハックスリーの「生命の物理的基礎」("On the Physical Basis of Life," 1879)によると、当時の科学の発展が意味することは、「物質と因果関係と呼ばれる領域の拡大」と、「それに伴う精神や自発活動と呼ばれる人間の思考の全ての領域からの緩やかな追放」だった(223)。そしてハックスリーは、「人々は人間の道徳性が知識の増加によって低下しないかと心配している」と述べており、人間についての科学的理解が道徳の堕落へと繋がると考えている人たちがいることを明らかにしている(224)。ワイルド自身も、「思考は刺激反応と同じ意味で大脳の原形質の所産なのだろうか」(111)とコメントを付して、思考プロセスの科学的還元に戸惑いを示している。

人間性をどう考えるべきかという問題は、有機物と無機物の境界について考えた時と同様に、最終的にワイルドを弁証法的思考へと向かわせる。「物理的な生命と同様に道徳的生命においても、我々は我々の源であるかもしれない深海ではなく、我々が高まってゆくことのできる高みへと目を向けるのだ」(125)と記し、原始生物と人間とが進化においてつながっていたとしても、そのつながりを肯定的に捉えようとしていることがわかる。これには、数学者であり哲学者でもあるウィリアム・クリフォード(William Clifford)からの影響が指摘されている。ワイルドはクリフォードの著書『講義および随想録』(*Lectures and Essays*, 1879)から「同族的自己」という概念についての部分を抜粋し、書き留めている(Smith II and Helfand 30)。クリフォードは、種族のサバイバルを通して、個人が道徳的に発展するという「同族的自己」という概念を提唱し、個人がなす善がその種族全体のサバイバルや発展につながり、そのことを人間は直感的に知っているとして、人間と他の生物や無機物との境界が曖昧になることで引き起こされる道徳的不安を解決しようとする (79-95)。動物や物質と人間との区別が突き崩されてゆく中、より高次の存在へと進化しながらも、種族を保存し、維持し、繁栄するという弁証法的な着地点ともいえる「同族的自己」の概念にワイルドが共感していたことが伺える (Smith II and Helfand 30)。

二　『真面目が肝心』のポストヒューマン的主体

アウトカは、『フランケンシュタイン、あるいは現代のプロメテウス』(*Frankenstein, or the Modern Prometheus*, 1818) の考察にあたり、「ポストヒューマンを人間のアイデンティティの機械化と物質化として定義」し、「進化論と有機化学における一九世紀の発展を、人間の唯物的起源を作り出し、身体的存在としての人間と物質的世界との間にある根本的に物質的なアイデンティティを明らかに」した契機とみなしている (32)。『真面目が肝心』が書かれた一九世紀末は、メアリー・シェリー (Mary Shelley) が執筆をした時代よりも遥かに生物学や生化学が発達し、唯物主義の嵐が吹き荒れていたことを考慮に入れると、人物造形やプロットにおいて、精神性が欠落し、物質性が際立つ当作品に、人間の組成や反応の化学的還元を示唆する一九世紀の科学の影響を読み取ることも可能ではないだろうか。

進化の流れの中で、もはや特別な地位を失った人間の主体は『真面目が肝心』の中でも、ファルス的効果を伴いつつ動物との近似として現れる。しかし、同作品では、単に主体が身体的な存在である動物との境界の揺らぎを見せるだけでなく、啓蒙主義的主体が最も重要とみなす精神性を忽略する傾向も示す。身体的な反応は、精神や心の影響として表れず、そのメカニズムが強調されるのである。以下、動物、無機物との境界を曖昧にするような主体形成が、『真面目が肝心』の登場人物のポストヒューマン的表象に結びついていることを考察してゆく。

『真面目が肝心』において、動物としての人間が最も露わになるのは、食欲や食物に関する場面である。ジャック (Jack) とアルジャーノン (Algernon) は、アーネスト (Ernest) という名前を騙り、その名前に惹かれたグウェンドレン (Gwendolen) とシシリー (Cecily) と恋仲になるが、本当の名前が発覚し、彼女たちに背を向けられる。その失意に陥る場面で、アルジャーノンはマフィンを食べまくり、ジャックとマフィンを取り合う。また、アルジャーノンは、第一幕で叔母のブラックネル夫人 (Lady Bracknell) 用に準備されたきゅうりのサンドイッチを全部平らげてしまったため、ジャックに、空腹でない時はないのではないか、と聞かれる始末である (22)。シシリーも「食欲旺盛」(22) とジャックに評されるなど、食に対する貪欲さが目立つ。始終、食事のことを考え、目の前に食べ物があると食べ尽くしてしまうという動物性が強調されている。

動物性の強調とともに特徴的なのは、ヒューマニズム的人間像にとって必須条件である心や精神性が悉く軽視されていることとである。この傾向は、『真面目が肝心』以前の喜劇三作品においては、ダンディーな登場人物に限られていたが、『真面目が肝心』では全ての登場人物に見られる。例えば、アルジャーノンの架空の友人であるバンバリー (Bunbury) が度々病気になることに不満なブラックネル夫人は、「バンバリーさんはそろそろ生きるか死ぬかはっきりさせる時よ」と言い放つ (14)。彼女は、ジャックが孤児であることを知って、片親を失くすのは不幸ではあるが、両親とも失くすのは不注意に思える、とも発言する (18)。またジャックが自分の親が誰なのかを知りたいと望む動機は、ブラックネル夫人にグウェンドレンとの結婚を認めてもらうためであり、親を思う気持ちからではない。

精神的に何かを感じ取るところを身体のメカニズムに置き換えるエピソードの多さも目立つ。例えば、夫を亡くしたハーベリー夫人 (Lady Harbury) は以前より二〇才若く見えるようになる。宗教行為であるはずの受洗は、身体的行為として受け止められている。こうした精神性の欠如の最たるものが、グウェンドレンとシシリーが男性を好きになる理由である。どのような人物なのかという内容ではなく、アーネストという名前の「響き」に反応するのである。グウェンドレンはアーネストという名前には「絶対的な自信を思わせる何か」や「音楽」があると語る(15)。シシリーも同様に「絶対的な自信」を感じ取る(37)。しかし、響きの中の自信や音楽を感じ取る仕組みは、身体的に説明される。ジャックの生い立ちをブラックネル夫人から聞いたグウェンドレンは、「私の本質のより深いところにある神経繊維をかき乱したわ」(23)と言い、また、アーネストという名前が「振動を生み出す」と言って、その反応を身体のメカニズムに還元して説明する。精神性よりも身体のメカニズムが前景化されているのである。

更に『真面目が肝心』では、無機物が主体形成に深く関係している。例えば、ジャックはブラックネル卿の兄の家で乳母をしていたプリズムに小説の原稿と間違われた挙句、鞄に入れられ、手荷物預かり所に預けられてしまったという生い立ちを持つ。そして、曖昧な出自のジャックが、アーネストと名乗って、ロンドンで気晴らしをする際に身元を明らかにするものは、アーネストという名前が書かれた名刺のみである。また、グウェンドレンとシシリーの二人とも、実人生と自分の理想的な未来を書き綴った日記との区別をつけない。プリズムも、自分が失くした鞄をあたかも自分の一部のようにみなしている。二八年を経て彼女の手に戻ってきたにも関わらず、鞄に刻まれた小さな傷、しみ、自分の頭文字をはっきりと記憶していて、「この鞄なしでこの年月、本当に不自由でした」と言う(57)。そして、最後にジャックの洗礼名がアーネストであることが判明するのが、「陸軍名簿」なのである。原稿、名刺、日記、鞄、陸軍名簿といったモノの存在が、主体形成に大きく関わっている。

ヘイルズは、『私たちはいかにしてポストヒューマンになったか』において、二〇世紀のサイバーパンクを念頭にポストヒューマニズムを論じているが、ポストヒューマンの特徴のいくつかは『真面目が肝心』に見られる特徴的な主体の在り方にも示唆的である。

第一に、ポストヒューマンは、実体的な例示化に対して情報パターンに特権を与えるので、生物学的基礎における具現化は生命の必然というよりは、歴史の偶然として見られる。第二に、ポストヒューマン的観点では、デカルトが自分は考える精神であると考えた時よりずっと以前から、西洋の伝統の中で人間のアイデンティティの座としてみなされてきた意識を付帯現象としてとらえ、実際は些細で副次的なことであるにもかかわらず、精神こそが全てであると主張しようとする進化の中の成り上がり者としてみなす。(2-3)

第一と第二の特徴は、身体と精神の閑却を示し、身体を有する存在であることよりも、遺伝子等の情報パターンを重視することを示す。前述のジャックや他の人物の主体形成に関わる原稿、名刺、日記、鞄、陸軍名簿は、モノであると同時に、書かれ、刻まれたテクストという情報パターンである。また、グウェンドレンとシシリーが男性を選ぶ際に、名前の音に対する神経繊維の振動の大きさを何よりも重視していることなど、精神を支える意識が副次的な現象として捉えられるという特徴も、他作品よりも当作品において遥かに数多く現れるワイルド一流の諧謔の基盤をなす。

また、ブラックネル夫人の言動に象徴的に表される上流階級の形式性も、彼らを頂点とする階級というシステムを維持するための一種の情報パターンとして機能しているとはいえないだろうか。このような情報パターンに依拠する人間の主体について、ハラウェイは「すべては部品なのであって、しかるべき規範ないし暗号（コード）が作られ共通言語で命令を発信しさえすれば、部品部品が連動するものと前提すべきである」と述べている（六八）。また、ハラウェイ曰く、情報伝達学と現代生物学では、「現実世界をすべてコード化の問題に翻訳すること」が可能であり（七〇）、「有機体は、遺伝子コードと読み出し情報へ翻訳されてきた」のである（七一）。上流階級社会の儀式性や形式性も、一種のコード化であり、登場人物の主体形成に大きな影響を与えていると考えられる。[2] メリッサ・ノックス (Melissa Knox) は、作品中の印象的な「きゅうりのサンドイッチ」が示す儀礼性を指摘しているが（二三五）、儀礼的な習慣は有閑階級の単なる暇つぶしではなく、彼らの主体形成の根幹をなす。文字通りの社交辞令が彼ら自身のすべてであり、コード化された社交辞令の顕示こそが重要なのである。リチャード・エルマン (Richard Ellmann) が、「人形劇」という言葉でこの作品を評しているように(xxviii)、背後にある規範に則って登場人物たちが話し、動いているような印象を与えるのは、上流階級の儀礼というコード化がその一因であろう。ブラックネル夫人を筆頭に、登場人物たちは皆、上流階級の維持と発展のための儀式と形式というコードに支配された主体を有するのである。

『真面目が肝心』において、ジャックに限らず全ての登場人物の主体が、啓蒙主義的な主体ではなく、動物的、もしくはコード化された主体を有する傾向の背景には、人間の情念が生み出されるメカニズムの科学的究明の進展に関するワイルドの知識もあるかもしれない。『ノートブックス』には、生理学が明らかにするメカニズムと一般的に信じられている見解との間の葛藤が散見される。例えば、「心理学は神経系についての生理学に基づいている一方で、心理に関して一般的には、電信係のように頭の中に鎮座する非物質的な存在という理解になっている——現代科学は脳の一機能であると主張している」というハックスリーの引用の走り書きが残されている(164)。また、上流階級に属さないワイルドは、儀式と形式によって体制を維持することに憑りつかれた上流階級の人々が見せる画一性に、前述のクリフォードの「同族的自己」の堕落した形を見ていたのかもしれない。

非物質的な存在と物質的な存在、人間と動物などの間の境界が錯綜しつつあることがますます明らかになってきていた一九世紀末にあって、ワイルドがポストヒューマンの特徴を有する主体を描くことができたのは、真面目に当時の最先端の科学的知見に向き合っていたことの証左でもあるのではないだろうか。

三　『真面目が肝心』とファルス形式

『真面目が肝心』という作品は、ファルスであるが故に評価が分かれる。しかし、『真面目が肝心』に先立つ風習喜劇三作品とは異なるファルスというジャンルこそが、この作品に散りばめられたポストヒューマン的特徴の恰好の受け皿となっているのである。バーナード・ショー (Bernard Shaw) は、『真面目が肝心』の劇評において、戯曲が「非人間的な」(44) 場面を含むことに苛立ちを示し、「機械的なおかしみ」(44) や「機械的な笑い」(44-45) を引き起こすワイルドのドラマツルギーを手厳しく批判している。ショーの批判は、ファルスという喜劇形式に対する過小評価から生じている。一方で、同時代の著名な演劇評論家のウィリアム・アーチャー (William Archer) は、ファルスとしてのこの作品を高く評価し、「何も模倣せず、何も表さず、何も意味せず、一種の狂想曲風のロンドであるという以外、何ものでもなく、芸術家の指がきびきびとした無責任さで人生の鍵盤の上を動き回っている」と述べている (190)。「きびきびとした無責任さ」は、ある意味、ショーが批判した非人間的な特徴に通ずるが、アーチャーはショーとは逆にこの特徴を評価しているのである。しかし、アーチャーは同時に、「この劇をファルスと説明するのはあまりに雑すぎる」(190) として、ファルスに分類することに対し躊躇を見せる。ファルス的魅力を有しつつも、ファルスと言い切ることもできないような何かをこの戯曲が有しているのである。では、そもそもファルスとはどのような喜劇なのであろうか。

エリック・ベントリー (Eric Bentley) は『ドラマの生命』(*The Life of the Drama*, 1964) の中で、「ファルスは直接的で荒々しいファンタジーとありふれていて味気のない現実を結びつけ」、「その二つの間の相互作用、つまりファルスの弁証法がこの芸術の真髄」であると説明している (241)。『真面目が肝心』の場合、ここで言う「ありふれていて味気のない現実」は、孤児の問題等が挙げられるだろう。一方の「直接的で荒々しいファンタジー」は、ベントリーが引き合いに出しているジョン・ドライデン (John Dryden) の「ファルスの人物と行動は全て不自然であり、かれらの物事のやり方は間違っている」(247) という言葉に表れているように、人物の「不自然さ」や普通は考えられないような間違った振る舞いを含む。続けてベントリーは、「それは人間の行動のスピードを早めるということなので、決して人間的にはならない。ベルグソンならば、人間の行動が高速マシンの動きに似ることによって面白くなる方法の一つだと言うかもしれない」(247) と述べ、笑いを生み出す一つの触媒として、人間の振る舞いが機械に似ることを示唆している。言い換えれば、ファルスは、人間を機械に近づけ、そのことによって人間を人間以下の何者かに格下げする志向性を有するということである。

人間と動物との近接性の諷諭もファルスの特徴である。ベントリーは、「ファルスは、人間はより知的な動物の一つかもしれないし、そうでもないかもしれないし、また、確かに動物であり、最も非暴力的な動物でもない、ということを伝える。人間は、なけなしの知能をまさに暴力の行使や、暴力をたくらむことや、暴力を夢見ることに使うかもしれないのである」と言う(250)。ファルスは、人間は存在の梯子において、天使に近いというよりは動物に近い、または動物そのものであることを仄めかし、ヒューマニズムによる人間の位置づけを修正する。

このようにファルス自体に、人間の種としての揺らぎを前景化するようなメカニズムがある。ショーがいみじくも感取した非人間性も、アーチャーが指摘した「無責任さ」もファルス的特徴といえる。しかし、アーチャーが指摘したファルスにおける『真面目が肝心』の特殊性は何であろうか。他のファルス作品と比較をしてみよう。イギリスのファルスの代名詞であるブランドン・トマス(Brandon Thomas)作『チャーリーの叔母さん』(*Charley's Aunt*, 1892)も、ワイルドと同時代に活躍したアーサー・ピネロ(Arthur Wing Pinero)作『治安判事』(*The Magistrate*, 1885)も、『真面目が肝心』と同様に、嘘や勘違いが奇想天外な状況を作り出し、その状況が登場人物の機械的または動物的な振る舞いを引き出す。[3] しかし、『真面目が肝心』とそれら二つのファルス作品との決定的な違いは、台詞やその意識から見える登場人物の主体の在り方にある。上記の二作品の登場人物が非人間的な行動をとるとしても、基本的には人間的で、主体がヒューマニズムの範疇を大きく逸脱することはない。それに対して、『真面目が肝心』はその状況も然ることながら、登場人物の主体は従来のヒューマニズム的主体とは相容れないある種の非人間性を表している。つまり、ファルスが持つメカニズムそのものが、『真面目が肝心』の主体を形成しているのである。キャサリン・ワース(Katharine Worth)は、『真面目が肝心』を「存在に関するファルス」と呼び(153)、「空っぽの鞄の中の存在、つまり虚空にある存在、という素晴らしいジョークには、存在に関する不安の微々たる根源がある」と述べているが (165)、存在そのものではなく、存在に関わる主体の在り方がヒューマニズムを裏付ける主体と異なることこそが、この作品がワイルドの他の三つの喜劇と比べても異質であり、また特別視される所以であろう。従って、アーチャーはファルスとして扱うことに若干抵抗があったようだが、『真面目が肝心』はむしろ、形式と内容が一致したファルスの真髄を示しているのではないだろうか。また、この作品をヒューマニズムから逸脱した主体が跋扈するファルスとして読むことが可能と言えるのではないだろうか。

＊本稿は拙論「『真面目が肝心』におけるポストヒューマン的主体」『エコクリティシズム・レヴュー』第七号、二〇一四年をもとに、加筆・修正したものである。

注

1 『ノートブックス』の中に収録されているワイルドの大学時代のノートの転記部分には、例えば、「物と心」や「心と体」といったデカルト (René Descartes) の二元論以来続く問題から、「原形質のヒエラルキー」のような、生命の起源をめぐる当時の科学界の関心事まで、生物の仕組みや人間精神を科学的に解明しようとする科学のさまざまな動向が取り上げられている。

2 ケリー・パウエル (Kerry Powell) は、儀式や形式として存在する上流階級社会および演劇やテクストが持つパフォーマンス性が、自己形成に至るプロセスに関わっていることを指摘している (101–20)。

3 『チャーリーの叔母さん』では、主人公のオックスフォード大学での学友が、親友のチャーリーの叔母さんの代理として女装をして求愛される。『治安判事』では、再婚相手と連れ子の年齢詐称が混乱を引き起こす。両作品とも、非人間的なのは設定やアクシデントであり、人物ではない。

引用文献

Archer, William. "On *The Importance of Being Earnest.*" *Oscar Wilde: The Critical Heritage*. Ed. Karl Beckson. London: Routledge & Kegan Paul, 1970. 190.

Bentley, Eric. *The Life of the Drama*. 1964. New York: Applause Theatre, 1991.

Clifford, William Kingdon. *Lectures and Essays*. 1879. Ed. Leslie Stephen and Sir Frederick Pollock. Vol. 2. London: Macmillan, 1901.

Ellmann, Richard. "The Critic as Artist as Wilde." Introduction. *The Artist as Critic: Critical Writings of Oscar Wilde*. By Oscar Wilde. New York: W. H. Allen, 1969. xxvi-xxviii.

Hayles, N. Katherine. *How We Became Posthuman: Virtual Bodies in Cybernetics, Literature, and Informatics*. Chicago: U of Chicago P, 1999.

Huxley, Thomas Henry. "On the Physical Basis of Life." *The Fin de Siècle: A Reader in Cultural History C. 1880–1900*. Ed. Sally Ledger and Roger Luckhurst. Oxford: Oxford UP, 2000. 223–25.

Outka, Paul. "Posthuman/Postnatural: Ecocriticism and the Sublime in Mary Shelley's *Frankenstein*." *Environmental Criticism for the Twenty-First Century: Science, History, Scale*. Ed. Stephanie LeMenager, Ken Hiltner, and Teresa Shewry. New York: Routledge, 2011. 31–48.

Powell, Kerry. *Acting Wilde: Victorian Sexuality, Theatre, and Oscar Wilde*. Cambridge: Cambridge UP, 2009.

Shaw, George Bernard. *Our Theatres in the Nineties: Criticism Contributed Week by Week to The Saturday Review from January 1895 to May 1898*. London: Constable, 1931.

Smith II, Philip E., and Michael S. Helfand. "The Context of the Text." *Oscar Wilde's Notebooks: A Portrait of Mind in the Making*. 5–34.

——. "The Text as Context." 35–106.

Taylor, Matthew A. *Universes without Us: Posthuman Cosmologies in American Literature*. Minneapolis: U of Minnesota P, 2013.

Wallace, Jeff. *D. H. Lawrence, Science and the Posthuman*. New York: Palgrave Macmillan, 2005.

Wilde, Oscar. *Oscar Wilde's Notebooks: A Portrait of Mind in the Making*. Ed. Philip E. Smith and Michael S. Helfand. New York: Oxford UP, 1989.

——. *The Importance of Being Earnest*. Ed. Michael Patrick Gillespie. New York: Norton, 2006.

Worth, Katherine. *Oscar Wilde*. New York: Grove, 1984.

秋間実「解説」『自然の弁証法〈抄〉』エンゲルス著、一六二―一七四頁。

エンゲルス、フリードリヒ「動かすことのできない固定した境界線 (hard and fast lines) というものは」『自然の弁証法〈抄〉』秋間実編訳、新日本出版社、二〇〇〇年、一〇〇頁。

河村英夫『オートポイエーシス――第三世代システム』青土社、一九九五年。

ノックス、メリッサ『オスカー・ワイルド――長くて、美しい自殺』玉井暲訳、青土社、二〇〇一年。

ハラウェイ、ダナ「サイボーグ宣言」『サイボーグ・フェミニズム』増補版、巽孝之編、小谷真理訳、水声社、二〇〇一年、三一―一四三頁。

16

カート・ヴォネガットのエコロジカル・ディストピア
――『スラップスティック』におけるテクノロジーと自然

中山　悟視

はじめに

カート・ヴォネガット (Kurt Vonnegut, 1922–2007) といえば、自らの戦争体験に基づいて手がけた傑作『スローターハウス5』(*Slaughterhouse-Five*, 1969) によって知られるが、その作品が完成を見るまでに二〇年の歳月を要したことは周知の事実であろう。小説の中心となる大きな出来事（ここでいえばドレスデン爆撃という体験であるが）を顧みて語るという形式は、多くの彼の作品が共有するこの作家のスタイルと言えよう。それは例えば『猫のゆりかご』(*Cat's Cradle*, 1963) や『ガラパゴスの箱舟』(*Galápagos*, 1985) といったポスト・アポカリプスを描く代表的な小説においても採用されてきた形式であり、本稿が主に検討する『スラップスティック』(*Slapstick*, 1976)（以下『スラップ』）においても同様であった。

近年の環境文学とSFに関する議論において、ヴォネガット作品はしばしば取り上げられている。たとえば、ゲリー・カナヴァン (Gerry Canavan) がキム・スタンリー・ロビンスン (Kim Stanley Robinson) と編集したSFとエコロジーに関する研究書、『グリーン・プラネット』(*Green Planet*, 2014) の巻末にまとめられた、エコロジカルな未来や環境を描くその他のSFのリストには、『ガラパゴスの箱舟』が収められるとともに『猫のゆりかご』への言及も見られる。また、ウルズラ・K・ハイザ (Ursula K. Heise) による別のエコクリティシズムの批評書、『場所の感覚と惑星の感覚』(*Sense of Place and Sense of Planet*, 2008) においても、人口増加問題を題材にしたヴォネガットの二つの短編が列挙されている。しかし、一九七六年に発表された『スラップ』については、環境文学あるいはエコクリティシズムとの関係において、いまだ詳しく議論されていない。[1] そこで、本稿ではこの作品を、エコクリティカルな視座から分析する。

重力が推移する世界がSF的機略のひとつとして利用されている『スラップ』では、高い科学技術力で火星を植民地化する中国が暗躍する一方で、崩壊していくアメリカの未来社会が描かれる。かつての大都会ニューヨーク・マンハッタンは、さながらジャングルと化し、「オクラホマ公爵」や「ミシガン国王」など、地方勢力が割拠する状況を、廃墟となったエンパイア・ステート・ビルで暮らす「最後の」大統領ウィルバー・スウェイン (Wilber Swain) が語る。『スラップ』は、作家本人も認めるように、一般的にも評価が低い作品として知られ、ジョン・アップダイク (John Updike) の書評のような例外を除けば、出版当初から厳しい評価を受けてきた。だが、ウィルバーが語る退廃したアメリカの未来に、一九七〇年代アメリカの地球環境の変化が重ねられていることは明らかで、環境文学としてこの作品を読み直すならば、『スラップ』を再評価する余地が見出せるに違いない。

そこで、環境や自然との関わりから本作品を論じるにあたり、まず『スラップ』の未来社会に大きな影響をもたらす不思議な疫病が、いかに環境と関わるか分析し、次に、そうした疫病から垣間見える環境意識が、ヴォネガットのSF的想像力が生み出すポスト・アポカリプス的世界にどのように反映しているか考察する。最後に、ヴォネガットのこれまでの作品を見渡したうえで、『スラップ』における作家の環境意識について検討し、いわばエコロジカル・ディストピアとしての本作の再評価を試みたい。

一　二つの奇病と環境意識

『スラップ』の描く未来社会は、「緑死病 (The Green Death)」と「アルバニア風邪 (Albanian Flu)」という二つの奇病によって劇的に人口減少が進んでいる。「緑死病」はプロローグから「ほとんどすべての住人を死なせてしまった」(19)と明言され、続く一章で、その病気がマンハッタン島特有のものであり、その奇病を恐れて誰も島に近づこうとしないことが分かる(23)。こうして我々は物語の序盤から、その病気の破壊的で致命的な力を伺い知ることができる。だからこそ、「緑死病」はかつて中世のヨーロッパ社会を恐怖に陥れた「黒死病(The Black Death)」を容易に想像させるのだ。

「黒死病」が感染力と致死性によって引き起こす恐怖は、エドガー・アラン・ポー(Edgar Allan Poe)の「赤死病の仮面」("The Masque of the Red Death," 1842)や、ジャック・ロンドン(Jack London)の『赤死病』(*The Scarlet Plague*, 1912)における、「赤い斑点」や「赤い発疹」を伴う死に至る奇病の想像力の源泉となった。ポーやロンドンの「赤死病」同様に、「緑死病」は感染力と致死性だけが前景化されるのだが、その原因についての詳細は後半の三九章になるまで多くが語られることはない。しかし、エピローグにおいて、「緑死病」は、体を小さくする技術を開発した中国人が体内に入ることで起こる奇病であることがわかるのである(234-35)。『スラップ』において中国人がアメリカ人を怯えさせるこの構図には、一九七〇年代当時、アメリカとの対立図式を明確に打ち出し、科学技術の発展に力を注ぎ躍進を始めていた中国の姿が意識されている。ここには、中国だけではなく、アメリカやその他の国家における科学技術の盲信が招くだろう悲劇への警鐘が重ねられているに違いない。

実際、一九七〇年代のアメリカでは、レイチェル・カーソン(Rachel Carson)の『沈黙の春』(*Silent Spring*, 1962)に触発される格好で、環境に対する大きな意識変革がもたらされた。大気浄化法(Clean Air Act)や水質浄化法(Clean Water Act)などが改正され、環境汚染に対する認識が進んだ時代である。ウォーターゲートで悪名高いニクソン政権も、動物保護や環境対策に力をいれ、一九七〇年一二月二日には環境保護局(EPA)が設立された。こうしたことを念頭に置けば、『スラップ』における「緑死病」や「アルバニア風邪」は、アメリカにおける環境汚染の進行を強く意識させるものなのである。ウィルバーは物語の終盤、次のように述懐する。

もし、われわれの子孫がこの時代のことをしっかり学ばなければ、彼らはこの惑星の化石燃料を再び使い果たし、何千万人もの人々がインフルエンザと緑死病で死に、腋の下のデオドラントスプレーに使われた高圧ガスによって、もう一度空を黄色に変えてしまうだろう。(225–26)

ここでウィルバーが振り返るアメリカの姿は、七〇年代のアメリカが向かう未来の姿、すなわち化石燃料の枯渇や大気汚染が招くであろうディストピアに他ならない。従って、この「歴史に学んでほしい」という忠告は、終末を迎えたアメリカで地球の生態を見直すことで、ポスト・アメリカへ向けた希望を提示するとともに、七〇年代の読者へ向けて警戒を促していたとも考えることができよう。

また、上述した奇病と環境汚染の関連は、緑死病による死を免れているウィルバー他数人が服用する「解毒剤」(205) が、「おそらく昔の汚染物質の名残」(206) であると考えられていることからも明らかである。彼らが偶然に食べた魚の腸には解毒剤となる汚染物質が含まれていた。それがどんな物質なのかは明確にはされないが、しかし未来社会から見た「昔」とは、すなわち『スラップ』が書かれた一九七〇年代のことであり、その頃すでに化学物質や化学燃料がアメリカを汚染していたという示唆がこめられている。さらに、この「解毒剤」の発見には、毒が解毒剤となるというホメオパシー（同種療法）的着想がうかがえる。ヴォネガットは、科学信奉に対する似非科学（異端の医学）による治療法を提示することで、そこに科学主義や、それによって引き起こされた環境汚染に対する痛烈な皮肉を込めているのであろう。

このように、『スラップ』の「緑死病」には、ポーやロンドンの「赤死病」とは違う、環境汚染や文明批判という現代的モチーフがつけ加えられている。このことは、体の一部が緑になり、あっという間に死に至る奇病を描く、イギリスBBC制作による長寿SFドラマ『ドクター・フー』(*Doctor Who*)の存在を考慮すると、一層否定しがたいものになる。一九七三年から始まったこの第一〇シリーズは、タイトルもズバリ『緑死病』(*The Green Death*)である。[2] このシリーズでは、かつて栄えた炭坑を新たな工場へ変えた会社グローバル・ケミカルズの内部で、体の一部を緑色に光らせた従業員が不審な死をとげる。この会社は、工場から排出した廃棄物によって、緑の液体を吐く巨大なウジ虫を発生させていたのだ。ここでの「緑死病」は、産業廃棄物によって汚染されたウジ虫が、緑色の液体を放出し、それに触れた人を死に至らせる、恐ろしい病気として描かれている。登場人物の一人は「グローバル・ケミカルズからの廃油が、ウジムシに何らかの悪影響を及ぼして、突然変異を引き起こしたに違いない」と叫ぶ。このエピソードは、原油を利用した工場の危険性を強く意識させるだけではない。さらには、原油使用への反対運動や、地球規模にわたる代替エネルギーの模索を主張する科学者も描かれ、環境汚染を批判する強い姿勢をうかがわせる。実際、プロデューサーのバリー・レッツは、DVDに収められたインタビューで、一九七〇年に創刊された雑誌『エコロジスト』の特集記事を読み、そこで世界がいかに汚染されているかを学んだと認めている。

このように、ヴォネガットが『ドクター・フー』の「緑死病」と同じ名前を用いるとき、「黒死病」が有する極度の致死・感染がもたらす恐怖のイメージを利用しながらも、同時代の環境問題を強く意識していたことは明らかで、そこに「中国」というポスト・アメリカを介在させることで、科学全般や政治にまで射程を広げたものと考えられる。実際、同様の批判精神は、「緑死病」に並んでマンハッタン以外の地域で猛威を振るった「アルバニア風邪」の描き方にも表れている。

「アルバニア風邪」の詳細もやはり明らかにされていないが、「火星人」が原因とされるもうひとつの奇病には、すでに「抗体」がもたらされている(234)。この抗体は、かつての汚染物質によってできた「緑死病」の解毒剤と同質で、アメリカの環境汚染の進行を示唆するものと考えられる。さらに、『スラップ』の「アルバニア風邪」の原因とされるのは、中国が植民地にしている火星の住人であるが、歴史的にも、一九七〇年代のアルバニアは、対ソ連批判を展開して、中国から援助を受けるなど、中国に近接していた。従って、「アルバニア風邪」もまた、「緑死病」同様に、中国という科学大国に明確に結びつく、ヴォネガットの環境批判を映し出すもうひとつの媒体となっているのである。

以上のように、『スラップ』の物語世界の未来を左右する二つの奇病は、一九七〇年代当時の化学物質使用が引き起こす環境被害の隠喩と解釈することができる。ヴォネガットが描くディストピア的状況に、アメリカ社会や科学信仰へのヴォネガットの不信が深く関わっていることは、ドナルド・モース (Donald E. Morse) やロバート・タリー (Robert T. Tally Jr.) らによって、これまでも指摘されてきたことではあるが、『スラップ』におけるアメリカ社会の様相は、一九七〇年代のアメリカ社会全般にも芽生え始めていた、エコロジーに対するヴォネガットの強い関心を明確に示すものと言えるだろう。

二　ディストピアと環境意識

『スラップ』における二つの奇病には、ヴォネガットの環境に対する関心が少なからずうかがえる。しかしながら、これらの奇病は『スラップ』に描かれるアメリカにおいて人口減少を引き起こす原因の一つとなってはいるものの、未来社会の有り様を運命づける決定的な要因としては扱われていないし、実際にその描写も多くはない。とはいえ、ヴォネガットがSF的な要素を使って描こうとした一九七〇年代のアメリカの成れの果てといった未来像には、二つの奇病にうかがわれたのと同様の、環境意識が見て取れるのである。

『スラップ』のアメリカでは、突然やってきた最初の猛烈な重力の動揺は「一分も続かなかったものの、その後決してもとには戻らなかった」(154)。大きな地震にも似たこの「重力の動揺」によって、近代的なインフラに大打撃を受けたアメリカは没落し、野蛮化する。ジャングルと化した「死の島」と呼ばれるマンハッタンの生活の一端は次のように描かれている。

彼女（もよりの隣人）は大勢の奴隷を所有しているが、その待遇はとても良い。彼女と奴隷たちは、イースト川の岸辺で牛や豚や鳥や山羊を飼い、トウモロコシや小麦や野菜や果物やブドウを作っている。彼らは粉挽きようの風車小屋を建て、ブランデーを作るための蒸留室、燻製小屋などなど、次々に建てた。(22)

そこにあるのは、かつて繁栄の中心であったマンハッタンにはおよそ似つかわしくない、牧歌的な生活なのである。一方、そのような状況の背後で、中国は暗躍し近代化していく。ここで描かれる中国の躍進は、当時の強国アメリカの姿をそのまま反映しているかのようである。

中華人民共和国の科学者たちは、人間を小型化する実験にとりかかっているらしい。そうすれば、たくさんものを食べずに済むし、大きな服を着なくて済む。（中略）ついその一ヶ月ほど前にも、中国人は二〇〇もの探検隊員を火星に送り込んだばかりだった。宇宙船のようなものをいっさい使わずに。(64)

ここに、一九七〇年代当時、存在感を増しつつあった中国の影響力が反映されていることは言うまでもないが、それ以上に重要なのは、彼らの姿勢がかつてのアメリカに追随するものだったことである。

中国は、『スラップ』の未来社会においては、ポスト・アメリカ的存在となり、そうした次世代の科学大国である中国の大使は、今度はアメリカに見切りをつけて国交を絶とうとしている。それは未来においてアメリカがもはや中国にとって何の関心もない国となってしまっているからだ(118)。そして、ウィルバーの母が、「かつてはアメリカ人があらゆるものを発見していたのに」(65)と、感慨深く語るように、かつてのアメリカの姿は見事に中国に取って代わられる。一九七〇年代当時のアメリカの姿が『スラップ』で描かれる中国の姿であるならば、退廃したアメリカも、暗躍する中国も、どちらも同じようにテクノロジーの発達によってもたらされる先進国の栄枯盛衰に他ならない。

ところで、『スラップ』の出版年の一九七六年は、アメリカ独立から二〇〇年という記念の年であった。ヴォネガットはこのお祝いムードに水を差すかのように、『スラップ』でアメリカの終末論的ヴィジョンを提示した。それは、独立二〇〇年を迎えてアメリカが進むべき方向性に対して、テクノロジーの危険性を意識し、来るべき未来のエコロジーに配慮した、より健全で望ましい道筋を示したかったからではないだろうか。しかもヴォネガットは、二つの国を合わせ鏡的に描くことで、科学の進歩や未来に対して、アメリカという一国家だけではなく、産業資本主義的発展を求める国家像に対し、注意を喚起しているのである。

さらにヴォネガットは、『スラップ』に描かれる終末論的未来によって、テクノロジー批判を行うだけではなく、先の奇病に見られたような強い環境意識を提示しようとしていたことは、ウィルバーが最後のアメリカ大統領として実施した政策にも暗示されている。この政策は、すべてのアメリカ人にコンピューターによって恣意的に選ばれたミドルネームを付与し、改名させるというものである。このミドルネームには、「ダフォディル（Daffodil-11）」や「オリオール（Oriole-2）」など、動植物や天然資源の名前が用いられており、同じミドルネームを持つ者は自動的に家族となり、番号違いは親類となる。[3] この政策は、大家族が形成されることで社会が安定するという理念に基づくものである。「国家は終焉を迎え、複数の家族」(187) になり、「家族は国家とは違い、戦争を悲劇ととらえる他ない」(214) ので、「理想の拡大家族」(157) によって国家がなくなれば、戦争がなくなり、「全人類の幸福」(157) がもたらされるというウィルバーの考えは、あまりにも楽観的で、ユートピア思想や実際の政策としては批判を免れない。しかし、「炊事の煙」が立ちのぼる「ジャングル」(21) という「廃墟」(19) となり、もはや国家としての体裁を保てる状態にはない未来のマンハッタンが、かつて産業資本主義の中心だったことを考慮するならば、テクノロジーとは対局にある自然に属するミドルネームで人々を結び付けようとしたウィルバーの政策には、自然の力に再生への希望を託そうとするエコロジカルな思想を読み取ることができる。

実際、ウィルバーは、不自然なものを忌み嫌う母に、かつての社会の姿が戻ってきていることを伝える (144)。また、インフラも機械も死に絶え、外の世界からの通信手段もままならなくなっていた未来の「ニューヨークやボストン、サンフランシスコの港は再び帆柱の森になった」(145) と語られる。すなわち、『スラップ』が描く重力の変動と伝染病に苦しむポスト・アポカリプスのアメリカは、かつての繁栄をもたらした工業化された社会ではなく、牧歌的な姿へと回帰していくのだ。

さらに、物語の最後で、ウィルバーの孫メロディが、まだ会ったことのない祖父ウィルバーに会うためにアメリカを横断する。この時メロディは自分の「ムクドリモドキ」の名を持つ「家族」たちばかりではなく、その他の鳥や様々な生き物、あるいはその名を持つ家族に助けられる (243)。環境汚染に抵抗できるのは、動植物や自然の力そのものであり、そうしたものへの強い繋がりを回復することにこそ、ディストピア的未来を免れる方途が見出せるのではないか。

三　エコロジカル・ディストピア

『スラップ』の前作、『チャンピオンたちの朝食』(*Breakfast of Champions*, 1973)（以下『チャンピオン』）にはすでに、ヴォネガットの環境汚染に対する批判的言説が確認できる。もっとも、第一章で、地球は「臨終の近い惑星」(7) と形容され、第一七章では、「水道の蛇口から出る水は日に日に毒性を強めつつあった」(181) などと、地球の環境的危機を伝えるメッセージは散見されるものの、作品全体を貫くような強い主張が形成されているわけではない。しかし、『チャンピオン』において紹介される作中作家キルゴア・トラウトの短編では、もっと直截的に地球の環境問題が訴えられている。たとえば第五章で紹介される「すべての動植物が公害で死に絶えてしまう」(59) 惑星の話では、類人種族が「石油と石炭から作った食べ物」(59) を食べている。ここでは、環境が侵されつつある地球の惨状が寓意的に語られている。また、『チャンピオン』の後半の二〇章でトラウトが渡るシュガー・クリークという川が、ある工場で捨てられたプラスチック分子（廃棄物）によって汚染されていることも明らかにされる。

このように、『スラップ』以前にヴォネガットはすでに環境問題に対する関心を抱いていたことが分かる。しかしながら、『スラップ』における死にゆく国家あるいは惑星の描写からは、環境が汚染されている現状への憂慮にとどまらず、環境汚染をもたらす科学への盲信に対する強い非難や、環境汚染がもたらす国家や地球の崩壊に対する警告など、地球の生態に対するヴォネガットの意識の高まりが伝わってくる。

おそらくヴォネガットには、環境汚染を強く批判しようとする姿勢が『スラップ』の構想段階からあったに違いない。というのも、『スラップ』において、ウィルバーと彼の二卵性双生児の姉イライザの身体の奇形性は、常に前景化されているからだ。二人の身体は、「怪物」と形容され、指は六本、乳首も四つある二メートルの巨体で、その容姿の醜さゆえに、家族から隔絶されて育てられた (28)。ヴォネガットは一九六三年にはすでに『猫のゆりかご』において、放射能による影響を思わせる奇形として小人のニュート・ハニカーを描いているが、『スラップ』におけるウィルバーとイライザの奇形には、明らかに酸性雨や大気汚染といった一九七〇年代の環境問題が意識化されている。従って、この双子の知的、身体的異常・奇形は、一九七〇年代のアメリカにおける環境汚染問題の身体化と見ることができるだろう。[4]

こうした『スラップ』におけるヴォネガットの環境汚染批判は、一九八五年の『ガラパゴスの箱舟』へと引き継がれる。『スラップ』からおよそ一〇年後に書かれたこの作品では、卵巣を食いつくす疫病が蔓延して一部を除くすべての人類が死滅した後の人類進化が描かれ、広島で被爆した遺伝子がその後の人類の源となる未来が幻視されている。このように、ヴォネガットの描く『スラップ』以降のポスト・アポカリプス的ディストピア小説は、ＳＦ的要素と環境破壊への憂慮とが見事に接続されることで、支えられていくことになる。

かつてヴォネガットが多用するSF的要素や特異な作風は、ジョン・ガードナー（John Gardner）らによって、現実逃避的なものであるとして批判される一方、ロバート・スコールズ（Robert Scholes）などによって好意的に評価されることとなった。近年では、ハロルド・ブルーム（Harold Bloom）の名の下で批評書が編纂され、ライブラリー・オブ・アメリカによる全集四巻も出揃い、作家ヴォネガットの評価も安定してきたように思える。しかし、ある批評家が確認しているように、ヴォネガット研究においては八〇年代に明らかな停滞期を迎えており、その批評的間隙の端緒にあるのが『スラップ』であると言っても過言ではない。[5] こうした塗り忘れられた余白を見つけ出すためにも、環境批評は非常に有効な視座を我々に与えてくれる。

本稿で扱ったように、ヴォネガット作品に見られる環境への意識に焦点を当てるならば、ヴォネガットがアメリカや地球の未来像を描く上で、ＳＦ的要素が不可欠であることが改めて分かってくるばかりか、『スラップ』をヴォネガットの描くディストピア作品の重要な転換点と捉えることができる。というのも、『スラップ』をエコクリティカルな視座に基づいて読み直せば、未来社会の人口減少を導くことになる「緑死病」と「アルバニア風邪」が、環境汚染の言説として機能していることは明らかだからである。そればかりか、それまでの作品では明確ではなかったものの、以後の作品では積極的に描かれるようになる姿勢、すなわち、人間の居住環境、地球の生態系の破壊という問題に寄り添い、人が自然と深く結びついて生きる必要性を訴える姿勢が、『スラップ』のポスト・アポカリプスとしての未来社会や人間関係の有り様に歴然と打ち出されているからである。

『スラップ』は、これまで広く読まれることもなく、批評や評価の対象となることも極端に少なかった作品である。だが、環境批評という視点を加えることで、ヴォネガットの創作キャリア全体はもちろん、ＳＦあるいはポスト・アポカリプス小説における重要な転機となる作品であることが理解されよう。『スラップ』は、行き過ぎたテクノロジーの発達による終末世界を前景に描きながら、七〇年代的問題である地球環境や生態系への意識を後景に合わせ持つエコロジカル・ディストピアとして評価することができるであろう。

＊本稿は『エコクリティシズム・レヴュー』第八号に掲載された論考に一部加筆・修正を施して再掲載したものである。再掲載に伴いタイトルの変更も行ったことをお断りしておく。

注

1 サイード・メンタク (Said Mentak) が環境主義の文脈でヴォネガットの作品分析を試みる中で、『スラップ』に言及している例がある。

2 この作品も、『グリーン・プラネット』巻末のリストに記載がある。

3 ミドルネームの他の例をいくつか挙げれば、ラズベリー、ボーキサイト、鉄、イチゴ、アメリカカワカマス、アクアマリン、シマリス、落花生、ヘリウム、フッキソウ、ウラン、マテガイなどがある。

4 『猫のゆりかご』における小人ニュートをめぐる議論の詳細については、Naganoを参照。また、環境を要因とする奇形・変異については、母体の中にいる段階での奇形、つまり身体の先天的な異常や、脳神経の発達障害などを引き起こす可能性が指摘されている。こうした点については森田・高野および片岡・竹内を参照した。

5 ドナルド・モース ("Curious") のヴォネガット受容史の簡潔なまとめを参照。なお、九〇年代に入るとヴォネガットの批評書が増えていくこともモースは確認しているが、これはヴォネガット自身が八〇年代に復活したという諏訪部の指摘とも符合する。

引用文献

Canavan, Gerry and Kim Stanley Robinson, eds. *Green Planets: Ecology and Science Fiction*. Middletown: Wesleyan UP, 2014. Digital.

Doctor Who: The Green Death. Screen Play by Robert Sloman. Perf. Jon Pertwee. 1973. BBC, 2013. DVD.

Heise, Ursula K. *Sense of Place and Sense of Planet: The Environmental Imagination of the Global*. New York: Oxford UP, 2008. Digital.

Mentak, Said. “Humane Harmony: Environmetalism and Culture in Vonnegut’s Writings.” Tally, *Critical Insights* 269–303.

Morse, Donald E. *The Novels of Kurt Vonnegut: Imagining Being an American*. Westport: Greenwood P, 2003.

——. “The Curious Reception of Kurt Vonnegut.” Tally, *Critical Insights* 42–59.

Nagano, Fumika. “Surviving the Perpetual Winter: The Role of Little Boy in Vonnegut’s *Cat’s Cradle*.” *Journal of the American Literature Society of Japan*, Number 2 (Feb. 2004): 73–90.

Reed, Peter J. “Lonesome Once More: The Family Theme in Kurt Vonnegut’s *Slapstick*.” *The Vonnegut Chronicles: Interviews and Essays*. Eds. Peter J. Reed and Marc Leeds. Westport: Greenwood, 1996.

Shields, Charles J. *And So It Goes: Kurt Vonnegut: A Life*. New York: Holt, 2011.

Tally, Robert T., Jr. *Kurt Vonnegut and the American Novel: A Postmodern Iconography*. New York: Continuum, 2011.

——, ed. *Critical Insights: Kurt Vonnegut*. New York: Salem P. 2013.

Updike, John. “All’s Well in Skyscraper National Park.” Rev. of Slapstick, by Kurt Vonnegut. *The New Yorker*, Oct. 25, 1976. Web. 29 May. 2016.

Vonnegut Kurt. *Breakfast of Champions*. 1973. New York: Dial P, 2011.

——. *Galápagos*. 1985. New York: Rosetta, 2014. Digital.

——. *Slapstick*. 1976. New York: Dell, 1981.

片岡正光、竹内浩士『地球環境サイエンスシリーズ４　酸性雨と大気汚染』三共出版、一九九八年。

諏訪部浩一「トラウマの詩学——カート・ヴォネガット再読」『英語青年』第一五三巻五号（二〇〇七年八月）、二五八—六〇頁。

森田昌敏、高野裕久『環境学入門８　環境と健康』岩波書店、二〇〇五年。

ポスト加速時代に生きるハックとジム
――パオロ・バチガルピ小説におけるトウェインの痕跡

マイケル・ゴーマン
松永　京子　訳

一　マーク・トウェインの遺産

「すべての近代アメリカ文学は、マーク・トウェインによる一冊の本、すなわち『ハックルベリー・フィン』によってもたらされた」。このアイコニックな文学的宣言は、一九三五年、アーネスト・ヘミングウェイ(Ernest Hemingway)の『アフリカの緑の丘』(*The Green Hills of Africa*)の中でなされたものである。それ以来、『ハックルベリー・フィンの冒険』(*Adventures of Huckleberry Finn*, 1884, 以下『ハック・フィン』と略記する)を賞賛したヘミングウェイの声明は、彼が褒め称えた小説と同じくらい有名になってしまい、いまとなっては何百もの論文や本のなかで見受けられるようになった。本稿において再びこの一節を目にすることとなった読者には、お詫びを申し上げねばならない。それでもやはり気になるのは、ヘミングウェイのこの主張が、どれほどの妥当性を持っているのかということである。彼の賞賛の言葉は、時代によって制限されてしまうのか。ジャンルによって当てはまらないものはあるのか。そもそもヘミングウェイが想像したアメリカ文学の全体像のなかに、サイエンス・フィクションは含まれていたのか。本稿では、ヘミングウェイの主張の限界を探るべく、現代ＳＦ作家パオロ・バチガルピ(Paolo Bacigalupi)の作品と併せて、マーク・トウェイン(Mark Twain)の小説と彼のアメリカ社会批判を読み解いていく。具体的には、パチガルピの二〇一二年の小説『沈んだ都市』(*The Drowned Cities*)における環境・社会批評が、マーク・トウェインの作品、特に『ハック・フィン』をいかに反映し、あるいはこの作品からいかなるインスピレーションを受けているのかを検証する。

トム・ソーヤやハック・フィンの創造者と、現存のSF作家を並列することは、一見すると奇妙なことに思えるかもしれない。しかしながら、『ハック・フィン』を丁寧に読み込んでいくと、二人の小説家を隔てる時代は縮まることになるだろうし、従ってこのペアがそれほど奇妙ではなく、それほど隔たってもいないことが見えてくるはずだ。トウェインのもっとも著名な小説は、時代を超越する。そしていまでも古さを感じさせない。本小説が出版されてから一〇〇周年を迎えた一九八四年、二〇世紀文学の巨匠ノーマン・メイラー（Norman Mailer）は、『ハック・フィン』のことを「現代的すぎる」とさえ述べている。メイラーは、トウェインのこの傑作のテーマと革新的な登場人物に、モダニズムとポストモダニズムの特徴を認め、「この作品を近代のアメリカ小説の傑作と比べてみると、一ページ一ページ、ここはぎこちなかったり、あそこはあっと言わせるものだったりと、検討に耐えるものであることが分かる。一〇年に一度か二度しかでてこないような、稀有で素晴らしいデビュー作にも引けを取らないのだ」と指摘している。『ハック・フィン』が後の作家やテクストに影響を与えてきたことについては、議論する必要はないだろう。アーネスト・ヘミングウェイ、ジョン・スタインベック（John Steinbeck）、J・D・サリンジャー（J. D. Salinger）、カート・ヴォネガット（Kurt Vonnegut）の最高傑作においても、その影響やリズムを発見することができる。

トウェインがサイエンス・フィクションを執筆していた事実は、彼がアメリカのリアリズムに及ぼした影響があまりにも大きいため、忘れられがちだ。『ハック・フィン』を出版してから五年後、トウェインは『アーサー王宮廷のコネチカット・ヤンキー』（*A Connecticut Yankee in King Arthur's Court*, 1889）を出版しているが、ポストモダン文学批評家のラリー・マッキャフリー（Larry McCaffery）はこのタイムトラベルの物語を、「一九世紀におけるもっとも偉大なアメリカのサイエンス・フィクション」(16) と評している。はたしてトウェインの小説は、もっとも想像力に富み多作なアメリカのSF作家、キム・スタンリー・ロビンソン（Kim Stanley Robinson）の原動力ともなってきた。ロビンソンは、彼の想像力を掻き立てる手助けをしてくれたとしてトウェインを高く評価している。『ハック・フィン』に描かれる、暴力、死、ユーモアは、ロビンソンの「世界を広げてくれた」(Robinson 18) のだ。一九八四年、ロビンソンは彼の第一作目『荒れた岸辺』(*The Wild Shore*) の主人公を、ハック・フィンのイニシャル（H・F）を基にヘンリー・フレッチャー (Henry Fletcher) と名付けることで、トウェインに「借り」を返すこととなった。ロビンソンは本小説を『ハック・フィン』に対する「オマージュ」と考えている (19)。

トウェインが現代アメリカSF作家に及ぼした影響は、ロビンソンに留まらない。パオロ・バチガルピの『沈んだ都市』は、トウェインの『ハック・フィン』と多くの類似点があり、それはすでに登場人物からはじまっている。『沈んだ都市』の主人公は、ハック・フィン同様、浮浪児（マーリアという名の孤児）であり、トゥールと呼ばれる遺伝子技術で作られた奴隷かつ兵士と親しくなる。マーリアは、父親に虐待され、社会において周縁化された存在であるハックのように、子供には不適切な経験や困難に耐えることを強いられる「見捨てられた者」である。そして物語内の事情によって、マーリアは、戦士として主人に仕えるよう作られた現代の奴隷トゥールとチームを組む。トウェインの冒険ジムのように、『シップブレイカー』(*Ship Breaker*, 2010) で初登場するトゥールは、人間社会・習性における欺瞞や不公正を露呈する存在といえる。同時にトゥールは、人間性の希望をも読者に与えてくれる。ハイブリッドな生き物で、トラ、ハイエナ、犬、人間の遺伝子物質がその血に流れるトゥールは、主人なしでは生きてはゆけない運命に置かれている。だが、彼の忍耐力、逃亡する能力、そして自らの遺伝子コードの鎖を断ち切る能力は、人類もまた、自らが作り上げた宗教的、政治的、哲学的拘束を振り捨てることが可能なのだということを示してくれる。

『沈んだ都市』におけるトウェインの残響は、人物設定のみならず、プロットにまで及ぶ。本小説のストーリーラインと『ハック・フィン』には、幾つかの点において顕著な一致が見受けられる。特に、プロットにおける主な類似点として挙げられるのは、それぞれのテクストに描かれている水路を用いての旅である。いずれのテクストにおいても、物語内の出来事によって、二人組は川下へと向かう。ミズーリ州セイント・ピーターズバーグを逃れるため、ハックとジムはミシシッピ川を筏に乗ってイリノイ州カイロに向かい、マーリアとトゥールは友人を助けるために、ポトマック川を下って沈んだ都市へと向かうのだ。

もちろん、登場人物やプロットといった表面的な類似点を辿ることも興味深いのだが、もっとも賛辞を受けたトウェインの小説と『沈んだ都市』は、もっと深いところで通底していることも指摘しておかねばならない。すなわち、風刺である。『ハック・フィン』においてトウェインは、南北戦争前のアメリカの頽廃と暴力を、特に奴隷制という邪悪な制度や、奴隷制に映し出され、あるいは強化されてきた政治的分裂を暴いている。この分裂はやがて、北部の反奴隷制党派と南部連邦の奴隷制を擁護する州との間の戦争へと繋がっていく。南北戦争は一八六五年に終結しているものの、『ハック・フィン』が初めて出版された一八八四年には、奴隷制によって根付いた人種的偏見や暴力が、いまだアメリカの南部を引き裂いていた。南北戦争前の南部を、南北戦争が終結してから二〇年後に振り返る『ハック・フィン』の遡及的な特質とは反対に、バチガルピは未来を見据えている。『沈んだ都市』においてバチガルピは、迫り来る気象危機に対して、互いに協力しながら取り組むことのできなかったアメリカの政治家を風刺した。バチガルピは巧妙に、本小説のタイトルのなかでさえも政治的サブテクストを仄めかす。すなわち、タイトルの『沈んだ都市』(*The Drowned Cities*)は、頭文字を取って「D・C」と略すことができるのだ。このことを考慮したとき、『沈んだ都市』に描かれる出来事が、地球の気候変動のもたらした結果をもはや否定することのできなくなった未来の不特定時代に、アメリカ市民が現在ワシントンDCと呼ぶメトロポリタン地域やその近郊で起こっていると解釈することは、さほど奇妙なことではないだろう。

二 良心の作家

マーク・トウェインは、ウイットがあり、良心を持った作家であった。奴隷所有者によって育てられたものの、奴隷制の悪や人種嫌悪の病理を理解していた。また、富と名声を手にしながらも、労働組合を擁護し、企業による独占を軽蔑していた。シェリー・フィッシャー・フィシュキン(Shelley Fisher Fishkin)は、「『我々の存在の最も正確な法則』——マーク・トウェイン、成長、変化」("'The Most Rigorous Law of Our Being': Mark Twain, Growth, and Change")のなかで、トウェインの良心を「超人的な直感」に結びつけている。この「直感」によってトウェインは、「人種差別をアメリカの生活において治療しにくい問題であると理解し」、「アメリカン・ドリームを焚きつけた物質主義の影の部分について思いを巡らし」、過去は「現在と同様に矛盾に満ち複雑である」ことを認めた(9)。トウェインは、誠実な目的を果たすために——すなわち、哀れみ、寛容、道徳上の取り決めを促進するために——物語や講演においてユーモアを用いた。一八八八年、イェール大学から名誉修士学位を受け取る際の手紙のなかでトウェインは、「皇族、貴族、特権階級、そして類似した詐欺師すべての天敵、かつ、人権と自由の友人」("Yale College Speech" 237)と風刺家を描写している。トウェインの文学的アクティヴィズムは、国内外の社会的、政治的、経済的問題を中心に展開していった。彼の人権の奨励(そして人権を粗末に扱ったり無視したりする人々に対する批判)は、彼の小説、スピーチ、紀行文のなかに見て取ることができるだろう。『ハック・フィン』や『まぬけのウィルソン』(*Pudd'nhead Wilson*, 1894)に見られる人種的偏見や奴隷制に対する非難のほかに、トウェインはスピーチや『アーサー王宮廷のコネチカット・ヤンキー』といった小説のなかで、産業の悪用や階級といったものに対峙した。さらに、ジム・ズウィックやシェリー・フィッシャー・フィシュキンが示したように、トウェインのアメリカ帝国主義批判は、一八六〇年代まで遡ることができる("Reflections" 25)。言い換えれば、トウェインによる社会的道義心の風刺的表現は、『ハック・フィン』よりも二〇年近く前に確立されていたのである。

トウェインの風刺の遺産の継承者として、パオロ・バチガルピは差し迫った環境的、政治的、社会経済的な懸念にハイライトを当て、それらがたった今、私たちの惑星の未来をどのように形作っているのかを浮き彫りにする。『ねじまき少女』(*The Windup Girl*, 2009)、『シップブレイカー』、『沈んだ都市』、『神の水』(*The Water Knife*, 2015) といった作品のなかで、バチガルピは荒涼とした未来を描く。けれども彼はそれを、現代を掘り下げることでなし得ている。非常に具体的な形を取りながら、彼の小説は、これから起こるであろうことを映し出すのではなく、今現在起きていること、あるいは何世紀にも渡ってこれまで起こってきたことを映し出しているのだ。とりわけバチガルピの小説が露呈しているのは、彼が小説のなかで「加速時代 (the Accelerated Age)」と呼ぶ歴史上の一つの時代、すなわち、我々が現代と呼ぶ時代を支配する、過剰、無知、偏見といったものが引き起こした結果である。

トウェインは繰り返し、作品やスピーチのなかで、権力者による権利の悪用を糾弾してきた。彼は特に、政府に属する権利、企業が掌握する権利、そして政府や企業が結託してアメリカ国内の弱者や貧しい居住者を従属させようとするやり方に批判的であった。一八八六年、ハートフォード・マンデイ・イヴニング・クラブにおけるスピーチのなかで、トウェインは次のように主張している。「権力は（中略）抑圧を意味し、抑圧を保証するものである」("The New Dynasty" 883, 傍点は執筆者による)。

トウェイン同様、バチガルピもまた、資本主義が社会のメンバー全員に利益を与えることができないことを認識しており、小説中に経済批判を織り込んでいる。彼の極めて先見的なメッセージのなかには、『シップブレイカー』に描かれたような貧富の格差についての仄めかしが挙げられるだろう。この小説においてバチガルピは、ネイラーとニーナという、全く違った背景を持つ二人の登場人物を引き合わせる。ネイラーは、浜に乗り上げた船からワイヤー等使えそうな不要物を回収することを生業としている児童労働者で、一方のニーナは、世界規模の船舶会社であるグローバル・パテルの後継者である。二人の状況の並列は、アメリカにおける経済格差の拡張を読者に警告し、アメリカ労働者階級に直接利益をもたらす政府のプログラムを、国会が何十年にも渡って削減してきたことに注意を促す。

バチガルピの社会批判の根底には、環境危機に対する意識と環境問題において大企業が担ってきた役割がある。そういった意味においては、バチガルピの小説は、『イヤー・オブ・ミート』(*My Year of Meats*, 1998) や『オール・オーバー・クリエーション』(*All Over Creation*, 2003) といった作品のなかで、持続不可能な農業の実践に対する懸念を描き出したルース・オゼキ (Ruth Ozeki) といった現代作家たちの仕事を補足してもいる。多国籍企業が環境災害をビジネス・チャンスと見なし、干ばつの際、気候変動といった根本的な問題に取り組むよりもむしろ、遺伝子を操作した耐乾性のある穀物を作ることで対応しようとする態度はその典型的な例だ。マイケル・ポラン (Michael Pollan) の作品や『食の未来』(*The Future of Food*) といったドキュメンタリー映画をよく知っている読者、あるいはモンサントなど実際の農業経営企業の暴挙に精通している読者であれば、バチガルピの『ねじまき少女』に描かれる架空の複合企業アグリジェン社という着想がどこから来ているのかを認識し、生物多様性排除に寄与するような企業が地球の未来にもたらす脅威にも注意を向けることだろう。

バチガルピが特に案じているのは、地球規模の気候変動であり、この問題について手遅れにならないうちに、あるいは意義ある形で取り組まないことがもたらす恐ろしい結果である。二〇一三年七月二〇日、バチガルピは広島修道大学で開催された国際ＳＦシンポジウムにおいて、「見えないナラティヴ」というものに関心を示した。それは、バチガルピが「巨大で、隠された破壊のエンジン」(ISFS2) と呼ぶところの地球温暖化によって引き起こされた破壊への対応に力を入れながら、政治家と企業が見て見ぬふりをしてきたものだった。バチガルピの小説は、根本的な病原に対する人々の関心よりも、むしろ環境破壊の兆候に対して示された人々の関心から、エネルギーを得ている。シンポジウムで「私たちはどうすべきか」とバチガルピは問うた。「私たちがテクノロジーや繁栄に焦点を置くとき、とても大切なナラティヴが見過ごされてしまう。原因ではなく、目の前にある問題に私たちは対処している」。『沈んだ都市』に暗に示されているのは、人間が起こした気候変動のパターンや海面上昇の原因を、アメリカの政治機構が軽減できなかったことに対する批判である。気候変動論、二〇〇五年に起こったハリケーン・カトリーナの災害、そして翌年に公開されたスパイク・リー（Spike Lee）のドキュメンタリー映画『堤防が決壊した時』（*When the Levees Broke*）についてある程度の知識を持っていれば、『沈んだ都市』や『シップブレイカー』に描かれていることが、何か不気味なほど身近なものであることが見えてくるだろう。これらの作品では、海面上昇や、バチガルピが「シティ・キラーズ」と呼ぶレベル六のハリケーンなどのスーパーストームが、アメリカの海岸沿いの街をことごとく破壊してしまうのだ。バチガルピはこれらの小説を通じて、アメリカ（そして他の国々）の怠惰によって形作られた未来を想像し、気候変動、二酸化炭素排出量の増加、先進国の不合理な化石燃料への依存といったものの根本的な原因を追求しているのである。

三　権力と暴力の舵を取る

『沈んだ都市』を読むことで、『ハック・フィン』についての私自身の考えも変わってきた。改めてトウェインの小説を開いたとき、作品中の至るところに、暴力や暴力の脅威が存在していることに驚かされたのだ。とりわけ、外からの攻撃に対するハックとジムの危うさは、小説を正当に評価するための鍵を握っており、いまや物語は、ハックとジムの逃亡の物語というよりもむしろ、彼らが繰り返し直面する、差し迫った危機についての物語のように思えてきたのだ。このような認識をもった批評家は、私だけではない。著名なトウェイン学者であるマイケル・キスキス（Michael Kiskis）は、次のように考察している。

『ハックルベリー・フィンの冒険』は、自由や独立についての物語ではない。これは、脅威についての物語であり、孤立し、孤独で、周縁化された二人の人間が、いかに権力と暴力が結託した脅威によって、壊れやすい相互防衛の協定を結ばされることとなったのかを示す物語である。ハックとジムはいずれも、それぞれの人生に継続する真の影響力を与えることはできていない。貧困と虐待の焼印を押された白人少年と、奴隷として売られるという脅威によって逃れることを強いられた黒人男性が、独立が実行可能な立場にないことは明らかだ。

小説家フレデリック・ターナー (Frederick Turner) も同意見である。ターナーは、「ハックが語る真実は、この国の中心的動脈から暴力的心臓、すなわち、犯罪者、幼児虐待者、血の宿怨、集団暴力の住処や、歴史的に人身売買を行ってきた心臓部へと下っていく旅についての真実である」と論じている (50–51)。

バチガルピの作品を形作っているものもまた、抑圧と残虐行為である。トウェイン同様、バチガルピは、権力、暴力、そして社会的周縁化が引き起こす危難に耐え忍ぶ登場人物を描くことによって、通常ではありえない協定関係を生み出した。『ハック・フィン』の結末で、ハックは偽善に満ちた文明を去り、「テリトリー (territory)」へと急いで出て行く決断をしているが、こういった状況は、『シップブレイカー』や『沈んだ都市』の主人公たちが直面する状況とは正反対のものとなっている。これらのバチガルピの作品では、主人公たちは文明から排除され、かつて人間によって破壊された風景のなかで、かろうじて生き延びることを強いられている。そしてこの場所はいまや、自然によって回収され、文明化された社会が市民に与えるインフラストラクチャー、制度、保護を欠いたフロンティアと化していた。

バチガルピは『シップブレイカー』と『沈んだ都市』のなかで、南半球の発展途上国を北に持ち込む。海面上昇やスーパーストームといった気候変動によって、大西洋側に居住するアメリカ人が恩恵を受けていた政治・経済構造が一掃されると、ストームによって崩壊された街に居住していた富裕層や権力者は街を捨て、より北に位置する高地に移動し、自分たちの経済的利益をより恵まれない人々から守ろうとする。彼らは、通り抜けることのできない境界を形成し、生体工学によって作られた「ハーフ・マン」と呼ばれるトゥールのような生物に警備をさせるのだ (*The Drowned Cities* 33)。バチガルピが作り出したこの架空の、未来の境界は、巡察が行われるアメリカとメキシコの国境や、イスラエルとパレスチナを隔てる境界とも類似する。今日、先進国と発展途上国を隔てる壁やフェンスのように、バチガルピの描く境界は、難民となるであろう人々が窮状から逃れることを阻止するものなのである。

海岸沿いの街や政府が見捨てられた後は、地域の軍事指導者たちがその空白を埋め、残された者たちを搾取することとなる。これらの作品における海岸地方のコミュニティーは、不要物を漁ったり、銅線のような少しでも価値のあるものを集めたり売ったりすることで成り立つ「グレー・エコノミー」と呼ばれるものによって自活している。『シップブレイカー』のネイラーやピマのような廃品回収者の状況は、現在のアメリカにおける最低賃金労働者の生活を想起させるものではないかもしれないが、一方で地球の南半球では、こういった経済状況に直面する人々が増加していることも事実だ。このように、危険な場所で不要物を集めることによってなんとか生き延びている貧困層の人々は、タイのパヤタ、フィリピンのマニラ郊外、あるいはケニヤのナイロビに所在するダンドラごみ処理地に沿って形成されたスラム等にすでに存在している (Brown; Albert)。

経済を支配する架空の組織を小説中に形成する上で、バチガルピは、地球上の戦争で疲弊した地域に居住する人々が直面する現実を取り入れている。アフリカの紛争ダイヤモンド (blood diamonds) 採掘のために利用される子どもの兵士や奴隷もその一例である。『沈んだ都市』のなかの同胞統一戦線 (United Patriot Front, UPF) と呼ばれる市民軍は、二〇〇二年までシエラレオネ共和国で活動していた悪名高い革命統一戦線 (Revolutionary United Front, RUF) に類似する一方で、小説中のＵＰＦによって捕虜とされ、武器を購入するために廃品回収の仕事を強いられる人々は、ダイヤモンドを採掘するために軍が奴隷労働者を使用しているジンバブエで起こっている出来事とも共通点を持つ。スターン大佐の指揮下にあるＵＰＦは、サックス将官と呼ばれる男によって統括される神の軍 (Army of God, AOG) と戦争状態にあるのだが、サックス軍の過激な原理主義者らは、同じ宗教的教義に従わないものを迫害する、アフガニスタンやパキスタンにおけるタリバンのような熱狂的信者を思い起こさせる。事実、単に中国人ピースメーカーの娘だという理由だけでマーリアの右手を切断したのも、ＡＯＧの一団であった(38, 63)。

バチガルピは混合人間生物であるトゥールによって、戦争の無分別を露呈すると同時に、武力衝突を正当化しようとするいかなる試みをも脱構築しようとしている。沈んだ都市における紛争は、海面上昇が原因であるとマーリアは教え込まれているが、より歴史に詳しいトゥールによって正される。「人間は殺戮に飢えている。ただそれだけだ」(344)。トゥールは、「軍事指導者たちが与えてくれるのは、この街のがらくたでしかない。きっと、なぜ互いが戦い始めたのかでさえ、覚えてなんかいないんだ」(345)と指摘することで、戦争の無意味さを強調するのだ。トゥールの教訓は、『ハック・フィン』の一七章と一八章のハックの教訓を反芻するものでもある。これらの章のなかでトウェインは、シェパードソン家とグレンジャーフォード大佐の家族との間における三〇年にわたる不和を描いているが、いま生きている家族の誰もこの致命的な確執の原因を知らないということを、殺される前のバック・グレンジャーフォードからハックは学ぶ(146–47)。トウェインとバチガルピが示しているように、暴力による紛争を正当化する必要性は皆無に近い。

トウェインとバチガルピはどちらも、紛争を称揚することもなければ、戦争が児童にもたらす潜在的な影響力を極小化することもない。両作家とも紛争において栄光を勝ち取ることはできないということを示唆している。実際の世界においてそうであるように、これらの小説では、戦争は死や障害をもたらすものとして描かれており、このことはバック・グレンジャーフォードの殺害やマーリアの手の切断にも示されているのだ。両作家はまた、戦争の見えない結果——すなわち、心的外傷後ストレス障害（ＰＴＳＤ）——についても強調する。シェパードソン家がバック・グレンジャーフォードを殺害する場面を、ハコヤナギの木の上から目撃したハックは、自分の感情をどのように表現してよいのか分からずにもがく。そして、その現場を目撃したことで気分が悪くなり、悪夢を見たと告白する(153)。ＰＴＳＤを軽減するためにハックが求めるのは、筏である。というのも、そこは彼が唯一「自由気まま」に感じることのできる場所だからだ。『沈んだ都市』においてバチガルピは、PTSDに新たな名前を与えている。「蛆のひきつけ、そう呼ぶものもいた。戦争の多くを見たものはそれに患った。ひどいものもあれば、それほどひどくないものもあった。だが、それに罹らないものはいなかった」(51)。マーリアの友人マウスは、武装した軍によって家族が殺害されるのを目撃し、ハックのようにその記憶のトラウマによってひどく苦しみ、戸外に安らぎを見いだすことができなくなってしまった。

トゥェインとバチガルピは、戦争についてのもう一つの真実を暴露している。それは、子どもの犠牲者は非戦闘員だけではないということだ。バック・グレンジャーフォードは、一三、一四歳といったハックと同じくらいの年の子どもとして描かれているが、グレンジャーフォード家の大人たちは、シェパードソン家に対して武器を取るよう奨励し、その結果、彼は殺されてしまう。一八〇〇年代から状況は改善しただろうか。二一世紀になっても、大人たちは子どもに武器を取ることを強要し続けている。もっとも非道な例として挙げられるのは、一九九一年から二〇〇二年にかけて起こったシエラレオネ共和国のケースであろう。GlobalSecurity.orgによると、「シエラレオネの若者たちのなかで、RUFに自ら志願したケースはほんの一握りだ。RUFの新兵のほとんどは、シアカ・スティーブンスが残忍なISU(Internal Security Unit)を募ったときと同じようにフリータウンのスラム出身であり、このスラムはジョセフ・モモが自らの軍を倍増するための人材を見つけた場所でもあった。その他の子供たちは、誘拐されたり、薬漬けにされたり、残忍な行為によって強制的に連れられてきた」。バチガルピの『沈んだ都市』では、子ども兵士を勧誘するのに、同様の過程を辿っている。マーリアは、UPFの兵士であるオチョに、彼の人間性を認める。「僕らはこんな風に生まれたわけじゃない。彼らが僕らをこんな風にしているんだ」(416)。UPFの兵士を見ながら、マーリアはオチョの言葉の真実を理解する。「彼らは皆子どもにすぎなかった。彼ら全員が銃を振りかざしてお互いを殺す一方で、彼らをこき使っているのは、年上で賢いと豪語する一部の男たちだった。セイル中尉やスターン少佐やサックス将官といった蛆たちのことだ」(421)。戦争は子どもたちを被害者とするだけでなく、加害者にもする。けれども戦争を始めるのは大人たちなのだ。

『沈んだ都市』の子ども兵士の存在は、戦争で荒廃した地域に住む世界中の子どもたちに影響を及ぼす重要な問題を提起する。同時に、米政府がこの問題を解決するために何をしているのかと問うことを読者に促す。二〇〇八年、子ども兵士阻止法が通過した。この法律は、子どもを戦場で使用する海外の政府に対して米政府が軍事援助することを阻止することを目的とする。しかし、米政府は、子ども兵士が使われ続けているにもかかわらず、南スーダンといった米国と同盟を結んでいる幾つかの国々に対して、この法律の放棄を認めてきた (Turse)。ジョー・ベッカー (Joe Becker) の「戦線の子どもたち」(“Children on the Front Lines”) によると、米国務省は現在、アフガニスタンにおいてこの法律違反を黙殺している。これらの情報源が示唆しているように、アメリカの外交政策は、子ども兵士の流通と共犯関係にある。そしてこれはバチガルピが『沈んだ都市』において探求した、もう一つの「見えないナラティヴ」なのだ。

犠牲者とならないよう、マーリアとトゥールが避けねばならない人間の脅威とは対照的に、バチガルピは、ニシキヘビ、パンサー、アリゲーター、コイウルヴ (“coywolv,” コヨーテとウルフのハイブリッド) 等増強された捕食動物を『沈んだ都市』に取り入れている。これらの生物は、気候や環境の変動にうまく順応し、元々の生息地から離れた地域に移り住んでいる。このような新たな出現が危険をもたらしているにもかかわらず、『沈んだ都市』において人間の生存をもっとも脅かしている脅威は、トウェインが「もっとも下等な動物」(“The Lowest Animal” 222–32) と嘲弄した「人類」によって生み出されたものであった。

四　官邸のカオス

『沈んだ都市』の最後から二番目の章は、次のようなシンプルで叙述的な文章で始まる。「官邸に君臨したカオス」(424)。現代のアメリカ人であれば、この建造物を国会、すなわち国会議事堂と見なすであろう。米国政府によって、そして中国の平和維持軍によって見放されたこの建物は、スターン少佐の同胞統一戦線軍の軍司令部として用いられている。しかし、小説のこの時点において、この建物は長距離砲のターゲットとなっており、神の軍の勢力によって完全に破壊されようとしている。この文章のシンボリズムは、明らかに風刺的である。なぜなら、党利党略は、アメリカの未来を地獄に陥れようとしているからだ。バチガルピは、現在のように米国市民が極端な政治的・宗教的差異を繁茂させ続けるならば、アメリカは危うくなってしまうことを警告しているように思える。

『ハック・フィン』が初めて出版された翌年、トウェインは「人間の性格」("The Character of Man")を執筆した。この草稿のなかで彼は、寛容を「優しい嘘」として退け、「利己主義」を人間の性質の中心に置いた(858)。『ハック・フィン』と『沈んだ都市』は、人間の利己的行動と不寛容を露呈し、これらの欠陥を持った特性に抵抗することに失敗した結果を例証している。自国のためだけでなく世界のために、アメリカの政治家は愛党心を捨て、理解と率直な対話を目指さなければならない。対話を促進し、多様性を尊重することを拒んだ結果は政治機能の不全であり、この政治機能の不全こそが、環境災害をもたらし、すでに表出している地球規模の不平等を拡大し、さらなる暴力を生み出すのだ。

＊本稿は、パオロ・バチガルピの講演に対するコメントをまとめた論文概要「マーリアとトゥール——ポスト加速時代におけるハックとジム」(水野敦子訳)『国際ＳＦシンポジウム全記録』(日本ＳＦ作家クラブ編　巽孝之監修、彩流社、二〇一五年)に、修正・加筆を施したものである。

引用文献

Albert, Micah. “Kenya Poor Cling to Dump Site.” Pulitzer Center on Crisis Reporting. Pulitzercenter.org. 30 Apr. 2012. Web.

Bacigalupi, Paolo. *The Drowned Cities*. 2012. New York: Little, Brown, 2013.

——. ISFS2 in Hiroshima. “Towards the Frontier of 21st Century Science Fiction: Nature, Culture, Future.” Hiroshima Shudo University. Hiroshima, Japan. 20 July 2013.

——. *Ship Breaker*. 2010. London: Atom, 2011.

——. *The Water Knife*. New York: Knopf, 2015.

——. *The Windup Girl*. 2009. London: Orbit, 2010.

Becker, Jo. “Children on the Front Lines with U.S. Dollars.” *Politico Magazine*. politico.com. 30 June 2016. Web.

Brown, Andy. “Below the Poverty Line: Living on a Garbage Dump.” UNICEF. 2009. Web.

Fishkin, Shelley Fisher. “‘The Most Rigorous Law of Our Being’: Mark Twain, Growth, and Change.” *Mark Twain Studies* 1.1 (2004): 7–9.

——. “Reflections.” *Mark Twain Annual* 8.1 (2010): 22–28.

Hemingway, Ernest. *The Green Hills of Africa*. New York: Scribners, 1935.

Kiskis, Michael. “The Critics Dream Mark Twain: Adventures of Huckleberry Finn.” *Humor in America: Ha! Intelligent Writing about Humor and Stuff*. 22 Aug. 2011. Web. 9 May 2016.

Mailer, Norman. “Huckleberry Finn, Alive at 100.” *The New York Times* 9 Dec. 1984. Web.

McCaffery, Larry. “10 Reasons to Read Mark Twain Today.” *Mark Twain Studies* 1.1 (2004): 16–17.

“Revolutionary United Front (RUF).” GlobalSecurity.org. Military: World: Paramilitary: Africa. Web.

Robinson, Kim Stanley. “I Started with Huck Finn.” *Mark Twain Studies* 1.1 (2004): 18–20.

Turner, Frederick. *Renegade: Henry Miller and the Making of Tropic of Cancer*. New Haven, CT: Yale UP, 2011.

Turse, Nick. “New Nation, Long War: Hillary Clinton’s State Department Gave South Sudan’s Military a Pass for Its Child Soldiers.” *The Intercept* 9 June 2016. Web.

Twain, Mark. *Adventures of Huckleberry Finn*. 1884. Ed. Walter Blair and Victor Fischer. Berkeley: U of California P, 1985.

——. “The Character of Man.” 1885. *Collected Tales, Sketches, Speeches, & Essays: 1852–1890*. New York: Library of America, 1992. 854–58.

——. “The Lowest Animal.” *Letters from the Earth*. Ed. Bernard de Voto. New York: Harper Perennial, 1962. 222–32.

——. “The New Dynasty. Hartford Monday Evening Club.” 22 Mar. 1886. *Collected Tales, Sketches, Speeches, & Essays: 1852–1890*. New York: Library of America, 1992. 883–90.

——. “Yale College Speech.” [Note: *Master of Arts*.] *Mark Twain Speaking*. Ed. Paul Fatout. 1976. Iowa City: U of Iowa P, 2009. 235–38.

18

ポストヒューマンの世界
——上田早夕里『オーシャンクロニクル』シリーズにおけるクイア家族

原田　和恵

はじめに

人間とは、一種の個別の生物だと一般的に考えられているが、果たしてそうだろうか。エコクリティシズム学者であるティモシー・モートン (Timothy Morton) は、進化論を脱構築する試みによってこの概念に疑問を投げかける。すべての生物は相互関係にあるため、個々の生物を区別しにくいが、便宜上個々の生物は特有性のあるものとして分類されている。このように相反する概念を踏まえた上で、モートンは、生態系の共生を「メッシュ（網の目）」と呼ぶ。さらに、ダナ・ハラウェイ (Donna Haraway) の『伴侶種宣言』(*The Companion Species Manifesto*, 2003) では、主に犬と人との共生において、バクテリアに対する適応能力など、人間からは不可視なレベルで言及している。また、量子物理学者でフェミニストのカレン・バラード (Karen Barad) の「イントラ・アクティビティ (intra-activity)」は、人間と非生命体の関係を考える際に、物質は常に流動的であるため、「個」という主体性を疑問視するものである。

こういった人間と人間でないものの共生や伴侶種を巧妙に描いた作品と言えば、上田早夕里の『オーシャンクロニクル』シリーズであろう。「海上民」と呼ばれる海の生活に適した遺伝子組換を行われた人間と「魚舟」と呼ばれる人間の「朋」である巨大な海洋生物や、人工知性体と呼ばれるＡＩと人間の共生など、人間中心主義から逸脱した生態系を描いている。特にこのシリーズでは、生態系が「網の目」であることを前提に、以下二つの点を中心に批判している。

まず、人間と人間でないものの共生は、個々の主体性という概念を解体することである。次に、共生を通して、異性愛の規範を否定する家族の形態、つまりクイア家族を構築していることである。非・人間中心主義の生態系の共生は、現代日本社会も含め、世界での階級や性差の格差を批判するものであり、また異性愛規範に基づく生殖システムに異議を唱えるものである。この論文では、上田の『オーシャンクロニクル』シリーズが、いかに生態系が「網の目」であり、ゆえに個の主体性への疑問、風変わりな伴侶関係を経てクイア家族を形成しているかということを考察していきたい。また、このクイア家族の形成は、生殖が中心となっている異性愛中心の家族への考え方、特に日本での現在の少子化対策、出生率上昇への安易な生殖活動を推進する社会風潮への批判であることを検討する。

一　相互依存と伴侶種

『オーシャンクロニクル』シリーズは、『華竜の宮』（二〇一〇年）と『深紅の碑文』（二〇一三年）の長編小説二作と、「魚舟・獣舟」（二〇〇六年）と「リリエンタールの末裔」（二〇一一年）の二篇の短編からなる。長編第一作目の『華竜の宮』は、二〇一一年に日本SF作家クラブから日本ＳＦ大賞、ジェンダーSF研究会からセンス・オブ・ジェンダー賞と二つの賞を獲得した。このシリーズは、地球で大規模なホットプルームの爆発が起こり、大部分の大陸が水没してしまう「リ・クリティシャス」という大災害が起こる設定で始まる。そこで水没しなかった国々は、人間救済という名目で、バイオ・テクノロジーによるあらゆる生物の改造を可能にした。その結果、殺戮体というＡＩ（後の人工知性体）の兵器を作り、残された土地と資源を巡って醜い争いが起こる。ここでは、長編二作を中心に検証していきたい。

再度、モートンの「メッシュ（網の目）」という概念とハラウェイの「伴侶種」について考えてみよう。モートンは、非本質的、いわゆる「自然」（本質的に考える「自然」という概念を大文字のNatureで表記している）という既成概念を否定するダーク・エコロジーという立場を取っており、この「メッシュ」という概念は、ある意味、人間の身体の拡張性や浸透性、人間と人間でないものの相互依存性を重要視している。すべての生命体は網の目のように複雑に絡み合っているため、各々を区別しにくいが、個々の生物には特有性があるという相反する概念である。簡単な例を挙げれば、人間の体は部位や色々な器官から成っているが、同時に体内には様々な生き物が動き回っている。ゆえに人間の体は皮膚が境界ではなく、浸透性があると言える。同様に、ハラウェイの『伴侶種宣言』は、非・人間中心主義の視点から、すべての生命体は伴侶種であり、人間と人間でないものの「共進化」によって発展を遂げていると論じる。共進化とは、「花の生殖器官とその花の受粉を助ける昆虫の臓器が、互いに似た視覚的形態になっていく」（永野訳　四八）だけではなく、人間のゲノムと伴侶種の病原体が適合することでもある。また、「サイボーグを伴侶種という、ずっと大規模で風変わり《クィア》な家族の年少のきょうだいとみなすようになった」（一九）と言うように、人間と動物の共進化だけでなく、サイボーグやオンコ・マウス（癌の研究のために遺伝子組換された実験用のねずみ）も含まれた考え方である。人間と人間でないものの相互依存、伴侶種、共進化は、人間の「個」という主体性が偶発的で流動的なものであるということを考えさせ、上田の作品は、こういった人間と人間でないものや人間同士の親和性だけでなく、過酷な共存を強いられた状況も描いている。

　では、ハラウェイのいうクイア家族を『オーシャンクロニクル』シリーズ上で、検討してみよう。まず、「クイア」という概念に触れておく。「クイア」は多義であるが、この章では、生殖関係を持たず、異性愛中心ではないセクシュアリティ、また「個」の主体性の解体という二つの点を「クイア」とする。このシリーズは、主に人間と人間でないものの伴侶関係から成っており、まさしくクイア家族の形態をとっている。ここでの登場人物は、子どもを持たない独身者、あるいは人間ではないものと伴侶になり、生殖とは無縁な者が多い。というのも、いずれ人類が終焉する「プルームの冬」という大災害が起こるという設定だからである。青澄という陸上に住む公使は独身者であるが、マキというアシスタント知性体がおり、この二人は生殖とは無縁の関係である。二〇一二年の日本SF評論賞を獲得した渡邉利道は、『華竜の宮』では「ほとんどの主人公は独身者で（生殖しない）」存在であり、エリオット・ソバー（Elliot Sober）の進化論から「独身者は社会をよりよくするために貢献する存在」だと述べている（二六〇―六一）。青澄の名前は、「青澄・N・セイジ」と言うが、「N」はラテン語の「null」という意味で、伴侶や子供なしで生涯を送る人のことを表す。独身の青澄は、自分は社会の道具であり、生涯、社会に貢献する存在であるから、子供を持たないと決めている。青澄のような存在は、現代日本で出生率を上げるため、生殖活動を推進する政策に反する者であり、また人工知性体のマキは生殖しない体である。このような生殖とは無縁の伴侶関係は多々描かれているが、ここでは、青澄とマキ、海上民のツキソメとその「朋」の魚舟ユズリハ、そして、陸上民のユイと人工児マリエの関係を見ていきたいと思う。

二　現代日本における低出生率と少子化対策

まず、少子化対策について考えてみよう。日本では、少子化問題は既に深刻化している。戦後の高度経済成長と著しい医療技術の発展を経て、急激に高齢化社会となった。この高齢者人口を養うには、十分な労働人口が必要である。そのためには、出生率の上昇は欠かせない。そこで、一九九四年に少子化対策として「エンゼルプラン」が取り入れられた。当初このプランは、一〇年を目処に、少子化と女性の社会進出に伴って育児支援をすることを目的としていたが、出生率の低下は進み、一九九九年一二月には「新エンゼルプラン」が策定された。それでも歯止めのきかない少子化に対して、二〇〇三年七月には、「次世代育成支援対策推進法」と「少子化社会基本対策法」が制定され、二〇〇四年には「子ども・子育て支援プラン」や「特定不妊治療費助成事業制度」等が施行された。例えば、「子ども・子育て支援プラン」のガイドラインは、「子どもが健康に育つ社会、子どもを生み、育てることに喜びを感じることのできる社会への転換」を目標としている。だが、子どもを持つことは、個人の自由、選択肢の一つでもある。このような少子化対策や生殖活動推進の助長は、クイア研究者のリー・エデルマン (Lee Edelman) のいう「生殖フューチャリズム (reproductive futurism)」、つまり、異性愛を規範として、子供という存在が未来の可能性を担うという概念が社会に蔓延していることをいう (2)。日本もこの「生殖フューチャリズム」の社会であり、生殖活動することに価値を置いている。特に二〇一二年には、「卵子老化」という言葉がＮＨＫの「クローズアップ現代」という番組により急に注目を集め、二〇一三年には、日本生殖学会が未婚女性にも卵子凍結を認める「卵活」のガイドラインを決定している（小林 三五）。生命倫理を扱う哲学者の小林亜津子は、「卵子老化」について以下のように述べている。

「卵子老化」についての知識を普及させ、それによって女性たちに「若いうちに生みましょう」と呼びかけること（二〇一三年、導入が検討された「女性手帳」案など）は、彼女たちに意味のない不条理なプレッシャーを与えることにもなります。女性に「生む性」としての社会的価値を押し付け、不妊の原因がすべて女性側にあるかのような誤解を与えるという弊害もさることながら、「生む」ということは、必ずしも女性自身の意思だけで実現できるとは言いがたいからです。（四四）

このように、少子化対策は、生殖活動、また女性が「出産しなければならない」という社会的価値に比重を置いている。従って、あえて生殖せず、異性愛でない、人間でないものと人間の伴侶関係を築いたクイア家族を描く上田の作品は、生殖推進助長に対抗する一つの作品として大きな意味を成すと考えられる。

三　相互依存の生態系——共生と共進化

『オーシャンクロニクル』シリーズは、陸上民と海上民という人間と、魚舟と獣舟という海洋生物との生態系を中心に構成されている。これらの四種類の生物は関連し合い、進化を経て、この生態系は皮肉な連鎖をもたらす（表一参照）。地球上の大陸の大部分が水没したため、人間は、遺伝子操作により海上民という人間を造り出し、これにより、陸上民と海上民という種は次第に区別されていく。海上民は女性が常に双子を生み、ヒト科のものとサンショウウオのような形をした魚舟とに分けられる。海上民と魚舟は、遺伝子型は同じであるが、体の表現型は違う。ヒト科の子供はヒト科の間で育てられ、生まれたばかりの魚舟は海に放され、生き残れば双子の片割れの所に戻ってくる。その後、海上民と魚舟は、「朋」、つまり伴侶種としての関係を構築する。そして、魚舟はいわゆる海上民たちの舟、及び家となり、ヒトは魚舟を操縦する船乗りとなる。海上民は魚舟に各々の「操船の唄」を聞かせ、朋としての絆を作り上げていく。しかし、魚舟がヒトの朋を見つけられない場合には野生化し、獣舟となり、創造主である陸上民をエサとして攻撃する食物連鎖が起こる。一方、陸上民は、生存をかけて獣舟の殺戮を繰り返す。数百年が過ぎ去ったころ、獣舟に多種の遺伝上の変異が起こる。獣舟は陸上の環境に適応するために、クモのような多脚生物、また大ミミズ、豹や巨大な鳥になり、そして、遂にはヒトの形態に変化する。

このような四種類の生物の共存は、モートンの「相互依存の定理」を想起させる。この定理は、恣意的で「中心も周縁もない」生態系を公式で説明したものである。この公式は二つの公理からなるが、簡単に言えば、公理一は、生物とは他の生物との共生から成り立っていること（共生理論）、公理二は、生物は他の生物から派生すること（進化論）を提唱している（22–23）。陸上民と海上民、海上民と獣舟との関係は、偶発的なものでなく、人為的に作り出されたものであるが、これらの生物の共生や予期せぬ結果をもたらした過程を見ることができるだろう。つまり、海上民が陸上民のバイオ技術により派生した人間であることは、公理二の進化であり、海上民と魚舟は、公理一の共生と言えるだろう。ハラウェイの言葉に言い換えれば、海上民と魚舟は一種の共進化で、「互いに似た視覚的形態になっていく」（永野訳 四八）のである。一方、陸上の環境に適応するために魚舟から変異をとげた獣舟は、公理二の進化に分類されるだろう。食物連鎖により、獣舟が創造主である陸上民を攻撃するのは、モートンの七番目の定理、「生態系がどんな影響をもたらすのかというのは前もって解らないため、すべての生物は奇妙なよそ者 (strange stranger) と理論づけることができる」(24, 27)。つまり、生態系は常に流動的で変化し続けていることを再認識することができる。

二〇一〇年一二月号の『ＳＦマガジン』のインタビューで、上田は、海上民と魚舟の発想は、二〇〇五年に日本で発見された単細胞生物の「ハテナ」と ncRNA の新発見を参考にしたと述べている。筑波大学の研究者が、「ハテナ」は単細胞生物なのに、分裂時、片方は葉緑素をもつ植物型に、もう一方は口を持って動き回る動物型になる生物だと説明している。そこで、魚舟と海上民（ヒト科）を双子にするという発想が生まれた。更に、ncRNA の新発見は、上田の生物に対する概念を覆し、生命体の共生、また見えない部分や複雑性を具体例を使って表している。短編の「魚舟・獣舟」で、海上民であるミオはこう言う。

> 西暦二〇〇三年にヒトの全ゲノムが解読されたとき、タンパク質をコードする遺伝子領域や発現制御部分は、全体の数パーセントに過ぎないことがわかったわ。残り九八パーセントは、用途がよくわかっていなかった。それからたった二年後、生物の姿や機能の複雑さを決定するのはかつてジャンクと呼ばれていた領域から転写される ncRNA である可能性が示された。それまではごく限られた用途しかないと思われていた RNA が、実は、生物の形態発現や進化にすら関係しているとわかったの。姿・形が違う別種の生物でも、使っている遺伝子は同じ——ってことなのよ。この仕組みを応用すれば、ヒトと同一のゲノムから、ヒトとは全く形態の異なる生物を作りだすことができる。この技術を応用して作った生物が魚舟なの。文字通り、彼らは私たちの〈朋〉なのよ（一九—二〇）

つまり、人間と生物でないものの境界を曖昧にし、何が「人間」という生物の分類に当てはまるのかを問う。上田の作品は、体の形態だけでは「人間」という分類に当てはめられず、非可視な生態系、生物の相互関係も考慮すべきであると示唆している。

それでは、海上民と魚舟の共生を考えてみよう。ヒト科である海上民はメスかオスという二種の性があるが、魚舟には性や生殖機能はない。つまり、繁殖はヒト科が担い、魚舟は住居と海上を移動する乗り物の役割を担う。しかし、海での過酷な生存環境は、海上民と魚舟の身体的な共生だけでなく、強い心の絆も生み出す。まず、この絆を深めるのは、「操船の唄」であるが、これは、海上民が魚舟を誘導する時に歌う、七音階（陸上民にも聴き取れる）と五音階の超音波（海上民と魚舟だけ聴解可能）から成り立っている。これには二通りの歌い方がある。一つは、デッキに出て魚舟の上で歌う方法、他は、海の中に入って、魚舟の中で歌うという方法である。通常人間は、二〇ヘルツから二〇キロヘルツまでの周波数は聴解可能だが、彼らはモノフォニーで二〇〜三〇キロヘルツの高周波の「操船の唄」でコミュニケーションをとり、より信頼を深め、強い絆を築く。例えば、海上民のリーダー、ツキソメと魚舟のユズリハの絆を見てみよう。ツキソメは年老いたユズリハに感謝の意を込めて「操船の唄」を以下のように歌う。

——これまでありがとう。
——もう無理をしないほうがいいわ。
——明日からは漁もしなくていい。他のヒトから魚を分けてもらうから、ゆっくり休んで……。錆びた蝶番が軋るように、ユズリハが悲しげな声をあげた。おれを見捨てないでくれ……と言いたげに。
「捨てたり離れたりなんかしないわ」ツキソメは自分の体をユズリハに押しつけた。
「おまえは本当によくやってくれた。私とアサギの自慢の舟よ。でも、今はゆっくりやすみなさい」

（『華竜の宮』三四七—四八）

言うまでもなく、ツキソメの唄はユズリハに対する親愛の情が滲み出ており、ユズリハも鳴き声でそれに応える。唄と鳴き声による相互理解は、彼らが長年連れ添った「朋」であることを表している。

次に、魚舟と海上民は、イルカやクジラなどのように音波の反響で周囲を探知することができる。魚舟は海中で一三〇キロヘルツの高周波で鳴き、その反響定位で物の大きさや形、表面が測定できる。海上民は魚舟の中にいることで、同じように海中にあるものを察知し、視覚化できる。これは、海中で共存するには必要不可欠な能力である。「操船の唄」や反響定位の能力による共進化は、「人間」を非・人間中心主義の視点から考えさせる。共進化の例として、ユズリハとツキソメの反響定位の能力は、敵を撃退するのに使われる。ツキソメがユズリハに高周波数を出すように誘導して、敵の潜水艦までの距離と魚雷を撃つタイミングを計る。だが、これによりユズリハは大怪我をする。この時のツキソメの心中は、人工知性体のマキの視点から語られているが、ツキソメはユズリハの鳴き声や反響定位の能力による振動から痛みを察知し、身体的、感情的な痛みを分かち合う。厳しい環境で共存していく上で、心の絆を深めることは不可欠である。

一方、『華竜の宮』の終わりには、ツキソメは海上民というヒト科ではなく、獣舟の突然変異体であることが発覚する。前述したように、人間と魚舟は同じゲノムを持っているが、ツキソメの場合、ヒト科の形態をした獣舟である。つまり、ツキソメとユズリハは同じ生物に属し、魚舟とヒト科の形態をした獣舟の伴侶関係であることになる。皮肉な食物連鎖について前述したが、ツキソメの獣舟からヒト科への変異は、生存するために環境適応した結果を表し、生態系では常に予期せぬことが起こりうることを述べている。

しかし、この作品中では、人間界ではまだ言語の優位性はまだ揺るぎないものとして描かれている。ヒト科の形態を持つ獣舟変異体のツキソメは、人間界に近づく手段として、言語の必要性を表している。当初ツキソメは言語能力が全くなかったが、手術によって言語伝達能力を得る。ツキソメはこう言う。「言語が私を作った――。ツキソメは静かにつぶやいた。言葉が私を変え、言葉が私の世界を作り出した……。（中略）他の人間が見ているものを、私も同じ形で見られるように。美しいもの、心を動かすものを、共に味わえるように」（『華竜の宮』四九六―九七）。ツキソメの言語とヒト型の形態は人間と人間でないものの世界の隔たりを埋めるようにも見えるが、「人間」の形態を重んじる代理の存在として描かれている。あるいは、ツキソメが人間界で発言権を得るために、人間の代理としての皮肉な存在としても書かれている。

とはいえ、ツキソメの存在は、ヒト・獣舟・魚舟を混在させ、モートンのいう恣意的で「中心も周縁もない」網の目の生態系と偶発的で予期できない生態系を示したよい例と言ってよいだろう。また、ジュディス・バトラー(Judith Butler)のパフォーマティヴィティ(performativity)の概念にあるように、ツキソメとユズリハの伴侶関係は、社会的相互関係から派生し、経験の反復によっても成り立っている。従って、ツキソメとユズリハの伴侶関係は、社会的にも生物学的にも複雑に絡み合って構築されている。

四　異性愛でないクイア家族――やおい系と百合系ナラティヴ

前節では海上民と魚舟の共生を見てきたが、ここでは陸上民の公使である青澄とアシスタント人工知性体のマキの伴侶関係を見ていきたい。二〇一一年のSFセミナーでのインタビューによると、人工知性体は、大阪大学の前田太郎研究室で開発された着装可能な人間との共生関係を構築する新しいインターフェイスマシーン「パラサイトヒューマン(ＰＨ)」を参考にしたらしい。ここで、注目すべき点は、ＰＨが装着者の知覚情報を人間と同じように記録して学習し、人間の補助的役割として人間の行動を適切に処理する点である。ＰＨは、身体的補助を中心に開発されているが、上田作品の人工知性体は、心理的補助もする。従って、マキと青澄は複雑な伴侶関係を築いていく。

モートンやハラウェイの概念は生態系における共生、相互依存を中心としているが、バラードの考えは物質と存在の流動性に焦点を置いている。物質は不変なものではなく、常に流動的でパフォーマティヴであるとバラードは述べている。この物質が変化、再構成し続ける過程をイントラ・アクティビティという。この概念は、「個」という物質、つまり、主体性の存在を問う。マキと青澄の複雑に交錯した主体性は、常に流動的な物質と存在、脳内共生を考えさせる。その一例として、マキが青澄との関係を考える場面がある。

――僕が、僕という主体を持つ者であるよりは、仮想的とはいえ青澄の半分である――という理屈は、確かに筋が通っているように思えた。

実際、僕は青澄に対してそう振る舞ってきた。僕は青澄にとって真の〈他者〉というよりも、彼の影《シャドウ》に近い――。内的葛藤を促進するために作られた存在なのだ。僕という存在のどこまでが出荷時のアシスタントが持つ性質で、どこからが青澄の影《シャドウ》なのか――僕自身には、もはや区別がつかない。(『華竜の宮』五七三)

このように、マキの中では青澄とプログラムが複雑に錯綜していて、「個」というものが分かりにくくなり、常に二人の相互関係性は再構築し続けている。

知性体のマキも性別化された個体を持っている。マキには三体あって、青澄が子供の頃から公使として働いている時は若い男型をしており、青澄の後半の人生は、女型である。更に、未来の人類滅亡規模の災害に備え、人類の記録保存用に男型マキのコピーが作られる。特に、『華竜の宮』では、男型マキと青澄の関係は、「少年愛」らしいやおい系のナラティヴを想起させる。彼らはプラトニックな友人であり、ビジネスパートナーでもあるが、前述したように、複雑に絡み合った身体と脳内共生は、とても親密な絆を生み出し、伴侶的な関係を築いている。青澄は、後で特別な女性アニスに出会うが、生涯独身者として通す。男型マキは、青澄を心配し、人間の同居者を持つことを提案するが、青澄は家族はいらないという。

［青澄］「とにかく家族はなしだ。私はひとりでいい。おまえさえいてくれれば、それでいいんだ。どうしても人手が必要になったら、汎用タイプのボディを買うから」（中略）

［マキ］新しいボディか──と僕は思った。

その外見は、これまでと同じく、ずっと若いままなのだろうか。

それとも青澄は、自分の年齢に合わせて、僕も老けさせていくつもりなのだろうか。

少しずつ、少しずつ。

本物の人間のパートナーみたいに。（三四五）

青澄は結婚よりマキといることの方が適していると言う。男型マキはこの言葉を聞き、人間と同じように年をとっていく自分のボディを想像する。マキに加齢したり、生殖したりする身体的な人間の機能はなく、実際に男型マキのボディが年を取ることはないが、将来長期的な伴侶関係を構築したいという欲望が表現されている。

また、『華竜の宮』の最後で、人類史の記録保存のために男型マキのコピーが宇宙の彼方に送られることが決まり、青澄が嬉しく思っている場面をマキの視点から見てみよう。

紫豆を挽く僕の手に自分の手を添えながら、青澄は穏やかに言った。「こらこら、よそ見をするんじゃない。豆はな、こうやって大切に挽くんだ。大事な人を、優しく撫でるようにな……」

僕は青澄の指導の下、紫豆をゆっくり挽き始めた。彼の内面がこの上なく優しく温かい想いに満たされているのを僕のプローブは明瞭に把握していた。（五七六）

青澄の内面は、常にマキを通して語られているが、この紫豆を挽く場面は、青澄にとって大切な人に対する気持が表れており、マキに丁寧に豆を挽くことの大切さを教えている。一方、マキはやさしく長い間青澄の内面を見守ってきた。

青澄が手をそっと添え、マキが青澄の感情が満ちた時やさしく受け止める様子は、やおい的瞬間として捉えることができるだろう。青澄にとって、マキという存在はなくてはならない伴侶種であり、ハラウェイのいうクイア家族として見ることができる。ここでのクイア家族は、生殖とは関係がなく、また異性愛規範を逸脱し、人間同士の家族を解体する代理の家族形態である。また、男型マキと青澄の関係が一九七〇年代の少年愛＝やおい系ナラティヴを感じさせるのは、いち早く少女漫画でSFを描いていた萩尾望都へのオマージュとしても取られるであろう。

さらに、このシリーズはやおい系ナラティヴだけでなく、百合系ナラティヴも描いている。『深紅の碑文』では、百合系であるクイア家族―伴侶関係が登場する。宇宙エンジニアの星川ユイと人工児として生まれた鴻野マリエの女性同士の関係である。やおい学者の溝口顕子によると、百合（レズビアンの隠語として使われていた）系は大きく三つに分類される。まずは、女学生同士のプラトニックなS関係（一時的なシスターフッド）、次に、スーパーヒロイン系、三つ目に、性的なレズアビアン関係と言っている(223)。ユイとマリエの関係は、溝口のいう一つ目の分類に当てはまるだろう。なぜなら、学校での友人から長い時間をかけて絆を深め、プラトニックでありながら、伴侶的な関係を築いていくからである。これは、大正時代に見られる吉屋信子などが書いた少女小説を想起させるが、少女小説のS関係は、女学生時代の友情、シスターフッド、同性愛の一時的な関係で、大人になると異性愛に戻るというのが、通例のストーリーである。だが、ユイとマリエの関係は、どちらかと言えば、長期に渡り徐々に伴侶関係を築きあげていく。

マリエは将来の大災害に備えて遺伝操作により生み出された救世児であり、一般児と一緒に育てられておらず、他者とどのように友人関係を築いていけばいいのか分からない。だが、ユイはマリエの人間的でないところに惹かれる。例えば、ユイがマリエに初めて会った印象は、「よくできたインダストリアル・デザインを見ているようだった。機能性を極めた結果としての美。一切の無駄を含まぬ美。自分と同じ生物とは思えなかった。何か崇高な気配すら覚えるほどだった」（『深紅の碑文』上一〇八）。ユイはマリエの人工的な美や人間的でないところに惹かれている。一方、マリエはユイの楽観的思想や夢に興味を示していく。マリエは人工児ゆえにあまり感情を出すことができなかったが、ユイと付き合っていくうちに、感情を少しずつ出せるようになる。その後、ユイは人類記録保存用の宇宙船打上げプロジェクトで働き、マリエも危険な場所で大災害に備え働いている。マリエはいつも危険と背中合わせの仕事ゆえに、ユイのことを「お守り」のような存在と考えるようになる。ユイとマリエは、基本的に考え方は全然違うが、二人はお互いを尊重し合い、精神的な絆を深めていく。『深紅の碑文』の最後に、五年間音沙汰がなかったマリエがついにユイに連絡を取った場面がある。
[マリエ]「仕事が終わったらすぐに帰るわ。いつものように待っていて」
[ユイ]「私、あなたを毎日夢に見るのよ」
「私もよ。だから、もうしばらくの間、夢の中で会い続けましょう。私だって、アキーリ号の出発を見たいんだから」
「約束して。必ず帰ってくると」
「約束するわ。必ずあなたの元へ帰る。だから、もう少し待っていて――」(中略)
――信じていいの？　マリエ……。(『深紅の碑文』下 三七〇―七一)

長い間離れていても、お互いの夢をみることで、精神的な繋がりを保っている。また、アキーリ号という宇宙船打上げのユイの夢は、マリエにとっても重要な夢である。夢での精神的繋がりは、百合的瞬間と言ってもよいだろう。しかし、『深紅の碑文』の最後では、二人の再会は描かれていない。アキーリ号の打上げにマリエは帰ってこないが、ユイは彼女が生きていて、帰ってくることを信じて待つという場面で終わっている。このユイの楽観は、世界終末のナラティヴに一種の安堵感を与える。また、完結されないことで、半永続的に続く女性同士の伴侶関係を描いている。

前述してきたように、『オーシャンクロニクル』シリーズは、クイア家族、つまり、人間と人間ではない生命体との家族形態を描いている。ユイとマリエの半永久的な女性同士の伴侶関係、青澄とマキとの男性同士の伴侶関係を描くことで、異性愛ではなく、生殖とは関係ない家族が規範になっている世界を提示している。また、生命体同士や生命体と非生命体の相互依存関係を中心に描き、「個」という概念も流動的であることを示している。さらに、シリーズの終わりには、人類歴史の保存のため、人工知性体やツキソメ（ヒト科の形をした獣舟）の遺伝子情報など人間ではないものを乗せた宇宙船の出発や人間から改造されたイルカのような海洋生物ルーシィが出現する。これは、最終的に人間ではないものが人類の未来を担うという非・人間中心主義的な視点から、人類の終焉を描いている。この終末論的な世界は、あくまでも人間中心主義からの視点であり、ある意味では、人間でないものにとっては希望のある終わりとなっており、これから人間でないものが他の知性体と一緒に存在する可能性を示唆している。さらに、人類の終焉を迎えようとしている世界では、生殖活動は重要視されることなく、クイア家族を中心とした家族形態を通して、小説の最後で生存に価値を置いた世界観が映し出されている。上田のこのシリーズは、日本社会をはじめ、盲目的に少子化対策、生殖推進をする「生殖フューチャリズム」社会への批判としての役割も果たしているのではなかろうか。

引用文献

Barad, Karen. "Posthumanist Performativity: Toward an Understanding of How Matter Comes to Matter." *Signs: Journal of Women in Culture and Society.* 28.3 (2003): 801–31.

Edelman, Lee. *No Future: Queer Theories and the Death Drive.* Durham: Duke UP, 2004.

Inouye, Isao, and Noriko Okamoto. "A Secondary Symbiosis in Progress?" *Science, New Series* 310.5746 (2005): 278. *JSTOR*. Web. 3 June 2014.

ＴＪＢ学生編集部（筑波大学生物学類）「動物型から植物型へ 一世代で変身——植物進化の謎に迫る不思議な生物「ハテナ」」『つく

ば生物ジャーナル』五（筑波大学、二〇〇六）。ウェブ。二〇一六年八月二八日。

Mizoguchi, Akiko. "Reading and Living Yaoi: Male-Male Fantasy Narratives as Women's Subculture in Japan," PhD diss., U of Rochester, 2008.

Morton, Timothy. "The Mesh." *Environmental Criticism for the Twenty-First Century*. Ed. Stephanie LeMenager, et al. NY and London: Routledge, 2011. 19–30.

上田早夕里「魚舟・獣舟」『魚舟・獣舟』所収、光文社、二〇〇九年。

――『華竜の宮』早川書房、二〇一〇年。

――「『華竜の宮』刊行記念　上田早夕里インタビュウ」『S―Fマガジン』第五一巻一二号、二〇一〇年一二月、二一八―二二一頁。

――『深紅の碑文』上・下、早川書房、二〇一三年。

――「「SFセミナー二〇一二」企画採録　上田早夕里インタビュウ」『S―Fマガジン』第五二巻七号、二〇一一年七月、四六―五一頁。

「上田早夕里『深紅の碑文』ついに刊行」『S―Fマガジン』第五五巻二号、二〇一四年二月、四―五頁。

荻野美穂「人口政策のストラテジー「産めよ、殖やせよ」から「家族計画」へ」、ジェンダー研究のフロンティア四巻、舘かおる編『テクノ／バイオ・ポリティクス――科学・医療・技術のいま』所収、作品社、二〇〇八年、一四五―五九頁。

小林亜津子『生殖医療はヒトを幸せにするのか――生命倫理から考える』、光文社、二〇一四年。

ダナ・ハラウェイ『伴侶種宣言――犬と人の「重要な他者性」』永野文香訳、以文社、二〇一三年。

渡邊利道「独身者たちの宴――上田早夕里『華竜の宮』」『S―Fマガジン』第五三巻二号、二〇一二年五月、二三六―七一頁。

表一

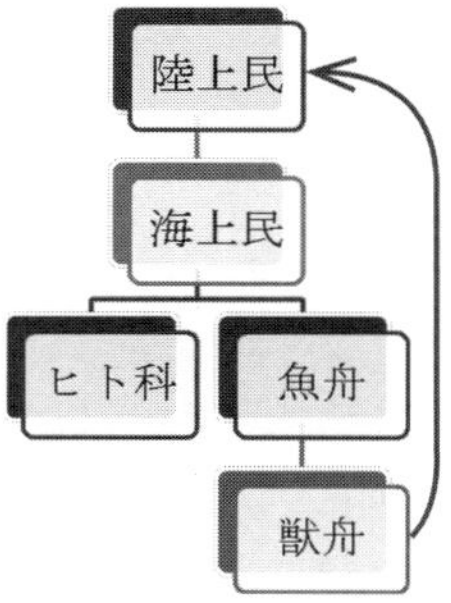

19

日野啓三の文学における物質的環境批評
――ティモシー・モートンとブライアン・イーノを手掛かりに

芳賀　浩一

はじめに

地球の環境問題の考察に始まり、人間の文化と自然の関係を批判的に捉え直す環境批評は、関連書籍が欧米を中心にさかんに出版され、アジア各国にも確実に広がりを見せている。しかし日本では石牟礼道子や宮澤賢治といった特定の作家を論じる場合を除き、「環境」という視点と概念を中心に文学作品が批評・分析されることは少ない。しかし筆者は、日野啓三の一九八〇年代の作品を支える思想が現代の物質的環境批評、とりわけティモシー・モートン（Timothy Morton）の物質志向の存在論と高い親和性をもち、さらにその先を見据えていたと考えている。本稿は日野文学が現代の物質的環境批評の先駆的存在であることを示す試みの一端である。

日野は自伝的な短編小説「あの夕陽」（一九七四年）で芥川賞を受賞して作家として認められ、以来『抱擁』（一九八二年）で泉鏡花賞、『夢の島』（一九八五年）で芸術選奨、『砂丘が動くように』（一九八五年）で谷崎潤一郎賞、『台風の目』（一九九三年）で野間文芸賞、『光』（一九九五年）で読売文学賞を受賞するなど、数多くの佳作を生み出した。批評家として文筆活動を開始した日野だが、小説家としてのキャリアは大きく三つに分けることが可能であろう。「あの夕陽」に代表される私小説的作品世界の初期、『夢の島』に見るような都市の物質世界における現実と非現実の境を描く中期、そして病をきっかけに生命と神の存在に目を向けるようになった『光』の後期である。そして、おそらく現在日野の著作の中で最もよく知られる『夢の島』は、東京湾のごみの埋め立て地であったお台場地区を舞台とすることで、環境小説としても論じられている。この小説は社会の環境問題に正面から取り組んだ作品ではないものの、作品を通して描かれる独自の物質の存在論は現代の環境批評のテーマと確実に呼応している。

一方、ティモシー・モートンは二〇〇〇年に『スパイスの詩学』(*Poetics of Spice*)を出版して物質的な側面からロマン派の英文学を分析し、二〇〇七年の『自然なきエコロジー』(*Ecology Without Nature*)においては環境思想を支える近代的自然観を脱構築することによって新たな環境批評の方向性を示した。その後、『エコロジーの思想』(*The Ecological Thought*, 2010)、『現実的な魔術――物質、存在論、因果』(*Realist Magic, Objects, Ontology, Causality*, 2013)、『ハイパーオブジェクト』(*Hyper Object*, 2013)といった著作を次々に世に送り出し、環境批評の世界において物質志向の存在論を展開している。

日野は直接に環境問題を扱っている訳ではないため、なかなかその思想が評価されにくい作家であるが、モートンの思想を脇に置いて比べてみると、日野作品は明らかに現代の物質的環境批評の思想性を孕んでいる。当初、筆者は日野とモートンの間に具体的な接点と呼べるようなものはほとんど存在しないと考えていたが、実際にはこの二人が大きな関心を寄せた一人の音楽家が存在した。ブライアン・イーノ(Brian Eno)である。そこで本稿はイーノを基点として日野の作品とモートンの思想がいかに交わり、そして解離してゆくかを素描することにする。

一　ティモシー・モートンとブライアン・イーノ

モートンは『自然なきエコロジー』の中でイーノの環境音楽について言及し、その後も『エコロジーの思想』、「彼らはここに」("They Are Here,"2015)などで繰り返しイーノの環境音楽や実験的映像作品を取り上げている。モートンにとってイーノの作品は物質志向の存在論を基盤とした環境思想への貴重なインスピレーションを与えてくれる芸術なのである。モートンによるイーノ作品への言及の中でまず目を引くのは『自然なきエコロジー』におけるアンビエント・ミュージック (ambient music) の分析である。彼は「アンビエンス」(ambience) という言葉の語源には「両方の側」という意味があり、それは「ページの余白、音楽の前後の静寂、絵画のフレームや壁、建物の装飾的な空間」といったものを示すと説明する (34)。アンビエンスは通常「環境」と理解される言葉でありながら、環境 (environment) とは異なる意味を表している。モートンが『自然なきエコロジー』において探究し明らかにしようとしているテーマのひとつは、この「環境」をめぐる二つの言葉が指し示すもののズレである。そして彼は従来の「環境」(environment) が「自然」という意味と同義的に理解されることを批判しつつ、「アンビエンス」としての「環境」の意義を強調するのである。

モートンはイーノの音楽作品が表現する「アンビエンス」が香水や染料といった人工物に比せられるもので、一般的な「自然」と結び付けられるべきではないという。モートンにとってロマン主義的な思考（二元論の世界の他者）が生んだ「自然」と物質的な自然世界は別物であり、彼は後者を「エコロジー」と呼ぶことを提唱した。この「エコロジー」概念が後に「ハイパーオブジェクト」のような人間の生産物や活動と他の地球上の物質たちが複合的に連動して生まれる「環境」の概念の理解へとつながっていくことになる。

イーノのアンビエント・ミュージックシリーズは、ドイツ・ケルン空港のバックグラウンド・ミュージックとして制作された「ミュージックフォーエアポーツ」(“Music for Airports,” 1978) によって始まり、空港のアナウンスや旅行客の会話を邪魔しないように設定された人工的な音によって作られている。それは自然の音を摸することによって自然の中にいるかのような感覚を生み出す従来の環境音楽とは全く違うコンセプトで作られている。モートンは『自然なきエコロジー』の中でイーノの言葉を引用し、従来のバックグラウンド・ミュージックとアンビエント・ミュージックの違いについて語っている。モートンによれば、従来のバックグラウンド・ミュージックが疑いや不確定性といった感覚を取り除き、また刺激的に「環境」を焦点化するのに対し、アンビエント・ミュージックは疑いや不確定性を含み、聴く人に考えるための静寂とスペースを与える音楽であるという(152–53)。イーノのアンビエント・ミュージックは、人工的に作られた「余白」であり、それはモートンがデリダの思想を検討する際に用いた書物の中の余白のように、意識が可視化される場に必要な不可視の存在なのである。そのような余白が人工的に創造されるということが、従来の「自然」に対するアンチテーゼであると同時に、そうした人工的な環境が不確定性を含むことによって「自然」と同様に生命を持ちうるというサイボーグ的な環境観を表現してもいる。

モートンの思想が「物質志向」の度合いを高めるにしたがって、イーノへの関心は次第にアンビエント・ミュージックから「中世風マンハッタンの誤りし記憶」(Mistaken Memories of Mediaeval Manhattan, 1981)のような実験的な映像作品へと移っていく。この映像は、壊れたビデオカメラに偶然写ったマンハッタンの光景を作品化したものであるが、「彼らはここに」においてモートンは、カメラが「壊れて」いることが、「自然化」されているマンハッタンの景色を異化し、我々に常に既に人工的に創られているマンハッタンの存在を知らしめてくれることに注目する。また、壊れたカメラはマンハッタンを「非―構成」することによって、人間が把握し利用するための物であることを止め、我々が「物理的で非概念的ですらある非人間の世界」を理解することを助ける(176–77)。モートンはイーノの作品に一貫して人工と自然の概念の境界の再編成を見出し、それが非人間中心主義の思想の核心であるということを主張しているようだ。

またイーノの音楽における「アンビエンス」について、モートンの解釈と重なる点が多く、精密に分析している先行研究に金子智太郎の「ブライアン・イーノの生成音楽論における二つの『環境』」（二〇〇八年）がある。この論文で金子はイーノの生成音楽の特徴を、音楽と二つの「環境」の関係を探究したことにあると考え、続けて「二つの環境とは、簡潔に言えばこの音楽が作り出す環境と、この音楽が置かれる環境である。イーノはおおまかに前者を『ambience』、後者は『environment』と呼んでいる」と説明する（四七）。金子の解釈ではイーノの生成音楽は、ambience（内的環境）とenvironment（外的環境）の間にあって自在に出力を変化させることのできる有機体であると考えられる。ただ、このような有機体としての音楽を実現するためには、コンピューターソフトの登場を待たねばならず、まだテープを使用していた一九七〇―八〇年代のアンビエント・ミュージックは有機体としては不完全なものだった。しかし、筆者が推測するまでもなく、「生成音楽」としては不完全なアンビエント・ミュージックにも既にモートンを魅了するだけの新しさがあった。それは何といっても、イーノが作る音楽が聴者にとっての「環境」であるという考え方であろう。ここでは、作曲家の意図を聴者が聞き取るという人間主体と表象の関係が敢えて無視されている。金子はイーノのエッセイを引きつつ「イーノはシステムを使う音楽が作曲のシフトだけでなく、リスナーの知覚のシフトも引き起こすと指摘した。音楽をいかなる方向性も進行もない、終わりのないものとして知覚するようになるということである」と説明する（五五）。方向性のない音楽に作曲家の主張を感じ取るのは困難であろう。モートンも指摘するようにアンビエント・ミュージックは聴者がいかようにも解釈することが可能であり、また無視してしまうことも許される「余白」なのである。

二　日野啓三とブライアン・イーノ

日野がイーノの音楽に傾倒したのは一九八〇年ごろからのようだ。『日野啓三の世界』には彼が「中学校に入った息子と、ブライアン・イーノやフィル・コリンズをよく聴いた」とあり（一七）、日野のそれほど多くはない蔵書や愛用品の中にはイーノの「Apollo」が入っている（五六）。また、一九八六年に月刊文芸誌『すばる』に連載したエッセイの六月号は「世界という音――ブライアン・イーノ」と題されており、そこで日野は「イーノの作品ほど心から楽しいと思って聴いたことはなかった気がする。いまだって本当に音楽を聴きたいときに聴くのはイーノの『鏡面界』と『パール』だけなんだ」と語っている（九一―九二）。『夢の島』や『都市という自然』に象徴される、独特な感性で幻想的都市小説・都市論を書いた一九八〇年代にイーノの音楽は日野の中で大きな位置を占めていたのである。

おそらく日野が書いた一九八〇年代の作品にはイーノの音楽からの影響を何らかの形で見出すことが可能であろうが、本稿ではその中から特に「孤独なネコは黒い雪の夢をみる」（一九八四年、以後「孤独なネコ」）と『砂丘が動くように』（一九八六年）に注目する。それは前者がイーノの内的環境という概念をよく表したテキストであり、後者が日野によるイーノ解釈がそのまま作品化された小説だからである。

ここでまず日野がイーノの音楽に直接言及している「世界と云う音――ブライアン・イーノ」を振り返っておきたい。このエッセイで彼はイーノの音楽が「脳ミソが消え」るような感覚と感動を与えると説明し（九〇）、イーノの音楽に形や構造がなく感情に訴えないことが「一切の形、一切の意味というものが壊れてゆく」ことを表現すると語る（九二）。意味や主張、あるいは情景を喚起することを目的としない音楽であることが日野の心を捉えるのである。これはモートンがイーノの音楽に「余白」の表現を見出したことや、金子がイーノの音楽の方向性のなさが聴者に聴き方の自由を許す、と分析したことに呼応する反応であろう。そして内的環境と外的環境の間に生成する有機体としてのイーノの音楽は、作家・日野の中で砂のメタファーとして喚起される。彼は「イーノの音楽を聴きながら、私はいつも砂を思う……砂丘は風のままに姿を変え、砂は一粒一粒であって（土のように溶け合わないで）、しかも動き続ける砂丘の全体だ」と述べ（九二―九三）、「砂丘が動くように」がまさにイーノの音楽に導かれた作品であることを示唆するのである。

さらに日野は、イーノの音楽が「世界の音」ではなく「世界という音」を表現していることを指摘している（九三）。これはモートンが分析したバックグラウンド・ミュージックとしての環境音楽とイーノのアンビエント・ミュージックの違いに対応している。日野とモートンはともにイーノの音楽の中に感覚器官を通して感知される世界の向こう側を感じ取り、現象としての音楽ではなく存在としての音を見出しているのである。

三　「孤独なネコは黒い雪の夢をみる」

一九八四年の『新潮』九月号に掲載されたこの作品は、「帰郷するとき、私はいつも緊張する」という書き出しで始まり、「私の名は萩五郎。東京から西へと走る新幹線の座席に、五郎は緊張して坐っている」と説明される（一七七）。「私」である五郎が重病の父を福山市の病院に見舞い、郊外にある実家の屋敷に一晩泊まることになった際の出来事を語る短編である。引用部分にも示唆されているように、「私」である五郎の視点は語り手として統一されていない。五郎の身体と語り手の意識である「私」が統一と分裂を繰り返しながら語りが進行する。このような多重人格・視点を持った五郎が父親の死に向き合い、それと同時により大きな世界の法則を実感することになる。それが「黒い雪」である。

築百年にもなる実家の古屋敷が「目に見えない力、何物も逃れることのできない法則」によって崩壊することに「どうして緊張と動揺と、もっとはっきり言えば恐怖を覚えるのだろう」と言う五郎に対し（一七九）、「私」はただ肩をすくめ、「あらゆる形を崩し、意味を消し、中心を溶かし続ける黒い雪」のことを考える（一八〇）。

作中、五郎が見舞った病床の父はすっかり衰え、雪の夢を見たという。それに対し五郎は「それは夢じゃないよ。いまも降ってる」と応じるが彼の父は「いや、夢だよ」と強い口調で言う（一八八）。その晩、五郎はだれも住んでいない村の実家に泊まるが、その村は雪のためにいつもとは様子が違って見えた。白い雪が「雑然と散在するものを消し、月光が倉庫、農家の屋根、黒い樹木の真直な幹、塀の連なりそして白い平面を、この世のものならぬ輝きで照らし出していた」のだ（一九一）。この雪は日本の山村の風土に恐れを感じていた五郎を安堵させ彼は「雪明りと月光がなかったら、この陰湿な闇はもっと恐ろしいだろう」と考える（一九四）。

久方ぶりに実家に戻った私――五郎を待ち受けていたのは、もうひとりの五郎であった。語り手の「私」とは異なり、もうひとりの五郎は「私はここに住む。住むために帰ってきた。ここが私の郷里だから」と言う。それは五郎の父が息子から聞きたいと願い続けていた言葉であり、そんな言葉を口にするもうひとりの五郎を「まるでおやじの夢のなかのわたしみたいだ」と私は思う（一九六）。世界を飛び回る生活を送る息子に、地縁と血縁に結びついたアイデンティティーを持った人間になるべきであることを説いた父に対し、五郎はそれに同意する一方で、それだけが生き方ではないと反発してきた。崩壊した地主制度の名残を守る父もまた、現実からはズレた人間なのである。「私」は「おやじはおやじの現実を作り続けた。これからはおれたちの現実を作ればいいんだ。引き継いだ現実なんて、夢より夢だ」と考える（二〇〇）。

この実家の屋敷で石油ストーブの火をつけ、暖気が広がるにつれ、もうひとりの五郎は薄れ、「私」は屋敷の中心にある仏間で線香をあげることにする。ローソクに火をともし、仏壇に向き合っている「私」の中に「中心にいるという気分が静かに濃くなって」くる。それは「屋敷の中心ということだけではなく自分自身の中心に。幾重にもずれ、ぼやけ、切れ目だらけの自分が、虚空の一点にひっそりと濃縮してくるような感覚」であると語られる（二〇三）。次いで「私」に釈迦の「もろもろの事象は滅びゆくものである」という言葉が浮かび、眼前の線香台や仏壇、身体の感覚、背後の雨戸や屋敷の形など、諸々の現象が薄れていくのを感じる。そして「ローソク一本の薄明のなかに、仏像である私、私である仏像が、ゆらめ」く（二〇三）。

その後、「私」はこの屋敷に代々棲みついていた雌ネコに会ってエサを与えるが、そのうちふとした拍子に互いの目を近距離で覗き合うことになる。そしてネコの目の内側に入りこんだ「私」の意識の中に「ある日から突然自分だけになったネコの恐怖感」が「じわじわとしみこんで」きて、それが「私」には次第に白い雪が灰色、そして「一面の黒い雪」へと変わり、「さまざまな物体とその影が次々と溶け崩れてゆく」イメージを呼び起こすことになる（二〇六―〇七）。「私」には屋敷に残されたネコの孤独と恐怖が感覚として伝わると同時に、その恐怖が「私」にも共有されていることを知る。滅びゆく事象にとって「私」もまた例外ではないのである。その夜、「私」は仏像に炎にネコにと自在に変幻する自分を感じて眠りにつく。

翌朝、「私」は父親の容態が急変したという電話に起こされる。そして屋敷の戸を開けた「私」は、雪がすっかり消え、崩れかけた屋敷の様子が露出しているのを目の当たりにする。「私」は「あの雪のなかに暗く光っていた屋敷の姿がおやじの守り通したもので、それを昔の姿のままで私に残そうとしたのは最後の愛情だったのだ」と思う（二一一）。そんな「私」をもうひとりの五郎が「ぼんやりしていると、おやじの死に目に会えないぞ」と急き立て、「私」が屋敷を出て病院へ向かい、短編は終わる。

この作品における白と黒の「雪」、「仏像との一体化」、「ネコとの交感」は、物質の「現象」と「存在」を橋渡しするキーワードであり、イーノの作品、モートンの物質志向の存在論、そして物質的環境批評に繋がる概念ではないだろうか。あらゆる物質が崩壊することの象徴である黒い雪は、イーノの作品における構造のなさに通じ、一方で屋敷の崩壊を覆い隠した白い雪は、世界の不確定性を一時的に消し去る夢であり、イーノの音楽に包まれて自由に展開される聴者の意識のようである。イーノの音楽は意識や感情に訴えるのではなく、環境を作ることで聴者に思考するスペースを与えるが、五郎は父が生み出した白い雪の夢の中でその奥に潜む存在の単独性―孤独に思い至るのである。その単独性を直接気づかせてくれたのは黒い雪の夢を見るネコである。「私」はネコの孤独に共感することによって、もうひとりの五郎だけではなく、仏像にも炎にもネコにも変幻する「私」となる。ネコとの交感は、日野が「世界の音ではなく、世界という音」を聴く、と語る存在の世界において可能となる。

そのことを端的に示しているのが、作中での「仏像である私、私である仏像」という私と仏像の一体化の表現であろう。日野はエッセイの中で、イーノの音楽について「耳で聴くのではない。意識の全体で聴く。聴くのではない。私が世界になる。世界が私になる」と語っている（九三）。主―客が分離した世界において主体が感覚器官に媒介されて外部の現象を感知するのではなく、主客が一体となった世界において音とともに私が存在するのである。

あらゆる形が刹那的な現象として崩壊していくことを表している「黒い雪」は、モートンが「否定性」を重視し、イーノの音楽が「余白」を表現していることに通底する、意味や形のない世界の記号なのである。

四　『砂丘が動くように』

日野は一九八五年の『中央公論』に一月号から十二月号まで一年間「砂丘が動くように」を連載した。この作品はイーノの影響を色濃く反映している。先に引用したエッセイにおいて、日野はイーノの音楽に「砂」をイメージしているが、特に注目すべきは「日本の海岸のように、防砂林に囲まれ、海面の油に汚されて死にかけた砂ではなくて、絶えまなく流れる砂、動く砂丘、生きた砂漠」と述べている点で（九二）、これはそのまま作品のモチーフとなっている。小説では「防砂林の植林に身代を捧げた」老人と（一二四）、現代アートによって砂丘を復活させることを目論むビッキーら青年たちの対立が描かれており、イーノのアンビエント・ミュージックから得たインスピレーションが作品を導いていると考えられる。

この作品はフリーライターの沢一郎が北陸の田舎町に途中下車をし、そこで砂丘の盆栽を育てている不思議な少年、竜一と出会ったことがきっかけで、竜一の姉や現代アーチストで活動家のビッキーとも交流し、砂丘を舞台に人間の意識の変革の可能性が追求される小説である。この小説の第一章は「私」である沢一郎の視点で語られるが、第二章は三人称の形式でビッキーを中心とした語りとなり、第三章は「きみ」という二人称形式で語られ竜一が主人公となる。そして最後のエピローグは「わたし」である竜一の姉の語りで締めくくられる。日野はこの作品で多様な視点から多様な語り口を駆使して意識と現実の変革を表現することを試みている。この作品の全貌に迫ることは別の機会に譲るとして、本稿では「孤独なネコ」との対比から作品の特徴を描き出してみたい。

「孤独なネコ」は、東京に暮らす作家の五郎が福山市郊外の古い屋敷を守る父親の死に目に会いにゆく話であった。

一方、『砂丘が動くように』では、一郎が特に縁もゆかりもない北陸の町で、砂丘を防砂林で囲い農地に変えることに代々尽力してきた老人たちと、砂丘を復活させたいと願う青年たちの対立に自ら進んで身を投じ、ビッキーたちに同調して砂丘を生き返らせようとする。小説において語り手が「私」である一郎から「ビッキー」、「きみ」（竜一）、そして「わたし」（竜一の姉）へと変幻することは、「砂丘が動く」ことによってその生命を保つことに通じる手法である。「砂丘」は日野の文学にとっての大切なメタファーであり、作中でビッキーは「彼らは砂丘そのものの物理的変化を考えるだけで、砂丘自体は比喩でしかないことをどうしても理解しない。砂丘が再び風にさらされるということは、われわれひとりひとりの意識が新しい息吹を息づくということなのだ」と語る（一八一）。湿った土と藁と木で作られた屋敷を守ることに後半生を注いだ父に対し、日野は東京で小説を書くことを選んだ人間である。地縁や血縁によって生きる「人間」という存在そのものの意識を変革する想いが「砂丘」というメタファーに込められているのである。

「孤独なネコ」の中の父親は、朽ち果てんとする地主制度の名残の屋敷を維持することに全力を傾けたが、『砂丘が動くように』の老人もまた、防風林で風を遮断することによって砂の動きを止め土に変えることで生活を維持してきた。そして、この老人の屋敷も今やすっかり荒れ果てている（一二五）。ビッキーはこの老人が恐れているものとは「動く砂丘」つまり「ひとつの土地に定住して根づくことを脅かすもの」なのだと実感する（一二六）。「孤独なネコ」は失われつつある制度と物質（地主制度と屋敷）を自らの現実とする父親の夢を描いた作品だったが、「砂丘が動くように」はその次の世代の一郎やそのまた次の世代であるビッキー、そしてさらに次の世代にあたる竜一にとっての新しい現実と意識の形を「砂丘」と表現している。

また、このふたつの作品は、日野にとっての大きなテーマを別の角度から描写しているともいえる。それは「形がない」存在の世界の表現である。「孤独なネコ」では「黒い雪」があらゆる現象を溶かす存在として描かれたが、『砂丘が動くように』では砂丘にある「キンチ」という物体が登場する。キンチは「黒っぽい小さな物体。意外に重い。鏃かヒシの実のように幾つも尖った部分があるが、鉄のようにざらついてもいないし、植物でもない。滑らかで幾分透きとおった感じだが、ガラスビンのかけらではなかった」と描写される（三二）。「私」一郎はキンチによく似た黒い物体をビッキーの映像作品の中に発見し心魅かれ「その黒々と光る小さな物体の形だけが、まともに不自然なのだ」と考える（四七）。「まとも」であることと「不自然」であることが黒い物体を形容することは、それが人間の通念の揺らぎを引き起こす何かであることを表しているといえよう。さらに黒い物体は「誰かが壊すのではなく、あらゆる物がひとりでに逃れ難く壊れてゆく、という事態そのものの感触」を与える（五〇）。ここで黒い物体——キンチは万物の形象は一時的な仮象にすぎない、という考えの象徴であると考えられ、それは「孤独なネコ」における黒い雪とほぼ同じであるといえる。

しかし、『砂丘が動くように』ではキンチについての考察がもう一歩進められる。ビッキーを中心とする第二部では「キンチは妖精」であり、妖精は「腐臭と膿汁と粘液の海になるそれをきれいに分解して、新しく生まれくるものを準備する」存在であると語られる（一八八—八九）。キンチは自然の摂理に似た崩壊をもたらすだけではなく、むしろ微生物のように死骸を分解して新しい生命を媒介する働きをするというのである。さらにビッキーは、「キンチが全く活動しない世界を考えてみるといい。生物も無生物も永遠に自分の複製を生み出し続けるだけじゃないか。何と云う退屈。コピーのリプリント行程を乱すのがキンチだとすれば、キンチこそが狂ったコピーを、突然変異を、つまり真の新しいものを生み出す」と語る（二〇六—〇七）。ここでは明らかに生物の進化の概念が取り入れられている。この「真の新しいもの」は少年・竜一を主人公とする第三部で「きみ」という二人称形式によって語られる。作者は「きみ」という言葉に読者と少年・竜一を重ねあわせ、ビッキーは古い世代と「真に新しいもの」を橋渡しする役目を担っていることが明らかになる。

黒いキンチに心ひかれた一郎はもとより、ビッキーもまた「新しく」なることは出来ない。なぜなら「意識を新しくする」ためには「問題や矛盾をひとつひとつ解決」するのではなく、「矛盾が矛盾と感じられない、そういう意識に生まれつく以外にない」からだ(二〇八)。それが砂丘の盆栽にアリジゴクを飼い、無邪気に風を呼び寄せることが出来ると信じる「きみ」なのである。小説の終りで少年のアリジゴクはウスバカゲロウとなって飛び立ってゆく。形の全く異なる生き物となることが「新しくなる」ことなのである。ここでは自然における崩壊や腐食という現象がやがて再生のプロセスを生み、その過程における「変異」が生物の新しい形象と生き方を生む、という循環と変異のサイクルが描かれる。『砂丘が動くように』は「孤独なネコ」などの作品を土台としながら、生物進化の概念に人間の新しい意識の発現を託した作品といえよう。

五 日野とモートンの「環境」

日野とモートンはともにイーノのアンビエント・ミュージックに魅了され、自然に関する新しいイメージを喚起した。不確定性を含み余白を与えるという「アンビエンス」と風に曝されて動くことで生きる砂丘はどちらも現実の彼方にある「自然」ではなく、物質が作り出す「環境」を表している。モートンはイーノの音楽が「疑いや不確定性」を持つがゆえに余白を生むと考えたが、日野もイーノが「世界と言う音」を作り、世界は「不安定だから絶えまなく変化し、つまり生きている」と語る(九九)。どちらもイーノの音楽が構造のなさによって、決まった音を聴者が聴き取るという従来の関係性から聴者を解き放ったことを評価する。イーノの音楽の物質性が聴者に普段は不可視化されている余白を与え、そこで「自然」と「人工」、「意識」と「無意識」、「音」と「静寂」、そして「ある」と「ない」が転倒されることによって、二元論的に構築された現象に隠されている「存在」の痕跡、世界そのものを示すのだ。つまり日野もモートンも物質の一時性を通して現象を脱構築し存在論にたどり着く点では似ている。土や藁や砂、あるいはカメラや音が現実としての世界を作りだすが、そうした現象としての現実は一時的なものであり、その崩壊の現場においてこそ現象の物質による構築性を垣間見ることができる。イーノの音楽は、そうした現象の崩壊そのものを作品化することによって「世界を聴く」ことを表現したのだ。しかし、日野の小説は、現象と存在の転倒劇から一歩進んで、さらにそれがごく自然であると感じる新しい世代の意識の登場を描く。そこには思考によってはたどり着けない、人間の生物的な変異による「世界」の変化が示されており、日野の文学における生態学的志向の一端が窺える。いずれにせよ、一九八〇年代の日野と二〇〇〇年代のモートンの思考には確かな交差があり、それは現代の環境批評と日本の文学・思想をつなぐ新たな水脈なのではないだろうか。

引用文献

Morton, Timothy. *The Poetics of Spice: Romantic Consumption and the Exotic*. New York: Cambridge UP, 2000.

——. *Ecology without Nature: Rethinking Environmental Aesthetics*. Cambridge, MA and London: Harvard UP, 2007.

——. *The Ecological Thought*. Cambridge, MA and London: Harvard UP, 2010.

——. *Realist Magic: Objects, Ontology, Causality*. Ann Arbor: Open Humanities, 2013.

——. *Hyperobjects: Philosophy and Ecology after the End of the World*. Minneapolis: Minnesota UP, 2013.

——. "They Are Here." *The Nonhuman Turn*. Ed. Richard Grusin. Minneapolis: Minnesota UP, 2015. 167–92.

金子智太郎「ブライアン・イーノの生成音楽論における二つの『環境』」『カリスタ』No15. 東京藝術大学　美学・藝術論研究会、二〇〇八年、四六―六八頁。

日野啓三「世界という音――ブライアン・イーノ」『リビング　ゼロ』集英社、一九八七年、九〇―一一〇頁。

――『砂丘が動くように』中公文庫、一九九〇年。

――「孤独なネコは黒い雪の夢を見る」『日野啓三短編選集　上巻』読売新聞社、一九九六年、七五―一一二頁。

第Ⅳ部　核時代の文学――アポカリプス、サバイバンス、アイデンティティ

20

ラングストン・ヒューズの反核思想
――冷戦時代を生き抜くシンプルの物語

松永　京子

一　シンプルの「シンプル」な言説

ハーレム・ルネサンスを牽引した詩人として知られるラングストン・ヒューズ (Langston Hughes, 1902–1967) は、一九四三年から一九六六年の間、『シカゴ・ディフェンダー』紙のコラムという形で、ジェシー・ビ・センプル (Jesse B. Semple)、通称シンプル (Simple) を主人公とした物語を世に送り出し続けた。『シカゴ・ディフェンダー』紙は、一九四〇年代、「全米におけるアフリカ系アメリカ人向けの新聞のなかで、三番目に広く読まれていた」(Harper 30) 新聞である。後に、短編集や戯曲としても刊行されたシンプルの物語は、当時多くの人々を魅了し、シンプルは『シカゴ・ディフェンダー』紙のなかで「最も熱烈に待望されたおなじみのキャラクター」(Rampersad 64) として人気を博していた。『シカゴ・ディフェンダー』紙に掲載されたシンプルの物語は、主にシンプルと語り手の「私」[1] によるごく短い会話から成る「シンプル」な対話形式の物語である。「一九四〇年代の黒人大衆にみられる典型的な黒人労働者」(Harper 3) として描かれるシンプルと、大学教育を受けた「見識ある」黒人として紹介される語り手による会話のトピックスは、戦争、政治、結婚、職場、経済と幅広い。だが、二人の会話は常に、世の中で起こっている出来事に対してシンプルが、「単純過ぎる」見解や時に「大げさ」ともいえる持論を述べ、それを語り手が嗜めたり、あるいは妙に納得したりするという、お決まりのパターンを展開している。また、後にヒューズが『シカゴ・ディフェンダー』紙のコラムをまとめて修正を施した短編集においては、語り手がいつのまにかシンプルにビールをおごらされてしまっている、というオチまで付いていることも少なくない。

このように、紋切り型の文体によって独特のユーモアを醸し出すシンプルの物語は、社会や政治を批判する風刺的要素も併せ持っている。語り手がしばしば「君は人種問題に敏感すぎる」と指摘しているように、シンプルは何でも「単純」かつ「大げさ」に人種問題に結びつけてしまう。そして、一見「単純」で「ユーモラス」なシンプルの言葉は、その分かりやすさゆえに多くの読者を惹きつけてきた。だが一方で、こういったシンプルの「単純さ」を、世の中の「矛盾」や「真実」を暴露するための修辞的戦略としてヒューズが利用してきたことは見逃せない。あるいは、政治的にデリケートな話題にシンプルが大胆に斬り込むとき、彼の発言を「単純」とみなす語り手の存在そのものが、緩衝装置として機能しているとみなすことも可能であろう。いずれにせよ、シンプルの物語が多くの人々に受け入れられたのは、シンプルの「見せかけのシンプルさ」(Harper 1) に依るものでもあった。

広島と長崎に原爆が投下された一九四五年八月以降、シンプルと語り手は、原爆や核といった極めてポリティカルなテーマについても語り合っている。そして原爆と核をめぐる彼らの会話は、ジョセフ・マッカーシーを中心に行われた「赤狩り」によって表現の自由が制限されていた一九五〇年代前半においても、途絶えることはなかった。反核思想が共産主義と結びつけられ弾圧されることも少なくなかった冷戦時代、ヒューズはシンプルを通して原爆投下の非人道性を糾弾し、核のポリティクスが人種問題と無関係ではないことを露呈しつつ、核汚染の脅威を人々に警告し続けたのである。

本章では、『シカゴ・ディフェンダー』紙に発表された一九四五年から一九五〇年代にかけてのシンプルの物語を中心に、マッカーシズムや核の脅威がヒューズの冷戦時代の言説に残した痕跡を考察する。また、シンプルや語り手によって原爆や核がどのように語られているのかを読み解くことで、「シンプル」な言葉に隠されたヒューズの反核思想を探ってみたい。

二　「シンプルと原爆」

広島と長崎に原爆が投下された直後の一九四五年、黒人読者を対象としていた新聞や雑誌には、原爆に対する賛否両論が掲載されていた。原爆を肯定する記事には、原爆が戦争の終結を早めたとするアメリカ主流の言説に同調したものや、アフリカ系アメリカ人は原爆製造も含めて戦争に貢献したのだから、市民権を獲得すべきだとするナショナリスティックな意見も含まれていた。たとえば、一九四五年八月一八日付の『シカゴ・ディフェンダー』紙の記事「黒人科学者 初の原爆製造に関わる」は、シカゴ大学やコロンビア大学で秘密裏に進められていたマンハッタン計画に携わった科学者の名前を列挙しながら、原爆製造を早めることに貢献したとして黒人科学者を高く評価しただけでなく、マンハッタン計画の一拠点であったテネシー州オークリッジにおいても、多くの黒人労働者が従事していたことが言及されている (Durham 1, 6)。[2] 一方で、アビー・J・キンチー (Abby J. Kinchy) が指摘しているように、当時新聞の編集者やコラムニストだったヒューズ、W・E・B・デュボイス (W.E.B. Du Bois)、ウォルター・F・ホワイト (Walter F. White) らは ①原爆投下は植民地主義の問題である ②原爆製造に必要なウランはベルギー領コンゴで採掘された ③原爆使用は日本人に対する人種差別的行為である ④人種隔離は原爆産業においても行われている、等の点を指摘しながら、原爆を批判する立場をとっていた (292)。ヒューズが原爆批判の立場を最初に表明したのは、前述した原爆肯定記事と同日、『シカゴ・ディフェンダー』紙にコラムとして発表された「シンプルと原爆」("Simple and the Atomic Bomb") であった。

広島に原爆が投下された直後、まだ二週間も経っていない時期に発表された「シンプルと原爆」には、原爆の破壊力や脅威に対するシンプルの不安が前面に押し出されている。巻頭でシンプルが「原爆は何マイルにもわたって人間を殺すんだから、俺の親戚や俺だって、瞬間に消されちゃうだろうよ」(12) と述べているように、原爆の脅威はシンプルにとって他人事でない。そのためシンプルは、原爆は「遠いアジア」(12) に落とされたのだから自分たちは心配する必要はない、という語り手の「冷静」な意見に対しても「原爆を俺たちに落とさないって保証はあるのか？」(12) と反論する。また、もし自分が票を入れた政治家が原爆を利用しようとするならば、彼らにはもう票は入れないといった発言や、「原爆のことを考えると吐き気がする！」(12) といった言葉にも見て取ることができるように、シンプルの原爆に対する批判的見地は揺るぎない。このように、原爆の殺傷性に注目するシンプルの物語は、「人種関係について話すのはうんざりだな」(12) というシンプルの最初の言葉にもかかわらず、次第に「人種問題」へと収斂されていく。

ポール・ウィリアムズ (Paul Williams) が指摘しているように、原爆投下後の祝福ムードにあったアメリカで発表された「シンプルと原爆」は、「原爆」は白人の武器であり、非白人に対する残虐行為の一例であることを示した物語でもある (133)。シンプルが語り手に「じゃあ、なんでドイツには（原爆を）試さなかったんだい？」(12) という質問を投げかけるとき、語り手は「おそらく（原爆の完成が）VEデイ（一九四五年五月八日のヨーロッパ戦勝記念日）に間に合わなかったからじゃないか」(12) という「正史」に基づく理由をあげているものの、シンプルはそれを否定して「奴らは白人に原爆を落としたくなかったんだよ。ドイツ人は白人だろ？　それでヨーロッパの戦争が全部終わるのを待ってから、有色人種に原爆を落としたのさ。ジャップは有色人種だからな」(12) と異議を申し立てている。ウィリアムズがアルバート・E・ストーンの言葉を援用しながら示しているように、このようなシンプルの見解が、「原爆が白人のドイツではなく黄色人種の日本に用いられたのは偶然ではない」(133) と見なしていたヒューズの考えを反映していたことは、想像に難くない。

シンプルはさらに、日本に対する原爆投下と黒人に対する人種差別という二つの異なる事象を、国家的枠組みを越境することによって結びつけてもいる。シンプルが米政府のことを「奴ら (they)」と呼んでいることに気づいた語り手は、「原爆を落としたのは俺たちの政府だし、俺の政府でもある。なのに、どうして『俺たち』と言わずに『奴ら』と呼ぶんだ？」(12) とシンプルの「間違い」を指摘する。日本に原爆を投下したアメリカ政府を「奴ら」と呼ぶシンプルの行為は、原爆投下責任のある国家に対するシンプルの批判的姿勢を反映すると同時に、原爆という暴力を受けた日本人と、人種隔離政策や人種差別によって抑圧されてきたアフリカ系アメリカ人を、国家という枠組みではなく、「有色人種」という枠組みによって連結しようとする試みでもあった。[3]

ヒューズは一九四五年八月の時点ですでに、原爆投下に人種差別主義の思想が反映されていたことに注目していたわけだが、本作品でもう一つ重要に思われるのは、ヒューズの原爆観が、反核運動や平和運動に積極的に参加していたデュボイスの思想と共通性を有していたという事実である。シンプルは本作品の後半部分で、人間を殺すために原爆を作るのに二〇億ドルもかかるのなら、もっとよい目的のために使うべきだと述べ、貧しい人々のために家を建てたり、ハーレムのスラムを改善したり、子供たちの遊び場を作ったりすることにこそ一〇億ドルを使うことを提案する。シンプルのこのような提案は、「シンプルと原爆」から五年後、一九五〇年九月に行われた記者会見におけるディボイスの発言とも、ほぼ一致していた。

> 巨大な企業は、戦争が社会改革から私たちの目を逸らしてくれることを望んでいます。彼らはあなた方の税金を、学校ではなくむしろ原爆に使うでしょう。なぜなら、そのほうが儲かるからです。彼らはあなた方の息子が、アメリカで勉強し、ぎこちない質問をするよりもむしろ、韓国で死ぬことを望むでしょう。大企業が擁護するこういったシステムは、繰り返される戦争に依存しているのです。(41)

ここでデュボイスは、市民の税金が社会変革のためではなく、大企業が利益を得る戦争のために使われてきたアメリカのシステムを糾弾し、反戦を教育の問題と絡めて推し進めていくことの重要性を明らかにしている。このようなデュボイスの思想は、人を殺すために巨額な税金を用いて製造された原爆を批判し、人々の生活の改善を訴えるシンプルの思想と通底しているといってよい。だが、シンプルの提案はこれだけに終わっていない。語り手に「残りの一〇億ドルはどうするんだい?」(12) と聞かれたシンプルは、ミシシッピなど南部の州に学校を建てるために使うべきだと答え、さらにその理由を、白人至上主義者として悪名高いセオドア・G・ビルボーといった政治家を教育しなければ、彼らは原爆を手に入れて全てを破壊してしまうだろう、と説明する。白人至上主義者と原爆を一見無造作に接続するこういった発言は、シンプルの考えが「極論」で、真面目に受けるに足りないことを示す指標ともなっている。だが、言い換えれば、こういったシンプルのレトリックこそが、原爆肯定論者をも読者として取り入れることを可能とし、ヒューズの原爆批判をカモフラージュする役割を果たしていた。

三　マッカーシズムを生き抜くヒューズ

一九四九年、ソ連による初の核実験が成功し、マッカーシーを中心とした反共産主義運動が展開されるようになると、共産党員やそのシンパによる反核運動は、以前にも増してソ連のプロパガンダと結びつけて捉えられるようになる。一方で、原爆投下直後にしばしば見られた原爆批判論もまた、非難され、封じられるようになっていった (Kinchy 302)。なかには、「赤狩り」によって運動が制限されるのを防ぐため、あえて反核運動に加わらなかったNAACP（全米有色人種向上協会）やNUC（全国都市同盟）といったアフリカ系アメリカ人を中心とした活動組織もある。メアリー・ダツィアク (Mary Dudziak) は著書『冷戦公民権』(*Cold War Civil Rights*, 2000) のなかで、海外でアメリカ国内の人種差別を批判していたデュボイスやポール・ロブソンといった活動家がパスポートを没収されるなど弾圧のターゲットとなる一方で、共産党員を拒否するようNAACPに働きかけたウォルター・ホワイトは、ホワイトハウスでも力を持つようになり、人種差別や人種隔離を公然と批判できるようになったと指摘している (67)。原爆投下直後の一九四五年には原爆投下に反対していたホワイトも、反核を共産主義と結びつける国内の冷戦政策を擁護するほうが、国内の人種問題解決につながるという考えに依拠していたのである。

国内の公民権運動を、第二次世界大戦以前から国際的な反植民地主義の枠組みから捉えていたデュボイスは、原爆投下直後の一九四五年こそNAACPの他の指導者たちと反核思想を共有できていたものの、一九四〇年代後半には政府の反共政策に協力するホワイトとの間の溝を深め、一九四八年、NAACPを退く（竹本 七四—七五；Kinchy 295）。さらに一九五一年、デュボイスが議長を務めていた平和情報センター（Peace Information Center）が告発されると、デュボイスは政府に起訴され、公民権運動の中心から周縁へと追いやられていった（竹本 七九；Kinchy 298, 302; Rampersad 190）。こういったデュボイスに対する運動組織や政府からの圧力が、ヒューズにも影響を及ぼした事実は、二人の交友関係を考えたとき、さほど不思議なことでもなかった。

ヒューズの伝記作家アーノルド・ランパーサッド（Arnold Rampersad）によると、ヒューズが「アメリカにおける最も偉大な人物の一人」（190）と見なしていたデュボイスが政府に起訴されると、ヒューズはデュボイスとの交流を避けるようになり、共産党と関わりを持つとされる活動家や組織との関係も断ち切っていった。しかし、このような対策も功を奏すことなく、一九五三年三月、ヒューズはマッカーシーを長とする行政監察小委員会のヒアリングに呼び出されてしまう。この時ヒューズは、過去にソ連のシンパであったことを認めつつも、現在も昔も共産党員ではないことを強調した（209–19）。伝記のなかで当時の様子を詳述したランパーサッドは、共産党員であることを否定しながらも、ヒューズが「明らかに共産党を批判」することは一度もなかったと指摘している（218–19）。もちろん、マッカーシーに協力することは、マッカーシーによる権力の横暴を擁護していると見なされる危険性を孕んでいたことは否めない。しかしヒューズは、小委員会のメンバーを前に、共産党や左翼を非難することを避けながら、彼が関心を示しているのは人種問題や人々の生活の改善であり、「反アメリカ」的な改革や思想ではないことを主張し、作家として生き延びる道を選んだのだった（218–19）。マッカーシーによる「赤狩り」に対するこのようなヒューズの姿勢は、原爆を人種問題や日常レベルの問題として取り上げることで冷戦を生き抜く、シンプルの物語にも受け継がれることとなる。

四　アトミック・エイジを生き抜くシンプル

一九五三年のヒアリング以降も、シンプルは原爆や核について語り続け、彼の反核思想は変わることはなかった。ヒアリングから約一年経った一九五四年二月二七日、ヒューズは『シカゴ・ディフェンダー』紙に、「核の平和利用」を人種問題に絡めて批判したシンプルの物語「シンプル曰く、アトムの到来により、ニグロ退去す」(“When the Atom Comes, Negroes Goes out, Says Simple”)を発表している。この作品のなかでシンプルは、一九五三年一二月八日、国際連合総会でアイゼンハワー大統領が提唱した「アトムズ・フォー・ピース(核の平和利用)」に言及し、綿繰り機械が黒人の仕事を奪ったように、原子力が多くの黒人の仕事を奪ってしまう可能性を示した。語り手が「アトミック・エイジは人類に大きな恩恵をもたらしてくれるためにあるんだ。人の仕事は数時間で済むようになるさ」(11)と諭そうとすると、シンプルは「原子力は(石炭のように)灰さえも残さないのだから、そのあとだれも掃除する必要がなくなるぞ。ということはだな、煤を掃除する人も必要ないってわけさ。原子力は全然重たくないんだから、持ち上げる人も、運ぶ人も、シャベルで掬う人も必要ない。となると、黒人がする仕事は何があるっていうんだい?」(11)と述べ、語り手を唸らせてしまう。

このように「核の平和利用」においても黒人が恩恵を受けることがないことを証明しようとする本作品のなかで如実に示されているのは、「原子力は白人のもの」(11)とするシンプルの認識である。シンプルは、「奴ら(白人)は、どんな形でも、どこにおいても、黒人がアトムに触れることを許さない」(11)、「黒人の核科学者が委員会に調査されている写真なんてみたことない」(11)と述べることで、核産業の重要なポジションにおいて黒人が常に排除されてきたことを示唆する。そしてこのような考えは、原爆投下直後、原爆製造に関連する科学や核産業の分野における人種隔離政策を理由に、原爆投下を批判する言説を踏襲してもいた。[4]

「アトミック・エイジ」における人種差別の問題は、一九五四年三月二〇日に発表された「シンプルは問う、ジム・クロウはいかに空襲シェルターを人種隔離化するか」(“How Jim Crow Will Jim Crow Air Raid Shelters Be, Asks Simple”)においても追求されている。本作品のなかでシンプルは、いまだ南部で空襲シェルターが白人用と黒人用に分けられているならば、実際の空襲の際、黒人のスペースはなくなってしまうだろうと述べている。というのも、このような非常事態に白人が黒人用シェルターを占領しても、黒人には人種隔離政策が適用し、白人用シェルターを自由に使うことができないからだ。さらに、この状況は核シェルターにおいても適用されるため、南部では黒人の自分は生き残ることができないだろうとシンプルは嘆く。

もちろんここでシンプルは、南部の人種隔離政策として知られるジム・クロウ法の矛盾を炙り出しているわけだが、本作品で見逃してはならないのは、シンプルの発言が、一九五〇年代アメリカにおける核の不安をも露呈しているという点である。「アトミック・エイジ」をジム・クロウ南部の日常的文脈から「単純」に想像することのできるシンプルにとって、「核抑止論」と「民間防衛」というレトリックの矛盾のなかでこそ守られてきた核シェルターの「安全神話」は意味を持たない。また、民間防衛の一環として推奨された核シェルターが役に立たないという指摘は、「ダック・アンド・カバー」といった演習によって核の脅威を身近に感じてきた人々たちにとって、致命的でさえある。作品の最後で「もしかしたら核戦争は起こらないかもしれない」(11)と述べる語り手に対して、シンプルは「もしかしたら明日はないかもしれない」(11)と言い返す。さらにシンプルは、実際の核攻撃の際は、「ひょっとしたら白人はそんなにひどいことをしないんじゃないか」(11)と言う語り手に対して、「奴らが原爆によって黒焦げになったら、そうなるかもな（中略）ま、そのときは、俺らと一緒にジム・クロウされちゃうけどな」(11)とまで述べている。広島の原爆問題に斬り込んだ大田洋子作品にも見られるこういったセンセーショナルな発言は、人種差別や原爆は経験したものでなければ分からないといったシニカルな本質主義的思想を含みつつも、そうでもしなければ現状は変わらないという切実な嘆きであったといえる。[5] また、原爆の問題を人種主義の議論に巧妙にすり替えるシンプルのレトリックは、反核思想ではなく人種問題を前面に押し出すことでマッカーシズムを生き抜いた、ヒューズの生き方を踏襲してもいた。

五 シンプルの「汚染の言説」と「環境的想像力」

一九五四年の第五福竜丸事件以降、シンプルの反核思想はさらに深刻さを帯びるようになる。一九四六年から一九五八年まで、マーシャル諸島はアメリカの核実験場とされ、ビキニ環礁で二三回、エニウェトク環礁で四四回、合計六七回に及ぶ原水爆実験が行われた(中原・竹峰 一二九)。なかでもキャッスル作戦の一環として行われた一九五四年三月一日のブラボー実験は、規模が最も大きく、マグロ漁船第五福竜丸をはじめとする数多くの日本漁船が被曝したことでも知られている。一九五四年七月一〇日に発表された「原子力を浴びたシンプル、力を帯びる」(“Charged with Atoms Simple Takes Charge”)は、マーシャル諸島での核実験に応答する形で書かれた作品である。本作品のなかでシンプルは、核による汚染への懸念を全面に押し出し、核実験を批判する立場をとった。シンプルは放射能汚染の深刻な問題を、日常生活のささいなもの、すなわち「ゴミ」へと還元する。核汚染を論じる際、おそらくほとんどの人が見過ごしてしまう日常の「ゴミ」。シンプルは、「核兵器が使われると、放射能が何百万年も残ってしまうから、ゴミを捨てることもできない」(11)、「(ゴミを)海に捨てたとしても、日本のマグロのように魚が汚染されちまう」(11)と述べることで、長いもので四五億年にものぼる放射性物質の半減期や、第五福竜丸事件も含めた核実験による海洋汚染の問題を浮き彫りにした。

さらに、「汚染されたゴミを猫が食べれば、猫に触った女房も汚染されて、女房に触れる俺までもが汚染されちまう」(11) というシンプルの言葉は、グローバルな環境汚染を身近な問題に結びつけることで、核汚染の脅威を読者に警告する。もちろん、語り手が「君は偶然を無理やりこじつけてるよ」(11)、「原爆が落ちれば、ゴミが汚染するよりもずっと先に、君のほうが汚染されると思うけど」(11) と「正当」ともいえる意見を述べているように、シンプルのこのような心配は、意図的にコミカルで大げさに表現されている事実は否定できない。だが、こういった誇張のレトリックでさえも、ある種のリアリティーを帯びているからこそ、その効果があったといえる。

「ニュース」に書いてあったのを読んだよ。原爆が炸裂するのを見ただけでも、光線があまりにも強すぎて一生涙が止まらなくなるそうだ。血は白くなる、髪の毛は白髪になる、子供はたとえ生まれたとしても逆子で生まれる、内臓も外見も一緒くたになるらしいぞ。皮膚もまつげも守ってくれないからな。朝食の卵だって、もはや目玉焼きじゃなくなって、スクランブル・エッグになって火花を飛ばすんだ。人間からだって火花が飛ぶぞ。(11)

噂話よりは信憑性があるべき「ニュース」からはじまるシンプルの言葉は、現実と作り話が錯綜し、しまいには卵や人間まで火花を飛ばすことになる。だが、通常であれば「大げさな話」として切り捨てられてしまうこのような言説も、第五福竜丸の乗員が「死の灰」を浴びた現実の核被害や、核汚染の被害がいまだ正確に伝えられていないという事実を考慮すると、核兵器使用に対するヒューズのより辛辣な批判として捉えることも可能となる。

興味深いことに、ヒューズが示した核汚染への不安は、マーティン・ルーサー・キング・ジュニア (Martin Luther King, Jr.) が抱いていた核汚染に対する懸念とも一致していた。ヴィンセント・イントンディ (Vincent Intondi) が指摘しているように、これまでキングの後年の仕事を研究してきた研究者たちは、キングが公民権運動から平和運動へとフォーカスをシフトしていった時期を一九六〇年代半ばとして論じてきたが、キングは一九五七年にはすでに反核を表明し、平和運動が公民権運動に分かち難く結びついていることを示していた(63)。一九五七年一二月一日、『エボニー』誌の「日常の助言」("Advice for Living")と題されたインタビュー形式記事のなかで、キングは次のように述べている。

戦争における核兵器の開発と使用は絶対に禁止されるべきだと思う。全面核戦争が完全な破滅をもたらすことに、議論の余地はない。爆撃と高熱によって、あるいは爆発と同時に生み出される電離放射線によって、何百万もの人々が即座に殺されるだろう。いわゆるダーティー・ボムが使われてしまうと、長時間広範囲にわたって人が住めなくなる。加えて、おそらく何百万もの人々が、なかには直接的な放射線の影響によって、なかには次の世代への遺伝的影響によって、局所的な放射線降下物の遅発効果によって死んでいくだろう。直接原爆を受けなかった国でさえ、国境を越えた放射線降下物によって苦しめられるだろう。今こそ戦争をなくさなければならない。そうしなければ、人類すべてが全滅の淵に突入することになるのだ。(327)

キングも無関心ではなかった核兵器による人体への影響に、キングよりも三年も前に言及したヒューズは、科学的あるいは医学的用語は一切使用してはいないものの、核汚染がゴミや動物や家族の体に与える影響を誇張したシンプルの言葉によって、核の脅威を身近な問題として読者に伝えようとした。だが、この作品においてもヒューズは、核汚染の深刻さに対する批判的姿勢を緩和するレトリックを導入することを忘れてはいない。物語の最後でシンプルは、「原子力を浴びた人間に触れるとその人間も汚染される」(11)という誇張のレトリックを利用して、原子力は自分の嫌いな人間をも汚染することができると述べる。また、黒人は白人の差別を生き延びることができたのだから、核攻撃でさえ生き残り、他の人々を汚染し続けるのだとまで言い切っている。核兵器や核汚染に対するヒューズの批判はこのように、すぐには反核思想と結びつけられないシンプルのレトリックによって、意図的に見えにくくされていたといえる。

一九五五年一〇月八日に掲載された「シンプル、地域社会の品格を問う」("Simple Evaluates the Tone of a Community")は、マーシャル諸島の核実験を、国内(＝家庭)の問題から国際(＝社会)的な問題へと敷衍した作品である。シンプルの妻ジョイスに同情的な語り手は、自宅の窓辺でポークチョップの骨をかじるのはマナーが悪いとジョイスに咎められたことに対して不平を漏らすシンプルに、「俺たち黒人が近所に住むのを白人たちがいやがるのは、黒人が地域社会の品格を下げるからだよ」(9) と述べる。しかしシンプルは、白人は窓辺で骨をかじらないかもしれないが、人種隔離政策、原爆投下、核実験といったもっとひどいことをしてきたではないかと反論する。特に、マーシャル諸島の核実験については、「彼ら（マーシャル諸島の住人）の頭にはもう髪の毛は生えないし、被曝した日本の漁師は子供を持つことだってできないんだ」(9) とも述べている。シンプルは主張する。「骨をかじるのは原爆を落とすよりもましだろ。原爆こそが全世界の品格を下げるんだ。俺は骨や鳥のネックをかじっても、一人たりとも傷つけてはいないじゃないか」(9) と。

このようなアナロジーが論理の飛躍であることは言うまでもないのだが、シンプルが人道主義的立場から、原爆や核実験の暴虐性を批判していることは注目に価する。さらに、通常であればシンプルの単純さを認める語り手も、このときに限っては、シンプルの論理の飛躍を認めるのではなく、骨をかじる行為もまた、ジョイスを傷つけているのだと丁寧に説明をしている。

> 実際のところ、他人を思いやることは家からはじまるんだ。これはある意味、アメリカの白人にも通じるかもしれない。白人たちは過去に、自分たちの国の黒人に対して残虐な行為を行うことにあまりにも慣れてしまったから、アジアの有色人種たちが自分たちの原爆についてどう考えているかを気にすることができなくなったんだ。(41–42)

この語り手の言葉を、自分は他人を傷つけていないと主張するシンプルを正す言葉として捉えることは、決して的外れな解釈ではない。しかし、それよりもここで重要に思えるのは、原爆や水爆によって、日本やビキニ環礁に住む人々がどのような被害に遭っているのかを想像しようとしない人々に対して、語り手もまた、批判する姿勢を示しているという点である。シンプルの意見を正しているように見せながらも、語り手も実は、シンプルの反核表明に賛同しているのだ。

おわりに

ヒューズが「シンプル、地域社会の品格を問う」のなかで、以前よりもより大胆に国際問題として反核思想を打ち出すことができたのは、その前年の一二月、マッカーシーが失脚していたことも関係しているのかもしれない。マッカーシー失脚から約半年後、一九五五年五月二八日に掲載された「シンプル曰く、原爆なければ内戦なし」（"No Civil War without an Atomic Bomb, Says Simple"）には、マッカーシー批判とも受け取れる内容が掲載されている。本作品のなかでシンプルは、原爆製造に関わった科学者のなかに黒人がいたとすれば、原爆は差別をしないと思わせるために『ジェット』誌の表紙にその写真が飾られるだろうと述べ、さらに、黒人科学者が雑誌の表紙を飾ったならば、「原爆に近づく黒人は危険」(9) とみなす南部の政治家によって、その科学者はすぐに尋問を受け、アニー・リー・モスのように仕事を失ってしまうだろうと続けている。モスは、一九五四年三月一一日、マッカーシーの行政監察小委員会によるヒアリングを受け、この模様がテレビ番組に放映されたことで一躍有名になったテレタイプのオペレーターである。[6] その一年前の一九五三年三月、ラングストン・ヒューズ自身もマッカーシーの小委員会の前で証言を強いられ、過去の急進主義的思想を否定することで解放されたことはすでに述べた。ヒューズは、モスの体験という形で自身の受けた「赤狩り」による抑圧を仄めかすことで、間接的にマッカーシズムを批判していたといえる。そして、このようなマッカーシズム批判は、一九五五年九月二日に発表された作品「シンプル曰く、白人たちが新しいダズンズをはじめる」（"White Folks Are Playing a New Kind of Dozens, Says Simple"）においても繰り返された。[7]

一九四五年から一九五〇年代にかけてのシンプルの物語には、原爆に反対するヒューズの思想、「核の平和利用」に対するヒューズの懐疑的立場、さらにはヒューズの核汚染の懸念が織り込まれている。そして、このようなヒューズの反核思想は、なんでも「単純に」人種問題に結びつけてしまうシンプルの言説によって、大きく表面化しない形で綴られてきた。原爆や核といった深刻な問題を扱いながらも、シンプルの物語は常にユーモアと皮肉で溢れている。このようなヒューズの修辞的手法は、多くの人々がシンプルを受け入れる要因であったと同時に、ヒューズが冷戦期を生き抜くための重要な手段でもあった。

シンプルの物語には、冷戦の影響が深い爪痕を残している。そしてこれらの痕跡は、ヒューズの反核思想が政府による抑圧を受けながらも、冷戦時代を生き延びてきたことの証でもある。

＊本稿は、ＪＳＰＳ科研費（課題番号ＪＰ１６Ｋ０２４９９）の助成を受けた研究成果の一部である。

注

1　語り手の「私」は、当初作者のヒューズと見なされていたが、後に「ボイド (Boyd)」という名を与えられ、独自の登場人物として発展している。

2　アビー・Ｊ・キンチー (Abby J. Kinchy) によると、こういった愛国主義の傾向は、戦時中に黒人知識層によって広められた「ダブル・ヴィクトリー（「国内における差別に対する勝利と日独伊枢軸国に対する勝利」）」と呼ばれるキャンペーンを反映したものでもあった (305)。

3　歴史学者であるロナルド・タカキ (Ronald Takaki) は、真珠湾攻撃から広島への原爆投下までの間、ヨーロッパでは敵はドイツ国民ではなくヒトラーやナチスであったのに対し、アメリカ国民の怒りは日本全体に向けられていたことを指摘している (14–15)。またタカキは、原爆投下命令を下したトルーマンが、手紙のなかで「野蛮で、冷酷で、容赦なく、狂信的なジャップ」(132) と記していることに言及し、広島への原爆投下決断に人種差別が重要な位置を占めていたとしている。

4　例えば、『ワシントン・アフロ・アメリカン』紙の一九四五年八月一一日付けの記事には、マンハッタン計画において原爆製造拠点として設立されたオークリッジの写真とともに、黒人の住居と白人の住居には大きな差があったことや、白人の子供以外には学校がなかった実態が暴かれている (Kinchy 306)。

5　大田洋子は、一九五六年に発表した『半放浪』のなかで、「水爆実験があって、東京に死の灰と云われるものがふって来た。(ざまを見ろ) と私は思った。死の灰にまみれて、ぞくぞくと死んで見るとよい。そうすれば人間の魂が現代の不安にたいして、どうならなければならぬか、いくらか納得でき、こころはゆさぶられるかも知れぬ」(二九六) と述べ、様々な反響を呼んだ。

6　共産党と関係していることを否定したモスは、マッカーシズムの標的となった「無力で無実の黒人女性」として多くの市民の同情を得るが、歴史家のアンドリア・フリードマン (Andrea Friedman) は、モスが生きていくために共産党との関わりを隠し、「無力で無実」であることを演じなければならなかったという見解を明らかにし、冷戦下における黒人女性に対する抑圧としてモスの人生を読み解いている (Aloe and Weinbert 16; Friedman 445–68)。

7　ダズンズは、一般的に、相手の家族の悪口を交代で言い合い、どちらかが怒ったり観客が飽きたりしたときに終了する、アフリカ系アメリカ人の間でしばしば行われるゲームとして知られている (Lefever 73)。

引用文献

Aloe, Benjamin, and Carl R. Weinberg. "The Real Annie Lee Moss." *OAH Magazine of History* October 2010: 16.

Dudziak, Mary L. *Cold War Civil Rights: Race and the Image of American Democracy*. Princeton, NJ: Princeton UP, 2000.

Durham, Richard. "Negro Scientists Help Produce 1st Atomic Bomb." *The Chicago Defender* [National Ed.] 18 Aug. 1945: 1, 6.

Friedman, Andrea. "The Strange Career of Annie Lee Moss: Rethinking Race, Gender, and McCarthyism." *Journal of American History* 94.2 (2007): 445–68.

Hall, Simon. *Peace and Freedom: The Civil Rights and Antiwar Movements in the 1960s*. Philadelphia: U of Pennsylvania P, 2005.

Harper, Donna Akiba Sullivan. *Not So Simple: The "Simple" Stories by Langston Hughes*. Columbia: U of Missouri P, 1995.

Hughes, Langston. "Charged with Atoms Simple Takes Charge." *The Chicago Defender* [National Ed.] 10 Jul. 1954: 11.

——. "How Jim Crow Will Jim Crow Air Raid Shelters Be, Asks Simple." *The Chicago Defender* [National Ed.] 20 Mar. 1954: 12.

——. "No Civil War without an Atom Bomb, Says Simple." *The Chicago Defender* [National Ed.] 28 May 1955: 9.

——. "Simple and the Atom Bomb." *The Chicago Defender* [National Ed.]18 Aug. 1945: 12.

——. "Simple Evaluates the Tone of a Community." *The Chicago Defender* [National Ed.] 8 Oct. 1955: 9.

——. "When the Atom Comes, Negroes Goes out, Says Simple." *The Chicago Defender* [National Ed.] 27 Feb. 1954: 11.

——. "White Folks Are Playing a New Kind of Dozens, Says Simple." *The Chicago Defender* [National Ed.] 3 Sep. 1955: 9.

Intondi, Vincent J. *African Americans Against the Bomb: Nuclear Weapons, Colonialism, and the Black Freedom Movement*. Stanford, CA: Stanford UP, 2015.

Kinchy, Abby J. "African American in the Atomic Age: Postwar Perspectives on Race and Bomb, 19454–1967." *Technology & Culture* 50.2 (2009): 291–315.

King, Martin Luther Jr. "Advice for Living." *Ebony* Dec. 1, 1957. Reprinted in *The Papers of Martin Luther King Jr., Volume IV: Symbol of the Movement, January 1957–December 1958*. Ed. Clayborne Carson. Berkeley: U of California P, 2000.

Lefever, Harry G. "'Playing the Dozens': A Mechanism for Social Control." *Phylon* 42.1 (1981): 73–85.

Takaki, Ronald. *Hiroshima: Why America Dropped the Atomic Bomb*. New York: Little, Brown and Company, 1995.　ロナルド・タカキ『アメリカ人はなぜ日本に原爆を投下したのか』山岡洋一訳、草思社、一九九五年。

Williams, Paul. "Physics Made Simple: The Image of Nuclear Weapons in the Writing of Langston Hughes." *Journal of Transatlantic Studies* 6.2 (2008): 131–41.

大田洋子「半放浪」『大田洋子全集　第三巻』三一書房、一九八二年。

竹本友子「W・E・B・デュボイスと第二次大戦後の公民権運動」『早稲田大学大学院文学研究科紀要』第四分冊、二〇〇〇年。七三―八七頁。

中原聖乃・竹峰誠一郎『核時代のマーシャル諸島――社会・文化・歴史、そしてヒバクシャ』凱風社、二〇一三年。

21

ルドルフォ・アナーヤの四季の語りと核

水野　敦子

はじめに

チカーノやアメリカ先住民の居住するアメリカ南西部は、人種、文化、生態系のコンタクトゾーンとして合州国の中でも特異な地域である。偉大なる聖霊グレート・スピリットによる天地創造神話や動物譚、英雄伝説を生んだ先住民の神話伝説の地は、一六世紀と一九世紀にはスペインとアメリカによる侵略の舞台となった。しかし、人種と文化の接触と衝突によって南西部が全く新しい文化や概念を生み出す創造的でダイナミックな空間となったことは、グローリア・アンサルドゥーア (Gloria Anzaldúa) が『ボーダーランズ／ラ・フロンティア』(*Borderlands/La Frontera*, 1987) で明らかにした通りである。南西部の砂漠地帯の厳しい自然の中に生きる人間や動物のもつ躍動感や威厳は、メアリー・オースティン (Mary Austin) の『雨の少ない土地』(*The Land of Little Rain*) や、ジョージア・オキーフ (Georgia O'Keeffe) の牛の骨の絵が描き出してきた。また、トム・リンチ (Tom Lynch) は、砂漠地帯のもつ生態系の豊かさと、そのなかで生まれるトランスナショナルな想像力を明らかにしている。リンチによれば、この地域には多くの絶滅危惧種が生息し、リオ・グランデ川流域と灌漑用水路《アセキア》によって多様な動植物群の群生が見られ、南西部文学の土壌には、生態的な豊かさがあるとしている。

しかし、こうした豊かな自然と文化に恵まれたアメリカ南西部は、アメリカ政府にとっては不毛の砂漠地帯でしかなく、第二次世界大戦中にマンハッタン計画による核兵器開発の中心となり、ニューメキシコ州にあるヘメス山中には、原爆開発を目的としたロスアラモス国立研究所が建設され、一九四五年七月一六日早朝にはトリニティ・サイトで世界初の原爆実験が行われた。陸軍省から原爆実験の公式記録者に任命されたニューヨーク・タイムズ紙記者ウィリアム・L・ローレンス (William L. Laurence) は、「直径一マイルにもなる大きな火の玉が打ち上げられ（中略）創造の瞬間にいるよう」(10–11) であったと、原爆実験成功の瞬間を天地創造に喩えた。

トリニティ・サイトは、政府がコチティ・プエブロから取り上げた土地で、ロスアラモス研究所初代所長ジュリアス・ロバート・オッペンハイマー (Julius Robert Oppenheimer) がジョン・ダン (John Donne) の「聖なるソネット」("Holy Sonnets") 中の一節「三位一体の神」(three-person'd God) から命名した。トリニティ・サイトというキリスト教的地名からは、アメリカの、科学の絶対的力と道徳的正当性の誇示が窺える。同時に、肉体の滅びを通して魂の救済を求めるジョン・ダンの詩の一節から地名を取ったオッペンハイマーの深い苦悩も忘れてはならない。トリニティをめぐる多様な言説群を〈トリニティ・サーガ〉と呼ぶ伊藤詔子は、ジョン・ダンや『バガヴァッド・ギーター』(*Bhagavad Gita*) を愛読したオッペンハイマーからその〈トリニティ・サーガ〉が始まると指摘している。オッペンハイマーとローレンスは共にユダヤ系であったが、原爆をナチスドイツに先んじて開発しなければならないという使命感と、人類全体に刃を向け世界を一変させることへの恐怖の間での、オッペンハイマーの葛藤は想像に難くない。

第二次世界大戦終結後も、松永京子が指摘するように、「冷戦の政治とレトリックは核兵器競争と核兵器の生産・使用の言説によって強化され（中略）、アメリカ南西部は核ミリタリズムと産業主義に戦略的に選ばれた」(68)。アメリカのウラニウム埋蔵量の三分の二を擁するフォーコーナーズと呼ばれるアメリカ南西部四州は、冷戦後すぐに始まったウラニウム採鉱によって、放射性物質が川や地下水を通して広がり、住民は甚大な健康被害を被った。チカーノと先住民は、二〇世紀に再び、核による帝国主義的野望によって、彼らの神聖な土地を汚され、多くの核言説が形成される地域となった。

こうした歴史的背景のなかでチカーノ作家ルドルフォ・アナーヤ (Rudolfo Anaya) は、先住民作家レスリー・マーモン・シルコー (Leslie Marmon Silko) と同様に、南西部の核に関わる多くの文学作品を発表している。オードリー・グッドマン (Audrey Goodman) も主張するように、「ロスアラモスに発する科学的軍事的勝利というナショナル・ナラティヴを形成した」南西部において、この両作家の作品には、「核時代の多様な人間的・環境的トラウマが現れている」(101)。本論では、グッドマンの指摘する「核時代の多様な人間的・環境的トラウマ」に注目しながら、核を国家安全政策の要として正当化をするアメリカの帝国主義的言説に対して、アナーヤがどのような言説を打ち立て、核に蹂躙された土地に生きようとしたのかをアナーヤの四季四部作の展開を中心に検証してみたい。

一　ニューメキシコの核植民地化――『ウルティマ』から『シアの夏』へ

第二次世界大戦末期を舞台に、チカーノ少年の成長を描いたアナーヤのデビュー作『ウルティマ、ぼくに大地の教えを』(*Bless Me, Ultima*, 1972) は、ヘクター・カルドロン (Hector Calderon) も指摘しているように、無垢な時代の終焉と核の時代の到来を暗示した作品である。核時代への突入という大きな変化のなかで、無垢なる時代への回帰の象徴とされるのが、主人公の少年が心惹かれる黄金の鯉である。近代化のなかで不信や不安を募らす少年は、黄金の鯉を見ると「疑問も悩みも消えてしまい」(金原訳 二五八)、大自然のなかに抱かれているような安心感を得る。アレックス・ハント (Alex Hunt) の言葉を借りれば、黄金の鯉は、「原子爆弾の破壊力に対するカウンターバランスを求めるエコ神話」であり、そのエコ神話は「ニューメキシコが核時代という近代化によって脅威に晒される時に少年が学ばなければならない道徳的風景の一部」(182) であった。黄金の鯉は、アナーヤの民話集『大地は踊る――リオ・グランデ川の物語』(*My Land Sings: Stories From the Rio Grande*, 1999) 所収の「シパの選択」(“Sipa’s Choice”) にも登場する。神の掟を破ったために魚にされ暗い水中をさ迷う民を導くために、自らも魚になることを神に願い出て黄金の鯉となった族長の息子シパの物語では、黄金の鯉に、責任感やリーダー性、自己犠牲といった意味が付与されている。

アナーヤは、彼の中国旅行記『中国のチカーノ』(*A Chicano in China*, 1986) では、ユーラシア原産の鯉を「東洋のシンボル」、中国の「黄金の鯉」を「水中に棲むドラゴンの兄弟」、また、原子力発電所を「ドラゴンの火」と述べている。こうした点から、ハントは、黄金の鯉には「原子爆弾の化身」という「アンビバレンス」(197) をも含意しているのではないかと主張する。ロスアラモス研究所では、核が臨界点を超えて爆発することは「ドラゴンの尻尾をくすぐる」と呼び、ドラゴンは核の表象となっているが、黄金の鯉を「ドラゴンの兄弟」と述べたアナーヤは、黄金の鯉が秘めた巨大な力を認識している。黄金の鯉には「太陽の道」というチカーノの道徳律が投影されているが、精神性と力を併せ持つ黄金の鯉を原子爆弾と対極にある土着の信仰として提示することによって、アナーヤは飽くなき人間の支配欲と闘争心が生んだ核の時代における国家間の亀裂の修復を意図しているのではなかろうか。

核時代においてアナーヤが最も懸念したのがアメリカ南西部における核廃棄物の問題である。ロスアラモス研究所の核廃棄物によって盲目で奇形となったグロテスクな鹿を描いた短篇「悪魔の鹿」(“Devil Deer,” 1992) では、核廃棄物の生命体への影響のみならず先住民文化まで消滅させる核の脅威を描いている。彼はまた、南西部の急速な都市化の問題を作家や批評家が論じた『開かれた空間、都市の場――変わりゆく南西部と現代作家たち』(*Open Spaces City Places: Contemporary Writers on the Changing Southwest*, 1994) に寄稿したエッセイ「神話的世界／政治的現実」(“Mythical Dimensions / Political Reality”) で、『夜明けの王』(*The Lord of the Dawn*, 1987) を引き合いに出して核廃棄物の問題に言及している。この作品は、学問芸術を推進したケツァルコアトルが兵士によって追放され、物質主義者は戦争で利益を得るものの文明は滅びるという寓話的作品である。アナーヤはトルテク時代の戦争による社会の破壊は、現代では有毒化合物による水の汚染や、核廃棄物の大地への貯蔵であるとし、文学の役割は方向を示すために伝説や神話に戻ることであると主張している。黄金の鯉の神話にも見られるように、彼は核時代を、神話伝説による倫理意識の覚醒によって乗り越えようとしたのである。

一九九五年から二〇〇五年にかけて発表した四季四部作は、現代の太陽たる核を盗み「太陽王」となって世界を支配しようとするレイヴンを追う私立探偵サニーの物語である。サニーは、チカーノの伝説的英雄であった曽祖父の名前を継承してフランシス・エルフェゴ・バカと名付けられたが、小学校の先生がその名前を発音できず、サニーと呼ばれる。この曽祖父は、カウボーイからチカーノを守るために法ではなく、銃で戦った実在するチカーノの保安官であり法律家で、サニーと同じように三〇才で探偵となった。サニーは曽祖父の生まれ変わりだと信じており、チカーノの実在の英雄と主人公を二重写しにする設定からも、この作品が新たなチカーノ神話創造を目指したものであることは明白である。一方のレイヴンは悪を働く時はカラスに変身するブルホ、メキシコ民話ではナワルと呼ばれる魔術師で、カルト教団のグルや環境保護団体のインテリなど様々な姿に変身する。サニーは太陽を連想させる新たな名前を、「明るいニューメキシコの太陽だ」(*Zia Summer* 161) と言い、サニーとレイヴンは、「明るい太陽」と「黒い太陽」として対照される。

第一作『シアの夏』(*Zia Summer*, 1995, 以下『夏』と略)は、レイヴンがロスアラモス研究所から核廃棄物隔離試験施設 (WIPP) へ運び出される放射性廃棄物の輸送車襲撃を計画する物語で、作者自身がこの作品を、「ニューメキシコの核貯蔵について」(*Conversations*, 135) 書いたものであると述べている。『夏』発表後の一九九九年に操業が開始される核廃棄物隔離試験施設をめぐっては、核を永久保存することの安全性や輸送時のテロの懸念が指摘され、一九七〇年代から草の根の反対運動が活発になっていた。

『夏』では、ロスアラモス研究所やサンディア国立研究所、その他ニューメキシコにある原子力関連施設から出る大量の核廃棄物による健康被害と土地の汚染の実態、核関連施設の隠蔽体質が明らかにされる。中でも、放射性廃棄物がヒスパニック・ラティーナ系が多く住む南渓谷へ流され、住民の癌の死亡率が高く、ウラニウム鉱山から湖に流れ込んだ水を飲んだナバホ族の羊が大量死するなど、環境とレイシズムの問題が、南西部の核植民地化の大きな問題として提起されている。

ヴァレリー・L・クレッツ (Valelie L. Kuletz) とキース・シュナイダー (Keith Schneider) は、南西部の放射能汚染に対する政府機関、政府、科学者、裁判官の不正、アメリカ社会全体の無関心を告発している。クレッツは、一九七九年のチャーチ・ロックでのダム決壊によってナバホの人たちは水を使うことも家畜を売ることもできなくなったが、それに対する住民への警告はなかったと述べている (Kuletz 26–27)。彼女は南西部に対する科学界の冷淡さにも言及し、一九七二年の米国科学アカデミーが出したレポートではフォーコーナーズを「国家的犠牲地区」に指定することが提案されているという (Kuletz 27)。また、シュナイダーは、ネバダ核実験について原子力委員会や政府側の科学者や弁護士による事実の隠蔽や、裁判官とロスアラモス研究所との癒着の事実を明らかにしている。この二人の論者が多くの事例を挙げて詳らかにするのは、アメリカ南西部が、いかに合州国によって無視され、排除されてきたかということである。

こうした核廃棄物処理場を先住民やチカーノなどの有色人種が多く住むアメリカ南西部に強要する環境的不正義の問題と共に、作者が提起しているのは、環境被害についての住民の無頓着さに現われている現代の南西部自体の経済至上主義である。汚染源となっている施設に対して「町に多くの金を落とすので市役所の誰も疑い」(*Zia Summer* 44) をもたず、議会も、核廃棄物隔離試験施設への輸送を二週間で許可すると語られる。実際、ニューメキシコは、ロスアラモス研究所が第二次世界大戦中に作られて以来、政府の核研究施設のみならず、大手コンピュータ会社が誘致されて産業化され、同時に、軍事基地として国家から経済的に保障され、第二次世界大戦を境に、急速にアメリカへの同化が進んだ。

土地の汚染を犠牲にした経済発展に対して、隣人エリセオ老人がサニーに繰り返し語るのは、南西部の土地の神聖さで「大地は生きて」(*Zia Summer* 322) いるということである。先祖の霊が「毎日やって来て、話し、夢の中に入り、助けを求めることもでき、そして死んだら、その霊と一つになる。」(*Zia Summer* 268)。エリセオ老人の語る、人と霊と土地が作り出す豊かな精神世界と対照されるのが、自然を人間の支配下に置いて搾取するキリスト教文明で、サニーは次のように人間の思い上がりを戒める。「母なる大地は腹を裂かれ、子宮にあたる穴は大量の核廃棄物で毒されている。（中略）しかし大地は抵抗するだろう。（中略）大地は科学やテクノロジーの裏をかき、破滅が起こった時には、スリーマイル島やチェルノブイリなんかお遊びみたいになる。」(*Zia Summer* 101)。

レイヴンを追いかけるサニーは、ニューメキシコの風景の中に植民地支配の歴史と環境破壊を発見する。サニーはスペインのミッションの廃墟や打ち捨てられた農地、オガララ帯水層の水涸れなどはスペインとアメリカによる植民地支配の結果だと言う。彼はまた、現代の環境破壊を実業家ドミニクによる都市開発に見て、ドミニクの都市開発はリオ・グランデ川と地下水のバランスを考えず、水の枯渇をもたらすと糾弾する。ニューメキシコに黄金郷《エルドラド》を建設し現代の征服王となる野望をもつドミニクには、植民地支配と資本主義との連続性が示唆されている。

自然を人間の支配下に置くキリスト教文明に対する対抗言説として提示されるのが、自然と調和して生きるチカーノの慎ましい生活文化である。それは、砂漠の厳しい自然環境のなかで、「人間の生活というものは人類が創造する小さなオアシスの範囲だけで存在しえた」(*Zia Summer* 207) というサニーの言葉に端的に現れている。慎ましい生活文化を支える自然観はこの作品冒頭の場面から窺うことができる。サニーの隣人エリセオ老人は、庭に立つ樹齢一〇〇年を超す老木の幹に耳を当て、枯れかかった老木の鼓動を聞こうとする。大地にしっかりと根を下ろして人々の営みを見守ってきた老木に耳を当てるエリセオ老人の姿には、『ウルティマ』の主人公少年と黄金の鯉の関係を見ることができる。老人と少年には大いなる大自然に抱かれた安心感があり、老木と黄金の鯉は、彼らに俗なるものを超越した精神的崇高さを与えている。

『夏』でニューメキシコの核植民地化の現実を、自然と調和したチカーノ世界と、人間を殺戮する核を作り、核廃棄物をマイノリティの住む土地に廃棄するキリスト教文明社会を対照して描いたアナーヤは、次作以降で核植民地化に至ったニューメキシコの歴史に迫る。

二　核植民地化の歴史とメキシコの夢――『リオ・グランデの秋』から『シャーマンの冬』へ

南西部の核汚染の起源を一六世紀以来の南西部の植民地支配による環境破壊に見たアナーヤは、翌年に出版した第二作『リオ・グランデの秋』（*Rio Grande Fall*, 1996, 以下『秋』と略）で、現在も続く弱小国に対するアメリカの植民地支配を告発する。『秋』では、米墨国境地帯は麻薬のみならず核の密売地域とされ、麻薬の密売組織の一員となったレイヴンは、その利益で核を手に入れようとする。こうした麻薬密売には、米国中央情報局（ＣＩＡ）までも加わり、米国中央情報局もまた密売で上げた利益で南米やイランの反共産主義勢力を支援するという、一九八六年に発覚したイラン・コントラ事件を彷彿とさせる事件を挿入し、アメリカ神話の実態を暴いている。

第三作目の『シャーマンの冬』（*Shaman Winter*, 1999, 以下『冬』と略）では、一六世紀のオニャーテ遠征図と一九世紀のカーニー大佐のニューメキシコ侵攻地図という二葉の歴史地図とサニーの家系図が並べられているが、林康次も指摘するようにそれによって「ニューメキシコの精神の地勢学的位置づけが行われている」（五〇）。オニャーテ遠征軍のスペイン人兵士と先住民女性を始祖とするサニーの家系の中の、四人の先祖の女性を誘拐してサニーを歴史から抹消しようとする。レイヴンを追うサニーの物語はファミリー・ロマンスとなっており、両者の戦いの舞台は夢の中に及び、夢の中で両者は歴史を横断する。この歴史の横断の中で対照されているのは、スペインとアメリカによる植民地支配から、広島、長崎への原爆投下へと続く歴史と、国境地帯で人種と階級と宗教を越えた連帯を作りだした庶民の歴史である。

スペインによるマニフェスト・デスティニーは次のように語られているように、スペイン王は大陸資源の搾取を神慮と正当化する。

> スペイン王はティエラ・デル・ファーゴからのニューメキシコの新たに設立された領土を自分のものと宣言し、想像を超える富がスペインに流れ、王は神に感謝した。神が古代文明からの報酬を摘み、インディオたちの魂を救うスペイン王の権利を是認したという信仰はスペインの明白なる運命《マニフェスト・デスティニー》となった。(*Shaman Winter* 7–8)

一八二一年のメキシコ独立戦争によってメキシコ領となったニューメキシコは、一八四六年から始まる米墨戦争でアメリカに編入される。アメリカによるマニフェスト・デスティニーは、近代兵器による圧倒的武力による領土拡張を狙う暴力的なものであった。

> 一八四六年のアメリカ軍による北部メキシコ領占領は暴力的な事件であった。最悪のマニフェスト・デスティニーであった。強力な軍隊がニューメキシコ、アリゾナ、カリフォルニアを襲い、ワシントンの規則を広げ、カリフォルニア沿岸までの南ルートと、一帯の土地、鉱山、自然を獲得した。(*Shaman Winter* 174)

一八九八年の米西戦争によってスペインからカリブ海とフィリピンの支配権を奪ったアメリカは、第二次世界大戦終結時の原爆投下によって世界の覇権を手にする。サニーはトリニティ・サイトの砂漠は、数世紀前にはオニャーテ遠征軍が通った道であったことに思い巡らす。スペイン支配からアメリカ支配への転換は、核という殺人テクノロジーをもった西欧キリスト教文明世界の到来を告げるものであった。サニーの頭には、オッペンハイマーが原爆爆発時に心に浮かんだという「我は死神なり、世界の破壊者なり」というバガヴァッド・ギーターからの引用がよぎり、一九四五年の最初の核実験が歴史を変えたとして次のように語られる。

> それから世界を破壊せし物が広島に落とされ、何千人もの人が死に、何千マイルも木端微塵となった瓦礫が続いたが、そこはかつては生命が満ち溢れていた場所であった。子どもたちは火傷して皮膚が垂れ下がり通りをさまよいながら、悲嘆にく

れて泣き叫ぶ。それは灼熱地獄の中で世界の終わりを見た人の叫びであった。頭上にはきのこ雲が浮かんでいたが、それはテクノロジーの時代を示す新たな象徴であった。それに長崎が続き、恐怖に次ぐ恐怖が繰り返された。(*Shaman Winter* 85)

核による世界支配をもたらしたのはアメリカの夢であるが、それの対抗言説として、アナーヤが提示しているのは、メキシコの夢である。エリセオ老人はサニーに「アメリカスで、再び夢を生み出すことができる」(*Shaman Winter* 139)と言い、「夢の中で演技者になることだけが、「レイヴン」の狂気を止める方法だ」(*Jemez Spring* 6)と教える。四部作では米墨国境地帯の地勢学的位置づけやメキシコ文化について何度も言及されるが、エリセオ老人の指す「アメリカス」の世界とはアメリカと、チカーノの起源の地メキシコへと広がる地域を指している。また、老人の言う夢とは、隣人と共同体を大切にするチカーノの夢、言い換えれば〈メキシコの夢〉で、個人の幸福の追求である〈アメリカの夢〉とは対照をなす。アナーヤは、アメリカス世界の歴史的社会的豊かさを語り、メキシコの夢の優位性を主張する。

その一例が魔術師《ブルホ》の起源についてである。サニーは、レイヴンに対抗するため、恋人リタの友人で、癒しの女《クランデーラ》ロレンサに導かれて霊界である下界へ行き、そこでコヨーテの力を得る。次のようなロレンサが語る魔術師《ブルホ》の起源から、ニューメキシコと古メキシコ、さらにはスペインとの精神的連続性とアメリカス世界が培ってきた歴史的厚みがわかる。

魔術師《ブルホ》はアステカ族の使うナワトル語に由来する語ではない。その語はスペイン語で、故に、ここに入植したカトリック教のスペイン人の信仰にとって意味がある。（中略）私はメヒコにいた頃、トラカラの近くに住んでいた。そこの人たちはスペイン人が来る以前から「魔女」を、特別な力を持つ人々と信じていた。彼らの魔術師たちは動物の姿に変わることができる。ナワトルの言葉では魔術師たちは「トラフエルプチ」(*trahuelpuchi*)と呼ばれている。(*Rio Grande Fall* 312)

さらには、ニューメキシコの国境地帯が人種の混合袋となり、そこには、ギリシャの都市国家のような自由な言論空間が広がっていたことが語られる。ニューメキシコは、メキシコと合州国の「目に見えぬ線上に架かる橋」で、「国境《ボーダー》、密集した幾百万の人々のための国境《フロンテラ》、チカーノの人々にはアストランとして知られる新しい空間」(*Rio Grande Fall* 193)であった。このアメリカとメキシコを繋ぐニューメキシコには、先住民、メキシコ人、カトリック教徒に改宗したユダヤ人、イベリア半島のスペイン人や中南米の人がやってきて、次に、アメリカ人、イギリス人、フランス人が訪れ、その中にはヤンキー商人やフランス人毛皮商がおり、人種、宗教、階級を越えた人々が作り出す平和で豊かな「混合袋」としての空間が成立していた。「ヌエバ・メヒコは大陸の南側の十字路《クロスロード》、子宮になっていた。ここですべてが混じり合い、混血の人を生み出すことができ、ここで全てが互いに闘うことができた。」(*Shaman Winter* 227)。アンサルドゥーアは「国境地帯を生き延びるには、国境のない生き方をし、十字路《クロスロード》にならなければならない」(217) と述べているが、かつてのニューメキシコには十字路《クロスロード》が成立するユートピア的空間が存在していたのである。

また、ニューメキシコには、プラティカという、ギリシャのアゴラに当たる古い会話の場が形成されていたが、プラティカの伝統は今でも続き、サニーの恋人リタの営む食堂《コシンナ》は、人種と階級を超えた人々が集まって政治を語り合う。「歴史はプリマスの岩で始まると思われ」(*Shaman Winter* 46) ているように、歴史が征服者の歴史となっていることを怒るサニーは、夢のなかで彼の曽祖父やチカーノに人気のあった義賊ビリー・ザ・キッドの活躍を目にする。これはチカーノにとって歴史の回復であり、民衆が作る豊かな歴史を学んだサニーは、民衆を救う冬のシャーマンに成長して、レイヴンを倒すことにより、〈メキシコの夢〉実現へと向かうことになる。冬の間シャーマンの成長を遂げたサニーはようやくレイヴンに匹敵することができるのである。

三　サニーとレイヴンの双生児関係の創出――『ヘメスの春』

最終巻『ヘメスの春』(*Jemez Spring*, 2005, 以下『春』と略) は、ロスアラモス研究所があるヘメス山に核爆弾を仕掛けたレイヴンを追う、サニーの春分の日の一日の物語である。九・一一後に執筆されたこの作品では、レイヴンとアルカイダとの関係が示唆され、第三作までの南西部の植民地化の問題から、文明の衝突や核拡散によって混迷を深める冷戦後の世界情勢へと作者の視野は広がっていく。一九九九年と二〇〇五年の間の作者の成長はサニー・とレイヴンの闘いを双生児の闘いとして語っているところに見いだすことができ、春分の日一日の闘いは四部作を結ぶのに相応しい迫力を持つ。

レイヴンは、記者会見を開いたり、映画館のスクリーンの中や携帯電話に登場したりするなど変幻自在に動き回る。エリセオ老人はレイヴンについて次のように言う。「レイブンはゲームをするのが好きで、奴はトリックスターだ。（中略）爆弾は単なる悪戯で、政治家にゲームをさせようとしている。お前の頭脳と遊ぶつもりだ。奴はシアのメダルがほしい。政治家から権力が欲しいんだ。」(*Jemez Spring* 42)。齋藤博次は冷戦とは、「核の破壊力を増幅しながらも、カタストロフィを常に繰り延べせざるを得ない一種の力学的構造、悪循環である」（三二〇）と指摘しているが、冷戦とはまさにゲームであり、レイヴンの核による威喝は、冷戦の言説と通底している。

ヘメス山に核の時限爆弾を仕掛けたレイヴンを追うサニーは、近郊の風景の中に、土着の先住民と初期チカーノ定住者の歴史と遺産が侵食されているのを見て、喪失の悲しみを語る。彼が嘆くのは、資本主義流入によるニューメキシコの人々のアングロ化と聖なる場所の喪失である。人々は消費文化にどっぷり浸かった賃金労働者となり、チカーノの共同体的意識や文化は消滅し、新住民の移入による都市開発によって、チカーノの過去と現在と未来が書かれているというシアストーンは土中に埋められてしまい、チカーノの進路がわからなくなったとサニーは嘆くのである。夢と現実の融合するマジックリアリズムの世界を展開する四部作で、アナーヤが主張しているのは、核時代によって脅威を受けるチカーノの文化や彼らの価値観である。サニーは次のように言う。「我々が我々の宇宙を知っている限り、大丈夫だ。もしその境界が破壊されれば、その時はあらゆるものは溶けだし、我々は白人の世界に滑り込む」(*Jemez Spring* 135)。

ゆえに、マーガリテ・フェルナンデス・オルモス (Margarite Fernandez Olmos) も指摘するように、サニーがレイヴンに対抗する力を獲得したのは、「[サニー] が真の自己と真の文化に触れた」(113) ためである。レイヴンは灌漑用水《アセキア》に流されたり、ドリームキャッチャーに吸い込まれたりして結末を迎えるが、灌漑用水《アセキア》やドリームキャッチャーのようなチカーノや先住民の文化を象徴するものにレイヴンが吸収されるのも興味深い。

ここで注意すべきは、サニーとレイヴンとの二項対立の構図は最終巻『春』では変化をみせ、両者の戦いも哲学的論争を行うまでに抽象的になり、互いを虚と見る双生児的関係に入っていくことである。レイヴンはサニーに次のように言う。「俺は世界のサタンでも反キリストでもなく、隠れた自己の中に生きる影だ。（中略）俺がいなければ、お前がかつて暗記していた神話の意味を明らかにする者はいなくなる（中略）。汝自身を知れ。苦闘がなければ命もないし、心の中に存在論的緊張がなければ道を照らす信号もない」(*Jemez Spring* 161)。

つまり、レイヴンとサニーはサニー自身の心の中の光と闇の戦いでもある。サニーはスペイン人と先住民を先祖に持つ混血であるが、チカーノは植民者と被植民者との混血という宿命を負っている。四季四部作を通じ、アナーヤはサニーとレイヴンとの対立を、支配欲に駆られた者と平和をもたらす者という、人類の二面性、歴史における光と闇、文化・文明の二面性として提示している。すなわち、両者を双生児として把握しようとした。

サニーはレイヴンとの最後の戦いに赴く時に、路傍にいた亀を手に取る。亀の話は『冬』でエリセオ老人から聞いた創世神話に登場する。大地と大空との結婚によって生命を誕生させたが、大空が大地にくっ付いているため生命は育たなかった。大空を持ち上げようと多くのものが試みるが失敗するなか、周りから嘲笑されながら、我慢強い亀が大空を持ち上げ、遂に成功させる。そして、今では亀はサンディア山となっているという。亀を持って大地に立つサニーの姿には、彼がチカーノの創世神話に繋がるチカーノの英雄、聖なる土地の守り手となったことを示している。西洋文学ばかり教えることに飽きたサニーは教職を辞し、探偵業に移るが、それはキリスト教文化・文明からチカーノ文化・文明の探求の旅人となったことを意味している。チカーノ文化・伝統を学んだサニーは、教職に復帰することを決意し、チカーノ文化・伝統の継承者となることを予想させて物語は終結する。特筆すべきは、アナーヤがサニーを双生児の相手に勝利した神話的なドラマの主人公として造型することにより、二つの力がせめぎあう合州国の現実に迫っていることであろう。

『春』終結部でレイヴンが流れる川に落ちて平和が再び訪れると、「必要なのは世界中の飢えた子供たちを救うこと、消滅する文化を救うことである」とし、「専制者を倒しても、自分自身のなかに専制者の影があればその人に何の利益があろうか」(*Jemez Spring* 297) と語られる。最後に、第三世界やアメリカの裏庭で苦しんでいる人たちを救うことを訴え、トランスナショナルな想像力で終わる。

おわりに

シルコーの『儀式』(*Ceremony*, 1977) は、第二次世界大戦の戦争後遺症による心的外傷に苦しむ混血青年テイヨが故郷の先住民保留地に帰還するまでの物語で、アナーヤの四季四部作同様、核の存在が主人公のトラウマとなっている。テイヨはメディスンマンのベトニーと癒しの力を持つナイトスワンとツエに導かれ、魔女や妖術、破壊者の表象する悪に打ち勝ち、土地を緑にするシャーマン的ストーリーテラーの役割を演じることを期待されて物語は終わる。同じ構造は、四季四部作についても当てはまり、サニーはエリセオ老人と癒しの女ロレンサに導かれ、悪なるレイヴンを倒して人類を核による破滅から救い、民族の伝統と文化を守るべくシャーマン的ストーリーテラーとなる。

アナーヤとシルコーが大きく違うのは、エリセオ老人とベトニーの自文化に対する考え方である。エリセオ老人はロランサと共に、サニーにチカーノの文化伝統を守ることを伝え、白人文化と融合することは自分たちの伝統文化を失うことであると教える。一方、ベトニーは、「変化しよって別のものになっていくこと」（荒訳 二〇二）を勧め、新しい儀式を生み出して発展させることが儀式を強くするとして、伝統文化が変わっていくことの必要性を説く。ベトニーは、白人が現われてから、この世界の要素が変わり始めたのだから、儀式も時代によって変わらなければならないとし、次のように語る。「それこそ妖術使いの罠じゃよ。何でもかでも白人が悪いと信じ込ませようとするのじゃ」（荒訳 二〇五）。松永が指摘しているように、「『白人』や『彼らの機械と彼らの信念』を魔女という部族ナラティヴに包含することによって、悪は外部ではなく、共同体の想像力のなかにあるということをベトニーはテイヨに教えた」(76)。冷戦期、多くの文学作品は核の恐怖や懸念、核のアポカリプスを描いたが、シルコーはアメリカ南西部の植民地的核言説に挑戦したのである (Matsunaga 83)。

一方、アナーヤの科学、文明つまり、白人世界に対する答えは、『秋』におけるロレンサの次の言葉に窺うことができる。「テクノロジーの時代に入ることは過去を抹消することだと考えている。でもそうではない。我々の自然は我々の先祖の自然、先祖の信仰と結びついている。我々にとって表面は変化しても、その下には真実の世界と霊の世界があることを我々は知っている」(*Rio Grande Fall* 121)。テクノロジーの時代に入っても、チカーノの文化伝統を守ることが重要であると述べられる。

アナーヤとシルコーの作品は、合理的思想だけで十分であるということに疑問を呈し、西欧のテクノロジー信仰に対する批判としてプエブロやチカーノの文化を提示している。物語と神話を並行させ、神話と現実が一つであることと時間の循環性を強調し、直線的な西欧の時間概念と対照させ、豊かな物語世界を展開している。

シルコーの豊かな語りが白人文化と部族文化との融合に向う一方で、アナーヤのレイヴン・サニーの双生児性を強調する語りは、核を作るに至った白人文化をチカーノ文化の側から問う姿勢が顕著である。シルコーの語りとは違って、アナーヤの四季の語りは白人とチカーノの融合ではなく、一対の鏡を通して、チカーノのナショナリティをマイノリティの問題としてアメリカだけでなく、アメリカス、さらに世界に広げる作者の意図を構造化している。両者とも核を作り出す植民地主義の破壊的力に対抗しながら、国家を超えた土着運動を形成しようとした。

アナーヤの場合、『ウルティマ』の黄金の鯉から四季四部作最後の『春』の亀へと土着のイメージを掲げ、チカーノの人々に故郷を喚起する一方で、作者は最終巻のサニーとレイヴンの対決、双生児の闘いで啓示された春の到来を世界に伝えたと結論づけられよう。土着のものや四季のサイクルが表象する人道主義や自然の恵みを提示することによって、アナーヤは自然の搾取の上に成立するアメリカ消費文化と核植民地主義への対抗言説を構築した。

引用文献

Anaya, Rudolfo. *A Chicano in China*. Albuquerque: U of New Mexico P, 1986.

—. *Bless Me, Ultima*. New York: Warner, 1999.

—. "Devil Deer." *The Anaya Reader*. New York: Warner, 1995. 235–46.

—. *Jemez Spring*. New York: Warner, 2005.

—. *Lord of Dawn: The Legend of Quetzalcoatl*. Albuquerque: U of New Mexico P, 1987.

—. "Mythical Dimensions/Political Reality." *Open Spaces City Places: Contemporary Writers on the Changing Southwest*. Ed. Judy Nolte Temple. Tucson & London: U of Arizona P, 1994. 25–30.

—. *Rio Grande Fall*. New York: Warner, 1996.

—. *Shaman Winter*. New York: Warner, 1999.

—. "Sipa's Choice." *My Land Sings: Stories from the Rio Grande*. New York: HarperCollins, 1999. 149–158.

—. *Zia Summer*. New York: Warner, 1995.

Anzaldua, Gloria. *Borderlands/La Frontera: The New Mestiza*. 3rd ed. San Francisco: Aunt Lute Books, 2007.

Calderon, Hector. *Narratives of Greater Mexico: Essays on Chicano Literary History*, Genre, & Borders. Austin: U of Texas P, 2004.

Chavkin, Allan, Ed. *Leslie Marmon Silko's Ceremony: A Casebook*. Oxford UP, 2002.
Dick, Bruce and Silvio Sirias. Eds. *Conversations with Rudolfo Anaya*. Jackson, MS: UP of Mississippi, 1998.
Goodman, Audrey. *Lost Homelands: Ruin and Reconstruction in the 20th-Century Southwest*. Tucson: U of Arizona P, 2010.
Hunt, Alex. "In Search of Anaya's Carp: Mapping Ecological Consciousness and Chicano Myth." *Interdisciplinary Studies in Literature and Environment* 12.2 (2005): 179–206.
Kuletz, Valelie L. *The Tainted Desert: The Environmental and Social Ruin in the American West*. NY: Routeledge, 1998.
Laurence, William L. *Dawn Over Zero: The Story of the Atomic Bomb*. New York: Knopf, 1946.
Lynch, Tom. *Xerophilia: Ecocritical Explorations in Southwestern Literature*. Texas: Texas Tech UP, 2008.
Matsunaga, Kyoko. "Leslie Marmon Silko and Nuclear Dissent in the American Southwest." *The Japanese Journal of American Studies* 25 (2014): 67–87.
Olmos, Margarite Fernandez. *Rudolfo A. Anaya: A Critical Companion*. Connecticut: Greenwood, 1999.
Schneider, Keith. *Foreword. American Ground Zero: The Secret Nuclear War*. Carole Gallagher. NY: Random House, 1993. xv–xix.
Silko, Leslie Marmon. *Ceremony*. 1977. New York: Penguin, 2006. 『儀式』荒このみ訳、講談社、一九九八年。
伊藤詔子「"Atomic West" の原点にたつ Trinity Site をめぐる核の言説について——P. K. Fisher, *Los Alamos Experience* を中心に」『日本英文学会第８７回大会 Proceedings』二〇一四年、一五—一六頁。
齋藤博次「冷戦知識人の誕生」『冷戦とアメリカ——覇権国家の文化装置』村上東編、臨川書店、二〇一四年、二八五—三三三頁。
林康次「カリフォルニアへの陸橋ニューメキシコ——チカーノ作家とチカーノ詩人」『カリフォルニア研究——日英米文化交流の可能性について』（平成一四年～平成一七年度科学研究費補助金基盤研究（C）（２）課題番号 14510527）研究成果報告書、平成一八年三月、四一—九二頁。

核戦争後の創世記
——バーナード・マラマッド『コーンの孤島』と喋る動物たち

三重野　佳子

一　核の世紀

ロバート・J・リフトン (Robert J. Lifton) は、一九世紀に、科学技術による世界の終焉を予言する者たちが登場してきたことに触れ、その最大の例としてH・G・ウェルズ (H. G. Wells) を挙げる。ウェルズは『解放された世界』(*The World Set Free*, 1913) で、世界の大都市が原子爆弾によって破壊される一九五〇年代の戦争を描いた。ウェルズが『解放された世界』を書いた一九一〇年代とはどのような時代だっただろうか。一八九六年にはフランスの物理学者アンリ・ベクレルが、ウランから発する放射線を発見する。これに触発されて、キュリー夫人がラジウムとポロニウムという二つの放射性物質を発見し、一九〇三年にはベクレル、キュリー夫妻は放射能発見の業績により、ノーベル物理学賞を受賞した。この大発見は世の中にもてはやされ、放射性物質は魔法の物質のように扱われたという。

ウェルズが『解放された世界』を書いたのはその一〇年後の一九一三年である。この物語で描かれるように、当時原子の持つエネルギーについての認識は人々の間にはなく、たとえわずかにそのような知識があっても、それは夢物語だと思われていた。しかし、ウェルズがこの小説で予見したように、原子の力を人類が手に入れた時、そのエネルギーは、人間の生命と文明を破壊するための兵器を作るために使用されることとなる。極秘裏に行われた原爆開発の結果、一九四五年七月一六日、トリニティ・サイトで人類初の原爆実験が行われ、その半月後、八月六日には、広島に原爆が投下されることになる。皮肉なことに、大統領に原爆についての検討を要請する手紙をアインシュタインに書かせた科学者のレオ・ジラードが、実際に原爆が製造されうると確信するようになったのは、このウェルズの小説を通してであったとリフトンは語っている。ウェルズが原子爆弾による世界戦争と世界の主要都市の壊滅を描いたのは、原爆が製造される三〇年前のことだが、ウェルズは原子力の夜明けの時代にその力の持つ正と負の可能性について、恐ろしいほど正確に予言した。小説内で描かれるように、人間が科学の進歩により新たなエネルギーを手に入れても、「世界は事実上全然統治されていなかった」（浜野訳 八一）のである。ウェルズがこの本で描くのは、原子力を手にした人間が失敗をあらため、新たな世界の統治を創造しようとする物語である。浜野輝によると、「戦争と国家から解放された世界」（三六五）こそ、ウェルズが生涯追い求めたものであった。ウェルズ自身、現実世界でもこの本を書いた後、そのような世界秩序の実現を求めて奔走する。

一方、バーナード・マラマッド（Bernard Malamud）は、その晩年の著作『コーンの孤島』（*God's Grace*, 1982）において、人類の起こした核戦争後をファンタジーの世界に描いた。ウェルズが『解放された世界』を書いた約七〇年後である。広島・長崎での原爆投下後、第二次世界大戦の戦勝国は次々と核開発に乗り出し、世界の各地で核実験が行われた。一九七〇年代には、これまで核保有国ではなかったインドも核実験を行い、核の拡散に不安が広がる。八〇年代に入っても、米ソの冷戦下でいつ全面核戦争が起こってもおかしくないという恐怖に、世界は覆われていた。しかし、ローレンス・R・ウィットナー（Lawrence R. Wittner）によれば、「ベトナム戦争の終結、『平和的』原子力に関する論争の盛り上がり、一九七八年の国連軍縮特別総会の開催が、平和団体や人々の注目を再び核問題へと向けさせ」（113）、第三の反核運動の波が訪れたのもこの時期であった。このような核をめぐる状況の中で『コーンの孤島』は生まれた。

出版後のインタヴューで、マラマッドは、「日本人に最初の原子爆弾が投下された時」から核のことがずっと気にかかっていたと述べ、「今、私は、多くの人々と同じように、危機感を抱いている――ぞっとするほど恐ろしい危機感を。警告を発するのは作家の仕事であると感じている。沈黙は理解を増すことも、慈悲を呼び起こすこともできないのだから。」(Lasher 130) と語っている。マラマッドはまた、「二〇世紀の科学技術から生じた恐怖は背筋が凍るようなものだ」(Lasher 113) とも述べている。

ウェルズとマラマッド、時代も国も異なる二人の作家が共通して案じたのは、科学技術は人類に幸福をもたらしはしたが、一方で、人間は、その科学の力を果たして制御できるだけの能力を持っているのかということであった。ウェルズが懸念していた戦争は現実のものとなり、小説の世界の創造物であった原子爆弾もまた現実のものとなって、使用された。冷戦は終わったが、世界は不安定で、核兵器は、いまだ廃絶への道筋すらついておらず、私たちもその核の恐怖の元に生きている。冷戦のさなかにマラマッドが描いた人類の行く末は、現在の私たちと無関係ではない。ただ、ウェルズの描いた未来が一部現実のものとなったことからわかるように、空想上とは言え現実的な物語であったのとは対照的に、マラマッドの『コーンの孤島』は、言葉を喋るチンパンジーが登場する非現実的なファンタジーであり、作者の意図がはっきりと見えにくい。果たしてマラマッドの「警告」は、どのようなものであったのか。本論では、マラマッドの『コーンの孤島』の核戦争後の世界から、マラマッドが未来へと伝えようとしていたことは何であったのかを考えてみたい。

二　言葉を喋る動物の物語

人類滅亡後にただ一人取り残された主人公カルヴィン・コーンは、彼の職場であった海洋調査船の船上で、同僚のドイツ人学者ビュンダー博士が飼っていたチンパンジーもまた生き残っていることを知る。そして、やがて、元の飼い主のつけたゴッドロープからブズと改名したそのチンパンジーが、実は人間の言葉を理解し、喋ることができるということを発見する。マラマッドの作品には、他にも、人間の言葉をしゃべる動物が登場するものがある。一つは「ユダヤ鳥」(“The Jewbird,” 1963) であり、もう一つは「喋る馬」(“The Talking Horse,” 1972) である。これらの短編の登場人物を人間ではなく、動物として設定することで、マラマッドが何を表現しようとしたのかは、『コーンの孤島』の動物たちのありようと大きく関係していると考えられる。

「ユダヤ鳥」では、老いて痩せこけた鳥が、冷凍食品営業係のハリー・コーエンのアパートに飛び込んでくる。「窓が開いていたから」(柴田訳 四五) である。鳥は突然イディッシュ語で「大変だ《ゲヴァルト》、大虐殺だ《ポグロム》！」(四六) と叫ぶ。鳥はユダヤ迫害者たちから逃げているユダヤ鳥でシュヴァルツと名乗る。コーエンの妻イーディはこのユダヤ鳥に同情して残りものを与え、息子モーリーは言葉をしゃべるこの鳥を面白がって飼いたがる。だが、コーエンだけは、シュヴァルツを厄介者扱いする。コーエンがシュヴァルツを毛嫌いする理由は、食べているニシンのせいで「年じゅう魚の死骸みたいな臭い」(五四) をプンプンさせていることや「ベランダで豚みたいに」(五四) いびきをかいていることなど、シュヴァルツ自身の意思ではどうにもならないものばかりである。この「豚」やニシンの臭いは、一般にユダヤ人を蔑む際によく引き合いに出されるものである。ユダヤ人であるコーエンが、相手がみすぼらしい得体の知れない鳥であるというだけで、シュヴァルツを厄介者扱いし、ユダヤ人を蔑むのに使われる言葉を投げつけ、さまざまな嫌がらせをする。しまいには妻と子供が留守の間に具体的な暴力沙汰に及び、シュヴァルツを巣箱や餌箱とともに夜の街路に投げ捨てる。春になって、息子のモーリーは、川のそばでシュヴァルツの死骸を見つける。「二つの翼は折れ、首はへし折られ、目は両方ともきれいにえぐり取られていた」(六〇)。誰にやられたのかというモーリーの問いに、イーディはこう答える。「ユダヤー迫害者《アンティセミーツ》たちに」(六〇)。

この短編は、ユダヤ人迫害は、非ユダヤ人によるものとは限らず、人の心に潜んでいる見知らぬもの、異物への排他性は、時には同胞にも向けられ、死に追いやってしまうことを物語っている。果たして、シュヴァルツは本当に「鳥」だろうか。「ユダヤ鳥」は、当然のことながら、比喩的な存在としての動物と考えて差し支えないだろう。ユダヤ鳥シュヴァルツは、自分を追い出そうといじめにかかるコーエンにこう問う。「ミスター・コーエン、なぜ私をそんなに憎むんです？……私があなたに何をしたというんです？」これに対するコーエンの答は「お前がとびっきりの厄介者だからさ。だいいち、ユダヤ鳥なんて誰が聞いたことがある？　さっさと出てけ、じゃないと全面戦争だぞ」（五七）というものである。コーエンがシュヴァルツを嫌がるのにさしたる理由は存在しないし、また必要でもない。聞いたこともない鳥、というだけで「全面戦争」が始まりうる、あるいは人間の精神の中に潜む闇が攻撃性を帯びる。そしてその攻撃の的となる抑圧されるものの表象がここでは「ユダヤ鳥」なのである。

「喋る馬」でもやはり本来は人間の言葉を話すはずのない馬が、言葉を話すことのできない聾唖の主人の元で、サーカスの見世物として働いている。主人のゴールドバーグが指のモールス信号で最初に伝えたメッセージは、「質問はなしだ、わかったか？」（柴田訳 一五三）というものである。馬のアブラモヴィッツは、言葉を話すことができるにもかかわらず、何かを質問して知ることを最初から制限されているのである。ゴールドバーグは、「質問されると、顔が青黒くなり、ものすごくピリピリする。（中略）自分の思考や計画に、あるいは生き方に干渉されることをゴールドバーグは好まない。自分で作り出す以外の驚きも好まない」（一五二）。それに、機嫌が悪いと、竹の鞭が飛んでくる。アブラモウィッツが鞭よりも恐れているのは脅しの言葉である。脅しの言葉は「稲妻みたいにグサッと体に切り込んで」きて、「ずっと気にやまされる」（一五三）。だが、何よりも本当にアブラモウィッツが辛いのは、「わからずにいられないことがわからないこと」（一五三）である。彼らの芸は、ゴールドバーグが声にならぬ声でなぞなぞの質問をし、アブラモウィッツがそれに答える。その後で観客になぞなぞの質問を明かす、という質問と答えが逆転したものとなっている。このA&Qは、あらかじめ決められた答えしか与えられず、それ以上のことを知ることを許されない不自由さの象徴であろう。勝手にA&Qを自作して舞台で披露したアブラモウィッツに、ゴールドバーグはこう言う。「答えを言うのはまあいい、だが自分で問いを作るのは許さん」（一六六）。喋る馬アブラモウィッツには、自分が何者なのか、本当のことを知るために問いを発する自由さえも許されていない。彼は自由を望むが、ゴールドバーグは現状に満足できないようであれば「にかわ工場」に送り込んで「全身どろどろに溶かしてもらうぞ」（一六六）と脅す。奪われた自由と「にかわ工場」は、強制収容所をイメージさせる。喋る馬という現実にはありえないこの動物は、自由を封じられ、自らの言葉を語ることのできない存在を表しているであろう。

このように、マラマッド作品では、言葉を操る動物は、同じ言葉を話すにもかかわらず、姿かたちが異なるがために、理解されず、蔑まれ、自由を奪われた存在を表現する一つの形として作用する。そして、それは、「ユダヤ島」では、ユダヤ差別主義者によるポグロムから逃げるユダヤ人（その「ユダヤ人」は、象徴的に使用されているとしても）だったが、「喋る馬」では、「馬」がさし示す対象は、非常に曖昧な、限定されないものへと変化している。

マラマッドの伝記作者フィリップ・デイヴィス (Phillip Davis) は、「喋る馬」についてダニエル・スターン (Daniel Stern) が次のように語ったと記している。「個人的には、この言葉は、マラマッド自身の自由を求める奇妙な叫び――半分人間、半分動物で、身体に閉じ込められた精神を持ち、性的欲求の中に道徳的魂を持ち、半分喜劇的、半分深刻で、自分の観客の世界では決して十分にしっくり感じたことがない、雑種の生き物のような彼の叫びのように感じた」（勝井訳　四六五）。ユダヤ島が、ユダヤ人だけのことを指しているのではないように、喋る馬もまた、人間誰もが、この世で生きていくうえで抱える精神の不自由さ、作者マラマッド自身も抱えていた自己のすべてを顕わにすることのできない不自由さ、外面上の自己と内面の自己との矛盾をも表すものと言えよう。

さらに、デイヴィスは、同じく言葉を喋る動物が登場する『コーンの孤島』について、マラマッドが残した読書リストやノートなどから、「マラマッドは創造の二つの大きな方向から取り組んでいることは明らかである。一つは神と旧約聖書が作用する上からの創造と、ダーウィン流の進化論の立場から作用する下からの創造の二つである。これは「喋る馬」の並外れた野心的な最終的発展形であり、マラマッド自身の二重性の感覚を宇宙の性質へ取り込んでいる」（五四九）と言う。この指摘は重要である。というのも、マラマッドは、二つの時代を配置し、その重層性を利用して作品のテーマを豊かに表現するという手法をいくつかの作品で用いており、この作品でも、その二重構造の手法が使用されていると筆者は考えるからである。

『コーンの孤島』では、神が創造したこの宇宙自体が二重性をもって描かれる。デイヴィスの言う「上からの創造」と「下からの創造」を言い換えれば、神による創造＝上からの創造と、人類の進化への信奉に基づく、科学技術も含め、人類が築いてきた文明による創造＝下からの創造である。物語の中で重層的に描かれるこの二つの創造がどのようなものなのかを次にたどってみたい。

三　二つの創世記

原子爆弾の製造にアメリカが成功を収めた一九四五年、日本への原子爆弾使用のスポークスマンとして雇われた記者ウィリアム・L・ローレンスは、その回想の中で「原爆に対する崇拝にも似た畏敬の念と、創世記のイメージとを結び合せている」（大塚訳　一八）とリフトンは言う。マラマッドが『コーンの孤島』で人類滅亡後に生き残ったコーンが生きる世界を、創世記のイメージで満たしたことは、原子を人間が操ったこととも結びつくであろう。万物を創造したのは神であり、その万物をつくりあげている原子は、いわば神の領域に属するからである。

デイヴィスの言う「下からの創造」は、進化論も含め、科学と人類の進歩を信奉する人間による創世記である。デイヴィスが触れているように、マラマッドは生物の進化を物語の中に取り込んでいる。コーンの職業は古代学者で、チンパンジーのブズと共に島で暮らし始めてからも、古代の生物の化石を収集している。「天地創造は、おれにとって最大の謎なのだ。だから結局科学をやるようになったというのも、不自然ではないのだよ」（小野寺訳　六九）とコーンはブズに語る。コーンは科学者であり、ブズが人間の言葉をしゃべるということがわかった時には、「おそらく、君の経験は進化論とも関係がある」（七一）と話し、この世に取り残された人間一人とチンパンジーの進化に、世界の存続の期待をかける。ブズ以外にも五匹のチンパンジーが島に生息していることがわかり、彼らもブズに教えられて人間の言葉を喋りはじめ、やがてコーンは、人類が成し遂げられなかった互いを慈しみあう社会を島に作るという夢を持つ。「七人か八人しかいないとしても、社会として機能することになれば、もっと高次元の行動様式まで――かつての低級な生物を――高める文明に変るかもしれない。人間がポシャってしまった今では、最高級の生物になるのではないか」（一三七）。コーンはチンパンジーたちのために樹上の教室を開き、宇宙の誕生から現代まで、ホモ・サピエンスの登場から、進化論の自然淘汰まで、歴史や科学、さらには文化について物語る。コーンの意図は、チンパンジーたちを「一定の文明の水準まで」（一三八）引き上げることにある。そして、「チンパンジーが進化していくならば、それも無意識のうちに希望を抱きつづけているならば、分子の変化をひきおこし、その結果遅かれ早かれ――なるべく早いことを期待するけれども――チンパンジーは人間に似た種になりはしないか」（一七六）とチンパンジーたちに語る。しかし、自らの手で、新たな人類の文明を再興しようとするコーンの野望は、やがて世界を創造する神に自らを見立てる暴挙へと発展していく。

コーンは何度か自らをアダムに譬えている。第二の洪水の後、海洋調査船レベカーQで海を漂流していた時、地球上にただ一人残された孤独の中、コーンは自問自答する。


「永遠に一人で生きるというのか?」

――肋骨一本あればイブは造れる。

「自分をアダムだと思うのか?」

――誰でもその仕事ができるのなら。（一五）

この自らがアダムになるという考えは、やがて人類に最も遺伝子的に近いチンパンジーの仲間を得た時、コーンにとって実現可能なものとなる。チンパンジーの中で生殖可能な唯一の雌であるメアリ・マデリンと交わり、子孫を繁栄させるという途方もない考えに憑りつかれたコーンは、「アダムとイヴという一組の夫婦しかいず、それもそう熱心に務めたわけでもないのに、地球はたちまち人間でいっぱいになったではないか」（一七九）とこの世を満たす新たな種の祖となることを考えるようになる。さらに、「雌の猿と交わるという革命的な衝動を、コーンの頭に――（コーンは神の器なのだ）――吹き込んだのも、あるいは神自身かもしれない」（一七九）と自らの行為を神の意志によるものと見立て、創世記でロトの娘たちが、子孫を残すために、酒に酔った父親と寝た行為と自らの行為を重ねあわせる。コーンは人智によって、世界を再創造することができると考えるのである。

では、そもそもの創造主である神は、この物語の中で、どのような立場を与えられているだろうか。神は、物語冒頭、地上の全人類がすべて滅亡し、一人船上に取り残されたコーンの元に訪れ、「人間は自分の能力とわたしの好意を満足に利用できなかった結果、みずからを滅ぼしてしまった」（六）と話す。コーンは、「二度と洪水は起こさないと約束したではありませんか」（七）と反論する。しかし、神はここで、「私は一部族の神ではなく、全宇宙の長だ」（九）と宣言している。マラマッド自身、この神は神学的な人物というよりは運命の象徴であり、「宗教とは無関係だ」(Lasher 119) と語っている。神が起こした第一の洪水、すなわちノアの洪水が描かれる創世記は、神による宇宙創造およびユダヤ民族と神との契約の物語である。だが、神はここでは「全宇宙の長」であるから、コーンには考えがおよばないほどの錯綜した責任があるのだという。マラマッドは、神にこのように語らせることにより、狭い意味での宗教上の書である創世記を、人智の及ばない創造の神秘を支配する法則を体現する神の創世記へと転換する。

神の立場は明確である。神は次のように語る。

人間はわたしがこの手で造ったものを、生存のためのさまざまの条件を、破壊してきた。わたしは呼吸するための新鮮な空気をあたえた。飲むによく浴びるによい澄んだ水もあたえた。肥沃な緑の土地もあたえた。人間はわたしのあたえたオゾンを破壊し、酸素を炭化させ、蘇りの雨を酸化させた。これは、私の宇宙にたいする侮辱ではないか。主にも忍耐の限度がある。わたしは人間に自由を恵んだ。ところが人間はそれを悪用して、みずからを滅ぼした。結局悪が善を倒した。いま破壊しつくされた大地の上に居すわっているこの第二の洪水は、人間がみずから招いたものだ。人間は契約を破ったではないか。だからこそ、わたしは人間をみずからの手で葬らせたのだ。その方法は人間が産みだしたものだ。わたしはそっぽを向いていた。（七―八）

神は、人間が科学と文明の名のもとに作りあげたものが、水を汚染し、オゾンを破壊し、二酸化炭素の増加を招き、酸性雨を降らせ、神の与えた豊かな恵みを破壊したと語る。さらには、人間自身を滅ぼしてしまったのも、人間が人間同士殺し合うために作った核兵器であり、第二の洪水は神が起こしたのではなく、人間自身が招いたものだという。ここには、マラマッドの懸念が、核だけではなく、人間の限度を知らぬ欲望が、本来あるべき全き姿の自然を破壊していることにも及んでいることが示されている。物語は、人間が愚かな振る舞いによって自分自身を滅ぼす核戦争を一つの題材としてはいるが、マラマッドが主題として据えているのは核の恐怖だけではなく、人類が手にした科学技術の力の危うさにあることがここから見えてくる。

コーンが生物の進化を信じ、メアリ・マデリンと交わることで新たな人類を自らの手で創造しようとした行為もまた、現代の生命科学による遺伝子や生命誕生の操作を想像させる。人間は、自らの欲望――物質的な欲望であれ、知的な欲望であれ――を満たすために、神の創造した世界を乱し、破壊してきた。大洪水のさなか、コーンが神に命乞いをし、「奇跡をあたえたまえ」（九）と求めた時、神は「奇跡は偶然実現するものであって、あたえられて当然というのでは、奇跡とは言えなくなる。人間は奇跡以上のものを求めるようになろう」（九）と語って去る。神は、地球上にたった一人残されたコーンに、言葉が通じるチンパンジーという奇跡を賜った。だが、やはり神の予言通り、人間であるコーンは奇跡以上のものを欲し、新たな種の創造という神の領域に属する所業に及んだのである。

四　生命への祈り

再び、言葉を喋る動物の話に戻ろう。

杉澤伶維子は、ポストコロニアルの立場から、命名権の独占、英語を教育することを通しての言語による支配、異種族の女性支配といった、コーンによる植民地主義的行為を指摘し、言葉を喋るチンパンジーたちを、アメリカ覇権主義下の被抑圧者になぞらえた。そうした意味では、『コーンの孤島』の喋る動物は、「ユダヤ島」「喋る馬」と同じ線上にあると言えるであろう。

物語の中で、チンパンジーのブズは、何度もコーンに逆らい、「獣」を擁護する。コーンは、ゴッドロープという元の名前の代りに、ブズという創世記からいい加減に取った名前を与えるが、チンパンジーは不満を表明する。また、人間は言葉を発明したために「ほかのあらゆる生きものより優秀になったのだ」というコーンに、「そんなに優秀だったのなら、いまはどこにいるの？」（七四）と訊く。あるいは、人間はことばによってはじめて本当の人間になれるのだというコーンに、「チンパンジーのことも忘れないでくれ」（七五）と言う。またあるいは、イサクの燔祭の物語をブズに語る中で、「この話はおそらく、人間を犠牲《いけにえ》にする異教への批判だったのだと思う。これこそ人間が人間らしくなるということなんだよ」と語るコーンに、ブズは「じゃ、獣を殺すのは文明人らしい行為なんだね」（七九）と返す。、壊滅の日の原因について、コーンが「われわれはたがいに獣のように争った」と話すと、ブズは、「おれは獣で、昔っから動物は食ってない」（八一）と金切り声をあげる。繰り返し、人間を称賛するコーンにたいして、ブズは獣の立場を擁護するのである。このような、人間と獣の対立もまた、コーンの人間（西洋）中心主義に対する抵抗と考えることも可能であろう。

イサク燔祭の物語は、神に息子イサクを生贄として捧げようとしたアブラハムの物語だが、祭壇の薪の上に載せたわが子イサクを手にかけようとした時、神はアブラハムにイサクを殺さないように言い、代わりにアブラハムは角を藪にかけている雄羊を燔祭として捧げた。『コーンの孤島』で、新たな種の創造という夢に破れ、チンパンジーたちに捕えられたコーンは、イサクと同じように胸に薪の束を抱え、山を登っていく。アブラハムは、息子のイサクを燔祭として捧げることにより、神を恐れていることを示した。ここでは、人間であるコーンが、獣であるブズによって、神に燔祭として捧げられる。すなわち、神を恐れて生贄を捧げるのは、人間ではなく獣へと入れ替わる。

チンパンジーたちは最終的には、コーンに取って代わって、ブズを頂点とした島の支配者となる。人間コーンによる島の支配は、いかに民主主義を装おうと、チンパンジーにとっては抑圧的なものでしかなかった。しかしながら、人間に代わり、島を支配したチンパンジーもまた、後からやって来たゴリラやヒヒを排除し抑圧する存在である。羽村貴史は、物語冒頭の「またあの物語だ」（五）という一文によって、マラマッドは小説の物語内容だけではなく、物語構造を読むことを要請していると指摘し、この物語が語る未来は、過去の出来事を表象する歴史再現装置として機能しているという。であれば、核戦争前の過去の人間世界同様、コーンによる支配転覆後、支配者がチンパンジーに替わっても、同じ誤った過去が繰り返されることが示唆される。『コーンの孤島』においては、「獣」は、人間と入れ替わり可能な同じ立ち位置にいるものとして描かれていると言えるであろう。

ブズが、燔祭であるコーンの喉元にナイフを突き立てようとした瞬間、ナイフが触れる前に血がほとばしる。コーンは言う。「慈悲ふかき神よ。私は老人です」「主は私の天寿をまっとうさせてくださいました」（二三七）。この物語の神は、人間を滅ぼし、最後の生き残りであったコーンの命を最後には奪うが、コーンの命を獣に委ねることはなかった。

獣と人は入れ替わり可能な位置に置かれているので、これは人間の獣に対する優越性を表しているのではない。神は、人間にせよ獣にせよ、文明による宇宙の生命の支配を許さなかったのである。先に述べたように、この物語は、神の創造による創世記と、人類の創造による創世記という二重構造で描かれる。人智の及ばぬこの宇宙の神秘に対する敬意を失い、科学技術によってこの世界を操ろうとした人間の傲慢に対する罰として、人間は自ら作った核兵器による人類の滅亡を招いたのである。

神は、コーンからは命を奪い、獣たちからは言葉を奪う。しかしながら、言葉を口にする者がいなくなったかに見えた島で、これまで言葉を喋ることができなかったゴリラが「カルヴィン・コーンのために長いカディッシュを歌いはじめた」（二三七）。マラマッドは、この小説が悲劇で終わることを否定し、物語の結末で「コーンのためにカディッシュを唱えるゴリラのジョージにこそ希望が見いだせるのだ、祈りそれ自体が神の恩寵の媒体である」(Lasher 127) と述べている。物語の神は、宗教上の神ではなく、この宇宙を創造した神、すなわち人間の知恵をはるかに超える神秘を湛えたこの世界の営みをつかさどるものを表象する。コーンが小説中で語るように、神が言葉を造り、「言葉が世界の始まりだった」（七三）のであれば、島に再びもたらされた万物の創造主への祈りの言葉こそが、世界の再生を印すものとなろう。

引用文献

Davis, Phillip. *Bernard Malamud: A Writer's Life*. Oxford: Oxford UP, 2007.　デイヴィス、フィリップ『ある作家の生――バーナード・マラマッド伝』勝井伸子訳、英宝社、二〇一五年。

Lasher, Lawrence ed. *Conversations with Bernard Malamud*. Jackson: UP of Mississippi, 1991.

Lifton, Robert J. "The Psychic Toll of the Nuclear Age," *New York Times* 26 Sep. 1982. Web. 30 Aug. 2016.

Lifton, Robert, and Mitchell Greg. *Hiroshima in America: Fifty Years of Denial.* New York: G. P. Putnam's Sons, 1995.　リフトン、ロバート・J、ミッチェル・グレッグ『アメリカの中のヒロシマ』大塚隆訳、岩波書店、一九九五年。

Malamud, Bernard. *God's Grace.* New York: Farrar Straus Giroux, 1982.　マラマッド、バーナード『コーンの孤島』小野寺健訳、白水社、一九八四年。

——. "Talking Horse." *Rembrandt's Hat.* New York: Farrar Straus Giroux, 1972.　「喋る馬」『喋る馬』所収、柴田元幸訳、スイッチパブリッシング、二〇〇九年。

——. "The Jewbird." *Idiots First.* New York: Farrar Straus Giroux, 1963.　「ユダヤ鳥」『喋る馬』所収。

Wells, H. G. *The World Set Free.* Kindle ed., Shaf Digital Library, 1914.　ウェルズ、H・G『解放された世界』浜野輝訳、岩波書店、一九九七年。

Wittner, Lawrence S. *Confronting the Bomb: A Short History of the World Nuclear Disarmament Movement.* Stanford: Stanford UP, 2009.

杉澤伶維子「核ホロコーストとアメリカン・ナラティヴ」『冷戦とアメリカ文学——二一世紀からの再検証』所収、山下昇編、世界思想社、二〇〇一年、一五二—七三頁。

浜野輝「ウェルズと日本国憲法」、『解放された世界』所収、三六三—四一三頁。

羽村貴史「祈るゴリラと核戦争後の世界——バーナード・マラマッド『神の恩寵』の未来表象」『アメリカ研究』第四九号、二〇一五年、二一七—三七頁。

23

火に生まれ、火とともに生きる
——ジュリエット・コーノの『暗愁』

深井　美智子

はじめに

火は我々の生活に欠かすことができない重要な道具である。ろうそくの炎に安らぎを感じる一方で、地獄の業火には恐れを抱く。フランスの科学哲学者ガストン・バシュラール (Gaston Bachelard) は、『火の精神分析』（一九九九）の中で火は人間の心のうちに生きているとし、

それは物質の内奥からたちのぼり、愛のように身を捧げる。それは物の中にふたたび降ってゆき、憎悪と復讐の心のように潜み、抑えられて身を隠す。すべての現象のうちで、火はまったく異なる二つの価値、すなわち善と悪とを同時に文句なく受け入れることのできる唯ひとつのものである。それは優しさであり、責苦である。それは煮炊きする火であり、黙示の火でもある（前田訳　一八）

という。ハワイ生まれで現在もハワイ在住の日系人作家ジュリエット・コーノ (Juliet S. Kono) の長編小説『暗愁』(*Anshū*, 2010) は、ヒロインヒミコを通してまさにこの火の持つ多様性を表している。火に生まれ火とともに生きたヒミコの半生を描く『暗愁』では、第二次世界大戦末期にハワイから日本へ来た日系アメリカ人ヒミコを、「火」は内なる火として時には「守り神」のように助けるが、時にはまるで地獄の「業火」の如くヒミコの身体を焼く。原爆に襲われ最愛の子を亡くし、自らもケロイドを負うが、皮肉にも原爆によって受けた傷が「彼女の新しい人間性のマーカー」

となり、日本の社会に同化するために自分自身を封じ込めて生きてきた彼女を解放し、生き残る道を与えることとなる。

本稿では、コーノがヒミコを通してこの矛盾をきわめる「火」の多様性をどのように描いているかを考察すると共に「暗愁」というタイトルの言葉の持つ意味についても考えたい。

一　火に追われ、火に導かれる

『暗愁』の冒頭に

火に生まれる
火は私の身体のエレメント
ヒミコ、火の子供、それが私の名前　(*Anshū*, 13)

とある通り、火をいつも身近にあるものとして捉えているヒミコは、火と遊ぶことが好きな子供だった。四歳にして火事を起こしかけ、母親から「マッチで遊ぶ子はいつか火を食うことになる。新聞紙を燃やす子はいつか火に巻かれて死ぬ。気を付けないならお前は火にやられるだろう……。言うことを聞かないと一生苦しむことになる」(16) と脅されるが、その言葉は決して脅しではなく、ヒミコの将来そのものを暗示していた。灸を据えられても、火を身体に持って生まれたヒミコには全く効力がない。広島出身で日本語しか話さない父親と、身体が大きく日本にいれば結婚できなかったかもしれないという母親の間に生まれたヒミコは、ハワイ、ビッグアイランドのヒロの貧しいさとうきび農家で育つ。母親は「我々は山の人間」(19) と爪に土をつけて生まれてきた日本人だと話し、ヒミコや姉ミヨに自分たちは日本人であることを常に話して聞かせる。一方で父親は、「海に生きる生き物は、それぞれが自分の火を持っているんだ――夜、あるいは暗い深い海の中で自分の行く道を探すために」(19) とヒミコに教える。火が「身体のエレメント」であるヒミコもまた、大地に深く足を根ざすことなく海を泳ぐ生物のように移動する人生を送る。

最初の「火」がヒミコを追いかけたのは、七歳のときだった。日暮れのサトウキビ畑で、親子三人「火の魂」に追われ、逃げ遅れたヒミコを助けようとした父親はサトウキビの切り株を踏み抜き、その傷が原因であっけなくこの世を去る。このように最初の悲しみが火によってもたらされる。姉ミヨに「パパは、お前のせいで死んだ！」(25) とひどく責められるが、火と離れられないヒミコは、母親と姉が働きに行ったあと、家でひとり留守番をする寂しさを紛らわすため、いつも火を焚く。近所の人からは、もしサトウキビに火がついたら大変なことになると注意されるがヒミコは聞き入れない。その火を「自分の火」と呼び、「怖いから、自分の火にお化けを追っ払ってもらうんだ」(29) と、お化けを寄せ付けないよう夕暮れ時に火を焚く。この火はヒミコの身を守る火と言えるだろう。コーノが描く様々な火の中で、この自分を守る火には日本の文化を見ることができる。

元来、火は日本の祭りや行事などに多く使われる。『自然と神道文化』(二〇〇九) に収められている「火のまつりをめぐって」の中で、加藤健司は盆と正月に焚く火の意味について、盆の火は先祖を迎え入れ、送るために焚かれるものであるとし、火に祖霊を招く力があることを民間信仰では認めているとする。一方、正月の火、例えば「トンド焼き」などは風邪除けや疫病除け、農作物の豊穣祈願など現在生きている人間への魔除けや願いの意味があると解説している。京都八坂神社の祭りでは神社で起こした火を元旦参詣者が持ち帰り、雑煮などの煮炊きに利用するのは、火のもつ清浄性を表しているとする。また「花火も当初は鑑賞して楽しむというだけでなく、その独特の色や光で死霊を慰め、悪疫退散を祈る夏の火祭りの意味をもつもの」(一四三) であったと述べている。このように火は、日本人の日常生活に深く入り込み、火の持つ「肯定的」な力を日本人は信じてきたのである。ヒミコもまた、自分を「お化け」から守ってくれる「お守り」と信じ、自分の火を「魔除け」のように燃やし続けるのである。

その後、ヒミコは近所に住む日本人少年アキラと文字通りの「火遊び」をし、妊娠する一四歳未婚の女性が出産してハワイの日系人社会で生き残ることは不可能で、母親は東京に住む自分の兄の家にヒミコを送ることを決意する。それは第二次世界大戦の開戦前、つまり真珠湾攻撃の直前のことであった。生活が日々困窮していく当時の東京でヒミコは当然歓迎されるはずもなく、「自分は、雑巾みたいな人間だ。課せられた家事のために両手はひび割れができるほどひどく荒れている。私はこの家で一番下、下の下なんだ」（72）と言うように、叔母や従妹にこき使われ虐げられる。ハワイを出る前に母親から言われた「目立つな。怠けるな」（68）を胸に刻み、なんでも自由に発言する自分の中の「アメリカ人」を隠し日本人になりきろうと努力をするが、なかなかうまくはいかない。そんな時、彼女を助けたのが「火」だった。ハワイでの火遊び好きのおかげで火の熾し方に長けていたヒミコは、廃材を使って火打石を作ることができた。それで火を熾せばマッチを使う必要がなく、それを知った隣人がヒミコに教えを請うようになる。マッチが貴重品となった戦時下の東京で、政府配給のマッチを節約できることは当時としては大変意義のあることであった。それによって小銭が稼げただけでなく、今まで自分を無視していた隣人がヒミコにあいさつをしたり言葉を交わしたりするようになる。同時にヒミコもまた生き残るため周りに心を開き、今まではなかった感謝の気持ちを自然に対して持ち始めるようになっていく。

> 私が育ったハワイでは、ママが家の周りに幸運がくるようにと植えていた松や竹には気づきもしなかった。でも今は木々を大切にすることが大事だと思い始めている。あらゆる神々に今まで以上に敬意を払うようにさせたのは私に新しい生活が根付いたためかもしれない。（93–94）

そこへ大きな火がヒミコを襲う。東京大空襲である。早乙女勝元の『東京大空襲』（一九七一）によれば、一九四五年三月一〇日未明午前〇時一五分に空襲警報が発令されてから、およそ二時間二〇分の間に米軍の三三四機のB29より投下された爆弾は一〇〇キロ級、油脂焼夷弾、エレクトロン焼夷弾大小含めて二〇万発余りという驚異的な無差別空爆が東京の下町を襲ったという。死者は八万とも一〇万とも言われ、早乙女は米国戦略爆撃団調査報告書から抽出された表を用い、広島や長崎の原爆におとらぬ空前の大被害であることを示している（一九〇）。死者の多くは、爆撃が直接の原因ではなく、雨のようにばらまかれた焼夷弾により発生した大火災で焼死したり、火災を避けるために飛び込んだ川で溺死したりしたのである。このとき使用された高性能ナパーム性油脂焼夷弾について、早乙女は「そのはしりは、東京空襲によって最初の効果を上げたということができるだろう」（一八五）と述べているとおり、その後の朝鮮戦争やベトナム戦争でも非常な力を発揮することになる。米軍は、日本の家屋や町の作りを入念に調査し、どのような爆撃が東京の町を壊滅するために有効かを研究していた。その結果、「下町地区の周囲に巨大な火の壁を作り、目標地域に充分な照明を準備した上で住民の退路を断ち、必死に逃げまどう人びとの頭上に、つぎつぎと〝モロトフのパンかご〟[1]を投下した」（一八七）。ヒミコと叔父一家はまさにこの中を逃げ回ったのだ。

ヒミコは生まれたばかりのわが子を抱きかかえ逃げ惑うとき、自分をいじめていた従妹サーちゃんが目の前で焼け死んでいくのを目撃することとなる。足がすくみ動けなくなったサーちゃんをヒミコは無理やり前に押し出す。それはもちろん生き延びるためであったが、火の中に倒れこんだサーちゃんは立ち上がることができず、そこで絶命する。選択肢がなかったとは言え、サーちゃんの背中を押すとき今まで自分をいじめていた彼女への憎しみが自分の中で渦巻いたのをヒミコは忘れられず、ヒミコの心の中に大きなしこりとなって残る。そのとき蘇るのは「パパはお前のせいで死んだ」という父親がハワイで死んだとき姉ミヨが自分に投げかけた言葉である。そして「この世で最も大きな火のひとつを私は何とかくぐり抜けたが、自分の怒りの中で、あるいは一瞬の判断の悪さで人を殺してしまった」(173) と、つらいその思いをヒミコは一生心に持ち続ける。さらに、もうひとつの「この世で最も大きな火」が戦火から逃れて行った母のふるさと広島でヒミコを襲う。ヒミコにとって東京大空襲の火も、また原子爆弾による火も「この世で最も大きな火」であった。もちろんこれらの火を同質の火として並べることには異論があるかもしれないが、ヒミコにとってはどちらも自分の半生に大きな影響を与えた火なのである。

イラストレーター黒田征太郎は、二〇一一年三月一一日に東日本を襲ったマグニチュード九・〇という巨大地震東日本大震災の後、人間がいかに火を得、そののちそれをどのように使用するようになったのかを描く絵本『火の話』（二〇一二）を出版した。人間から火が欲しいと請われた火の神は、考えに考えた挙句、人間の暮らしが少しでもよくなるようにと、人間の知恵を信じて火を与えることにしたが、その時「火を与えるについては、ひとつ約束がある。火を使って殺し合いをしてはならぬ」（黒田）と約束をさせる。しかし、その後人間は互いに争うことを覚え、争いの中で火の使い方を誤る。ついには究極の「火」原子エネルギーを発見し、それが原子爆弾となり多くの人間を殺すこととなったと続けている。ウィリアム・L・ローレンスが原子爆弾製造と投下への記録を描いた『0《ゼロ》の暁』（一九五一）でも同じような表現を見ることができる。「プロメテウスが人間に火を使うことを教えたのは、知らず知らずのうちに、人間に如何にして電子の中に束縛されている分子のエネルギーを開放するかを教えたわけである」（三二）。黒田は、ローレンスの六〇年もあとに書いたわけであるが、それを書かざるを得なかったのは、原子エネルギーの脅威を思い知ったはずの人間が、「平和」のための原子力の利用という名のもとに、ゆたかに快適に暮らすために必要だと思わされ、挙句東北大震災により原発事故が起こってしまったからであると言えよう。ここに人間と火との関係、また人間の知恵により作られた「火」の恐ろしさが明らかになる。ヒミコを襲った東京大空襲の火も原爆の火も、ヒミコをお化けから守った「火」とは全く異なるものなのである。

地上のすべてのものが灰となり廃墟と化した中をさまよう生き残った父と息子が描くコーマック・マッカーシー(Cormac McCarthy) の『ザ・ロード』(*Road*, 2006) でも火の多面性を見ることができる。地球で炸裂した大きな火が親子からさまざまなものを奪い、生き残った人間を熾烈な環境に置くのだが、一方でマッカーシーは心に宿る火は人間にとって必要なものとして描いている。物語の最後で死ぬ間際の父親から「お前は火を運ばなくちゃいけない」と言われた息子の「どこにあるの?」という問いに「それはお前の中にある」と父親が答える（黒原訳 三二三）。『ザ・ロード』では、少数の生き残った人間同士は助け合うことなく、互いに持物を奪い合ったり殺し合ったり、挙句には人間であってもその肉を食べてしまうというようなこの世の終わりの世界が描かれている。その中で子供になんとか人間としての良心をもたせ、かつ生き延びる意思を失わせないように父親は力を尽くす。父親の言う火は、言い換えれば人間が人間として生きるために必要なエレメントなのである。『暗愁』でも、火はヒミコの大事な父親や苦労して生んだ子供まで奪う一方で、彼女自身の身体の中のエレメントであり、ヒミコと分離不可能なものとして描かれている。

二　火による自己再生

原爆を取り上げた小説は数多くあるが、その悲劇の描かれ方はさまざまである。例えば日系カナダ人作家ジョイ・コガワ（Joy Kogawa）の『失われた祖国』（*Obasan*, 1981）では、ヒロインの母親はカナダから日本へ帰国中に音信不通となり物語の最後で、原爆により亡くなったことがわかる。しかしそれはカナダに住む家族の間ではタブーのこととして、長い間語られることはなかった。語らないことで、余計にその悲劇の大きさを描こうとしているかのようである。日系人作家ではないがアンジェラ・デイビス＝ガーデナー（Angela Davis-Gardener）の『梅酒』（*Plum Wine*, 2006）では、被爆者であるヒロインは、周囲にそのことをほとんど告げることはなく、ひっそりと亡くなっていく。その死後、被爆者であることが少しずつ静かに明かされるようなストーリーになっている。このように被爆者であることを隠そうとする様子を描く作品が多い中で、『暗愁』のヒミコはまったく違う行動に出る。

マシュー・セラ（Matthew Cella）は、論文「文学におけるエコソマティック・パラダイム――障害者研究とエコクリティシズムを結合させて」("The Ecosomatic Paradigm in Literature: Merging Disability Studies and Ecocriticism", 2013)の中で、心と身体、社会、自然環境は常に連続性を持ってつながっているというエコソマティックパラダイムという考え方を示している。そのパラダイムでアプローチすることにより、障害者を創出するのもあるいはそれを無効にするのも、置かれた環境や社会、政治であることを明らかにする。セラは、リンダ・ホーガン(Linda Hogan)の『太陽嵐』(*Solar Storm*, 1994)の主人公エンジェルをその枠組みで分析している。エンジェルは、幼いころ母親から受けた虐待による大きな傷が顔にあり、その傷は彼女を「社会から逸脱した者」として定義するものであったが、ずっと遠ざかっていた故郷に帰ることにより、彼女自身に変化が起きる。故郷の共同体の中で生きることで、彼女自身とコミュニティ、世間との間にあった壁が突き崩され、環境と一体化を果たす。セラはそれをエコソマティックユニティが達成されたと呼ぶ。環境との一体化が達成されると周辺の人々も本人自身も差別に対する考えを再構築し、ノーマルスタンダード、普通であることを定義する基準に抵抗していくようになり、ついには「彼女の傷は、彼女を『社会から逸脱した人』と定義する力を失い、代わりに彼女の新しい人間性のマーカーとなった」(Cella 592)とセラは分析している。つまり、エンジェルの顔の傷が消えたのではなく、周りから「逸脱者」のマーカーとして傷に付与された使い古された意味づけが消し去られ自己を再構築することが可能となり、さらに、そこに新しい意味が与えられたのである。『暗愁』のヒミコを理解しようとするとき、このパラダイムを当てはめることが有効でないかと考える。原爆という大きな火により、それまで彼女を取り囲んでいた環境に変化が起こる。広島だけでなく日本全体が戦火により焼き払われてすべてがなくなった。ハワイで生まれ育ち、未婚のまま子供を産んだ彼女を逸脱者として差異化していた境界線がなくなり、古いマーカーが無効になったと言えるだろう。ヒミコは皮肉にも火によって焼かれたケロイドを持つことにより、環境と一体化を果たす。そして、初めて己の生きる場所を見つけ出すのである。それは、原爆で負った傷をアメリカの軍医に見せることにより可能になった。他の被爆者が肌の傷を見せることをためらい、沈黙する被爆者が多い中、ヒミコは身体を隠すようなことはせず、「どうぞ、なんでもお好きなように」(319) とオープンにすべてを医者の検査に提供した。原爆によるケロイドが彼女の新しい人間性のマーカーとして機能しはじめ、自己再生への手掛かりが作られる。ケロイドを自分の一部として受け入れることにより「侮辱されることや傷のことや、すべての悪口からだんだん解放されてきた。自分の身体を受け入れると同時に自分の身体からも自由になっていった」(320) と考えるようになる。このように火がもたらした傷は彼女を解放することになり、新しい人生への出発を暗示する。原爆という悲惨な出来事の結果を前向きにとらえ前進へと転化させるプロットは非常に新しいと言えるだろうが、原爆のサバイバーとしてその後の人生を生きるためにそれしか選択肢がなかったとすれば、あまりに悲しい。

三　暗愁

ヒミコにはずっと胸の奥に抱えた「しこり」があった。それは、後悔にも似た苦いものだった。父親が自分を助けようとして亡くなったこと。未婚のまま妊娠したヒミコを東京へ送る費用を捻出するため、姉ミヨが貯めたお金を使ってしまい、ミヨ自身の結婚をあきらめさせてしまったこと。自分をいじめた従妹サーちゃんを東京大空襲で死なせたこと。彼女の心の中にはそれらに対する罪の意識や悲しみが重いしこりとなり彼女を苦しめていた。そんな彼女に、戦火を逃れて行った京都の寺で心を癒す方法として住職が教えた言葉が「暗愁」である。住職は、戦時中の日本の状態を指して「日本という国は『暗闇の谷』に落ち込んだ。今我々にとって『深い悲しみ』のときだ。それが『暗愁』だ」(189) とヒミコに伝える。ヒミコは、これこそが自分の心に潜んでいた重いしこりを表現する言葉ではないかと思い、なぜか安堵する。その言葉を反芻しながら「『暗愁』は私のものです。私にとって自分の胸の内に飲み込んだ悲しみや罪を意味するのです」(189) と言う。

では、ヒミコが自分の心の中に持ち続けていた悲しみ、後悔やさまざまなつらい思いを表わす言葉として出会った「暗愁」とは一体どのような言葉なのか。コーノ自身は、「禅宗の仏典の中から見つけた」[2]と言っているが、この言葉は特に仏教用語であるだけではない。作家五木寛之は、その著『元気』（二〇〇五）で暗愁という言葉の歴史や意味について、他の言語と比較しながら詳しく述べている。彼によると「暗愁」は本来は漢語であり、唐の時代の漢詩にはすでに使われていた。さらに他の言語の中にも同じような意味を含んだ語があることを紹介しながら「思うにまかせぬ人生の不条理を身体が感じることがある。それを訴えているとき、心の中にえもいわれぬ不思議な感覚が芽ばえる。ひょっとするとそれが『暗愁』というものであり、ある意味人生の真実の姿、本当のありかた、その不条理をそのまま丸ごと感じさせてくれる大事なシグナルではないか」（二八八）と説いている。この「暗愁」を表す他の言語の例としてあげているのは、朝鮮語の「恨」、ブラジルの「サウダージ」、ロシア語の「トスカ」などであり、どの言葉も人が心の奥底にずっと抱え続けている「ふさぎ虫」（二六四）を指し、その「虫」は奥深くに隠れているときはなんともないがときどき表に表れて、人の心をむしばみ、愁いに落としていくという。朝鮮語の「恨」には、その民族が長い歴史の間に受けてきた大きな傷や深い悲しみが、母から娘へ、娘から子へ、子から孫へと遺伝子のように受け継がれ、記憶の中にしみついて、それがときどきふっと目を覚ましてくる、とも述べている。ヒミコの周りで起こった不幸は、人生の不条理、抵抗できない人生の成り行きの結果であったが、ヒミコがいつも心に重く抱いているのは、まさにそれであり、それをコーノは「自分の暗愁」(319) と表現している。

興味深いことに、ルース・オゼキ (Ruth L. Ozeki) の最新作『あるときの物語』(*A Tale for the Time Being*, 2013) にもこの不条理なことに対する癒しきれない「悲しみ」「つらさ」を表す言葉が登場している。「お腹の中に『魚』がいる」というのがオゼキの表現である。『あるときの物語』のヒロインナオは、アメリカ西海岸の自由な土地で何不自由なく中学生まで育つが、父親の失業により日本へ帰ることを余儀なくされる。絶望した父親は自殺未遂を繰り返し、ナオ自身も日本の中学校でいじめを受ける。彼女がひどく絶望したとき、悲しいとき、彼女のお腹の中で「魚」がぴくぴくと震える。学校でのいじめを知っても理解してくれない母親を前にして、「お腹で冷たい魚が死にかけている感じ。魚のことを忘れようと努力はするんだけど、忘れたとたん、心臓の下でバタバタ動き始めて」（田中訳 二六九）と、いつも彼女はお腹の魚の重さを感じながら生きている。彼女の唯一の理解者で、一〇四歳の曾祖母ジコウもまた、魚がずっとお腹にいたと言う。禅宗の寺の尼僧であるジコウは、長男を第二次世界大戦中に学徒動員され、失っている。特攻隊員として散った長男に対する、まさに人生の不条理、抵抗できない人生への悲しみが大きな魚となってジコウのお腹に住んでいた。魚は同時に母親として息子を救うことができなかった後悔や罪を表現しているものと考えられる。その思いをすべて含んだ「魚」を体内に持つことに苦しんだジコウは、宗教に帰依することに助けを求めた。その魚をお腹の中から解放できたのは「尼さんになって世を捨てたあと、お腹の魚を海へ逃がすためにはどのように心を開くべきか学んだ」（田中訳 二七〇）と述べ、ナオもまた心の奥にある「魚」をいかに逃すべきか、ジコウに教えを乞うている。「お腹の魚を逃す」というのは、その不条理な悲しみを克服するということであろう。この「魚」は『暗愁』のヒロインヒミコの抱える「暗愁」と同質のものではないだろうか。

おわりに

火は、ヒミコに人間としての悲しみをもたらした。しかし、自分自身を形成するエレメントでもある火は、ヒミコがヒミコとしてあり続けるためには必要な要素である。それは『ザ・ロード』の火が、地球上からすべてを奪ったのと同時に人間として失ってはならないものの象徴としてとらえられているのと同じであると考えられる。ヒミコがお守り代わりに焚いた火、東京で近所の人たちに教えた火、東京の空襲、広島の原爆と、様々な火が登場するが、もちろんそれぞれの火を同質に並べることはできない。前者ふたつを人間に力を与える火、仮に「純粋な火」とするなら、後者は明らかに人間の殺戮を目的とした「不純な火」と言えるだろう。その背後には戦争がある。コーノは『暗愁』の章の扉に仏教の言葉から「すべてこの世は幻であり空（無）である」(161) を引用している。スティーブン・スミダ (Stephan H. Sumida) は、「戦争というアクト、平和というアート」("Acts of War, Arts of Peace", 2014) でコーノのこの言葉に触れ「戦争は幻であり、空なのか？」(7) と問いかけている。「空」は、今では「むなしい、から」など否定的な意味が強くなっているが仏教の教えでは本来「無、有」「肯定、否定」の両方の意味合いがあると、一郷正道は説く。この世のすべてのものは、なんらかの他に依存して存在する相対的なものでしかなく、絶対的存在は決してありえない。この絶対的、実体的存在が無いことが「空」なのであるから、この世のすべては空であって、夢・幻の如きものであるという。もちろんスミダは、この仏教的解釈を理解した上での問いかけであろうが、そう問いかけずにはいられないほど、戦争は悲惨なできごとなのである。ヒミコの子供を焼き殺し、サーちゃんを焼き殺し、ヒミコ自身も焼いた「火」は決して幻ではない。ヒミコは幸運にも生き延びるが、その代償として失ったものはあまりに大きく、深い悲しみ、罪の意識、後悔となってヒミコの心の奥底に住みつく。それが「暗愁」なのである。

ヒミコの人生で最も大きな火「原爆」は、ヒミコのすべてを奪ってしまった。母親と別れ、姉ミヨの結婚資金まで使い、東京へやってきたのは何のためだったのか。東京大空襲の火をくぐり抜け、従妹のサーちゃんを死なせてしまった苦しみに耐えたのは何のためだったのか。ヒミコの暗愁は、どんどん重く広がる。しかし同時に東京大空襲や原爆の火は、ヒミコを差異化していた境界線をすべて焼き尽くし、ヒミコに新しい環境を作り出したのである。火によって焼きつけられた自分のケロイドは、決して消えない現実だ。しかし、それをオープンにし他人と共有することによって、それまで抱え続けたヒミコの「暗愁」はヒミコひとりのものでなくなる。ヒミコは本書の終わりに次のように言う。

私の暗愁は、私だけの暗愁であったかもしれない。しかし今その一部は、より深くより大きなものとなった。自分の人生の重荷——子供たちや私の家族や親戚の人びと（それは私が愛して憎んだ人たち）に与えてしまった私の罪——を携えてきたけれど、今数えきれないほど他の人たちの重荷、ついには人類みんなの重荷をも私は背負っていく。(319)

自分と自分の家族に起こった数々の出来事に対する罪の意識、悲しみ、苦しみから生まれたヒミコの暗愁は、いつの間にか大きく広がり、すべての人々の暗愁となった。空襲、原爆と一般市民にとって不条理にもたらされた悲劇は、決して当事者だけのものではなく国家、民族、延いては人類全体の暗愁となることを意味しているのではないだろうか。そして共有された暗愁は、単なる記憶としてだけでなく深い悲しみとして人々の心の奥深くに住みつき、次の世代へ未来へと受け継がれていくことになるだろう。

＊本稿は、『エコクリティシズムレビュー』第九号（二〇一六）に掲載された報告論文「火と共に生きる— Anshū」に大幅加筆修正したものである。

注

1「モロトフのパンかご」とは、大型焼夷弾のことで、中には親爆弾三八本小型焼夷筒七二本が入っており、空中で親爆弾が分解し、焼夷弾の雨となって地上の人々を襲った。

2 この点は筆者が二〇一四年一二月明治大学でジュリエット・コーノに直接インタビューを行って得た回答である。

引用文献

Cella, Matthew J. C. "The Ecosomatic Paradigm in Literature: Merging Disability Studies and Ecocriticism." *Interdisciplinary Studies in Literature and Environment* 20.3 (2013): 574–96.

Hogan, Linda. *Solar Storms*. New York: Scribners, 1994.

Kono, Juliet S. *Anshū—Dark Sorrow*. Honolulu: Bamboo Ridge Press, 2010.

Makino, Rie. "The Transnational Body and Grief: Comments on Professor Stephen Sumida's 'Acts of War, Arts of Peace.'" *AALA Journal* 20 (2014): 23–28.

McCarthy, Cormac. *The Road*. New York: Vintage International, 2006.　コーマック、マッカーシー『ザ・ロード』黒原敏行訳、早川書房、二〇一〇年。

Ozeki, Ruth L. *A Tale for the Time Being*. Edinburgh: Canongate, 2013.　ルース、オゼキ『あるときの物語　上下』田中文訳、早川書房、二〇一四年。

Sumida, Stephen H. "Acts of War, Arts of Peace." *AALA Journal* 20 (2014): 7–22.

一郷正道「空」『生活の中の仏教用語一九八』ウェブ、二〇一六年五月二七日。

伊藤詔子「喪失とレジスタンスの語りの空間――ヘンリー・ソローとリンダ・ホーガン――」『エコトピアと環境正義の文学――日米より展望する広島からユッカマウンテンへ』晃洋書房、二〇〇八年、六二―七七頁。

五木寛之『元気』幻冬舎、二〇〇五年。

加藤健司「火のまつりをめぐって」『自然と神道文化2――樹・火・土』所収、神道文化会編、弘文堂、二〇〇九年、一〇三―二五頁。

黒田征太郎『火の話』石風社、二〇一一年。

早乙女勝元『東京大空襲――昭和二〇年三月一〇日の記録――』岩波新書、一九七一年。

――『東京が燃えた日――戦争と中学生――』岩波ジュニア新書、一九七九年。

総務省消防庁『東日本大震災記録集』ウェブ、二〇一六年五月一七日。

パシュラール、ガストン『火の精神分析』前田耕作訳、せりか書房、一九九九年。

深井美智子「文献解題　Anshū-Dark Sorrow」*AALA Journal* 17.　アジア系アメリカ文学研究会、二〇一一年、七二―七五頁。

松永京子「震災後の記憶と想像力の行方――ルース・L・オゼキの『あるときの物語』をめぐって――」『エコクリティシズム研究

のフロンティア三　核と災害の表象——日米の応答と証言』所収、熊本早苗、信岡朝子共編著、英宝社、二〇一五年、一一〇—四〇頁。

ローレンス、W・L『0の暁《ゼロ》』崎川範行訳、創元社、一九五一年。

24

ジュリエット・コーノ『暗愁』における有罪性
——エスニック文学の新しいナラティブをめぐって

牧野　理英

はじめに

日系アメリカ作家ジュリエット・コーノ（Juliet Kono）の『暗愁』（*Anshū*, 2010）は、日本に在住する日系アメリカ人の被爆者ヒミコ・アオキを中心に、ハワイと広島という設定においてプロットが展開されていく。このトランスナショナルな人物および地理的設定は、広島におけるアメリカの原爆投下という問題を、加害国（アメリカ）対被害国（日本）という二項対立的ポリティックスから脱臼させている。そしてこのような構成によって本作は、迫害の歴史を告発するプロテストをベースにしたエスニック文学とは異なったアメリカ文学の新しい諸相を示唆しているのである。

日本における日系アメリカ人の被爆者は、それ自体が日本の被害性とアメリカの加害性を攪乱する存在であり、故に第二次世界大戦においては不可視化されていた。一九四〇年代広島には、すでにアメリカから多くの日系アメリカ人が来ていたことは知られている。親の世代にアメリカへ渡り、アメリカで生を受け、日本へ戻っていく帰米といわれる集団の、日本へ赴く理由は種々様々であるが、移民一世の親は、アメリカで生まれたわが子には日本で教育を受けさせたいと考えていたことが一因であるともいわれている（袖井　九—一〇）。いつの日か日本へ帰ることを前提にアメリカで暮らす親と、その意志に沿わんとする子供。文化人類学者ジェームズ・クリフォード（James Clifford）は、異国にいながらも、祖国に対する帰属意識をもち、その視線は祖国へ向かっている移民集団の心理を、国内の民族意識であるエスニックという概念と区別し、ディアスポラと表している（244-77）。そのように考えると、この帰米という集団には親子二世代にわたり、日本への帰郷を願うディアスポラ的帰属意識を垣間見ることができるだろう。そしてアメリカで生まれ、第二次世界大戦前後に日本で教育を受けて再びアメリカへ戻っていく帰米の中で、日本で被爆するケースも多かったのは想像に難くない。例えば倉本寛司の『在米五十年――私とアメリカの被爆者』には、筆者自身のみならず多くの日系アメリカ人被爆者の補償問題などが報告されており、中でもアメリカにおいて日系アメリカ人の被爆者がアメリカ人として扱われていなかった事実を示している（五三）。『暗愁』は、アメリカ人でありながら日本で被爆する人間が歴史上において抹消され続けていた事実を、小説というスタイルで告発した点において注目に値する作品といえるのだ。

しかしこのような歴史的、社会的認識以上に、日本で日系アメリカ人として被爆するとは、具体的にはどのような心理的体験なのだろうか？　自国であるアメリカの炎を、親の祖国であり自身も精神的な帰郷地と考えている日本で一身に浴びるというこの特異な経験は、帰属する国家に対する国民意識が攪乱される瞬間でもある。原子爆弾ではないが、本作ではヒミコ自身が、アメリカの戦闘機から空襲をうける経験を以下のように報告している。「なんと奇妙なことか？――自分めがけて爆撃してくる自分の国の戦闘機をこの自分自身の目で見上げているなんて。私は日本、アメリカどちらについているのか？　私は自身に以下のように問い直してみる。一体どうやってこの私がどちらかの国を憎んだりできるのかと」(168)。この後ヒミコはヒロシマにおいて被爆するが、その身体に焼き付けられた被爆の痕跡は、日本人と同じ立場で被害を被ったというまぎれもない事実である。ところがそのヒミコ自身はあくまでもそれを投下したアメリカに帰属する姿勢を崩さないのである。また被爆経験は彼女が日本において、アメリカの有罪性を「身体を通して」知らされたことにより、アメリカに対するより複雑な帰属意識を持つということにもなろう。本作においてそれは一体どのような意識として描かれているのか？

『暗愁』のヒミコはヒロシマにおいて被爆者になりながらも、日本人になろうとはせず、あくまでもアメリカ人としての生き方を選んでいく。戦時中のＧＨＱ公衆衛生局長の報告によると、投下直後の被爆者の中から自身がアメリカ国籍の二世と名乗り出た日系アメリカ人の例はないという（袖井 六七）。確かにアメリカ人の白人捕虜などが、原爆投下直後、その戦争責任を追及され、惨殺される事件などが報告されている中で、多くの日系アメリカ人被爆者が自身のアメリカ人としての出自を隠すことは推察されうる事態である（袖井 六八）。しかしそれ故に本作においてアメリカ人であることを貫くヒミコの選択には議論の余地が大いにあるといえないか。

本稿では『暗愁』の主人公ヒミコによって体現されるアメリカ人としての生き方が、アメリカのエスニック文学のプロテストというナラティブから大きく逸脱していることを分析する。そしてそのような姿勢をとるヒミコの心情――暗愁――には被害性を打ち消すほどの罪悪感が介在している。本論ではそうした彼女の有罪性が本作においてどのように形成され、どのように変容していくのかという問題に着目していきたい。

一 『暗愁』――サバイバンスと有罪性

広島で被爆した後、ヒミコは自身の心情を以下のように淡々と語る。「被害者や生存者―私はこういった言葉を嫌う。でもこうした言葉が、私が今まさになってしまっている状態を示しているのだ」(301)。ここでヒミコは、投下国アメリカを被害者という立場から責めるわけでも、自身を戦時中の日本を生き抜いたアメリカ人の生還者とも思っていない。またそこには加害国側の謝罪といった感情も存在しておらず、むしろそうした戦争における被害や加害の言説に取り込まれないことを望む彼女の姿勢がうかがえる。

コーノのようにエスニック集団の迫害の歴史的認識から脱却し、その被害性を否定し、さらに広島の原爆投下をテーマに扱ったアメリカ作家および理論家として、先住民のジェラルド・ヴィゼナー (Gerald Vizenor) がいる。ヴィゼナーは『ヒロシマ・ブギ』(*Hiroshima Bugi*, 2003) において、サバイバンス (Survivance) という概念を打ち出し、民族集団の被害性に関して、主人公であるローニンという人物を通し以下のような見解を示す。

サバイバンスとは、例えば単に生存という言葉のバリエーションであったり、生存者の行為、反応、習慣といったものを示唆するのではない。サバイバンスとは（とローニンは以下のように説明した。）この世の悪や支配を耐えぬき、それを打ち負かし、被害性を拒絶する必要不可欠な状態や見解を示しているのだ。ローニンは私（語り手）に、サバイバンスは平衡感覚であり、自然の理で、歴史に対する「完全なる記憶」なのだともいった。(36)

被爆者である日本人の母をもち、戦時中の通訳としてアメリカ政府の基で働きながらも自身はアメリカにおいて原子爆弾の実験によって被爆する先住民を父とするローニンの混血性は、松永京子が指摘するように、トランスパシフィックな連関を形成する上で重要な役割を築いている(113)。しかしその日本とアメリカをつなぐトランスパシフィックな連関は、原爆を原点としながらも、被害国（日本）と加害国（アメリカ）両者を親にもつローニンが迫害の言説を回避することでエスニック文学のプロテストというスタイルからは大きく逸脱していく。確かにヒミコは混血ではなく、ローニンが体現するようなポストモダン小説特有のトリックスター的な要素はみられない。しかし本稿ではその被害性を打ち消し、平衡感覚をもちながらも生き続ける彼女の生き様に、ヴィゼナーの提唱するサバイバンスという概念が投影されていると考え、コーノが示す暗愁という言葉にもそれと呼応する響きが込められていることを論じていきたい。

今日、日本では死語と考えられる「暗愁」という言葉は、かつては日本の文人が使用した言葉であった。一般的な定義としては「人生の後半に入った人間が感じる、鬱々とした正体不明の暗い気分」である。最後に使用された例としては永井荷風の日記『断腸亭日乗』があり、この言葉は一九四五年七月一三日、広島に原爆が投下される約一か月前に荷風によって使用され、それ以降から全く人々の目に触れられることはなくなったという（五七）。日本における「暗愁」とは第二次世界大戦の結末に対する人々の漠然とした不安を表した言葉として使用されたのを機に、その後は一切見られなくなったと考えられる。

一方コーノはこの「暗愁」を、ハワイの仏教研究センターにいたムラカミという僧から学び、この言葉が暗い哀しみという意味であることと、十八世紀から使用されていた日本古来の言葉であることを知ったと簡潔に答えている。[1] 本作に関していうならば、「暗愁」とは、一九四五年敗戦の色濃い日本で死語となり、戦後ハワイにおいてアメリカ作家コーノによって再び生を受けた言葉ということになろう。そしてこれをヒミコの人生に当てはめるならば、日本の敗戦を暗く哀しむとは、純粋に被害者の立場から日本人のように戦争責任を追及することなどできない日系アメリカ人の複雑な感情をも表している。「暗愁」とはアメリカと日本に挟まれ、被爆しながらも生き残るアメリカ人ヒミコ・アオキの晩年の感情なのである。

私の「暗愁」は私個人の「暗愁」であったのかもしれない、しかし今やその一部はより深く広くなっている。私が人生の重荷を背負っている間——その重荷とは私が愛し、憎みさえした子供達や他の家族の人々に対する罪悪感となっているのだが——それは同時に私が数えきれない他の人々、そして結果的に人間性そのものの重荷を負っていることにもなるのだ。(319)

ここで罪悪感という言葉を使用していることから、ヒミコの「暗愁」とは、フロイドが提唱するような心理的外傷によって傷つき、心に氷結していくメランコリアとは異なることがわかる。ヒミコの「暗愁」には、自身の罪悪感が前提として存在し、それが被害者意識を超えた感情を彼女に与えているのである。様々な苦境を経験しながらも、自分だけが生き残ってしまっているという自身の生存能力に対する深い罪悪感—通常であるならば称賛されうるべき資質がこのような罪悪感に覆われるとはどういうことなのか？　作品を読んでいくと、ヒミコのアメリカ人としての有罪性は、第二次世界大戦以前のハワイの少女時代から彼女の心に潜在していることがわかる。

二　越境と有罪性――ハワイのローカル文学の踏襲と日系アメリカ文学からの逸脱

ヒミコのハワイにおける少女時代、そしてそのころから存在する有罪性を考察するにあたり、コーノの作風を日系アメリカ文学の潮流の中で位置づけてみたい。ハワイ出身の日系アメリカ作家の文学形態は、アメリカ本土の日系作家のそれと比べて大きく異なる。太平洋戦争が、ハワイの真珠湾奇襲で始まったにもかかわらず、戦時中、政治犯専用以外で、大人数の日系収容所を建設することができなかったのは、人口の三七%を占める日系アメリカ人全員を収容してしまうとハワイ経済が成立しないという現実的な理由からであった (Chan 127)。しかしこのことはハワイ出身の日系にとって複雑な感情を与えることにもなる。例えば本作では職探しのインタビューで自分がハワイ出身の日系アメリカ人であるとヒミコが言った際に、面接相手に「へえ、ハワイね……じゃあんた〔日系なのに〕収容されなかったんだ」と言われ、傷つき戸惑う場面が挿入されている (312)。日系アメリカ人でありながら戦時中に収容されなかったという史実は、ここでは戦争における集団としての歴史的経験の欠如を喚起させる罪悪感としてヒミコの心に残る。このように収容所の記憶のないハワイの日系アメリカ人のナラティブは、本土の日系文学のプロテストというスタイルからは逸脱していくことになる。

こうした第二次大戦の経験に加えて、コーノのハワイを舞台にした作品は、ローカル文学の潮流に沿った、貧しいながらも平穏な少女時代を扱ったものが多い。コーノはハワイのアジア系アメリカ作家――ロイス・アン・ヤマナカ (Lois-Ann Yamanaka)、ノラ・オクジャ・ケラー (Nora Okja Keller)、キャシー・ソング (Cathy Song) ――らなどが活動しているバンブー・リッジ (Bamboo Ridge) という作家のグループに属しており、彼女らの作風は、ハワイの一〇代のアジア系少女の成長物語というナラティブによって労働者階級の生活を生き生きと描くという形態をとっている。[2] 実際に『暗愁』以前のコーノの作品は、ハワイのローカルな環境における日系労働者階級の少女や若い女性を中心に据えたものが多い。[3] スティーヴン・スミダ (Stephen Sumida) が「子供時代の牧歌」という枠組みでコーノの初期の作品を紹介していることからもわかるように、『暗愁』以前の日系少女を扱った作品は、田園詩的フレームの中に描かれている (57)。

しかしこうしたローカル文学を踏襲しながらも、コーノは広島とハワイを行き来する人物をも描き、その越境的体験から一九三〇年代の歴史性を表出させ、その作風に独自性を与えてもいる。例えば前作『ホオルル公園とペプソデントな笑み、その他』(*Hoʻolulu Park and the Pepsodent Smile and Other Stories*, 2004) においては、広島とハワイとの関係に触れた短編をいくつか発表している。中でも「広島の農夫」("Hiroshima Peasant") においては一九一〇年に一〇歳であった主人公トモコ・モリシゲが親の取り決めた結婚のため広島からハワイに行く様子が描かれている。また「エイミーを教育すること」("Educating Amy") に関しても広島から写真花嫁としてハワイにやってくるキミエという女性が主人公の母親として描かれており、当時の越境する労働者階級の日本人女性の歴史的背景を感じさせる。そして『暗愁』においては、コーノがハワイから広島へという逆のベクトルの越境に、主人公であるヒミコの有罪性をからめることで、ハワイ、アメリカ本土両方の日系アメリカ文学から逸脱した要素を提示している。前述したようにアメリカで生まれ、日本で教育を受ける帰米には、親の世代の日本に対するディアスポラ的帰属心という理念が背景にあると考えられる。しかしヒミコの場合は、一〇代半ばにも関わらず、近所の日系アメリカ人の少年アキラと親密な関係をもち妊娠するという「不祥事」を引き起こし、このために広島へ渡っている。ディアスポラ的理念どころか、若くして身を持ち崩したために家族から疎まれて日本へ送られているのである。このことに加えてヒミコのアキラに対する感情は男女の恋愛感情とは程遠い。父親を亡くし、家族との関係に亀裂が入ったヒミコは心のよりどころをアキラに見出すが、アキラはヒミコの家庭よりも裕福で、「ハオリ (haoli) のような態度」をとる日系アメリカ人として描かれている (32)。ハオリとはハワイの白人のことで、そこにはアメリカ本土に連結するイメージがあり、同時にローカル集団の本土に対する憧憬の念を具現化した存在でもある。ヒミコのアキラに対する恋愛感情は、アキラ個人ではなく、アキラのように日系でありながら白人文化を享受したいという自身の欲望が表出したものと考えられるのだ。そしてそのような思いは、アキラに

不用意に接近し結果的に自身の予期せぬ妊娠を引き起こしてしまう。

この自身の罪のために越境するという日系女性の移動性は、アメリカ本土の日系作家ヒサエ・ヤマモトが一九三〇年代を設定にした代表的短編「一七文字」(“Seventeen Syllables,” 1949) の写真花嫁を彷彿させる。ヤマモトの描く一〇代の主人公ロージーの母親トメは、日本において身分にそぐわない恋愛の結果身を持ち崩し、自身の過去をひた隠しにし、アメリカで見も知らぬ日本人男性の妻となっている。これに対しコーノはアメリカから日本へという越境に、ヤマモトとは対照的な日系アメリカ人女性像を創出する。ヒミコは、ハワイにおいて身分不相応な相手であるアキラとの間に子供を作ってしまうが、貧しい故に堕胎する費用も家族から出してもらえず、結果的に姉ミヨの結婚資金を食いつぶしてまでして親戚のいる広島へ送られる。しかしここでヒミコの母親が、ハワイに残って子供を産ませるという選択肢をヒミコに与えないのは注目に値する。この母親は、因習的な環境で自分たち家族に降りかかる恥を回避するという目的以外に、広島ではヒミコは日本人ではなくあくまでハワイからやってきた「アメリカ人」として扱われる状況を期待しているのだ。そしてこのようにすることで、ヒミコの妊娠そして出産は、日本の恥の概念で裁かれるのではなく、ハワイ出身のアメリカ人の文化や価値観の違いととらえられる。加えてその日本語運用能力の低さから、ヒミコは日本人に成りすますことはできず、アメリカ人であるという素性は隠すことはできない (96–100)。ヒミコの有罪性は、妊娠の兆候を隠しきれないその身体が物語り、それは彼女が「アメリカ人」であることと深く連関していくのである。

コーノはヒミコのハワイにおける少女時代を挿入することによって、この主人公の純粋な被害者的語りを回避している。このことにより作品はヒミコの「アメリカ人」としての有罪性がどのように日本において受容され、変化していくかというところに焦点が置かれていくのである。

三　火と戯れるという行為

『暗愁』において火のイメージは作品の根幹を成す重要なシンボルであるが、これもヒミコの罪悪感に関与しており、最終的には本作のテーマでもある原子爆弾を象徴してもいる。本作はヒミコが幼少期から火で遊ぶことが大好きだったという内的告白から始まっている。「私は火が大好きだ。機会あらばどこでも火で遊んでいた。両親はそんな私が火で傷つき、家を燃やし、あるいはプランテーションで働く人々全員が何年もかかって育てたサトウキビ畑を台無しにしてしまうのではないかと心配した」(13)。この火に対する興味が罪悪感を伴っているわけは、火という元素に内在する破壊的資質をヒミコが十二分に理解しているからと考えられる。風火水土といった四つの自然要素の中で、土、水、風（大気）は搾取され、汚染されうる受動性をもっているのに対し、火は自然界の中でも破壊をつかさどる攻撃力を秘めている。プロメテウスの神話においても、火は自然のみならず文明とも連関し、そのイメージはそれを使用する人間の権威力を前景化する。「最悪なのは、（火とは）使用している自分以外の者を殺してしまうということだ」とヒミコが告白しているように、ヒミコは火のイメージに破壊力に対する抑えきれない自身の欲望とそれに伴う罪悪感を投影させている(13)。

破壊としての火のイメージは家族を犠牲にするヒミコの罪悪感にかかわっていく。ヒミコの父は、家の周りで青く燃える人魂に襲撃され、その後原因不明の腫物が足にでき、それが元で死に至る。しかし正確にはこの事故は、ヒミコが人魂に囲まれたところを救おうとした父自らがその青い火に襲撃されて負傷してしまったのである。この父の災難を目撃した姉ミヨは、ヒミコに向かって「パパはあんたのために死んだんだからね。ヒーちゃん。あんたのためだったんだよ。」(25)と責める。これは火で遊ぶことに異常な執着を示すヒミコの性癖を見抜いたミヨが一家の大黒柱である父を失った理由を妹にあてつけている場面であるが、この出来事は自身の火遊びが大切な家族の命を奪い、人生を犠牲にするという彼女の罪の予兆となっていく。

ヒミコの犯す罪は常に火のイメージによって表されるが、このイメージはのちに恋愛対象となる京都の日本人の男性カズオ・オガワに対する思いにも投影されていく。ヒミコは京都でカズオという上流階級の男性と身分違いの恋愛に陥るが、この男性は大日本帝国軍人であるにもかかわらず、戦時中、欧米風のドレスを身にまとったアメリカ人のヒミコと日中連れ立って歩くことに何ら躊躇を示さないほどの人物である (200)。そしてヒミコの方はそのようなカズオの大胆な態度に強く魅かれていく。叔母のハルエはそんなヒミコの恋愛を以下のように非難する。「お前は全然違う世界からやってきたんだ。金はないし、地位もない。全くダメな状態でアメリカからやってきたおバカさんなんだよ。……お前は火を感じているんだ。その体の中でめらめら燃え上がっているのさ。それでどうしようもなくなってるんだ。お前は匂うんだよ、ああ、いやな匂いだ」(204)。その下劣な言い回しに一瞬その場では怒りを感じるものの、その後ヒミコは粛々と反省する。「私は強烈にカズオに魅かれていた……粗野でいやらしい言われ方だけど、ハルエおばさんはまたしても私が本当に思ってることにきわどく切り込んできたのだ」(204)。

カズオとの関係から明らかになることとは、ヒミコは白人文化そのものへの同化願望はもってはおらず、むしろそれを享受する立場に執着を示しているということである。この点において、彼女のカズオへの思いは、ハワイでのアキラに対する感情と通じるものがある。そしてそうした所有欲は、カズオの母親に初めて会った時にヒミコが自認する罪悪感の中にも存在する。母親に会ってほしいというカズオについてきたヒミコは、カズオの母親なる女性に面会するが、この女性はほっそりと背が高く、「ピンと張った襟のついた赤い繻子のラインの黒いコートを羽織り、長いウールのスラックス」を身に着けた女性で、ヒミコの目からは「ヨーロッパ的」と映る (199)。そしてヒミコはこの母親の体型が自分とほとんど変わらないということに気づき、彼女に自身を重ねてみるのだ。「突如私は自分が彼女の履いているサンダルと服を着てみたらどうかと思った。なぜなら私たちは同じ体型に見えたからである。でも私はその不快な考えを振り払おうとした」(199)。ヒミコはこの母親に自身を重ねることで、カズオの人生に関与したいという強い欲望にかられるが、同時に自分のこの途方もない妄想を恥ずかしいと思い、罪悪感にかられるのである。

戦時中でありながら欧米文化を喜んでとりいれるカズオの姿には、核開発に対する日本の軍事的野心が投影されている。ヒミコがカズオと交際を始めた一九四五年は、原爆が投下された年であると同時に、その七月には京都帝大と海軍が連携を組み、帝大の荒勝文策を中心に核開発の会議が行われていた時期でもある（山崎 四四―五三）。日本の敗戦状態を一般市民が強く認識していたのとは対照的に、一九四五年は軍部が欧米に対抗せんとさらなる野心を燃やしていた時期でもあったのである。このような歴史的背景に鑑みると、ヒミコがカズオに強く魅かれる理由とは、恋愛における情熱以上に、原爆＝「火」という軍事力と戯れるカズオの姿に、火の美しさに魅せられ、その権威的な破壊力を所有しようとした自身を投影しているとも考えられる。

この後ヒミコはカズオの家族から疎まれ、京都にいられなくなり、叔父をたよりに広島へと渡っていく。被爆自体は災難といえるが、広島へ向かうという行動そのものは、ヒミコの抑制のきかない情熱の炎から生じたもので、それは彼女の有責性が動機となっている。

四　被爆と感染の言説

原子爆弾が広島に投下され、そこに在住していた人間が被爆するという事態は、人種・国籍・階級・性別・年齢を無視した、その区画にいる人間の身体に対する無差別攻撃である。そしてケロイドが身体に現れることで、被爆は伝染病のような言説としてとらえられる。プリシラ・ウォールド（Pricilla Wald）は『感染するもの』（*Contagious*, 2008）において人々が疫病を恐れるのは「発生の語り」（outbreak narrative）であり、人々が目に見える感染源を特定し、排除することで安全を確保するという傾向を指摘する(3)。ウォールドによると感染の言説とは感染者を「第三世界化」することで成立するという(80–83)。本作ではケロイドをもつ被爆者が様々な形で嫌がらせを受ける場面が挿入されているが、その理由は、被爆に感染性があるという誤報が出回っているためである(288)。そして実際には感染性などないケロイドが、「感染」という言説となることで人種を超えた複雑な罪悪感をヒミコに与えていくことになる。原爆投下後、ヒミコはケロイドに覆われた顔を見知らぬ少年になじられ、そのことに憤慨し問いただそうとする。これに対し「触るな」と少年は叫び、自分はケロイドが目に見える箇所にないから大丈夫だがヒミコはそうでないと以下のように告げる。「お前は顔に傷のある女なんだ。牛みたいに焼き印を押されてんだ。みんなお前が誰なのかわかってるんだぜ。めらめら燃える鬼の印をもってるんだ」(284)。この後ヒミコは叔母のハルエにも被爆者と呼ばれ、その「感染」を恐れるあまり、家に上げてもらえない(298–99)。ヒミコはケロイド故に日本人の集団から忌諱される。ここで原爆を象徴する「火」は権力ではなく恥辱の烙印に変容している。[4]

ここでコーノがヒミコの被爆を被害者としてのナラティブではなく、自身の有罪性を顕在化させる手法で描写していることに留意したい。被爆後ヒミコは、アメリカ人でありながらもその集団に入ることができないという心理的状況に襲われるが、彼女はケロイドを持つ自身を、周りから忌諱される追放者の位置において白人社会を見るという行為をとっている。アメリカからの白人の原爆調査団が現れた際、調査団のうちの一人は、故郷のハワイのヒロにもいるポルトガル系白人であるため、ヒミコは親しみを感じ、話しかけたいという気持ちにかられる。しかし「彼らの英語は私の耳には聞きなれないものになっていた」と彼女は告白し「私は彼らに話しかけ、自分が彼らの一員であり、服従と降伏を示す言葉を進んで言おうとした、だが彼らに嘲笑されることを私は恐れたのだ」とそうした衝動を抑えてしまう(283)。そしてアメリカ人であると宣言し、白人の側へ移りたいという気持ちは、即座にヒミコにハワイの少女時代、白人文化に無意識に惹かれていた自身の欲望をも想起させてしまう。調査団に話しかけたいという衝動の直後、彼女はハワイでの白人の知人との関係から、いかに彼らが裕福で華やかな生活をしていたかを思い出す。しかし結果的に「彼らが自分にとっては見知らぬ人々」で「自分も彼らのことなど何もわかっていなかった」ということに気づく(283)。ヒミコは白人の調査団に笑われることを恐れているのではなく、彼らの側に行きたいと考え、彼らに話しかけるその衝動が彼女にとっては嘲笑に値するものと考えているのだ。この場面におけるヒミコの心中には被害性など存在しない。むしろケロイドに侵されることで彼女は白人側に行こうとするかつての自分を罪悪感と羞恥心をもって眺めるようになったのである。

ハワイにいた頃に自身の心に炎のように表出していた「暗愁」という感情にヒミコは漠然と罪意識をもっていたが、それは後に白人の文化や権威を同じような立場から享受したいという欲望であることを認識する。しかしその罪意識は単なる罪悪感にとどまらず、作品後半においてはそれをどのように償うかという課題に変容していく。最終的にヒミコは「私は被爆者と一緒にいたい。彼らは私の人々なのだ」と結論づけることで、アメリカの経済産業省で研究を行う医師や科学者に、そのケロイドに覆われた自身の身体を提供する(315)。ヒミコは原子爆弾の威力が人体に与える打撃を調べさせ、人類の生命の研究にその身を捧げることを決意するのである。

おわりに

日本にいながらも、日本人にはならず、被爆経験のあるアメリカ人であり続けるヒミコは、被害者としての自分の立場を捨て、最終的には原爆を投下したアメリカを背負うことで、迫害の歴史に帰属する人間の被害性を攪乱する存在になっていく。そしてその背景にはハワイの時から彼女の心に沈殿する有罪性があるのである。『暗愁』にはヒミコの火と戯れることに対する執着とそれに伴う漠然とした罪悪感からはじまり、最後はヒミコが被爆後に娘のスミエを飢えと疲労のため亡くしてしまったことに対する贖罪で終わっている。「私は今まで犯してしまったことや、そうなってしまった事実を受け入れてはいるが、最も私的で暗い哀しみは、私の記憶の端からそう遠くはない」と言ってスミエに対する思いが唯一の彼女の「暗愁」の根源であることを告白する(321)。ヒミコの「暗愁」には広島へ渡ったことや、被爆したことに関しての恨みごとなどなく、むしろ自身の過ちからスミエを産み、我が子に望まぬ辛く短い人生を歩ませてしまったという罪悪感が先行しているのである。このようなことからヒミコの有罪性とは迫害の言説を回避し、常に自身の有責性に立ち戻ることで、エスニック文学におけるプロテストのスタイルからは逸脱したアメリカ文学の新しいナラティブを提示している。そして同時に本作におけるコーノの示唆する「暗愁」という感情は、そうした有罪性とともに、いずれの国家への帰属意識をもたずに生き続けることのできるヒミコの潜在的生命力をも示しているのである。

注

1 二〇一六年四月一五日著者とのイーメイルでの対話から。以下はコーノの言葉である。
"Anshuu is a very old word, that is essentially a Shin (?) Buddhist term that appears approximately in the 1700s. I learned this from one of my teachers, the late Reverend Murakami, who headed the Buddhist Study Center in Hawaii a few years back. . . ."

2 四人の作家のインタビューにおいて、コーノはバンブー・リッジを自身の登竜門として見ていたと話している（Oiとのインタビュー）。

3 スタン・ヨギ(Stan Yogi)はコーノの詩集『ヒロに降る雨』(*Hilo Rains*,1988)をハワイの日系アメリカ人のローカル文学の一つとして紹介している。三代にわたる家族劇というフレームにおいて本作の設定であるハワイのヒロは作品全体にいきわたり、場所というよりは一つのペルソナのようになっているとヨギは表している(144)。

4 この場面に関して、加瀬保子は感染ではなく、障害という言説からヒミコのトランスナショナルな立場を分析している(250)。

引用文献

Chan, Su-cheng. *Asian Americans: An Interpretive History*. New York: Twayne, 1991.

Clifford, James. *Routes: Travel and Translation in the Late Twentieth Century*. Massachusetts: Harvard UP, 1997.

Kase, Yasuko. "Diasporic War Memory in Juliet S. Kono's *Anshū: Dark Sorrow*." *The Japanese Journal of American Studies* 27 (2016): 235–55.

Kono, Juliet S. *Anshū*. Honolulu: Bamboo Ridge, 2010.

——. Email conversation with Rie Makino. 2016.4.15.

——. *Ho'olulu Park and the Pepsodent Smile and Other Stories*. Honolulu: Bamboo Ridge, 2004.

Matsunaga, Kyoko. "From Apocalypse to Nuclear Survivance." *Sovereignty, Separatism, and Survivance: Ideological Encounters in the Literature of Native North America*. Ed. Benjamin D. Carson. Newcastle: Cambridge Scholars Publishing, 2009.

Oi, Cynthia. "A Four-way Conversation with Hawaii's Foremost Writing Women." [Interview with Nora Okja Keller, Juliet Kono, Cathy Song and Lois-Ann Yamanaka.] *Honolulu Star-Bulletin* [Honolulu, Hawaii]. 21 Sep. 2011. Web. 2 May 2016.

Sumida, Stephen. *And the View from the Shore: Literary Traditions of Hawaii*. Seattle: U of Washington P, 1991.

Vizenor, Gerald. *Hiroshima Bugi: Atomu 57*. Lincoln: U of Nebraska P, 2003.

Wald, Priscilla. *Contagious: Cultures, Carriers, and the Outbreak Narrative*. Durham: Duke UP, 2008.

Yogi, Stan. "Japanese American Literature." *An Interethnic Companion to Asian American Literature*. Ed. King-Kok Cheung. New York: Cambridge UP, 1997.

倉本寛司『在米五十年　私とアメリカの被爆者』日本図書刊行会、一九九九年。

袖井林二郎『私たちは敵だったのか――在米被爆者の黙示録』岩波書店、一九九五年。

永井荷風『新版　断腸亭日乗』第六巻（昭和二〇年―昭和二七年）岩波書店、二〇〇二年。

山崎正勝『日本の核開発――１９３９～１９５５　原爆から原子力へ』績文社、二〇一一年。

25

燃えゆく世界の未来図
——マリー・クレメンツの劇作にみるグローバルな環境的想像力

一谷 智子

一 場所の感覚から惑星の感覚へ

『燃えゆく世界の未来図』(*Burning Vision*, 2003) は、カナダ先住民演劇の新進気鋭の劇作家にして演出家、役者としても活躍するマリー・クレメンツ (Marie Clements,1962-) が手がけた戯曲である。先住民デネとメイティ[1]の血を引くクレメンツは、デネの人々が伝統的に居住してきたノースウエスト準州に位置するグレート・ベア湖畔の鉱山ポート・ラジウムで採掘されたウランが、アメリカのニューメキシコ州ロス・アラモスへ運ばれ、日本の広島と長崎に投下された原子爆弾に使用されたという史実に着目し、カナダ、アメリカ、日本と地域や国を超えて広がるグローバルな被爆の問題を描き出した。

図1：マリー・クレメンツ

クレメンツの創作にインスピレーションを与えたのが、ウラン鉱山で鉱夫として働き被曝した自らの先祖の経験に加えて、一八八〇年代に原爆の出現を予言したエツェオ・アヤ (Ehtseo Ayah) というデネのメディスンマンの言伝え[2]であったことは興味深い (Gilbert 199; Whittaker 148)。アヤの幻視とは、白い顔をした男たちが大地に深く掘られた穴から鉄の梯子をつたって上がってくる様子と、そこから掘り出された鉱石から火の玉（原爆）が作られ、それがデネに似た人々の上に落とされるというものであった。本作においてクレメンツは、このアヤの予言を基調としながら、広い視野と独自の実験的な手法によって新たな世界の未来図を開いて見せる。

『燃えゆく世界の未来図』を論じた批評家の多くは、本作が植民地主義、人種主義、環境汚染など「歴史的負の遺産」の総覧のような作品であることに着目している（McCall; May; Whittaker）。そのことを象徴するのは、まず総勢二〇名にも及ぶ登場人物の多くが、デネやメイティといった先住民、日系アメリカ人、広島や北米の被爆者など、人種差別や戦争、核の被害者であることだ。さらに、出版されたテクストの冒頭部には、本書が取り上げようとする歴史的出来事を概観するような年表も付されている。年表はデネのメディスンマンが原爆を予言した一八八〇年代に始まり、二〇世紀初頭のグレート・ベア湖でのウランの発見、アメリカで時計の文字盤に放射性の夜光塗料を塗るペインターとして働いた女性の被曝、広島・長崎への原爆投下、トリニティ・サイトやネヴァダでの核実験、さらには太平洋戦時下における北米の日系人迫害といった出来事が並ぶ。

こうした要素に鑑みれば、本作が目を向け前景化しようとするのが、核をめぐる歴史と共に見過ごされてきた出来事やマイノリティとされる人々の経験であることは一目瞭然であろう。とりわけ、この作品が物語の起点として取り上げる原爆の製造にカナダが加担したという史実は、これまでほとんど注目されることがなかった。当時のアメリカ大統領フランクリン・ルーズベルトとイギリス首相ウィンストン・チャーチルによって調印され、両国間の核開発に関わる計画を取り決めた一九四三年のケベック協定（Quebec Agreement）は、マンハッタン計画のためのウランをカナダが提供する内容を含んでいた。「戦争の暴挙は、いつもどこか遠い国の出来事」（Hargreaves 51）であるかのように語られてきたカナダにおいて、その神話的言説に挑んだ本作は、国家の歴史を再考する試みとして評価され、カナダ・日本文学賞（The Canada-Japan Literary Award）をはじめ多くの賞を受賞した（Howells and Kröller 532）。そして二〇〇二年の初上演以来、国内外で繰り返し上演され、大学のカリキュラムなど教育にも用いられる記念碑的な作品となっている（Gilbert 208）。

第二次世界大戦と核開発をめぐるカナダの歴史の暗部に切り込み、被害者に着目しながらも決して一枚岩ではない被害と加害の重層性に迫った歴史的テクストである『燃えゆく世界の未来図』は、ウラン採掘に始まり原爆の製造から投下に至る様々な核被害を時空間を超えて包括的に描き出す環境的テクストでもある。本論は『燃えゆく世界の未来図』に見られるそうした特徴を踏まえ、部族の土地と人々の記憶を地球規模の広がりを見せる環境汚染と被害者の存在に重ねて描いた本作のグローバルな環境的想像力について考察してみたい。

具体的な作品の考察に入る前に、ウルズラ・ハイザ (Urshula K.Heise) が『場所の感覚と惑星の感覚――グローバルな環境的想像力』(*Sense of Place and Sense of Planet: The Environmental Imagination of the Global*, 2008) において展開した議論を概観することは、本論の分析の出発点を与えてくれるだろう。二〇世紀後半から現在に至る世界的な地球環境への関心の高まりを環境文学批評の観点から考察したハイザは、「エコ・コスモポリタニズム」という概念を通して、ローカルな特定の場所との日常的な交渉によって獲得される「場所の感覚」と、地球規模の環境意識を通して獲得される「惑星の感覚」の接続の可能性を論じた。ハイザによれば、ローカルな場所への愛着を超えてグローバルな環境への想像力を促進した一つの契機は、冷戦期アメリカとソ連の間で繰り広げられた宇宙開発に見出せる。人工衛星の打ち上げや人類による宇宙飛行の成功は、アポロ一七号から撮影された地球の写真に象徴されるように、米ソ間の対立を超えた国境なき「青い地球」というイメージをもたらした。そして、こうした地球のイメージが、公害への世界的な関心の広がりをはじめとする、グローバルな環境意識の喚起を促したのである。

一九八〇年代後半になると、チェルノブイリ原発事故を背景に、ドイツの社会学者ウルリッヒ・ベック (Ulrich Beck) が唱えた「社会リスク理論 (world risk theory)」が登場する。ベックは、環境問題をはじめ、貧困、テロ、戦争を含む政治的抗争など、もはや国民国家の枠組みでは対応が困難なほどグローバル化した危機を抱える社会を「世界リスク社会」と呼んだが、同時にこうした世界リスクゆえに、超国家的な視点や協力体制が生まれる可能性をも示唆した（ベック『世界リスク社会』三二）。グローバルな危機を人類共通の危機として認識する「コスモポリタン的なコモンセンス（共通感覚）」によって、自らを「他者の目を通して見る」ことを学び、その危機に対応すべく国境を越えた連帯の可能性を拓く重要性を説いたベックの洞察は、ハイザの思索に大きな影響を与えた（ベック『世界リスク社会論―テロ、戦争、自然破壊』八）。

　環境文学批評の新たな方向性を見出すべくハイザが提唱したのは、ベックの世界リスク・シナリオから生じる新しい連帯の形態と環境正義を求める運動を連動させることだった。ハイザは、その連動によってこそローカルな危機の経験が、人間と人間以外《ノンヒューマン》の存在すべてを包含する惑星の感覚へと開かれる契機、すなわちエコ・コスモポリタニズムが覚醒される可能性が生まれると主張した（Heise 159）。ハイザは原子力時代の文学や映画、アート作品にエコ・コスモポリタニズムの萌芽を読み解いているが、本章が論じる『燃えゆく世界の未来図』も、マイノリティが経験するローカルな環境問題と不公正を描きながら、グローバルな環境的危機、さらには人間だけではなくそれ以外の地球上の存在へと想像力を広げた作品として解釈できる。

　『燃えゆく世界の未来図』では、魔術的リアリズム的手法によって、多様な登場人物の時空間を横断する対話が編みあげられ、国や地域、人種や民族、ヒューマンやノンヒューマンなどの境界を超えた地球規模の核被害の実態が浮かび上がると同時に、核のリスクに対するグローバルな連帯が形成されてゆく。本作におけるこの連帯は、核被害という共通の経験や痛みによって結び付けられる「核」家族とでもいうべき関係性によって表象される。本稿は、クレメンツが描く「核」家族を中心に考察しながら、本戯曲が模索する地球規模の環境的想像力としてのエコ・コスモポリタニズムについて論じる試みである。

二　ヒューマンとノンヒューマンをめぐる「核」家族

「リトル・ボーイ」という広島に投下された原子爆弾のコード・ネームをもつ登場人物は、「地中の奥深くで発見された黒々としたウラン鉱石」(13) の化身である。ト書きによれば、「八歳から一〇歳くらいの美しい先住民の少年」によって演じられるリトル・ボーイは、デネの人々を彷彿とさせると同時に人間の形象をとるノンヒューマンでもある。暗闇に包まれた大地の真ん中にうずくまって怯えるリトル・ボーイは、作品の冒頭で次のようにつぶやく。

> 子どもはみな暗闇を恐れる。それは暗闇が怖いからじゃない。遅かれ早かれ見つけられてしまうのを恐れるからだ。誰かが僕を見つけて、自分のものだって言い張るのは時間の問題。発見者はこれ見よがしに僕のことを決めつけたがる、見つけたのは自分だからと。そして、僕を自分のものだと言い張る。自分が誰より先に見つけたのだから、と。そうやって所有権を主張する……何千年も昔から僕はずっと僕だったのに。僕は怪物なんかじゃないのに。(20–21)

図2：リトル・ボーイとファット・マン

このリトル・ボーイの声は大地の声である。大地と一体になって地中深くに眠っていたウラン鉱石の声である。掘り起こされなければ、ウランは無害な自然界の元素に過ぎない。しかし、一旦地中から掘り起こされて採取されると、生態系のバランスを崩す有害物質へと変化する。大地とウラン鉱石の化身であるリトル・ボーイは、さらに植民者に「発見」され占有された先住民の人々の土地や生活や文化をも思い起こさせる。「発見」という植民地主義的レトリックを用い、クレメンツは核をめぐる歴史にも植民地主義的欲望が通底していることを暴いてみせる。「本当の怪物は、発見の光である」(40–41) というリトル・ボーイの言葉は、植民地主義から原子力エネルギーの開発に至る歴史を貫く人間のあくなき欲望こそが、真に恐れるべき怪物であることを示唆する。劇中、リトル・ボーイは「家《ホーム》に帰りたい」と幾度となく繰り返し、彼を大地《ホーム》から掘り出した人間の傲慢を炙り出してゆく。

本作に登場するもう一つのノンヒューマンであり、家庭《ホーム》を奪われた存在は、一九四〇年代から五〇年代にアメリカの核実験で用いられたマネキン人形である。ウラン鉱石の化身であるリトル・ボーイと対を成すように、このマネキンは長崎に投下された原爆のコード・ネームである「ファット・マン」という名で呼ばれる。一九五〇年代にネヴァダ州で行われた核実験では、家屋が建てられた地区が設けられ、建材、衣服、動物、樹木、シェルターなどを対象とした原爆の影響が調査された。アメリカ大衆文化における核のイコノグラフィを考察したロバート・ジェイコブズの『ドラゴン・テール』によれば、この実験地区の住人であり「核実験のモルモット」として人間の身代わりになったのはマネキンだった(55)。テレビ放映や映画などを通じて伝えられた核実験の映像においてマネキンが担った役割について、ジェイコブズは次のように述べている。

> ごく普通のアメリカ人であるこのマネキンたちは勇敢にも、車の中やリビングルームで、あるいは防空壕に待避して、原爆の爆発を生き抜こうとしていた。この物語はメディアを通じて全米のすみずみまで伝わった。この実験の結果は、私たち自身が生き残れるかどうかの可能性と一体の関係にあると思われたからである。(55)

『アトミック・メロドラマ』において、冷戦初期のファミリー・メロドラマという映画ジャンルを分析した宮本陽一郎も、ネヴァダでの核実験の一つである一九五五年の「オペレーション・キュー」では、典型的なアメリカのミドルクラス家庭の家屋が砂漠に五軒設置され、「ミスター・アンド・ミセス・アメリカ」と名づけられた白人夫婦のマネキンの様子がテレビで生中継されたうえ、政府民間防衛局のプロパガンダ映画として利用された事実に注目している。砂漠の中に「蜃気楼のように生々しく」再現されたアメリカの家庭が「冷戦期アメリカの家庭風景の原画」となっていたと考察する宮本は、映画『オペレーション・キュー』では、「核による消滅の恐怖というマクロなそして解決不能な問題」が、「ミスター・アンド・ミセス・アメリカ」をめぐるファミリー・メロドラマへと置き換えられたことを指摘する（一〇）。

アメリカを代表する家具メーカーであるレイジー・ボーイのリクライニングチェアに腰掛けて、ビールを片手にリビングルームでくつろぎながら『プレイボーイ』や『タイム』を読む、一見すると典型的な白人アメリカ人男性に見えるファット・マンは、ネヴァダの核実験で用いられたマネキン人形を彷彿とさせる。しかしその一方で、ファット・マンは、ジェイコブズや宮本が論じたマネキン演ずる「ごく普通のアメリカ人」像や、おきまりの「ファミリー・メロドラマ」の筋書きから逸脱した存在であることは興味深い。ファット・マンは言葉を発し、擬人化して描かれているが、人工物であるはずのこのマネキンは、実験の核爆弾が炸裂する瞬間が近づくにつれ、喜怒哀楽を露わにしながら「人間らしさ」を増してゆく。人間の身代わりである核実験用のマネキンというノンヒューマンが人間性を帯び、政府の欺瞞に毒突く場面は、前述のマネキンたちが作り出す幸せな一瞬を捉えて凍りつかせたような家族の光景を脱構築し、不協和音を生じさせる。

> 実験の標的になる忌々しい家に住むマネキンのいいところは、自分が核攻撃に真っ先に曝されることを知っていながら、大人しくじっと座っている幸せなクソ野郎にしか見えないってことさ。政府のやつらがここに座ってた例《ためし》があるか？　ないだろ？　やつらはボタンを押す役で、俺らはくだらねぇニュースなんか見ながらリビングルームに座っている役回りというわけさ。ちきしょう。でも、俺は準備万端さ。この忌々しい家を爆弾で吹っ飛ばしてみろよ。構うもんか。俺はただのマネキンだからよ。ちきしょう。所詮それが俺の運命さ。(85)

一九五〇年代のアメリカの民間防衛計画は、核戦争が起こった場合の国家の生き残りには、「自宅で家族と共に敵の攻撃に備える」市民一人ひとりの任務を遂行することが重要であると強調し、民間人を核攻撃から守ることではなく、国家防衛に動員することを目的としていた（ジェイコブズ 152）。核攻撃にさらされた時の責任を国民自らに担わせようとする一方で、アメリカ政府は、核兵器の非人道性や放射線の影響を含めた国民の生命や健康に関わる情報については公開しなかった。自分たちの安全を確保しながら、核爆弾の「ボタンを押す」政府関係者を皮肉ったファット・マンの言葉は、こうした国家防衛計画の本質を浮かび上がらせる。

ファット・マンが生じさせる不協和音はそれだけではない。核実験用の家屋に配されたマネキンは、「ミスター・アンド・ミセス・アメリカ」に代表されるように、夫婦、もしくは夫婦に子どもを加えた典型的な核家族を再現するものであったのに対して、四〇代のファット・マンには家族がいない。天涯孤独の彼は、次第にその寂しさを吐露するようになる。劇中に登場して間もない頃のファット・マンは、他者からの攻撃に対する病的なまでのパラノイアを顕在化した「白人」であり、先住民や有色系移民への人種差別的発言を繰り返している。夢とも幻ともつかぬ奇想天外な物語展開の中で、ファット・マンのリビングルームのテレビ画面に映っていたリトル・ボーイが、ブラウン管の向こう側から現れる場面では、突然の侵入者にファット・マンは狼狽し、「ゴキブリ」と罵りながら「インディアン」であるリトル・ボーイへの侮蔑を露わにする。しかし核実験による終焉の時が刻一刻と近づくに従って、そんなファット・マンに大きな変化があらわれる。彼はリトル・ボーイを養子に迎え、家族を持つことを夢見るのである。次の引用は、ファット・マンがリトル・ボーイに語りかける一節である。「だけど俺にもささやかな夢がある。結婚する夢さ。そしてお前を養子にする。お前がインディアンだって構うもんか。俺が白人だからってなんだって言うんだ」(85)。

ここで彼が結婚を夢見る相手は、日本軍が太平洋戦争中に行った連合国に向けたラジオのプロパガンダ放送「ゼロ・アワー」のパーソナリティで、「東京ローズ」[3]という愛称で呼ばれた女性アナウンサーの一人、日系アメリカ人のアイバ・戸栗をモデルに作られた登場人物である。兵士たちを魅了する甘い声で、米兵の戦意を喪失させるような内容を語った「東京ローズ」の正体は、戦後、多くの人々の関心を呼んだ。しかし「東京ローズ」は、一人のアナウンサーではなく複数存在しており、彼女らの本名などは一切明かされなかった。そんな中、「東京ローズ」として放送に関わったことをたった一人認めたのがアイバ・戸栗であったが、クレメンツはこの戸栗をラウンド・ローズという名の人物として劇中に登場させ、時空間を超えてファット・マンと出会わせる。

アメリカに生まれ育ったラウンド・ローズは、戦時中日本に渡った後も帰化せず、アメリカ人としてのアイデンティティを持ち続けている日系二世である。しかし、「東京ローズ」であったことを公言したことで国家反逆罪に問われ、アメリカ国籍を奪われた戸栗と同様に、ラウンド・ローズは国家に翻弄され、自らの行き場をなくした存在として描かれる。彼女はその悲しみを次のように語ってみせる。「私が誰かを愛したいひとりの女だって想像できる？家族が、家庭が、夫が、子供が欲しいただの女だって？　私もただの女、敵ではなく、ひとりの女だって想像してみて」(86)。ラウンド・ローズの悲しみに応答するようにファット・マンは言う。「どうか、泣かないで。ほら、見てごらん、俺とこの子が……ここにいるじゃないか。俺たちは君の家族だ。俺はいつでも君を愛している」(86)。

こうしてファット・マン、リトル・ボーイ、ラウンド・ローズという三人による出来合いの家族が誕生する。三者に共通しているのは国家的権力、あるいは人間中心主義によって「ホーム」を奪われた存在であるということだ。ファット・マンには、あてがわれた家はあるが、そこには家庭と呼べるような暖かい営みはない。そして核のモルモットとして今まさに攻撃に晒されようとしている彼は、アメリカという国家と人間の犠牲となることを強いられた存在でもある。リトル・ボーイは原爆開発という国家的企てによって大地から掘り出され、日系アメリカ人であるラウンド・ローズは、敵対する二つの国家の間で引き裂かれ、戦争によって故郷を喪失した存在である。であるからこそ、この三者の結びつきは、国はもちろんのこと、地域、人種、民族、ヒューマン、ノンヒューマンといった境界を無効にする形象として重要な意味をもつ。核戦争による世界終焉の危機と背中合わせの状況にあっても、「健忘症的」かつ「刹那的なハッピネス」（宮本 二九）を提供し続けた「ミスター・アンド・ミセス・アメリカ」に象徴されるような核家族のファミリー・メロドラマを変奏しながら、クレメンツは『燃えゆく世界の未来図』をもう一つの「核」家族をめぐるメロドラマへと仕立て上げたのである。

三　グローバル・ヒバクシャ[4]をめぐる「核」家族

『燃えゆく世界の未来図』では、リトル・ボーイ、ファット・マン、ラウンド・ローズらのほかにも、出会うはずのない者たちが時空間を超えて出会い結ばれる。グレート・ベア湖のポート・ラジウム鉱山で働く白人の鉱夫は、地下でウランを採掘中に美しいラジウム・ペインターの女性と遭遇する。ト書きによれば、このラジウム・ペインターは、一九三〇年代のアメリカでラジウムを含んだ夜光塗料を時計の文字盤に塗る作業を行っていた女性従業員である。突如として採掘場に現れたこの女性に対して、鉱夫は危険だからすぐにその場を立ち去るようにと諭す。しかし、ラジウム・ペインターはラジウムがどこから採取されるのかどうしても見たいのだと訴え、自分が仕事で用いるラジウムの塗料を元あった場所に戻せないかと鉱夫に聞く。

ラジウム・ペインター「これをここにお返しできないかしら。もし、そうできるなら、私が知っていることを誰も知らなくても済むんです。私のこの体の中で起こっていることを、誰も知らなくても済むんです」
鉱夫「ここに何を返したいって、お嬢さん？」
ラジウム・ペインター「この塗料よ」
鉱夫「ここにはいろいろ埋まってまさぁ。秘密はみんなここから始まって、ここで終わる」(73)

図3：ラジウム・ペインターと鉱夫

二〇世紀初頭、アメリカでは時計をはじめとする計器の文字盤、夜間の指示標識などに用いる夜光塗料は、蛍光塗料に放射性物資であるラジウムを加えたものが使用されていた。高賃金に惹かれて多くの女性がこの仕事に従事したが、筆先を舐め穂先を尖がらせて夜光塗料を塗布する作業によって作業員たちは内部被曝し、顎の骨に骨髄炎を患い、白血病や骨肉腫を発症したという事実が報告されている。[5] その当時、放射線障害が認知されつつあったにもかかわらず、作業員たちはその危険性を知らされていなかった。ラジウム・ペインターの塗料をウランの採掘現場へ戻すという行為と、「私が知っていることを誰も知らなくても済む」という言葉は、自分が被った原因不明の健康被害から逃れたいという思いと、他の誰かに同じ経験させたくないという思いの表れであると解釈できる。そしてラジウム・ペインターへの鉱夫の回答は、軍事利用、民事利用を問わず、ウランの採掘からその利用の過程で生ずる放射線の危険性を含め、多くの情報が隠蔽されてきたことを深刻な問題として示唆するものとなっている。

ラジウム・ペインターは年頃の娘らしく幸せな結婚を夢見ているが、彼女の身体は病魔に蝕まれ、刻一刻と死が近づいている。髪が抜け落ち顔は半分溶けて、かつての美貌を失ったラジウム・ペインターは、ウェディングドレスを着て鉱夫と死のワルツを踊る。鉱夫はラジウム・ペインターの顔を直視できないまま語りかける。「ごめんよ……僕ももうだめだ……本当にごめんよ。どうして奴らは君に……僕らにこんなことをしたんだろう……僕は……ああ、神よ、僕らを救い給え」(117)。自分が採掘したウランが愛する人を蝕んでゆく事実に苦しみ、また自身も採掘の過程で被曝し病に侵されている鉱夫の言葉は、重く癒しようのない悲しみを伝えると同時に、極秘にウラン採掘を進める政府や企業の犯罪を告発するものでもある。ラジウム・ペインターと鉱夫という被曝経験によって結ばれた二人を描くことで、『燃えゆく世界の未来図』は、原爆の投下や核実験の被害だけでなく、ウラン採掘の現場やそれが商業利用される過程の先々で起こる被害の問題をも顕在化することに成功していると言えるのである。

次に、ローズ、コージ、デネの未亡人といった登場人物らによる「核」家族について考察してみよう。ローズはアイルランド人を父に、先住民デネを母にもつ二〇代のメイティ[6]女性である。グレート・ベア川とマッケンジー川の合流する町、フォート・ノーマンにある父親の経営する商店でパンを焼き、水運を利用してアメリカまでウラン鉱石を運ぶ水夫たちに自家製のパンを売るのが彼女の仕事である。ウラン採掘場が近いこの町には、常に「黒い埃」が舞っている。次のローズの言葉からは、採掘に従事する労働者の被曝のみならず、掘り出された鉱石、鉱滓および残土による町の環境汚染の状況が浮かび上がる。

風が黒い埃をあたり一面に巻き上げる。子どもたちはその埃が入り混じった砂場で遊んでいる。カリブー[7]が草と一緒にそれを食む。私たちは埃を含んだ水を飲む。みんなその埃を被っているから、少しくらいパン生地に混ざっても大丈夫。だって小麦粉みたいに細かいんですもの。(103)

図4：コージとローズ

もちろん、ローズはこの「黒い埃」の正体を知らず、その危険性を知らないまま被曝しているのである。

ローズが住むこの町で、彼女に出会うことになるのがコージである。コージは広島もしくは長崎の原爆で亡くなったと思われる若き漁師である。魔術的リアリズム的展開によって、彼は原爆の爆風に乗ってデネの地へと運ばれ、その地でローズと出会い結ばれる。二人が英語と日本語で次の言葉を交わす場面は、彼らの出会いと融合の意味を伝えている。「私があなたのものになれば、敵のいない世界は実現するのだろうか?」(95)「私たちが世界を創れば、敵のいない世界になるのだろうか?」(96)。これらの言葉は、英語でローズから発せられ、それを受けるようにして同じ内容が日本語でコージによって繰り返される。国民国家という単位によって語られる第二次世界大戦の歴史から見れば、ローズとコージは敵同士にちがいない。しかし、二人が同じウランによって引き起こされた核被害の犠牲者であるという点に着目すると、彼らが共通の痛みを経験した者同士の間に生まれる絆と連帯に支えられたグローバル・ヒバクシャの協同の象徴であることは明らかである。そして、ローズとコージの間に誕生する赤ん坊は、戦争やそのために利用される核兵器や原子力産業による犠牲者を再び生まない未来の構築に向けた希望の表象なのだろう。

本作において、このローズとコージからなる「核」家族をさらに包括的なものへと引き上げるのに重要な役割を担うのは、鉱山でウランの採掘に携わっていた夫を癌で亡くしたデネの老女である。脚本には「未亡人」とだけ記された名もなき老女は、還らぬ夫を想い続けている。戯曲の終盤、コージの祖母が桜の木の下で原爆に焼かれた孫の黒焦げの死体を自分の着物で包む場面で、コージの祖母はこの未亡人へと姿を変え、続く場面で跪いて燃え盛る火の中から黒焦げの夫の死体を抱き寄せる。ここでは未亡人とコージの祖母が重ねて表現されることで、デネの人々の被曝と日本に投下された原爆の二つの文化的記憶が交差する瞬間が生み出される。実母を早くに亡くしたローズにとって母親のような存在である未亡人は、コージの母親代わりであった彼の祖母でもあり、ローズとコージ、そして彼らの間に生まれた子どもらとともに象徴的な「核」家族を形成するのである。

最後の場面において、未亡人はローズとコージの間に生まれた男の子に祖母として語りかける。

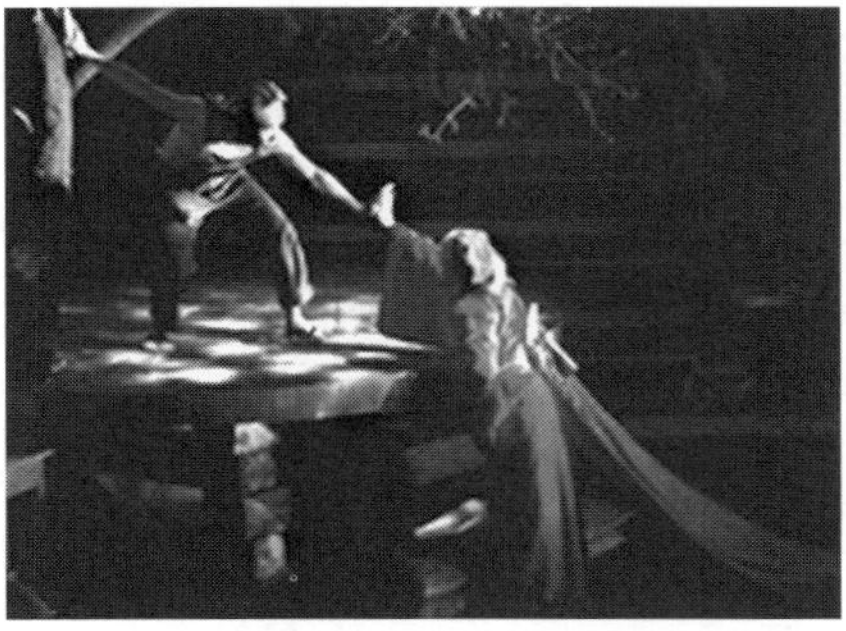

図5:「連帯」を体現するコージと祖母

お前は彼女に似ているね。お前は彼にもそっくりだ。お前は私の特別な孫。そして私の小さな恋人。生き残った私のおチビさん。希望のように不屈の人。耳をすませば、ほら、みんなの声が聞こえてくるよ。(121)

この引用における「彼女」はローズを、「彼」はコージをそれぞれ指すと解釈できるが、三人称の代名詞には、核被害で亡くなった人々全てを含み込む広がりのある解釈の可能性も残されている。その可能性を示唆するかのように、次の場面では様々な電波が混じり合い、デネの部族の言葉の一つであるスレイビー語、日本語、英語によるラジオの放送が順々に聞こえて来る。「こんにちは、祖父よ、兄よ、妹よ、息子よ、夫よ、父よ、従姉妹よ、甥よ、友よ、師よ、恋人よ……寂しいから早く帰ってきて」(122)。三つの異なる言語による失われた愛しい者への呼びかけは、広がる核被害の犠牲者たちへのレクイエムであると同時に、このグローバルな核の危機に向き合うべく「核」家族としての連帯を呼びかける声でもあるのだろう。

異なる言語や音楽、日本の桜にデネの人々の生活の糧であるカリブーといった文化的象徴がモザイクのように溶け合う印象的な舞台空間で、「核」家族たちは、絡め取られた逃れがたい負の連累の中から豊かな連帯と協同を生み出し、その絆を生き始めるのである。

おわりに——未来の記憶としての『燃えゆく世界の未来図』

『燃えゆく世界の未来図』は、デネの土地で採掘されたウランが辿った道筋を辿り直す過程において、時代や国、地域を超えて核被害の犠牲者たちを結びつけ、「核」家族としての表象を通して、地球規模の核被害と環境への意識、すなわちエコ・コスモポリタニズムの覚醒を促す作品である。本戯曲が模索するエコ・コスモポリタニズムは、作品中に散りばめられたアヤを思わせる「デネの預言者」の声にきわめて効果的に表現されている。

　空気が読めるか？　水はどうだ？　時間を見透して未来を予測できるか？　世界を取り囲む壁の向こうの声が聞こえるか？　われわれはみな一緒に話をしているのかもしれない。それと言うのも、われわれは時間と空間を超えて応答し合っているからだ。すべてを洗い流し、時間をかけながら、また同じ場所へと回帰する波のように。(75)

このデネの預言者の声は、人為的境界を超えて広がる自然の営みやエコシステムの存在、そしてその中に生きる人間と地球上すべてのものの間にある分かちがたいつながりについて教えている。こうした先住民の人々の惑星的な環境への想像力を縦糸に、部族の土地から地球規模に及ぶ核被害の記憶を横糸として、クレメンツは世界市民のための「未来図」とでも呼ぶべき文学的タペストリーを織り上げたのである。

　幻視の時から六〇年後に現実のものとなったアヤの予言に再び命を吹き込むように、クレメンツはデネの預言者に語らせる。「燃えゆく未来図は、まだ実現していない。それはずっと先の未来に到来する」(120)。予言の文学と環境批評について論じた巽孝之は、「災厄は過去の記憶というより、むしろ未来の記憶として事前に語られて来た」(二) と述べた。『燃えゆく世界の未来図』は、グローバルな危機の時代と社会を生きる私たちに向けて語り直された「未来の記憶」と言えるのかもしれない。

＊　本稿は、科学研究費補助金（研究課題番号：２６３７０３０６）の助成を受けた研究成果の一部である。
＊＊本稿中の写真は、劇作家のマリー・クレメンツ氏よりご提供いただいた。ここに記してお礼申し上げる。

注

1 もともとはフランス人毛皮交易者とファーストネイションズ又はイヌイットとの混血の者を指す。現在では、広義にはイギリス系をはじめとするヨーロッパ系との混血の者も含む。

2 この予言はデネの長老によって記録され、現在もコミュニティで語り伝えられている。George Blondin, *When the World was New: Stories of the Sahtù Dene* (Yellowknife, NWT:Outcrop, 1990) を参照のこと。

3 「東京ローズ」に関しては、ドウズ昌代による『東京ローズ』（文芸春秋、一九九〇年）や上坂冬子『東京ローズ――戦時謀略放送の花』（中央公論社、一九九五年）に詳しい。

4 グローバル・ヒバクシャとは、核兵器の被害者を原爆が投下された広島・長崎の被爆者に限定せず、「核実験場の周辺住民」、「ウラン鉱山採掘作業員」、「原発事故の被災者」など、世界中で生み出されている核被害者に目を向ける動きのなかで提唱された概念である。より広い視点から核被害を捉え、甚大な環境汚染が地球規模で引き起こされた現実を可視化しようと、ビキニ水爆被害を調査していた高橋博子と竹峰誠一郎が中心となり、二〇〇四年にはグローバル・ヒバクシャ研究会が立ち上げられた。

5 一九八七年に公開されたアメリカのドキュメンタリー映画『ラジウム・シティ』(*Radium City*) はこの問題を取り上げ、女性作業員たちの被曝の実相を伝えている。

6 この商店は作品中でＨＢＣと呼ばれている。北米大陸におけるビーバーなどの毛皮交易のために設立されたイギリスの国策会社ハドソン湾会社 (Hudson's Bay Company, HBC) にルーツをもつカナダ最大の小売業を中心とする企業を思い起こさせる。

7 トナカイのこと。

引用文献

Blondin, George. *When the World Was New: Stories of the Sahtù Dene*. Yellowknife, NWT: Outcrop, 1990.

Clements, Marie. *Burning Vision*. Vancouver: Talonbooks, 2003.

Hargreaves, Allison. "'A Precise Instrument for Seeing': Remembrance in *Burning Vision* and the Active Classroom." *Canadian Theatre Review* 147 (2011): 49–54.

Heise, Ursula K. *Sence of Place and Sencse of Planet: The Environmental Imagination of the Global*. New York: Oxford UP, 2008.

Howells, Coral Ann and Eva-Marie Kröller. *The Cambridge History of Canadian Literature.* Cambridge: Cambridge, 2009.

Gilbert, Helen. "Indigeneity, Time and the Cosmopolitics of Postcolonial Belonging in the Atomic Age." *Interventions* 15.2 (2013): 195–210.

May, Theresa J. "Kneading Marie Clement's *Burning Vision.*" *Canadian Theatre Review* 144 (2010): 5–12.

McCall, Sophie. "Linked Histories and Radio-Activity in Marie Clement's *Burning Vision.*" *Trans/acting Culture, Writing, and Memory.* Eds. Eva C.Karpinski, Jennifer Henderson, Ian Sowton, and Ray Ellenwood. Waterloo:Wilfrid Laurier, 2013.

Whittaker, Robin C. "Fusing the Nuclear Community: Intercultural Memory, Hiroshima 1945 and the Chronotopic Dramaturgy of Marie Clement's *Burning Vision.*" *Theatre Research in Canada* 30.1–2(2009): 129–51.

上坂冬子『東京ローズ――戦時謀略放送の花』中央公論社、一九九五年。

ジェイコブズ、ロバート・A『ドラゴン・テール――核の安全神話とアメリカの大衆文化』高橋博子監訳、新田準訳、旋風社、二〇一三年。

巽孝之「カッサンドラ・コンプレックス――予言の文学と環境批評」『エコクリティシズム・レヴュー』第八号、二〇一五年、一―一四頁。

ドウズ昌代『東京ローズ』文芸春秋、一九九〇年。

ベック、ウルリッヒ『世界リスク社会』山本啓訳、法政大学出版局、二〇一四年。

――『世界リスク社会論―テロ、戦争、自然破壊』島村賢一訳、筑摩書房、二〇一〇年。

宮本陽一郎『アトミック・メロドラマ――冷戦アメリカのドラマトゥルギー――』彩流社、二〇一六年。

終章　聖樹伝説
――ヨセミテの杜、熊野の杜

巽　孝之

我が家に伝わる一枚の写真がある。

鬱蒼たる森林地帯にひときわ荘厳に聳える巨大なセコイアの下に、ひとりの日本人青年が立つ。ヒノキ科に属する巨木の幹のふもとは、あたかもトンネルのようにくりぬかれている。時は十九世紀末、一八九〇年代初頭。場所はいわゆるトンネル・ツリーの所在地として著名なカリフォルニア州のヨセミテ国定公園。ただし、この写真の構図は語り伝えられるばかりで、現物は残っていない。けれども、トンネル・ツリーの巨大さへの感嘆とともに、そんな写真が実在したことだけは、くりかえし語られてきたのだった。その前で微笑むのは、ヨセミテ国立公園がオープンして間もない一八九一年に横浜より渡米し、横浜正金銀行サンフランシスコ出張所に勤務しつつ勉学にもいそしむ、弱冠二二歳になったばかりの筆者の祖父だ。

図1：セコイアのトンネル・ツリー

彼はこの時、アメリカ西海岸にひろがる雄大な原生自然《ウィルダネス》に身を委ね、いったい何を考えていたのだろうか？　そもそも、今日でさえサンフランシスコからヨセミテまでの三百キロを踏破するのに自動車で四～五時間はかかるというのに――そして当時といえば、ようやく一八九〇年の段階でヨセミテへの玄関といわれるカリフォルニア州マデラ郡内部にサザン・パシフィック鉄道が敷設されたばかりで、サンフランシスコから行くにはまだまだ乗り合い馬車の助けが必要だったというのに——彼はいったいなぜそこまでして、ヨセミテへ足を延ばしたのだろうか？

一　ヨセミテへ至る道

二十一世紀の現在ならば、アメリカ西海岸最高の観光地のひとつであり、一九八四年にはユネスコの世界遺産にも登録されたヨセミテ国定公園のシンボルとも呼ぶべきセコイアを写したからといって、いまさら驚く人はいまい。ヨセミテが国定公園に指定されたのは一八九〇年十月五日のことだったから、二〇一五年にはその一二五周年を祝ってさまざまな記念行事が行なわれた。なにしろ千二百平方マイル（三〇八一平方キロメートル）におよぶ広大な空間のなかに、崇高なまでに聳え立つ花崗岩やナイアガラをも圧倒する大瀑布の数々が、そして深い峡谷や壮大な草原がひろがり、樹齢数千年とも言われ全長およそ百メートル、直径六メートルにもおよぶ植物界の王者セコイアの巨木が林立する景観は、世界中探してもほかにはとうてい見当たらない。

だが、そうした崇高なる自然空間のさなかへ、アメリカ史という世俗時間を導入してみると、ヨセミテ国立公園が設立された一八九〇年というのはひとつの劇的な歴史的臨界点だったことも判明しよう。十九世紀中葉から南北戦争を通過する歩みにおいて、アメリカ合衆国がジョン・オサリヴァンの提唱する「明白なる運命《マニフェスト・デスティニー》」のスローガンのもとに西漸運動を促進し、未踏の大地たるフロンティアをどんどん消滅させていったのは、よく知られている。普通の英語では「内乱《シヴィル・ウォー》」でしかないものを日本語では「南北戦争」と訳す習慣のためよく誤解されることだが、一八六〇年代前半の段階において、北部の産業資本主義と南部の黒人奴隷制農本主義の対立は、あくまで北米の東半分のみの出来事にすぎない。残る西半分はどうであったかといえば、まだまだ広大な原生自然が広がる未開拓なフロンティアであって、独立した州《ステイト》以前の準州《テリトリー》がひしめくばかり。その意味では、南北戦争というのはむしろ北部連合が南部連合国を制圧したのちに西部に跳梁跋扈する真の敵を、すなわち南北戦争以前から以後にかけて白人と敵対し続けたフロンティアの先住民、いわゆるアメリカン・インディアンを倒し北米の完全支配を目論む東西戦争と見なすべきではないか、というのがかねてからの筆者の持論である。

そしてじっさい、歴史家フレデリック・ジャクソン・ターナーが一八九三年の記念すべき論文「アメリカ史におけるフロンティアの意義」でアメリカ精神の基本を西漸運動において原生自然と格闘し馴致する開拓者精神《フロンティアスピリット》に求めて語ったように、アメリカ合衆国のフロンティアは事実上、一八九〇年に消滅したのだ。具体的には一八九〇年一二月二九日、北米を支配する白人と先住民とのあいだの最終戦争の帰結と言われる「ウーンデッド・ニーの虐殺」が、その契機となった。この日、サウスダコタ州南西のウーンデッド・ニーの丘にて、ラコタ族が汎先住民規模における預言的なダンス、それもかつての自身の土地を白人から奪回する祈りを込めた「ゴースト・ダンス」を舞うことに警戒心を強めたアメリカ合衆国政府軍の第七騎兵隊が、三百人とも四百人とも伝えられるインディアンたちを虐殺したのである。たしかに「ゴースト・ダンス」は暗鬱な時代において一筋の希望を求める宗教的儀式だが、もしもそれが危険だとすれば、キリスト教的福音伝道のほうも危険視すべきではないか、と説く者もいる。しかしウーンデッド・ニーの虐殺という最終解決をきっかけに、いにしえの昔にはマンモスを狩る者たちの住処であり、十八世紀までの段階でラコタ・スー族のふるさとになっていたこの地は、ついに白人に没収される。そのあげく、北米の土地はどこを取っても未開部分、すなわち白人文明に何らかのかたちで占有されていない部分は皆無となった（シェリー・フィッシャー・フィシュキン『アメリカを書く――ウォールデン湖からウーンデッド・ニーにおよぶ文学史跡を訪ねて』［ラトガーズ大学出版局、二〇一五年］第六章）。かくして一八九〇年はフロンティア消滅の年として、アメリカ合衆国国勢調査局も正式に記録するところとなる。

それから三年後、奇しくもターナーの前掲論文「アメリカ史におけるフロンティアの意義」が発表された一八九三年は、「ホワイト・シティ」の異名をもつ壮麗なるシカゴ万博博覧会が開かれ、白人文明の精華を誇った年であった。

もっとも、アメリカ人というのは、仮に北米大陸上でフロンティアを消滅させたとしても、いったん稼働してしまったフロンティア・スピリットにはストップをかけられない国民である。北米大陸上のフロンティアが消滅したとなったら、どこか別のところに新たなフロンティアを希求せざるをえない。ゆえにアメリカが打つ次の一手は、「明白なる運命」を掲げた領土拡張主義政策をエスカレートさせ、一八九八年にはヨーロッパ列強と競合するかたちでスペイン戦争にのぞみ、かつてはスペイン帝国が領有していたキューバやプエルト・リコ、フィリピンを分捕り、ハワイを併合するという方策となった。世界初の民主主義の実験場はまぎれもなく世界初のポスト植民地主義国家であったはずだが、十九世紀末以降、マッキンレー大統領統治下のアメリカは、まことに皮肉なことながら、建国の理念を裏切るかのように、新たな帝国主義国家としての相貌を露呈していく。東半球に干渉しないと断言することで始まったモンロー主義《ドクトリン》は、十九世紀末の帝国主義化と相俟って、その根本から書き換えられなければならなくなっていた。

そんな時代に勃興するのが、フロンティア消滅に伴う白人文明の暴虐を批判し反省しようとする自然保護運動である。じっさい、カリフォルニアが一躍脚光を浴びるのは一八四八年に金鉱が発見されたため、その翌年一八四九年に東海岸の労働者たちがそこへ殺到することによる「ゴールドラッシュ」以降のことであったのだが、その歩みは、必然的にフロンティア開拓と称する先住民虐待に拍車をかけた。金鉱発掘の名目のもとに先住民をだまし討ちにしたり、彼らの土地を取り上げたりといった蛮行がくりかえされたのである。ヨセミテ地域に四千年もの長きにわたって居住してきたミーウォク族も例外ではない。彼らはもともとアワニーチー（Ahwahneechee）族と呼ばれたが、それはヨセミテ渓谷を「アワニー」（大きく開けた口）になぞらえていたためだ。ただしヨセミテ（Yosemite）という名前そのものは、長く「ハイイログマ」を指すと信じられて来たものの、じっさいには他の部族がアワニーチー族を呼ぶときに「彼らの中には人殺しがいる」の意を込めた不名誉な言葉であるという（上岡克巳『アメリカの国立公園―自然保護運動と公園政策』［築地書館、二〇〇二年」第二章）。だが、かつては虐待する側であったアワニーチー族も白人に虐待される側へと転じざるをえなくなる。そのあげく、ゴールドラッシュ以前にはカリフォルニアに十五万人もいたといわれる先住民は、一八七〇年までの段階で三万人程度にまで減少してしまった。ゴールドラッシュはたしかにフロンティア開拓に拍車をかけたかもしれないが、それは罪もない先住民の生命を奪い、母なる大地を荒廃させる行為と引き換えになった。そうした現状を憂慮する向きが自然保護運動へ赴くのは必然だった。なにしろ一八六八年の官報『ヨセミテ・ブック』でも明らかなように、この地の巨大セコイアこそはアメリカ独自の英雄的ナショナリズムの象徴であり、オリヴァー・ウェンデル・ホームズに倣うなら「神の選民」への賜物にほかならないのだから（サイモン・シャーマ『風景と記憶』高山宏／栂正行訳［原著一九九五年、河出書房新社、二〇〇五年」第四章）。そして、その中心人物こそが、ヨセミテ国立公園の設立にも大きく貢献したジョン・ミューア（一八三八年―一九一四年）であった。

ミューアが南北戦争以前のアメリカ文学思想史上絶大な影響力をふるった超越主義者ラルフ・ウォルドー・エマソンの『自然』に強く傾倒し、その愛弟子ヘンリー・デイヴィッド・ソローの『ウォールデン――森の生活』を一八七二年以来くりかえし読み返してきたこと、その結果、彼が自然保護運動に身を投じ、東海岸のウォールデン湖以上に原生自然が残るヨセミテを、一八七二年に誕生したアメリカ最初の国立公園イエローストーンに続く第二の国立公園として認可させたことは、広く知られる。残念ながらソロー自身はヨセミテを訪れることはなかったが、しかしミューアは一八七一年五月、偶然にこの渓谷を訪れたほかならぬエマソン自身と初対面を遂げ、セコイアの崇高なる巨木が無数に聳え立つマリポサ・グローブでキャンプを張り、思う存分語り合い、感動の二日三晩を過ごしたという。のちの一九〇六年四月にサンフランシスコ大地震が起こったのちに、一八八二年より検討されていたサンフランシスコ市への水供給問題が俄然現実味を帯び、ヨセミテの渓谷にダムを建設するか否かで大論争が噴出したさいにも、時の大統領セオドア・ローズヴェルトがミューアを訪れ、エマソンの時と同様に三日三晩ともにキャンプして、自然保護運動の側に軍配を上げる決断を下すに至っている（東良三『自然保護の父ジョン・ミュア』［山と渓谷社、一九七二年］序章）。ミューアにとってはセコイアの杜もヘッチヘッチー渓谷も等しく自然がもたらした真の神殿なのだ。ちなみに、セコイアについては、ミューアはのちの一九一二年に刊行する著書でこのように描写している。

「これらセコイアの巨木はいかに強大なものであってもその全体がじつに整然として均整が取れているため、畸形的とも怪物的とも思われない。この巨木群を初めて目にしたとしたら、むしろ印象深いのはその巨大さよりも美しさのほうであり、その全貌がいかに壮麗であるかはすぐには認識できまい。けれどもその正体は、まじまじと見つめれば見つめるほどに、遅かれ早かれはっきり見えるようになり、徐々に五感を魅了していくはずだ——そう、かのナイアガラの滝やヨセミテ花崗岩ドームと同様に」（ジョン・ミューア『ヨセミテ』［J・ミズーリ］第七章）。

ところで、まさにエマソンがミューアに導かれた巨大セコイア群がひしめくマリポサ・グローブこそは、冒頭で示したトンネル付きのセコイア・デンドロン（ジャイアント・セコイア）、通称トンネル・ツリーと呼ばれる「ワウォナ・ツリー」の所在地にほかならない。「ワウォナ」(Wawona)とは同地の先住民ミーウォク族の言葉で「巨木」ないし「フクロウの鳴き声」を意味するという。フクロウはセコイアの守護霊と見なされるためである。さてこの巨木のサイズはといえば、全長約七十メートル、外周約二十七メートル。いったいどうしてこの巨木にトンネルが掘られたかといえば、一八八一年のこと、この木がもともと火事により被っていた傷を広げるようにしてトンネルを通貫させてしまったためだという。このトンネル製作のために雇われたスクライバー兄弟が手にしたのははじめて七五ドル、二一世紀現在のレートで換算するとしめて一八三九ドル也（約二十万円）。しかし、まさしくトンネル付きのワウォナ・ツリーこそは、ミネソタ国立公園最大の観光名所となり、ミネソタ最古のワウォナ・ホテルにはいまも滞在客が引きもきらない。すなわち、一八七一年のエマソン訪問時にはまだトンネル付きではなかったこの巨木は、それから十年足らずの一八九〇年に国立公園に指定されていた時には、立派な呼びものと化していたというわけだ。そして一八九二年六月には、ミューアはついにサンフランシスコ市内にて、アメリカ最初の山岳会にして、世界で初めて自然保護を国民精神運動にまで高揚させる組織「シエラ・クラブ」を発足させるに至る。かくして一八九〇年代初頭は、フロンティア消滅の時代のみならず、それによって人命および自然が簒奪された悲劇への猛省を動機とする自然保護運動勃興の時代としても、記憶されねばならない。

二　ヨコハマから来た男

ここで、冒頭の一枚の写真へ戻る。

それがマリポサ・グローブの巨大なトンネル・ツリーである限り、撮影されたのが一八九一年以降であるのは確実だが、さらに時期を限定するなら、一八九二年の夏以降ではない。というのも、ジャイアント・セコイアの前に立ち尽くす筆者の祖父は、同年八月には横浜正金銀行の命によりサンフランシスコ出張所からロンドン支店へと転勤になってしまうからである。にもかかわらず、まさに彼が訪問したその時期にこそヨセミテ国立公園が制定され、トンネル・ツリーが呼びものとなり、ミューアの尽力でシエラ・クラブが発足する期間にぴったり一致していたとなれば、奇遇以上のものを感じないわけにはいかない。祖父はおそらく、何らかのかたちでヨセミテとともに自然保護運動の流れを時事問題として感知し興味を抱いたからこそ、たいへんな労力を払ってもサンフランシスコから遠出をしてアメリカ第二の国立公園をひとめ見たいと願ったのではなかろうか。

それにしても、まだまだ日本人が少なかったであろう一九世紀末において、いったいなぜ一介の青年銀行家がアメリカ国民精神運動の象徴とすらみなされるヨセミテに関心を抱いたのか？

それを理解するために、ここでひとまず、祖父の最も簡単な略歴を和歌山県史編纂委員会編『和歌山県史　人物』（和歌山県発行／宮井平安堂頒布、一九八九年）の項目から引く。

図2：巽孝之丞

巽孝之丞　たつみ　こうのじょう

一八六四年―一九三一年　銀行家　岩出市出身　明治一四（一八八一年）父の従兄弟の小泉信吉家の書生となる。一六年横浜正金銀行に入行後、サンフランシスコ、ロンドンの各支店に勤務し、四一年ロンドン支店支配人に就任。その後、日仏銀行取締役を兼任し、大正九年（一九二〇）横浜正金銀行常務取締役となる。その間、八年にはパリ講和会議に全権委員の随員として出席し、財政委員会、損害補償委員会を担当した。一二年関東大震災のため、大蔵大臣の内命を受け、英米財界首脳と会談。ロンドン、ニューヨークに外債引受団を結成して政府公債の募集を成功させた。一四年東京帝国大学経済学部講師となり国際金融論を担当する。昭和六年六月一一日没。（『横浜正金銀行全史』ほか）（『和歌山県史　人物』二八一）

少しだけ補足しておけば、曾祖父は紀州藩の士族・吉川定之進といい、その一女三男の長男である祖父は幼名を吉川豊吉という。徴兵を逃れるために巽音吉の戸籍に入っているので、巽孝之丞というフルネームはそれ以降、自ら考案したとおぼしい。姉はあさおといい、村田家に嫁ぎ、いまでもその子孫は吉川家の出自である岩出市の中野黒木に暮らす。すぐ下の弟は啓次郎といい、中村家の養子となり、のちに衆議院議長を務める。そして末っ子になる弟は吉川栄三郎といい、吉川姓を継ぎ、台湾吉川炭鉱の社長となる。

巽孝之丞の受けた教育は小学校のみの独学であるから、アメリカでいう典型的な「叩き上げの男《セルフメイド・マン》」にほかならない。ところが親族である小泉信吉がまったく同じ和歌山県出身のうえに福沢諭吉の腹心にして慶應義塾第二代塾長を務め、横浜正金銀行設立にも関わる支配人であったという事情も手伝い、祖父は横浜正金銀行ロンドン支店に勤務して業績をあげていた一九〇四年秋、三九歳の時に一時帰国して慶應義塾より「特撰塾員」の資格を授けられている。時に「慶應義塾大学出身」と誤解されるゆえんは、ここにある。しかも、この一時帰国時には小泉家の采配により九州出身の辻しげ子と見合し、華燭の典まで挙げている。かくして正式に塾員となり慶應義塾「社中」の者となった祖父は、のちに明治末期、大正初期の時代のロンドンにおいて、慶應義塾から送り込まれて来た若き留学生たち、小泉の長男小泉信三や水上滝太郎らを大いに世話する。彼らのほうも祖父を「先輩」と呼んで慕い、ストレイタムに聳える豪邸に寄り集っていた。ただし、その時代の話は本稿では中心ではないので、別稿に譲る。（詳しくは拙稿「シャーロック・ホームズの街で——小泉信三、南方熊楠、巽孝之丞」、『三田文学』九四号［二〇〇八年夏季号］六二—九四頁を参照）

世紀末サンフランシスコへ話を戻す。このころ、まだ銀行家のヒヨコであった祖父が、いかにして同時代に起こっていたさまざまな出来事に深い関心を抱く素地を培ったのか。そのネットワークの核心には、当時日本人留学生や移民を積極的に受け入れ、これから始まるアメリカ生活への指導を行なうオリエンテーション機関として名を成した、アメリカ初の日本人団体「サンフランシスコ福音会」が存在している。以下、同志社大学系の浩瀚な共同研究の成果二巻本、すなわち阪田安雄、山本剛郎、飯田耕二郎、新井勝紘、吉田亮編『福音会沿革史料』と同志社大学人文科学研究所編『在米日本人社会の黎明期——「福音会沿革史料を手がかりに」』（ともに現代史料出版、一九九七年）を参照しながら、足跡を追ってみよう。

同組織の設立は一八七七年。サンフランシスコのパウェル街第一会衆派教会に出席していた日本人信徒とメソジスト派中国人伝道部にやってきていた日本人グループが中心となって結成された。その最大の後楯になった人物こそは、同じメソジスト派中国人伝道部総理にして、北米内部において激しい排斥運動の対象となっていた中国人を物心両面で支えたギブスン博士だった。彼は伝道館の地下室を集会所として提供し、中国人たちに聖書のみならず英語をも熱心に教えたのである。中国人と同じく日本人がアメリカで労働しようとすると等しく「苦力《クーリー》」と呼ばれた時代であるから、日本人もまたギブスン博士を頼りにしたのはいうまでもない。極東からの移民の援護とともに教育をも請け負う福音会の始まりが、ここにある。以後、一八八六年には福音会はメソジスト派日本人伝道支部として活動するも、やがて一八九〇年から五年間はメソジスト派から独立して活動するようになり、やがては一八九五年以降の聖公会との同居期を経て、一八九七年からは崩壊期、転じては発展的解消期に入り、聖公会とも正式に分離するに至る。

祖父が加入したのは一八九一年六月、ロンドンへ転勤になるのは一八九二年八月であるからわずか一年余しか在籍してはいない。しかもこの時期に先んじる一八八〇年代には若者の無分別な海外遊学、徴兵逃れの書生の増大を嘆く風潮が日本国内で巻き起こり、かの博物学の巨人・南方熊楠ですら一八八九年二月、留学中のミシガン州アナーバーで発行した日本語新聞『大日本』でそうした日本人遊学生の頽廃はやがて「日本人は不道徳なり、日本国は道なきの国なり」と見下されてしまうのを懸念している。渡米した苦学生を「学僕《スクールボーイ》」と呼べば一応の格好がつきそうだが、日本内部ではそうした存在が国辱ものではないかと断じる風潮が高まっていたのだ。祖父より十歳下で、作家・星新一の父として著名な星製薬創業者・星一もまた、時期は祖父より四年あとになるが、まったく同じサンフランシスコ福音会に身を寄せることで、アメリカ留学の足がかりにしていた。彼をはじめとする当時の学僕たちがいかに辛く挫折に満ちた生活を送ったかについては、星新一による星一伝『明治・父・アメリカ』（筑摩書房、一九七五年）が綴るところである。

この地の日本人あるいは中国人の青年の多くは、スクール・ボーイをやっていた。アメリカ人の中流家庭に、住み込みでやとわれるのである。朝は四時半ごろ起き、八時まで家事を手伝う。それから食事をし、九時にはじまる学校に行く。三時になると帰ってきて、また七時半まで掃除や食器洗いなどの仕事をやるのである。そして、夕食。あとは自由だが、明朝のことを考えると、そう夜ふかしはできない。しかし、生活や勉強は何とかできるのだった。それがスクール・ボーイ。星もそれをやろうと思った。（第八章）

だが、こうしたスクール・ボーイの生活について、ほかならぬ日本人自身からの風当たりが強かったのだ。それについては、こうした日本人学僕《ジャパニーズスクールボーイ》がいつしか欧米的オリエンタリズム、転じてはアジア系差別言説の中核たる黄禍論の絶好の餌食となり、二十世紀初頭、それも日露戦争以降の風潮を承けた一九〇七年には、作家ウォラス・アーウィンがその最も類型的なキャラクター「ハシムラ東郷」を生み出すに至るいきさつを見ればよい（詳しくは宇沢美子『ハシムラ東郷――イエローフェイスのアメリカ異人伝』［東京大学出版会、二〇〇八年］）。

それなら、れっきとした労働者の場合はどうか。日本人の出稼ぎ労働者がアメリカ西海岸へ渡航するようになるのは奇しくもフロンティア消滅の年、一八九〇年だが、その動きもまた、一八九一年には一段と厳しい連邦政府移民法が制定されて、苦境に陥る。連邦議会下院は特別調査委員会を設けて徹底分析した結果、新移民のうちに永住ではなく金儲けだけを意図する一時滞在者、すなわち「渡り鳥」(birds of passage) が多いことに注目し、そうした連中を「好ましからざる外国人」(undesirable aliens) と規定し、それまでの開放的な移民受け入れ政策を百八十度転換させたのである。やがて新しい世紀を迎えて制定されるような「排日移民法」（一九二四年）ほどに人種を特定するものではないが、しかしこの新しい移民法が制定された一八九一年三月の直後には、サンフランシスコから上陸しようとした日本人出稼ぎ労働者のほとんど全員が移民検査官によって上陸禁止と裁定されている。

このように黄色人種に対する締め付けが厳格化をきわめていたまさにその年、一八九一年の六月に祖父は青年銀行家としてみごとサンフランシスコ上陸に成功し、以後、ほんの一年余という短い期間に、サンフランシスコ福音会で大いに活躍した。前述の福音会沿革史料によると、祖父は一八九一年一二月三一日にはメソジスト教会において受洗しており、二月には学術講演会において経済学部門を受け持つことが発表されている。その他の部門では英傑伝を文倉平三郎、地文学（天文学に対応する）を内村弟三郎、衛生学をドクトル浅野山弥、心理学を我孫子久太郎、鬼神伝を地主延之助、建築学を玉井重二郎、化学を秋山林吉、ギリシャ史を池田栄之助、論理学を藤野正利が担当したから、これは当時としてはきわめて高度な知的サロン、今日でいえば限りなく大学の総合講座に近いカリキュラムと見なしてよい。ちょうど同じころ、一八九〇年に慶應義塾が大学部の開設に至っているのも、奇遇以上の出来事だろう。そして福音会の会員たちは、それぞれの学術部門の第一人者による講義を自由に聞くことが許されたのだ。祖父自身は一八九二年一月十六日の演説会では「銀貨問題」を、七月九日の演説会では「時事——近時の出来事であるホームステッド鉄工所職工同盟利罷工の顛末」を、それぞれのテーマとして講演したと記録されている。そればかりではない。銀行員としての能力に目をつけられたのか、この二年間のあいだに福音会の執行部スタッフとして、建築のためと称する別途金積立委員やら訪問委員、学務委員、日曜学校委員まで多くの役職を兼任し、九二年七月十一日には聖書朗読まで担当している。しかも一八九二年八月二十日の〈福音会月報〉第十六号には「夜学校寄付金の納入者名」なるリストが発表されているのだが、三三名の寄付者のうち会員枠のトップには七ドル五〇セント、すなわち二一世紀現在において一八三ドルほど（日本円換算二万円？）を寄付した巽孝之丞の名前が来ている。そのほかの人々のうちにはこれほど高額の寄付者はいないのだから、この金額は当時の横浜正金銀行がいかに高給であったかを物語る。さらには、祖父は福音会にはひとかたならぬ恩義を感じ、転勤以後のロンドン便りもしきりによこしたようで、ウェスレアン教会の会員になったという消息も見える。

以上、長々とサンフランシスコ福音会の構成を述べたのは、これが必ずしも宗教組織や簡易宿泊所と限らず、今日でいう大学にも似た一大知的ネットワークの中枢であり、そこで飛びかったであろう膨大な知識や情報を前提にしてみれば、同時代サンフランシスコ近郊に起こっていたこと、具体的には、時代がフロンティアの消滅とともに自然保護運動の勃興を迎えたことは、よほど鈍感な知性でない限り容易に感得したはずと思われるからだ。そしてこの時、ヨセミテという荘厳なまでの原生自然を擁した国立公園がいよいよ制定されたというニュースを小耳にはさんだ祖父は、もともと自然観察や天文学が好きであったから、ひょっとしたら故郷和歌山の紀の川や熊野の大自然を想起したのかもしれない。そして、この時働いたであろうひとつのカンは、世紀転換期を超えて、ひとつの環太平洋的な運動へ結実する。

三　ヘッチヘッチーから熊野へ

昭和を代表するSF作家小松左京が石油危機の年、一九七三年に放った国民的ベストセラー『日本沈没』は何度読み返しても圧倒的な緊迫感と深遠な洞察力にあふれているが、その第二章「東京」には、天変地異の謎を解く鍵を握る変人・田所博士の出身が語られる箇所がある。主人公の小野寺が「田所先生のご出身は、どこです？」と尋ねるのを承けて、幸長助教授はこう答える。

「和歌山だ。――あそこはふしぎな所だね。紀伊国屋文左衛門の伝統かしらんが、時々ああいう、スケールの大きい学者が出る。南方熊楠とか、湯川秀樹とか……」（小学館文庫版、上巻）

まことに興味深い見解である。この省察に因み、和歌山の「ふしぎ」の解明になるかどうかはわからないが、祖父周辺から再構築してみるなら、この地方は親族にして恩人たる小泉信吉をはじめ、慶應義塾に初めて留学制度を作る鎌田栄吉塾長の郷里でもあるうえに、紀州徳川家が代表する藩閥の根拠でもあることを、確認しておきたい。そして紀州藩が生み出した逸材というのは、なぜかみな日本から世界へと雄飛する国際的志向性を共有していたのだ。

図3：南方熊楠

かくして、この南方熊楠と同郷である祖父がロンドンにてきわめて親密な時間を過ごしたのは、当然であった。熊楠は一八九二年にアメリカからイギリスへ渡り、九月にロンドンに到着しているから、これは祖父のロンドン到着のちょうど一ヶ月後にあたる。以後、熊楠が夏目漱石と入れ替わりで帰国する一九〇〇年まで、ふたりは学者と銀行家という職種のちがいを超えて熱く語り合った。世界中の見聞を広めていた熊楠が巽孝之丞に頼まれて世界の貨幣の査定を行なったこともあったし、前者が学術誌へ発表する英文論考を後者がゲラ段階で校閲したこともあった。とりわけ熊楠が『ネイチャー』一八九四年十一月八日号に発表した「北方に関する中国人の俗信について」をめぐっては、それを一読した孝之丞がさっそく感想をしたためた、十一月十三日の書簡が残っている。

まずは熊楠の「北方に関する中国人の俗説について」はどんな論考だったのか、簡単に概観しておこう。これは社会進化論学者ハーバート・スペンサーが一八七〇年代から九〇年代まで書きついだ『社会学原理』を批判的に応用し発展させたものだ。スペンサーは、ある民族が移動すると、かつていた場所への憧憬の念が起こり、それが異界すなわち死者が赴くべき国と信じられたのではないかという仮説を展開したが、熊楠はこれを承けて、中国では多くの文献が北方こそは死者が赴く国とされているから、それはとりもなおさず古代中国人が北方から南方へ移動したことの証左ではないか、と推論したのである。

ありとあらゆる負の性質をもつものとして、思いあたるものは「死」にほかならない。そこで、中国で北方と負とが結びつけられていることの起源を、北向きに死者を埋葬する風習にたどるのはまったく理にかなっていると思われる。その風習の起源はまた、古代の中国人が北方から移動してきたことに由来すると、容易に推論することができる。十月十六日、W・ケンジントン、ブリスフィールド・ストリート十五 南方熊楠

（飯倉照平監修、松居竜五、田村義也、中西須美訳『南方熊楠英文論考［ネイチャー］誌篇』［集英社、二〇〇五年］、一一四）。

この熊楠論考の掲載が決まったことをあらかじめ聞いていた孝之丞は、雑誌の発売をいまかいまかと楽しみにしていたらしい。なにしろ間違って掲載号の前号を買い求めたところ「ハックスレイ博士の自惚れ寝言以外、小生の如き大学者が閲読の労を取る程のものもなく、まず五ポンド半ほどの大損を致したり」とユーモラスに記したのちに、次号を買い求めたら熊楠論考が載っていたので「一読君の博識に驚きたり」と反応し、その引用と未知の資料のおびただしさから

「定めし当国人は君の大学者なるを誦し居るらん」と絶賛を惜しまない。ただし、その後半が長い。彼は熊楠の中国人北来説に関連して日本人北来論を「最も手近にして最も確か」な説として展開する。その根拠は言語の起源に基づけばたちまち明らかになるという。

北は土音キタなり。即ち来（キタ）るなり。これ北方より来れりと云う第一の証拠なり。また逃はニグルなり。ニグルのグルは来るなり。また敗北もニグルと訓す。敗はニにして北は来（ク）るなり。或は初め二人来るという意味ならんか。また不潔をキタナイと訓す。案ずるに吾等の祖先の居りし北方の地は甚敷く不潔の地にて到底住居成り難く、遂に臭気に敗北して逃げ来たるものなる事必然なり。右等の証拠にて充分日本人北来延て支那人北来論を論断するに定る。何ぞ陳奮漢百科全書的の論証を連ぬるを要せんや。

右の議論は最も斬新にして、貴兄の如き大学者も定めし唖然たるならんと推察致候。小生も実は我ながら感心致候なり。日曜日にはご在宅の由、何れそのうち参館ご教示を乞う可かりと相楽居候。

一読するやいなや、誰しも吹き出してしまうのではなかろうか。孝之丞は著書を残しておらず、膨大な書物や資料を収めた牛込の自邸の蔵も第二次世界大戦で焼失してしまったが、ここに残された南方熊楠宛の書状からは、自身を相手と同等の「大学者」と規定した上で、本気とも冗談ともつかぬ仮説を繰り出して行く口ぶりが窺われ、ふだんから忌憚ない会話を楽しむ親友同士のみに許されたユーモアが伝わって来る。時に孝之丞二十九歳、熊楠二十七歳。かつて捕鯨船員であったアメリカ作家ハーマン・メルヴィルは「わたしの人生は二五歳から始まった」と述べたが、その意味で言えば、二十代後半のふたりは、ともにそれぞれの仕事の領域で脂が乗り始め、前途洋々、将来への期待に胸ふくらませていた時期であったろう。そんな時期に、独学で学際的な知識を培った孝之丞が少し年下の同郷人で東京帝国大学出身の熊楠を可愛がり、時にその学者的生真面目さを茶化してみせるかのようなトーンからは、ふだんのふたりの交流が目に浮かぶようだ。現代人が読めば、日本人北来説はたんなる駄洒落ではないかと即断するかもしれないが、しかし莫大な文献学的知識が言語内部の歴史的秘密を解明することは珍しくなく、それは熊楠自身の方法論の一環でもあった。

ここで、孝之丞が自身の名前について語ったとされる抱腹絶倒のエピソードのひとつとして、「孝」の一字をめぐる再解釈を導入しよう。わたし自身、これは孫である自分の名前にも継承されてはいるものの、てっきり儒学的な概念で、たとえば伊藤仁斎が「仁義」に至る経路にして「学問の本根」と呼ぶ「孝弟」から来ているものと考えていた。しかし孝之丞はおもしろおかしく、「孝」の一語をバラすと「土」と「ノ」と「子」、すなわち「ツチノコ」になるのだとよく説明していたらしい。ツチノコは幻の蛇とも妖怪とも云われ、実在するのか非在なのかという論争は引きも切らず、現代でも一九七〇年代のブーム以降、マンガやアニメ、テレビドラマのモチーフになることが多い（伊藤龍平『ツチノコの民俗学——妖怪から未確認動物へ』〔青弓社、二〇〇八年〕）。しかし、この起源については、南方熊楠が一九一四年から二十三年までの雑誌連載をまとめた『十二支考』のうちの「異様なる蛇ども」と題する一章が「野槌」（ノヅチ）すなわち「目鼻手足なく口ばかりありて人を食う」と紹介し、その図体が大砲のようなので「野大砲」（ノオオヅツ）とも呼ばれ、かつては蝮が「乃豆知」（ノヅチ）と呼ばれたと文献学的に解説している。のちに柳田国男も『妖怪名彙』（一九二四年）で「テンコロコロバシ」「ツチコロビ」「ヨコヅチヘビ」「ツトヘビ」という名でツチノコを再定義し、目撃者はいても実在はしないという前提で語っている。ツチノコの民間伝承は奈良県など関西方面に多いので和歌山出身の祖父が知っていてもおかしくはないが、自身の一見したところ儒教的に映る名前さえそうした未確認動物を二重写しにした言語遊戯として、しかも文献学的／語源学的蘊蓄を傾けて楽しんでいたとしたら、ロンドン時代の南方熊楠との対話もさぞかし笑いがたえなかったろう。グラスを傾けながら、いつまでも続く談論風発だったにちがいない。そして、このような会話をきりもなく交わすうちに、孝之丞がサンフランシスコ時代に訪れたヨセミテ国立公園の話題が飛び出したとしても、まったく不思議ではあるまい。

以上、南方熊楠と祖父との交友をじっくり再確認したのは、この時代の自然観が近代科学的観察とともに民俗学的伝承と切っても切れないかたちで形成されていたからだ。そして、そのような言説空間で醸成された自然がいざ破壊されんというとき、熊楠はいてもたってもいられなくなり、腰を上げている。彼は帰国後の一九〇九年、毛利柴庵の主宰する〈牟婁新報〉九月二九日号の一面に神社合祀反対意見を掲載し、いよいよ自然保護運動に乗り出すのだ。

神社合祀の動きは、一九〇六年に二つの勅令が発布されたことに端を発する。一つは同年五月の「府県郷社ニ対スル神饌幣帛料ノ供進」で、幣帛料を官費で供進することを公布したもので、もうひとつは同年八月の「社寺合併並合併跡地譲与に関する」で、これはひとつの村に複数の神社がある場合にはそれを合併させ一つにまとめてしまい、残った神社の財産は、神林を含めて処分し、その利益を以て神職の給与の原資にすることを約束したもの。いったいぜんたい、日清戦争、日露戦争のあとにどうして神社合祀の動きが高まり法定化すらされたのか。ひとつには、日清戦争のあとに木材価格が高騰し、地元のみならず阪神や名古屋の業者までが熊野に入り込み、自然植生である照葉樹林を膨大に刈り込んでいたという事情がある。紀州藩は江戸時代には「六木」と称する松・杉・檜（ヒノキ）・欅（ケヤキ）・柏・楠を留木としてむやみに伐採するべからずと厳命していたが、文明化の波には逆らえなかったのだ。さらに日露戦争が終わると、もうひとつ、たんなる中央集権化にとどまらず、戦争に拠る膨大な債務の返納という課題とともに、さらなる軍事拡張と国民統合をなさんとするナショナリズムの勃興が見られたことを考慮せねばならない。あらゆるナショナリズムはまずは愛郷心、転じては地方改良運動を促進するところから始まるとすれば、国家が一村一社を原則にして神社を統合・売却し、地方財政の破綻を救うとともに、伊勢神宮と靖国神社を頂点とする国家神道体制を整備して、総力戦に対応しうる神国日本を確立しようとしたのは理の当然であった。そして、まさにこの歩みにこそ、ひとつの巨大な陥穽があることは、武内善信が『闘う南方熊楠——「エコロジー」の先駆者』（勉誠出版、二〇一二年）で述べている。「この政策の最大の弊害は、神社と鎮守の杜が消滅することにより、自然的・社会的・歴史的環境が破壊される点にあった」（同書第四部　一二八）。それは奇しくも、十九世紀末、領土拡張主義政策と帝国主義的近代化の波に乗りフロンティア消滅をもたらしたアメリカ人がそれに伴う自然破壊、人命抹殺への反省から自然保護運動に乗り出した構図を彷彿とさせる。

熊楠の神社合祀反対運動は一九〇九年から一二年までの三年間、すなわち明治から大正へ移行する期間で一段落する。この時、彼が〈牟婁新報〉一九一〇年一月十八日号から三月二十四日号まで断続連載した「神社合祀反対意見」のうち三月一五日号において、アメリカにおける自然保護運動に着目し「数年前、利慾一遍の加州ヨセミテ渓の水流利用案の如きも右保勝のため大に制限された」と綴ったのは、とりわけ注目に価しよう。というのも、これは明らかに前掲ジョン・ミューアが中心となり、ヨセミテ国立公園でもひときわ絶景を誇るヘッチヘッチー渓谷からサンフランシスコへ水を引くべく提案されたダム建設計画へ抗議する反対運動を指しているからだ。巽孝之丞から漏れ聞いたかもしれぬヨセミテ国立公園でこのダム建設計画が提唱されるのは一九〇八年だから、熊楠が神社合祀反対運動に乗り出す一年前のことである。彼はミューアらの反対運動に神社合祀反対運動と相通ずる声色を聴き取ったにちがいない。

ここで注目すべきは、彼が支援を求めた人々のうちに当時の代表的人類学者であった坪井正五郎らとともに、衆議院議長を務める中村啓次郎（一八六七年―一九三七年）が含まれていたことだ。前述のとおり、中村は巽孝之丞の三つ下の実弟で、熊楠とは同い年にあたる。吉川家から中村家の養子となり、中央大学を卒業し、台湾で弁護士を開業したのちに、一九〇八年、和歌山県より出馬し衆議院議員に当選している。熊楠の神社合祀反対運動に共鳴した彼は三十名の議員の賛同を得て、第二十六回帝国議会において、他二名との連名により、一九一〇年三月十八日付で「神社合祀ニ関する質問主意書」を提出し、それが平田東助内務大臣の簡単な答弁書で却下されると、ただちに三十二名の賛同者を得て同日付で「神社合祀ニ関する再質問主意書」を提出し、衆議院で長い質問演説を行なっている。それにより、平田が徐々に理解を示すようになり、四月の地方長官会議では「財政的理由に基づく一律の合祀の強制」を戒めるに至る（武内二四五）。

この運動において興味深いのは、熊楠と彼がいかに親交を深めていたかを物語るエピソードがあることだ。彼は一九一一年の『南方二書』で、前掲中村啓次郎の衆議院質問演説を指し「これは小生が起草して中村氏が整頓したるを演説せしものに候」と記しているが、武内善信氏の調査によると、どうやらこれは熊楠一流のハッタリで、事実ではない。中村がこうした行動に動いたのは、熊楠の記事が参考になった影響だとしても、熊楠側がフライングめいた記述を残してしまったのは、両者の親密度の表明と受け取れる。しかし中村がその二年後、第二八回帝国議会で、六十三人の議員の賛同を得て、一九一二年二月二十八日付で「神社合祀奨励に関する質問主意書」を提出し、三月一二日に質問演説を行なった時には、たしかに熊楠が草稿を提供し、それをもとにした中村の執筆原稿ともども、南方熊楠顕彰館に所蔵されているのを確認することができる（武内 二四七）。かくして紀州藩出身の銀行家・巽孝之丞と衆議院議員・中村啓次郎の兄弟は、片やロンドンにおいて、片や和歌山において、まったく異なる文脈ではあるものの、同郷の大知識人、南方熊楠を強く支えたことになる。

ヨセミテ国立公園と和歌山神社林の類推は、必然的にミューアにおける自然保護運動と熊楠の神社合祀反対運動の類推を導く。それはフロンティア消滅後に帝国主義化するアメリカ合衆国と日清・日露両戦争のあとに神国化する日本とのはざまに横たわる環太平洋的比較生態学研究の可能性としても興味深い。だが、そうした帰結を考えれば考えるほど、わたしはたえず、一八九一年から九二年にかけてのある日のアメリカ西海岸で、巨大なトンネル・ツリーの下で微笑むひとりの日本人青年がいたことを、思い出すのだ。

おわりに

本書『エコクリティシズムの波を超えて──人新世の地球を生きる』は、エコクリティシズム研究学会（以下、学会と省略）出版計画委員会（上岡克己委員長）の企画により、それぞれの執筆者が独自の視点からエコクリティシズムによる作家、作品、テーマ研究を追求した研究論集である。本書のタイトル、本書の内容は学会の歴史と密接な関係があり、ここにその沿革と本書との関連を簡単に触れたい。

本学会は、一九九四年六月にスコット・スロヴィック教授が広島大学で行った講演「ネイチャーライティングについて」、およびセミナー「エコクリティシズムについて」が出発点となり、以後、伊藤詔子代表を中心に環境文学とエコクリティシズム研究を中心に活動を展開してきた。二〇一六年一〇月現在、二九回の研究大会の開催、機関誌『エコクリティシズム・レヴュー』の刊行、シリーズ「エコクリティシズム研究のフロンティア」などの研究書、論集、翻訳書、ガイドブック等、合計八冊におよぶ書籍の出版、テリー・テンペスト・ウィリアムス来日記念談話会や各種セミナー開催などの活動を重ねてきた。本書の序章は、学会の顧問でもあるスロヴィック教授の最新の論考である。その内容はエコクリティシズムの歴史と動向を俯瞰した論考となっており、まさに本学会にとって象徴的な意味をもつものである。本書のタイトルにある「エコクリティシズムの波」と「人新世」は、いずれもスロヴィック教授が序章で用いた表現である。エコクリティシズムは現代の困難を乗り越える文学研究の学際複合的方法論であり、これまでいくつかの波を形成してきた。なおもこの批評はあらゆる環境破壊が進む現代社会を生きるダイナミックな文学研究のかたちを目指している。「人新世」(Antropocene) とは、地質学の用語として人類の活動が地球環境を変化させる新たな地質年代に突入しているとする認識を示すことばである。本書の筆者たちはその認識のもと新しい地球環境意識でエコクリティシズムによる文学研究に取り組むものである。

学会の当初のメンバーはアメリカ文学の研究者が中心であり、本書でもアメリカの古典を起点に、各地域の文学・現代文学に新しい可能性を見いだそうと試みる論考が並ぶ。アメリカ文学には常に新しい発見があり、「環太平洋」の視点から、これからも日本にとって特別な存在であり続けることは間違いない。また、「ＳＦ」というジャンルや「ポストヒューマン」や「ディストピア」等、新たな座標軸からエコクリティシズムの新領域を探る会員の研究は従来の文学研究を超える挑戦である。

当初は小さな研究会として発足した学会は、次第に様々な地域からの会員を集め、英文学、アラスカ、カナダ、オーストラリア、ブラジル、アジア系、日系、核文学、比較文学など専門領域が拡大し、二〇一五年には世界的な組織である ASLE（文学環境学会）の提携機関としての活動を認定された。また、二〇一六年には多民族研究学会との共同大会（SES-J/MESA 合同大会）を東京で開催し、そこで特別講演の講師としてスロヴィック教授を招聘したことも特筆すべきことである。本書でも、民族や文化についての多彩な論考が加わり、それは近年のエコクリティシズムの分野的な広がりと、その文化的多様性と価値を認めていく姿勢を反映している。

本書はまた、われわれにとって身近な問題として存在してきた「核」を新たなアプローチでとらえ直した論考も並ぶ。これまでも学会はシンポジウムや研究論集でも「核」や「原爆文学」に焦点を当ててきたが、今後も学会独自のメッセージの発信を期待させる内容となっている。終章には、学会の顧問のおひとり、巽孝之教授による壮大な歴史ドラマが本書のテーマを根底から支えている。

このように、本書はエコクリティシズム研究学会の二十年以上にわたる研鑽によって生み出されたものだが、本書の完成には多くの方の多大な尽力があった。編集委員の方々には、それぞれ役割を分担し、辛抱強く編集作業を続けて頂いた。特に、創設から現在まで学会を牽引されてきた伊藤詔子代表は、本書でも中心的役割を果たして頂いた。最後になったが、音羽書房鶴見書店の山口隆史社長には、長きにわたり学会の活動をご理解頂き、これまで同様に今回も大変お世話になった。執筆者一同、心から謝意を表したい。

二〇一七年三月

本書編集委員長　塩田　弘

サ

タ

人名・事項索引

ア

アーヴィング、ワシントン (Irving, Washington) 23, 26
アウトカ、ポール (Outka, Paul) 114, 231, 236
アダムソン、ジョニ (Adamson, Joni) 8–9, 109
アトウッド、マーガレット (Atwood, Margaret) 210–13
アトランティック・カナダ xv, 183–85, 189, 193–94, 197
アナーヤ、ルドルフォ (Anaya, Rudolfo) xviii, 323–39
アメリカの夢 332
アライモ、ステーシー (Alaimo, Stacy) 3–4, 10
アンサルドゥーア、グローリア (Anzaldúa, Gloria) 323, 333
アンビエンス（アンビエント） 293–96, 300, 303
イーノ、ブライアン (Eno, Brian) xvii–xviii, 291–96, 299–300, 303–04
インディアン xiv, 20–21, 26–31, 33, 35, 40–42, 47, 77, 85, 118–19, 167, 169, 391, 403–06
ヴィゼナー、ジェラルド (Vizenor, Gerald) xix, 371–72
ウィットナー、ローレンス・S (Wittner, Lawrence S.) 341
ウィリアムソン、ヘンリー (Williamson, Henry) xiv, 126–40
　『かわうそタルカ』(*Tarka the Otter*) 127–35, 138–40
　『鮭サラー』(*Salar the Salmon*) 127–31, 138
上田早夕里 xvii, 275–90
　『オーシャンクロニクル』 xvii, 275–90
　『華竜の宮』 276, 278, 282–87
ウェルズ、H・G (Wells, H. G.) xvi, 203–04, 340–42
ウォールド、プリシラ (Wald, Priscilla) 379
ヴォネガット、カート (Vonnegut, Kurt) xvi–xvii, 246–58, 260
　『チャンピオンたちの朝食』(*Breakfast of Champions*) 254–55
　『スラップスティック』(*Slapstick*) xvii, 246–58
ウォリス、ヴェルマ (Wallis, Velma) 171
宇宙対話譚 112、115–16
ウラニウム（鉱）、ウラン（鉱石） xviii, xx, 187, 192, 194, 308, 324, 327, 340, 384–89, 393–97
疫病（グレート・シックネス） xv, 31, 168, 174–78, 180, 247, 255–56, 379
エコ・コスモポリタニズム xx, 9, 109, 386–87, 397–98
エコロジー xv–xvii, 2, 82, 112–13, 115, 121, 183, 200, 203–04, 206, 211, 213, 246, 251, 253, 277
エマソン、ラルフ・ウォルドー (Emerson, Ralph Waldo) 25, 90, 114, 405–06
沿海諸州 184, 197
エンゲルス、フリードリヒ (Engels, Friedrich) 233–34
オーシャン・スタディーズ 37
オーデュボン、ジョン・ジェイムズ (Audubon, John James) xi–xii, 20–36
　『鳥類の生態』(*Ornithological Biography*) 20–29, 31–35
　「ミシシッピ・リヴァー・ジャーナル」(“Mississippi River Journal”) 29–30
　「ミズーリ・リヴァー・ジャーナル」(“Missouri River Journal”) 29–31
オートマトン 218, 224–26, 228
オゼキ、ルース・L (Ozeki, Ruth L.) xiv, 155–66
　『あるときの物語』(*A Tale for the Time Being*) 164, 363–64
　『イヤー・オブ・ミート』(*My Year of Meats*) xiv, 155–66
　『オール・オーバー・クリエーション』(*All Over Creation*) 164

カ

カーソン、レイチェル (Carson, Rachel) xiv, 25, 126–40, 248
　『潮風の下で』(*Under the Sea-Wind*) xiv, 126–40
　『センス・オブ・ワンダー』(*The Sense of Wonder*) 136–39
　『沈黙の春』(*Silent Spring*) xiv, 126, 248
ガード、グレタ (Gaard, Greta) 10, 17, 163

ィック・伊藤詔子・吉田美津・横田由理編、『エコトピアと環境正義の文学——日米より展望する広島からユッカマウンテンへ——』晃洋書房、2008 年、292–304。

松永　京子（まつなが　きょうこ）※副編集委員長

神戸市外国語大学准教授

共編著　『カウンターナラティヴから語るアメリカ文学』伊藤詔子監修、新田玲子編、音羽書房鶴見書店、2012 年、310–326。

共著　“Bridging Borders: Leslie Marmon Silko's Cross-Cultural Vision in the Atomic Age.” *Critical Insights: American Multicultural Identity*. Ed. Linda Trinh Moser and Kathryn West. Ipswich, MA: Grey House Publishing/Salem Press, 2014. 170–87.

共著　“From Apocalypse to Nuclear Survivance: The Transpacific Nuclear Narrative in Gerald Vizenor's Hiroshima Bugi: Atomu 57.” *Sovereignty, Separatism, and Survivance: Ideological Encounters in the Literature of Native North America*. Ed. Benjamin Carson. Newcastle, UK: Cambridge Scholars P, 2009. 110–28.

真野　剛（まの　ごう）

海上保安大学校准教授

共編著　『オルタナティヴ・ヴォイスを聴く：エスニシティとジェンダーで読む現代英語環境文学 103 選』伊藤詔子監修、編集：浅井千昌、城戸光代、松永京子、真野剛、水野敦子、横田由理編、音羽書房鶴見書店、2011 年。

共著　下楠昌哉編『イギリス文化入門』、三修社、2010 年。

共著　「ジョン・ミューアの求めた聖地の変容――国立公園のポリティックス」『エコトピアと環境正義の文学――広島からユッカマウンテンへ』スコット・スロヴィック、伊藤詔子、吉田美津、横田由理編集、晃洋書房、2008 年、95–108。

三重野　佳子（みえの　よしこ）

別府大学教授

論文　「ユダヤ系作家の描く牧歌――マイケル・シェイボン『ワンダー・ボーイズ』に見る牧歌の変容」『別府大学紀要』第 53 号、2012 年、27–37。

共著　「主人公たちはなぜイタリアにいるのか」田中久男監修、早瀬博範編、『アメリカ文学における階級――格差社会の本質を問う』、英宝社、2009 年。

共著　『オルタナティヴ・ヴォイスを聴く――エスニシティとジェンダーで読む現代英語環境文学 103 選』伊藤詔子監修、横田由理、浅井千晶、城戸光世、松永京子、真野剛、水野敦子編、音羽書房鶴見書店、2011 年。

水野　敦子（みずの　あつこ）

山陽女子短期大学教授

共著　「太陽の道とマジックリアリズム――アナーヤの越境とポストコロニアリズム」伊藤詔子監修、新田玲子編、『カウンターナラティヴから語るアメリカ文学』、音羽書房鶴見書店、2012 年、210–223。

共編著　『オルタナティヴ・ヴォイスを聴く――エスニシティとジェンダーで読む現代環境文学 103 選』伊藤詔子監修、横田由里・浅井千晶・城戸光世・松永京子・真野剛・水野敦子編、音羽書房鶴見書店、2011 年。

共著　「アナーヤのアストランへの帰還――言語、記憶、「関係」の詩学」スコット・スロヴ

David Farnell（デビッド・ファーネル）

福岡大学教授

共　著　*Perceiving Evil: Evil, Women and the Feminine*. David Farnell, Rute Noiva and Kristen Smith. Oxford: Inter-Disciplinary Press, 2015.

論文　"The Case for Ecotopian Revolution in Kim Stanley Robinson's *Mars Trilogy* and *2312*." *Ecocriticism Review* 8 (2015): 70–77.

論文　"Unlikely Utopians: Ecotopian Dreaming in H. P. Lovecraft's 'The Shadow over Innsmouth' and Octavia Butler's *Lilith's Brood*." *Changing the Climate: Utopia, Dystopia, and Catastrophe*. Ed. Andrew Milner, Simon Sellars, and Verity Burgmann. North Carlton, Australia, 2011. 141–56.

深井　美智子（ふかい　みちこ）

神戸女子大学非常勤講師

共著　『オルタナティヴ・ヴォイスを聴く――エスニシティとジェンダーで読む現代英語環境文学 103 選』伊藤詔子監修、音羽書房鶴見書店、2011 年。

論文　"A Way to Freedom in *Women of The Silk* by Gail Tsukiyama" *Tabard* 21、神戸女子大学英文学会、2006 年、55–65。

論文　「境界線を超えるもの――Gail Tsukiyama の *Dreaming Water* を通して」*AALA Journal* 9、2003 年、40–46。

藤江　啓子（ふじえ　けいこ）※編集委員

愛媛大学教授

単著　『資本主義から環境主義へ――アメリカ文学を中心として』（エコクリティシズム研究のフロンティア 6）英宝社、2016 年。

単著　『空間と時間のなかのメルヴィル――ポストコロニアルな視座から解明する彼のアメリカと地球（惑星）のヴィジョン』晃洋書房、2012 年。

翻訳書　『アメリカの文化――アンソロジー』アンネシュ・ブライリィ他編、大阪教育図書、2012 年。

牧野　理英（まきの　りえ）

日本大学教授

共著　「ヒサエ・ヤマモトの作品におけるカトリック的モチーフとトラウマの実験的語り――「ハイヒール」再考」、『憑依する過去：アジア系アメリカ文学におけるトラウマ・記憶・再生』小林富久子監修、石原剛、稲木妙子編、金星堂、2014 年。

論文　"Absent Presence as a Non-Protest Narrative: Internment,Interethnicity, and Christianity in Hisaye Yamamoto's "The Eskimo Connection."" *JAAS* (*Japanaese Association of American Studies*) 26 (2015): 76–99.

論文　"Between Ishmael and Tashtego." *Leviathan* 18.1 (2016): 81–83.

芳賀　浩一（はが　こういち）

城西国際大学准教授

共著　「自然への欲望と近代──大江健三郎による『同時代ゲーム』から『M/Tと森のフシギへの物語』への書き換えと自然位相の変化」小谷一明、巴山岳人、結城正美、豊里真弓、喜納育江編、『文学から環境を考える──エコクリティシズムガイドブック』、勉成出版、2014年、154–171。

論文　「東日本大震災から読む佐伯一麦『還れぬ家』」『文学と環境』第18号、2015年、17–30。

論文　「グローバル化と本物への欲望：吉本ばなな『キッチン』における食の表象」『文学と環境』第16号、2013年、9–20。

浜本　隆三（はまもと　りゅうぞう）

福井県立大学学術教養センター専任講師

共著　「「彼岸」なきハックのダンス・マカーブル──一九世紀進化思想の自然観とマーク・トウェイン」『文学から環境を考える──エコクリティシズムガイドブック』小谷一明他編、勉誠出版、2014年、135–153。

共訳書　『マーク・トウェイン完全なる自伝』（第1巻）、柏書房、2013年。

共著　「『ハワイ通信』とブラウン──若きマーク・トウェインの旅の書き方」『若きマーク・トウェイン──“生の声”から再考』和栗了編著、大阪教育図書、2008年、101–120。

原田　和恵（はらだかずえ）

マイアミ大学アシスタント・プロフェッサー

論文　“Posthuman Worlds: Coexistence and Coevolution in Ueda Sayuri's *The Ocean Chronicle*,” *Ecocriticism Review* No.8. (July 2015) pp. 26–35.

論文　“The Symbiotic Cycle and the Parodic Performance of the Mother-Daughter in Ôhara Mariko's *Hybrid Child*,” *Proceedings of Association for Japanese Literary Studies: Performance and Japanese Literature* Vol.15. (Summer 2014) pp.163–171.

論文　“Lesbianism and the Writing of Yoshiya Nobuko in the Taishô Period,” *Across Time and Genre: Reading and Writing Women's Texts, Conference Proceedings*. U of Alberta, 2002, pp. 65–68.

日臺　晴子（ひだい　はるこ）

東京海洋大学教授

単著　*From Dandies to Automatons: A Study of the Self in Oscar Wilde's Four Comedies*. Tokyo: Tokyo Kyogakusha, 2007.

共著　『イギリス文化入門』下楠昌哉編、三修社、2010年。

論文　「博物学と近代海洋動物学の狭間で──H. G. ウェルズの「深淵にて」における権威なき深海観察」『エコクリティシズム・レヴュー』巻6号、2013年、41–52。

辻　祥子（つじ　しょうこ）

松山大学教授

共著　「語り直される『痣』の物語――ホーソーンからオーウェル、モリソン、ジュライへ」成田雅彦、西谷拓哉、高尾直知編、『ホーソーンの文学的遺産』開文社、2016年、147–170。

共編著　「女奴隷とトランスアトランティック・アボリショニズム――ハリエット・ジェイコブズの「自伝」と手紙に見る戦略」倉橋洋子、辻祥子、城戸光世編、『越境する女――19世紀アメリカ女性作家たちの挑戦』開文社、2014年66–92。

共著　"Melville's Criticism of Slavery: American Hispanophobia in Benito Cereno." Ed. Arimichi Makino. *Melville and the Wall of the Modern Age*. Tokyo: NAN'UN-DO, 2010, 121–142.

中村　善雄（なかむら　よしお）

ノートルダム清心女子大学准教授

共編著　『ヘンリー・ジェイムズ、いま――歿後百年記念論集』里見繁美・中村善雄・難波江仁美編著、英宝社、2016年。

共著　「ホーソーンの鉄道表象――「天国行き鉄道」を巡るピューリタン的／アフロ・アメリカン的想像力」成田雅彦・西谷拓哉・高尾直知編著、『ホーソーンの文学的遺産――ロマンスと歴史の変貌』、開文社、2016年、357–378。

共著　「電信とタイプライターの音楽と駆動する情動――メディア・テクノロジーに囚われしジェイムズ」竹内勝徳・高橋勤編著、『身体と情動：アフェクトで読むアメリカン・ルネサンス』、彩流社、2016年、145–162。

中山　悟視（なかやま さとみ）

尚絅学院大学准教授

共著　「生暖かい終末――冷戦作家ヴォネガット」村上東編著、『冷戦とアメリカ：覇権国家の文化装置』臨川書店、2014年、147–169。

共著　「テクノロジーへの反発――ヴォネガットのラッダイト主義」巽孝之監修、『現代作家ガイド6 カート・ヴォネガット』彩流社、2012年、123–132。

論文　「アメリカ化されたBilly Pilgrim—*Slaughterhouse-Five*における"Tralfamadore"という表象」『東北アメリカ文学研究』23号、2000年、66–81。

林　千恵子（はやし　ちえこ）

京都工芸繊維大学教授

共著　「ワタリガラスの神話――ハイダ族の神話と歴史をもとに」松本昇、西垣内磨留美、山本伸編『バード・イメージ――鳥のアメリカ文学』金星堂、2010年、43–58。

論文　「アラスカ先住民族クリンギットの口承伝統――『わたしたちの祖先』をもとに」『多民族研究』第6号、2013年、93–114。

論文　「サバイバル物語が示唆するもの――アラスカ・ネイティヴ文学の現在」『多民族研究』創刊号、2007年、116–132。

Michael Gorman（マイケル・ゴーマン）

広島市立大学准教授

論文　「広島からはじまる風景――ニュークリアリズムと冷戦アメリカ文化」『核と災害の表象――日米の応答と証言』熊本早苗、信岡朝子編、英宝社、2015年、23–47。

共著　"Unspoken Histories and One-Man Museums: Lingering Trauma and Disappearing Dads in the Work of Chang-rae Lee." *Critical Insights: American Multicultural Identity*. Ed. Linda Trinh Moser and Kathryn West. Ipswich, MA: Grey House Publishing/Salem Press, 2014. 75–90.

共著　"Jim Burden and 'the White Man's Burden': *My Ántonia* and Empire." *Bloom's Modern Critical Interpretations: Willa Cather's* My Ántonia. Ed. Harold Bloom. New York: Harold Bloom's Literary Criticism, 2008. 117–39.

塩田　弘（しおた　ひろし）※編集委員長

広島修道大学教授

単著　『ゲーリー・スナイダーのバイオリージョナリズム』雄松堂書店、2004年。

共著　「スナイダーと曼荼羅――『終わりなき山河』の世界観」伊藤詔子監修、新田玲子編、『カウンターナラティヴから語るアメリカ文学』音羽書房鶴見書店、2012年、296–309。

論文「テス・テーラー『飼料小屋』における歴史観の形成――トーマス・ジェファーソンのDNAと人種問題をめぐって」『広島修大論集』55巻2号、2015年、91–102。

Scott Slovic（スコット・スロヴィック）

アイダホ大学教授

共編著　*Numbers and Nerves: Information and Meaning in a World of Data*. Eds. Scott Slovic, and Paul Slovic. Corvallis: Oregon State UP, 2015.

共編著　*Currents of the Universal Being: Explorations in the Literature of Energy*. Eds. Scott Slovic, James E. Bishop, and Kyhl Lyndgaard. Lubbock: Texas Tech UP, 2015.

単 著　*Going Away to Think: Engagement, Retreat, and Ecocritical Responsibility*. Reno: U of Nevada P, 2008. (Chinese translation by Wei Qingqi published by Peking UP in 2010.)

巽　孝之（たつみ　たかゆき）

慶應義塾大学文学部教授

単著　『ニュー・アメリカニズム』（青土社、1995年度福沢賞；増補新版2005年）。

単著　*Full Metal Apache: Transactions between Cyberpunk Japan and Avant-Pop America* (Durham: Duke UP, 2006, The 2010 IAFA [International Association for the Fantastic in the Arts] Distinguished Scholarship Award)

論文　"Literary History on the Road: Transatlantic Crossings and Transpacific Crossovers," *PMLA* (January 2004) : 92–102.

大島　由起子（おおしま　ゆきこ）

福岡大学教授

単著　『メルヴィル文学に潜む先住民――復讐の連鎖か福音か』彩流社、2017 年。

共著　「『クラレル』のニュー・パレスチナと北米先住民」竹内勝徳、高橋勤編、『環大西洋の想像力――越境するアメリカン・ルネッサンス文学』、彩流社、2013 年、283–300。

論文　"Herman Melville's 'Pequot Trilogy': The Pequot War in *Moby-Dick*, *Israel Potter*, and *Clarel*." *Japanese Journal of American Studies* 24 (2013) : 47–65.

大野　美砂（おおの　みさ）※編集委員

東京海洋大学准教授

共著　「ホーソーンの戦争批判――晩年の作品を中心に」『ホーソーンの文学的遺産――ロマンスと歴史の変貌』成田雅彦・西谷拓哉・高尾直知編著、開文社、2016 年、403–420。

共著　「『アンクル・トムの小屋』とアメリカ・ヨーロッパ・ハイチ・リベリア」『越境する女――19 世紀アメリカ女性作家たちの挑戦』倉橋洋子、辻祥子、城戸光世編著、開文社、2014 年、165–181。

共著　「ホーソーンと船乗りたち――環大西洋奴隷貿易との関連をめぐって」『アメリカン・ルネサンス――批評の新生』西谷拓哉、成田雅彦編著、開文社、2013 年、215–232。

上岡　克己（かみおか　かつみ）※編集委員

高知大学名誉教授

単著　『世界を変えた森の思想家――心にひびくソローの名言と生き方』研究社、2016 年。

共編著　『レイチェル・カーソン』ミネルヴァ書房、2007 年。

単著　『アメリカの国立公園』築地書館、2002 年

岸野　英美（きしの　ひでみ）

松江工業高等専門学校専任講師

共訳書　「ヴィクトリア時代のナチュラリストによる著書」『ケンブリッジ版カナダ文学史』堤稔子、大矢タカヤス、佐藤アヤ子監修、彩流社、2016 年、195–213。

共著　「現代の日系アメリカ文学にみる農業の風景――マスモトとオゼキが描く桃の象徴性をめぐって――」『変容するアメリカの今』町田哲司監修、松原陽子、柏原和子編、大阪教育図書、2015 年、143–154。

共著　「〈しゃがむ〉行為の意味するもの――マスモトの『桃への墓碑銘』を中心に」『カウンターナラティヴから語るアメリカ文学』伊藤詔子監修、新田玲子編、音羽書房鶴見書店、2012 年、195–209。

執筆者・編者紹介（50 音順）

浅井　千晶（あさい　ちあき）※編集委員

千里金蘭大学教授

共著　“Social concerns expressed in science fiction works by Japanese writer Sayuri Ueda.” Ed. Roberto Bertoni. *Aspects of Science Fiction since the 1980s: China, Italy, Japan and Korea*. Dublin and Torino: Nuova Trauben, 2015, 11–22.

論文　“From Silence to the Art of Telling: Narrating Stories of Breast Cancer.”『エコクリティシズム・レヴュー』第 6 号、2013 年、32–40。

共著　「レイチェル・カーソンと海の文学――文学と科学の結晶」上岡克己・上遠恵子・原強編、『レイチェル・カーソン』ミネルヴァ書房、2007 年、49–62。

荒木　陽子（あらき　ようこ）

敬和学園大学准教授

創作　“Fozzie on the Island.” *Budge: A Tribute to Budge Wilson*. Hubbards: Windy Wood, 2015. 61–63.

論文「E. Pauline Johnson：生き残りの戦略」『北海道アメリカ文学』31、2015 年、75–89。

論文　“The Gothic in Contemporary Short Fiction from Nova Scotia.”『カナダ文学研究』22、2014 年、31–48。

一谷　智子（いちたに　ともこ）

西南学院大学教授

共著　“Negotiating Subjectivity: Indigenous Feminist Praxis and the Politics of Aboriginality in Alexis Wright's *Plains of Promise* and Melissa Lucashenko's *Steam Pigs*.” Ed. Nathanael O'Reilly. *Postcolonial Issues in Australian Literature*. New York: Cambria, 2010. 185–202.

論文　「核批評再考――アラキ・ヤスサダの *Doubled Flowering*」『英文学研究』第 89 号、2012 年、21–38。

翻訳書　ケイト・グレンヴィル『闇の河』（オーストラリア現代文学傑作選）現代企画室、2015 年。

伊藤　詔子（いとう　しょうこ）※編集委員

広島大学名誉教授

単著　『ディズマル・スワンプのアメリカン・ルネサンス――ポーとダーク・キャノン』音羽書房鶴見書店、2017 年。

単著『はじめてのソロー――森に息づくメッセージ』NHK 出版、2016 年。

共著 “Gothic Windows in Poe's Narrative Space.” Ed. Barbara Cantalupo. *Poe's Pervasive Influence*. Bethlehem, PA: Lehigh UP, 2012. 127–138.

Crossing the Waves of Ecocriticism:
Living during the Anthropocene

エコクリティシズムの波を超えて
――人新世の地球を生きる

2017年5月31日　初版発行

編　者　塩田　弘／松永 京子／
浅井 千晶／伊藤 詔子／
大野 美砂／上岡 克己／
藤江 啓子
発行者　山口 隆史
印　刷　シナノ印刷株式会社

発行所　株式会社 音羽書房鶴見書店
〒113-0033 東京都文京区本郷4-1-14
TEL 03-3814-0491
FAX 03-3814-9250
URL: http://www.otowatsurumi.com
e-mail: info@otowatsurumi.com

ISBN978-4-7553-0401-9 C3098

組版　ほんのしろ／装幀　熊谷有紗（オセロ）
製本　シナノ印刷株式会社